ILLUSTRIERTE GESCHICHTE DER DEUTSCHEN LITERATUR

IN SECHS BÄNDEN

von
Prof. Dr. Anselm Salzer
und
Prof. Eduard von Tunk

Neubearbeitung und Aktualisierung
von
Dr. Claus Heinrich
Dr. Jutta Münster-Holzlar

BAND VI

VON 1933
BIS ZUR GEGENWART

NAUMANN & GÖBEL

ILLUSTRIERTE GESCHICHTE DER DEUTSCHEN LITERATUR

Redaktion: Dr. Claus Heinrich und Dr. Jutta Münster-Holzlar
Lektorat: Waltraud Still
Korrektur: Walter Burkart
Schutzumschlag: Hermann Bischoff
Satzarbeiten: Zobrist & Hof AG, Liestal
Gesamtherstellung: J. Ebner Ulm
Printed in West Germany

ISBN 3-625-10421-0

Revidierte und erweiterte Neuauflage
Neubearbeitung durch: Dr. Claus Heinrich und Dr. Jutta Münster-Holzlar

INHALT

DIE LITERATUR ZWISCHEN 1933 UND 1945

»LITERATUR und Germanistik nach der ›Machtübernahme‹« war das Thema eines Colloquiums zur 50. Wiederkehr des 30. Januar 1933, das am 27. und 28. Januar 1983 an der Universität Bonn stattfand; den Eröffnungsvortrag hielt der Bonner Germanist Peter Pütz über »Thomas Manns Tagebücher: Reaktionen auf die Machtübernahme und deren Folgen«, den er mit folgenden Worten einleitete: »Mit Bedacht haben die Veranstalter im Titel dieser Tagung den Terminus ›Machtübernahme‹ und nicht etwa ›Machtergreifung‹ gewählt. Man könnte sogar noch einen Schritt weitergehen und von der ›Machterteilung‹ sprechen; denn Hitler hat, wie Sie wissen, die Macht nicht in einem revolutionären Akt ergriffen, sondern sie ist ihm – man kann es nicht oft genug wiederholen – parlamentarisch legal erteilt worden.« (Nachzulesen in: »Literatur und Germanistik nach der ›Machtübernahme‹«, hrsg. von Beda Allemann, Bonn 1983.) Pütz erinnert im weiteren an die bekannten historischen Tatsachen: daß nämlich die Nationalsozialisten bei der Ernennung Hitlers zum Reichskanzler (durch Hindenburg am 30. Januar 1933) noch durchaus in der parlamentarischen Minderheit gewesen sind, und auch die Reichstagswahlen vom 5. März desselben Jahres erbrachten keineswegs die absolute Mehrheit für die NSDAP, die nur mit Hilfe der Deutschnationalen die 50-Prozent-Hürde nehmen konnte: »Daß dann noch im selben Monat mit Hilfe der geschlossenen Zentrums-Fraktion eine Zweidrittelmehrheit für das Ermächtigungsgesetz gestimmt hat, gehört zu den schwer lösbaren Problemen jener Wochen.«

Mindestens ebenso schwer verständlich ist es auch, mit welcher heute schier unglaublichen Unbedenklichkeit, politischen Naivität und Zuversicht die allermeisten deutschen Intellektuellen und Schriftsteller dem zwar nicht eben gradlinigen, aber letztlich doch unwiderstehlichen Aufstieg der nationalsozialistischen ›Bewegung‹ gegenübergestanden hatten (Ausnahmen wie Bert Brecht, Lion Feuchtwanger oder Heinrich Mann sind in der Tat vor 1933 sehr selten). Dabei hatten Hitler und Genossen seit dem Münchener Putsch von 1923, durch die Publikation von »Mein Kampf« (1924), spätestens aber nach dem erdrutschartigen Erfolg bei den Reichstagswahlen von

1929, bei denen die NSDAP neunzig Mandate zulegte, keinen Zweifel an ihrem politischen Programm gelassen, dessen kümmerliches ideologisches Fundament dreist auf Militarismus und Rassismus errichtet und mithin unmittelbar lebensbedrohlich war. Selbst ein sonst recht urteilssicherer Publizist wie Klaus Mann äußerte öffentlich, daß so was wie Hitler »nie zur Macht kommt«; falls es aber doch dazu kommen werde, so sei gewiß alles schnell vorbei – eine Hypothese, die groteskerweise gerade von vielen Kommunisten vertreten wurde, die im Faschismus eine letzte, historisch konsequente Vorbedingung für eine sozialistische Revolution in Deutschland zu erkennen glaubten. Die Illusion wurde schnell, radikal und brutal zerstört. Bereits wenige Tage nach dem 30. Januar gab es für die meisten Schriftsteller kaum eine andere Wahl, als entweder zu emigrieren, sich dem System zu unterwerfen oder doch zumindest sich mit ihm zu arrangieren. Hierzu hieß es im September desselben Jahres in der Prager Exilzeitschrift *Neue Deutsche Blätter*: »Man kann in Deutschland bleiben und getarnt, aus sprachlichem Hinterhalt und künstlerischer Maskierung den Faschismus angreifen, gewärtig, daß einem früher oder später der Mund gestopft und die Feder aus der Hand geschlagen wird. Man kann, anonym, für die illegale Literatur im Lande und für die antifaschistische Presse im Ausland arbeiten. Man kann schließlich über die Grenze gehen und vom Ausland her zu den Deutschen sprechen.« Der Kommentar gibt einen Leitfaden für die Behandlung der Literatur zwischen 1933 und 1945, die es, neben der faschistischen, eben hiermit zu tun hat: mit der inneren und der äußeren Emigration sowie mit den Publikationen des aktiven Widerstands innerhalb des Dritten Reiches.

GLEICHSCHALTUNG, TERROR, LEGALISIERUNG

Die nationalsozialistische Kulturpolitik nach der Machtübernahme läßt sich in drei Phasen unterteilen: 1. die Gleichschaltung von Presse und Rundfunk mit Hilfe der Notverordnungen; 2. der offene Terror gegen nichtsystemkonforme Intellektuelle und Künstler; 3. die Legalisierung des totalitären Regimes auch in kulturellen Dingen.

Bereits unmittelbar nach dem 30. Januar wurden per Notverordnung Presse-, Versammlungs- und Demonstrationsfreiheit radikal eingeschränkt, und alle Publikationen, deren Inhalt geeignet war, »die öffentliche Sicherheit und Ordnung zu gefährden«, konnten beschlagnahmt werden. Die beginnende Gleichschaltungswelle erreichte sehr rasch, noch im Februar, auch die Preußische Akademie der Künste. Heinrich Mann, der Präsident der Sektion Literatur, war ihr erstes Opfer: Er wurde wie auch Käthe Kollwitz zum Rücktritt gezwungen, nachdem er sich zusammen mit ihr für eine Koalition von Sozialdemokraten und Kommunisten im Reichstag ausgesprochen hatte. Aufs äußerste verschärft wurde die Situation, als die Nazis nach dem (vermutlich von ihnen selbst veranlaßten oder ausgeführten) Reichstagsbrand vom 27. Februar 1933 sich mit der »Verordnung des Reichspräsidenten zum Schutz von Volk und Staat« ein Instrument beinahe unumschränkter Willkür bei der Verfolgung von Systemgegnern schufen. Noch in der selben Nacht vom 27. auf den 28. Februar verhafteten NS-Rollkommandos an die 100 000 Kommunisten und Regimegegner, darunter die Schriftsteller Carl von Ossietzky, Erich Mühsam, Ludwig Renn, kurz darauf auch Willi Bredel, Anna Seghers und Klaus Neukrantz. Die Aktionen, begleitet von schmissigen Deutschland-erwache-Parolen, verhinderten nicht den (freilich nicht ganz mühelosen) Wahlerfolg Hitlers am 5. März, der zwei Wochen später, in seiner Regierungserklärung vom 23. März, die vorangegangenen Kampagnen öffentlich zum Regierungsprogramm erklärte: »Gleichlaufend mit der politischen Entgiftung unseres öffentlichen Lebens wird die Reichsregierung eine durchgreifende moralische Sanierung des Volkskörpers vornehmen. Das gesamte Erziehungswesen, Theater, Film, Literatur, Presse, Rundfunk, sie werden alle Mittel zu diesem Zweck sein.« Von der immer ungehemmter rollenden, nach der kommunistischen und sozialdemokratischen nun auch die bürgerliche Presse erfassenden Gleichschaltungswelle wurden auch die verschiedenen Schriftstellervereinigungen erreicht. So wurde der »Schutzverband deutscher Schriftsteller« (SDS) von der hitlerfrommen »Arbeitsgemeinschaft nationaler Schriftsteller« übernommen und ›gesäubert‹; Mitglied durfte nur bleiben, wer vor dem neuen Regime seinen Kotau machte, und im Juli 1933 wurde der SDS vom »Reichsverband deutscher Schriftsteller« endgültig kassiert. Auch in der Sektion Literatur der Preußischen Akademie der Künste wurden nach dem erzwungenen Rücktritt Heinrich Manns von den Mitgliedern Loyalitätsbekundungen gefordert; Gottfried Benn hatte sie in einem Schreiben an die Mitglieder wie folgt formuliert: »Vertraulich! – Sind Sie bereit, unter Anerkennung der veränderten geschichtlichen Lage weiter Ihre Person der Preußischen Akademie der Künste zur Verfügung zu stellen? Eine Bejahung dieser Frage schließt die öffentliche politische Betätigung gegen die Regierung aus und verpflichtet Sie zu einer loyalen Mitarbeit an den satzungsgemäß der Akademie zufallenden nationalen kulturellen Aufgaben im Sinne der veränderten geschichtlichen Lage. Ja – Nein. (Nichtzutreffendes bitte durchstreichen)« Ricarda Huch und Thomas Mann waren daraufhin die ersten, die aus der Akademie austraten. Sie und die später Folgenden (u. a. Leonhard Frank, Alfons Paquet, Rudolf Pannwitz und Fritz von Unruh) wurden prompt ersetzt: durch literarisch allenfalls mittelmäßige, dafür aber stramm-linientreue Autoren wie Grimm, Blunck, Johst, Kolbenheyer und Will Vesper. (Ernst Jünger und Hans Carossa dagegen nahmen die Berufung nicht an.)

Der offene Terror gegen Schriftsteller und ihr Werk, der freilich schon unmittelbar nach der Machtübernahme mit der Verhaftung und späteren Ermordung Carl von Ossietzkys und Erich Mühsams begonnen hatte, erreichte seinen ersten Höhepunkt mit der Bücherverbrennung vom 10. Mai 1933 – spätestens von diesem Augenblick an trat der totalitäre, aggressive Vernichtungswille des Systems unverhüllt hervor. Der Aktion vorausgegangen war eine breit angelegte, von Goebbels' angeheizte Hetzkampagne der Hugenberg-Presse gegen die deutsch-feindlich-entartet-verjudete Kunst, woraufhin überall im Land einschlägige Listen kursierten mit den Namen der Autoren, deren Werke dann am Abend des 10. Mai »den Flammen übergeben« wurden. Vermutlich der Ordnung halber veröffentlichte kurz darauf das *Börsenblatt für den deutschen Buchhandel* eine ›amtliche Liste‹ von 131 Autoren und veranlaßte dadurch die Entfernung ihrer Bücher aus den öffentlichen Bibliotheken.

Der letzte Schritt zur geistigen Verödung und zur Verwandlung der Literaturlandschaft in eine Wüste gleichgeschalteter Mittelmäßigkeit ging von der »Reichskulturkammer« in Goebbels' »Reichsministerium für Volksaufklärung und Propaganda« aus: Das Reichskulturkammergesetz vom 22. September 1933 verschaffte diesem praktisch unumschränkte Zensurgewalt und darüber hinaus ein legales Instrument, jüdische und abweichlerische Autoren mit Berufs- und Schreibverbot zu belegen. Die institutionelle Terror-Kontrolle wurde ergänzt durch die Schrifttumsabteilung im Propagandaministerium, die »Reichsstelle zur Förderung des deutschen Schrifttums« (die vom Chef-Ideologen Alfred Rosenberg selbst geleitet wurde), sowie durch die NSDAP-parteiamtliche Prüfungskommission zum Schutz des NS-Schrifttums. Innerhalb weniger Monate und ohne daß dagegen innerhalb des Reiches vernehmlicher Protest oder Widerstand laut geworden wäre hatte Deutschland aufgehört, ein literarisches Zentrum Europas zu sein.

NATIONALSOZIALISTISCHE LITERATUR

»Was liegt daran, ob beim Auskehren der Spreu auch eine Handvoll goldener Körner verlorengeht, die heilige Ernte wird doch geborgen werden!« Mit diesen obszön-pathetischen Worten kommentierte der stockreaktionäre Balladenpoet Börries von Münchhausen Bücherverbrennung und Schriftstellervertreibung, und Goebbels selbst höhnt den Exilierten und Emigrierten im einschlägigen, aus Ressentiment und Haß zusammengesetzten Jargon nach: »Mögen sie noch eine Weile weitergeifern, die Herrschaften in den Pariser und Prager Emigrantencafés, ihr Lebensfaden ist abgeschnitten, sie sind Kadaver auf Urlaub.« Was aber blieb zurück – und worin bestand die »heilige Ernte«, die in den zwölf Jahren Nazi-Herrschaft in Deutschland literarisch eingebracht wurde? Sie bestand aus hinterwäldlerischer Heimat- und Blut-und-Boden-Literatur von der trivialsten Sorte, aus Fahnensprüchen (»Denn: mögen wir auch fallen – wie ein Dom steht unser Staat«, H. Baumann), in Marsch- und Aufzugsliedern etwa vom literarisch ehrgeizigen »Reichsjugendführer« Baldur von Schirach, in Flammengedichten zu Sonnenwendfeiern und para-religiösen Nationalkantaten der Baumann, Böhme, Eggers und Steguweit, schließlich in Thingspielen, Heldenfeier-Chorälen und Fackelzug-Gelöbnissen – kurz, aus einem literarisch kaum genießbaren Brei aus Unvermögen, Mittelmäßigkeit und Trivialität, der, übergossen mit brauner Einheitssoße, in zum Teil absurd hohen Auflagen unters Volk gebracht wurde. Charakteristisch ist dabei, daß der weitaus größte Teil der Literatur, die nach 1933 partei-offiziell auf den Markt geworfen wurde, bereits vor 1933 geschrieben worden war: Es schlug die kommerzielle Stunde jener völkischen Dichter des Pflugs und des Flursegens, des Soldatenglücks von deutscher Artung, die seit der Jahrhundertwende, namentlich aber nach dem Ersten Weltkrieg, den »glühenden Vorwärtsdrang« des deutschen Soldaten unterm »wuchtenden Stahlhelm« (Ernst Jünger) besungen oder die von welschem Geist vergiftete deutsche Scholle rückschlägig beweint hatten (Zöberlein, Beumelburg, Dwinger, Grimm, Bethge u. a.). Das ist insofern bezeichnend, als die verworrene nationalsozialistische Ideologie so gut wie keine ›geistige‹ Substanz aufwies, die zu einer wie auch immer gearteten literarischen Revolution oder auch nur zu einem Form- und Stilwandel hätte führen können. Im Gegensatz zu anderen revolutionären Bewegungen hat der Nationalsozialismus keine eigene Literatur hervorgebracht, sondern – wie auch im Bereich der Ideologien – sich bei schon Vorhandenem bedient. Allenfalls die dreiste Bedenkenlosigkeit, womit dies geschah, mag man ›typisch nationalsozialistisch‹ nennen – so etwa, wenn politisch problematische Klassiker wie Hölderlin oder Kleist kurzerhand in »heldische Pessimisten« umgedeutet wurden oder das Loreley-Lied des jüdischen Dichters Heinrich Heine (»Ich weiß nicht, was soll es bedeuten«) in absichtsvoller Lüge dem »Volksmund« zugeschrieben wurde.

Neben plumpen Propagandatricks wie diesen gab es jedoch auch Angleichungen nicht-faschistischer Autoren an die offizielle Doktrin des Dritten Reiches, deren (Nicht-)Berechtigung man heute weitaus zwiespältiger zu beurteilen gezwungen ist, weil es sich dabei um Schriftsteller handelt, die zwar nicht ihrer Intention, wohl aber ihrer Wirkung nach durchaus zur geistesgeschichtlichen Vorgeschichte des Nationalsozialismus zu rechnen sind. Hierzu ein Beispiel aus der Literaturwissenschaft: »Ihre (d. i. der Dichtung) Wurzeln sind tief in den Boden gebettet. Denn sie ist eine gesammelte Kraft und die Stimme einer Volksgemeinschaft und nährt sich vom Blute der Landschaft. Sie ist verwurzelt in dem großen Zusammenhang der Zeiten. Denn ihre Sendung ist die Wahrung heiliger Tradition und die Sorge, sie lebendig zu erhalten (...). Sie fühlt aus religiöser Allverbundenheit die schaffenden Kräfte der Welt in sich zusammenströmen (...). Der Dichter also ist der Seher und Prophet, der Künder und der Priester Gottes.« Die Sätze stammen aus dem Jahre 1928 von dem seinerzeit und späterhin überaus angesehenen Literaturwissenschaftler Fritz Strich, der einer Komplizenschaft mit den Nazis gänzlich unverdächtig ist. Nur enthalten seine Bemerkungen eben doch Aspekte jener irrationalistischen, religiös-naturhaften Literaturauffassung, die dann nach 1933 zur Doktrin erhoben wurde. Dies zeigt sich sofort, wenn man Strichs Sätze mit einem Zitat des völkischen Literaturwissenschaftlers Josef Nadler und des NS-Ideologen Heinz Kindermann vergleicht. Nadler, längst vor der Machtübernahme mit seiner monströsen »Literaturgeschichte der deutschen Stämme und Landschaften« (1912–1928) zu einigem Ansehen gelangt, schrieb 1934 in der nun auch gleichgeschalteten Zeitschrift *Euphorion* einen Aufsatz mit dem Titel »Rassenkunde, Volkskunde, Stammeskunde«; darin heißt es: »Glaube, Wille und Ordnung des nationalsozialistischen Werkes sind darauf ausgerichtet, aus dem Volkskörper alle fremdrassischen Lebenszellen auszustoßen sowie dem ursprünglichen volkhaft-germanischen und rassisch-nordischen Binnenkern seine Vormacht zurückzugeben.« Es hat seine Berechtigung, Strichs religiöse Innerlichkeit gegen eine chauvinistisch-rassistische Deutung in Schutz zu nehmen – ebenso wie man mit Recht darauf hinweisen könnte, daß Nietzsche mit seinem »Übermenschen« gewiß nicht den »Arier« der Nazis ›gemeint‹ hat; ebenso berechtigt aber ist es auch, den geistigen Zusammenhang aufzuweisen, der zwischen einem sich unpolitisch gebenden Irrationalismus und dessen ideologischer Ausbeutung für das NS-System zweifellos besteht und der endgültig deutlich wird bei Heinz Kindermann, der, ebenfalls 1934, meinte, man müsse »den schöpferischen Vorgang des Dichtens als biologischen Vorgang, als einen Blutkreislauf der Seele und des Geistes verstehen (...), weil die schöpferische Persönlichkeit des Dichters ihre wichtigsten Kräfte aus der Gemeinschaft der Rasse, des Volkes, des Stammes empfängt«.

Eine bis zur krassen Verhunzung getriebene Ausbeutung und Angleichung vorhandener literarischer Tendenzen also statt eigenständiger literarischer Neuerungen kennzeichnet das Verhältnis des Nationalsozialismus zum ›Schrifttum‹ im Dritten Reich. Im Gegensatz hierzu als tatsächlich ästhetisch-innovativ erwies sich die NS-Kulturpolitik auf drei anderen Gebieten: im Rundfunk (hinsichtlich der musikalischen Unterhaltung und des Hörspiels), beim Film, der mit der Ufa-Zeit zum ersten Mal internationale Anerkennung sich erwarb, und vor allem auf dem Feld der propagandistischen Massenaufzüge, die mit Fackelzügen, Lichterdomen und teutonischen Totenfeiern im caesarischen Stil auf nichts weniger zielten als darauf, aus der Politik ein Gesamtkunstwerk zu machen und dadurch über die inneren Widersprüche und den Totalitarismus des Systems hinwegzutäuschen. Absichtsvoll wurden Veranstaltungen dieser Art in die Abend- und Nachtstunden verlegt, um die magische Wirkung der Kulisse zu steigern. So auch auf dem Nürnberger »Parteitag der Arbeit vom 6. bis 13. September 1937«, der abends um 8 Uhr nach Hitlers Eintreffen begann: »Wie Meteore«, so heißt es hierzu in dem »Offiziellen Bericht«, den die gleichgeschaltete Presse nachzudrucken hatte: »Wie Meteore schießen die Strahlen der einhundertfünfzig Riesenscheinwerfer in den schwarzgrau verhüllten Nachthimmel. In der Höhe vereinen sich die Lichtsäulen an der Wolkendecke zu einem viereckigen flammenden Kranz. Ein überwältigendes Bild: von schwachem Winde bewegt, schlagen die auf den Tribünen rings das Feld umsäumenden Fahnen langsam in dem gleißenden Licht hin und her (...). Die Haupttribüne ist in blendende Helle (...) getaucht, gekrönt von dem golden strahlenden Hakenkreuz im Eichenkranz. Auf dem linken und rechten Abschlußpfeiler lodern Flammen aus großen Schalen.« War die Kulisse – eine Mischung aus Bayreuther »Meistersinger«-Pomp und Hollywoods Monumentalfilm-Dramaturgie – einmal hergestellt, so folgte die unvermeidliche Führerrede, und auch dabei kam es auf den ästhetischen Gestus, auf die mit dreister Unbedenklichkeit Schillersches Pathos mit ideologischer Phrasendrescherei vermengende Form weitaus mehr an als auf den meist dürftigen Inhalt, der durch sie überdeckt werden sollte. Ein Beispiel von dem soeben beschriebenen Parteitag, Hitler am 11. September 1937 in Nürnberg: »Wie fühlen wir nicht wieder in dieser Stunde das Wunder, das uns zusammenführte! Ihr habt einst die Stimme eines Mannes vernommen, und sie schlug an eure Herzen, und sie hat euch geweckt, und ihr seid dieser Stimme gefolgt. Ihr seid ihr jahrelang nachgegangen, ohne den Träger der Stimme auch nur gesehen zu haben; ihr habt nur eine Stimme gehört und seid ihr gefolgt. Wenn wir uns hier treffen, dann erfüllt uns alle das Wundersame dieses Zusammenkommens. Nicht jeder von euch sieht mich, und nicht jeden von euch sehe ich. Aber ich fühle euch und ihr fühlt mich! Es ist der Glaube an unser Volk, der uns kleine Menschen groß gemacht hat, der uns arme Menschen reich gemacht hat, der uns wankende, mutlose, ängstliche Menschen tapfer und mutig gemacht hat; der uns Irrende sehend machte und der uns zusammenfügte.« Spekulativer Gebrauch der neutestamentarischen Rhetorik, Wagners Leitmotiv-Technik in demagogischer Konsequenz und der steile, nur heute lächerlich wirkende Caesaren-Gestus der italienischen Faschisten schießen hier zusammen in einer Überwältigungsdramaturgie für die Massen, denen buchstäblich Hören und Sehen vergehen sollte.

Vor diesem Hintergrund nicht weiter verwunderlich ist es, daß der Nationalsozialismus nur eine einzige Theaterform als genuin faschistisch für sich reklamieren konnte, nämlich das »Thingspiel«, das denn auch prompt zur Basis neues neuen, kultisch-mystischen Nationaltheaters proklamiert wurde. Das Ziel des Thingspiels war im Grunde dasselbe wie dasjenige der Parteitaginszenierungen: Die Massen sollten zu einem gemeinschaftlichen Volkskörper zusammengeschweißt werden, wodurch der einzelne Volksgenosse »seine durch das immer wiederkehrende Gemeinschaftsbekenntnis gefestigte Glaubensstärke ausströmen lassen kann in die Gemeinschaft des Volkes und so die Lauheit in seiner Umgebung überwindet und die Energie der Nation stärker und stärker werden läßt« (so in einer parteiamtlichen Stellungnahme der NS-Zeitschrift »Neue Gemeinschaft«). Dabei war den führenden Köpfen der Kulturpolitik durchaus bewußt, wie sehr in pompösen Massenauftritten und Masseninszenierungen (im September 1933 wirkten bei einem Thingspiel 17 000 SA-Leute vor 60 000 Zuschauern mit) ästhetisch-propagandistische und politisch-agitatorische Elemente bis zur Ununterscheidbarkeit verschmolzen – eben dies war als Überwältigungseffekt die Absicht: »Auch die Politik ist eine Kunst, vielleicht die höchste und umfassendste, die es gibt, und wir, die wir die moderne deutsche Politik gestalten, fühlen uns dabei als künstlerische Menschen, denen die verantwortungsvolle Aufgabe anvertraut ist, aus dem rohen Stoff der Masse das feste und gestalthafte Gebilde des Volkes zu formen.« (Goebbels)

Zur Typologie des Thingspiels heißt es in einem Nachschlagewerk: »Thema des Thingspiels war in erster Linie die deutsche Geschichte von 1918 bis 1933 als Vorgeschichte der ›nationalsozialistischen Revolution‹. Hauptperson war das Volk, das in der Art von griechischen Chören sich selbst darstellte. Einzelspieler traten als Chorführer oder Repräsentanten rivalisierender Gruppen aus den Chören heraus. Die Zahl der Spieler ging in die Tausende, die der Zuschauer in die Zehntausende. (...) Im Thingspiel verschmelzen Elemente der griechischen Tragödie, der mittelalterlichen Mysterienspiele, der barocken und klassizistischen Festspiele mit den modernen Formen des expressionistischen und des proletarischen Theaters der Weimarer Republik zu einer Form faschistischer Selbstdarstellung und Feier, in der die aufklärerische Nationaltheateridee Lessings und Schillers mit größtem Zynismus pervertiert wurde. Die Aufnahme von Elementen des revolutionären Theaters der Weimarer Republik (Piscator) war ein Versuch, einen scheinsozialistischen und scheinrevolutionären Gehalt nationalsozialistischer Politik auch auf der Ebene der literarischen Formen vorzutäuschen.«

Die Matadore dieser literarischen Reichsparteitage sind aus naheliegenden Gründen nach dem Krieg nicht mehr hervorgetreten und heute weitgehend vergessen. Um der Chronistenpflicht zu genügen, soll dennoch an zwei von ihnen, die neben Eggers (»Job der Deutsche«, 1933) und Heydicke (»Der Weg ins Reich«, 1935) zu den bekanntesten gehörten, kurz erinnert werden.

Die *Deutsche Passion* ist das berüchtigtste Thingspiel des in Augsburg geborenen RICHARD EURINGER (1891–1951). Nach dem Musikstudium schlug er die Offizierslaufbahn ein, war im Ersten Weltkrieg Flugzeugführer und avancierte 1917 zum Chef der Fliegerschule 4 auf dem Lechfeld. Nach Kriegsende studierte Euringer Kunstgeschichte und Volkswirtschaft in München, schlug sich in der Inflationszeit in verschiedenen Berufen durch und stieß schon Mitte der zwanziger Jahre zu den Nationalsozialisten, die ihn 1933 zunächst zum Leiter der Stadtbücherei Essen und später gar zum »Reichskultursenator« beförderten. Ab 1936 lebte er als freier Schriftsteller in Westfalen und veröffentlichte bis 1945 die meisten seiner Bücher – danach, mit Ausnahme des Reiseberichts *Die Weltreise des Marco Polo* (1954) nichts mehr. Euringer beschäftigte sich beinahe ausschließlich mit drei Themen: mit dem Krieg (»Fliegerschule 4«, 1929), den Mißständen der Weimarer Republik (»Die Arbeitslosen«, 1930) und schließlich mit dem wiedererwachten

Deutschland der Nazis (»Chronik einer deutschen Wandlung 1925–1935«, 1936), denen dann natürlich auch seine Thingspiele huldigten, von denen die *Deutsche Passion* und der *Totentanz* die am häufigsten gespielten waren.

Eine diejenige Euringers noch weit überbietende Nazi-Karriere durchlief Eberhard Wolfgang Möller (1906–1972). Als Sohn eines Bildhauers in Berlin geboren, studierte er dortselbst Philosophie und die Künste, schrieb nebenher Dramen und hatte mit einem davon, *Douaumont*, 1929 einen ersten großen Theatererfolg. 1932 wurde er SA-Mitglied, ein Jahr später prompt Dramaturg in Königsberg und 1934 Theaterreferent im Propagandaministerium, das ihn während des Krieges in eine Propagandakompanie versetzte. Obwohl er auch nach 1945 noch Romane (»Die Frauen von Ragusa«, 1952; »Die Geliebte des Herr Beaujou«, 1954; »Chicago«, 1963) und Novellen (»Die Söhne des Mars«, 1970) schrieb, konnte er seiner Vergangenheit nicht entkommen und fand keinerlei Anerkennung mehr, nachdem er mit seinen Thing- und Weihespielen für große nationale Feierstunden (»Frankenburger Würfelspiel«, 1936; »Das Opfer«, 1941) zum meistgespielten Dramatiker des Dritten Reiches avanciert war.

Möllers Karriere zwischen Propagandaministerium und Theaterbühne ist ein ausgezeichneter Beleg für eine Bemerkung Walter Benjamins, die durchaus als Resümee dienen kann für die Verflechtung und gemeinsame Ausrichtung von politischer Dramaturgie und dramatisierter Politik zwischen 1933 und 1945: »Die faschistische Kunst ist eine Propagandakunst. Sie ist also für Massen exekutiert und versetzt die Exekutierenden ebenso wie die Rezipierenden in einen Bann, unter dem sie sich selber monumental, das heißt unfähig zu wohlüberlegten und selbständigen Aktionen erscheinen müssen. Die Kunst verstärkt so die suggestiven Energien ihrer Wirkung auf Kosten der intellektuellen und aufklärenden. Die Verewigung der bestehenden Verhältnisse vollzieht sich in der faschistischen Kunst durch die Lähmung der exekutierenden oder rezipierenden Menschen, welche diese Verhältnisse ändern könnten.« Und auch über das Ziel der faschistischen »Ästhetisierung der Politik« war sich Benjamin schon 1936 im klaren: »Alle Bemühungen um die Ästhetisierung der Politik gipfeln in einem Punkt. Dieser Punkt ist der Krieg. Der Krieg, und nur der Krieg, macht es möglich, Massenbewegungen größten Maßstabs unter Wahrung der überkommenen Eigentumsverhältnisse ein Ziel zu geben.« –

In der Romanschriftstellerei schlug die Stunde der völkischen Autoren, der Blut-und-Boden-Heimattümler und der ewigen Frontkameradschaftssänger des Ersten Weltkrieges, die, beglückt und in Einzelfällen wohl auch erschrocken, ihr Werk plötzlich auf den ökonomischen wie ideologischen Scheitel einer Konjunkturwelle emporgespült sahen. Auch die völkisch-nationale Prosaliteratur also war nicht eigentlich eine ›Erfindung‹ des nationalsozialistischen (Un-)Kulturbetriebes, auch hier wurde eine – allerdings reiche – einschlägige literarische Tradition bedenkenlos und sozusagen in beiderseitigem Einvernehmen ausgebeutet und vor den ideologischen Karren gespannt. Neben Heimatliteratur und dem nationalistisch-historischen Roman wurden vor allem Bücher lanciert, die thematisch zur Front- und Freikorpszeit des Ersten Weltkrieges gehörten und den heroischen einzelnen, das verratene Heer mit der versagenden Politik der Weimarer Zivilisten konfrontierten. Der Charakter dieser völkisch-nationalen Literatur soll hier in den Worten eines Autors wiedergegeben werden, der selbst zu der Generation der vom Krieg Geprägten, von der Republik Angewiderten gehörte und der literarisch zunächst in einem brodelnden Chaos aus Naturalismus und Expressionismus stammelte, bevor ihm ›die Partei‹ etwas wie Sprache und Identität als Autor verschaffte – Hanns Johst (vgl. auch Band V, Seite 183–184) schreibt in *Der Dichter und seine Zeit* (1940): »National sein heißt den Lebensraum unseres Volkes zum heiligen Land erklären, heißt Erdreich und Himmelreich in der Eingeburt seiner Landsleute seelisch und geistig vermählen. Sozialist sein heißt in der Lebensgemeinschaft dieser völkischen Kräfte sich selbst als Dienst erleben. Im Zeichen des Krieges ist es selbstverständlich, daß das Kämpferische, der soldatische Einsatz, die Brisanz des Wortes im Vordergrund steht. Dabei wollen wir aber keinen Augenblick aus dem Auge lassen, daß, so tapfer und treu die Nation um ihren Sieg kämpft, sie darüber hinaus nicht vergessen darf, daß eroberter Raum und gewonnener Sieg erst wahrhaftig stabilisiert und säkularisiert (sic!) zu werden vermögen, wenn der Geist weltanschauliche Grundlagen schuf und schafft, auf denen der Begriff des erkämpften Friedens einen neuen, tieferen, ausgleichenden und beruhigenden Sinn erhält. Es gibt keinen Frieden an sich, aber es gibt einen gesteigerten Anspruch auf Macht und Kraft einer siegreichen, überwältigenden, begeisternden, erlösenden und befreienden, revolutionären Idee. Wer sich auf geistiger Ebene das Recht und Anrecht auf diese lebendige und zukunftsträchtige Idee errang, der hat inneren Frieden, den läßt auch die Welt in Frieden, ganz einfach, weil sie entweder diese Idee nacherlebt und damit anerkennt oder ihre Gegnerschaft fürchtet! Diese Idee heißt heute im Großgermanischen Reichsraum: Der Nationalsozialismus Adolf Hitlers. So sind unsere gestauten Energien auf den glorreichsten Sieg gestellt, und darüber hinaus müssen wir Geistigen gerüstet sein, der nach dem deutschen

Triumph völlig veränderten Welt neue innere Werte vermitteln zu helfen, Werte, die Altären gleichen, von denen überwältigt worden zu sein keine vernünftige Menschenseele erniedrigt. Mit seinen Soldaten schafft der Führer das Reich (...). Mit seinen Baumeistern meistert er den gewonnenen Raum – und mit euch, durch eure Wortgewalt, ist er gewillt in die Geschichte einzugehen! Diese Stunde, deutsche Dichter, ist das höchste Aufgebot, das die deutsche Nation je ergehen ließ! Stellt euch ihm! Schafft geistigen Raum und bevölkert ihn mit euren edelsten Werken, daß es eine Lust ist zu leben, daß die tausendjährigen Klagen über das Jammertal endlich verstummen und das Reich zum Himmelreich werde!«

Die Länge des Zitats – an sich eine schwer erträgliche Zumutung – rechtfertigt sich dadurch, daß es beinahe alle Motive und den größten Teil des thematischen Repertoires der völkisch-nationalen Literatur zwischen 1933 und 1945 enthält, das in Romanen und Erzählungen, Festspielen und Führerhymnen stets aufs neue variiert oder auch nur schlicht repetiert wurde: Da ist zunächst die Sakralisierung von Volk und Lebensraum, die buchstäbliche Heiligsprechung des deutschen Volkes und des faschistischen Lebensraum-Imperialismus in Osteuropa; die Kassierung des Sozialismus zugunsten der gleichgeschalteten Volksgenossenschaft als einer totalitär manipulierbaren Masse, der sich der einzelne bedingungslos aufzuopfern hat; bedeutsam im folgenden dann die ausgesprochene Militarisierung der Sprache, ihre Zu- und Aufrüstung zum rhetorisch bombastischen imperialen Überwältigungsgestus im Hinweis auf Groß-Germanien und seine missionarische Sendung; dem entspricht dann am Schluß des Zitats genau die Parallelisierung des Soldaten und des Dichters, der, als Kampfgenosse mit der Feder, dem pangermanischen Sendungsbewußtsein die rechte poetische Weihe sowie Werte verleihen soll, »die Altären gleichen«; und das alles mündet schließlich in einer in diesem Zusammenhang nachgerade obszön wirkenden, an die biblische Apokalypse erinnernden Endzeitvision vom Tausendjährigen Reich, vom nationalsozialistischen Himmelreich auf Erden.

Wie bereits angedeutet, war der größte Teil der völkisch-nationalen Literatur bereits vor 1933 geschrieben und publiziert worden, bevor sie dann freilich während der Nazizeit zu verblüffendem Erfolg und höchst offizieller Anerkennung kam. Dies ist auch der Fall mit zwei Romanen, die an dieser Stelle beispielhaft vorgestellt werden sollen, nämlich *Volk ohne Raum* von Hans Grimm und Erwin Guido Kolbenheyers *Paracelsus*-Trilogie. Beide Autoren waren längst vor der Machtübernahme hervorgetreten (vgl. Band IV, Seite 392 bzw. 357ff.), erzielten aber erst danach ihren eigentlichen literarischen Durchbruch – die Gründe hierfür veranschaulichen ihre Bücher eindrucksvoll.

Hans Grimms Roman *Volk ohne Raum* war 1926 zuerst erschienen. Er schildert in vier Teilen den Lebensweg des Bauernsohnes Cornelius Friebott aus dem Weserbergland von den Jugendjahren bis zum gewaltsamen Tod im Jahre 1923. Im ersten Teil, der mit *Heimat und Enge* überschrieben ist, sehen wir den Helden in Liebesleidenschaft zur Tochter eines Oberförsters verwikkelt und Freundschaft schließen mit einem national gesinnten Sozialisten, der den anspielungsreichen Namen Martin Wessel trägt; Friebott geht zur Marine, lernt Afrika kennen, kehrt jedoch zunächst zurück und versucht Arbeit zu finden; er scheitert aber endgültig, nachdem er aus einem Bochumer Bergwerk als Aufwiegler entlassen worden ist, und beschließt, nach Südafrika auszuwandern. *Fremder Raum und Irregang* ist der zweite Teil des Romans überschrieben; Friebott kämpft im Burenkrieg, versucht sich zusammen mit Wessel als Handwerker durchzuschlagen, was jedoch ebenso scheitert wie verschiedene neue Liebesbeziehungen. Kriegerisch beginnt auch der dritte Teil, *Deutscher Raum*, in dem Friebott gegen die Hottentotten zu Felde zieht; wieder mißglückt danach der Rückzug ins zivile Leben – diesmal auf einer Farm –, so daß Friebott sich zu einem Besuch in Deutschland entschließt. Dort nimmt er zu Beginn des vierten Teils, *Volk ohne Raum*, an einer SPD-Versammlung teil, die sich eindeutig gegen nationalistische Forderungen nach mehr Lebensraum für die Deutschen ausspricht; Friebott protestiert vergeblich. Nachdem er einige Familienangelegenheiten erledigt hat, kehrt er nach Afrika zurück, wird dort beim Ausbruch des Ersten Weltkrieges von den Engländern gefangengenommen, kann aber fliehen und kehrt über Portugal nach Deutschland zurück. Er heiratet, zieht als nationaler Wanderprediger durchs Land und kommt schließlich durch den Steinwurf eines Arbeiters ums Leben – und zwar ausgerechnet ein paar Tage vor dem 9. November 1923, an dem in München Hitlers erster Putschversuch stattfand.

Der Roman ist miserabel geschrieben. Wenn er dennoch bei den Nazis und ihrer Gefolgschaft so große Anerkennung fand, so liegt das zweifellos an dem ideologischen Leitfaden, mit dem Friebott durchs Leben gezogen wird. Eine Art Parzival in deutsch-nationaler Rüstung, dient er seinem Autor vornehmlich dazu, seine Ansichten von wahrer Deutschheit zu exemplifizieren, deren unbefragte Überlegenheit einerseits zu krassen rassistischen Ausfällen gegen Engländer und Juden führt und andrerseits den Rechtfertigungsgrund für eine unverhohlene imperialistische Lebensraum-Politik abgibt. Nebenmotive wie die zahlreichen idealisierten Schilderungen einer bäuerlich-kolonialen

Lebensform sowie die Stilisierung des Protagonisten zum ›deutschblütigen Märtyrer‹, wodurch er in die Nähe Hans Wessels gestellt wird, vervollständigen das ideologische Grundmuster des Romans, der sich noch dazu durch schmissige Schilderungen (Bergwerkkatastrophe, Burenkrieg usw.) als fatal publikumswirksam erwies.

Auf den ersten Blick der nationalsozialistischen Komplizenschaft unverdächtig erscheint Erwin Guido Kolbenheyers historische Roman-Trilogie *Paracelsus* (»Die Kindheit des Paracelsus«, 1917; »Das Gestirn des Paracelsus«, 1922; »Das Dritte Reich des Paracelsus«, 1925); Aufmerksamkeit könnte zunächst allenfalls erregen, daß das Werk ausgerechnet 1940, auf dem Höhepunkt der Hitler-Euphorie, zum ersten Mal in einbändiger Ausgabe publiziert wurde.

Mit der Kindheit des – im übrigen historischen – Schweizer Arztes und Naturphilosophen Philippus Aureolus Paracelsus, Theophrastus Bombastus von Hohenheim (1493–1541), beginnt der erste Band, dessen dramatischer Höhepunkt der Tod der Mutter bildet, die im Wahnsinn stirbt, woraufhin Paracelsus beschließt, Arzt zu werden, um den Menschen helfen zu können. Der zweite Band berichtet über Paracelsus' Wanderschaft durch Europa; er studiert Alchimie und Medizin, erlangt den medizinischen Doktorgrad und versammelt in Basel einen Schülerkreis um sich. Sein Ungenügen an der zeitgenössischen scholastischen Medizin, deren Unzulänglichkeit sich bei einer Pestepedemie in Ferrara grausam bestätigt, bestimmt ihn, fortan in der Heilkunde von der Natur auszugehen und nicht von den durch kirchliche Autorität gestützten alten Lehrmeinungen. Das führt, Teil drei, dazu, daß seine Schriften von der Kirche verboten und von der orthodoxen Wissenschaft bekämpft werden. Paracelsus aber ist einsamer denn je; rastlos und voller Skrupel ist er unentwegt auf Wanderschaft, voller Sehnsucht nach Seelenfrieden und Ruhe in Gott; doch er stirbt, ohne diese Ruhe gefunden zu haben.

Die Gründe, die dazu führten, daß die Blut-und-Boden-Ideologen des Dritten Reiches den Roman mit Recht – und ohne daß sich der Autor dagegen gewehrt hätte – für sich reklamierten, ergeben sich am ehesten über die von Kolbenheyer absichtsvoll konstruierte Assoziationskette Paracelsus – Faust – Deutschland. Das heroisch überzeichnete spätbürgerliche Bild des ruhe- und rastlosen, stets mit dem Absoluten ringenden, in der Sehnsucht nach dem ›Durchbruch‹ sich verzehrenden ›faustischen Wesens‹ schlägt hier unverhohlen in chauvinistische Deutschtümelei um: »Es ist kein Volk wie dieses (d. i. das deutsche), das keine Götter hat und ewig verlangt, den Gott zu schauen«, heißt es in einem der unsäglichen Gespräche zwischen Wotan und Christus, die jedem der drei Bände vorangestellt sind, oder an anderer Stelle: »Kein Gipfel (ist) so hoch, daß dieses Volkes wühlendes Wesen nicht ruhelos in alle Tiefen müßte«. Eben diese parareligiöse Mystifizierung des deutschen Wesens, an dem nicht nur allgemein die ganze Welt, sondern im Roman namentlich das latinisierte, welsche Europa genesen sollte, kam den Rosenbergs und Goebbels eben recht: Wenn Deutschland, und zwar *ihr* nationalistisches, faschistisches Deutschland Faust ›war‹, so war der expansionistische Drang zur Überwältigung Europas als ›faustisches Streben‹ sozusagen von höchster kulturhistorischer Stelle abgesegnet, und Kolbenheyer selbst läßt nicht den geringsten Zweifel daran, daß er mit dieser Interpretation zutiefst einverstanden war: »Ecce ingenium teutonicum«, heißt der letzte Satz der Trilogie: »Siehe, dies ist der deutsche Geist.« Daran, die Geschichte vom Doktor Faustus zu Ende zu erzählen, dachte 1940 noch niemand – oder keiner wagte es; das tat, nur sieben Jahre später, erst Thomas Mann in seinem Roman *Doktor Faustus* – da aber hatte die Geschichte das Ende der Geschichte längst selbst zu Ende erzählt, und Deutschland-Faust war buchstäblich zum Teufel gegangen. –

Wie Kolbenheyer verband auch WILL VESPER (1882–1962) kulturelles Erbe mit nationalem Sendungsbewußtsein. Er wurde in Wuppertal geboren und ließ sich, nach Germanistik- und Geschichtsstudium, 1911 als freier Schriftsteller in Bayern nieder. Am Ersten Weltkrieg nahm er als Landwehr-Soldat und wissenschaftlicher Hilfsarbeiter im Generalstab teil. Von 1918 bis 1920 war er Feuilleton-Chef der *Deutschen Allgemeinen Zeitung* und 1923 bis 1943 Herausgeber der faschistischen Zeitschrift *Die schöne Literatur* (ab 1931 »Die neue Literatur«). Im Dritten Reich avancierte Vesper zum Mitglied der preußischen Dichterakademie und, zusammen mit Johst, zum Vorsitzenden der Reichsschrifttumskammer. Ab 1936 lebte er auf Gut Triangel im Hannoverschen Kreis Gifborn. Vesper hatte sich zunächst mit einer Reihe von Lyrik-Anthologien einen Namen gemacht (»Die Ernte aus acht Jahrhunderten«, 1906; »Aus tausend Jahren. Deutsche Balladen und Kriegslieder«, 1912; »Der deutsche Psalter«, 1913; »Der deutschen Seele Trost«, 1915), über denen seine lyrische Eigenproduktion (»Der Segen«, 1905; »Der blühende Baum«, 1916) beinahe übersehen wurde. Sein literarisches wie ideologisches Sendungsbewußtsein jedoch erfüllte sich – neben NS-Hymnen und Führer-Gesängen – in einer Reihe von historischen Romanen (»Martin Luthers Jugendjahre«, 1918; »Die Wanderung des Herrn Ulrich von Hutten«, 1922), Erzählungen (»Der Pfeifer von Niclashausen«, 1924; »Der Heilige und der

Papst«, 1928; »Kämpfer Gottes«, 1938) sowie faschistischer Programmliteratur in Romanform (vor allem »Das harte Geschlecht«, 1931), womit er zu einer der literarischen Größen in Nazi-Deutschland wurde. – Bemerkenswert ist jedoch heute vor allem, daß Will Vespers Name Ende der siebziger Jahre noch einmal in der literarischen Diskussion auftauchte, und zwar nachdem das Romanfragment *Die Reise* seines Sohnes Bernward Vesper (1939–1971) sechs Jahre nach dessen Selbstmord postum veröffentlicht worden war. Der »Romanessay« – so die vom Autor vorgesehene Gattungsbezeichnung – eröffnete eine noch längst nicht abgeschlossene Auseinandersetzung über das Verhältnis der Studentenbewegung gegen Ende der sechziger Jahre, zu deren Protagonisten Bernward Vesper gehörte, mit der Generation ihrer Väter, das im Fall Vespers unter anderem darum besonders prekär ist, weil beide Schriftsteller waren und B. Vespers politische und literarische Protesthaltung wohl auch zu deuten ist als ein nachträgliches Aufbäumen gegen den Vater. In der *Reise* heißt es in diesem Zusammenhang lakonisch: »Ich war das jüngste von vier Kindern meiner Mutter, der einzige Sohn. Und einige Tage später erschien ein Bote eines Barons aus dem Oderbruch mit einem Rokokostrauß und einem Brief, einer Gratulation des Herrn, der zufällig von der Anwesenheit der Gattin des Dichters gehört und sich beehrte. Und während meine Mutter mich noch stillte, kehrte Österreich heim ins Reich, und ich erhielt als Geschenk (nein, nicht Taufgeschenk, ich wurde erst in der Privatwohnung des befreundeten Dorfpfarrers von Gamsen getauft, als das *Tausendjährige Reich* in Trümmern ...) ein mährisches Glas mit der deutschen Schreibinschrift: Ein Volk, ein Reich, ein Führer! Ich war ein Jahr und einen Monat alt, als der Krieg begann und war sechs Jahre, neun Monate und acht Tage alt, als das REICH kapitulierte.« Der Auszug stammt aus dem Anfang des Romans, und es ist bemerkenswert, daß hier zunächst nur von der Mutter die Rede ist, nicht aber vom Vater – der nur kurz in einer Nebenbemerkung als »Dichter« ironisch erwähnt wird –. In der Folge versucht nun Vesper, der das Schreiben als Selbsterfahrungsreise, als ›Trip‹ begriff, überaus eindrucksvoll, sich der Gestalt des Vaters zu nähern, ihn beim Namen zu nennen und dadurch seiner habhaft zu werden: als unabtrennbaren Teil der eigenen Identität. In dieser zwischen Trauer und Haß extrem eingespannten ›Arbeit am Vater-Bild‹ aber erhält die persönliche Geschichte von Will und Bernward Vesper stellvertretende Züge: Mehr als zwei Jahrzehnte lang war die Auseinandersetzung mit der faschistischen Literatur nahezu tabuisiert worden, die Namen der Autoren aus den Literaturgeschichten ausgemerzt; erst allmählich setzte auch auf diesem Gebiet ein

Reflexionsprozeß ein, entstand das Bewußtsein, daß diese Literatur nicht nur kalt kalkuliertes propagandistisches Machwerk war, sondern thematisch wie formal durchaus im Kontext der Literatur dieses Jahrhunderts gesehen werden kann und muß. Die völkisch-nationale Literatur war keine Erfindung des *Völkischen Beobachters* oder von Josef Goebbels – ebenso wie sie nicht nur von strammen Parteigenossen zur ideologischen Erbauung gelesen wurde. Autoren wie Leser hatten vielmehr alles Recht, auf eine Tradition hinzuweisen, die tief im 19. Jahrhundert verwurzelt ist – und zwar in der Heimatliteratur ebenso wie in der ›hohen‹ Nationalliteratur, deren Begriff spätestens im Wilhelminischen Reich nach 1871 mit deutlich chauvinistischen, die Überlegenheit der deutschen Kultur reklamierenden Akzenten versehen worden war. Mag es peinlich sein wem immer, aber die Nationalsozialistische Literatur ist kein Produkt einiger weniger indoktrinierter Faschisten; sie ist eine nicht einmal unbedeutende Episode – ist Teil der deutschen Literaturgeschichte.

Dies ist auch nicht zu übersehen bei drei Autoren, die wir zum Schluß als Vertreter nationalsozialistischer Lyrik kurz erwähnen wollen, bei Herybert Menzel, Gerhard Schumann und Hans Baumann. HERYBERT MENZEL (1906 bis 1945) aus Obarnik (Provinz Posen) wandelte so unbedenklich wie aufdringlich in Hölderlins Spuren, kassierte dessen hymnische Formen für Gedichte mit Titeln wie *Im Bann* (1930), *Im Marschschritt der SA* (1933), *Gedichte der Kameradschaft* (1936), *Ruf von der Grenze* und – besonders grotesk, da 1943 geschrieben – *Anders kehren wir wieder*. Darüber hinaus verfaßte er auch Prosa, die sich im wesentlichen um das heroisierte »Grenzmarker-Leben« drehte (»Umstrittene Erde«, 1930; »Der Grenzmark-Rappe«, 1933). Außer bei Hölderlin machte Menzel formale Anleihen bei Stefan George, dessen Glut- und Feuermetaphern ihm wie anderen »pyromanischen Lyrikern« (Albrecht Schöne) zu militaristischen Sprachorgien dienten.

Ähnliches läßt sich auch von den Gedichten GERHARD SCHUMANNS sagen (geb. 1911); auch in ihnen tönen ohrzerberstend Trommeln und Fanfaren, rauschen überall Schwerter und Banner, Fahnen und Standarten. Nach dem Gedichtband *Ein Weg führt ins Ganze* (1933) veröffentlichte er *Lieder vom Reich* (1935), worin es von Hitler, der die »Reinheit des Reiches« gerettet habe, in einschlägig sakralisierender Tendenz heißt: »Er kommt, der züchtigt und den Tempel fegt.« In der gleichen Haltung und mit gleichem Erfolg sang Schumann dann weiter (»Wir aber sind Korn«, 1936; »Wir dürfen dienen«, 1937; »Schau und Tat«, 1938), bevor er 1942 nach einer Verwundung in Rußland Chefdramaturg in Stuttgart wurde. 1944 kehrte er an die Front zurück, geriet in Kriegsgefangenschaft, kehrte erst 1948 heim und lebt seitdem zurückgezogen in Bodmann. Mit betont unpolitischen, eine diffus raunende Tiefe beschwörenden Gedichten (»Die Tiefe trägt«, 1957; »Leises Lied«, 1962; »Der Segen bleibt«, 1968) versuchte er die eigene Vergangenheit vergessen zu machen – und ihr, vielleicht, auch selbst zu entkommen.

Eine forcierte innere Wandlung betrieb nach dem Krieg aus einschlägigem Grund auch HANS BAUMANN (geb. 1914). Gewissermaßen in der Hitlerjugend aufgewachsen, erkannte er deren Bedürfnis nach Kantaten, Balladen, Chordichtungen und Lagerfeuer-Liedern und stillte es mit z. T. selbst vertonten Gedichten. Kameradschaftsgeist, Gefolgschaftstreue und unverhohlener Chauvinismus (»Es zittern die morschen Knochen«) sind kennzeichnend für Schumanns Lyrik wie auch für seine germanophilen Dramen (»Rüdiger von Bechelaren«, 1938; »Konradin«, 1941; »Ermanerich, 1944). Als das alles nicht mehr anging, sattelte Baumann nach dem Krieg kurz entschlossen und erfolgreich um und schrieb eine kaum überschaubare Menge von Jugendbüchern (u. a. »Die Höhlen der großen Jäger«, 1953; »Der große Alexanderzug«, 1967; »Dimitri und die falschen Zaren«, 1970), in denen die eigenen HJ-Erfahrungen entpolitisiert und ins Romantisch-Abenteuerliche umgemünzt werden.

DIE LITERATUR DER INNEREN EMIGRATION

Walter von Molo war der Verfasser eines *Offenen Briefes an Thomas Mann*, der am 13. August 1945 in der *Münchener Zeitung* erschien und eine so heftige wie ausgedehnte Debatte in Gang setzte, in der es um das prekärspannungsvolle Verhältnis zwischen den emigrierten und exilierten Schriftstellern einerseits sowie jenen ging, die die zwölf Jahre Nazi-Herrschaft schreibend und publizierend in Deutschland verbracht hatten. Die Redaktion der *Münchener Zeitung*, die wohl bemerkt hatte, daß Molos Brief einigen Zündstoff enthielt, stellte dem Artikel folgende Bemerkung voran: »Der deutsche Schriftsteller Walter von Molo, der vor 1933 Präsident der Dichterakademie war (...), hat den nachstehenden offenen Brief an Thomas Mann geschrieben. Walter von Molo, der Autor der Romane ›Fridericus‹, ›Luise‹, ›Das Volk‹ und des Friedrich-List-Romans ›Ein Deutscher ohne Deutschland‹, war auch lange Zeit der erste Vorsitzende des Schutzverbandes deutscher Schriftsteller gewesen. Die Redaktion betont, daß sie in vielen Punkten mit den von Molo ausgesprochenen Gedanken nicht übereinstimmt, aber getreu den Grundsätzen des demokratischen Journalismus dennoch Molo das Wort gibt.« Die Vorsicht der Redakteure war verständlich: Zu genau erinnerten sie sich wohl noch, daß Walter von Molo (vgl. Bamd V, Seite 239) in den genannten Romanen ein nationalistisch gestimmtes Pathos entfaltet hatte, das ihn den Nazis durchaus genehm machte. Zwar machte er sich nicht mit ihnen gemein, zog sich vielmehr bald nach der Machtübernahme auf sein Gut zurück; aber schreiben und publizieren konnte er eben doch ziemlich ungestört, was ohne ein gewisses Arrangement mit dem herrschenden Regime nicht möglich gewesen wäre.

Molos Brief an Thomas Mann ist vor diesem Hintergrund zunächst einmal ein ganz persönlicher Rechtfertigungsversuch: »Mit aller, aber wahrhaft aller Zurückhaltung, die uns nach den furchtbaren zwölf Jahren auferlegt ist, möchte ich dennoch heute bereits und in aller Öffentlichkeit ein paar Worte zu Ihnen sprechen«, heißt es gleich zu Beginn des Briefes in rhetorischer Bescheidenheitshaltung, die den eigentlichen Zweck des Briefes vorbereiten helfen soll, nämlich Thomas Mann zur Rückkehr nach Deutschland zu bewegen: »Bitte, kommen Sie bald, sehen Sie in die von Gram durchfurchten Gesichter, sehen Sie das unsagbare Leid in den Augen der vielen, die nicht die Glorifizierung unserer Schattenseiten mitgemacht haben, die nicht die Heimat verlassen konnten (...), für die kein anderer Platz gewesen wäre als daheim, in dem allmählich gewordenen großen Konzentrationslager, in dem es bald nur mehr Bewachende und Bewachte verschiedener Grade gab.« Im Namen von Humanität und Mitmenschlichkeit müsse Thomas Mann zurückkehren, um den Menschen Trost und Vergebung ihrer Sünden zu gewähren, jenen Menschen, die im Kriege alles verloren hätten – bis auf eines: »Sie sind vernünftige Menschen geblieben, ohne Übersteigerung und ohne Anmaßung, deutsche Menschen, die sich nach der Rückkehr dessen sehnten und sehnen, was uns einst im Rate der Völker Achtung gab.« Das deutsche Volk nämlich habe, ungeachtet aller propagandistischen Hetze, vor und während des Krieges nicht gehaßt, ja sei des Hasses recht eigentlich unfähig, weil – und dies ist eine merkwürdige logische Konstruktion – es seine Großen und Meister wahrhaft verehrt und verdient habe, »denn«, so wendet sich Molo nun unmittelbar an Mann: »denn – ich spreche in voller Verantwortung es aus – Ihr Volk, das nunmehr seit einem Dritteljahrhundert hungert und leidet, hat im innersten Kern nichts gemein mit den Missetaten und Verbrechen, den schmachvollen Greueln und Lügen, den furchtbaren Verirrungen Kranker, die daher wohl so viel von ihrer Gesundheit und Vollkommenheit posaunten.« Jede pauschale Herabsetzung der Deutschen müsse deshalb vermieden werden; vielmehr sei es schon jetzt an der Zeit (die Kapitulation lag erst wenige Wochen zurück!), dem alle Menschen Einigenden zu dienen und zur Gesundung des Volkes beizutragen, das gewiß »keine unheilbare Krankheit« heimgesucht habe. Thomas Mann solle »wie ein guter Arzt«, mit »Rat und Tat« zurückkommen im Namen des allverbindenden Geistes: »Suchen wir wieder gemeinsam – wie vor 1933 – die Wahrheit, indem wir uns alle auf den Weg zu ihr begeben und helfen, helfen, helfen!«

Vor allem drei Aspekte des Briefes waren es, welche die Debatte um innere Emigration und Exil in den darauffolgenden Wochen und Monaten prägen sollten und die noch heute in historischen Auseinandersetzungen über das Dritte Reich eine bedeutende Rolle spielen: 1. die aufwertende Umdeutung des Lebens unter der Nazi-Herrschaft zum Martyrium, die – kurz nach Kriegsende durchaus verständlich – die nationale Euphorie in den ersten Jahren des Regimes absichtsvoll verdrängte, auch nicht mehr wahrhaben wollte, daß Hitler durchaus vom deutschen Volk gewählt worden war und sich jahrelang auf die Zustimmung weitester Bevölkerungskreise stützen konnte, und zwar hinsichtlich der Innenpolitik (Kommunistenverfolgungen) ebenso wie in bezug auf die Außenpolitik (der mit der ›Schande von Versailles‹ motivierte aggressive Expansionismus); 2. die Aufspaltung der Nation in ein ›gutes‹ und ›böses‹ Deutschland, die den Daheimgebliebenen aus naheliegenden Gründen ganz besonders am Herzen lag – indem Molo den Faschismus zur ›furchtbaren Verirrung‹ uminterpretiert, der aus den Deutschen KZ-Insassen gemacht habe, reklamiert er für sich und seinesgleichen den Status als Opfer, das den ›Tätern‹ bedingungslos und ohne Möglichkeit zur Gegenwehr ausgeliefert war: als ›guter‹ Deutscher den ›bösen‹ Deutschen; 3. eine ähnliche Trennung versucht Molo im Bereich der deutschen Geistesgeschichte zu unternehmen – der deutsche Geist, deutsche Humanität und deutsches Meistertum hätten ja doch mit dem Nationalsozialismus nichts zu schaffen, und das beste werde es sein, man mache dort weiter, wo man 1933 bedauerlicherweise unterbrochen worden sei: bei der Suche nach einer Wahrheit, die – das beweist der Brief nur gar zu deutlich – Walter von Molo unter Verdrängungs- und Rechtfertigungszwang längst wieder und wie schon damals zu entgleiten drohte, als er seine Roman-Trilogie *Ein Volk wacht auf* (1918–1922) veröffentlicht hatte.

Unmittelbar durch Molos Brief veranlaßt – und noch während dieser nach Kalifornien unterwegs war – erschien am 18. August 1945 ebenfalls in der *Münchener Zeitung* ein Aufsatz von Frank Thieß, dessen Überschrift der ersten literarischen Nachkriegsdebatte endgültig das Schlagwort lieferte: *Die innere Emigration*. Auch diesmal stellte die Redaktion dem Artikel eine erklärende Notiz voran: »In einem offenen Brief hat Walter von Molo (zu der) deutsche(n) Schuldfrage Stellung genommen. Der bedeutende deutsche Dichter Frank Thieß sendet uns nun den folgenden Beitrag, in dem er für eine Einheit der ›inneren und äußeren Emigration‹ eintritt. Obwohl wir uns durchaus nicht mit allen in diesem Artikel ausgesprochenen Ansichten des Dichters einverstanden erklären, so sind wir uns doch einig mit ihm in der Überzeugung, daß sich alle geistigen Menschen, die den Nationalsozialismus von innen und außen bekämpften, im Aufbauwerk zusammenfinden müssen.« Die Notiz ist für sich genommen schon interessant genug; nicht allein, weil es die von Molo geforderte Trennung von ›gutem‹ und ›bösem‹ Deutschland, Nationalsozialisten und ›geistigen Menschen‹ offenbar akzeptiert, sondern vor allem, weil sich darin andeutet, wie rasch viele Intellektuelle nach den zwölf Jahren Hitler-Diktatur zur Tagesordnung, d. h. zum geistig-moralischen Wiederaufbau überzugehen bereit waren, ohne sich tiefer auf eine Auseinandersetzung mit der eigenen Verstrickung in den Faschismus einzulassen. Eben dies ist auch die augenscheinlichste Tendenz des Thieß-Artikels, der einen Versuch darstellt, die eigene Schuld, das eigene Mitläufertum so bald wie möglich unter den Teppich zu kehren.

Frank Thieß (vgl. auch Band V, Seite 332–333) begrüßt zunächst von Molos Aufforderung an Thomas Mann, zurückzukehren, und weitet sie mit peinlich-strammen Worten »auf die Persönlichkeiten unter den Emigranten aus (...), die sich heute noch als Deutsche fühlen«. In einer weit ausholenden, vom Persönlichen zum Allgemeinen fortschreitenden Apologie betont Thieß sodann, er habe schon 1933, »als ich noch der naiven Ansicht huldigte, die Nationalsozialisten seien belehrbar«, vorausgesagt, daß es den Nazis nicht gelingen werde, Autoren wie seinesgleichen zum Verstummen zu bringen, wenngleich ihnen angesichts der ›Verbote und Druckmittel‹ kein anderer Weg geblieben sei als die innere Emigration. Das Exil nämlich wäre keine Alternative gewesen; das habe auch Erich Ebermayer gefühlt, als er, zur Auswanderung aufgefordert, geantwortet habe: »Als deutscher Schriftsteller bedürfe er des deutschen Raums, der deutschen Erde und des Widerhalls deutscher Menschen, Mächte, die letztlich kein Terror angreifen könne, auch wenn sie als wirkende Kräfte mehr und mehr zu verschwinden schienen.« Das sei richtig gewesen, denn die Welt, auf die »die innerdeutschen Emigranten« sich gestützt hätten – Thieß nennt hier Kasimir Edschmid, Hermann Keyserling, Walter von Molo, Erich Kästner, Werner Bergengruen, Hans Grimm und Ernst Wiechert –, diese Welt sei ein innerer Raum gewesen, dessen Eroberung Hitler trotz aller Bemühungen nicht gelungen sei. Dann wird Thieß persönlich; und es war vor allem die im folgenden zitierte Passage seines Artikels, die, mit einiger Selbstgerechtigkeit auftrumpfend, in den Kreisen der Exilliteratur helle Empörung auslöste: »Auch ich bin oft gefragt worden, warum ich nicht emigriert sei, und konnte immer nur dasselbe antworten: Falls es mir gelänge, diese schauerliche Epoche (über deren Dauer wir uns freilich alle getäuscht hatten) lebendig zu überstehen, würde ich dadurch derart viel für meine geistige und menschliche Entwicklung gewonnen haben, daß ich reicher an Wissen und Erleben daraus hervorginge, als wenn ich aus den Logen und Parterreplätzen des Auslands der deutschen Tragödie zuschaute.« Das war nun nicht allein anmaßend, sondern auch dreist und ehrabschneiderisch – vor allem angesichts der Tatsache, daß die allermeisten Emigranten nun wahrhaftig keine ›Logenexistenz‹ führten, sondern in wirtschaftlicher Not und Furcht vor den Ausländerbehörden der jeweiligen ›Gast‹-Länder ein Leben in ständiger Bedrohung führten. Thieß ignoriert das, weist im Gegenteil darauf hin, daß viele in Deutschland hätten bleiben müssen, da sie wirtschaftlich außerstande gewesen seien, zu emigrieren – womit er immerhin suggeriert, daß Schriftsteller wie Heinrich Mann oder Bert Brecht, Anna Seghers oder Alfred Kantorowicz allesamt mit dem beruhigenden Gedanken an ihr Schweizer Nummernkonto außer Landes gegangen seien. Überhaupt wird in Thieß' Artikel zum Schluß die Tendenz immer deutlicher, die Lebensumstände der ›inneren Emigration‹ auf Kosten der ›äußeren‹ ins Heroische zu stilisieren, so etwa, wenn es in quasi militärischem Frontvokabular heißt, »daß wir als deutsche Schriftsteller nach Deutschland gehörten und, was auch käme, auf unseren Posten ausharren sollten«. Er habe durchaus Respekt vor jenen, die angesichts unmittelbarer Lebensbedrohung das Land verlassen hätten – »also war es richtig, daß sie fortgingen« –, aber: »Ebensowenig kann ich (...) wünschen, daß die ungeheure Belastung und Schwere unseres Lebens, das in einer Anzahl von Fällen wirtschaftlichen Ruin und körperlichen Zusammenbruch zur Folge hatte, verkannt werde. Ich glaube, es war schwerer, sich hier eine Persönlichkeit zu bewahren, als von drüben Botschaften an das deutsche Volk zu senden, welche die Tauben im Volke ohnedies nicht vernahmen, während wir Wissenden uns ihnen stets um einige Längen voraus fühlten.« Zur indirekten, ressentimentgeladenen Diffamierung – ›die Emigranten waren Leute mit Geld, die sich die Logenplätze im Ausland leisten konnten‹ – tritt nun die Vorwärtsverteidigung – ›eigentlich hatten wir es ja viel schwerer‹ –, die in dem nun wahrhaftig kuriosen Satz gipfelt: »Wir erwarten dafür keine Belohnung, daß wir Deutschland nicht verließen. Es war für uns natürlich, daß wir bei ihm blieben.« Unter diesen Umständen ist es dann wirklich nicht mehr verwunderlich, daß Thieß' eher zaghafte Aufforderungen an die Emigranten, so bald wie möglich zurückzukehren und die ›tiefe innere Verbundenheit beider Emigrantenlager‹ zu dokumentieren, nur sehr wenig Gehör fanden.

Thieß' Artikel stürzte das Selbstverständnis der deutschen Schriftsteller in eine tiefe Krise; die moralische Saturiertheit und Selbstgerechtigkeit, mit der er auftrumpfte, provozierte Empörung, lauten Protest – und Zustimmung bei den vielen, die während der Nazizeit publiziert hatten und sich nun der Kollaboration, des Opportunismus, der stillschweigenden Duldung angeklagt sahen: Ihnen kam die Herabsetzung der äußeren Emigration eben recht, noch dazu, weil sie hier in Form einer moralischen Offensive vorgetragen wurde, die der inneren Emigration die eigentliche Legitimation zusprach, von und für Deutschland zu sprechen.

Thomas Mann kannte Thieß' Artikel nicht, als er sich am 7. September 1945 daran machte, Walter von Molo zu antworten. Doch sein – übrigens außerordentlich umfangreicher, acht volle Druckseiten umfassender – Brief läßt sich durchaus auch als Antwort auf *Die innere Emigration* lesen, unter anderm wohl deshalb, weil Thomas Mann offenbar geahnt hatte, daß Walter von Molos eher zurückhaltende, moderate Position sehr leicht ins Selbstgerecht-Offensive umschlagen konnte.

Zwar müsse es ihn ja freuen, so Thomas Mann zu Beginn seines Briefes, daß Deutschland ihn wiederhaben wolle, nur scheine ihm die Aufforderung zur Heimkehr nicht recht überlegt, was die technischen, bürgerlichen und seelischen Schwierigkeiten betreffe, die seiner ›Rückwanderung‹ entgegenstünden: »Sind diese zwölf Jahre und ihre Ergebnisse denn von der Tafel zu wischen, und kann man tun, als seien sie nicht gewesen?« Schwer genug sei es gewesen, 1933 Haus und Land, Bücher und Vermögen verloren zu haben; nie vergessen werde er die »analphabetische und mörderische Radio- und Pressehetze« gegen ihn und sein Werk; schwer genug schließlich sei gewesen, was dann folgte, »das Wanderleben von Land zu Land, die Paßsorgen, das Hoteldasein, während die Ohren klangen von den Schandgeschichten, die täglich aus dem verlorenen, verwildernden, wildfremd gewordenen Lande herüberdrangen. Das haben Sie alle, die Sie dem ›charismatischen Führer‹ (entsetzlich, entsetzlich, diese betrunkene Bildung!) Treue schworen und unter Goebbels Kultur trieben, nicht durchgemacht.« Empörend sei es gewesen, beobachten zu müssen, wie drinnen die Solidarität der Anpasser und der Schweigenden mit dem Regime sich verfestigte, während die Ausgewiesenen am »Herzasthma des Exils« hatten leiden müssen. Doch bei aller Empörung – beneidet habe er die Zurückgebliebenen auch in ihren größten Tagen nicht: »Dazu wußte ich zu gut, daß diese großen Tage nichts als blutiger Schaum waren und rasch zergehen würden.« Beneidet habe er allenfalls Hermann Hesse, der sich beizeiten von Deutschland gelöst und sich nach Montagnola zurückgezogen habe mit der nur zu treffenden Begründung: »Ein großes, bedeutendes Volk, die Deutschen, wer leugnet es? Das Salz der Erde vielleicht. Aber als politische Nation – unmöglich! Ich will, ein für allemal, mit ihnen als solcher nichts mehr zu tun haben.«

Im folgenden schildert Thomas Mann dann abrißhaft die Stationen seiner Exilwanderung, die ihn über Frankreich und die Schweiz schließlich in die Vereinigten Staaten geführt habe, deren Staatsbürgerschaft er inzwischen erworben hatte und deren »Atmosphäre von Macht, Vernunft, Überfluß und Frieden« er rühmt. Er verstehe nicht, wie er in Deutschland mehr für sein Land tun könne als von Kalifornien aus; übrigens sei ihm Deutschland zutiefst fremd geworden: »Ich gestehe, daß ich mich vor den deutschen Trümmern fürchte – den steinernen und den menschlichen. Und ich fürchte, daß die Verständigung zwischen einem, der den Hexensabbat von außen erlebte, und Euch, die Ihr mitgetanzt und Herrn Urian aufgewartet habt, immerhin schwierig wäre.« Fern sei ihm die Selbstgerechtigkeit; auch müsse er zugeben, daß ihn die Briefe, die aus Deutschland einträfen, zutiefst betroffen machten – wenngleich diese Betroffenheit eingeengt werde durch den Gedanken, daß keiner davon je geschrieben worden wäre, wenn Hitler gesiegt hätte. Auch Bücher seien wohl gekommen in den letzten Wochen, bemerkt Mann, und fährt fort mit drei Sätzen, die in den darauffolgenden Jahren unerbittlich kontrovers diskutiert wurden und die als Motto jeder Literaturgeschichte der inneren Emigration vorangestellt werden könnten: »Soll ich bekennen, daß ich sie (die Bücher) nicht gern gesehen und bald weggestellt habe? Es mag Aberglaube sein, aber in meinen Augen sind Bücher, die von 1933 bis 1945 in Deutschland überhaupt gedruckt werden konnten, weniger als wertlos und nicht gut in die Hand zu nehmen. Ein Geruch von Blut und Schande haftet ihnen an; sie sollten alle eingestampft werden.« Es hätte unmöglich sein müssen, Kultur zu machen, während ringsum der Naziterror sich ausbreitete. Für Hitler-Bayreuth Wagner-Dekorationen entwerfen, mit Goebbels' Erlaubnis in gescheiten Vorträgen Kulturpropaganda machen, als Kapellmeister im Zeichen des Hakenkreuzes

Beethoven dirigieren – das habe geheißen: »die Verkommenheit beschönigen, das Verbrechen zu schmücken«, und sei eine ›obszöne Lüge‹ gewesen.

Und doch und trotz alledem, so Thomas Mann, dies sei nur die eine Seite der Sache – die andere wolle auch zu Wort kommen, daß er selbst nämlich, sein Leben und Werk zu tief in Deutschland verwurzelt seien, als daß er sich endgültig davon lossagen könnte. Auch und gerade in diesem Zusammenhang aber lehne er die Theorie von den beiden Deutschland, einem guten und einem bösen, ab: »Das böse Deutschland (...), das ist das fehlgegangene gute, das gute im Unglück, in Schuld und Untergang.« Er wolle nicht – wie von Molo und Thieß – sich der Welt als das gute, das edle, das gerechte Deutschland im weißen Kleid empfehlen. Nichts von dem, was er über Deutschland zu sagen habe, komme aus fremdem, kühlem, unbeteiligtem Wissen – er habe es alles auch in sich, er habe es alles am eigenen Leibe erfahren. – Im übrigen solle man sich hüten, in egozentrischer Fixierung im Zusammenbruch des Dritten Reiches das Ende der Geschichte, oder auch nur der deutschen Geschichte, zu sehen. Vielmehr gebe es Anzeichen zur Hoffnung, die für ihn vor allem verbürgt sei durch die Tendenz zur Auflösung der Nationalstaaten, was dann seinerseits Voraussetzung sein könnte zu einem ernsthaften »Ins-Auge-Fassen des Weltstaates«, zu einem praktisch-sozialen Humanismus. Diese zunächst allgemein-versöhnliche Geste mündet am Ende des Briefes schließlich auch zu einem versöhnenden Geständnis an Walter von Molo: »Auch dies noch: der Traum, den Boden des alten Kontinents noch einmal unter meinen Füßen zu fühlen, ist (...) weder meinen Tagen noch meinen Nächten fremd, und wenn die Stunde kommt, wenn ich lebe und die Transportverhältnisse sowohl wie eine löbliche Behörde es erlauben, so will ich hinüberfahren.« Mit einem »Auf Wiedersehen also, so Gott will« endet der Brief. – Das Wiedersehen ließ in diesem besonderen Fall lange auf sich warten – erst 1952 kehrte Thomas Mann nach Europa zurück und ließ sich auch dann nicht in Deutschland, sondern in der Schweiz nieder; von einer tatsächlichen Versöhnung zwischen innerer und äußerer Emigration aber konnte im Grunde nie die Rede sein – das auf beiden Seiten erfahrene, wenngleich gänzlich unterschiedliche Leid, die daraus resultierende Verbitterung, die Suche nach nicht nur moralischer Legitimation und vor allem die unüberbrückbare, von Verachtung und Ressentiment geprägte Entfremdung zwischen beiden Lagern verhinderten das gründlich und nachhaltig. Hinzu kam die bis auf den heutigen Tag außerordentlich umstrittene Frage, wer denn nun eigentlich der inneren Emigration zuzurechnen sei. Relativ unproblematisch scheint das zu sein bei der Gruppe jener

Autoren, die zwar zur Zeit des Dritten Reiches zu schreiben begannen, aber erst in den beiden deutschen Nachkriegsstaaten zu literarischem Ansehen und Erfolg gelangten wie Günther Eich und Peter Huchel, Wolfgang Koeppen, Marie Luise Kaschnitz, Rudolf Hagelstange, Gerd Gaiser, Karl Krolow, Paul Celan und Wilhelm Lehmann. Außer Frage steht die Zugehörigkeit zur inneren Emigration auch bei Autoren wie Ricarda Huch und Ernst Barlach, die unmittelbar nach der Machtübernahme sich öffentlich von den neuen Machthabern distanzierten. Barlach, dessen Schriften und Skulpturen von den Nazis der ›entarteten Kunst‹ zugerechnet wurden, erhielt zwar – im Gegensatz etwa zu Emil Nolde – nie offizielles Berufsverbot; doch seine Texte wurden nicht mehr veröffentlicht, seine Werke nicht mehr ausgestellt, so daß er 1937 kurz vor seinem Tod schrieb, er sei »im Vaterlande zu einer Art Emigrantendasein genötigt«: »Ich erfahre somit eine Ausgestoßenheit, die der Preisgabe an Vernichtung gleichkommt. (...) Mein Zustand ist noch übler als der eines echten Emigranten« (übrigens vergrub Barlach wie Jochen Klepper seine Manuskripte aus Furcht vor der Gestapo im Garten). – Ricarda Huch dokumentierte, mutig und öffentlich, ihre ablehnende Haltung gegen die Nationalsozialisten drei Monate nach der Machtübernahme durch ihren Austritt aus der Literatur-Sektion der gleichgeschalteten Preußischen Akademie der Künste; ihre Austrittserklärung, datiert auf den 9. April 1933, soll hier vollständig zitiert werden: »Sehr geehrter Herr Präsident, lassen Sie mich zuerst danken für das warme Interesse, das Sie an meinem Verbleiben in der Akademie nehmen. Es liegt mir daran, verständlich zu machen, warum ich Ihrem Wunsche (nach Unterzeichnung einer Loyalitätsbekundung an die neuen Machthaber) nicht entsprechen kann. Daß ein Deutscher deutsch empfindet, möchte ich fast für selbstverständlich halten; aber was deutsch ist und wie Deutschtum sich bestätigen soll, darüber gibt es verschiedene Meinungen. Was die jetzige Regierung als nationale Gesinnung vorschreibt, ist nicht mein Deutschtum. Die Zentralisierung, den Zwang, die brutalen Methoden, die Diffamierung Andersdenkender, das prahlerische Selbstlob halte ich für undeutsch und unheilvoll. Bei einer so sehr von der staatlich vorgeschriebenen Meinung abweichenden Auffassung halte ich es für unmöglich, in einer staatlichen Akademie zu bleiben. Sie sagen, die mir von der Akademie vorgelegte Erklärung werde mich nicht an der freien Meinungsäußerung hindern. Abgesehen davon, daß eine ›loyale Mitarbeit an den satzungsgemäß der Akademie zufallenden nationalen und kulturellen Aufgaben im Sinne der veränderten geschichtlichen Lage‹ eine Übereinstimmung mit dem Programm der Regierung erfordert, die bei mir nicht vorhanden ist, so würde ich keine Zeitung oder Zeitschrift finden, die eine oppositionelle Meinung abdruckte. Da bliebe das Recht der freien Meinungsäußerung in der Theorie stecken. Sie erwähnen die (zu dem Zeitpunkt bereits aus der Akademie ausgeschlossenen) Herren Heinrich Mann und Dr. Döblin. Es ist wahr, daß ich mit Herrn Heinrich Mann nicht übereinstimme, mit Herrn Döblin tat ich es nicht immer, aber doch in manchen Dingen. Jedenfalls möchte ich wünschen, daß alle nicht-jüdischen Deutschen so gewissenhaft suchten, das Richtige zu erkennen und zu tun, so offen, ehrlich und anständig wären, wie ich ihn immer gefunden habe. Meiner Ansicht nach konnte er angesichts der Judenhetze nicht anders handeln, als er getan hat. Daß mein Verlassen der Akademie keine Sympathiekundgebung für die genannten Herren ist, trotz der besonderen Achtung und Sympathie, die ich für Herrn Dr. Döblin empfinde, wird jeder wissen, der mich persönlich oder aus meinen Büchern kennt. Hiermit erkläre ich meinen Austritt aus der Akademie. – Ricarda Huch.«

Mit ihrer tapferen – und nicht ungefährlichen – Haltung stand Ricarda Huch auf recht verlorenem Posten. Die meisten ihrer Kollegen schwiegen und schrieben weiter – im Bewußtsein einer ›geistigen Opposition‹, die angesichts des buchstäblich erdrückenden politischen Gegners zwar ehrenhaft sein mochte, aber dennoch gänzlich hilflos blieb. Vor allem die Unfähigkeit vieler Autoren, den Faschismus als politisches Phänomen auch politisch zu analysieren und zu bekämpfen; ihr Beharren auf einem ›dichterischen‹ Wertekonservativismus, der verdeckt-prinzipiell opponierte, nicht aber offen protestierte oder gar agitierte; das Ausweichen in einen oftmals religiös gefärbten metaphysischen Raum der Geschichte etwa oder der Natur oder der Heimat – all diese Formen des inneren, gar zu innerlich gebundenen Widerstandes berührte die totalitären Verhältnisse im Reich nicht im mindesten, ja trugen eher noch zu ihrer Stabilisierung bei oder wurden am Ende sogar von den Herrschenden vor den eigenen ideologischen Karren gespannt. So wurde zum Beispiel Jochen Kleppers Roman *Der Vater* (1937) von den Nazis für sich reklamiert, obwohl der Autor ihn als »Kritik, nicht Verherrlichung des Heutigen« gemeint hatte. So ging es vielen, und einige besonders prominente Beispiele für derartige ›Mißverständnisse‹ sollen im folgenden gegeben werden.

Eins der meistgelesenen Bücher im Dritten Reich aus den Reihen derer, die sich zur inneren Emigration zählten, war Werner Bergengruens (vgl. auch Band V, Seite 376–280) Roman *Der Großtyrann und das Gericht*. Das Werk ist in fünf Bücher eingeteilt: Nespoli, Vittoria, Diomede, Der Färber und

Der Großtyrann und das Gericht, benannt nach den jeweiligen Protagonisten. Mit einem biblischen Motto – »Führe uns nicht in Versuchung« – sowie einer Präambel präludiert der Autor selbst das Thema seines Romans: »Es ist in diesem Buche zu berichten von den Versuchungen der Mächtigen und von der Leichtverführbarkeit der Unmächtigen und Bedrohten. Es ist zu berichten von unterschiedlichen Geschehnissen in der Stadt Cassano, nämlich von der Tötung eines und von der Schuld aller Menschen. Und es soll davon auf eine solche Art berichtet werden, daß unser Glaube an die menschliche Vollkommenheit eine Einbuße erfahre. Vielleicht, daß an seine Stelle ein Glaube an des Menschen Unvollkommenheit tritt; denn in nichts anderem kann ja unsere Vollkommenheit bestehen als in eben diesem Glauben.« Ort der Handlung ist ein italienischer Stadtstaat zur Zeit der Renaissance, der vom Großtyrannen beherrscht wird. Ein Mönch ist ermordet worden, und der Tyrann fordert die Aufklärung des Falles binnen dreier Tage. Das hat eine mehr oder weniger fein gesponnene Intrige aller gegen alle zur Folge, eine Verstrickung in Lügen und Verdächtigungen, Opportunismus und Denunziantentum, die schließlich dazu führen, daß der Färber Sperone, ein frommer Mann, sich opfern und durch Selbstbezichtigung die Bewohner der Stadt vor der vollständigen moralischen Zerrüttung bewahren will. Da jedoch tritt der Großtyrann selbst hervor und gesteht den Mord, den er verübt habe, ›um das Herz seiner Untertanen zu prüfen‹, über die er nun, nach dem erschütternden Ausgang der Prüfung, Gericht halten wolle. Da jedoch erhebt sich ein Priester und klagt in flammender Rede den Großtyrannen selbst des größten Frevels an: »Du hast mit deinem freien Willen dies widergöttliche Spiel angehoben (...), in Gleichheit Gottes die Schicksale der Menschen zu bewegen und zu beschauen und endlich als ein Weltenrichter über sie zu befinden.« Erschüttert von der Rede, erkennt der Tyrann seinen Frevel und vereinigt sich mit den anderen in gemeinsamem Schuldbekenntnis und gegenseitiger Vergebung. Das Buch – unter rein literarischem Aspekt gewiß nicht Bergengruens bestes – ist wegen seiner Wirkungsgeschichte besonders bemerkenswert. Es ist für heutige Leser unzweifelhaft, daß Bergengruen, getarnt durch die Gattung des historischen Romans, heftige Kritik am Totalitarismus des Dritten Reiches, vor allem an dessen Führerprinzip üben wollte, und tatsächlich bezeichnete der Autor selbst sein Werk als einen Schlüsselroman über die faschistische Diktatur. Bezeichnend, erschütternd und makaber zugleich ist nur, daß ausgerechnet dieses Buch vom Völkischen Beobachter als »Führerroman der Renaissance« gefeiert – und empfohlen wurde. Wenn zuvor festgestellt wurde, daß die geschichtlich verbrämte, religiös und metaphysisch motivierte, ›rein geistige‹ Kritik des Faschismus an dessen Terrorcharakter notwendig vorbeizielen mußte, so liegt hier ein überaus charakteristisches Beispiel vor. Der Bergengruen-Kommentator Hermann Kunisch schreibt: »Dies ist vielleicht der schönste Adel des Bergengruenschen Werkes, daß es bei aller Sicherheit der Form, aller sprudelnden Freude am tollen und tiefen Geschehen, aller Greifbarkeit des herrlichen und trunkenen Lebens, aller Lust und Verführung des Wortes immer jene Zone des Menschlichen und Kreatürlichen spürbar werden läßt, wo die Zeichen ›am Himmel‹ durch die Gestalten ›auf Erden‹ durchscheinen, wo das ›Beschreibliche‹ dem ›Unbeschreiblichen‹ still und vertrauend überantwortet wird; in einem Raum, wo die Grenze zwischen Innen und Außen unwichtig wird und die Einheit in der Liebe sich herstellt.« Der Kommentar enthält – wenngleich natürlich gänzlich unfreiwillig – eine präzise, umfassende Beschreibung derjenigen Gründe, die Bergengruens Schreibweise als Schreibweise des inneren Widerstandes scheitern und für die Kulturpolitik des Dritten Reiches ausbeutbar werden ließ: In beidem, in Roman und Kommentar, tritt an die Stelle konkreter gesellschaftlicher Verhältnisse das Allgemeinmenschliche; werden Himmel und Erde in religiöser Einheit beschworen, während ein Volk in den Abgrund getrieben wurde; tatsächlich wurde ja das ›Beschreibliche‹ dem Unbeschreiblichen überantwortet: dem unbeschreiblichen Grauen des Krieges und der Judenvernichtung; und endgültig fatal – im persönlichen Fall Werner Bergengruens wohl auch tragisch – ist die Leugnung der Grenze zwischen Innen und Außen, wenn das Innen nur mehr Fluchtort ist und das Außen in Flammen aufgeht.

Weltabgewandte Innerlichkeit kennzeichnet auch den 1933/1934 zuerst in Westermanns Monatsheften erschienenen Roman *Die Majorin* von Ernst Wiechert, und auch dieser Autor konnte nicht verhindern, daß die Nazis ihn für sich in Anspruch nahmen (über Wiecherts Leben wird weiter unten berichtet werden). Der an äußerem Geschehen arme Roman handelt vom Schicksal Michael Fahrenholz', der, längst für tot erklärt, erst nach zwanzig Jahren in seine ostpreußische Heimat zurückkehrt. Dort wird er von der Majorin, der ›Herrin des Waldes‹ aufgenommen und versorgt, nachdem der eigene, trübsinnige Vater den Sohn nicht mehr erkennt. Mit großer Mühe und unter zahlreichen psychischen Konflikten vollziehen Michael und die Majorin eine innere Wandlung, bis die Frau sich schließlich in mütterlicher Demut des Fremden als Ersatz für den eigenen mißratenen Sohn annimmt – sie hat gelernt, »fortzugehen aus einem Land, in dem zu nehmen erlaubt ist, in ein Land, in dem nur zu geben erlaubt ist, wie es sich für eine Mutter gehört«. Kein faschistischer Roman, ohne Zweifel, und doch einer, der es den Machthabern erlaubte, Autor und Werk zu ignorieren, zu tolerieren oder ideologisch zu kassieren. In einem Kommentar zur Majorin heißt es daher zu Recht: »Obwohl Wiechert persönlich im Gegensatz zum Nationalsozialismus stand, mußte die Verherrlichung ostpreußisch-bäuerlichen Lebens und seiner heilenden Kräfte der unheilvollen Blut-und-Boden-Ideologie der Zeit ungewollt Auftrieb verleihen. Die im ganzen versöhnliche Tendenz des Romans schafft zuletzt, da sie politisch-gesellschaftliche Sachverhalte unberücksichtigt läßt um einer ›zeitlosen Gültigkeit‹ willen, eine Art künstlicher, betulich zelebrierter Harmonie« – worin, so könnte man hinzufügen, sie dann doch wieder politisch wirksam wird, denn diese Harmonie korrespondierte genau mit einem entsprechenden Harmoniebedürfnis der Leser, die im Ewigmenschlichen ihre Zuflucht suchen und eben dadurch sich dem Regime und seinen terroristischen Zielen widerstandslos überließen. Dies ist, bei allem Bemühen, Ernst Wiechert Gerechtigkeit widerfahren zu lassen, auch der Tenor seiner Beurteilung durch Georg Lukács: »Der altpreußische Pietismus Wiecherts (...) konnte Hitler nur einen dumpfen Widerstand entgegensetzen. Es war als Kampfgenossenschaft gegen die Hitlersche Barbarei nicht ohne Wert, konnte jedoch von sich aus zu keiner Erneuerung Deutschlands führen.«

In seinem Gedicht *An die Nachgeborenen* (1938) beklagt Bert Brecht die »Zeiten, wo ein Gespräch über Bäume fast ein Verbrechen ist, weil es ein Schweigen über so viele Untaten einschließt«. Die Bemerkung zielt unter anderem auf zahlreiche Lyriker, die sich zwischen 1933 und 1945 in die Naturlyrik flüchteten – ganz analog den Romanautoren, die in der Geschichte oder der eigenen Innerlichkeit sich zu bergen versuchten. Naturlyrik hatte Konjunktur, und auch hier ist der Zusammenhang der fortschreitenden Totalitarisierung des Dritten Reiches und der regressiven Ausweichbewegung davor unübersehbar: »Man sollte es mit aller Bitterkeit aussprechen. Im Angesichte der total mobilgemachten Landschaft hat das deutsche Naturgefühl einen ungeahnten Aufschwung genommen«, schrieb Walter Benjamin zynisch, und Elisabeth Langgässer verurteilte später den Rückzug in die Natur, weil er ein »Tändeln mit Blumen und Blümchen über dem scheußlichen, weit geöffneten, aber mit diesen Blümchen überdeckten Abgrund der Massengräber« war. Neben Lehmann und Huchel der bekannteste und wirksamste Naturlyriker, der sich der inneren Emigration zurechnete, war Oskar Loerke (vgl. auch Band V, Seite 421–423). Zu seinem fünfzigsten Geburtstag erschien 1934 sein Gedichtzyklus *Der Silberdistelwald.* Fünf

Bände des lyrischen »Siebenbuches« waren zwischen 1911 und 1930 bereits erschienen, bevor der Dichter es unter dem unmittelbaren Eindruck der Machtübernahme und ihrer Folgen vervollständigte, und zwar zum Teil mit Texten, die unverhüllt gegen das Hitlerregime protestierten. Für unseren Zusammenhang besonders aufschlußreich ist das Titelgedicht der Sammlung. Darin gibt sich das lyrische Ich zunächst der Sehnsucht nach dem griechischen Gott Pan hin, von dem es eine Auflösung aller Widersprüche der Welt erhofft. In der zweiten, zu Pfingsten 1933 entstandenen Strophe jedoch erscheinen Pan und die Göttlichkeit seiner Rechte unmittelbar bedroht, bevor dann freilich die dritte Stufe eine »tiefe Kommunion« und innige Durchdringung von Ich und Natur in Aussicht stellt: »Mein Vater du, ich hüte, / Ich hüte dich, mein Sohn«. Die Schlußstrophe schließlich, überschrieben mit *Was du verachtest*, zieht eine Art Resümee Loerkes in seinem Verhältnis zu den Machthabern des Dritten Reiches: »Was deine Welt nicht ist, sollst du verlassen / Was dir verächtlich ist, sollst du verachten. / Was du verachtest, hüte dich zu hassen.« Die von christlichem Ethos und poetischem Pathos gleichermaßen getragenen Verse spiegeln Macht und Ohnmacht der ›inneren Emigration‹ genau wider, die aus politischer Schwäche eine Tugend zu machen versuchte, indem sie das, was sie unter Geist, Natur und Menschlichkeit verstand, literarisch zu bewahren trachtete.

Ähnlicher Prägung waren auch zwei literarische Zeitschriften, die zwischen 1933 und 1943 eine Art Forum der inneren Emigration bildeten und die, abgesehen von einigen »zwischen den Zeilen schreibenden« Feuilletons, das einzige, wenn auch schwache Gegengewicht zur Hetzpresse der Nazis bildeten. Da war zunächst die bereits 1930 gegründete, in München erscheinende *Corona*. Sie versammelte Autoren, die, politisch europäisch-konservativ orientiert, literaturgeschichtlich am ehesten dem Neuklassizismus im Gefolge Hofmannsthals und Borchardts zuzurechnen waren. Neben ausländischen Beiträgern wie Yeats und Paul Valéry veröffentlichten in der *Corona* unter anderm F. G. Jünger, Hans Carossa, Rudolf Kassner, die Germanisten Max Kommerell, Emil Staiger und Richard Alewyn, der Romanist Karl Vosseler, der Schweizer Diplomat C. J. Burckhardt sowie schließlich auch, nicht ohne Alibifunktion gegenüber dem Regime und seiner Zensur, der völkische Literaturhistoriker Josef Nadler. Selbstverständlich mußte sich die Zeitschrift mit aller unmittelbaren Gesellschaftskritik vollständig zurückhalten und – listig und opportunistisch zugleich – sich auf das Gebiet ›ungefährlich‹ ästhetisierender Prosa, schöngeistiger und idyllischer Schreibweisen beschränken. Andererseits konnte die Zeitschrift wenigstens noch die Sprache aus dem Sumpf des Redner- und Zeitungsdeutsch des Dritten Reiches heben, auch wenn die Reichskulturkammer sie nur zu dem Zweck duldete, SS-Europa ein abendländisches Mäntelchen umzuhängen. Als die radikal-völkische Kulturpolitik das idealistische Aushängeschild nicht mehr nötig hatte, wurde die Corona 1943 eingestellt.

Im selben Jahr mußte auch die Zeitschrift *Inneres Reich* ihr Erscheinen beenden. Sie war 1934 aufgrund einer Ausnahme vom Verbot der Neugründungen von Zeitschriften erschienen und versammelte eine weltanschaulich äußerst uneinheitliche Gruppe von Schriftstellern: Binding schrieb darin ebenso wie der neuromantische Erzähler Hermann Claudius, Emil Strauß und Wilhelm Schäfer gleichermaßen wie der führerbegeisterte Böhmerwaldbarde Johannes Linke und darüber hinaus noch Kolbenheyer und Ina Seidel, Reinhold Schneider und der katholische Märchenspieldichter Max Mell. Welch schizoides Bewußtsein und ideologischen Drahtseilakt der Bestand der Zeitschrift voraussetzte, zeigt sich aber wohl am deutlichsten in einer programmatischen Notiz ihrer Herausgeber Alverdes und Mechow, in der es heißt: »Wir erkennen in der Führung des deutschen Volkes durch Adolf Hitler, durch den im Leibes- und Seelenkampf geläuterten Soldaten des alten und neuen Reiches, die leidenschaftliche Liebe nicht allein zum zeitlich sichtbaren Volksgenossen, sondern auch zu jenen uralten, immer neuen Reichtümern der Seele, die wir mit dem Worte ›deutsch‹ nennen.«

Paul Alverdes (1897–1979) hatte als Sohn eines pommerschen Offiziers in Straßburg das Licht der Welt erblickt, war dann in verschiedenen anderen Garnisonsstädten seines Vaters herangewachsen und früh Mitglied der Jugendbewegung geworden; siebzehnjährig zog er freiwillig in den Krieg, erlitt eine schwere Kehlkopfverletzung und studierte dann in München, wo er auch nach seiner Promotion zum Doktor der Philosophie als freier Schriftsteller blieb, bis er seinen Wohnsitz nach Grünwald in der Nähe der bayerischen Hauptstadt verlegte. Gedichte (»Die Nördlichen«, 1922) und Erzählungen stehen am Anfang der literarischen Laufbahn, die noch, mit K. H. Kramberg zu reden, zwischen preußischem Pflichtethos und westlichem Ästhetizismus schwankt. Jenes gewinnt das Übergewicht in den Kriegsbüchern, z.B. in der autobiographisch gefärbten Novelle *Die Pfeiferstube* (1929). Auch in der Novelle *Reinhold im Dienst* (Titelstück des Bandes »Reinhold oder die Verwandelten«, 1931) gewinnt der einzelne Rang in der Hingabe an den Opfergedanken; dieses Prinzip besteht unabhängig von Sieg oder Niederlage, wie das Hörspiel *Die Freiwilligen* (1933) über Langemarck klarmachen will. Noch viele Jahre später schildert Alverdes in *Grimbarts*

Haus (1949) einen Vater, der vier Söhne als Soldaten im Krieg verliert. Doch diese stille Tragödie ist der letzte Versuch eines nationalen Idealismus. Immer mehr sucht der Autor humoristischen Abstand von der Wirklichkeit, so in den Erzählungen *Vergeblicher Fischzug* (1937) oder im oberitalienischen Reisetagebuch *Die Grotte der Egeria* (1950); eine andere Art der eskapistischen Distanzierung ermöglicht ihm das Märchen (z.B. »Das Zirflein«, 1951; »Das Traumpferdchen«, 1957) und die Legende als Erzählung oder Hörspiel (»Legende vom Christ-Esel«, 1953; »Im Stall zu Bethlehem«, 1958). Musik, Märchen, »Spiel« gehörten zum Wandervogelprotest gegen die entseelte Welt; diese Jugendbewegung hatte Alverdes in einem großen Roman dargestellt: Aus ihm waren einige Kapitel in der Zeitschrift »Corona« veröffentlicht worden, das Ganze blieb bis jetzt ungedruckt.

Der gepflegten, festen Sprache, die Paul Alverdes schreibt, widerspricht nicht der fast behutsame Stil seines Freundes Karl Benno von Mechow (1897–1960). Auch er war der Sohn eines preußischen Offiziers, ging in Bonn zur Schule und studierte nach dem Krieg, an dem er als Freiwilliger teilgenommen hatte, Philosophie, Volks- und Landwirtschaft in München und Freiburg i. Br., praktizierte dann verschiedenenorts als Landwirt und lebte zuletzt in Freiburg, zeitweise in geistiger Umnachtung; den Tod fand er in Emmendingen (nördlich von Freiburg). Adliges Menschentum, glühende Vaterlandsliebe, brennende Christlichkeit – alle drei wirkten auf ihn und beluden ihn mit Spannungen, denen er auf die Dauer nicht gewachsen war; das spürt man auch in seinen Büchern, selbst in kürzeren Erzählungen, in denen man plötzlich auf etwas Seltsames stößt, das zum übrigen nicht ganz zu passen scheint; zweifellos strebte Mechow Fontane und Stifter nach, ohne sie jedoch jemals zu erreichen. Im Roman *Das ländliche Jahr* (1929) wandelte er das auf einem Gutshof Geschehene und Erlebte mit traumhafter Sicherheit in die poetische Form der Gestaltung. Dem ersten folgte bald das beste Buch Mechows, *Das Abenteuer* (1930), die Wiedergabe der eigenen Reiterzüge auf dem östlichen Kriegsschauplatz. Der dritte Roman, *Vorsommer* (1933), erzählt von der inneren Erlösung des heimkehrenden Soldaten durch eine kindhaft reine Frau zwischen Frühling und Sommer ihres eigenen Lebens. Daneben haben wir eine Reihe Novellenbände (»Der unwillkommene Franz«, 1932; »Sorgenfrei«, 1934; »Novelle auf Sizilien«, 1941; »Glück und Glas«, 1942; »Der Mantel und die Siegerin«, 1942; »Auf dem Wege«, 1956) sowie das Erinnerungsbuch *Leben und Zeit* (1938).

Georg von der Vring (1889–1968) stammte aus Brake an der Weser, war seit 1910 Lehrer in Horumersiel am Jadebusen, 1912–1914 Kunstschüler in

Berlin, dann Offizier an der Front sowie Kriegsgefangener in Südfrankreich, 1919–1928 Zeichenlehrer am Gymnasium zu Jever (Oldenburg), hierauf freier Schriftsteller in Cavigliano bei Locarno, in Wien, Stuttgart, Schorndorf (Württemberg), in München (seit 1951). Der *Soldat Suhren* (1928) war nicht sein erstes Buch, doch jenes, dessen Erfolg es ihm ermöglichte, den Brotberuf aufzugeben. Es spiegelt die Kriegserlebnisse in einer Künstlerseele, ist also nicht getragen vom Heroismus Ernst Jüngers oder von der revolutionären Anklage Ludwig Renns, dessen Jahrgangsgenosse Georg von der Vring ist, sondern vom Glauben an die »Front des Gewissens« und an »menschenwürdige Taten«. Aus gleicher Haltung entstand der Bericht aus dem Kriegsgefangenenlager deutscher Offiziere *Camp Lafayette* (1929). Das Kriegserlebnis liegt auch dem Roman *Magda Gött* (1948) zugrunde, in dem deren erwachende Liebe Zeichen neuen Lebens unter dem Hagel der Bomben wird; nicht die Schlachten des Krieges sind die »wichtigen Dinge« des Buches, sondern das Blühen der Anemone, das Grünen und Welken des Grases; Schlüsselwort des Werkes ist also »Schönheit«, abgerungen dem mit Entsetzen erfüllten Dasein. Zur Reihe autobiographischer Aussage gehört ferner *Die Wege tausendundein* (1955).

Das Erlebnis der Kameradschaft, der Treue, der Einsamkeit des Künstlers, des einfachen Mannes nährte auch Vrings historische Romane *Schwarzer Jäger Johanna* (1934), *Die spanische Hochzeit* (1938), vor allem die fingierten Aufzeichnungen eines oldenburgischen Rittmeisters vom vergeblichen Aufstand der Friesen gegen Napoleon *Der Büchsenspanner des Herzogs* (1937), ein tapferes Buch der inneren Emigration. In der Landschaft des heimatlichen Oldenburg wurzeln mehrere andere Bücher, *Die Spur im Hafen* (1936), *Die Werfthäuser von Rodewarden* (1938, später »Das Meisterschiff«, 1950). *Der Wettlauf mit der Rose* (1932) zeigt einen Soldaten, der sein Erinnerungsvermögen verloren hatte, die Erzählung *Der ferne Sohn* (1942) führt an einer Front des Zweiten Weltkrieges Vater und Sohn, die sich zufällig treffen, innerlich zusammen. Wenn somit die Gedanken des Schriftstellers oft zum Krieg zurückkehren, ihre letzte Sehnsucht ist doch erfüllte Stille, wie die *Geschichten aus einer Nuß* (1959) in ihrer klassischen Einfachheit bezeugen.

Seine Prosabücher (deren Zahl ist ungefähr 30) lassen durch Liedeinlagen oder Lyrismen darauf schließen, daß ihr Urheber im tiefsten Grunde ein Lyriker ist. In der Tat stehen am Beginn seines Weges zwei Gedichtbände (»Muscheln«, 1913, und »Südergast«, 1925), ihnen folgen *Verse* (1930), *Blumenbuch* (1934), *Bilderbuch für eine junge Mutter* (1935), *Lieder* (1939), *Dumpfe Trommel, schlag an!* (1939), *Verse für Minette* (1947), *Der Abend-*

falter (1952), *Kleiner Faden blau* (1954), der Sammelband *Die Lieder des Georg von der Vring 1909–1956* (1956), endlich *Der Schwan* (1961). Inhaltlich finden wir Kriegsgedichte ebenso wie Volks- und Kinderlieder, Liebes- und Naturgedichte; die Versgebung ist denkbar einfach, oft auf wenige Zeilen konzentriert; seine Lyrik wird mit den Jahren klangvoller und ist dann am stärksten, wenn Bild und Metapher nur noch poetischen, scheinbar keinen logischen Zusammenhang haben. Hans Carossa schrieb, er entdecke in Georg von der Vrings Versen »jeden Tag eine ungeahnte Schönheit« und »könnte in einem langen Brief die vielen Wunder aufzählen«, die dem Dichter vielleicht selber nicht bewußt wären. Dieser bewährte sich außerdem als Nachdichter französischer Autoren (Jammes, »Die kleine Bernhardine«, 1927; Maupassant, »Novellen«, 1935; Verlaine, »Gedichte«, 1939; André Maurois, »Rosen im September«, 1957) und angelsächsischer Lyrik (»Englisch Horn«, 1953).

Aus Schwaben stammte EUGEN GOTTLOB WINKLER (1912–1936). Er studierte in München und Paris Romanistik und Germanistik und beging im Alter von 24 Jahren Selbstmord. Seine Werke erfuhren 1937 ihre erste Ausgabe in zwei Bänden, denen die Briefe aus den Jahren 1932–1936 folgten (1949) sowie die Neuausgabe der *Dichtungen, Gestalten und Probleme,* vermehrt um den Nachlaß (1956). Die Dichtungen gliedern sich in Vers und Prosa, d.h. in sublime Lyrik in der Nachfolge Verlaines, Valérys und des späten Rilke, und sensible Reisebeschreibung, z.B. *Die Insel* (Erlebnisse des Autors auf Frauenwörth im Chiemsee) oder *Trinakria* (Bilder von einer Sizilienreise). Die größte Leistung Winklers liegt auf dem Gebiet des Essays. Unter anderen begegnet man bei ihm Platen, Stefan George, Ernst Jünger, Hölderlin, dem Engländer T. E. Lawrence und den Franzosen Proust. Seine literarische Kritik besteht mit Strenge auf der Einheit von Inhalt und Form, ohne sich ethischen Anforderungen ganz zu verschließen. Geistig ein dem christlichen Offenbarungsglauben Entfremdeter, konnte er, wie der Ablauf seines Lebens zeigt, die Spannung zwischen der Sinnlosigkeit des Daseins und dem dennoch vorhandenen Bedürfnis nach Sinngebung nicht durchhalten, wie sehr er sich – das erfahren wir aus einer anderen Gruppe seiner essayistischen Arbeiten – auch darum bemühte.

In Berlin wirkte seit 1940 als Professor für politische Geographie und Geopolitik der in München geborene (GEORG) ALBRECHT HAUSHOFER (1903 bis 1945), Sohn des Hauptvertreters der deutschen Geopolitik Professor Karl Haushofer (1869–1946), der bei Hitler in hoher Gunst stand und seinem Leben selbst ein Ende setzte. Haushofers Sohn nahm 1940 Beziehungen zu

Widerstandskreisen auf, wurde 1941 – nach der Flucht des ›Führer-Stellvertreters‹ Rudolf Hess, der ein Schüler Karl Haushofers gewesen war – erstmals verhaftet, jedoch wieder freigelassen; er arbeitete unverdrossen an seinem wissenschaftlichen Hauptwerk *Allgemeine politische Geographie und Geopolitik* (1951) weiter und wurde schließlich im Zusammenhang mit den Ereignissen des 20. Juli 1944 im September gleichen Jahres neuerdings in Haft gesetzt, ins Moabiter Gefängnis eingeliefert und 1945 ermordet. Außer seiner Wissenschaft widmete sich Haushofer schon früh der Poesie. Mit Gedichten, die seit 1920 in Privatdrucken erschienen, begann er seine literarische Laufbahn; sie verraten eine frühe Beherrschung des Gedankens und der Form sowie eine grüblerische Natur, die im *Abend im Herbst* (1927) eine bohrende Selbstanalyse bietet und gewisse Parallelen zum jungen Hofmannsthal aufweist. Mit der Weimarer Republik war Haushofer nicht einverstanden und entwarf einen Spiegel der wirren Zustände an deren Ende in der politischen Komödie *Und so wird in Pandurien regiert* (1932).

Früh jedoch wandte sich Haushofer gegen die Verhältnisse im »Dritten Reich«. In drei Römerdramen (»Scipio«, 1934; »Sulla«, 1938; »Augustus«, 1939), die um das Thema Macht und Geist kreisten, brachte er seine Opposition zum Ausdruck, allerdings historisch so gut getarnt, daß nur wenige Eingeweihte die Absicht dieser Bühnendichtungen durchschauen konnten. Der Form nach folgten sie dem Münchner Klassizismus; gelockert dagegen zeigt sich diese im 1939/1940 entstandenen Drama *Chinesische Legende* (1949), das Haushofers eigenes Wesen in den drei Figuren des Dichters, des Zensors und des Mönches spiegelt. Aber erst im Gefängnis entstanden Haushofers eindringlichste Arbeiten: Die Gegenwart der Haft, die Erinnerung und Erfahrung der vergangenen Jahre, eigene und fremde Schuld, Gedanken über Zeit und Ewigkeit, Aufblick zu Christus formen sich zu den *Moabiter Sonetten* (1946), zu einem der poetisch bedeutendsten Zeugnisse der inneren Emigration.

1903 war nicht nur das Geburtsjahr Albrecht Haushofers, sondern auch das des Schlesiers Jochen Klepper (1903–1942). An seinem Geburtsort Beuthen war Kleppers Vater evangelischer Pfarrer; auch der Sohn studierte zuerst Theologie (in Breslau) und gehörte zum engeren Kreis von Kurt Ihlenfeld, war mit ihm in der Wertschätzung Luthers einig, aber die Wissenschaft lag ihm nicht, so gab er das Studium auf und stellte sich dem Evangelischen Presseverband zur Verfügung. In Breslau lernte er auch seine spätere Frau kennen, eine Jüdin, Witwe und Mutter zweier Töchter, aus Nürnberg stammend, rund 15 Jahre älter als der noch nicht Dreißigjährige. Diese Ehe und der Verzicht auf die theologische Laufbahn entfremdeten Jochen Klepper seinem Elternhaus, darum war er mit seiner Familie nach Berlin gezogen; dort fand er Arbeit bei Presse und Rundfunk, wurde aber bald für das nationalsozialistische System »untragbar« und schließlich aus der Reichsschrifttumskammer ausgeschlossen; eine der beiden Stieftöchter konnte ins Ausland gehen, er selbst aber sagte, als man ihm nahelegte, ebenso zu handeln: »Wenn ich das täte, dann könnte ich nicht mehr atmen, ich kann Deutschland nicht verlassen!« Klepper beging 1942 mit seiner Familie Selbstmord, um seiner Frau und der zweiten Stieftochter den Tod im KZ zu ersparen. Seinen verzweifelten Protest gegen die Nazis formulierte er in seinen Tagebüchern, die er aus Angst vor der Gestapo im Garten vergrub.

Das literarische Wirken Kleppers setzte dort an, wo sein persönliches Leben begonnen hatte, in der Landschaft längs der Oder und unter den Oderschiffern, deren Herzlichkeit, deren Hadern untereinander er ohne schillernden Anstrich im *Kahn der fröhlichen Leute* (1933) gezeichnet hat. Sein erzählerisches Hauptwerk ist *Der Vater* (1937), ein historischer Roman, der an der Gestalt König Friedrich Wilhelms I. von Preußen die Ausübung eines Herrscheramtes unter dem Anspruch der biblischen Offenbarung darstellt. Der »Soldatenkönig« war den damaligen Machthabern eine willkommene Figur, so daß sie lange Zeit nicht merkten, wie sehr Kleppers Auffassung desselben von ihrer eigenen abstach. Der Verfasser notierte im Tagebuch: »Lieber Himmel, des Vaters Regierung ist Kritik, nicht Verherrlichung des Heutigen.«

Er hat Friedrich Wilhelm noch andere Bücher zugedacht (»In tormentis pinxit, Briefe und Bilder des Soldatenkönigs«, 1938; »Der Soldatenkönig und die Stillen im Lande, Berichte und Gespräche«, 1938). Ein dritter Roman sollte unter dem Titel »Das ewige Haus« das von Martin Luther begründete Pfarrhaus zum Thema haben und die Frage nach der Sicherheit in der Welt bzw. nach der Besitzlosigkeit angesichts der eschatologischen Situation des Menschen aufwerfen; vollendet wurde jedoch nur das erste Kapitel (»Die Flucht der Katharina von Bora«, 1951). Der Romancier hat überdies eine Studie über den *Christlichen Roman* (1940) verfaßt. Noch grundsätzlicher stellte er sich dem Problem der geistlichen Lyrik; darüber hat er zwar kein Buch geschrieben, aber viele Notizen in seinen Tagebüchern gemacht (diese sind in Auswahl erschienen unter dem Titel »Unter dem Schatten deiner Flügel«, 1956, und »Überwindung«, 1958). Das Ergebnis waren die gesammelten geistlichen Lieder des Bandes *Kyrie* (1938), in denen – nach Rudolf Wentorf – »das Zentralanliegen der Heiligen Schrift, die Bezeugung der

Majestät Gottes, das Wissen um das wahre Wesen des Menschen und der Welt, in der er lebt, ein dichterisches Gewand erfährt, wie es an Aussagetiefe seinesgleichen sucht«. Sie sind zumindest denen R. A. Schröders ebenbürtig.

Was Jochen Klepper hätte werden sollen, und doch nicht wurde, war Dietrich Bonhoeffer (1906–1945), Sohn eines Professors für Psychiatrie in Breslau, Student der Theologie, einerseits noch bei Adolf von Harnack, andrerseits bei Karl Barth, nach Abschluß der Studien in Barcelona und New York tätig, seit 1931 Privatdozent an der Universität und Studentenseelsorger an der Technischen Hochschule in Berlin, 1933 Auslandspfarrer in London, 1935 von der »bekennenden Kirche« betraut mit der Leitung eines Predigerseminars in Finkenwalde (Pommern). Die Haltung gegenüber der Diktatur hatte den Verlust der Berliner Professur zur Folge (1936), knüpfte dagegen enge Verbindungen zu den Kräften des politischen Widerstandes. 1939 hielt Bonhoeffer Gastvorlesungen in Amerika, kehrte jedoch, als der Krieg ausbrach, nach Deutschland zurück, um dem Widerstand zur Verfügung zu stehen. Es gelang, ihn zum Schein der Abwehr des Admirals Canaris einzugliedern, so daß er dem Zugriff von Militär und Gestapo entzogen blieb, bis im Zusammenhang mit der ersten mißlungenen Verschwörung gegen Hitler (1942) die ersten Schläge gegen die Widerstandsgruppen geführt wurden; im April 1943 wurde Bonhoeffer verhaftet, am 9. April 1945 ebenso wie sein Bruder Klaus Bonhoeffer von der SS erschossen. Die Angehörigen erfuhren davon erst nach Kriegsende.

Was er geschrieben, ist erst postum publiziert worden, die Fragment gebliebene *Ethik* (1949), ein Werk mit dem Titel *Versuchung* (1953), *Gesammelte Schriften* (1958); im erstgenannten Buch setzte er sich mit der Frage auseinander, ob Illegalität unter der Tyrannis Schuld oder Pflicht sei; die Antwort gab sein Leben und gab er seinem Schwager Hans von Dohnanyi, der ihn einmal fragte, ob er nicht bedenke, daß derjenige, der das Schwert nehme, auch dadurch umkomme: »Gewiß, dieses Jesuswort gilt auch für uns heute, aber solcher Menschen, die bereit sind, das Gericht dieses Wortes auf sich zu nehmen, bedarf es jetzt.« Unter den »Gesammelten Schriften« sind auch Gedichte und die »Gebete für Mitgefangene«, also Zeugnisse der »schönen« Literatur aus der Periode des Widerstands.

Zwei Anthologien, Gunter Grolls *De profundis* (1946) und Manfred Schlössers *An den Wind geschrieben* (1960) bieten außer den angeführten Namen eine reiche Auswahl von Widerstandsgedichten sowie nähere Angaben über deren Verfasser, ohne allerdings eine Trennungslinie zwischen äußerer und innerer Emigration zu ziehen, dies insofern mit Recht, als Verse dieser Art, woher immer sie kommen mochten, auf geheimen Wegen weiterverbreitet wurden.

Zu den christlich eingestellten Vertretern der inneren Emigration gehört ERNST WIECHERT (1887–1950). Geboren im Forsthaus Kleinort, Kreis Sensburg (Ostpreußen), betätigte er sich in der ersten Jugend als Hauslehrer, bis er das Gymnasium, später die Universität Königsberg beziehen konnte. 1911–1933 stand er im höheren Schuldienst, wenn man von seiner Dienstzeit im Ersten Weltkrieg absieht, in dem er als Leutnant verwundet wurde. Der Abschied von Schule und Stadt Königsberg erfolgte nicht ganz freiwillig, keineswegs, wie das Datum vermuten ließe, aus politischen, sondern aus persönlichen Gründen. Der bereits gut eingeführte Literat konnte daraufhin das Leben eines freien Schriftstellers führen, zuerst in Ambach am Starnberger See, dann auf dem Hof Gagert bei Wolfratshausen. 1938 wurde er für zwei Monate im Konzentrationslager Buchenwald festgehalten, nach seiner Entlassung blieb er unter Gestapoaufsicht. Nach 1945 konnte er im In- und Ausland, selbst in Amerika, Vortragstourneen unternehmen, dennoch verließ er 1948 Deutschland und nahm Quartier in Uerikon am Zürichsee.

Weder der Titel noch das Erscheinungsjahr seines ersten Buches hat etwas mit dem damals geführten Ersten Weltkrieg zu tun, der Roman *Die Flucht* (1916) schildert vielmehr das Ausweichen eines jungen Lehrers in die ländliche Stille; allerdings gelingt es ihm auch hier nicht, seine Stadt- und Schulerlebnisse abzureagieren. Der Autor des Buches konnte somit als ostpreußischer Heimatdichter angesehen werden und bestätigte diesen Ruf auch durch die Romane *Der Wald* (1922), *Die blauen Schwingen* (1925), die Novellenbände *Der silberne Wagen* (1928), *Die Flöte des Pan* (1930), ferner durch den Roman *Die Magd des Jürgen Doskocil* (1932). Alle diese Bücher sind durch glänzende Naturschilderungen und einprägsame Gestaltung der in ihnen auftretenden Menschen gekennzeichnet. Die Menschen sind zudem Sonderlinge und weitgehend von der Landschaft und ihren Leuten her bestimmt.

Stand »Die Flucht« mit ihrer Botschaft vom echten Leben, das naturhaft sein müsse, im striktesten Gegensatz zu den Jahren des Kampfes, zeigte es sich dennoch, daß Wiechert nicht unversehrt aus dem Krieg heimgekehrt ist, denn *Der Totenwolf* (1924) teilt die Menschen in Über- und Untermenschen ein, nähert sich also einer zu jener Zeit weitverbreiteten Ideologie; immerhin ist dieser Roman nur eine vorübergehende Phase; sein Gegenstück *Die Majorin* (1934) läßt einen beziehungslos gewordenen Heimkehrer aus dem Krieg am naturverbundenen Leben genesen; dessen Verkündigung ist in Wiecherts wohl wichtigstem Buch *Das einfache Leben* (1939) niedergelegt.

Das war wohl schon zu einem großen Teil geschrieben, bevor sein Verfasser im Konzentrationslager gewesen war. Was hatte ihn dorthin gebracht? Sein unerschrockenes Eintreten für Eduard Spranger, den bedeutenden Pädagogen, und Martin Niemöller, den Pastor der »bekennenden Kirche«, weiterhin seine zweite Münchner Universitätsrede vom Jahr 1935 (die erste hielt er 1933), deren Text, in einen Laib Brot eingebacken, ins Ausland geschmuggelt und in der Moskauer Emigrantenzeitschrift *Das Wort* als »bedeutsames Dokument im Kulturkampf unserer Zeit« veröffentlicht worden war, endlich eine Kölner Vorlesung (1937), aus dem damals noch ungedruckten Roman *Der weiße Büffel oder von der großen Gerechtigkeit* (1946 veröffentlicht), die demonstrativ beklatscht und von der Gestapo unterbrochen wurde. Der genannte Roman ist eine in ferner Vergangenheit und im fernen Land spielende Erzählung über den Kampf des Geistes und der Wahrheit gegen die Lüge und die als Ohnmacht entlarvte Macht eines eingewanderten Gewaltherrschers, aber er ist auch stilistisch einmalig innerhalb des Gesamtwerkes, auffällig freier und weniger sentimental als Wiecherts sonstige literarischen Erzeugnisse.

Als man den ostpreußischen Schriftsteller aus Buchenwald entließ, wurde er genötigt, als lebendiges Zeugnis für Hitlers Großmut auf der ersten Weimarer Dichtertagung zu erscheinen und vor dem Ausland seinen Aufenthalt im Konzentrationslager zu dementieren. Die erste Reaktion Wiecherts, die Publikation des »Einfachen Lebens« mit der Schilderung eines stadt- und lebensfeindlichen Robinsondaseins, konnte im Leser nur eine melancholisch-fatalistische Haltung hervorrufen, war also politisch unwirksam. Die zweite Reaktion, die »den Toten zum Gedächtnis, den Lebenden zur Schande, den Kommenden zur Mahnung« zugedachte Niederschrift der Erzählung *Der Totenwald* (1945), verpuffte wirkungslos; denn, von jeder Veröffentlichungsmöglichkeit ausgeschlossen, vergrub der Verfasser diesen Bericht über Buchenwald wie alles, was er bis zur Katastrophe des »Dritten Reiches« schrieb, in seinem Garten. Und er schrieb als Ergänzung des »Totenwaldes« noch die Gedichte der *Totenmesse* (1946) und verriet in beiden Büchern, daß im Konzentrationslager sein Glaube an Gott zerbrochen war, weil sein müdes und von Anfang an skeptisches Christentum (charakteristisch dafür der Roman »Die Jerominkinder«, 1947, mit der Fortsetzung »Die Furchen der Armen«) die Vorsehung weder kannte noch kennen wollte.

Wer genau zu lesen versteht, findet diese Deutung bestätigt in den beiden autobiographischen Schriften *Wälder und Menschen* (1936) und *Jahre und Zeiten* (1949), später vereint unter dem Titel *Es sprach eine Stimme* (1959).

Den eigentlichen Abschluß des Gesamtwerkes stellt der Roman *Missa sine nomine* (1950) dar. Als Wiechert zu schreiben begann, wurde seine Sprache für zauberhaft und unverbraucht angesehen; ihr musikalisches Schweben vor allem gewann einen weiten Leserkreis; doch nicht nur weltanschauliche Gründe, auch ästhetische Einwände gegen den Hang zum Unbestimmten wurden seither gegen ihn geltend gemacht.

UNTERGRUNDLITERATUR

Während die Literatur der inneren Emigration im wesentlichen von bürgerlichen Schriftstellern getragen wurde, die ihren Standort eher mit geistesgeschichtlichen, metaphysischen oder religiösen Koordinaten zu beschreiben und zu behaupten versuchten, war die aktiv-kämpferische, antifaschistische Untergrundliteratur vor allem eine Sache linksbürgerlicher, sozialistischer und kommunistischer Autoren, die den Nationalsozialismus auf der Grundlage historisch-materialistischer Gesellschaftsanalysen ideologisch und politisch weitaus treffsicherer bekämpften. Aus der notwendigen Illegalität trat die Untergrundliteratur zum ersten Mal 1935 hervor, als beim Internationalen Schriftstellerkongreß in Paris ein Mann mit schwarzer Maske die Rednertribüne betrat und den Versammelten entgegenrief: »Trotz alledem! Es gibt eine illegale Literatur in Deutschland. Denn diese Wochen, in denen der deutsche Faschismus die Kämpfer und Ankläger der Feder vernichtet zu haben glaubte, wurden die Geburtsstunden eines neuen Typus in der antifaschistischen Literatur!« Der Mann mit der schwarzen Maske, der zum ersten Mal von der Existenz einer illegalen Literatur in Deutschland kündete, die »der Welt mit schriftstellerischen Mitteln das wahre Gesicht des ›Dritten Reiches‹ zeigen« wollte, war JAN PETERSEN (eigentlich Hans Schwalm, geb. 1906). Von Beruf ursprünglich Dreher, war er seit 1923 Mitglied der KPD, trat 1931 in den »Bund proletarisch-revolutionärer Schriftsteller« (BPRS) ein und war seit 1933 Organisator der Berliner Ortsgruppe des Bundes. In seiner aufsehenerregenden Pariser Rede sagte Petersen weiter, indem er sich auf die Monate nach der Machtübernahme bezog: »Sie wurden die Geburtsstunde des unbekannten antifaschistischen Schriftstellers! Der junge, im Land zurückgebliebene Nachwuchs sah sich plötzlich vor eine ungeheure Aufgabe gestellt, er wurde sich der großen Verantwortung, die auf ihm lastete, bewußt, der Verantwortung, der Welt mit schriftstellerischen Mitteln das wahre Gesicht des Dritten Reiches zu zeigen. Und er begann diese Aufgabe zu erfüllen, er wuchs über sich selbst hinaus, er schuf: Die Stimme aus Deutschland! – Es ist schwer, mit nüchternen Worten zu erklären, welch ungeheuren Gefahren sich jeder einzelne aussetzt. Jede Zeile wird buchstäblich unter Lebensgefahr geschrieben. Es gibt in diesem Lande der Spitzel und Gestapoarmeen keinen sicheren Arbeitsort. Kein Ort, an dem eine Schreibmaschine klappern kann, ohne daß man damit rechnen muß, daß die Tür aufgerissen wird und ein Gestapobeamter fragt: ›Was schreiben Sie?!‹ In einem weiteren Umfang, als er es zu diesem Zeitpunkt wissen konnte, sprach Petersen als Betroffener: Kurze Zeit später wurde die BPRS-Zentrale in Berlin von der Gestapo ausgehoben und zerschlagen. Bis dahin hatte die Gruppe vor allem durch ihre Untergrundzeitung *Hieb und Stich* versucht, den Widerstand innerhalb des Reiches zu organisieren und gleichzeitig den Kontakt zwischen der inneren und äußeren Emigration herzustellen. Darüber hinaus verbreiteten die BPRS-Aktivisten Flugblatt- und Klebezettelgedichte und veröffentlichten unter Überschriften wie »Die Stimme aus Deutschland« oder »Stimme der Illegalen« Artikel in den Exilzeitschriften *Neue Deutsche Blätter«* (Prag) und *Internationale Blätter* (Moskau). Eine erste Bilanz der Untergrundliteratur mit Berichten über verfolgte und inhaftierte Schriftsteller wurde ins Ausland geschmuggelt und 1934 unter dem Titel *Hirne hinter Stacheldraht* in der Schweiz gedruckt. Darin wurde der Typus des antifaschistischen Schriftstellers, von dem Petersen in Paris sprach, wie folgt charakterisiert: »Er ist hart und diszipliniert geworden, heute redigiert er in einem Keller eine illegale Zeitung – ein Toter auf Urlaub –, morgen dichtet er Knüttel-Verse, übermorgen zieht er sie selbst ab oder klebt sie an die Mauer der Straßen, und zwischendurch sichtet er Material, das die Grundlage eines größern Romans oder einer größern Reportage bilden soll. Keine Theaterpremiere umrauscht ihn mit Applaus, keine Preise werden ihm erteilt, keine Honorare warten seiner, keine Presse verkündet seinen Namen.« Das gewiß nicht überzeichnete Porträt trifft auf Petersen selbst zu: Bevor er über die Schweiz, Frankreich und England nach Kanada emigrierte, schrieb er in der wenigen Zeit, die ihm die BPRS-Arbeit ließ, »im Herzen des faschistischen Deutschland 1933/1934« seinen Roman *Unsere Straße*, schmuggelte das Manuskript, in zwei Kuchen eingebacken, im Rucksack über die Grenze und erregte damit, nach der Veröffentlichung in Paris, Bern und Moskau, beträchtliches internationales Aufsehen. Der Roman, der als »das einzige konsequent antifaschistische Buch, das während des Nationalsozialismus in Deutschland geschrieben und im Ausland erschienen ist«, bezeichnet wurde, schildert den faschistischen Terror gegen die Bewohner eines Berliner-Arbeiterviertels und deren Widerstand dagegen. Das Buch gewinnt an Authentizität dadurch, daß der Ich-Erzähler – Petersen selbst – in reflektierenden Passagen immer wieder über seine Schwierigkeiten und Ängste beim Schreiben berichtet: »Ich weiß, was mir geschieht, wenn ich mit diesen Aufzeichnungen in die Hände der Nazis falle. Die ganze vorige Woche schrieb ich nicht. Ich war nahe daran, alles zu verbrennen. Die Schwierigkeiten schienen mir zu groß. Ich habe versucht, mir zum Schreiben eine andere Wohnung zu besorgen. Doch es könnte nur bei Genossen sein. Sie stehen aber wie ich in der illegalen Arbeit. Auch bei ihnen kann eine plötzliche Hausdurchsuchung gemacht werden. Mein Platz, an dem ich die geschriebenen Seiten aufbewahre, ist auch nicht unbedingt sicher. – Aber in dieser Woche, in der ich nicht schrieb, kam ich innerlich auch nicht zur Ruhe. Ein seelischer Druck lastete auf mir, zwang mich, jetzt weiterzuschreiben. – Ich muß das alles aufschreiben! Es muß uns gelingen, dieses Manuskript ins Ausland zu bringen. Es muß helfen, das Gewissen der Menschen wachzurütteln.«

Eine der erfolgreichsten Formen im antifaschistischen Kampf der Untergrundliteratur waren die sogenannten Tarnschriften, also Bücher, die im Gewand eines harmlosen Titels und Einbandes Texte aus dem inneren und äußeren Widerstand in Deutschland verbreiteten. Insgesamt über 500 Bücher dieser Art hat es insgesamt gegeben; eine davon, im Juni 1935 von der französischen Sektion des »Schutzverbandes deutscher Schriftsteller« in Paris herausgegeben, soll hier beispielhaft vorgestellt werden. Es handelt sich um ein acht mal zwölf Zentimeter großes, in feste graue Pappe gebundenes Bändchen aus der (mit Reclams Universal-Bibliothek vergleichbaren) »Miniatur-Bibliothek« des Leipziger Verlages für Kunst und Wissenschaft; es trägt den Titel *Deutsch für Deutsche.* »Unter dem Umschlag dieses Lehrbüchleins für besseren Ausdruck in der eigenen Muttersprache«, so Theo Pinkus, »verbarg sich das Deutsch – die deutsche Literatur –, das von den Nazis verbrannt und verboten worden war, verbarg sich das freie deutsche Wort, dessen Autoren aus dem Land, zu dessen Kultur sie entscheidend beigetragen hatten, vertrieben worden waren.« Bevor nun diese Autoren und ihre Beiträge kurz vorgestellt werden sollen, wollen wir das Vorwort der Tarnschrift wiedergeben, das Pathos und Verzweiflung der deutschen Exilliteratur überaus eindringlich dokumentiert. Viele deutsche Schriftsteller, so heißt es zu Beginn, seien gezwungen gewesen, ihr Vaterland nach der Machtübernahme zu verlassen: »Sie trugen nichts mit sich hinaus, als die

Stimme der Freiheit und das Herz der Freiheit. Aber in diesem Herzen trugen sie die gesammelte Haßglut eines erniedrigten und geschändeten Volkes. Und die heraufgekommenen Usurpatoren schrien ihnen ihren lauten Hohn über die Grenzen nach: Eure schwachen Stimmen der Zersetzung werden nicht mehr aufkommen gegen die Trommeln des nationalen Aufbruchs; ihr habt euch wurzellos gemacht und werdet unbeachtet draußen verwelken. – Ach, sie bedachten es nicht, und sie wissen es nicht, die Entarteten, daß man das Vaterland an seinen Wurzeln mitnimmt, wenn man fest in seiner Erde gestanden hat. Denn für die Aufrechten und Gerechten ist ja Vaterland immer ein anderes gewesen als für solche, die nur auf dem üppigen Mistbeet gedeihen können, das sie Blut und Boden nennen. Für diese ist Vaterland der Aufmarschplatz schreiender Paraden und Kriegsprozessionen, für jene aber ist es die mächtige und glühende Gemeinschaft derer, die man an seinem Segen nicht teilhaben ließ, die aber den heißen und langen Kampf führen, um es zu besitzen. Und dieser Gemeinschaft allein sind sie verbunden, die in die Verbannung gingen, dieses Vaterland nährt sie aus zahllosen Adern mit seiner Lebensfülle, diesem Vaterland leiten sie die gewonnenen Kräfte zurück als Wort der Wahrheit, des Menschenrechts, als Waffe. Die Usurpatoren höhnen noch; aber ihr Hohn ist Angst. Sie haben es gespürt, daß die Kraft der Exilierten zunimmt, anstatt daß sie verwelke. Sie haben es nicht überhören können, daß über ihren tobenden Rauschgeräuschen die hellen, klaren Sturmglocken immer vernehmbarer werden. In ihrem ohnmächtigen Haß gegen die Stimme der Freiheit, die sie nicht greifen können, lassen sie ihre niedrige Rache an denen aus, die ihnen in die Hände gefallen waren. Es ist ein Angsthaß, der sie trieb, die Tapfersten in ihren Marterkammern zu quälen, wie Ossietzky, und das bis zum grausamen Tode, wie Mühsam. – Aber je mehr sie rasen, um so klarer und drohender schallt die Stimme der Freiheit. Sie hatten gehofft, daß die Not der Emigration, daß die friedlosen Tage der Heimatlosigkeit, daß die lange Dauer des Exils die Aufrechten erschöpfe, zermürbe und sie resignieren mache. Sie haben sich tief getäuscht. Denn sie hatten es nie begriffen, daß, wer um die Freiheit seines Volkes willen seine Heimat verläßt, ein Vielfaches an Kräften gewinnt. Es war eine kleine Hundertschaft der Aufrechten; aber sie hat Hunderte von Werken in die Welt geschickt. – Sie wurden aus ihren deutschen Verbänden ausgestoßen, aber umso fester haben sie in der Emigration sich zusammengeschlossen. Ihre Werke, die man in Deutschland im Mai 1933 verbrannt hatte, sind gesammelt worden in der ›Deutschen Freiheitsbibliothek‹. – Ihr Schriftsteller in Deutschland, abgeschlossen von den

Disputen der Welt, angeödet vom ewigwiederkehrenden Refrain des Propagandaleierkastens, ihr dürft die Stimme der Freiheit nicht vernehmen. Aus diesem Büchlein soll ein heißer Hauch der kämpferischen Leidenschaft euch anwehen. Es sind Hunderte Fetzchen nur aus dem Ganzen, aber hundert Feuerfetzen aus dem großen Feuer, das in unseren Herzen brennt. – Es ist ein Kampf der Vernunft gegen den Unsinn, der Wahrheit gegen den Betrug, der Gesittung gegen die Roheit, des Rechts gegen die Unterdrückung. Aber der Kampf der Aufrechten ist nicht allein ein Kampf in den Wipfeln der Geistigkeit; es ist ein Stück des gewaltigen Kampfes der geknechteten deutschen Arbeiterschaft, für deren Befreiung Thälmann, Renn, Mierendorf und zehntausend der Unsern standhaft alle Leiden ertragen und zu sterben bereit sind. – Das Feuer, das aus diesem Büchlein euch anstrahlt, ist wortgewordener Wille von Millionen. Gebt es weiter, daß es die heißen Seelen lodern mache, daß es die kalt gewordnen neu entzünde!«

Das Vorwort ist unterschrieben mit »Schutzverband deutscher Schriftsteller« und »Deutsche Freiheitsbibliothek« – diese wurde 1934, und zwar am 10. Mai, dem ersten Jahrestag der Bücherverbrennungen in Deutschland, eröffnet und sollte sämtliche den Flammen zum Opfer gefallenen Bücher umfassen. Um einen Eindruck davon zu vermitteln, welcher publizistischen Mittel sich die Nazis bedienten, um den SDS und mit ihm die gesamte Exilliteratur zu diffamieren, sei hier ein kleiner Ausschnitt eines Artikels wiedergegeben, mit dem am 19. Mai 1934 der Völkische Beobachter – übrigens in riesiger Aufmachung – über die Eröffnung der Deutschen Freiheitsbibliothek berichtete. Der »Telegrammbericht« beginnt mit einer infamidyllischen Schilderung der Emigranten-»Künstlerkolonie«, die ganz offenbar über die materielle Not der meisten Emigranten hinwegtäuschen und suggerieren sollte, diese lebten in Paris buchstäblich ›wie Gott in Frankreich‹: »Still und freundlich, fast kleinstädtisch gemütlich, mutet die kleine Künstlerkolonie an, die, umgeben von schönen alten Kastanien und einem hübschen Gärtchen, nur äußerst harmlosen Leuten, wie Malern und Bildhauern, als Wohnung zu dienen scheint, und doch beherbergt sie eines der gefährlichsten Instrumente, dessen sich der Jude im geistigen Kampfe gegen das neue Deutschland bedient.« Der Korrespondent berichtet dann, zunächst noch relativ neutral, von den Eröffnungsansprachen der Veranstaltung, bevor dann freilich nach der manipulierten Wiedergabe einer Rede von Egon Erwin Kisch in einem Fazit der rohe Haß hervorbricht: »Ein fanatischer Jude, den Wut und Haß zu gemeinsten Mitteln treiben, der Grauenhaftes in Deutschland mit angesehen, ja selbst erlebt haben will; leider gab er darüber keinen

Aufschluß, warum gerade er unter der geringen Zahl Freigelassener sich befand.« Dies war im Deutschland von 1934 publizistischer Alltagston, und vielleicht wird man die pathetische Verzweiflung, den immer wieder sich selbst ermutigenden Appellcharakter der Tarnschriften vor diesem Hintergrund etwas besser verstehen. Hierzu eine letzte üble Kostprobe aus dem Bericht des Völkischen Beobachters: »›Dreitausend Morde‹, ›Der deutsche Terror‹, ›Sie gehen über Leichen‹, ›Nazi-Führer sehen dich an‹ usw. lauten die Inschriften der Wandplakate. Karikaturen vom Führer, Minister Goebbels und von Dr. Schacht zeigen deutlich, mit welchen Mitteln gearbeitet wird, und die Spannung von Haß, Brutalität und Fanatismus, die im Raume wächst, schafft zusammen mit dem Knoblauchgeruch und der widerlichen Ausdünstung, die von dieser fremden Rasse (gemeint sind die Juden) ausgeht, eine Atmosphäre, die unerträglich ist: Ghettoluft.« Hetzartikel dieser Art lassen immerhin darauf schließen, daß die Machthaber die Aktivitäten der Untergrundpresse ernst nahmen, daß sie in ihnen eine Bedrohung bei der Machtkonsolidierung im Reichsinneren erkannten, die mit allen Mitteln – und nicht nur publizistischen bekämpft werden mußten: In den zwei Jahren Hitler-Diktatur bis 1935 sind über dreitausend Personen wegen der Verbreitung illegaler Schriften angeklagt und die weitaus meisten davon zu Freiheitsstrafen verurteilt worden. Dabei war die Front der Widerstandsautoren gar nicht so einheitlich, wie das viele gern gewünscht hätten. Ähnlich wie bei den Zeitschriften der inneren Emigration – wenn auch in völlig unterschiedlicher Zusammensetzung – bietet auch die Gruppe der Schriftsteller, die zu Tarnschriften beitrugen, ein äußerst widersprüchliches Bild; ein Blick in den Inhalt von *Deutsch für Deutsche* verdeutlicht dies:

Das Bändchen eröffnen Gedichte von Johannes R. Becher, gefolgt von Texten Bert Brechts; Willi Bredel ist vertreten mit einem Auszug aus seinem Roman *Die Prüfung*, worin der Autor versucht, seine KZ-Erlebnisse zu verarbeiten. Einer der bekanntesten Exilschriftsteller, Lion Feuchtwanger, bietet einen Auszug aus *Die Geschwister Oppenheim*, gefolgt von Prosa von Bruno Frank, Oskar Maria Graf (»Das war Deutschland«) und Kurt Hiller (»Erich Mühsams Tod«). Weitere Titel sind: *Das Beispiel des Emigranten Victor Hugo* von Alfred Kantorowicz, *Mein Briefwechsel mit Adolf Hitler* von Egon Erwin Kisch, *Die Nacht der langen Latten* von Wolfgang Langhoff, *Jüdisches Kind* von Rudolf Leonhard, *Hindenburg bekommt ein Geschenk* von Emil Ludwig, Klaus Manns satirischer Brief *An die Staatsschauspielerin Emmy Sonnemann-Göring*, *Die erniedrigte Intelligenz* von Heinrich Mann sowie Bodo Uhses Bericht über die Kommunistenhetze der

Nazis vor der Machtübernahme, *Die Saalschlacht.* Als Motto aber könnte über all diese Beiträge und darüber hinaus über die Arbeit der Untergrundliteratur insgesamt ein Text von Bert Brecht stehen, der ebenfalls in *Deutsch für Deutsche* abgedruckt und mit *Lob der illegalen Arbeit* überschrieben ist: »Schön ist es / Das Wort zu ergreifen im Klassenkampf. / Laut und schallend aufzurufen zum Kampf der Massen. / Zu zerstampfen die Unterdrücker, zu befreien die Unterdrückten. / Schwer ist und nützlich die tägliche Kleinarbeit / Zähes und heimliches Knüpfen / Des Netzes der Partei vor den / Gewehrläufen der Unternehmer: / Reden, aber / Zu verbergen den Redner / Siegen, aber / Zu verbergen den Sieger / Sterben, aber / Zu verstecken den Tod. / Wer täte nicht viel für den Ruhm, aber wer / Tuts für das Schweigen? / Denn der Ruhm fragt umsonst / Nach den Tätern der großen Tat. / Tretet vor / Für einen Augenblick / Unbekannte, verdeckten Gesichtes und empfangt / Unsern Dank!« –

Zum Abschluß muß noch von einer Gattung der antifaschistischen Literatur die Rede sein, die nicht nur zum menschlich Ergreifendsten, sondern auch zum Anklägerischsten gehört, was zwischen 1933 und 1945 geschrieben worden ist. Gemeint sind die sogenannten »Lagerbücher«, Dokumentationen, Erzählungen und Romane ehemaliger KZ-Häftlinge. Einiges davon, wie zum Beispiel Haushofers *Moabiter Sonette,* ist noch im Lager selbst geschrieben worden; doch das allermeiste wurde erst nach dem Krieg bekannt. Immerhin war das erste Lagerbuch bereits 1933 erschienen: *Im Mörderlager Dachau.* Sein Verfasser war Hans Beimler, der, vor 1933 bayerischer KPD-Reichstagsabgeordneter, unter abenteuerlichen Umständen aus Dachau fliehen konnte und zum Moskauer Emigrantenkreis zählte. In den Jahren darauf entstanden unter anderem Gerhard Segers *Oranienburg* (Prag 1934), Willi Bredels *Die Prüfung* (Prag/London 1934), W. Hornungs *Dachau* (1935) sowie K. Hinrichs *Staatliches Konzentrationslager VII* (1936). Der bekannteste Lagerroman aber, mit dem die Gattung ihren eigentlichen literarischen Durchbruch erzielte, erschien erst dreizehn Jahre nach Kriegsende: *Nackt unter Wölfen* von Bruno Apitz.

Bruno Apitz wurde am 28. April 1900 in Leipzig als Sohn eines Arbeiters geboren und trat schon früh in die Sozialistische Arbeiterjugend ein. Nach einer Lehre als Stempelschneider schlug er sich als Antiquariatsgehilfe durch und ging schließlich als Schauspieler an die Leipziger Bühne. Ab 1927 war er Mitglied der KPD. 1937 verhaftet, überlebte er acht Jahre lang im Konzentrationslager Buchenwald, bevor es 1945 von Soldaten der Roten Armee befreit wurde. Apitz blieb in Ostdeutschland, lebte seit 1955 als freier Schriftsteller in Ostberlin und starb 1979. – Apitz' berühmtestes Buch, das ihm im In- und

Ausland überwältigenden Erfolg einbrachte, ist *Nackt unter Wölfen*. Es schildert die letzten Wochen im KZ Buchenwald: Während die Rote Armee nach Westen vorrückt, geraten die Mitglieder des zumeist aus Kommunisten bestehenden »Internationalen Lagerkomitees« (ILK) in einen dramatischen Konflikt. Ein dreijähriges Kind, das von einem Juden aus Auschwitz ins Lager geschmuggelt worden ist, wird vom Waffenausbilder des ILK versteckt, wodurch die gesamte Organisation der Gruppe, die eine Selbstbefreiung der 50000 Häftlinge vorbereiten wollte, gefährdet ist. Die Lager-SS erfährt von dem Kind. Es kommt zu Verfolgungen und Folterungen, doch die Häftlinge verraten nichts, und das ILK selbst sorgt für den Schutz des Kindes. Nach endlosen Tagen zwischen Furcht und Hoffnung fliehen die SS-Führer vor den herannahenden sowjetischen Truppen, woraufhin es den Häftlingen gelingt, die zurückgebliebenen Wachen zu überwältigen. Das Kind aber wird – als »Symbol des Widerstands um der Menschlichkeit willen« – im Triumphzug aus dem Lager getragen. – Man hat dem Roman mit einigem Recht eine Reihe von Schwächen vorgeworfen: einen sentimentalen Konfliktstoff (das Kind), Privatisierung der faschistischen Greueltaten (die historischen Voraussetzungen des Nationalsozialismus werden an keiner Stelle kritisch reflektiert), die Nähe der Erzählhaltung zum Abenteuerroman schließlich. Dem kann man nun nicht nur entgegenhalten, daß die Geschichte, die Apitz erzählt, historisch weitgehend authentisch ist (der Mann, der als Kind von den Häftlingen in Buchenwald verborgen gehalten wurde, lebt noch heute in Polen), sondern vielmehr dies, daß es Apitz eben durch seine mitreißende, auf grobe Schwarz-Weiß-Kontraste nicht verzichtende Darstellungsweise gelungen ist, einem breiten Publikum das unsagbare Leiden in den Lagern miterlebbar und nachvollziehbar zu machen. *Nackt unter Wölfen* ist in dieser Hinsicht mit der Fernsehserie *Holocaust* zu vergleichen: In beiden Fällen ist es den Autoren mit den Mitteln der Spannung, der Kolportage, des Abenteuerlichen gelungen, weitaus mehr Betroffenheit und ›Aufklärung‹ auszulösen, als es durch ganze Bibliotheken kritisch-distanzierter historischer Literatur wohl jemals möglich gewesen wäre.

Titel und Publikationsgeschichte von Willi Bredels bekanntestem Buch spiegeln in Kürze den Lebenslauf des Autors wider: *Die Prüfung. Roman aus einem Konzentrationslager*, zuerst erschienen 1934 in Prag, ein Jahr später in zweiter Auflage in Moskau, dann 1946 noch einmal in Berlin und 1962 schließlich im Rahmen der *Gesammelten Werke in Einzelausgaben* in Berlin und Weimar. Willi Bredel (1901–1964) war in Hamburg als Sohn eines Arbeiters geboren worden und wurde selbst Metalldreher. Seit 1923 war er

Mitglied der KPD und Mitarbeiter an verschiedenen kommunistischen Zeitschriften. Im Zuge der Kommunistenverfolgungen nach der Machtübernahme Hitlers wurde er verhaftet und ins Konzentrationslager gesteckt, aus dem ihm 1934 die Flucht nach Prag gelang. 1935 ging Bredel nach Moskau und war dort Mitherausgeber der bedeutenden Exilzeitschrift *Das Wort.* 1937–1939 kämpfte er in der Internationalen Brigade gegen den Franko-Faschismus in Spanien, kehrte 1939 nach Moskau zurück und arbeitete dort bis zum Kriegsende in der Exilpresse. Schon im Mai 1945 war er wieder in Deutschland, ließ sich in Ost-Berlin nieder und gab von 1952 bis 1957 die Zeitschrift *Neue Deutsche Literatur* heraus. In Berlin starb er, als hochangesehener und ausgezeichneter Schriftsteller der DDR. – Bredels Roman *Die Prüfung* – konzipiert in der Gefängniszelle und später in Prag in kurzer Zeit niedergeschrieben – spielt zwischen August 1933 und März 1934 im Konzentrationslager Fuhlsbüttel. Heinrich Thorsten, ein ehemaliger KPD-Reichstagsabgeordneter (ein Porträt des Kommunisten Mathias Thesen) wird im Sommer 1933 in Hamburg von der Gestapo verhaftet. Trotz schwerer Folterungen verrät er seine Genossen aus dem Widerstand nicht. Nach seiner Entlassung und anfänglichem Zögern beschließt er, trotz der erlittenen Grausamkeiten und der Angst, erneut verhaftet zu werden, weiter für den Untergrund zu arbeiten: Er hat seine »Prüfung« bestanden. – In überaus eindringlichen, beklemmend authentischen Bildern schildert Bredel das Leben und Überleben im Konzentrationslager, wobei er absichtsvoll Dokumentarisches (viele Namen der Gestapo- und SS-Schergen sind historisch belegt) und Fiktionales miteinander verschmilzt. Die kompromißlose Schilderung der Bestialität des Faschismus einerseits und die parteiliche Überzeugung andrerseits, ihn nur im solidarischen Kampf überwinden zu können, stehen thematisch im Mittelpunkt, wobei Bredel aus seinem Engagement für die Kommunistische Partei keinen Hehl macht. Im Gegenteil wird deutlich, daß es gerade die beinahe ungebrochene, durch die Verfolgung noch verstärkte politisch-ideologische Solidarität der Gefangenen ist, die Torsten (und wohl auch Bredel selbst) zu überleben halfen. Dabei ist immerhin bemerkenswert, daß Bredels kommunistisches Ethos stets geleitet ist von humanitären Intentionen, die durch keine parteipolitische Beschränktheit je überdeckt werden. *Die Prüfung* ist in siebzehn Sprachen übersetzt worden; eigenartig und bezeichnend nur, daß der Roman in der Bundesrepublik nahezu unbekannt geblieben ist – offenbar hat sich die Berührungsangst breiter Leserschichten mit kommunistischen (Exil-)Autoren bis auf den heutigen Tag erhalten.

Als eines der »ersten öffentlichen Dokumente über das wahre Gesicht des Dritten Reiches und einer der ersten Versuche, die Welt zu warnen und zur Abwehr der drohenden Gefahr aufzurufen«, ist der »Tatsachenbericht« *Die Moorsoldaten. 13 Monate Konzentrationslager* (Zürich 1935) mit Recht bezeichnet worden (im Vorwort zur ersten in Deutschland legal erschienenen Ausgabe von 1946). Sein Verfasser, der Schauspieler und Regisseur WOLFGANG LANGHOFF (1901–1966), ein von der Nazi-Propaganda als ›roter Hund‹ diffamierter KPD-Aktivist, war am 27. Februar 1933 festgenommen und nach dem Reichstagsbrand aufgrund der daraufhin erlassenen Notverordnung »zum Schutz von Volk und Staat« auf unbestimmte Zeit in Schutzhaft genommen worden. In seinem Buch schildert Langhoff eindringlich und authentisch – der ersten Ausgabe war anstelle eines Vorwortes eine eidesstattliche Erklärung des Verfassers vorangesetzt – die Stationen seines Leidensweges durch die Konzentrationslager Börgermoor im Emsland und Lichtenburg bei Torgau. Wie Bredel betont auch Langhoff, daß ohne die praktische und politische Solidarität der Mitgefangenen ein Überleben unmöglich gewesen wäre; die einzigen ›Alternativen‹ bestanden in bedingungsloser Auslieferung an die Nazi-Ideologie oder im Selbstmord. Dagegen setzten die Häftlinge eine geheime Lager-Selbstverwaltung sowie die unerschütterliche Hoffnung an ein siegreiches Ende des antifaschistischen Kampfes. – Wenngleich Langhoffs Bericht rasch zu Weltruhm kam, so ist er doch bei weitem nicht so bekannt wie ein Lied, das Langhoff gemeinsam mit seinem Mithäftling Johann Esser verfaßte und das als heimliche Lager- und Widerstandshymne nicht allein in Börgermoor unter den Gefangenen kursierte. Not und Elend, Verzweiflung und Hoffnung der antifaschistischen Untergrundliteratur sind in diesem *Moorsoldaten*-Lied eindringlich und unvergeßlich ausgedrückt:

Wohin auch das Auge blicket,
Moor und Heide nur ringsum.
Vogelsang uns nicht erquicket,
Eichen stehen kahl und krumm.
Wir sind die Moorsoldaten
und ziehen mit dem Spaten
ins Moor!

Hier in dieser öden Heide
ist das Lager aufgebaut,
wo wir fern von jeder Freude
hinter Stacheldraht verstaut.
Wir sind die Moorsoldaten
und ziehen mit dem Spaten
ins Moor!

Morgens ziehen die Kolonnen
in das Moor zur Arbeit hin.
Graben bei dem Brand der Sonne,
doch zur Heimat steht der Sinn.
Wir sind die Moorsoldaten ...

Heimwärts, heimwärts jeder sehnet,
zu den Eltern, Weib und Kind.
Manche Brust ein Seufzer dehnet,
weil wir hier gefangen sind.
Wir sind die Moorsoldaten ...

Auf und nieder gehn die Posten,
keiner, keiner kann hindurch.
Flucht wird nur das Leben kosten,
vierfach ist umzäunt die Burg.
Wir sind die Moorsoldaten ...

Doch für uns gibt es kein Klagen,
ewig kann's nicht Winter sein.
Einmal werden froh wir sagen:
Heimat, du bist wieder mein.
Dann ziehn die Moorsoldaten
nicht mehr mit dem Spaten
ins Moor!

EXILLITERATUR

Die Namensliste der von den Nationalsozialisten vertriebenen Wissenschaftler und Künstler liest sich wie ein Adelskalender der deutschen intellektuellen Elite der ersten Jahrhunderthälfte: Praktisch über Nacht beraubte sich die ›erwachte Nation‹ ihrer fähigsten Köpfe, ihres moralischen und intellektuellen Gewissens. Es gingen Wissenschaftler wie Albert Einstein, Lisa Meitner, Alfred Adler und Sigmund Freud; Musiker wie Béla Bartók, Paul Hindemith, Ernst Křenek, Otto Klemperer, Hermann Scherchen, Arnold Schönberg, Bruno Walter und Kurt Weill. Unter den zahlreichen Malern, die ins Exil mußten bzw. emigrierten, waren Max Beckmann, Max Ernst, Carl Hofer, Wassily Kandinsky und Paul Klee die berühmtesten; die Architekten Walter Gropius, Werner Hegemann und Ernst May mußten das Land ebenso verlassen wie die Verleger Gottfried Bermann-Fischer, Jakob Hegner, Kurt Horowitz, Walter Landauer und Ernst Wolff. Ungezählt sind die Publizisten, Schauspieler, Regisseure, Tänzer und Sänger, die gehen mußten, und in den Reihen der Schriftsteller schließlich fehlt kaum der Name eines einzigen

Autoren, dem die deutsche Literatur des 20. Jahrhunderts ihre Geltung verdankt – wenigstens die wichtigsten seien hier einleitend aufgezählt: J. R. Becher, W. Benjamin, F. Blei, B. Brecht, W. Bredel, B. v. Brentano, H. Broch, F. Bruckner, F. Th. Csokor, A. Döblin, A. Ehrenstein, C. Einstein, L. Feuchtwanger, B. Frank, O. M. Graf, M. Gumpert, W. Hasenclever, S. Hermlin, M. Herrmann-Neiße, H. Hesse, G. Kaiser, A. Kerr, H. Kesten, A. Kolb, P. M. Lampel, E. Lasker-Schüler, E. Lissauer, H. und Th. Mann, W. Mehring, A. Mombert, R. Musil, A. Neumann, K. Pinthus, Th. Plivier, A. Polgar, G. Regler, E. M. Remarque, J. Roth, H. Sahl, A. Schaeffer, R. Schickele, A. Seghers, M. Tau, E. Toller, F. v. Unruh, J. Urzidil, B. Viertel, E. Waldinger, A. T. Wegner, E. Weinert, E. Weiss, F. Werfel, F. Wolf, A. Wolfenstein, K. Wolfskehl, P. Zech, C. Zuckmayer, A. und St. Zweig.

Es ist eine deprimierende historische Tatsache, daß dies durchaus nicht der erste politisch motivierte Auszug von Intellektuellen und Künstlern aus Deutschland war, sondern daß 1933 vielmehr eine ausgesprochen deutsche Tradition fortgesetzt wurde. Denn im Gegensatz etwa zu Frankreich, wo zum Beispiel nach der Revolution von 1789 die Vertreter des ›Alten Regimes‹, die Aristokraten das Land verlassen mußten, traf es in Deutschland seit dem 18. Jahrhundert beinahe immer und ausschließlich die kritischen, fortschrittlich-demokratischen Kräfte. Das begann gleich mit dem Gründer der ersten Republik auf deutschem Boden, nämlich mit Jakob Georg Forster, der nach dem Scheitern der Mainzer Republik 1793 ins französische Exil ging und ein Jahr später in Paris starb. Zu dieser Zeit sollen allein in Paris an die 10 000 exilierte deutsche Republikaner gelebt haben. Eine zweite Emigrantenwelle aus Deutschland kam 1819 nach den Karlsbader Entschlüssen nach Frankreich, eine dritte in der Folge der Juli-Revolution von 1830. Die historischen Quellen belegen, daß in den vierziger Jahren des 19. Jahrhunderts zwischen 60 000 und 70 000 Deutsche in Frankreich politisches Asyl fanden, darunter Marx, Heine, Börne und Ruge. Dabei war zu diesem Zeitpunkt der Höhepunkt der Exilantenflut noch nicht einmal erreicht; der kam erst nach der gescheiterten bürgerlichen Revolution von 1848, als gemeinsam mit Freiligrath, Herwegh und Weerth erneut Tausende in Frankreich Zuflucht suchten. Die Reaktion auf Bismarcks Sozialistengesetze von 1878 und der Auszug vieler Pazifisten, wie Stefan Zweig, Ernst Bloch und Walter Benjamin, aus dem Deutschland des Ersten Weltkrieges waren die nächsten markanten Kapitel in der Geschichte des deutschen Exils. Nicht also die Tatsache, daß Systemgegner das Land verlassen mußten, ist das eigentlich Neue an der Emigration aus Nazi-Deutschland; bedrückend einmalig jedoch ist das Ausmaß der Auswanderung sowie die Tatsache, daß Hunderttausende ihre Heimat einzig und allein aufgrund ihrer Rassen- und Religionszugehörigkeit aufzugeben gezwungen waren. Es scheint übrigens in diesem Zusammenhang sinnvoll zu sein, zwischen Emigranten und Exilierten zu unterscheiden. Das lateinische Verb »emigrare« bedeutet soviel wie »auswandern«, während »exilium« am besten mit »Verbannung« übersetzt wird. Im allgemeinen spricht man von Emigration vor allem hinsichtlich der Juden, die in den ersten sechs Jahren des Dritten Reiches auswanderten. Dabei ist bemerkenswert, daß der Höhepunkt der jüdischen Emigrationswelle erst 1938/1939 errreicht wurde – viele hatten anfangs die rassistische Ideologie der Nationalsozialisten offenbar nicht ernst genug genommen, und erst der offene Terror – etwa nach der »Reichskristallnacht« – machte ihnen bewußt, daß sie in Deutschland in akuter Lebensgefahr schwebten. Etwa 142 000 Juden konnten das Land verlassen, bevor sich die Grenzen endgültig schlossen und die Deportation und Massenvernichtung in den Konzentrationslagern begann. – Exilierte hingegen sind, nach einer Definition von Hans-Albert Walter (der 1972 einer der ersten umfangreichen Studien über »Deutsche Exilliteratur 1933–1950« vorlegte), »alle diejenigen deutschsprachigen Personen (...), die, gleichgültig welcher Nationalität und Rasse, Deutschland und die später von diesem annektierten Staaten (Österreich, CSSR) wegen dem drohenden oder an die Macht gelangten Faschismus verließen oder deshalb nicht mehr dahin kehren konnten oder wollten, und die im Ausland in irgendeiner politischen, publizistischen oder künstlerischen Form, direkt oder indirekt, gegen den deutschen Faschismus Stellung genommen haben. In diese Kategorie fallen auch Schriftsteller und Künstler, die sich zwar weder vor noch nach 1933 politisch betätigt haben, die aber mit dem Verlassen Deutschlands und dem Abbruch der Beziehungen zu Verlagen und anderen binnendeutschen Institutionen deutlich machten, daß sie mit dem faschistischen Kulturleben nichts gemein hatten.«

Gleichviel jedoch, ob Emigration oder Exil, Vertreibung aus rassischen Gründen oder Auswanderung aus der Haltung ideologischer Gegnerschaft heraus – das gemeinsame Schicksal der Verbannung einte die Vertriebenen zunächst und verband sie über das Trennende ehemaliger Gruppenzugehörigkeit hinweg: Sie alle hatten Verleger und Publikum – und damit die Basis ihrer materiellen Existenz verloren. Nur sehr wenige Autoren konnten mit einem Teil ihres Vermögens ins Ausland entkommen oder gar dort eine neue, wohlausgestattete Existenz gründen, wie Lion Feuchtwanger, Thomas Mann und Stefan Zweig. Die allermeisten hingegen waren angewiesen auf die spärlichen Einnahmen, die ihnen durch Veröffentlichungen in der Exilpresse, durch Übersetzungen und Vortragsreisen zuflossen. Auch hierin noch behindert durch fehlende, befristete oder eingeschränkte Arbeitserlaubnis, blieb vielen oft nichts anderes übrig, als sich mit Bittbriefen an Kollegen, Verleger oder jene Hilfsorganisationen zu wenden, die gegen Ende der dreißiger Jahre und namentlich in den Vereinigten Staaten zur Unterstützung exilierter Schriftsteller entstanden und von denen die *American Guild for German Cultural Freedom* die bekannteste war. Weit schwerer noch als die finanzielle Not wurde jedoch, folgt man Briefen und Tagebüchern der Betroffenen, die permanente Ungewißheit empfunden, ob und wie lange noch man in den Asyl gewährenden Ländern bleiben konnte. Der erste Emigranten-Exodus hatte ja vor allem europäische Länder zum Ziel – erst nach der Annexion und Besetzung Österreichs, der CSSR, Belgiens, Dänemarks, Hollands und großer Teile Frankreichs in den Jahren 1938/1939 begann der große Zug nach Übersee, den Vereinigten Staaten und Lateinamerika. Außer in der Sowjetunion, Schweden und Großbritannien aber stellten alle europäischen Exilländer lediglich befristete Aufenthaltsgenehmigungen aus, die jederzeit widerrufen werden konnten. Dabei unterschätzten viele der Geflohenen zunächst dieses »Paßproblem« und beruhigten sich in der Erwartung, die Behörden der Gastländer würden über dergleichen Formalitäten mit gesundem Menschenverstand hinwegsehen. »Diese Erwartung«, schreibt Hans-Albert Walter, »gründete sich vor allem auf drei Hypothesen. Zum ersten wurde die Dauer der faschistischen Diktatur in Deutschland sehr gering veranschlagt, infolgedessen wurde der Auslandsaufenthalt als eine schnell vorübergehende Interimsphase angesehen. Zum zweiten rechneten die Exilierten mit der Solidarität des nichtfaschistischen Auslandes, vor allem mit der Unterstützung der großen bürgerlich-demokratischen Staaten. Sofern sie es überhaupt bedachten, unterschätzten sie schließlich das Eigengewicht der Bürokratie in den Gastländern. Alle diese Erwartungen trogen, und schon nach kurzer Zeit wurden die vermeintlich simpelsten Dinge problematisch.« Auf Geld und Beziehungen kam es im wesentlichen an, wollte man an ›sichere‹ Papiere kommen – beides aber fehlte den meisten Autoren, die Haus und Vermögen zurückgelassen und, in vielen Fällen, vor 1933 nur sehr flüchtige Kontakte zum europäischen Ausland gehabt hatten; hierzu der im Exil leiderprobte Klaus Mann: »Neu ist das Paßproblem, nun doch eine sehr ernste Sache. Ohne Paß kann der Mensch nicht leben. Das scheinbar unbedeutende Dokument ist in Wahrheit ebenso kostbar wie der Schatten, dessen Wert der arme Schlemihl erst so recht begriff, als er sich seiner leichtfertigerweise entledigt hatte. Transitvisen, Arbeits- und Aufenthaltserlaubnisse, ›cartes d'identité‹, ›titres de voyage‹: diese Dinge spielten eine durchaus dominierende und recht quälende Rolle.« – Schließlich sei noch ein drittes Problem erwähnt, unter dem Exilierte wie Emigranten gleichermaßen – und oft schwerer, ja verzweifelter litten als unter finanziellen Sorgen oder dem Druck der Ausländerbürokratie: das Sprachproblem. Davon betroffen waren – mit Ausnahme der Musiker – beinahe alle exilierten Künstler: An erster Stelle gewiß die Schauspieler, die, von sehr seltenen Einzelfällen abgesehen, mit der Auswanderung aus Deutschland praktisch über Nacht ihren Beruf verloren; betroffen waren die Journalisten und Publizisten, deren einziges Forum die finanziell nur kümmerlich ausgestatteten deutschsprachigen Exilzeitschriften waren; betroffen aber auch die zahlreichen Gesellschafts- und Naturwissenschaftler, die, wenn sie überhaupt an einer ausländischen Universität unterkamen, in einer neuen Unterrichtssprache dozieren und publizieren mußten. Die schwerste Erschütterung jedoch bewirkte die Sprachentwurzelung, die abrupte Trennung von Sprachraum und Sprachalltag bei den Schriftstellern. Zwar konnten sich die meisten notfalls in einer Fremdsprache verständigen, doch auf französisch, englisch, russisch dichten oder fabulieren, das gelang kaum einem, und der Hinweis auf Ausnahmen wie Stefan Zweig oder Klaus Mann ist insofern zu relativieren, als die Qualität ihres Exilwerkes unter dem Wechsel in eine Fremdsprache deutlich zu leiden hatte. Der Philosoph Ernst Bloch beschrieb die Situation wie folgt: »Wir sprechen nun einmal deutsch. Diese Sprache haben wir mitgenommen, mit ihr arbeiten wir. Sogleich aber erhebt sich die Frage: wie können wir als deutsche Schriftsteller in einem anderssprachigen Land das Unsere tun, uns lebendig erhalten? Wie können wir wirtschaftlich unseren Ort finden, wie können wir politisch-kulturell unsere Aufgabe erfüllen? Man kann Sprache nicht zerstören, ohne in sich selber Kultur zu zerstören. Und umgekehrt, man kann eine Kultur nicht erhalten und fortentwickeln, ohne in der Sprache zu sprechen, worin diese Kultur gebildet worden ist und lebt.«

Es ist inzwischen schon häufiger von den Exilzeitschriften die Rede gewesen, die in der Tat für die Ausgewanderten und Geflohenen von ganz überragender, vielfach das Überleben ermöglichender Bedeutung waren. Nicht allein, weil sie Erwerbsquellen bereithielten; auch nicht nur, weil in ihnen – und beinahe nur in ihnen – noch deutsch publiziert werden konnte –, unersetzlich waren sie vor allem in ihrer kommunikativen und solidarisierenden Funktion: Sie allein konnten immerhin versuchen, den antifaschistischen Kampf im Ausland zu organisieren und die unterschiedlichen ideologischen und politischen Interessen der verschiedenen Fraktionen im Emigrantenlager zu koordinieren und zusammenzuführen. Zwischen 1933 und 1945 erschienen insgesamt an die 400 Exilzeitschriften; neben der *Neuen Weltbühne*, dem *Neuen Tage-Buch* und dem *Wort* waren Klaus Manns Zeitschrift *Die Sammlung* sowie die *Neuen Deutschen Blätter*, herausgegeben von Oskar Maria Graf, Anna Seghers, Wieland Herzfelde und Jan Petersen, die einflußreichsten davon. Beide erschienen zwischen 1933 und 1935; beide mußten ihr Erscheinen danach einstellen – nicht nur aus finanziellen Gründen, sondern weil es ihnen nicht gelungen war, eine Einheitsfront der Emigranten zu organisieren. Damit aber waren sie an ihren eigenen Zielvorstellungen gescheitert. In einer Herausgebernotiz der *Neuen Deutschen Blätter* hatte es geheißen: »Viele sehen im Faschismus einen Anachronismus, ein Intermezzo, eine Rückkehr zu mittelalterlicher Barbarei, andere sprechen von einer Geisteskrankheit der Deutschen oder von einer Anomalie, die dem ›richtigen‹ Ablauf des historischen Geschehens widerspreche, sie verwünschen die Nationalsozialisten als eine Horde verkrachter Existenzen, die urplötzlich das Land überlistet haben. Wir dagegen sehen im Faschismus keine zufällige Form, sondern das organische Produkt des todkranken Kapitalismus. Ist da nicht jeder Versuch, liberalistisch-demokratische Verhältnisse wiederherzustellen, ein Verzicht darauf, das Übel mit der Wurzel auszurotten? Ist nicht jeder Kampf, der nur der Form gilt, im Grunde ein Scheinkampf? Gibt es eine andere reale Kraft, die den endgültigen Sieg über Not und Tyrannei zu erringen vermag, als das Proletariat? Wir sind überzeugt, daß die richtige Beantwortung dieser Frage gerade auch für den Schriftsteller bedeutungsvoll ist, denn die Wahrhaftigkeit der Darstellung und sogar die formale Qualität der Literatur hängen ab von der Tiefe des Wissens um das gesamte Geschehen und seine Ursachen. Das ist unsere Meinung. Aber nichts liegt uns ferner, als unsere Mitarbeiter ›gleichschalten‹ zu wollen (...) Wir werden alle – auch wenn ihre sonstigen Überzeugungen nicht die unseren sind – zu Wort kommen lassen, wenn sie nur gewillt sind, mit uns zu kämpfen.« Die Stellungnahme schlägt beinahe alle Motive an, die in den ersten Jahren der Exilpresse immer aufs neue variiert und kommentiert wurden. Von den Spannungen zwischen bürgerlich-liberalem und sozialistisch-kommunistischem Antifaschismus ist darin ebenso die Rede wie von den unterschiedlichen Faschismus-Analysen, die nach 1933 kursierten und in jenen beiden Lagern heftig umstritten waren, ohne daß sich die Einsicht sonderlich rasch verbreitet hätte, daß vermutlich sehr viele und heterogene Ursachen und Tendenzen zum Erfolg des Nationalsozialismus beigetragen hatten und daß man durchaus die These, der Faschismus sei ein letztes pathologisches Symptom des Kapitalismus, vertreten kann, ohne damit in Widerspruch zu anderen Deutungen zu geraten – der Erfolg der Nazis hatte eben *auch* zu tun mit dem Versagen der Weimarer Demokratie, und er konnte kulturgeschichtlich *auch* als ein Rückfall in die Barbarei interpretiert werden. Zunächst jedenfalls schien es, als würde der Schlußappell des Editorials aus den *Neuen Deutschen Blättern* die darin erkennbaren Dissonanzen zu übertönen und zu harmonisieren in der Lage sein, denn tatsächlich weisen beinahe alle Exilzeitschriften in ihren ersten Nummern eine verblüffende, die liberale Solidarität der Emigranten eindrucksvoll belegende Meinungsvielfalt auf – gleichviel, ob ein weit ins sozialdemokratische und bürgerlich-linksliberale Lager ausgedehnter Sozialismus-Begriff die gemeinsame ideologische Grundlage herstellte oder der Appell an Vernunft und Humanität, wie er zum Beispiel von Klaus Mann in der *Sammlung* formuliert wurde: »Sammeln wollen wir, was den Willen zur menschenwürdigen Zukunft hat, statt den Willen zur Barbarei (...); den Willen zur Vernunft statt den zur hysterischen Brutalität und zu einem schamlos programmatischen ›Anti-Humanismus‹.« Eine Hoffnung jedoch, um die all diese Aufrufe sich in den ersten Jahren des Exils immer wieder konzentrierten, scheiterte sehr bald, nämlich die Hoffnung auf eine Volksfront des antifaschistischen Widerstandes, für die namentlich Heinrich Mann beinahe sein ganzes publizistisches Gewicht in die Waagschale geworfen hatte. Nur die deutsche Volksfront, so meinte er, könne das Werk der Einigung des Volkes gegen Hitler vollbringen, nur sie könne »die Gestalterin einer freien, glücklicheren Zukunft Deutschlands sein«. Die Erfolgschancen schienen zunächst nicht ungünstig zu sein, denn der erste Aufruf zur Bildung einer deutschen Volksfront, *Bildet die deutsche Volksfront für Frieden, Freiheit und Brot* (1936), war nicht nur von kommunistischen und sozialdemokratischen, sondern auch von namhaften bürgerlichen Autoren unterzeichnet worden (Lion Feuchtwanger, Arnold Zweig und Klaus Mann gehörten dazu). Doch schon ein Jahr später, 1937, war der Volksfrontgedanke praktisch am Ende, und zwar aus dem in der deutschen Geschichte fatal-traditionellen Grund, weil Sozialdemokraten und Kommunisten die ideologische Abgrenzung untereinander letztlich wichtiger war als der gemeinsame Kampf gegen Hitler. Die ideologische Entzweiung schlug auf die Exilzeitschriften zurück; Hans-Albert Walter resümiert: »Einen sichtbaren politischen Erfolg hatten die Exilzeitschriften nicht. Sie sind zu wichtigen und bleibenden Dokumenten einer ohnmächtigen Opposition geworden.«

Einer der gerade vor dem Hintergrund der deutschen Literaturgeschichte nicht hoch genug einzuschätzenden Effekte des Exils war, daß viele bürgerliche Autoren, die bis dahin geglaubt hatten, ›Geist‹ und ›Tat‹, literarische Produktion und politisches Engagement trennen und auseinanderhalten zu können, nun zu einer Vereinigung von Politik und Literatur in ihrer alltäglichen Praxis nahezu gezwungen wurden. So schien der Aufruf der Exilzeitschrift *Das Wort* nachgerade selbstverständlich zu sein und für alle Autoren zu gelten, gleichgültig welchem ideologischen Lager sie angehörten: »In Deutschland wüten die Nationalsozialisten. Wir befinden uns im Kriegszustand. Es gibt keine Neutralität. Für niemand. Am wenigsten für den Schriftsteller. Auch wer schweigt, nimmt teil am Kampf. Wer, erschreckt und betäubt von den Ereignissen, in ein nur-privates Dasein flieht, wer die Waffe des Wortes als Spielzeug oder Schmuck verwendet, wer abgeklärt resigniert – der verdammt sich selbst zu sozialer und künstlerischer Unfruchtbarkeit und räumt dem Gegner das Feld.« ›Wer schreibt, handelt‹, war die Losung, und die meisten Exilautoren teilten die Überzeugung, daß in den Jahren nach 1933 Literatur von Rang nur antifaschistische Literatur sein könne. Doch wie schon auf dem Feld der Ideologien, so war auch im ästhetischen Bereich, bei der Frage also, *wie* das Wort zur Tat werden solle und welche formalen literarischen Waffen die größte Durchschlagskraft erzielen könnten, die antifaschistische Emphase eine Sache – Fraktionsquerelen und poetisch-politische Beckmesserei jedoch eine andere. Auch hier standen ›Bürgerliche‹ und ›Sozialisten‹ einander gegenüber, und zwar diesmal unter dem Banner von ›Formalismus‹ und ›Realismus‹. Das Ergebnis war der ebenso unerbittlich wie verquält geführte, letztlich gänzlich unfruchtbare Streit, der unter dem Stichwort »Expressionismus-Debatte« in die Literaturgeschichte eingegangen ist. Austragungsort war die Moskauer Exilzeitschrift *Das Wort*, und eröffnet wurde der Streit im September 1937 durch Klaus Manns Aufsatz *Gottfried Benn, die Geschichte einer Verirrung*. Darin interpretiert Mann die anfängliche Begrüßung des Faschismus durch Benn als eine Art ›Selbstverrat‹ und bestritt einen historisch-konsequenten Zusammenhang von Expressionismus und Faschismus. Eben diesen aber stellte Alfred Kurella im selben Heft des *Wortes* unmißverständlich her: »Erstens läßt heute sich klar erkennen, wes Geistes Kind der Expressionismus war und wohin dieser Geist, ganz befolgt, führt: in den Faschismus. Zweitens müssen wir ehrlicherweise zugeben, daß in jedem von uns aus jener Zeit etwas in den Knochen steckengeblieben ist.« Die Diskussion zog rasch weite Kreise. Was als Debatte um Person und Werk Gottfried Benns begonnen hatte, betraf nun

Szene aus der Uraufführung von Wolfgang Borcherts »Draußen vor der Tür«, Kammerspiele Hamburg, 1947.

Martin Walser (geb. 1927) schreibt gesellschaftskritische Romane und Theaterstücke.

In Erzählungen und Romanen erweist sich Heinrich Böll (1917–1985) als hervorragender Schilderer der Kriegs- und Nachkriegszeit.

Günter Grass (geb. 1927), der Autor des Romans »Die Blechtrommel«.

Schutzumschlag von Günter Grass zu seinem Roman »Die Blechtrommel«.

generell das Verhältnis von Expressionismus und Faschismus, und das Ganze mündete schließlich in der Frage nach dem Verhältnis der antifaschistischen Literatur zur literarischen Tradition überhaupt. Gegenüber standen sich auf der einen Seite Ästhetiker, die zwar, wie vor allem Georg Lukács, sich zum Kommunismus bekannten, in ihrer ästhetischen Konzeption jedoch vor allem an der Tradition des bürgerlichen Realismus orientiert waren und also Schreibweisen der Moderne, etwa des experimentellen Romans oder der expressionistischen Lyrik, als formalistisch und politisch reaktionär diffamierten; ihnen standen auf der anderen Seite Schriftsteller und Literaturtheoretiker gegenüber, die eine inhaltliche Verpflichtung auf möglichst genaue Widerspiegelung der Wirklichkeit unter der Perspektive des Kampfes gegen den Faschismus mit der Suche nach neuen, auch avantgardistischen formalen Techniken zu verknüpfen. Der prominenteste Vertreter der letztgenannten Fraktion war Bert Brecht, der nun seinerseits nicht anstand, dem gar zu mechanisch angewandten Realismus-Begriff von Lukács einen immanenten Formalismus vorzuwerfen. Auf dem Höhepunkt der Expressionismus-Debatte verfaßte Brecht seinen Aufsatz *Weite und Vielfalt der realistischen Schreibweise* (1938). Ursprünglich sollte der Text als Diskussionsbeitrag im *Wort* erscheinen, wurde dann jedoch von Brecht zurückgezogen, um die Einheit der sozialistischen Volksfront nicht durch ästhetische Streitigkeiten zu belasten (dies gilt übrigens auch für einige weitere Essays zum selben Thema, die Brecht zunächst in der Schublade ließ: »Die Expressionismusdebatte«, »Praktisches zur Expressionismusdebatte« und »Volkstümlichkeit und Realismus«). *Weite und Vielfalt der realistischen Schreibweise* ist der einzige dieser Aufsätze, der noch zu Lebzeiten Brechts erschien, und zwar 1955 im 13. Heft der *Versuche* zusammen mit dem *Kaukasischen Kreidekreis* und den *Buckower Elegien.* Er wendet sich, so Brecht in einer Vorbemerkung, »gegen die Tendenz, der realistischen Schreibweise vom Formalen her Grenzen zu setzen.« Nicht ohne Ironie vermutet Brecht zunächst, es möchten in der letzten Zeit bei den Lesern des *Wortes* durch einige Essays, die auf den Realismus des bürgerlichen Romans eingegangen waren, Besorgnisse laut geworden sein, die Zeitschrift wolle dem Realismus in der Literatur einen zu engen Raum anweisen: »Es mag sein, daß für realistische Schreibweisen in ein paar Ausführungen (gemeint sind vor allem die von Lukács) allzu formale Kennzeichen angegeben wurden, mancher Leser kam dadurch auf den Gedanken, es sei gemeint, ein Buch sei dann realistisch geschrieben, wenn es ›so geschrieben ist wie die bürgerlichen realistischen Romane des vorigen Jahrhunderts‹. Natürlich ist das nicht gemeint. Realistisches Schreiben kann von nicht realistischem nur dadurch unterschieden werden, daß man es mit der Realität selber konfrontiert, die es behandelt. Es gibt da keine speziellen Formalitäten, die zu beachten wären.« Brecht leitet dann über zu dem »großen revolutionären englischen Dichter P. B. Shelley«, der ganz anders geschrieben habe als die bürgerlichen Realisten und dennoch ein großer Realist genannt werden müsse. Um dies zu belegen, gibt Brecht Shelleys Ballade *Der Maskenzug der Anarchie* wieder, die 1819 nach blutigen Arbeiterunruhen in Manchester entstanden war, und fügt ihr eine eigene Übersetzung bei, die auf eindrucksvolle Weise den Beweis erbringt, daß Aspekte des Phantastischen, Skurrilen, Romantisch-Grotesken durchaus mit literarischem Realismus zu vereinbaren sind – wie sich übrigens auch bei den »Realisten« Cervantes und Swift zeige, wenn sie Ritter mit Windmühlen kämpfen und Pferde Staaten gründen ließen: »Nicht der Begriff der Enge, sondern der der Weite paßt zum Realismus. Die Wirklichkeit selbst ist weit, vielfältig, widerspruchsvoll; die Geschichte schafft und verwirft Vorbilder (...) Es sind nicht die äußeren Formen, welche den Realisten ausmachen. Es gibt auch keine unfehlbare Prophylaktis: frische Artistik geht über in stinkenden Ästhetizismus, blühende Phantasie in öde Nebelreiterei, oft bei ein und demselben Dichter; wir können nicht vor Artistik und Phantasie warnen deswegen. So sinkt der Realismus ab zum mechanischen Naturalismus, immer wieder, auch bei den bedeutendsten Realisten (...). Aber wenn wir sehen, auf wie mancherlei Weise die Wirklichkeit beschrieben werden kann, sehen wir, daß Realismus keine Formsache ist. Nichts ist so schlimm, als beim Aufstellen von formalen Vorbildern *zu wenig* Vorbilder aufzustellen. Es ist gefährlich, den großen Begriff ›Realismus‹ an ein paar Namen zu knüpfen, so berühmt sie auch sein mögen, und ein paar Formen zur allein selig machenden schöpferischen Methode zusammenzufassen, auch wenn es nützliche Formen sein mögen. Über literarische Formen muß man die Realität befragen, nicht die Ästhetik, auch nicht die des Realismus. Die Wahrheit kann auf viele Arten verschwiegen und auf viele Arten gesagt werden. Wir leiten unsere Ästhetik, wie unsere Sittlichkeit, von den Bedürfnissen unseres Kampfes ab.«

Es ist betrüblich, daß diese klärenden Worte nicht konsensfähig waren und der politischen Loyalität und Solidarität zum Opfer gebracht werden mußten. Dies bleibt jedoch allemal bezeichnend für die stets aufs neue gefährdete uneinige Einheit (oder einheitliche Uneinigkeit?) der Exilliteratur, die sich im Kampf *gegen* den gemeinsamen Feind vereinigen konnte – nicht aber im Kampf *für* ein gemeinsames Ziel. Viele mochten nicht wahrhaben, daß

Querelen dieser Art die antifaschistische Front aufweichten und streckenweise lähmten – und nicht nur das: »die realismusdebatte blockiert die produktion, wenn sie so weitergeht«, notierte Brecht am 18. August 1938 in sein Arbeitsjournal. Vielleicht war dies einer der Gründe, warum er sich publizistisch zurückhielt. Ein weiterer aber war gewiß, daß Brecht sich seiner ›Sache‹, seiner literarischen Theorien und Praxis schon vor 1933 recht sicher gewesen war und daher viele Forderungen wie die nach mehr Realismus und einer Vereinigung von ›Geist‹ und ›Tat‹ in seinem Werk längst verwirklicht waren, welche programmatisch unter anderem auf zwei Säulen ruhte: Realismus und Volkstümlichkeit. In zwei berühmt gewordenen Definitionen bestimmte Brecht ›volkstümlich‹ als »den breiten Massen verständlich, ihre Ausdrucksform aufnehmend und bereichernd / ihren Standpunkt einnehmend, befestigend und korrigierend / den fortschrittlichsten Teil des Volkes so vertretend, daß er die Führung übernehmen kann, also auch den andern Teilen des Volkes verständlich / anknüpfend an die Traditionen, sie weiterführend / dem zur Führung strebenden Teil des Volkes Errungenschaften des jetzt führenden Teiles übermittelnd.« Dies ist nicht nur einer der dialektisch-intelligentesten Kommentare zum Popularitätsgebot des sozialistischen Realismus, sondern gleichzeitig eine Art ästhetischer Handlungsanweisung an die Exilliteratur, alles zu unternehmen, um eine literarisch-aufklärende Breitenwirkung zu erzielen. Das gleiche gilt für Brechts Realismus-Definition: »Realistisch heißt: den gesellschaftlichen Kausalkomplex aufdeckend / die herrschenden Gesichtspunkte als die Gesichtspunkte der Herrschenden entlarvend / vom Standpunkt der Klasse aus schreibend, welche für die dringendsten Schwierigkeiten, in denen die menschliche Gesellschaft steckt, die breitesten Lösungen bereit hält / das Moment der Entwicklung betonend / konkret und das Abstrahieren ermöglichend.« So apodiktisch sich die Definition gibt, sie gibt doch im Grunde nicht mehr vor als einen sehr weitläufigen Rahmen, innerhalb dessen sich die ›Vielfalt der realistischen Schreibweisen‹ artikulieren konnte. Eben dieser und damit der literarischen Praxis des Exils wollen wir uns im folgenden zuwenden.

Schriftsteller in der Emigration

Bevor wir uns den Autoren widmen werden, die auch heute noch zu den bedeutendsten, in ihrer Wirkung auf die Literaturgeschichte als nachhaltigste Vertreter der Exilliteratur gelten, sollen hier zunächst einige Schriftsteller vorgestellt werden, die weder vor noch nach 1945 zu den literarischen

Wortführern zählten und gegenwärtig zumeist nur noch als Spezialisten dem Namen nach bekannt sind. Dennoch dürfen sie hier nicht übergangen werden: Mit ihren berühmteren Kollegen teilten sie das Schicksal der (nicht allein sprachlichen) Heimatlosigkeit. Und auch sie versuchten, ihrem ›Leiden an Deutschland‹ literarischen Ausdruck zu verleihen. Einer dieser Autoren ist Jacob Picard (1883–1964) aus Wangen im Allgäu; seinen Beruf als Rechtsanwalt übte er in Konstanz aus, bis er zur Emigration genötigt war; sein Asyl war New York; von dort kehrte er nach Deutschland zurück, lebte dann aber in Den Haag (Holland). In zwei Bänden mit Erzählungen (»Der Gezeichnete«, 1936; »Die alte Lehre«, 1963) zeichnete er die Schicksale jüdischer Bauern in Süddeutschland; in drei Gedichtbänden (»Das Ufer«, 1913; »Erschütterung«, 1920; »Der Uhrenschlag«, 1960) erweist er sich als konservativ-religiöser Lyriker, dessen Verse mit expressionistischer Ekstase einsetzten, später maßvoller und strenger wurden und – begreiflicherweise – wehmütiger Resignation zuneigten.

Aachen ist die Geburtsstadt des Kaufmannssohnes Ludwig Strauss (1892–1953), der 1929–1933 Dozent für Geschichte der deutschen Literatur in seiner Heimat war, dann als Landarbeiter und Lehrer nach Israel ging und als Professor an der Universität in Jerusalem starb. Sein erster Gedichtband (»Wandlung und Verkündigung«, 1918) erschien im Insel-Verlag, und zwar gegen das Gutachten R. M. Rilkes. In der Folgezeit beschäftigte er sich als Germanist vornehmlich mit Hölderlin, war bestrebt, durch Klärung der geistigen Grundlagen einem besseren Verständnis von Juden und Deutschen zu dienen. Darin war er mit Martin Buber einig, dessen Schwiegersohn er in Israel wurde. Neben den philologischen und philosophischen Arbeiten entstand noch in Deutschland der zweite Gedichtband *Nachtwache. Gedichte 1919–1933* (1933). Von Israel her stammt der Vers-Band *Land Israel* (1935) und verrät in seinem Titelgedicht, wie schwer es dem Einwanderer fiel, in der neuen Heimat Fuß zu fassen. Übrigens ging er – als überzeugter Sozialist – in einen Kibbuz, wo er als Bauer und Soldat in einer Person ständig auf der Hut vor arabischen Partisanen sein mußte. Daraus entstanden die *Kleinen Nachtwachen* (1937), mehr Sprüche denn Gedichte, ausgezeichnet durch die Eigenschaft, Schweres freundlich zu sagen. Dem Bereich der lyrischen Poesie gehören dann wieder die Gedichte der Sammlung *Heimliche Gegenwart* (1952) an. Fast selbstverständlich begann Ludwig Strauss nach einigen Jahren Israelaufenthaltes, auch hebräisch zu schreiben, Prosa und Verse. Aber die Sprache von einst gab er dennoch nie ganz auf, wie die unter dem Titel *Wintersaat* (1952 gesammelten Aphorismen bezeugen.

Picards Gesamtausgabe wurde von WERNER KRAFT (geb. 1896) betreut, einem Sohn der Stadt Braunschweig, Philologiestudent in Berlin, Freiburg i. Br. und Hamburg, zum Doktor promoviert in Frankfurt a. M., im Bibliothekswesen zu Leipzig und Hannover tätig, 1933 Emigrant, zuerst nach Schweden, dann nach Paris, endlich nach Jerusalem, Biograph von Karl Kraus (1956) und Rudolf Borchardt (1961), Lyriker (»Wort aus der Leere«, 1937; »Gedichte 2. Band«, 1938; »Gedichte 3. Band«, 1946; »Figur der Hoffnung«, 1955), Essayist (»Wort und Gedanken«, 1959) und Verfasser des Romans *Der Wirrwarr* (1960), der, vom herkömmlichen Stil abweichend, in Aphorismen und Tagebuchaufzeichnungen die Entwurzeltheit jener Generation vor dem Zweiten Weltkrieg darstellt, die sich gegen die drohende Katastrophe stemmt und doch in diesem Kampf scheitert.

Von jenen Autoren, deren Wiege in Berlin stand, erlebte WILHELM SPEYER (1887–1952) noch mit vollen Zügen die Zeit vor 1914 und schrieb, bevor jene Periode zu Ende ging, die wehmütige Novelle *Wie wir einst so glücklich waren* (1909). Was hierauf folgte, waren Romane, Dramen, Erzählungen, kaum weit über dem Niveau der Unterhaltungsliteratur, wohl elegant in der Sprache, zwingend in der Stimmungskraft, aber von jener Oberflächlichkeit, die Unklarheit für Tiefe und Zynismus für Überlegenheit ausgeben möchte. Dann kam *Der Kampf der Tertia* (1927), eine köstliche Gymnasiastengeschichte. Deren Fortsetzung *Die goldene Horde* (1930) hat nicht mehr den jungenhaft frischen Ton, ist eher »boyhaft etikettiert« (Guido K. Brand) und ein nicht ganz ungefährliches Erziehungsexperiment. Speyer mußte jenes Deutschland, für das er im Ersten Weltkrieg gekämpft hatte, verlassen, emigrierte nach Frankreich, Kalifornien, kehrte 1949 nach Europa zurück, d. h. nach Oberbayern, Südfrankreich und in die Schweiz (er starb in Riehen bei Basel). Der Schriftsteller Speyer aber remigrierte in die Zeit, die vor der eigenen lag, und schrieb den Roman *Das Glück der Andernachs* (1947), der vom Schicksal einer jüdischen Familie im Berlin der Bismarckperiode handelte.

Um etliche Jahre jünger als Wilhelm Speyer, aber alt genug, um am Ersten Weltkrieg als Sanitäter mitzuwirken, war MARTIN GUMPERT (1897–1955), Arztsohn und selbst Arzt, Freund der Familie Mann (Thomas Mann gab der Figur des Mai-Sachme in »Joseph, der Ernährer«, die Züge Gumperts). Seine literarische Laufbahn begann mit expressionistischer Lyrik (»Verkettung«, 1917; »Heimkehr des Herzens«, 1921), die des Dichters Grundanliegen, Menschlichkeit und soziales Engagement, deutlich zum Ausdruck bringt. Bald wandte er sich jedoch, ohne seine Grundtendenzen aufzugeben, dem

Dokumentarroman und der Biographie aus der Medizingeschichte zu (»Hahnemann«, 1934; »Das Leben für die Idee«, 1935; »Dunant«, 1938). Inzwischen hatte auch Gumpert Berlin und Deutschland verlassen müssen (1936) und war nach New York emigriert, wo er seine ärztliche Tätigkeit wieder aufnahm und 19 Jahre später starb. Jenseits des Ozeans schrieb er englisch, aber nicht alles: deutsch nämlich ist die Sprache seiner Autobiographie *Hölle im Paradies* (1939), einer Darstellung seiner Familie als eines Abbildes der ahnungslosen Welt des 19. Jahrhunderts auf ihrem Weg zur Auflösung im Jahre 1933, deutsch sind die Verse des Gedichtzyklus *Berichte aus der Fremde, New York 1937* (1948), in einer an den amerikanischen Dichter Whitman erinnernden hymnischen Prosa, nur großenteils deutsch ist die Erzählung *Der Geburtstag* (1948) geschrieben; in die Muttersprache des Verfassers schleichen sich Amerikanismen, ja ganze Sätze des fremden Idioms und bezeugen die Zwiespältigkeit eines Emigranten, der im Alten nicht mehr, im Neuen noch nicht heimisch ist.

Ein noch schwereres Schicksal erfuhr die Tochter des erfolgreichen und wohlhabenden Berliner Rechtsanwaltes aus dem jüdischen Großbürgertum namens Gertrud Chodziesner (1894–1943?). Dieser Name ist abgeleitet von dem des polnischen Städtchens Chodziesen, das auf deutsch Kolmar hieß. Daraus wurde das Pseudonym, unter dem eine Dichterin schrieb, Gertrud Kolmar. Von Beruf Lehrerin, wirkte sie als Erzieherin in Dijon und Berlin, wo sie auch nach Beginn des »Dritten Reiches« blieb, um ihren alten Vater nicht allein zu lassen und vor dem nicht zu fliehen, »was ich innerlich soll«. Zuerst wurde sie in einem Rüstungsbetrieb zwangsverpflichtet, dann mit unbekanntem Ziel (höchstwahrscheinlich nach Auschwitz) verschleppt. 1917 erschien unter ihrem Namen ein schmales Bändchen *Gedichte*, 1934 der Versband *Preußische Wappen* (er deutet Stadtwappen und heraldische Zeichen und verrät den Sinn der Dichterin für Symbole, Geschichte und Sprache), 1938 die Sammlung *Die Frau und die Tiere*. Alle drei Publikationen fanden kaum Beachtung; erst als 1955 Jacob Picard ihr *Lyrisches Werk* edierte (1961 Friedhelm Kemp in erweiterter Fassung), wurde sie einer breiteren Öffentlichkeit bekannt.

Ihre Gedichte bestehen meistens aus regelmäßig gebauten, vielfach gegliederten Reimstrophen, die nur selten und, wie es scheint, spät von freieren Gebilden, von reimlosen Langzeilen abgelöst werden. Der zeitgenössische Expressionismus, auch Rilke, hatten keinen Einfluß auf Gertrud Kolmar, eher französische Poesie von Baudelaire bis zu den Symbolisten. Von Frankreich her stammt auch der Dichterin Interesse an der Französischen Revolution, besonders an Robespierre, den sie als einen Märtyrer der Gerechtigkeit feiert. Zu diesen und anderen historischen Themen, besonders aus der Geschichte der Juden, kamen viele andere Stoffe, etwa aus der Tierwelt, mit der sie der Vater vertraut gemacht hatte (wie bei Elisabeth Langgässer scheinen Unken und Echsen, Geier und Hyänen bevorzugt), dann aus dem Erleben der Frau, wobei Irre, Kranke, Häßliche eine große Rolle spielen, eine noch größere Einsame und Kinderlose (Gertrud Kolmar hatte zur Zeit des Ersten Weltkrieges ein unglückliches Liebeserlebnis, das ihr die Erfüllung ihrer Sehnsucht nach eigener Familie unmöglich machte). Einen weiten Raum in ihrer Lyrik (neben der sie auch Dramen und Prosaerzählungen schuf, die jedoch kaum noch erschlossen, wenn überhaupt erhalten sind), nimmt natürlich das Schicksal des jüdischen Volkes ein. Diesem ruft sie im Gedicht »Wir Juden« zu:

> So wirf dich du dem Niedern hin, sei schwach, umarme das Leid,
> Bis einst dein müder Wanderschuh auf den Nacken der Starken tritt!

Ebenfalls jüdischer Herkunft war der in Wien geborene Josef Luitpold Stern (1886–1978). Seine Arbeit stand zeitlebens im Zeichen des Sozialismus; bezeichnend sind die Anfangsthemen seiner Veröffentlichungen, ein Sonett auf Émile Zola (1902), ein Vortrag über Maxim Gorki (1905); dennoch war er eine Zeitlang Sekretär bei Ferdinand Avenarius und redaktioneller Mitarbeiter an dessen *Kunstwart* (1909); seit 1912 lebte er ständig in Österreich, abgesehen von den Jahren des Ersten Weltkrieges, der ihn an die italienische Front und nach Albanien brachte, und denen der Emigration (Brünn, Frankreich, Nordamerika), meistens in Wien. 1917 begann seine literarische Laufbahn mit *Herz im Eisen, aus dem Tagebuch eines Landsturmmannes,* einer pazifistischen Schrift (diese Einstellung zerbrach die bis zum Krieg gepflegte Freundschaft mit dem patriotischer gesinnten Alfons Petzold); es folgten Romane, Theaterstücke, lyrische Gedichte, zahllose Arbeiten volksbildnerischer Art; sie wurden erstmals in vier (1937), später in sieben (1954), dann noch einmal in fünf Bänden (1965/1966) gesammelt, jedesmal unter dem Titel *Das Sternbild;* dazu kommen die Auswahlbände *Das Josef-Luitpold-Buch* (1948) – der Autor ließ nämlich seinen Familiennamen lange Zeit weg – und *Bruder Einsam* (1960). Für Teile seines Werkes fand er Freunde auch außerhalb des sozialistischen Lagers; denn, mögen oft genug journalistische Gemeinplätze seine Reden und Aufsätze unterwandern, so finden sich doch in diesen, noch öfter in den belletristischen Partien seines Schaffens sprachliche Schönheit und dichterischer Schwung.

Um weniges jünger als Josef Luitpold Stern war ALMA JOHANNA KOENIG (1887–1942), die Tochter eines jüdischen Offiziers der k.u.k. Armee und, weil ihr Vater dort in Garnison lag, in Prag geboren. Schon im Jahr darauf übersiedelte die Familie nach Wien. Diese stand unter der Tyrannei des Oberhauptes, die sich nach dem Tode der Mutter (1913) noch verschärfte. Die Freiheit, die des Vaters Tod (1919) der Tochter verschaffte, währte nicht lange; 1921 verheiratete sie sich mit dem Baron Bernhard Ehrenfels, der mit ihr nach Algier zog (1925) und sie dort verließ (1930); der offiziellen Scheidung (1936) folgte bald die rassische Verfemung (1938), später die Verhaftung und der Abtransport ins Konzentrationslager Minsk (1942).

Neben lyrischen Gedichten (»Die Windsbraut«, 1918; »Die Lieder der Fausta«, 1922; »Liebesgedichte«, 1930; »Sonette für Jan«, 1946) schrieb die Autorin – z.T. unter dem Pseudonym Johannes Herdan – die Hundenovelle *Schibes* (1920), den Roman aus der byzantinischen Kaiserzeit *Der heilige Palast* (1922), den exotischen Roman *Leidenschaft in Algier* (1932), den Nero-Roman *Der jugendliche Gott* (1947), die nordafrikanischen Erzählungen *Sahara* (1951) sowie den Wikinger-Roman *Die Geschichte von Half dem Weibe* (1924) und die Nachdichtung der Sage von *Gudrun* (1928). Das erotische Element nimmt in fast allen Werken einen breiten Raum ein, das literarische Niveau ist das der gehobenen Unterhaltung.

Viel höher als Josef Luitpold Stern und Alma Johanna Koenig steht MOSHE-YAAKOV BEN-GAVRIÊL (1891–1965). Ursprünglich hieß er Eugen Hoeflich und war der Nachfahre jüdischer Bauern aus Karpatendörfern; doch nicht nur sein Vater, der Arzt war, auch andere Mitglieder seiner Familie zogen nach Wien und spielten im Kulturleben der Donaustadt keine geringe Rolle. Die um die Jahrhundertwende einsetzende antisemitische Welle trieb den jungen Mann zuerst an die Seite Theodor Herzls, des Gründers des Zionismus, und dann an die Martin Bubers, des Philosophen aus dem Geist des Chassidismus. Der Erste Weltkrieg brachte ihn nach dem Eintritt der Türkei ins Kampfgeschehen als Verbindungsoffizier in den Orient; dort, in der Heimat seiner Ahnen, blieb er, wurde Berufsoffizier des Staates Israel und Auslandskorrespondent europäischer Zeitungen. Gestorben ist er in Jerusalem. Natürlich lernte er auch die Sprache des neuen Staates, aber geschrieben hat er deutsch, und zwar in Wiener Färbung. Seine Romane und Novellen zeigen einen anschaulichen, stilsicheren, fabulierfreudigen Erzähler, den man bereits den palästinensischen Kipling genannt hat. Aber auch jene haben nicht unrecht, die von einer »Mischung aus Martin Buber und Karl May« sprechen.

Die wichtigsten seiner Bücher sind *Krieg und Frieden des Bürgers Mahaschavi* (1952), ein von jüdischer Selbstironie nicht freier Zionistenroman, *Das anstößige Leben des großen Osman* (1956), vom orientalischen Märchenbuch »Tausend und eine Nacht« nicht weniger beeinflußt als von Boccaccios »Decamerone«, *Der Mann im Stadttor* (1960), der Tradition des Talmud verpflichtet, und die *Traktate über ganz gewöhnliche Dinge* (1962), eine Essaysammlung, vor allem aber *Das Haus in der Karpfengasse* (1958), ein Querschnitt durch Menschenschicksale während der nationalsozialistischen Besatzung Prags mit dem Untergang der jüdischen Gemeinde, charakteristisch für Ben-Gavriêl deshalb, weil er sich auch in diesem Buch nicht zum Haß gegen alles Deutsche hinreißen ließ (auch hier konnte der Film die visionäre Vergeistigung der besten Partien nicht einfangen).

Einem breiteren Publikum bekannter als Ben-Gavriêl wurden nach dem Krieg die Österreicher HANS WEIGEL (geb. 1908) und Friedrich Torberg. Der erstgenannte blieb bis 1938 in seiner Heimatstadt Wien, konnte dann in der Schweiz Asyl finden und ist 1945 nach Österreich zurückgekehrt. Er schreibt Lustspiele (»Axel an der Himmelstür«, 1926; »Das Wissen der Götter«, 1947; »Hölle oder Fegfeuer«, 1948) und Dramen (»Barrabas und der 50. Geburtstag«, 1946; »Angelica«, 1948; »Die Erde«, 1948), übersetzt Molière und ist als Theater- und Musikkritiker tätig (»Masken, Mimen und Mimosen«, 1958; »Tausend und eine Premiere«, 1961; »Apropos Musik«, 1966); er schreibt ferner Romane, den satirischen auf den Nationalsozialismus *Der grüne Stern* (1946) und die *Unvollendete Symphonie* (1951). Zweifellos beherrscht der Autor die Kunst des Wortspiels, doch unterliegt er oft ihren Gefahren. Das zeigt sich auch in jenem Teil seines Werkes, das am ehesten humorig und liebenswürdig genannt werden kann, z.B. *O du mein Österreich* (1958) und *Lern dieses Volk der Hirten kennen* (1962).

Ein ganz anderes Gesicht zeigt Friedrich Kantor-Berg oder FRIEDRICH TORBERG (1908–1979). Seine Wiege stand in Wien, 1922 übersiedelte er mit seiner Familie nach Prag; er war ein erfolgreicher Sportsmann, dem Schwimmen und Wasserball mehrfache Meisterschaften eintrugen. Die literarische Tätigkeit Torbergs setzte früh ein (in Zeitungen und Zeitschriften) und erfuhr Förderung durch Max Brod; bald auch erschienen die ersten Bücher: der Gedichtband *Der ewige Refrain* (1929), der Roman *Der Schüler Gerber hat absolviert* (1930), die Geschichte eines Gymnasiasten, der Selbstmord begeht, weil er glaubt, die Reifeprüfung nicht bestanden zu haben, ein zweiter Roman *... und glauben es wäre die Liebe* (1932) sowie neben anderem der Sportroman *Die Mannschaft* (1935), dessen Charakteristikum ist, daß es nicht auf Sieg oder Niederlage ankommt, sondern darauf, über diese beiden hinauszukommen. Als dieses Buch erschien, war in Deutschland das Dritte Reich bereits etabliert, und nach dem ›Anschluß‹ Österreichs mußte Torberg auf die Flucht, die ihn über Zürich nach Paris, bei Kriegsausbruch freiwillig unter die Soldaten, nach dem Zusammenbruch Frankreichs in die Vereinigten Staaten führte, deren Bürger er 1945 wurde; dennoch kehrte er 1951 nach Wien zurück.

Die wichtigsten literarischen Früchte der Emigration waren die Novelle *Mein ist die Rache* (1943) und der Roman *Hier bin ich, mein Vater* (1948, jedoch zwischen 1943 und 1946 geschrieben); beide analysieren die Situation des jüdischen Menschen in einer fremden Gesellschaft. Der Roman *Die zweite Begegnung* (1950) setzt diese Linie fort, wenn er auch in das kommunistisch regierte Böhmen führt. Hatte sich Torberg vor der Machtergreifung Hitlers um Politik überhaupt nicht gekümmert, wurde er auch nach ihr nicht zum eigentlichen politisch Engagierten; denn die politische Problematik führt er zurück auf die menschliche. 1958 sammelte er seine Gedichte aus 25 Jahren zum *Lebenslied* und beschloß damit seine im engeren Sinn literarische Tätigkeit. Dennoch schrieb er weiter, vereinigte unter den drei Buchstaben *PPP* (1964) seine Pamphlete, Parodien (glänzend z.B. »Die Einschläferung Noahs« – nach Thomas Mann) und Postscripta, nahm sich der Neuausgabe der Werke des verstorbenen Fritz von Herzmanovsky-Orlando an und redigierte die kulturelle Zeitschrift *Forum* (seit 1954).

Seit 1919 lebte in Wien, von Budapest herkommend, Hans Bekessy oder Hans Habe (1911–1977), der 1929 Journalist wurde und 1935–1938 als Völkerbundskorrespondent in Genf tätig war, 1939 in die französische, später in die amerikanische Armee eintrat und nach dem Zusammenbruch des Hitlerreiches am Neuaufbau der deutschen Presse mitwirkte; 1945–1946 und wieder 1949–1952 (inzwischen war sein Wohnort Hollywood, USA) betätigte er sich als Chefredakteur in München; dann zog er sich als freier Schriftsteller nach St. Wolfgang im Salzkammergut (Österreich), schließlich nach Locarno im Tessin (Schweiz) zurück. Er hat eine schöne Anzahl literarisch belangloser, breitangelegter Gesellschafts- und Familienromane geschrieben und erhebt sich über das Niveau des Journalisten auch dort nicht, wo seine Bücher als Zeitdokumente einige Geltung beanspruchen dürfen; gemeint sind die den Nationalismus und erst recht den Nationalsozialismus ablehnenden (»Drei über die Grenze«, 1936; »Eine Welt bricht zusammen«, 1937; »Zu spät«, 1939; »Ob Tausende fallen«, 1940), die nach dem deutschen Zusammenbruch entstandenen Romane (»Wohin wir gehören«, 1946; »Der Weg ins Dunkel«, 1949) und der Essay *Unsere Liebesaffaire mit Deutschland* (1952). Größeren Tiefgang haben die Autobiographie *Ich stelle mich* (1954) und der Roman *Die Mission* (1965), der auf eine Konferenz, die 1938 in Evian stattgefunden hat, zurückgreift, auf der ein jüdischer Arzt aus Wien, Professor Heinrich von Benda (in Wirklichkeit hieß er Neumann), mit Hitlers Wissen den Vertretern von 32 Staaten das Angebot machte, die Ausreise von 500 000 Juden durch Bezahlung von 125 Millionen Dollar zu ermöglichen; es wurde »als unsittlicher Menschenhandel« abgelehnt. Der Verfasser der »Mission« war seinerzeit als Korrespondent bei der Konferenz anwesend. Problematischer ist der Roman *Christoph und sein Vater* (1966), der versucht, die Situation eines Sohnes zu schildern, dessen Vater aktiver Nationalsozialist gewesen war. Obwohl er nicht dabei war, wagte Hans Habe eine Reportage über die Ermordung des Präsidenten J. F. Kennedy (»Der Tod in Texas, eine amerikanische Tragödie«, 1964). 1969 folgte der Unterhaltungsroman *Das Netz.*

Wohl der letzte Prager Jude war Franz Baermann Steiner (1909–1952); er studierte in Prag, Wien und London Soziologie und Sprachen und konnte seine Heimat verlassen, ehe er den Nazis in die Hände fiel; 1936 kam er endgültig nach England und hielt zuletzt als Dozent Vorlesungen über Anthropologie an der Universität Oxford. Natürlich lehrte er in englischer, aber gedichtet hat er in deutscher Sprache. *Unruhe ohne Uhr* (1954) hieß die erste, *Eroberungen* (1964) die zweite Auswahl seiner Gedichte. Sie erweisen deren Verfasser als einen gelehrten Dichter, der nicht das spontane, sondern das exemplarische Gedicht als Ziel vor Augen hatte. Damit rückte er in die Linie jener Lyrik, die jetzt modern heißt, ob er sich im Parlandostil freier Rhythmen äußerte und auch dabei gelehrten »Ballast« mitschleppte (etwa, wenn er im »Philoktet auf Kypros« den kranken Helden der griechischen Sage als Symbol für die Juden einsetzte), oder ob er in knappster Form das Emigrantenschicksal wie in einer Chiffre verschloß und doch verdeutlichte.

Werke und Gestalten

Im Leben René Schickeles sind in nahezu dramatischer Verdichtung viele Leitmotive vereint, die zur Geschichte der deutschen Exilliteratur dieses Jahrhunderts gehören. Im Grenzland Elsaß-Lothringen als Sohn eines alemannischen Weingutbesitzers und einer Französin geboren, war René Schikkele (1883–1940) zeit seines Lebens ein Grenzgänger zwischen Frankreich, Deutschland und der Schweiz. Schon mit 19 Jahren veröffentlichte er seinen ersten Gedichtband (»Sommernächte«, 1902), dem bis zur Zeit des Ersten Weltkrieges mehrere weitere folgten (»Pan«, 1902; »Mon Repos«, 1905; »Der Ritt ins Leben«, 1906; »Weiß und Rot«, 1910; »Die Leibwache«, 1914; »Mein Herz, mein Land«, 1915). Zweifellos unter dem Eindruck des Ersten Weltkrieges stellte Schickele seine lyrische Produktion ein und wandte sich zunächst dem Drama zu. In seinem ersten Stück, *Hans im Schnakenloch* (1915), stellte er einen Zweiländer- und Zweizeitenmenschen dar, wie er selbst einer war: »Der Hans im Schnakenloch, / Hat alles, was er will, / Und was er will, das hat er nicht. / Und was er hat, das will er nicht.« So singen die Kinder über den Titelhelden Hans Boulanger (der Name ist, wie Schickeles eigener, charakteristisch für die deutsch-französische Herkunft), dem unsteten Herrn des Gutes Schnakenloch bei Straßburg, der vor der Tür des Glückes steht, sie aber nicht zu öffnen weiß: Figur einer Komödie oder Gestalt einer Tragödie – die Entscheidung ist nicht leicht zu fällen. Die späteren Dramen Schickeles reichen an den Erstling nicht heran, weder das Schieber- und Spitzelschauspiel *Am Glockenturm* (1920) noch die Komödie *Die neuen Kerle* (1921). 1915 war Schickele in die Schweiz gezogen, teils, weil ihm, dem Pazifisten, die Atmosphäre im kriegsbegeisterten Deutschland unerträglich wurde, teils wohl aber auch, weil ihm, dem aus deutsch-französischem Elternhaus Stammenden, eine Entscheidung für die eine oder andere der beiden Kriegsparteien besonders schwerfallen mußte. Im November 1918 kehrte Schickele nach Deutschland zurück und erlebte in Berlin die revolutionären Nachkriegstumulte. Ein Jahr später mußte er wegen finanzieller Schwierigkeiten seinen Wohnsitz in der Schweiz aufgeben und zog mit seiner Familie nach Badenweiler. Doch auch diesmal war die Seßhaftigkeit nur von kurzer Dauer. Angesichts der sich anbahnenden Machtübernahme der Nazis emigrierte er zum zweiten Mal, und zwar nach Sanary-sur-Mer an der Côte d'Azur, wo er in der Nachbarschaft Thomas Manns und anderer Exilierter die letzten Jahre seines Lebens verbrachte. René Schickele starb am 31. Januar 1940 im südfranzösischen Vence.

In der Zeit zwischen den beiden Kriegen widmete sich Schickele vor allem der Essayistik (»Der 9. November«, 1919; »Die Genfer Reise«, 1919; »Wir wollen nicht sterben«, 1922; »Die Grenze«, 1932; »Liebe und Ärgernis des D. H. Lawrence«, 1934) und, mit wachsender Intensität, der Romanschriftstellerei. Im Zusammenhang mit der Exilliteratur sind es vor allem zwei Romane, die hier erwähnt und kurz vorgestellt werden müssen: die Trilogie *Das Erbe am Rhein* (erschienen zwischen 1925 und 1931) sowie *Die Flaschenpost* (1937).

Das Erbe am Rhein ist, nach des Autors eigenen Worten, der »Entwicklungsroman eines Landes«, nämlich des Elsaß, das für Schickele der »gemeinsame Garten« sein sollte, »worin deutscher und französischer Geist ungehindert verkehren, sich einer am anderen prüfen und die neuen Denkmäler Europas errichten« könnten. Erzählt wird die Geschichte der Familie von Breuschheim: Der erste Band, *Maria Capponi* (1925 zunächst unter dem Titel »Ein Erbe am Rhein« erschienen) schildert vor dem Hintergrund der chaotischen Verhältnisse im Elsaß von 1918 die leidenschaftliche Liebe zwischen Claus von Breuschheim und der Italienerin Capponi; Claus von Breuschheim zieht sich zunächst ins Ausland zurück, kehrt jedoch bald in die Heimat zurück. Die Auseinandersetzung zwischen Claus und seinem Bruder Ernst steht im Zentrum des zweiten Teils, *Blick auf die Vogesen* (1927). Ernst, der einmal deutscher Offizier gewesen ist, hat sich zum chauvinistisch-fanatischen Parteigänger der Franzosen entwickelt, die im Elsaß keine »Abrüstung des Hasses« (gegen die Deutschen) zulassen wollten, während Claus leidenschaftlich für ein geeintes, auf Toleranz und Verständigung errichtetes Europa plädiert. *Der Wolf in der Hürde* (1931) ist der Titel des dritten Bandes: Angesichts der Unmöglichkeit, seine auf die Verständigung von Deutschen und Franzosen ausgerichteten Ziele zu verwirklichen, verläßt Claus endgültig seine Heimat. – In ihrem Werkkommentar resümiert Gertrud Herding die Thematik des Romans wie folgt: »Nach seinen eigenen Worten wollte Schickele in dem (...) Adelsgeschlecht von Breuschheim eine traditionsreiche Familie darstellen, die das ›tausendjährige, seiner selbst bewußte Elsaß‹, ›das Schlechteste und das Beste im Elsässer‹ verkörpert. Als das Schlechteste schildert er – in Ernst von Breuschheim – die Neigung zum Opportunismus und zum (deutschen wie französischen) Nationalismus, die verhindert, daß das Elsaß seine Bestimmung erfüllt. Als das Beste im Elsässer erscheint – in der Gestalt Claus von Breuschheims – die auf Kenntnis der deutschen und französischen Eigenart beruhende Fähigkeit zu einer ausgleichenden, wahrhaft pazifistischen Haltung – zusammen mit echter Heimatliebe die Voraussetzung für ein elsässisches Europäertum. Wie schon während des Ersten Weltkrieges (...) tritt Schickele auch in diesem Roman für das Ideal einer gewaltlosen Verständigung der Völker als des einzigen Mittels zur Überwindung politischer Gegensätze ein.«

Eingedenk dieser Haltung ist es nicht verwunderlich, daß Schickele vor den Nazis floh und diese seine Bücher dem Scheiterhaufen überantworteten. Menschlich verständlich aber auch, daß das Spätwerk des Autors, der angesichts der triumphierenden Barbarei seine Hoffnung auf eine friedvolle

Verständigung der Völker historisch widerlegt fand, von Bitterkeit, Resignation und melancholisch-grimmigem Humor gefärbt ist. Das prägnanteste Beispiel hierfür ist der 1937 in Amsterdam zuerst erschienene Roman *Die Flaschenpost.* Erzählt wird die Geschichte eines versponnenen Sonderlings namens Richard Wolke, der, *nomen est omen,* in einem idyllischen Ort an der Riviera ein Leben ›über den Wolken‹ führt. Optimist und Anarchist zugleich, liebt er die Natur, die Freiheit und die Frauen und haßt alle Formen der Tyrannei. Eine tragisch-komische Wendung nimmt sein Leben, als eines Tages Casimir und seine rothaarige Mätresse Pipette auftauchen. Richard Wolke glaubt nämlich, in Casimir, der ein geflohener Terrorist ist, den spanischen König zu erkennen, und er verwickelt sich so tief in dieses Wahngespinst, daß er Casimir am Ende erschießt und im Irrenhaus landet – freilich in der unerschütterlichen Überzeugung, daß »die gefährlichsten Geisteskranken dort sitzen, wo es am sichersten ist, in der Polizei, beim Militär, in der Regierung«. Nachdem seine Mutter gestorben ist, wendet sich Wolke endgültig von der Außenwelt ab – denn: »der Mensch allein – beinahe allmächtig. Jeder, der sich ihm beigesellt, nimmt ihm etwas von seiner Macht.« Der Roman ist gewiß keine unmittelbare Widerspiegelung der Exilzeit; mittelbar jedoch legt er eindrucksvoll Zeugnis ab von der tiefen Verzweiflung Schickeles und vieler seiner Leidensgenossen, die, auf unbestimmte Zeit verbannt, selbst die eigenen Träume von einer besseren Vergangenheit nicht mehr ungebrochen reproduzieren konnten, ohne zugleich die zutiefst groteske Kluft zwischen dem Ideal, in dessen Zeichen sie angetreten waren, und der historischen Realität schmerzhaft sich bewußt zu machen. So schreibt Hermann Kesten über *Die Flaschenpost:* »Der Roman ist eine Komödie voll Lebenslust und Heiterkeit, immer wieder an die alten Komödien aus Spaniens Goldener Zeit erinnernd. Es herrscht die gleiche bunte Folge des Szenenwechsels – Tod und Liebe, Schmerz und Lust, Weisheit und Narretei stehen eng beieinander.«

Einer der wenigen jüdischen Schriftsteller, die dem Tod im Konzentrationslager oder im Exil entkommen sind, ist ARNOLD ZWEIG (1887–1968). Im schlesischen Glogau als Sohn eines Sattlers geboren, studierte Zweig u.a. Germanistik, Philosophie, Psychologie und Nationalökonomie in Breslau, München, Berlin, Göttingen, Rostock und Tübingen; danach Kriegsdienst in Serbien und Frankreich. 1919 ließ er sich als freier Schriftsteller am Starnberger See nieder und wechselte 1923 nach Berlin über, wo er für die *Jüdische Rundschau* arbeitete. 1933 emigrierte Zweig über die Tschechoslowakei, die Schweiz und Frankreich nach Palästina, wo er – nachdem er schon zuvor an zahlreichen Exilzeitschriften mitgearbeitet hatte – Mitherausgeber der in Haifa erscheinenden Zeitschrift *Orient* wurde. 1948 kehrte er nach Berlin zurück und ließ sich im Ostteil der Stadt nieder, wo – nach der Zeit der Weimarer Republik und dem Exil – seine dritte Karriere begann. 1950 wurde ihm der DDR-Nationalpreis verliehen; im selben Jahr übernahm er die Präsidentschaft der Deutschen Akademie der Künste, die er drei Jahre lang ausübte. Als angesehener Bürger der DDR (Zweig war zwischenzeitlich Volkskammerabgeordneter gewesen) und hoch ausgezeichneter Schriftsteller starb er am 26. November 1968 in Berlin.

Zu Beginn seiner Laufbahn als Schriftsteller trat Zweig als typischer Vertreter der ästhetizistischen Literatur der Jahrhundertwende hervor. In den *Aufzeichnungen über die Familie Klopfer* (1911) und den *Novellen um Claudia* (1912) erweist er sich als überaus sensibler Beobachter einer intellektuellen Oberschicht, deren Leiden er mit ironischer Distanz beschreibt. Noch vor dem Ausbruch des Ersten Weltkrieges wandte sich Zweig der Bühne zu, schrieb das biblische Drama *Abigail und Nabal* (1913) und auf Grund historischer Ereignisse von 1883 den *Ritualmord in Ungarn* (1915, seit der 18. Auflage von 1920 »Die Sendung Semaels« betitelt). In diesen Tragödien wie auch in zahlreichen, zum Teil gemeinsam mit Lion Feuchtwanger verfaßten Essays umkreist Zweig die Problematik von Judentum und Zionismus, die ihn auch in den zwanziger Jahren weiter beschäftigte (»Das ostjüdische Antlitz«, 1920; »Das neue Kanaan«, 1925). Die Erlebnisse des Krieges und der Nachkriegszeit machten Zweig zum unerbittlichen Zeitkritiker, der in einer Reihe von Romanen an Einzelschicksalen den Konflikt zwischen Individuum und Gesellschaft aufzeigte. Im Zentrum der Produktion der zwanziger Jahre steht der Romanzyklus *Der große Krieg der weißen Männer*, aus dem 1928 als erster Band *Der Streit um den Sergeanten Grischa* veröffentlicht wurde: »Der Zyklus folgt chronologisch den Etappen des 1. Weltkrieges. Seine Helden sind bürgerliche Intellektuelle, deren vielfältige private Probleme mit starker Einfühlungsgabe erfaßt, aufs Gesellschaftlich-Allgemeine bezogen und aus ihm erklärbar werden. Der Zyklus endet symbolisch mit dem Ausbruch der russischen Oktoberrevolution.« (K. H. Kramberg) Der Erfolg des *Sergeanten Grischa* hing nicht nur mit Zweigs moralischer Entschiedenheit zusammen und mit seiner konsequent pazifistischen Haltung, sondern auch mit der überlegenen Sachlichkeit der Darstellung. Einzelne Personen aus dem ersten Band kommen dann in späteren Büchern wieder vor, auch wenn diese zum Teil in die Vorkriegszeit verlegt sind (»Junge Frau von 1914«, 1931; »Erziehung vor Verdun«, 1935; »Die

Einsetzung des Königs«, 1937; »Die Feuerpause«, 1954; »Die Zeit ist reif«, 1957). Zweigs Lebenswerk läßt sich, resümierend, unter zwei Perspektiven betrachten: Zum einen wollte er, der engagierte Kommunist, darstellen, wie eine Welt des Friedens durch die Machenschaften imperialistischer und kapitalistischer Kreise zugrunde gerichtet wird. Dieser revolutionäre Ansatz jedoch führt bei Zweig, andrerseits, nie zur puren Agitation im Sinne bedingungslosen Klassenkampfes: »Die Revolte der Menschlichkeit, der Zweigs Lebenswerk dient, ist zutiefst pazifistisch. Sie fordert den Verzicht auf jede Gewalttat, auch auf die des gewaltsamen Fortschritts humanistischer Revolutionen.« (Kramberg)

Wie Arnold Zweig überlebte auch ELIAS CANETTI (geb. 1905) Krieg und Emigration; wie Zweig auch erlangte er erst nach dem Krieg volle literarische Anerkennung, die 1981 durch die Verleihung des Nobelpreises für Literatur gekrönt wurde. Elias Canetti wurde als Sohn einer Familie sephardischer Juden in Rustschuk (Bulgarien) geboren. 1911 siedelte die Familie nach Manchester über. Ein Jahr darauf starb der Vater, woraufhin die Mutter 1913 zunächst nach Wien, drei Jahre später nach Zürich zog. Zwischen 1921 und 1924 besuchte Canetti das Realgymnasium in Frankfurt und legte dort 1924 das Abitur ab. Ab 1924 studierte er Naturwissenschaften in Wien; 1929 schloß er das Studium mit der Promotion zum Dr. rer. nat. ab. Im selben Jahr hatte er bei einem längeren Aufenthalt in Berlin mit Grosz, Babel und Brecht Bekanntschaft geschlossen, was gewiß dazu beitrug, daß er fortan als Übersetzer und freier Schriftsteller arbeitete. Kurz vor dem ›Anschluß‹ Österreichs emigrierte Canetti 1938 über Paris nach London. Nach Österreich kehrte er nicht mehr zurück und lebte nach dem Krieg abwechselnd in London und Zürich.

Canettis zweifellos bekanntestes und in unserem Zusammenhang wichtigstes Buch ist der Roman *Die Blendung* (1936, Neuauflage 1963). Er erzählt den bizarren und tragischen Lebensweg des Privatgelehrten Dr. Peter Kien, der, nach eigener Einschätzung der »größte Sinologe seiner Zeit«, zunächst fast ausnahmslos in der Welt seiner zahllosen Bücher lebt und jede Beziehung zur äußeren Realität abgebrochen hat. Erst der Haushälterin Therese, einer verschlagen-primitiven Frau, gelingt es, in Kiens Bücherfestung einzubrechen und ihn, nachdem er sie geheiratet hat, daraus zu vertreiben. Seines Lebensgrundes beraubt, wird Kien ›draußen‹ in eine Reihe abstrusester Abenteuer verwickelt und von Therese und anderen schließlich vollständig ruiniert. Kiens Bruder, ein Pariser Psychiater, kann die Peiniger zwar vertreiben, aber nicht verhindern, daß Kien selbst, der inzwischen auch im klinischen Sinne wahnsinnig geworden ist, sich auf dem Gipfel seiner bis zur Zimmerdecke angehäuften Bücher selbst verbrennt. – Zu Thematik und Wirkung der *Blendung* schreibt Reiner Wild: »Die chaotische Welt des Bösen in der Blendung ist eine bemerkenswert deutliche Vorwegnahme der kommenden Geschichte. In der Brutalität des Hausbesorgers und früheren Polizisten Pfaff (eines Komplizen Thereses) ist die Wirklichkeit der KZs bereits vorhanden; der borniert auf seine Bücherwelt bezogene, die Umwelt abblendende Intellektuelle Peter Kien wird von der ›Machtergreifung‹ der radikalisierten Kleinbürger überrollt. Die langanhaltende Weigerung, sich dieser Diagnose der faschistischen Tendenzen Vorkriegseuropas, insbesondere der schuldhaften Blindheit der Intellektuellen, zu stellen, ist einer der Gründe, warum Canetti erst seit 1963 als aktueller Autor begriffen wurde.« Hinzu kommt nun freilich die ausgesprochene, auch gattungsmäßige Vielfalt von Canettis Produktion, wobei neben Romanen und Dramen (»Komödie der Eitelkeit«, 1950; »Hochzeit«, 1964; »Die Befristeten«, 1964) vor allem essayistische (»Aufzeichnungen 1942–48«, 1965; »Der andere Prozeß. Kafkas Briefe an Felice«, 1969; »Macht und Überleben«, 1972) und namentlich in den letzten Jahren autobiographische Formen im Vordergrund stehen (»Die gerettete Zunge. Geschichte einer Jugend«, 1977; »Die Fackel im Ohr. Lebensgeschichte 1921–1931«, 1980). Bemerkenswert ist dabei, daß Canetti mit seinen Lebenserinnerungen nicht nur seinen bisher breitesten Publikumserfolg errungen, sondern mit ihnen auch zu seiner eigentümlichsten und – sieht man von der *Blendung* ab – wohl auch qualitativ überzeugendsten Form gefunden hat: »In der Erinnerung erscheinen die Menschen, denen der Autor in seinem Leben begegnet ist, als ihm anverwandelt, in ihm aufgehoben. Die scharfen Konturen ihrer Gestalten und ihre Versammlung zu einem epischen, von ihm konstituierten Kosmos läßt niemanden aus, und wäre er auch noch so niedrig und unbedeutend. In dieser Rettung des Einzelnen durch seine Transformation in die satirisch übersteigernde Textgestalt darf man zurecht die Erfüllung des von Canetti immer wieder mit Nachdruck erhobenen Anspruchs sehen, die Literatur könne den Menschen vor dem Tode retten. Seine Autobiographie wird diesem Anspruch in eminenter Weise gerecht.«

Nicht aus rassisch-religiösen, sondern aus politisch-ideologischen Gründen ins Exil ging Gustav Regler (1898–1963). Dabei ist sein außerordentlich wechselvoller Lebenslauf, den er selbst in der Autobiographie *Das Ohr des Malchus* (1958) beschrieben hat, eher die Geschichte eines Abenteurers als eine gradlinige politische Biographie. Regler wurde in Merzig an der Saar als Sohn eines liberalen Buchhändlers geboren. Nach der Schulzeit am Erzbischöflichen Gymnasium in Trier meldet sich Regler freiwillig zum Kriegsdienst und wird nach einer Gasvergiftung, für die er das Eiserne Kreuz bekommt, aus der Armee entlassen. An der Universität Heidelberg studiert er daraufhin »alle Fakultäten außer der theologischen« und promoviert 1923 zum Dr. phil. Politisch profiliert sich Regler erst ab 1926, nachdem er als Redakteur für die *Nürnberg-Fürther Morgenpresse* und das *Berliner Tagblatt* zu arbeiten begonnen hatte. Wenig später entsteht auch sein erster Roman, *Der Zug der Hirten* (1929), der die Frühgeschichte des jüdischen Volkes schildert und darüber hinaus für Regler von ganz persönlicher Bedeutung ist, weil mit den beiden Hauptfiguren – Moses, den disziplinierten Herrscher, und Aaron, den rebellischen Anarchisten – genau die beiden Pole markiert sind, zwischen denen Regler selbst während seines ganzen Lebens unentschieden schwankte. Mit der Tochter des Worpsweder Künstlers Heinrich Vogler, Marieluise Vogler, zieht Regler Ende der zwanziger Jahre nach Berlin und tritt 1928 der KPD bei; sein Kommentar: »Es gibt keine komplizierte, etwa ideologische Erklärung meines Beitritts zur Kommunistischen Partei. Alle Sicht wurde vereinfacht zu dem einen Satz: So kann es nicht weitergehen!« Regler wird als KPD-Funktionär aktiv und veröffentlicht 1932 seinen letzten in Deutschland vor 1933 gedruckten Roman, *Wasser, Brot und blaue Bohnen,* in dem die Geschichte einer Gefängnismeuterei zur Kampfansage an die bürgerliche Gesellschaft insgesamt umfunktioniert wird. Im März 1933 entkommt Regler mit knapper Not der Gestapo und flieht nach Frankreich. Sein nächstes Buch, der Roman *Der verlorene Sohn* (1933), erscheint bereits in einem Amsterdamer Exilverlag. In Paris wird Regler Mitverfasser am *Braunbuch über Reichstagsbrand und Hitlerterror* (1933), agitiert gegen die Nazis im Saarland-Wahlkampf und wird daraufhin im November 1934 offiziell ausgebürgert. Dem antifaschistischen Kampf sollten auch zwei Reisen in die Sowjetunion dienen. Nach der Rückkehr bemerkte Klaus Mann, der Regler persönlich und literarisch unterstützt und gefördert hatte, dieser sei nun »derartig kommunistisch, daß einem vor soviel militantem Glaubenseifer etwas ängstlich zumute wird«. Zum letzten Mal in ungebrochener kommunistischer Parteilichkeit nahm Regler am Spanischen Bürgerkrieg teil und stand als Politkommissar der 12. Internationalen Brigade auf der Seite der republikanischen Antifaschisten gegen Franco, bis er im Juni 1937 schwer verwundet wurde. Ein Zeugnis seines Kampfes legte er in dem Spanienbuch *The Great Crusade* (1940) ab, das erst 1976 unter dem Titel *Das große Beispiel* auf deutsch erschien. 1939 wurde Regler vorübergehend in einem französischen Lager interniert, bevor eine amerikanische Hilfsorganisation ihm die Ausreise über New York nach Mexiko ermöglichte. In diese Zeit und als unmittelbare Reaktion auf den Hitler-Stalin-Pakt fällt auch sein endgültiger Bruch mit der KP. Regler zog sich daraufhin in ein mexikanisches Indiodorf zurück, schrieb Gedichte (»The Hour 13«, 1942; »The Bottomless Pit. Der Brunnen des Abgrunds«, 1943; »Der Turm«, 1951), Romane (»Vulkanisches Land«, 1947; »Aretino. Freund der Frauen, Feind der Fürsten«, 1955) und Essays (»Wolfgang Paalen«, 1944; »Verwunschenes Land Mexico«, 1954). Er starb am 14. Januar 1963 auf einer seiner zahlreichen Weltreisen in Neu Delhi, wurde später jedoch in seinem Geburtsort beigesetzt.

Reglers bedeutendstes Buch ist der Roman *Die Saat,* geschrieben im französischen Exil, erschienen 1936. Den Stoff bilden die historischen Ereignisse um den ›Buntschuh‹-Aufstand elsässischer Bauern um 1500: Die erste Erhebung scheiterte 1493, nachdem der Geheimbund an die Fürsten verraten worden war; einer der Verschwörer – und gleichzeitig der Protagonist des Romans –, Joss Fritz, kann jedoch fliehen und reorganisiert den Widerstand der Bauern; doch auch der zweite geplante Feldzug von 1502 wird vorzeitig entdeckt; mit knapper Not kann sich Joss Fritz ins Badische retten. – Beinahe alle Kommentatoren des Romans weisen darauf hin, daß *Die Saat* zum Schlüsselroman tendiere – so zum Beispiel, wenn die Frage erörtert werde, warum die freien Schweizer den aufständischen Bauern ihre Hilfe verweigert hätten: »Das läßt sich verstehen als deutliche Anspielung auf die Diskussion unter den Emigranten, ob Sowjetrußland die Pflicht habe, zugunsten der unterdrückten deutschen Arbeiter einzugreifen.« (Peter Laemmle) Darüber hinaus erinnert die Gestalt des Joss Fritz an den Typus des Untergrundkämpfers, wie er etwa durch Jan Petersen im antifaschistischen deutschen Widerstand verkörpert wurde und in dem organisatorisches Talent, ideologische Standfestigkeit und persönliche Opferbereitschaft zum unbedingten Willen zur Befreiung sich formierten. Die persönliche Tragik Reglers besteht wohl darin, daß er zwar einerseits bereit war, sein Leben vorbehaltlos diesem Kampf zu opfern (wie sein Engagement in Spanien eindrucksvoll belegt), daß er jedoch andrerseits sich in einer entscheidenden Phase dieses Kampfes ausgerechnet von denen verlassen und verraten fühlen mußte, mit denen und für die er die Befreiung wollte. Insofern nimmt seine Lebensgeschichte in vielerlei Hinsicht das Schicksal zahlreicher kommunistischer Antifaschisten vorweg, die sich zur Zeit der stalinistischen Verfolgungen voller Entsetzen und Verbitterung vom orthodoxen sowjetischen Kommunismus abwandten.

Reglers Biographie weist eine ganze Reihe bedeutsamer Parallelen zu der von Alfred Kantorowicz (1899–1979) auf: bürgerliche Herkunft, relativ späte Politisierung, antifaschistischer Widerstand auf der Seite der Kommunisten, Teilnahme am spanischen Bürgerkrieg, Bruch mit der Kommunistischen Partei nach dem Krieg. Im Gegensatz zu Regler aber kehrte Kantorowicz nach 1945 in seine Heimat zurück und versuchte Zeugnis abzulegen vom leidvollen Kampf der Exilierten, die er vor dem fortschreitenden Vergessen in den fünfziger und sechziger Jahren bewahren wollte. – Alfred Kantorowicz stammt aus einer jüdischen Kaufmannsfamilie. Er besuchte das Gymnasium in seiner Geburtsstadt Berlin und zog unmittelbar nach dem Abitur 1917 als Freiwilliger in den Krieg. Heimgekehrt studierte er Literaturwissenschaft und Jura und schloß sein Studium 1923 mit der Promotion zum Dr. jur. ab. Begegnungen in München mit Lion Feuchtwanger, Bert Brecht und Bruno Frank motivierten ihn zu einer Laufbahn als Publizist und Schriftsteller: 1924 wurde er Feuilletonchef der *Westfälischen Neuen Nachrichten*, wechselte zwei Jahre später zur *Neuen Badischen Landeszeitung* und wurde schließlich, als Nachfolger Kurt Tucholskys, Kulturkorrespondent der Berliner *Vossischen Zeitung* in Paris. 1929 veröffentlichte Kantorowicz das »Studentenschauspiel« *Erlangen*, das, so der Autor selbst, das chauvinistische Säbelrasseln der Rechten und den Internationalismus der Linken mit dem Prinzip der ›geistigen Eliten‹ zu überwinden versuchte. Das Stück machte Skandal und wurde noch während der Proben zur Uraufführung 1932 vom Berliner Polizeipräsidenten verboten. Zu diesem Zeitpunkt war Kantorowicz bereits Mitglied der KPD geworden. Er selbst kommentierte: »Da die bürgerliche Ordnung aus den Fugen war, begaben wir uns auf die Suche nach den Verkündern neuer, den Forderungen des Zeitalters angemessenen gesellschaftlichen Bindungen. Dabei stießen wir auf Marx.« Mit einer Art subjektiver Programmatik wollte Kantorowicz den Prozeß seiner Politisierung 1933 in dem Buch *Die deutsche Jugend ringt mit der Zukunft* beschreiben, doch es wurde unmittelbar nach der Machtübernahme verboten und eingestampft, sein Autor zur Fahndung ausgeschrieben. Kantorowicz entkam nach Paris, wo er sogleich eine ganze Reihe von Funktionen in den exilliterarischen Kreisen übernahm: An der Seite Reglers arbeitete er mit am *Braunbuch über Reichstagsbrand und Hitlerterror* (1933), wurde ehrenamtlicher Generalsekretär des »Schutzverbandes deutscher Schriftsteller« und 1934 Leiter der »Deutschen Freiheitsbibliothek«. Eine Zwischenbilanz der ersten Exilzeit legte er 1936 mit dem Bericht *In unserem Lager ist Deutschland* vor. Im Dezember 1936 schloß sich Kantorowicz als Presseoffizier der 13. Internationalen Brigade im spanischen Bürgerkrieg an und kehrte nach einer Verwundung im Sommer 1937 nur noch für kurze Zeit nach Frankreich zurück. Nach seiner Internierung im Lager Les Milles gelang ihm die Flucht in die USA, wo er als freier Mitarbeiter für eine ganze Reihe amerikanischer Zeitschriften tätig war, bevor er zum Abteilungsleiter der Rundfunkstation CBS avancierte. Gleich nach seiner Rückkehr nach Deutschland (1947) begann Kantorowicz, seine Exilerfahrungen zu dokumentieren, und zwar in den Sammlungen *Portraits, Verboten und verbrannt* und *Der Tag des freien Buches,* sowie ab 1947 in der von ihm selbst gegründeten Zeitschrift *Ost und West.* Darüber hinaus begann er mit der (autorisierten) Herausgabe der Werke Heinrich Manns, zu dem er ein überaus enges, freundschaftliches Verhältnis gehabt hatte und dessen Rückkehr nach Deutschland er vorbereiten wollte (dazu kam es nicht, Heinrich Mann starb am 12. März 1950 in Beverly Hills). Zwischen 1950 und 1957 war Kantorowicz Professor für neue deutsche Literatur an der Berliner Humboldt-Universität, Leiter des Heinrich-Mann-Archivs bei der Akademie der Künste sowie Leiter des Thomas-Mann-Archivs bei der Akademie der Wissenschaften. Doch in all diesen Jahren wuchsen die Spannungen zwischen ihm und der ostdeutschen Kulturbürokratie, die 1957 zum offenen Bruch mit der DDR führten, nachdem Kantorowicz sich geweigert hatte, nach dem Ungarnaufstand von 1956 eine Ergebenheitsadresse zu unterzeichnen. Er mußte erneut fliehen, diesmal in die Bundesrepublik – und nicht einmal zum letzten Mal: Nach der Publikation seines zweibändigen *Deutschen Tagebuches* (1959–1961) war er in Bayern, wo er sich zunächst niedergelassen hatte, derart heftigen Anfeindungen ausgesetzt, daß er nach Hamburg übersiedelte. Dort entstand der Lebensbericht *Im 2. Drittel unseres Jahrhunderts* (1967), worin Kantorowicz – ähnlich wie Regler – gegen Ende seines Lebens sich endgültig vom Kommunismus lossagte: Irrtümlich, so Kantorowicz, habe man geglaubt an die »›Vermenschlichung des Sozialismus‹, einst ein Pleonasmus, jetzt ein Anathem für die kommunistischen Funktionäre. Der kommunistische Weg hat aus dem ›Reich der Notwendigkeit‹ nicht in das verheißene ›Reich der Freiheit‹ geführt, sondern zu neuer Unterdrückung und neuer Knechtseligkeit.« – Alfred Kantorowicz, der noch in hohem Alter auf Vortragsreisen über seine Erfahrungen im Exil sowie über seine Begegnungen mit berühmten Exilanten, namentlich mit Heinrich und Thomas Mann, berichtete, starb am 27. März 1979 in Hamburg.

Neben der Volksfrontpolitik war es vor allem der spanische Bürgerkrieg, der in den ersten Jahren des Exils eine ausgesprochen solidarisierende Wirkung auf die aus Deutschland vertriebenen Intellektuellen ausübte. Nach dem Putsch der Armee unter General Franco war die spanische Volksfrontregierung unter massiven politischen und militärischen Druck geraten. Während nun Franco von den italienischen und deutschen Faschisten massiv unterstützt wurde (»Legion Condor«), erhielt die Volksfrontregierung Hilfe von Frankreich und der Sowjetunion – sowie von jenen Internationalen Brigaden, von denen nun schon häufiger die Rede war: Intellektuelle und Künstler aus aller Herren Länder fanden sich darin zum gemeinsamen Kampf zusammen, darunter siebenundzwanzig deutsche Schriftsteller. Diesem Kampf sind die Aufzeichnungen gewidmet, die Alfred Kantorowicz unter dem Titel *Spanisches Tagebuch* zuerst 1948, dann in endgültiger Fassung 1966 veröffentlichte. Er berichtet darin chronologisch, ja minuziös von den Kämpfen der Internationalen Brigaden vor Madrid und legt darüber hinaus in längeren, reflektierenden Passagen eindrucksvoll Zeugnis ab von der inneren Zwiespältigkeit vieler Intellektueller, die, wissend, daß »der Krieg entsetzlich ist«, sich dennoch entschlossen hatten, nicht mehr allein mit der Schreibmaschine zu kämpfen, sondern mit dem Maschinengewehr – einzig das Bewußtsein dieser »Freiheitssoldaten« (neben Kantorowicz kämpften unter anderm Ernest Hemingway, Gustav Regler und Egon Erwin Kisch), es mit den Faschisten, den satanisch-brutalen ›Feinden der Menschheit‹ zu tun zu haben, machte diesen Zwiespalt erträglich. An keiner Stelle seines Berichtes jedoch versucht Kantorowicz seine eigenen Ambivalenzen zu überspielen: daß die Brigadisten einerseits ein durchaus elitäres Bewußtsein hatten, andrerseits jedoch erkennen mußten, daß sie »verlorene Haufen« waren; daß einerseits die kommunistische Solidarität von überragender Bedeutung für die Spanienkämpfer war, sie jedoch andrerseits häufig genug in Konflikt mit formalistischen Funktionären, den »Parteibeamten« gerieten; daß einerseits schließlich die Notwendigkeit des antifaschistischen Kampfes unzweifelhaft war, der lauthalse Triumph des deutschen Nationalsozialismus es jedoch unerhört schwer machte, die eigenen Illusionen von einer baldigen Überwindung des europäischen Faschismus zu nähren. Die Erklärung für diese Antagonismen, so Georg Heintz, liege wohl unter anderm darin, daß das Bewußtsein des einzelnen, besonders in seiner isolierten Position als Exilierter, in schärfstem Gegensatz zur internationalen öffentlichen Meinung stand, so daß es fast notwendig ins Schwanken geraten mußte. Die Grenzen der Wirkungsmöglichkeiten des einzelnen, selbst wenn er sich als politischer Soldat verstehe, seien dann nahezu identisch mit denen des eigenen Ich. Eben von diesem Zwiespalt aber, der isoliert-skrupulösen Selbstüberwindung des Intellektuellen zum aktiven Kampf gegen die Barbarei, legt Kantorowicz'

Spanisches Tagebuch eindrucksvoll Zeugnis ab – mehr noch: »Bei dem bundesdeutschen Leser, der im allgemeinen noch immer unter dem unseligen Einfluß der Goebbelsschen Wortprägung vom ›Rotspanienkämpfer‹ steht, könnte gerade dieses mit bezwingender Aufrichtigkeit geschriebene Buch eine schon überfällige Bewußtseinskorrektur bewirken; seine Bedeutung reicht daher über einen bloß historischen Zeugniswert weit hinaus.« (Heintz)

Ebenfalls nicht die Beachtung, die sie zweifellos verdient hätte, hat in der Bundesrepublik Ernst Tollers Autobiographie *Eine Jugend in Deutschland* erfahren, die als eines der ersten Werke der deutschen Exilliteratur 1933 im Querido-Verlag Amsterdam erschien. Toller (vgl. Band V, Seite 180–182) beschreibt darin seinen Lebensweg zwischen 1893 und 1924, wobei die Zeit unmittelbar nach dem Ersten Weltkrieg, vor allem aber die revolutionären Erhebungen in Bayern zwischen 1918 und 1919 im Vordergrund stehen. Genau dies macht die Bedeutung des Buches für die Exilliteratur aus: Es steht am Beginn der Auseinandersetzungen und Analysen über die Entstehungsbedingungen der Weimarer Republik und damit des Nationalsozialismus. – In überaus knappen, schnörkellos und eindringlich formulierten Sätzen berichtet Toller zunächst über Kindheit und Jugend, die vor allem durch die Erfahrung sozialer Spannungen, eines kraß-reaktionären Nationalismus und des Außenseitertums als Jude geprägt waren. Der weitere Lebensweg ist bestimmt durch einen kurzen Frankreichaufenthalt sowie vor allem durch den Kriegsausbruch von 1914: Toller, im »Rausch des Gefühls« wie beinahe alle seine Generationsgenossen, meldet sich freiwillig – und tritt aus der jüdischen Gemeinde aus, um seine erstrebte Identität als ›vollwertiger Deutscher‹ nach außen hin zu dokumentieren. Doch ein radikaler Umdenkungsprozeß – erneut einschlägig für viele seiner Kameraden – setzt noch im Felde, während der zermürbenden Stellungsgefechte vor Verdun ein: »In dieser Stunde weiß ich, daß ich blind war, weil ich mich geblendet hatte, in dieser Stunde weiß ich endlich, daß alle diese Toten, Franzosen und Deutsche, Brüder waren, und daß ich ihr Bruder bin.« Noch vor Kriegsende kehrt Toller nach München zurück, wo eine Begegnung mit Kurt Eisner für seine Entwicklung in den folgenden Jahren entscheidend wird: 1917 tritt er in die USPD ein, agitiert als Pazifist für die sofortige Beendigung des Krieges, schreibt politische Gedichte und verteilt sie, auf Handzettel abgezogen, an streikende Arbeiter einer Munitionsfabrik. Als im November 1918 in Bayern die Räterepublik ausgerufen und Kurt Eisner Ministerpräsident wird, ernennt der Zentralrat der bayerischen Arbeiter-, Bauern- und Soldatenräte ihn zu seinem zweiten Vorsitzenden, kurz darauf wird er zum Kommandanten der »Roten Armee« bestellt. Nach dem Scheitern der Räterepublik durch das Eingreifen der militaristisch-faschistischen Freikorps wird Toller im Sommer 1919 verhaftet und zu fünf Jahren Festungshaft verurteilt. In seiner Autobiographie schreibt er dazu: »Nein, ich war nie allein in diesen fünf Jahren, in der trostlosesten Verlassenheit nie allein«; immer wieder habe ihn ermutigt »der Glaube an eine Welt der Gerechtigkeit, der Freiheit, der Menschlichkeit, an eine Welt ohne Angst und ohne Hunger. Ich bin dreißig Jahre. Mein Haar wird grau. Ich bin nicht müde.« Vor allem die rigorose Aufrichtigkeit beim Rückblick auf das eigene Leben und auf die politischen Ereignisse und Entwicklungen, die es prägten, verstärken die Eindringlichkeit des Berichts und machen *Eine Jugend in Deutschland* zu einem der authentischsten Zeugnisse über die unmittelbare Nachkriegszeit. Die Gedanken des Autors aber kreisten immer wieder um das Problem, wie er selbst zur Verhinderung dessen hätte beitragen können, was damals in Gang kam. Nicht Resignation, sondern schiere, moralisch selbstanklägerische Verzweiflung bestimmte Tollers Reaktion auf die Machtübernahme der Nazis. Am 10. Mai 1933, dem »Tag der Verbrennung meiner Bücher«, schrieb er unter dem Titel *Blick* das Vorwort zu *Jugend in Deutschland.* Sechs Jahre später nahm er sich, in einem Zustand tiefer Depression, das Leben. –

Bis in die achtziger Jahre des 19. Jahrhunderts zurück spürt Bernhard von Brentano (vgl. auch Band V, Seite 351) den Ursachen für das Scheitern des Bürgertums in der Weimarer Republik in seinem im Schweizer Exil geschriebenen wichtigsten Werk nach: *Theodor Chindler. Roman einer deutschen Familie,* 1936 zuerst in Zürich erschienen. Die Titelfigur des Romans, deren politische Karriere und Schicksal gemeinsam mit dem seiner Frau und seiner Kinder den Inhalt des Buches bilden, engagiert sich gesellschaftlich zum ersten Mal als militanter Katholik zur Zeit von Bismarcks ›Kulturkampf‹ gegen die katholische Kirche. Dabei exponiert er sich so sehr zugunsten des Vatikans, daß er seinen Lehrstuhl für Geschichte an der Universität aufgeben muß. Als Kompensation bietet ihm die Zentrumspartei eine Kandidatur in einer süddeutschen Kleinstadt an; Theodor Chindler führt einen erfolgreichen Wahlkampf und zieht als Abgeordneter in den Reichstag ein. Im Gegensatz zu seinen Fraktionskollegen jedoch überläßt er sich beim Ausbruch des Ersten Weltkrieges nicht der allgemeinen nationalistischen Begeisterung, ohne daß er nun freilich durch seine Opposition zu einer eigenständig-kritischen politischen Haltung findet: Er verharrt in einem kleinbürgerlich-irrationalen Unbehagen an der Zeit und ihren historischen Entwicklungen. Folglich bedeutet es für ihn auch keinen politischen Frontenwechsel, als er sich nach Kriegsende den Sozialdemokraten als ›konservatives Aushängeschild‹ zur Verfügung stellt und damit seine schon zuvor eher affektiv gesteuerte Gesinnung endgültig einer beinahe zwanghaften Geltungssucht opfert. Chindlers politisches Lavieren, stellvertretend für die politische Ahnungslosigkeit und den interessenorientierten Opportunismus weiter bürgerlicher Kreise zur Zeit der Weimarer Republik, wird in Brentanos Roman konfrontiert mit der Haltung seiner Kinder: der beiden Söhne zunächst, die zwar ernüchtert aus dem Krieg zurückkehren, sich jedoch nicht von ihrer obrigkeitsorientierten Prägung befreien können; sodann mit der ihrer Schwester, die mit dem Elternhaus bricht, sich den Spartakisten anschließt und dafür ins Gefängnis geworfen wird; erwähnenswert ist schließlich auch noch Chindlers Frau, die in ihrer an Katholizismus und wilhelminischer Sittenstrenge orientierten, streckenweise beinahe paranoid-religiösen Haltung nicht zum geringsten beigetragen hat zu den psychischen und gesellschaftlichen Deformationen ihrer Kinder. Mit seinem *Roman einer deutschen Familie*, so Peter Laemmle, ist es Brentano gelungen, ein beklemmendes Bild vom Zusammenbruch der Wilhelminischen Epoche zu liefern: »In seiner Innenansicht des deutschen Bürgertums deckt er Realitätsverlust, Zynismus und Orientierungslosigkeit als Symptome für dessen fortschreitenden Verfall auf; die individuellen Deformationen erweisen sich als Abbild der gesellschaftlichen Situation einer Klasse« – einer Klasse, so darf man hinzufügen, die um 1933 herum beinahe geschlossen zu den Nationalsozialisten überlief, und zwar unter anderem deshalb, weil sie sich – reagierend oder agierend im eigenen Interesse – während der Weimarer Republik zwar politisch verhalten, nicht aber zu einem politischen Bewußtsein gefunden hatte. Eben dies macht die Bedeutung von Brentanos Roman als Werk der Exilliteratur aus: Er belegt eindrucksvoll, wie früh und mit welcher Intensität Exilautoren beinahe unmittelbar nach ihrer Vertreibung den Ursachen und Gründen nachspürten, die den Erfolg des Nationalsozialismus in Deutschland ermöglicht hatten. Damit leisteten sie außerordentlich wichtige Vorarbeiten für die Auseinandersetzung über Republikanismus und Faschismus, ›Weimar‹ und ›Nürnberg‹, Bürgertum und Nationalsozialismus, die in Deutschland selbst erst sehr viel später und dann auch nur sehr zögernd einsetzte.

Erfahrungen und Wandlungen der Exilzeit selbst stehen im Mittelpunkt von Alfred Döblins (vgl. Band V, Seite 126–130) Buch *Schicksalsreise. Bericht und Bekenntnis*, von dem Walter Muschg sagte, es sei zwar kein großes Buch, es stehe dem Erlebten zu nahe und verliere sich zu sehr ins Persönliche: »Aber als Bekenntnis ist sie (die »Schicksalsreise«) unersetzlich.

Sie zeigt, wie ein großer Dichter das Grauen dieser Jahre überstand.« Nun könnte man gleich fragend hinzufügen: Wie anders, wenn nicht auf persönliche Weise, sind Betroffenheit und Verzweiflung, das Elend vor allem der ersten Exiljahre zu vermitteln – vor allem angesichts des allgemeinen Grauens auf den Kriegsschauplätzen und in den Konzentrationslagern, das sehr rasch Dimensionen annahm, für die nicht nur den Schriftstellern, sondern jedem Beobachter buchstäblich die Worte, die Sprache fehlte. Schließlich sind es gerade aus heutiger Perspektive die eben nur scheinbar privaten, nur scheinbar egozentrierend wahrnehmenden literarischen Zeugnisse, die noch am ehesten die Wirklichkeit jener Jahre vermitteln können – wofür die *Holocaust*-Serie ebenso ein Beispiel ist wie Thomas Manns oder Bert Brechts Exil-Tagebücher. – Die Entstehungs- und Publikationsgeschichte von Döblins *Schicksalsreise* spiegelt die Exilstationen des Autors wider: Sie schildert im ersten Band – *Europa, ich muß dich verlassen* – Döblins abenteuerliche Flucht aus Frankreich nach der Eroberung von Paris durch die Deutsche Wehrmacht; geschrieben wurde der Bericht bald nach der Ankunft Döblins im kalifornischen Exil im Herbst 1940 – doch der Text wanderte, wie beinahe alles, was Döblin im Exil schrieb, zunächst in die Schublade, da sich kein Verleger dafür fand; erst nach seiner Rückkehr vervollständigte Döblin den Bericht um zwei weitere Bände, *Amerika* und *Wieder zurück*, und brachte ihn 1949 zuerst in Frankfurt heraus. Neben der ständigen Lebensgefahr auf der Flucht vor den Nazis und der Sorge um seine zeitweilig verschollene Frau steht im Zentrum des ersten Bandes die tiefe existenzielle Krise, in die Döblin durch das Exil geraten war: »Mein Ich, meine Seele, meine Kleider wurden mir genommen.« Eine der für die Biographie Döblins bedeutendsten Folgen dieser Krise war seine Hinwendung zum Katholizismus; zwar sei seine Weltanschauung »diesseitig und pantheistisch« geblieben, aber: »Man darf sich den geheimen Kräften nicht widersetzen, die unser Schicksal leiten.« Die Konsequenzen der inneren Konversion – der bald die formelle folgte – schildert der zweite Band, *Amerika,* der darüber hinaus eindringliche Momentaufnahmen aus dem Exilalltag in Kalifornien festhält. Die materiellen Zerstörungen und geistigen Verwüstungen im Nachkriegsdeutschland schließlich behandelt *Wieder zurück*; ahnungsvoll resümiert Döblin seine Eindrücke: »Es wird leichter sein, ihre Städte wieder aufzubauen, als sie dazu zu bringen, zu erfahren, was sie erfahren haben, und zu verstehen, wie es kam.« Spätestens an dieser Stelle aber schlägt das Private endgültig ins Gesellschaftliche um – und Döblins bekenntnisvoller Bericht wird zum zeitgeschichtlichen Dokument.

Ebenfalls autobiographisch durchwirkt ist Johannes R. Bechers 1935 im russischen Exil entstandener Roman *Abschied. Einer deutschen Tragödie erster Teil* (zuerst erschienen 1940 in Moskau) – wenngleich hier im Gegensatz zu Döblin das Private weitgehend den politisch-ideologischen Intentionen des Autors untergeordnet wird: Mit *Abschied* verabschiedet sich Becher endgültig von seiner expressionistischen Vergangenheit und wendet sich inhaltlich wie formal den Prinzipien des Sozialistischen Realismus zu. Der Roman erzählt die Jugendgeschichte von Hans Gastl; dessen Vater, ein Staatsanwalt (Bechers eigener Vater war Amtsrichter), erscheint als perfekter, typologisch überzeichneter Repräsentant des wilhelminischen Bürgertums. Hans Gastl nun gerät in einen ersten Konflikt mit seinem Elternhaus, als er sich, unstandesgemäß, mit dem Sohn eines Schneiders, Hartinger, befreundet, der noch dazu Sozialdemokrat ist. Die Freundschaft zerbricht jedoch bald, nachdem Hans Gastl nach einem gemeinsam begangenen Streich Hartinger als Anstifter denunziert hat. Immerhin rehabilitiert er den ehemaligen Freund, der inzwischen Schlosser geworden ist, nachdem die Eltern ihm erneut eine Verfehlung Gastls hatten in die Schuhe schieben wollen. Inzwischen hat sich Gastl mehr und mehr sozialistischen Ideen genähert; seine Sozialismus-Studien führen sogar dazu, daß er durchs Abitur fällt. Zum endgültigen Bruch mit dem Elternhaus kommt es schließlich, als nach Kriegsausbruch im August 1914 der Vater den Sohn auffordert, sich freiwillig zum Waffendienst zu melden; der Sohn weigert sich und scheidet nach einer tätlichen Auseinandersetzung endgültig aus dem Familienverband – und damit aus seiner bürgerlichen Herkunft – aus. Nimmt man nun aber die – vom Autor selbst nahegelegte – autobiographische Parallele zwischen Gastl und Becher ernst, so zeigt der Roman doch nur gar zu deutlich, wie problematisch die Trennung vom eigenen bürgerlichen Hintergrund in ihrer prätendierten Endgültigkeit ist: Einerseits nämlich kann an Bechers aktivistisch-sozialistischer Programmatik kein Zweifel bestehen, andrerseits jedoch beweisen die oftmals manieriert und sentimental wirkenden formalen Mittel, die Becher bevorzugt, wie sehr er der Tradition der bürgerlichen Literatur des 19. Jahrhundert verhaftet ist. Noch hierin aber hat der Roman sein Charakteristisches: Er spiegelt den Konflikt zwischen sozialistisch-antifaschistischer Programmatik und bürgerlich-ästhetischer Form wider, der nicht nur zur Zeit der Expressionismus-Debatte viele Exilschriftsteller existenziell und künstlerisch beschäftigte.

Einer der bedeutendsten und einflußreichsten Schriftsteller der Exilliteratur war Lion Feuchtwanger. Politisch scharfsichtiger als die meisten seiner Kollegen, hatte er schon am Anfang der dreißiger Jahre begonnen, sich literarisch-kämpferisch mit dem erstarkenden Nationalsozialismus auseinanderzusetzen, und zwar mit dem 1930 zuerst erschienenen Roman *Erfolg. Drei Jahre Geschichte einer Provinz*, den er später zusammen mit *Die Geschwister Oppenheim* (1933) und *Exil* (1940) zu dem Romanzyklus *Der Wartesaal* vereinigte, einem der eindrucksvollsten und künstlerisch gelungensten Produktionen der deutschsprachigen Exilliteratur.

Der Roman *Erfolg* schildert vor dem Hintergrund der nachrevolutionären Wirren in Bayern zu Beginn der zwanziger Jahre die Geschichte des fortschrittlichen Kunsthistorikers Martin Krüger, der von reaktionären Kräften in einen Prozeß verwickelt und zu mehreren Jahren Gefängnis verurteilt wird. Johanna Krain, seine Freundin, versucht ihn freizubekommen, scheitert aber am ressentimentgeladenen Widerstand des bayerischen Justizministers, den Feuchtwanger mit eindeutig faschistoiden Zügen porträtiert. Martin Krüger erliegt in der Haft einem Herzleiden; Johanna Krain aber geht in die USA, wo sie die Öffentlichkeit mit einem Film über das Schicksal ihres Freundes auf die fortschreitende Politisierung der deutschen Justiz aufmerksam machen will. – Es gelingt Feuchtwanger, in seinem Roman den Zusammenhang von stockreaktionärem Provinzialismus einerseits und den vor und nach 1923 nicht nur in Bayern immer weiter um sich greifenden faschistischen Tendenzen andrerseits aufzuzeigen, und zwar zu einer Zeit, als das Bürgertum selbst noch weit entfernt schien, sich mit der Terror-Politik der Nazis auch nur vorübergehend zu identifizieren. Eben dies aber macht das Erschreckende in Feuchtwangers Diagnose aus: die Aufdeckung des latenten, aus einer affektiv irrationalistisch gestimmten Haltung gespeisten bürgerlichen Faschismus.

Im Zentrum des zweiten Romans des Zyklus, *Die Geschwister Oppenheim* (1933, seit der ersten Nachkriegsausgabe von 1948 unter dem Titel »Die Geschwister Oppermann« erscheinend), steht Gustav Oppenheim, 50jähriger Seniorchef eines Berliner Möbelhauses und Oberhaupt einer großbürgerlichen jüdischen Familie. Oppenheim flieht nach der Machtübernahme der Nazis zunächst ins Ausland, kehrt aber bald mit einem gefälschten Paß aus dem Exil zurück, wird verhaftet und stirbt an den Folgen der Folter im KZ. Oppenheims Familie wird von den Nazis zur Emigration gezwungen. – Der Roman ist einer der ersten literarischen Texte, die die bald nach Januar 1933 einsetzenden Judenverfolgungen in Deutschland schildern und den Rassenhaß der Nationalsozialisten anprangern. Zwar ist Feuchtwanger vorgeworfen worden, er verzeichne einige seiner Figuren karikaturistisch und typisiere in polemischer Absicht namentlich die Vertreter des ›braunen Regimes‹ zu sehr ins Brutal-Unmenschliche. Aber abgesehen von der an sich problematischen, 1933 aber doch wohl gerechtfertigten Ansicht, der (politische) Zweck heilige die (literarischen) Mittel, ist bei der Beurteilung des Romans Georg Heintz zuzustimmen, wenn er schreibt, daß »der kämpferische Wille des Autors, die Perfidie des Regimes zu durchschauen und sie am Beispiel der jüdischen Minderheit modellhaft zu entlarven«, das Buch zu »einer dramatischen Anklageschrift« mache.

Im Paris des Jahres 1935 spielt der dritte Roman des Zyklus, *Exil* (1940): Sepp Trautwein, ein Komponist, ist, obwohl selbst nicht Jude, mit seiner Frau und seinem Sohn aus Deutschland emigriert; nach der Entführung eines deutschen Journalisten durch die Gestapo engagiert er sich für eine Emigrantenzeitung und trägt mit seinen polemischen Artikeln zur Befreiung des Journalisten bei (die Geschichte ist historisch verbürgt, es handelte sich um den Journalisten Berthold Jacob und die Zeitschrift »Westland«). Die Handlung dient Feuchtwanger als Vordergrund, um die zum Teil erbärmliche, verzweiflungsvolle Lage der meisten Exilierten zu schildern – und gleichzeitig den Zynismus und die Arroganz der Nazi-Repräsentanten und der sie umgebenden Mitläufer an den Pranger zu stellen. Darüber hinaus zeigt er – künstlerpsychologisch durchaus überzeugend –, wie Sepp Trautwein durch die Erfahrungen der Emigration und des publizistischen Kampfes gegen den Faschismus seine musikalische Produktivität nicht allein nicht hemmt, sondern fördert und steigert: Der Roman – und damit der gesamte Zyklus – endet mit der Aufführung der »Wartesaal-Symphonie«, in der Trautwein seine Erfahrungen kompositorisch verarbeitet hat. – Daß Feuchtwanger schon immer mit einem scharfen, kritischen historischen Verstand und ausgeprägter Witterung für geschichtliche Übergangs- und Umbruchsituationen begabt und in erster Linie der aktualisierende Interpret historischer Themen und Gestalten gewesen sei, deren weltanschauliche Konflikte vom rein Individuellen ins Historisch-Allgemeine ausgeweitet werden, wurde schon häufig von seinen Interpreten zu Recht festgestellt. Doch tatsächlich manifestiert sich dieser historische Instinkt in der *Wartesaal*-Trilogie am deutlichsten: In der Vorausdeutung des Faschismus als einer tief in der bürgerlichen Ideologie verwurzelten Erscheinung (»Erfolg«); der schonungslosen Darstellung des rassistisch-totalitären Charakters des Nazi-Regimes (»Die Geschwister Oppermann«) sowie im Aufweisen von Mitteln und Wegen eines Engagement der exilierten Intellektuellen und Künstler für den antifaschistischen Widerstand (»Exil«) hat er die wesentlichen Themen der Exilliteratur literarisch überzeugend verarbeitet. So läßt sich, was Karl

August Horst über Feuchtwangers Gesamtwerk sagte, auch resümierend auf den *Wartesaal*-Zyklus beziehen: »Wie Brecht betrachtet Feuchtwanger die Geschichte als lehrreichen Prozeß: Er kritisiert im Bewußtsein des aktuellen geschichtlichen Moments die gewordene Geschichte und erfaßt den historischen Vorgang parabolisch in seinem aufklärerischen Gegenwartsbezug. Hieraus resultiert seine versteckte oder offen moralisierende, meist distanzierte Darstellungsweise. Anstatt sich mit seinen Figuren zu identifizieren, was mit unkritischer Unterwerfung unter deren Bedingtheit gleichbedeutend wäre, zeigt Feuchtwanger sie vor und erklärt sie methodisch, wobei sie nicht selten zu Versatzstücken einer Theorie werden, deren aktueller – und somit auch historischer – Wahrheitsgehalt jedoch höher rangiert als die Treue zum historischen Detail.« Eben in dieser historischen Tiefenperspektive sowie im beständigen, beinahe methodisch-dialektisch angewandten Wechsel von Erlebnis und Distanz, Erfahrung und Analyse, erweist sich Feuchtwangers Werk als vielen anderen Produkten der Exilliteratur überlegen, in denen die Überwindung des nur Subjektiven hin zum Historisch-Objektiven nicht in dem Maße gelang, wie es Feuchtwangers Exilbücher auszeichnet.

Alle Höhen und Tiefen des Exils durchlebt hat Klaus Mann (1906 bis 1949), Thomas Manns ältester Sohn – und ist an seinen mittelbaren und unmittelbaren Folgen doch zuletzt zugrunde gegangen: Am 21. Mai 1949 beging er in Cannes Selbstmord, nachdem er in seinem letzten, verzweifelten Essay, *Die Heimsuchung des europäischen Geistes*, eine Selbstmordwelle der Intellektuellen Europas als letzten Ausweg und Aufruf zur Selbstbesinnung gefordert hatte.

Aufgewachsen in einem literarisch hoch kultivierten Haus und unter dem unmittelbaren Einfluß von Vater und Onkel, Thomas und Heinrich Mann, die zu Beginn des 20. Jahrhunderts bereits zu den bedeutendsten Schriftstellern Deutschlands zählten, begann Klaus Mann, frühreif und epigonal, selbstbewußt und doch im Schatten des übermächtigen Vaters, schon überaus früh, beinahe ein Kind noch, zu schreiben. Gemeinsam mit seiner Schwester Erika, zu der er ein lebenslanges außerordentlich intensives Verhältnis hatte – die beiden kokettierten mit ihrer äußerlichen Ähnlichkeit und ließen sich gern als Zwillinge ansprechen – besuchte Klaus Mann, nach disziplinarischen Schwierigkeiten in den öffentlichen Münchener Schulen, die reformerische Odenwaldschule Paul Geheebs, schrieb mit 15 bereits Novellen über das Lehrer-Schüler-Verhältnis und arbeitete als Kritiker bei der *Weltbühne*. Zusammen mit Pamela Wedekind, Erika und Gustaf Gründgens (der mit Erika vorübergehend verheiratet war) führte er eigene Stücke auf, von denen zwei, *Anja und Esther* (1925) und *Revue zu Vieren*, einen Theaterskandal provozierten. Es folgten Lyrik-Anthologien und der Reisebericht *Rundherum* (1929, gemeinsam mit Erika), in dem die beiden ihre gemeinsame Weltreise schildern. Nachdem Klaus Mann sich Ende der zwanziger Jahre in Auseinandersetzungen mit der erstarkenden Rechten opponierend exponiert hatte, emigrierte er gleich nach der Machtübernahme nach Frankreich. Ein außergewöhnlich unruhevolles Leben in ungezählten Hotelzimmern führend, lebte er in Amsterdam, Paris, Zürich und Prag, leitete die von Aldous Huxley, Heinrich Mann und André Gide herausgegebene Zeitschrift *Die Sammlung* und wurde in dieser Funktion »zu einem Mittelpunkt, einer zentralen Figur der antifaschistischen Publizistik« (Gregor-Dellin). Nach der Okkupation Frankreichs, Hollands und Belgiens übersiedelte Klaus Mann nach den USA, schrieb Berichte aus dem spanischen Bürgerkrieg und war 1941/1942 Herausgeber der Zeitschrift *Decision*, mit der er die Kommunikation unter den US-Emigranten organisieren und intensivieren wollte. Dem Titel seiner Zeitschrift (auf deutsch: »Entscheidung«) konsequent folgend, trat er in die US-Armee ein und kehrte mit ihr als Korrespondent von *Stars and Stripes* über Italien nach Deutschland zurück. Doch auch nach dem endgültigen Zusammenbruch des Hitler-Faschismus kam Klaus Mann nicht zur Ruhe. Die Verzweiflung, die ihn schließlich in den Selbstmord trieb, hatte im wesentlichen drei Gründe: die unmittelbar nach Kriegsende in den Vereinigten Staaten einsetzende Kommunistenhetze, die nur allzu deutlich machte, daß die Koalition zwischen Amerika und Rußland lediglich ein Zweckbündnis gewesen war, nicht aber zur Überwindung ideologischer, gesellschaftlicher und militärischer Konfrontation beigetragen hatte; die enorme Geschwindigkeit, mit der man in Deutschland auch unter den Intellektuellen – etwa in Kreisen der inneren Emigration – nach dem Zusammenbruch des Dritten Reiches zur Tagesordnung überzugehen bereit war; und schließlich die ganz persönliche Erfahrung, daß Engagement und Opferbereitschaft der Exilierten am Ende vergeblich gewesen sein mochten, daß auch in den neu sich formierenden Herrschaftssystemen die Intellektuellen im Grunde ›im Exil‹ sein – und bleiben würden.

Drei Bücher Klaus Manns, die zu den interessantesten Produkten der deutschen Exilliteratur gehören, sollen im folgenden etwas näher vorgestellt werden: *Mephisto. Roman einer Karriere* (1936), *Der Vulkan. Roman unter Emigranten* (1939) sowie die Autobiographie *Der Wendepunkt* (1942).

Bis Ende der siebziger Jahre war der *Mephisto* in der Bundesrepublik verboten; erst 1981, ein Jahr nachdem ein Raubdruck des Textes aufgetaucht war, konnte die erste ›legale‹ Nachkriegsausgabe erscheinen – dann freilich machte der Roman wie sein Titelheld, der Schauspieler Hendrik Höfgen, unwiderstehlich Karriere: Die Auflage der Taschenbuchversion erreichte schwindelnde Höhen, Ariane Mnouchkines Pariser »Théâtre de Soleil« brachte eine dramatisierte Fassung heraus, und der ungarische Regisseur István Szabó schließlich verfilmte das Buch mit ebenfalls bemerkenswertem Erfolg. Der Hintergrund für beide Aspekte dieser ungewöhnlichen Wirkungsgeschichte, für Verbot und sensationellen Erfolg, war der gleiche: Das Buch wurde als Schlüsselroman gelesen und hinter der Gestalt Hendrik Höfgens die Person Gustaf Gründgens' vermutet. Dabei hatte sich Klaus Mann schon in einer Vorbemerkung zur ersten Auflage (1936) gegen diese Lesart gewehrt und versichert, die Personen des Buches seien »Typen, nicht Porträts« – und tatsächlich ist das Buch weitaus mehr als eine nur private Abrechnung mit dem ehemaligen Schwager Gründgens. Erzählt werden Lebensweg und Theaterkarriere des Schauspielers Hendrik Höfgen, der, so bizarr wie genial, korrupt wie unwiderstehlich, ein »Spezialist für elegante Schurken, Mörder im Frack und historische Intriganten« ist. Mitte der zwanziger Jahre steigt er vom Hamburger Künstlertheater zum Star der Berliner Bühnen auf, wo er vor allem in der Rolle des Mephisto aus Goethes *Faust* gefeiert und umjubelt wird und – so Klaus Mann – als »vulgäre, schillernde Arabeske am Rande eines todgeweihten, dem Geist entfremdeten, der Katastrophe entgegentreibenden Betriebes« erscheint. Nach der Machtübernahme will Höfgen zunächst wie viele seiner Kollegen emigrieren – arrangiert sich aber schließlich mit den Nazis, schließt den »Pakt mit dem Teufel« und steigt als Günstling Görings zum Intendanten, Senator und Staatsrat auf: »ein Affe der Macht und ein Clown zur Zerstreuung der Mörder«. Um Höfgen, den Repräsentanten des intellektuellen Mitläufers und ruhmversessenen Opportunisten mit dem ›aasigen Lächeln‹, gruppiert Klaus Mann, teils ergänzend, teils kontrastierend, eine Reihe weiterer, zumeist ebenfalls stark typisierter Figuren: den Gesellschaftskritiker Theophil Marder (der Züge Carl Sternheims trägt), Violetta von Niebuhr, Marders outrierte Geliebte (deren historische Vorbilder Gründgens zweite Frau, Marianne Hoppe, und Pamela Wedekind sein sollen) sowie schließlich die ambitionierte Schauspielerin Dora Martin (alias Elisabeth Bergner) und den Herrscher über das Weimarer Theater, den »Professor«, in dessen Porträt unschwer die Züge Max Reinhardts auszumachen sind. Am Beispiel dieser Gestalten versucht nun Klaus Mann gesellschafts- und ideologiekritisch den Ursachen nachzugehen, die zum Erfolg des Nationalsozialismus geführt haben. Dabei kombiniert er, gewagt und nicht immer gelungen, Elemente des Kolportageromans mit distanzierter Analyse, erprobt die Mittel der Gesellschaftssatire, die schon Heinrich Mann in seinen Romanen *Der Untertan* und *Professor Unrat* zur Entlarvung wilhelminischer Doppelmoral und Autoritätshörigkeit erfolgreich angewandt hatte, und agitiert hemmungslos aggressiv gegen die faschistischen Machthaber und deren Hofnarren, wie etwa den »Reklamezwerg« und Propagandaminister Goebbels. Eben diese Kombination aber aus kämpferischem Aktionismus und dem Bemühen, die Wurzeln des Faschismus im spätbürgerlichen Bewußtsein der Weimarer Republik offenzulegen, macht den eigentlichen Rang des Romans als Dokument der Exilliteratur aus – und rechtfertigt wohl gleichzeitig die vielfach schrillen Töne, derer sich Klaus Mann bei seinen Entlarvungen bedient und die ja doch nur ein Reflex des bleichen Entsetzens sind, womit die Exilierten mit ansehen mußten, wie sich das Regime, dem die meisten zunächst lediglich ›ein paar Monate‹ gegeben hatten, sich unter der Zustimmung weiter Bevölkerungskreise immer mehr konsolidierte.

»Umsonst? Darauf läuft es wohl stets hinaus in dieser chimärisch uneigentlichen, der Apokalypse verfallenen Welt«, schrieb Klaus Mann im Rückblick auf den Herbst 1937, als er in New York an seinem Buch *Der Vulkan. Roman unter Emigranten* zu schreiben begann, das 1939 zuerst in Amsterdam erschien: »Umsonst? Dies Urteil gilt für alle unsere Taten. Was wir auch wollen oder leisten mögen, unser Glaube, noch das schönste Werk – es ist Sünde und Irrtum (...). Aus irgendeinem Grunde – unserer Einsicht durchaus entzogen, aber dennoch zwingend – bleiben wir zur vergeblichen Tat, zum ›Umsonst‹ verpflichtet. Verhält es sich etwa so, daß wir handeln müssen, um die Fragwürdigkeit jeder Aktion immer wieder unter Beweis zu stellen?« Quälerische Selbstzweifel und eine Haltung, die dem drohenden ›Umsonst‹ stets aufs neue ein verzweifelt-unerbittliches ›Dennoch‹ entgegensetzte, kennzeichnen nicht allein Klaus Manns Haltung zu einer Zeit, als die Exilierten erkennen mußten, daß das Dritte Reich mehr als eine betrübliche Episode und damit ein Ende ihrer Verbannung nicht abzusehen war. Dieser Schritt von der Emigration als Übergangszustand zu der bitteren Erkenntnis, sich im Exil auf Jahre einrichten zu müssen, ist unter anderem Thema von Klaus Manns Roman. Der Titel geht zurück auf eine Rede, die Hans Hirschfeld – inzwischen selbst in der Emigration – 1931 im Preußischen Herrenhaus gehalten hatte; darin hieß es prophetisch: »Wir sitzen nicht als Zuschauer am Rand eines Vulkans – wir sind mitten drin! Aber wir sehen es nicht. Das ist unsere Tragödie.« Die Handlung des Romans setzt ein, nachdem ›der Vulkan‹ längst ausgebrochen war; erzählt wird das Schicksal einer Gruppe der »ausgebürgerten deutschen ›intelligentsia‹«: des Schriftstellers Martin Korella (dem Klaus Mann einige Porträtähnlichkeit mit sich selbst verliehen hat), der Schauspielerin Marion Kammer (die an Erika Mann erinnert), des Soziologen David Deutsch und des Literaturgeschichtlers Professor Abel. Den Übergang vom provisorischen Exil zum Emigrantenalltag dieser Gestalten schildert Klaus Mann in ziemlich lockerer, episodischer Reihung, so daß ein zeitgenössischer Kritiker schreiben konnte, es handele sich bei dem Vulkan um keinen »Roman im strengen Sinne«, sondern um einen dichterisch durchsetzten »Tatsachenbericht über eine Fülle von Leben, aufgeteilt in die vielen Lebensformen vieler innerlich und äußerlich heftig bewegter Menschen. (...) Die Autobiografie eines Emigrierten also? Ja, die liegt, als breite Basis des Ganzen, eher vor als das Gefüge eines Romans mit seinem Willen zur Ausgewogenheit, seinen zentrierenden und kulminierenden Tendenzen.« Klaus Mann selbst war sich wohl durchaus bewußt, in welch hohem Grade er sich, sein Leiden und Leben bis in die intimsten Details hinein in dem Roman exponierte; doch auch für ihn waren ›Bekenntnis und Bericht‹, die literarische Verarbeitung des Emigranten-Martyriums die einzigen Mittel, mit dem Gefühl der Isolation, der Ausgestoßenheit und der Machtlosigkeit fertigzuwerden. In seinem Lebensbericht *Der Wendepunkt* erinnert sich Klaus Mann an Entstehungszeit und Konzeption seines Romans: »Ich sitze in einem New Yorker Hotelzimmer und bemühe mich, das wirre, reiche, trübe Exil-Erlebnis in epische Form zu bringen. Erinnertes und Geahntes, Traum und Gedanke, Einsicht und Gefühl, der Todestrieb, die Wollust und der Kampf (Kampf, physische Gewalt, Mord und Opfer als paradox-desperate Konsequenz moralischer Entscheidung), Musik und Dialektik, die Entwurzelungsneurose, das Heimweh als Geißel und Stimulans, befreundete Gesichter und geliebte Stimmen, Landschaften meines Lebens (...), die Fratze der Infamie, die Glorie des Erbarmens (warum keine Engel, da es Teufel gibt?), viele Formen der Flucht, des *Escapism* (tödlicher Balsam des Opiats! Ekstase der Qual und Sucht!), viele Formen des Heroismus (Spanien! Und wußte man nicht auch von Beispielen des Heldentums im Dritten Reich?), Begegnungen, Abschiede, Ängste, Einsamkeit, Umarmung und Empfängnis, die Geburt eines Kindes, und wieder Kampf, und wieder Abschied, wieder Einsamkeit, das Pathos des ›Umsonst‹, der Entschluß zum ›Trotzdem‹: Alldies galt es erzählerisch zu arrangieren, hineinzuweben in den wortreichen Teppich. Nicht fehlen durfte dem Ganzen die düster-fahle Farbe der Gefahr, schwefliger Reflex nahender Feuerbrände, phosphoreszierende

Aura des Verhängnisses.« Das ist nicht nur eine so knappe wie zutreffende Inhaltsangabe und Stimmungwiedergabe des Romans *Der Vulkan*, sondern auch eine Art Motivindex der Exilliteratur insgesamt. Und noch die sich anschließenden Reflexionen Klaus Manns haben ihr Allgemeingültiges, könnten von Döblin ebenso stammen wie von Feuchtwanger: »Ich schreibe mit Eifer, freilich auch mit Zweifeln. ›Für wen schreibe ich?‹ Die Frage blieb mir immer gegenwärtig. (...) Wer wird Anteil nehmen? Wo ist die Gemeinschaft, an die ich mich wenden könnte? ... Unser Ruf geht ins Ungewisse, oder stürzt er gar ins Leere? Bleibt ein Echo aus? Irgend etwas wie ein Echo erwarten wir doch, und sei es auch nur ein undeutliches, weit entferntes. Ganz stumm darf es nicht bleiben, wo so heftig gerufen wurde.« Fragen und abschließende Beschwörung sind weit mehr als die Hoffnung eines Autors auf literarische Resonanz; sie belegen eindringlich, wie sehr sich Mann vor menschlicher und politischer Isolation fürchtete, wie sehr das verzweiflungsvolle Gefühl fortschreitender Vereinsamung ihn beherrschte: Mittellos, ohne sichere Papiere und in der Gewißheit, auf gänzlich unabsehbare Zeit von Deutschland und den in alle Himmelsrichtungen zerstreuten Freunden und Kollegen getrennt zu sein, blieb ihm nur die Schreibmaschine, um die Mauern der Exilhaft zu durchbrechen – aber: »Es blieb stumm – oder doch beinahe. Meine umfangreichste Arbeit, vielleicht meine beste – ›Der Vulkan: Roman unter Emigranten‹ – erschien im Sommer des Jahres 1939, einige Wochen vor Ausbruch des zweiten Weltkrieges. Die Eruption des wirklichen Vulkans übertönte meine stillere Botschaft. Wer hat sie gehört? (Unter den wenigen Äußerungen zu diesem Buch, die ich bewahre, ist mir die kostbarste ein sehr schöner Brief meines Vaters.)«

Dieser Vater nun, Thomas Mann, ist ohne Zweifel einer der Protagonisten in Klaus Manns »Lebensbericht« *Der Wendepunkt*, dem wir uns nun abschließend zuwenden wollen: Nicht nur beginnt das Buch mit einer weitläufigen, halb parodistisch, halb epigonal im »Buddenbrooks«-Stil geschriebenen Erkundung des Mannschen Stammbaumes; nicht nur hat Klaus Mann einem der Kapitel seiner Autobiographie den Titel einer Erzählung von Thomas Mann gegeben (»Unordnung und frühes Leid«) – und auch nicht allein, weil die Kindheits- und Jugendjahre, die eindeutig geprägt erscheinen vom übermächtigen Vater, den ersten Teil des Buches eindeutig dominieren, ist Thomas Mann in den Memoiren seines Sohnes allgegenwärtig: »auf inkommensurable Art von jeher wirksam« – so Klaus Mann selbst –, bestimmt das konfliktuöse, aber zuzeiten auch fruchtbare Vater-Sohn-Verhältnis Klaus Manns Selbstverständnis und Identität als Schriftsteller im

Wendepunkt. Das Buch wurde zuerst auf englisch verfaßt und erschien 1942 unter dem Titel *The Turning Point.* In einer »Nachbemerkung« zur ersten deutschen Ausgabe, die 1949 in Klaus Manns letztem Lebensjahr in Cannes entstand, schreibt Mann: »Es wäre falsch, den Zusammenhang zwischen den beiden Büchern, ›The Turning Point‹ und ›Der Wendepunkt‹, leugnen zu wollen; aber es wäre ebenso unrichtig oder sogar noch irrtümlicher, die deutsche Version als eine ›Übersetzung aus dem Amerikanischen‹ zu präsentieren. Denn es verhält sich nicht etwa so, daß ich meinen englischen Text einfach ins Deutsche übertragen hätte; vielmehr habe ich ein neues deutsches Buch geschrieben, wobei ich einiges Material aus der ursprünglichen amerikanischen Fassung verwenden konnte.« Die Selbstaussage trifft vor allem auf den zweiten Teil des *Wendepunktes* zu, der, um ein neues Schlußkapitel erweitert, wesentlich umfangreicher ist als die englische Version. Klaus Manns Absicht war, mit seiner Autobiographie »im Augenblick der Krise ein ›Bekenntnis‹ abzulegen«, und zwar ohne alle »literarischen Clichés und Tricks (...), Masken und Verstellungskünste«. Dennoch spielt das Literarische von Anfang an eine überaus wichtige Rolle, denn neben der eher konventionellen Schilderung von Geschwistern und Jugendfreunden steht die Auseinandersetzung mit Thomas und Heinrich Mann – nicht als Verwandte, sondern als Schriftsteller – im Vordergrund schon der Kindheitsgeschichte. So nimmt es nicht wunder, daß die intellektuell-literarische Entwicklung am profiliertesten herausgearbeitet wird: Sokrates, Nietzsche, Novalis und Whitman, Rilke, Heine, Wilde, Verlaine und Büchner, schließlich Strindberg, Wedekind, Benn und George – »Dies waren meine Erzieher! (...) Bei aller Buntheit scheint mein Olymp von etwas einseitiger Zusammensetzung. Das erotisch-religiöse Element überwiegt, während das soziale fast völlig vernachlässigt bleibt.« Eben dies aber ändert sich in den Jahren zwischen 1930 und 1933, in denen Klaus Mann eine tiefgreifende Wandlung durchlebt, in der Auseinandersetzung mit dem Nationalsozialismus zum ersten Mal politisch Stellung bezieht und sich im Kampf gegen die Nazis – »Unbestreitbar, ich war gegen Hitler – von Anfang an unbedingt!« – engagierte: Es war der erste entscheidende Wendepunkt seines Lebens, das bis dahin eher leichtsinnig in den Kreisen der künstlerischen Bohème der ›Goldenen Zwanziger Jahre‹ sich abgespielt hatte: »Ganz offensichtlich befand sich Klaus Mann damals in einer Übergangsperiode. Auf dem Wege vom Irrationalen zur Ratio war er dem Ziel schon näher als dem Ausgangspunkt. Die kritische Revision seines Denkens ging jedoch langsamer vonstatten als die gegenläufigen Entwicklungen der Wirklichkeit, sie wurde von den äußeren Ereignissen überholt.« (Hans-Albert Walter) Spätestens nach der Gründung der Exilzeitschrift *Die Sammlung* im September 1933 jedoch, stand bei Klaus Mann der publizistische Kampf gegen den Nationalsozialismus eindeutig im Vordergrund – und endet erst 1942, am zweiten *Wendepunkt* von Manns Biographie, als er sich spontan entschließt, in die amerikanische Armee einzutreten. Im Frühjahr 1944 landet er auf dem nordafrikanischen Kriegsschauplatz und rückt mit den US-Truppen über Italien nach Deutschland vor. Das Kriegsende schließlich – der dritte und letztlich entscheidende Wendepunkt: Augenblick des Triumphs, dem bald schon der Sturz in tiefste Resignation folgte: »Nun geht es weiter, nächste Episode! Fragt sich nur, in welcher Richtung es weitergeht. Dies hängt von uns ab; an jedem Wendepunkt hat man die Wahl.« Mit diesen Worten kommentiert Klaus Mann die Ereignisse vom Mai 1945, doch der etwas gar zu launige Ton mag darauf hindeuten, daß er schon zu diesem Zeitpunkt befürchtete, daß es auch diesmal nicht bei ihm und den anderen Intellektuellen und Künstlern seiner Generation lag, die ›nächste Episode‹ zu bestimmen, daß er und die anderen Exilierten durchaus nicht ›die Wahl‹ hatten. Zwar sah Mann eine »ermutigende Konstellation, in deren Zeichen wir uns jetzt befinden. Das Bündnis zwischen Ost und West, zwischen Sozialismus und Demokratie, noch besteht es und könnte von Dauer sein. Aus der Waffenbrüderschaft (...) muß die Zusammenarbeit im Dienst des Friedens werden: und wir sind gerettet!« Aber er sah auch, nur allzubald, die aufziehende Drohung des Kalten Krieges, die jene Utopie eines demokratischen Sozialismus gründlich zunichte machen sollte. Hoffnung und ahnungsvolle Verzweiflung angesichts dieser Situation, die den Schluß des *Wendepunktes* bestimmen, sind vollkommen ausgedrückt in einem Brief, den Klaus Mann am 28. September 1945 aus Neapel einem deutschen Kriegsgefangenen in den USA schrieb: »All dies ist nun Vergangenheit. Mein Gedanke ist auf die Zukunft gerichtet, auf Ihre sowohl wie auf meine. Denn es ist die gleiche. Der große F.D. Roosevelt hat einmal gesagt, die gegenwärtige Generation von Amerikanern sei zu einem *Rendezvous with Destiny* ausersehen. Aber das Schicksal bittet nicht mehr bestimmte Rassen oder Völker zum Stelldichein. Der Appell gilt sämtlichen Nationen. Sie, der Deutsche, sind ebenso dringlich aufgerufen wie irgendein Russe, irgendein Amerikaner. Dies Jahrhundert, welches nicht ›das deutsche‹ geworden ist, soll auch nicht ›das amerikanische‹ oder ›das russische‹ werden. Es wird das Jahrhundert der beginnenden Welt-Zivilisation, oder es wird das Jahrhundert der beginnenden Welt-Barbarei – wenn nicht gar schon der vollendeten. Der Zusammenbruch käme plötzlich und könnte kompletten, endgültigen Charakter haben. Die positive Entwicklung nimmt sich Zeit und bleibt unvollkommen.« Und der Brief endet mit einer so bewegenden wie skeptischen Einschätzung der eigenen Möglichkeiten, der historischen Rolle und der Hoffnungen der eigenen Generation, die nicht in Erfüllung gehen sollten – was Klaus Mann vier Jahre später, als die neuen ›Blöcke‹ sich endgültig verfestigt hatten und wieder, in Ost und in West, Schriftsteller verfolgt, eingekerkert oder ins Exil getrieben wurden, in die letzte Verzweiflung – in den Freitod trieb: »Bewährt sich unsere Generation, so hätten wir noch lange nicht das Paradies auf Erden. Aber der historische Prozeß dürfte weitergehen, mit neuen Krisen, neuen Wendepunkten ... Es ginge weiter, und das ist schon viel. Der Kampf, die Ungewißheit, die Angst, der Irrtum, alles würde fortgesetzt. Wir kämen nicht zur Ruhe. Ruhe gibt es nicht, bis zum Schluß. – Und dann? Auch am Schluß steht noch ein Fragezeichen.«

Von gänzlich anderen Voraussetzungen als Klaus Mann ging in seiner politischen Haltung und in seiner literarischen Produktion Bertolt Brecht aus, dessen Werk nach Umfang und Qualität zu Recht zu den Höhepunkten der antifaschistischen Exilliteratur gerechnet wird. Brechts exilliterarische Praxis wurzelte einerseits in seinen Theatererfahrungen zur Zeit der Weimarer Republik und, wesentlicher, andrerseits in einer zwar marxistisch-parteilichen, aber überaus scharfsichtigen, historisch fundierten Analyse der gesellschaftlichen Entstehungsbedingungen des deutschen Nationalsozialismus. Daher schritt er auch immer wieder ein gegen die Haltung vieler bürgerlicher Autoren, die, nicht ohne einen gewissen scheuen Irrationalismus, die Nazis zu ›Barbaren‹, Hitler zum ›Abschaum‹ und das Dritte Reich zu einer Art Betriebsunfall der deutschen Geschichte erklärten. In einer bedeutenden Rede auf dem nun schon mehrfach erwähnten Pariser Schriftstellerkongreß von 1935 sagte Brecht: »Viele von uns Schriftstellern, welche die Greuel des Faschismus erfahren und darüber entsetzt sind, haben diese Lehre noch nicht verstanden, haben die Wurzel der Roheit, die sie entsetzt, noch nicht entdeckt. Es besteht immerfort bei ihnen die Gefahr, daß sie die Grausamkeiten des Faschismus als unnötige Grausamkeiten betrachten. Sie halten an den Eigentumsverhältnissen fest, weil sie glauben, daß zu ihrer Verteidigung die Grausamkeiten des Faschismus nicht nötig sind. Aber zur Aufrechterhaltung der herrschenden Eigentumsverhältnisse sind diese Grausamkeiten nötig. Damit lügen die Faschisten nicht, damit sagen sie die Wahrheit.« Dies das Fundament von Brechts ideologiekritischer Faschismus-Analyse: Der deutsche Nationalsozialismus, wie insgesamt der europäische Faschismus, ist ein historisch konsequentes Resultat der kapitalistischen Wirtschaftsordnung, deren Vertreter – hier konnte sich Brecht auf unbestreitbare Fakten stützen (Thyssen, Krupp usw.) – maßgeblich am scheinbar unaufhaltsamen Aufstieg der Nazis in Deutschland beteiligt waren. Im weiteren Verlauf seiner Rede macht Brecht auf eine eigentümliche Schwäche der bürgerlichen Faschismus-Kritik aufmerksam, deren Kampf ›nicht kräftig genug‹ sein könne, »weil sie nicht die gesellschaftlichen Zustände angeben und herbeiführen helfen können, in denen die Barbarei überflüssig wäre«, und er zögert nicht, die eigene marxistische Position als die prinzipiell überlegene zu behaupten: »Jene aber, welche auf der Suche nach der Wurzel der Übel auf die Eigentumsverhältnisse gestoßen sind, sind tiefer und tiefer gestiegen, durch ein Inferno von tiefer und tiefer liegenden Greueln, bis sie dort angelangt sind, wo ein kleiner Teil der Menschheit seine gnadenlose Herrschaft verankert hat. Er hat sie verankert in jenem Eigentum des Einzelnen, das zur Ausbeutung des Mitmenschen dient, und das mit Klauen und Zähnen verteidigt wird, unter Preisgabe einer Kultur, welche sich zu seiner Verteidigung nicht mehr hergibt oder zu ihr nicht mehr geeignet ist, unter Preisgabe aller Gesetze menschlichen Zusammenlebens überhaupt, um welche die Menschheit so lange und mutig und verzweifelt gekämpft hat. Ich selbst glaube nicht an die Roheit um der Roheit willen. Man muß die Menschheit in Schutz nehmen gegen die Beschuldigung, sie wäre auch roh, wenn dies nicht ein so gutes Geschäft wäre; es ist eine geistreiche Umbiegung meines Freundes Feuchtwanger, wenn er sagt: Gemeinheit geht vor Eigennutz, aber er hat nicht recht. Die Roheit kommt nicht von der Roheit, sondern von den Geschäften, die ohne sie nicht mehr gemacht werden können.« Insofern der Faschismus eine historische Phase sei, in die der Kapitalismus eingetreten sei, sei er etwas Altes und etwas Neues zugleich, sei zum offenen Terror pervertierter Kapitalismus und könne daher auch nur bekämpft werden als »nacktester, frechster, erdrückendster und betrügerischster Kapitalismus«. Die bürgerlichen Autoren aber, die das eine vom anderen trennen, den Faschismus bekämpfen wollten, ohne die ihm zugrundeliegende ökonomische und gesellschaftliche Ordnung anzutasten, verglich Brecht mit Leuten, »die ihren Anteil vom Kalb essen wollen, aber das Kalb soll nicht geschlachtet werden. Sie wollen das Kalb essen, aber das Blut nicht sehen. Sie sind zufriedenzustellen, wenn der Metzger die Hände wäscht, bevor er das Fleisch aufträgt. Sie sind nicht gegen die Besitzverhältnisse, welche die Barbarei erzeugen, nur gegen die Barbarei. Sie erheben ihre Stimme gegen die Barbarei, und sie tun das in Ländern, in denen die gleichen Besitzverhältnisse herrschen, wo aber die Metzger noch die Hände waschen, bevor sie das Fleisch auftragen.«

Die Rede enthält in knappster, beinahe lakonischer Formulierung die ideologische Grundlage, auf der Brechts (vgl. Bd. V, Seite 440–448) gesamte exilliterarische Produktion fußt und die stets aufs neue und unerbittlich den Zusammenhang von Faschismus und Kapitalismus analysiert, kritisiert und anklagend an den Pranger stellt – gleichviel ob er im *Arturo Ui* am Karfioltrust exemplifiziert wird oder, in verfremdender historischer Perspektive, an den Geschäften des Herrn Julius Caesar.

Dem 1941 im finnischen Exil entstandenen Parabelstück *Der aufhaltsame Aufstieg des Arturo Ui* (die Uraufführung fand erst 1958 in Stuttgart statt) hat Brecht einen Prolog vorangesetzt, in dem ein Ansager jahrmarktschreierisch verkündet: »Verehrtes Publikum, wir bringen heute – / Ruhe dort hinten, Leute! / Und nehmen Sie den Hut ab, junge Frau / – Die große historische Gangsterschau! / Enthaltend zum allererstenmal / Die Wahrheit über den großen Dockshilfeskandal. / Ferner bringen wir Ihnen zur Kenntnis / Dogsboroughs Testament und Geständnis. / Den Aufstieg des Arturo Ui während der Baisse! / Sensationen im berüchtigten Speicherbrandprozeß! / Den Dullfeetmord! Die Justiz im Coma! / Gangster unter sich: die Abschlachtung des Ernesto Roma! / Zum Schluß das illuminierte Schlußtableau: / Gangster erobern die Stadt Cicero!« Der reißerische Animiertext enthält nicht nur den größten Teil der Fabel des Stückes, sondern ist auch charakteristisch für die doppelte, inhaltliche und formale Verfremdung der Parabel, deren Form der klassischen Tragödie nachgebildet ist – die Figuren sprechen in fünfhebigen Jamben, d. h. im Blankvers, dem charakteristischen Metrum der deutschen Klassik – und die die Geschichte der Nationalsozialistischen ›Bewegung‹ als Chicagoer Gangstergeschichte erzählt: Eine Krise erschüttert Chicago, das Gemüsegeschäft (die kapitalistische Wirtschaftsordnung) steht kurz vor dem Zusammenbruch. Der heruntergekommene Gangster Arturo Ui (Hitler) versucht vergebens, dem Karfioltrust seine Dienste anzubieten und sein Gemüse »mit dem Browning« zu verkaufen. Die Trust-Herren entscheiden sich für einen ›saubereren‹ Weg: Sie verwickeln den in der Stadt hoch angesehenen Dogsborough (Hindenburg) in einen Bestechungsskandal (der sogenannte »Osthilfeskandal«, in den Hindenburg verstrickt war), um ihn für ihre Ziele gefügig zu machen. Ui jedoch, mit dem Dogsborough bis dahin nie etwas zu tun haben wollte, entdeckt den Plan und zwingt den Alten, sich unter den Schutz seiner Bande zu stellen. Als Dogsborough sich fügt, steht Uis Weg an die Macht nichts mehr im Wege; zusammen mit den Genossen Givola (Goebbels), Giri (Göring) und Ernesto Roma (Röhm) übernimmt er in Chicago die Macht. Einem der Gemüsehändler, der sich widersetzt, wird der Speicher in Brand gesteckt; in dem fälligen Prozeß wird unter dem Druck Uis und seines Terror-Regimes ein ahnungsloser Arbeitsloser als Brandstifter verurteilt (Reichstagsbrandprozeß). Mit zwei weiteren Aktionen weitet Ui seine Herrschaft aus und festigt sie: Zunächst liquidiert er Ernesto Roma und dessen Anhänger, nachdem diese verlangt hatten, den Terror auf die großen Unternehmen, vor allem aber auf den Karfioltrust selbst auszudehnen (Röhm-Putsch); sodann läßt Ui in der Nachbarstadt Cicero (Österreich) den Zeitungsmann Dullfeet (Dollfuß) ermorden, der mit seiner Presse den Grünzeughandel beherrscht hatte. In einem großen Schlußtableau läßt Ui sein Regime durch Akklamation bestätigen – während seine Spießgesellen jeden über den Haufen schießen, der sich zu widersetzen wagt. Nachdem der Vorhang gefallen ist, wendet sich Brecht mit einem kurzen Epilog unmittelbar an das Publikum: »Ihr aber lernet, wie man sieht statt stiert / und handelt, statt zu reden noch und noch. / So was hätt einmal fast die Welt regiert! / Die Völker wurden seiner Herr, jedoch / Daß keiner uns zu früh da triumphiert – Der Schoß ist fruchtbar noch, aus dem das kroch.« Es ist diese doppelte, einerseits historisch vermittelte, andrerseits aber auch stets aktualisierbare Perspektive, der Brechts Stück wohl, neben seiner unerhörten Theaterwirksamkeit, vor allem seinen Rang verdankt – und seine Brisanz. Denn die für sein episches Theater einschlägige Verfremdungstechnik erlaubt es, den Ui nicht nur als historisches Lehrstück über den *aufhaltsamen* Aufstieg des Nationalsozialismus zu lesen, sondern darüber hinaus den Zusammenhang von Macht, Gewalt und Geschäft auch in anderen historischen Situationen zu studieren. In einer Nachbemerkung zu seinem Ui schreibt Brecht: »Die großen politischen Verbrecher müssen durchaus preisgegeben werden, und vorzüglich der Lächerlichkeit. Denn sie sind vor allem keine großen politischen Verbrecher, sondern die Verüber großer politischer Verbrechen, was etwas ganz anderes ist.«

Auch in seinem Romanfragment *Die Geschäfte des Herrn Julius Caesar* geht es Brecht weder um ein psychologisierendes noch gar um ein historistisches Porträt des ersten römischen Kaisers. Vielmehr versucht er auch hier, »dem Heldischen auf die Schliche zu kommen« und Zusammenhang von Macht und Geschäft mit Hilfe marxistischer Gesellschaftsanalyse offenzulegen. Das Fragment entstand zwischen 1937 und 1939 und wuchs, so Brecht selbst, ›langsamer als Hitlers Aufrüstung‹, was wohl unter anderm an den ausgedehnten historischen Vorstudien lag, mit deren Hilfe sich Brecht mit Caesars Biographie vertraut machte. Dabei kam es ihm bei seinem Projekt durchaus nicht auf historische Authentizität an. Wie das Chicagoer Gangster-

Milieu im *Arturo Ui* ein Mittel der Verfremdung war, um die Vorgeschichte und den schließlichen Triumph der nationalsozialistischen Bewegung distanziert-parabelhaft analysieren zu können, so steht auch die römische Geschichte ganz im Dienst gegenwartsbezogener Gesellschaftskritik. – Zum Inhalt: Zwanzig Jahre nach Caesars Tod erhält ein römischer Geschichtsschreiber den Auftrag, Material für eine Biographie des ersten römischen Kaisers zu sammeln. Bei seinen Recherchen stößt er auf das Tagebuch von Caesars Privatsekretär Rarus, das enthüllt, welch unglaubliches Vabanquespiel Caesar politisch getrieben hat. Fußend auf diesem Material wird der Bericht »zur leidenschaftslos sachlichen Enthüllung eines Systems unvorstellbarer Korruption, in dem die Position Caesars jeweils von der Höhe seiner Schulden, von den Spekulationen seiner Gläubiger, von allgemeinen Niederträchtigkeiten und schließlich davon abhängt, ob die Bevölkerung sich für dumm verkaufen läßt.« (Klaus Baumgärtner) Diese konsequent materialistische Perspektive führt zunächst zu einer überaus ironischen, bis hart an die Grenze des Sarkasmus sich bewegenden Einschätzung von Caesars Bedeutung für die Geschichte Roms, so etwa, wenn Rarus in seinem Tagebuch lakonisch feststellt: »Der Catalinaputsch war kein Geschäft«, oder wenn er zum Jahresende akribisch Bilanz zieht: »Ich habe eine Aufstellung unserer regulären Einkünfte gemacht. Trostlos. Aus dem Oberpriesterposten zum Beispiel schlugen wir dieses ganze Jahr nicht mehr heraus als schäbige 320.000 Sesterzien (...). Das Amt hat uns 840.000 gekostet. Zinsen zahlen wir acht Prozent! Natürlich hätten wir besser abschneiden können, wenn C(aesar) wirklich rechnete und nicht nur ab und zu und dann so unvorsichtig wie möglich einige Fischzüge veranstaltete. Er nimmt 20.000 Sesterzien für einen Augurenspruch, der die Wahl eines Quästors verhindert, und gibt dann ein Pontifikalessen, das 22.000 kostet. Das Schlimmste ist, daß die City (die römische Hochfinanz) ganz unverschämt alles als ›Gefälligkeiten‹ in Anspruch nimmt, und wir müssen das schlucken, weil wir Wechsel laufen haben. Ein ewiger Kreislauf!« Nun läßt sich gegen einen derartigen, parteilich-einseitigen Ansatz gewiß eine Menge einwenden; Walter Benjamin zum Beispiel, mit dem Brecht während der Entstehungszeit des Caesars korrespondierte, riet ganz von dem Projekt ab, das im Grunde doch nur darauf hinauslaufe, ›große‹ Geschichte aus der Kammerdienerperspektive zu erzählen. Dabei übersahen er und andere Kritiker jedoch, daß Brecht nicht allein quasi zum Mythos geronnene historische Episoden entlarven, sondern in diesen Mechanismen beispielhaft vorführen wollte, die auch die gesellschaftliche Gegenwart betrafen. In seinem Essay *Fünf Schwierigkeiten beim Schrei-*

ben der Wahrheit (1933/34) schrieb Brecht: »Eine vollständige Schilderung aller Umstände und Prozesse, von denen ein Mann betroffen wird, der einen Tabakladen aufmacht, kann ein harter Schlag gegen die Diktatur sein.« Auf eben diese ›listige‹ Beispielhaftigkeit zielt auch der Caesar, und die Geschäfte und Machtintrigen im alten Rom bleiben stets transparent in ihrem Verweisungscharakter auf Vorgänge aus den zwanziger und dreißiger Jahren des 20. Jahrhunderts, so daß, was der Sekretär Rarus über Caesar schreibt, gewiß auch nach den Wahlrückschlägen Ende der zwanziger Jahre über Hitler hätte geschrieben werden können: »Eines jedenfalls hat dieses halbe Jahr bewiesen: ein Politiker großen Formats ist C. nicht und wird es nie sein. Bei all seinen glänzenden Fähigkeiten! Was Rom mehr denn je braucht, der starke Mann, der unbeirrbar seinen Weg geht und der Welt seinen Willen aufzwingt, eine große Idee verwirklichend, ist er nicht. Er hat weder den Charakter dazu noch die Idee. Er macht Politik, weil ihm sonst nichts übrigbleibt. Er ist aber keine Führernatur. Ich sehe schwarz für die Zukunft.« Nicht allein Rarus hat auf fatale Weise unrecht behalten: Schwarz wurde die Zukunft erst, als der politisch-korrupte Dilettant tatsächlich ›Führer‹ wurde.

Beinahe ohne jedes Verfremdungsmittel arbeitet Brecht in *Furcht und Elend des Dritten Reiches*, 24 Szenen, die, zwischen 1935 und 1938 im dänischen Exil entstanden, zunächst unter dem Heine parodierenden Titel *Deutschland – ein Greuelmärchen* erscheinen sollten. In spröd-naturalistischer Darstellungsform versucht Brecht darin, den Alltag unter den Bedingungen des braunen Terror-Regimes zu dokumentieren, wobei ihm nach eigenen Angaben Augenzeugenberichte und Zeitungsnotizen den Stoff lieferten. Der Szenenfolge, die kein gemeinsamer Handlungsstrang verbindet, ist *Die deutsche Heerschau* vorangestellt, ein beklemmend balladenhafter Text, der eine Zwischenbilanz nach fünf Jahren Nazi-Herrschaft zieht: »da beschlossen wir / Uns umzusehen, was für ein Volk, bestehend aus was für Menschen / In welchem Zustand, mit was für Gedanken / Er (Hitler) unter seine Fahnen rufen wird. Wir hielten Heerschau.« Und dann tritt der Zug der Willenlos-Versklavten auf, ein gespenstisches Heer von Versehrten und Opfern, todgeweiht noch vor Ausbruch des Krieges: »Dort kommen sie herunter: / Ein bleicher kunterbunter / Haufe. Und hoch voran / Ein Kreuz auf blutroten Flaggen / Das hat einen großen Haken / Für den armen Mann. / Und die, die nicht marschieren / Kriechen auf allen vieren / In seinen großen Krieg. / Man hört nicht Stöhnen noch Klagen / Man hört nicht Murren noch Fragen / Vor lauter Militärmusik.« Die diesem Prolog folgenden Szenen selbst nun gehören zum Authentischsten, was literarisch über die ersten fünf

Jahre Hitler-Diktatur überliefert ist. Dabei ist es vor allem das gänzlich unprätentiöse Arrangement, der völlige Verzicht auf Brustton und große Geste, dem die Texte ihre Wirkung verdanken: In der ersten Szene, *Volksgemeinschaft,* terrorisieren zwei SS-Offiziere ein Berliner Arbeiterviertel; es ist die Nacht des 30. Januar 1933, der eine sagt: »Nu sind wir oben. Imposant der Fackelzug! Jestern noch pleite, heut schon in der Reichskanzlei. Jestern Pleitejeier, heute Reichsadler.« Die zweite Szene spielt in einer Breslauer Kleinbürgerwohnung: Ein Mann und eine Frau horchen ängstlich und feige an der Wohnungstür, um mitzubekommen, wie der Nachbar, den der Mann denunziert hat, abgeführt wird (»Der Verrat«). Im *Kreidekreuz* erzählt ein SA-Mann voller Stolz, wie er auf der Stempelstelle Arbeitslose, die gegen das System aufbegehrt hatten, mit einem Kreidekreuz zwischen den Schulterblättern markiert und damit ans Messer geliefert hat. Jan Petersens *Moorsoldaten* zitiert der Titel der vierten Szene, die im Konzentrationslager Esterwegen spielt: Vier an sich zerstrittene Häftlinge halten im Augenblick der Gefahr dennoch gegen ihre Bewacher zusammen. Die Bestialität dieser Bewacher schildert *Dienst am Volke*, dem die folgenden Verse vorangestellt sind: »Es kommen die Lagerwächter / Die Spitzel und die Schlächter / Und dienen dem Volke mit Fleiß. / Sie pressen und sie quälen / Sie peitschen und sie pfählen / Zu einem niedern Preis.« Die Szene *Rechtsfindung* schildert Druck und offenen Terror, der auf einen Richter ausgeübt wird, der den Fall eines von der SA verübten Überfalls auf einen jüdischen Juwelier verhandeln soll; Feigheit und Furcht eines Mediziners zeigt *Die Berufskrankheit*, der die Verletzungen eines zusammengeschlagenen Arbeiters wider besseres Wissen auf einen »Sturz von der Treppe« zurückführt. Nach dem Juristen und dem Mediziner treten zwei Physiker auf, die nicht wagen, über die ›jüdische Physik‹ Einsteins zu diskutieren (»Physiker«); die Protagonistin in der *Jüdischen Frau* wagt aus Furcht vor Denunziation nicht einmal den nächsten Angehörigen etwas von ihrer bevorstehenden Flucht zu sagen; ähnlich die Szene *Der Spitzel*: Eltern geraten in Panik, als sie vermuten, ihr Sohn habe sie an die Gestapo verraten; ebenfalls aus Angst wagt eine Arbeiterfrau nicht, den Sarg ihres ermordeten Mannes zu öffnen (»Die Kiste«); eine alte Frau verrät durch zutrauliches Plaudern ihre Tochter an die SA – *Winterhilfe*: »Die Winterhelfer treten / Mit Fahnen und Trompeten / Auch in das ärmste Haus. / Sie schleppen stolz erpreßte / Lumpen und Speisereste / Für die armen Nachbarn heraus. / Die Hand, die ihren Bruder erschlagen / Reicht, daß sie sich nicht beklagen / Eine milde Gabe in Eil. / Es bleiben die Almosenwecken / Ihnen im Halse stecken / Und auch das Hitlerheil«; in der *Volksbefragung* schließlich, der letzten Szene, entwirft eine proletarische Widerstandsgruppe ein Flugblatt; während auf der Straße »zwanzigtausend Besoffene, denen man das Bier gezahlt hat«, den Triumph der Nazis feiern, liest eine Frau den Brief eines Vaters an seinen Sohn vor, der ganz offensichtlich zum Abschluß der Szenenfolge die Funktion hat, zum aktiven Widerstand gegen den Faschismus aufzurufen: »Mein lieber Sohn! Morgen werde ich schon nicht mehr sein. Die Hinrichtung ist meistens früh sechs. Ich schreibe aber noch, weil ich will, daß du weißt, daß meine Ansichten sich nicht geändert haben. Ich habe auch kein Gnadengesuch eingereicht, da ich ja nichts verbrochen habe. Ich habe nur meiner Klasse gedient. Wenn es auch aussieht, als ob ich damit nichts erreicht habe, so ist das doch nicht die Wahrheit. Jeder auf seinen Platz, das muß die Parole sein! Unsere Aufgabe ist sehr schwer, aber es ist die größte, die es gibt: die Menschheit von ihren Unterdrückern zu befreien. Vorher hat das Leben keinen Wert, außer dafür.« – Bis auf den heutigen Tag haben Brechts Szenen nichts von ihrer Eindringlichkeit eingebüßt. Das liegt wohl zunächst an der überaus charakteristischen, stets vom Einzelfall auf das gesellschaftliche und historische Ganze verweisenden Auswahl der geschilderten Situationen. Ein weiteres kommt hinzu: Die Maximen des epischen Theaters befolgend, kam es Brecht nicht so sehr darauf an, beim Leser oder Zuschauer Mitleid zu erregen; der Affekt, den die Texte provozieren und freisetzen, ist eher Abscheu als Sympathie, und auch der steht noch im Dienst kritisch-distanzierter Aufklärung über den alltäglichen Terror des Dritten Reiches, von dessen Wirkung sich Brecht offenbar mehr erwartete als ein humanitäres Mitleiden, nämlich den Impuls zum antifaschistischen Kampf.

Die Vielfalt der Situationen in *Furcht und Elend des Dritten Reiches* hat ihre Entsprechung in der Vielfalt der Themen, die in Brechts »Prosadialog« *Flüchtlingsgespräche* behandelt werden. Die Entstehungsgeschichte des Textes steht in direkter Beziehung zu seinem Inhalt: Teile davon entstanden 1940/41 in Skandinavien, doch vollendet wurde er erst, nachdem Brecht die Flucht in die USA gelungen war (1944). Im Bahnhofsrestaurant von Helsinki treffen sich der Physiker Ziffel und der Metallarbeiter Kalle, beide Flüchtlinge aus Deutschland, beide mittellos. Nach anfänglichem gegenseitigem Mißtrauen entspinnt sich zwischen beiden ein weitläufiger, stets aufs neue von Assoziationen, Wortspielen, Paradoxien und witzigen Einfällen vorangetriebener Dialog über die Weltläufe im allgemeinen und über die faschistische Herrschaft über Europa im besonderen. Dabei erhalten scheinbar nebensächliche Themen durch die argumentative Intelligenz der beiden Gesprächspartner immer wieder beinahe symbolisches Gewicht – so etwa, wenn Kalle und

Ziffel darin übereinkommen, daß der Paß der edelste Teil des Menschen sei: »Er kommt auch nicht auf so einfache Weise zustande wie ein Mensch. Ein Mensch kann überall zustande kommen, auf die leichtsinnigste Art und ohne gescheiten Grund, aber ein Paß niemals. Dafür wird er auch anerkannt, wenn er gut ist, während ein Mensch noch so gut sein kann und doch nicht anerkannt wird.« Ein anderes Mal geht es *Über die Ebenbürtigkeit von Bier und Zigarre,* und die beiden meinen, daß man die unterschiedslos schlechte Qualität der Nahrungs- und Genußmittel, z. B. des Bieres, der Zigarren und des Kaffees, gegenwärtig nur begrüßen könne angesichts der Tatsache, daß durch die ebenfalls unterschiedslos schlechte Qualität der beiden »führenden Marken« in der Politik, nämlich Hitlers und Mussolinis, das Gleichgewicht wieder hergestellt sei: »Sie brauchen den Vergleich miteinander nicht zu scheuen und können Seit an Seit die ganze Welt herausfordern, keiner von ihnen find einen bessern Freund, und ihre Zusammenkünfte verlaufen harmonisch. Anders, wenn der Kaffee z. B. ein Kaffee und nur das Bier kein Bier wär, möchte die Welt leicht das Bier minderwertig schimpfen, und was dann?« So geht das fort und fort, über achtzehn Dispute hindurch, eine zutiefst groteske Mischung aus Scherz, Satire, Ironie und mehr oder weniger tiefer Bedeutung: ein Feuerwerk an dialektischen Kunstgriffen, aphoristischen Zuspitzungen und sophistischen Haarspaltereien. Zum Schluß schließlich kommen die beiden auch noch auf den Sozialismus zu sprechen – und obwohl Brecht auch hier den spöttischen Ton beibehält, wird er – wie schon am Ende von *Furcht und Elend im Dritten Reich* – nun doch entschieden parteilich. Sozialismus nämlich sei ein Zustand, der »solche anstrengenden Tugenden wie Vaterlandsliebe, Freiheitsdurst, Güte, Selbstlosigkeit« im Grunde so überflüssig mache »wie ein Scheißen auf die Heimat, Knechtseligkeit, Roheit und Egoismus« – nur daß die Anforderungen, die an jene gestellt würden, die diesen Zustand erreichen wollten, sehr groß seien: »Nämlich die äußerste Tapferkeit, der tiefste Freiheitsdurst, die größte Selbstlosigkeit und der größte Egoismus.«

Dispute weitaus mehr als Handlungsablauf und Fabel tragen auch das – neben der *Mutter Courage* – berühmteste Stück Bert Brechts, das *Leben des Galilei,* mit dem wir, was seine Entstehungszeit betrifft, ebenso wie hinsichtlich seiner Thematik und Problematik auf der Schwelle zwischen Exil- und Nachkriegszeit stehen: Die erste Fassung des Galilei entstand 1938/1939 im dänischen Exil, wurde umgearbeitet zur »amerikanischen Fassung« zwischen 1945 und 1947 und erfuhr noch einmal eine tiefgreifende, vor allem die für die Aussage des Stückes entscheidende vierzehnte Szene betreffende Veränderung zwischen 1954 und 1956 in Berlin, wo Brecht inzwischen Prinzipal des Theaters am Schiffbauerdamm geworden war. Unmittelbar Anlaß für die Bearbeitung des Galilei-Stoffes war, so Brecht, eine Zeitungsnotiz: »Die Zeitungen hatten die Nachricht über die Spaltung des Uran-Atoms gebracht«; hiermit aber, das war Brecht von Anfang an klar, war nicht nur in der Geschichte der Naturwissenschaften ein neues Zeitalter angebrochen, und so haben denn auch die Folgen dieser Erfindung – der Abwurf der ersten Atombombe auf Hiroshima und die Erfindung der Wasserstoffbombe – entscheidend auf die Wandlungen eingewirkt, die das Stück zwischen 1938 und 1956 durchgemacht hat. Das Stück besteht aus fünfzehn Szenen, die weitgehend der Chronologie der historischen Ereignisse folgen. Zu Beginn tritt Galilei voller Optimismus auf, überschwenglich das neue naturwissenschaftliche, d. h. aufklärerische Zeitalter begrüßend: »Denn wo der Glaube tausend Jahre gesessen hat, eben da sitzt jetzt der Zweifel.« Trotz seiner genialen Forschungsarbeiten lebt Galilei in sehr bescheidenen materiellen Verhältnissen und muß sich mit List und nicht immer lauteren Mitteln – er plündert Erfindungen anderer und gibt sie als eigene aus – durchschlagen. Auch in politischer Hinsicht ist er eher blind und ignorant: Nach der Entdeckung der Jupiter-Monde, die einen entscheidenden Beweis für die Richtigkeit der kopernikanischen Lehre erbrachten, daß die Erde sich um die Sonne, nicht aber diese um jene sich drehe, unterschätzt er vollständig die kirchenpolitische und gesellschaftliche Brisanz der neuen Theorie. Er verläßt Venedig, um in Florenz seine unbezweifelbaren Beobachtungen überprüfen zu lassen, wird jedoch von den Hofgelehrten an die Inquisition verraten: Die neue Lehre wird auf den Index gesetzt. Nach achtjährigem Schweigen schöpft Galilei neue Hoffnung, als mit dem Papst Urban VIII. ein Wissenschaftler in den Vatikan einzieht. Aber erneut erkennt er nicht, daß seine Forschungen nicht an wissenschaftlichen, sondern an ausschließlich politischen Kriterien gemessen werden; inzwischen nämlich ist seine Lehre populär geworden, und ein Bänkelsänger verkündet auf dem Marktplatz: »Auf stund der Doktor Galilei / Und sprach zur Sonn: Bleib stehn! / Es soll jetzt die creatio dei / Mal andersrum sich drehn. / Jetzt soll sich mal die Herrin, he! / Um ihre Dienstmagd drehn.« Diese Einsicht, daß ein unmittelbarer Zusammenhang besteht zwischen der Erschütterung des alten, von der Kirche vertretenen geozentrischen Weltbildes einerseits und einer gesellschaftlichen Revolutionierung andererseits, die buchstäblich das sozial Unterste nach oben kehren würde, ist denn auch der eigentliche Grund dafür, daß Galilei erneut vor die Inquisition zitiert und unter Androhung der Folter zum

Widerruf gezwungen wird. Damit ist zwar der Handlungsablauf des Stückes an ein Ende gekommen, nicht aber seine Problematik aufgelöst, was ein Vergleich der verschiedenen Fassungen der vierzehnten Szene verdeutlicht: Sie zeigt den gealterten Galilei, der nach seinem Widerruf als Gefangener der Inquisition zwar forschen, nicht aber publizieren darf; ein ehemaliger Schüler, Andrea Sarti, besucht ihn; in der ersten Fassung nun stellt sich heraus, daß Galileis Schweigen auf einer List beruhte – er hat hinter dem Rücken seiner Bewacher seine Lehre niedergeschrieben und veranlaßt Sarti, das Manuskript ins Ausland zu schmuggeln, was dieser mit den Worten kommentiert: »Sie verstecken die Wahrheit. Vor dem Feind. Auch auf dem Gebiet der Ethik waren Sie uns um Jahrhunderte voraus.« – »Das ›atomarische‹ Zeitalter machte sein Debüt in Hiroshima in der Mitte unserer Arbeit. Von heut auf morgen las sich die Biografie des Begründers der neuen Physik anders«, schrieb Brecht nach Abschluß der zweiten, amerikanischen Fassung des Galilei, worin der Ausweg in die List versperrt wird und der Protagonist, erschüttert, erkennen muß: »Ich hatte als Wissenschaftler eine einzigartige Möglichkeit. In meiner Zeit erreichte die Astronomie die Marktplätze. Unter diesen ganz besonderen Umständen hätte die Standhaftigkeit eines Mannes große Erschütterungen hervorrufen können. Hätte ich widerstanden, hätten die Naturwissenschaftler etwas wie den hippokratischen Eid der Ärzte entwickeln können, das Gelöbnis, ihr Wissen einzig zum Wohle der Menschheit anzuwenden.« In der dritten Version schließlich – entstanden nach der Entwicklung der Wasserstoffbombe – wird die These, daß Galilei tatsächlich hätte Widerstand leisten können und müssen, noch verschärft und damit, scheinbar, das Urteil über ihn endgültig gesprochen – am Schluß bleibt ihm allenfalls die Hoffnung, daß der Fortschritt der Naturwissenschaften vielleicht eines Tages auch zu tiefgreifenden gesellschaftlichen Veränderungen führen könnte: »Unglücklich das Land, das keine Helden hat«, sagt Sarti, und Galilei antwortet, trotzig und resignativ zugleich: »Nein, glücklich das Land, das keine Helden nötig hat.«

Thema und Problematik des Stückes sind überaus charakteristisch für die letzte Phase der Exilliteratur: Einerseits steht es in Beziehung mit der durch den Einsatz von Massenvernichtungsmitteln unerhört verschärften Kriegsführung; darüber hinaus war der Wettlauf zwischen Russen und Amerikanern bei der Entwicklung der Atombombe ein massiver, entscheidender Hinweis darauf, daß die Allianz zwischen den USA und der UdSSR unmittelbar nach der Niederwerfung Hitler-Deutschlands zerbrechen und in erbitterte Feindschaft umschlagen würde, womit eine der großen Utopien der

Exilierten, die Vermittlung oder gar Harmonisierung von Sozialismus und westlicher Demokratie endgültig zunichte gemacht wurde; schließlich warf die Debatte um die Verantwortlichkeit der Naturwissenschaftler im atomaren Zeitalter noch einmal in aller Schärfe das Problem auf, welche Rolle den Intellektuellen ganz allgemein in den modernen gesellschaftlichen Systemen zukam, welcher Aktionsraum ihnen blieb und welche Einflußmöglichkeiten sie hinsichtlich gesellschaftlicher Veränderungen überhaupt noch hätten. Daher verwundert es auch nicht, daß die im *Galilei* vorgetragene Problematik in der Literatur nach 1945 heftig und kontrovers weiterdiskutiert wurde, so von Zuckmayer (»Das kalte Licht«), so von Heiner Kipphardt (»In der Sache J. Robert Oppenheimer«) und Friedrich Dürrenmatt (»Die Physiker«). Nicht so sehr die Hoffnung auf eine neue, bessere Welt der durch den gemeinsamen Kampf vereinigten Völker konnte die Exilliteratur den Nachgeboren hinterlassen als vielmehr das zutiefst pessimistische Bewußtsein, daß die Menschheit auch nach dem Sieg über Hitler-Deutschland ihre historische Lektion wieder nur unvollkommen gelernt hatte. Da war für viele europäische und außereuropäische Schriftsteller der nächste Krieg, die nächste Emigration und die nächste Exilliteratur schon wieder in Sicht.

DIE LITERATUR IN DER BUNDESREPUBLIK DEUTSCHLAND

IM UMFELD DER GRUPPE 47

Bis weit in die sechziger Jahre hinein, hauptsächlich aber während der Adenauer-Ära beherrschte die Gruppe 47 das literarische Leben in der Bundesrepublik. Ins Leben gerufen wurde sie eher zufällig: Im September 1947 trafen sich Hans Werner Richter, Alfred Andersch, Walter Kolbenhoff und andere in Bannwaldsee, um die erste Nummer einer neuen Literaturzeitschrift, des *Skorpion*, vorzubereiten.

Diese Zeitschrift sollte an die Stelle des *Ruf* treten, den Richter und Andersch 1946/1947 für einige Monate gemeinsam herausgegeben hatten. Wegen politisch nicht genehmer Tendenzen wurde der *Ruf* von den Amerikanern verboten; deshalb sollte nun der *Skorpion* zum Organ der jungen deutschen Nachkriegsliteratur werden. Aber nicht einmal für die erste Nummer erhielt man die Drucklizenz. Statt dessen beschloß man, sich im November in Herrlingen bei Ulm wiederzutreffen und fortan Lesungen abzuhalten. Was einzelne neu geschrieben hatten, sollte vorgestellt und offen diskutiert werden. So entstand die Gruppe 47, deren unbestrittene Seele Richter war und blieb. Er verschickte jährlich Einladungen an Schriftsteller und Literaturkritiker, die er kannte oder die ihm empfohlen wurden.

Daraufhin traf man sich für drei Tage an einem jedes Jahr wechselnden Ort, um sich der Kritik der Kollegen zu stellen. Eine feste Mitgliedschaft in der Gruppe gab es genausowenig wie eine Satzung; auch existierten keinerlei Vorschriften für die Art von Literatur, die produziert wurde. Die Teilnehmer an den Tagungen waren durchaus nicht immer dieselben. Einige waren dauernd, fast zwanzig Jahre lang dabei, andere schieden aus ideologischen Gründen bereits in den fünfziger Jahren aus, wieder andere kamen erst dann oder noch später hinzu. Insgesamt haben im Laufe der Zeit über 200 Schriftsteller an den Gruppentagungen teilgenommen. Wer vorlas, mußte neben Richter auf dem sogenannten »elektrischen Stuhl« Platz nehmen und nach der Lesung schweigen. Auch die schärfste Kritik war hinzunehmen, ohne daß dem Delinquenten eine Äußerung zur Sache erlaubt gewesen wäre. Derart entwickelte sich die Gruppe 47 sehr schnell zu einer Institution, die nicht zuletzt mit ihren seit 1950 vergebenen Preisen Maßstäbe setzte für literarische Qualität. Berühmte Preisträger waren Günter Eich (1950), Heinrich Böll (1951), Ilse Aichinger (1952), Ingeborg Bachmann (1953), Martin Walser (1955), Günter Grass (1958), Johannes Bobrowski (1962), Peter Bichsel (1965) und Jürgen Becker (1967). Parallel dazu entwickelte sich die Gruppe auch zu einer Art Börse, auf der neue Talente und Bestseller auf Grund all der Reklame und der werbeträchtigen Selbstinszenierung von Literaten und Kritikern überhaupt erst geschaffen wurden. Deshalb und auch, weil einmal durchgefallene junge Autoren kaum noch öffentliche Anerkennung finden konnten, wurde die GRUPPE 47 von außen wie von innen viel kritisiert; zur Kritik gehörte es , daß man die Auflösung voraussah. Diese fand statt, weil es der Gruppe schließlich nicht mehr gelingen konnte, alle aufstrebenden Talente zu integrieren. Symptomatisch dafür ist das gegen die 47er gerichtete Auftreten Peter Handkes auf der Tagung in Princeton 1966.

Zwar konnte Handke die Gruppe immer noch als Forum benutzen, um auf sich aufmerksam zu machen, aber zu Ruhm kam er, wie viele andere mit und nach ihm, außerhalb der Institution, die an ihr Ende gekommen war. Deren letztes reguläres Treffen war 1967 in der fränkischen Pulvermühle. Es wurde gestört von politisch engagierten Studenten, die der GRUPPE 47 eben den Rückzug in den Elfenbeinturm und den Mangel an Gesellschaftskritik vorwarfen, den man in den Nachkriegsjahren hatte vermeiden wollen. Dieser Gründungsperiode gedachte man auf dem Veteranentreffen 1977 in Saalgau, wo die formelle Auflösung der Gruppe verkündet wurde. Abschließend ließ man Wolfdietrich Schnurre mit seiner Erzählung *Das Begräbnis* zu Wort kommen, die bereits 1947 vorgelesen worden war und die zu den bekanntesten Beispielen einer neuen, sprachlich nicht mehr schönen Nachkriegsliteratur gezählt werden kann.

Die Kahlschlag-Periode

Für die neue deutsche Literatur der ersten Nachkriegsjahre haben sich Bezeichnungen eingebürgert wie Trümmerliteratur, Neorealismus, Heimkehrerliteratur oder Literatur des Kahlschlags. Sie meinen in jedem Fall das Programm einer realistischen, auf die Probleme der unmittelbaren Gegenwart bezogenen Literatur. Analytisch sollte sie sein, nicht beschönigend, und dabei ging es nicht nur um neue Inhalte, sondern um eine Sprache, die Wirklichkeit an sich zeigen konnte statt sie in die poetische Verklärung zu entrücken. Solche Literatur sammelte Wolfgang Weyrauch in seiner Prosa-Anthologie *Tausend Gramm* (1949), in deren Nachwort es heißt:

(...) die Kahlschlägler fangen in Sprache, Substanz und Konzeption von vorn an (...) bei der Addition der Teile und Teilchen der Handlung (...) die vom Kahlschlag wissen, (...) daß dem neuen Anfang der Prosa in unserm Land allein die Methode und die Intention des Pioniers angemessen sind. Die Methode der Bestandsaufnahme. Die Intention der Wahrheit. Beides um den Preis der Poesie.

Sollte Literatur ihren Beitrag leisten zum Aufbau einer menschenwürdigen Gesellschaft, so war zu bedenken, daß die schon vorhandene Literatur der älteren Generation einen solchen Anspruch in der Vergangenheit ganz offensichtlich nicht erfüllt hatte. Deshalb versuchte man mit aller Tradition zu brechen und tatsächlich von vorn anzufangen. Der Bruch mit der Tradition kennzeichnet die neu einsetzende literarische Entwicklung bis zum Beginn der fünfziger Jahre. Mit der Vergabe des Preises der GRUPPE 47 an Günter Eich und mit der Tagung in Niendorf 1952, auf der Paul Celan, Ingeborg Bachmann und Ilse Aichinger zum erstenmal öffentlich lasen, änderte sich das Bild: Nach der Gründung der Bundesrepublik im Jahre 1949 traten die unmittelbare Auseinandersetzung mit dem Krieg und seinen Folgen ebenso in den Hintergrund wie das Bedürfnis von Schriftstellern, diese Auseinandersetzung »um den Preis der Poesie« in den Vordergrund ihres Schaffens zu stellen. »Es war so unglaublich schwer, kurz nach 1945 auch nur eine halbe Seite Prosa zu schreiben«, sagte Heinrich Böll. Um 1950 aber hatte man das Schreiben wieder gelernt. Im Umfeld der GRUPPE 47 entwickelte sich die junge moderne Literatur der Bundesrepublik, von der aus betrachtet die Kahlschlag-Periode eine Phase des Umbruchs, der Neuorientierungen und der Schreibübungen ist.

Als wohl berühmtester Vertreter dieser Phase ist WOLFGANG BORCHERT (1921–1947) zu nennen. Sein Stück *Draußen vor der Tür. Ein Stück, das kein Theater spielen und kein Publikum sehen will*, strafte seinen Untertitel Lügen. Es wurde einen Tag nach Borcherts Tod, am 21.11.1947, in Hamburg uraufgeführt und erwies sich, bereits am 13.2. des Jahres als Hörspiel gesendet, neben Carl Zuckmayers *Des Teufels General* (1946) als ein sensationeller Bühnenerfolg. Denn Borchert hatte denen, die aus dem Krieg heimkehrten und sich nicht mehr zurechtfanden, aus der Seele geschrieben.

Das Stück erzählt die Geschichte Beckmanns, der mit steifem Knie und Gasmaskenbrille nach dreijähriger Kriegsgefangenschaft in Sibirien nach Deutschland zurückkehrt.

Beckmann ist »einer von denen, die nach Hause kommen und die dann doch nicht nach Hause kommen, weil für sie kein Zuhause mehr da ist. Und ihr Zuhause ist dann draußen vor der Tür«. Seine Frau findet er mit einem Geliebten, seine Eltern haben sich das Leben genommen, ein Kabarettdirektor will ihm keine Arbeit geben, weil Positives und Optimismus, nicht aber Lieder vom Leiden des Krieges gefragt sind.

Nicht einmal Selbstmord kann Beckmann begehen, weil ihn die Elbe wieder ans Ufer trägt. In einem Traum begegnet er dem lieben Gott als einem alten Mann, den er nach Hause schickt, und auch dem Tod, der ihn nicht haben will. Es stirbt schließlich der Andere, der Doppelgänger Beckmanns, der ihn stets begleitet und der optimistischer und lebensbejahend ist. Beckmann, der sich selbst als den Mörder des Anderen erkennen muß, aber lebt als ein Verratener weiter.

Borchert schildert in Beckmann einen Vertreter der von ihm so genannten »Generation ohne Abschied«, zu der er auch selbst gehörte. Seelisch und körperlich geprägt von seinen Kriegserlebnissen – er zog sich während wiederholter Gefängnisaufenthalte (wegen eines Verdachts auf Selbstverwundung an der Ostfront 1941) eine schwere Leberkrankheit zu –, verfaßte er alle Kurzgeschichten des *Gesamtwerkes* (1949) und des von Peter Rühmkorf herausgegebenen Nachlaßbandes *Die traurigen Geranien* (1962) wie sein berühmtes Stück in der kurzen Zeit zwischen dem erneuten Krankheitsausbruch im Jahre 1946 und seinem Tod. Obwohl Borchert der Theorie nach nicht nur das inhaltliche, sondern auch das sprachliche Programm des Kahlschlags vertrat, weist sein Werk neben der krassen Schilderung der Wirklichkeit doch zahlreiche spätexpressionistisch und surrealistisch zu nennende Elemente auf. Darüber hinaus finden sich in *Draußen vor der Tür* zahlreiche symbolische Aussagen, die nicht nur Bestandsaufnahme der Gegenwart sind, sondern etwas nicht Beobachtbares im Bild verdeutlichen: Das Auftreten Gottes, des Todes oder des Anderen etwa verweist darauf, daß Beckmann nicht einmal durch jenseitige Mächte aus seiner Situation der Sinnlosigkeit und der Verlassenheit erlöst werden kann. Das bedeutet, daß der Bruch mit der Tradition zwar dem Bewußtsein der jungen Schriftsteller entsprach, nicht aber unbedingt dem, was sie in ihrem Werk verwirklichten.

Das hier angedeutete Nebeneinander von Kahlschlag und traditionellem Literaturbegriff ist charakteristisch schon als Frühwerk WOLFDIETRICH SCHNURRES (geb. 1920). Schnurre, der seine Jugend in Berlin verbrachte und dort auch, nach seiner Kriegsteilnahme von 1939 bis 1945, seit 1946 lebt, ist wegen seiner heiteren Kurzgeschichten aus dem Berliner Kleine-Leute-Milieu heute hauptsächlich bekannt als ein unterhaltsamer Lesebuchautor. Aber als ein Mitbegründer der GRUPPE 47, der das Programm der Sprachreinigung konsequent zu verfolgen suchte, zieht er auch das Interesse der Literaturwissenschaft auf sich. In der schon erwähnten Erzählung *Das Begräbnis* (1947) wird in allegorischer Form der Verlust des Glaubens zum Thema: Es handelt sich um das Begräbnis Gottes, den in den Sorgen und existentiellen Nöten der Nachkriegsjahre niemand mehr braucht. Auffällig im Vergleich zum Thema ist die Sprache; Schnurre schreibt einen sehr lapidaren, umgangssprachlichen Stil ohne schmückende Adjektive, ohne Begriffe, deren Inhalte im Nationalsozialismus pervertiert worden waren – wie zum Beispiel der Begriff »Glaube« selbst. Das Bemühen, die Sprache auf ihre Tauglichkeit hin zu überprüfen und so zu benutzen, daß Wort und gemeinte Wirklichkeit völlig übereinstimmten, mag eine Passage aus dem *Begräbnis* verdeutlichen.

s Friedhofstor quietscht, wie ich's zumach. Am Zaun is n Zettel aufgespießt. Reiß ihn ab; Stück Zeitungspapier, Inseratenteil, weich vom Regen. Links sucht die Patria-Bar n eleganten Kellner mit eigener Wäsche; rechts tauscht einer n Bettlaken gegen ne Bratpfanne ein. Dazwischen, schwarzer Rand, Traueranzeige:

VON KEINEM GELIEBT, VON KEINEM GEHASST, STARB HEUTE NACH LANGEM, MIT HIMMLISCHER GEDULD ERTRAGENEM LEIDEN: GOTT.

Dreh mich um.

Der eine Totengräber is ins Loch reingesprungen und trampelt die Erde fest. Der andre schneuzt sich und schlenkert n Rotz von den Fingern.

Auch in den anderen Kurzgeschichten der Nachkriegsjahre blieb Schnurre bei den Themen des Krieges, der leidenden Menschen; er stellt keine Helden dar, sondern ins Unglück Verstrickte. Solche Geschichten, seine besten, finden sich in den drei Sammelbänden *Die Rohrdrommel ruft jeden Tag* (1950), *Eine Rechnung, die nicht aufgeht* (1958) und *Man sollte dagegen sein* (1960). In und neben Texten mit den genannten Grundthemen, die in den fünfziger Jahren erweitert und auf Politik und Gesellschaft der Bundesrepublik bezogen werden, findet sich aber nicht nur der umgangssprachliche Lapidarstil. Magisch realistisch oder surrealistisch verfahrend, setzt Schnurre oft Tiere an die Stelle der Menschen und erinnert damit durchaus an die Fabeldichter des 18. Jahrhunderts. Nur zeigen schon seine Satiren *Sternstaub und Sänfte* (1953), die 1962 unter dem Titel *Die Aufzeichnungen des Pudels Ali* fortgeführt wurden, daß Schnurre weit entfernt ist von der aufklärerischen Auffassung Rousseaus, daß Menschen und Tiere im Naturzustand gut seien. In *Das Los unserer Stadt* (1959), einem chronikartigen Roman, der wie *Als Vaters Bart noch rot war* (1958) aus einer Folge mehr oder weniger surrealistischer Geschichten besteht, hat Schnurre das Tier, das im Gegensatz zum Menschen immerhin noch als manierliches Fabeltier erscheint , endgültig verabschiedet und statt seiner das Alptraumtier Goyas eingeführt. Grenzt der Humor oft an Grausamkeit, indem er den Menschen seiner Würde entkleidet, so liegt das an Schnurres Überzeugung, das Nichtvorhandensein dieser Würde so würgend gestalten zu müssen, »daß der Leser es ist, der atemlos fordert«. Die epigrammatischen Gedichte *Kassiber* (1956, erw. mit dem Untertitel »Formel und Dechiffrierung« 1964, noch einmal erweitert

1979) tragen ihren Titel als Erkennungsbotschaften zwischen verschiedenen Zellen in einem großen Gefängnis. Als solches begreift Schnurre die Konsum- und Wohlstandsgesellschaft, gegen die er rebelliert. Dies gelingt ihm am besten im Rahmen der kleinen literarischen Form; sein umfangreiches, von der Kritik hochgelobtes Buch *Der Schattenfotograf* (1978), das als Denk- und Gedenkbuch eine Bestandsaufnahme der Zeit sein soll, wird dem umfassenden Anspruch des Autors nicht ganz gerecht. Schnurre bleibt der Meister des Lapidaren über die Kahlschlag-Periode hinaus.

Diese erhielt, wie schon erwähnt, ihren Namen von WOLFGANG WEYRAUCH (1907–1980), der erst im Jahre 1951 zur GRUPPE 47 stieß. Zwar gehörte er dem Alter nach nicht zur jüngeren Generation; auch hatte er vor dem Krieg bereits zwei größere Arbeiten veröffentlicht (»Der Main«, 1934 und »Strudel und Quell«, 1938). Aber nach seiner Rückkehr aus russischer Kriegsgefangenschaft 1945 beschloß Weyrauch einen völligen Neuanfang, was die eigene literarische Produktion betraf. Als freier Schriftsteller lebte er erst ab 1959; von 1952 bis 1958 arbeitete er als Lektor beim Rowohlt-Verlag. In dieser Funktion konnte er im Literaturbetrieb vermittelnd und fördernd wirken. 1961 erhielt er den Hörspielpreis der Kriegsblinden für sein Hörspiel *Totentanz*, seit 1968 vergab er den Leonce-und-Lena-Preis für Lyrik. An seinem literarischen Schaffen nach 1945, das Erzählungen, Gedichte, Hörspiele umfaßt, läßt sich der an deutscher Literatur selten zu beobachtende Versuch ablesen, »das unmittelbare Engagement mit der Progression formaler Neuerungen in Einklang zu halten« (Helmut Heißenbüttel). So fiel Weyrauch schon 1946 auf mit seinem Prosastück *Auf der bewegten Erde*, in dem er die Perspektive des Erzählers, der um die Themen des Soldatseins, des Krieges, der Gefangenschaft kreist, überführt in einen inneren Monolog mit immer neuen Assoziationen, aus denen schließlich ein neues Lebensgefühl entsteht. Ufern jedoch bereits auf diesen nur 26 Seiten die formalen Neuerungen streckenweise in bloße rhetorische Kunststücke aus, so ist das in folgenden Werken noch mehr der Fall: Nicht frei von sprachlichem Pathos und von Klischees gerät Weyrauch zuweilen ins Moralisieren; das Experimentieren mit neuen Formen fällt häufig auf als Verpackung, die der Vermittlung der Inhalte, um die es geht, eher schadet als nützt. Das kann man an Weyrauchs Lyrikbänden (»Von des Glücks Barmherzigkeit«, 1947; »Lerche und Sperber«, 1948; »An die Wand geschrieben«, 1950; »Expeditionen«, 1959) feststellen. Prosasammlungen, in denen Weyrauch recht geschickt mit neuen Stilen und Formen experimentiert, sind die dreizehn Geschichten in *Mein Schiff, das heißt Taifun* (1959) oder die Hörspielsammelbände *Dialog mit dem Unsichtbaren* (1962) und *Das grüne Zelt* (1963). Als einen Höhepunkt des Programms, Engagement und literarisches Experiment zu vereinigen, kann man den Prosatext *Etwas geschieht* (1966) betrachten: In ganz unterschiedlichen Textpartikeln, wie Monologen, Dialogen und Einschüben, werden Planung und Hintergründe eines Protestmarsches vorgeführt. Auch der wichtige Sammelband *Mit dem Kopf durch die Wand* (1972, erweitert 1977) zeigt, daß Weyrauchs Texte unter beiden Aspekten seines Programms aktuell geblieben sind.

Ganz anders steht es mit dem zeitkritischen Werk HANS WERNER RICHTERS (geb. 1908), der die Kahlschlag-Periode mit den Anfängen der von ihm gegründeten GRUPPE 47 gleichsetzte. Berühmt und beliebt war und ist er als deren ruhender Pol und Organisator; als Schriftsteller trat er selbst neben den anderen in den Hintergrund. Das lag auch daran, daß er eher ein politisch engagierter Publizist mit literarischem Ehrgeiz denn Literat war; erst Richters Altersprosa jedenfalls zeigt literarische Qualitäten, die sie nicht nur zeitgebunden erscheinen lassen. Die Romane der Nachkriegsjahre, *Die Geschlagenen* (1949) und *Sie fielen aus Gottes Hand* (1951) haben den Krieg zum Thema, gegen den sie sich richten. Im zweiten genannten Roman werden die Jahre 1939 bis 1950 am Beispiel dreizehn verschiedener Lebenswege und Schicksale in einem breiten Panorama entfaltet. In *Linus Fleck oder der Verlust der Würde* (1959) hingegen schildert Richter die Nachkriegszeit und die Anpassung des Menschen an die Besatzungsmacht wie an die sich herausbildende Wohlstandsgesellschaft auf Kosten der persönlichen Integrität. Im Sinne des Kahlschlags ist die Sprache rüd, lapidar, keinesfalls schön; in *Die Geschlagenen* sind ganze Passagen im Soldatenjargon geschrieben. Daneben fällt ein anderes Charakteristikum des Kahlschlags auf: Richter wie andere Autoren schreiben zwar politisch engagiert, nicht aber parteipolitisch gebunden. Man versuchte, rechte wie linke Ideologien gleichermaßen zu vermeiden, weil man meinte, daß kein theorien- oder parteigeprägtes Denken der Wirklichkeit gerecht werden könne. Die spätestens in den 60er Jahren als problematisch erkannte Auffassung, daß ideologiefreies Schreiben möglich sei, läßt sich bei Richter, Andersch und auch Kolbenhoff aus deren Biographien erklären. Alle gehörten vor dem Krieg der kommunistischen Partei an und wandten sich enttäuscht von ihr ab, als sie nichts ausrichtete gegen den Nationalsozialismus. Während des Krieges, in amerikanischer Kriegsgefangenschaft, verbrachten sie einige Zeit in den sogenannten Antifa-Lagern, den antifaschistischen Lagern, und waren so zutiefst davon überzeugt, daß Freiheit und Demokratie verwirklicht werden mußten. Das konnte sich dann später auch gegen die Politik der Bundesregierung oder gegen die junge Linke in der Bundesrepublik richten: Im Januar 1976 zum Beispiel veröffentlichte Andersch in der *Frankfurter Allgemeinen Zeitung* ein Gedicht *Artikel 3 (3)*, das sich gegen die Berufsverbote richtete, und löste damit heftigen Protest in der Öffentlichkeit aus. Oder Richter schrieb den Erfahrungsbericht *Briefe an einen jungen Sozialisten* (1974), in dem er Kritik an der jungen Linken übte vor dem Hintergrund eigener Erfahrungen mit einem ideologischen Denken, das sich selbst verabsolutierte. Wie Richter seinem Denken treu blieb, so auch seiner Thematik: Der Roman *Die Stunde der falschen Triumphe* (1981) zeigt in Parabeln und modellhaften Szenen, wie einfache Menschen im Dritten Reich, in mancherlei Abhängigkeiten verfangen, lebten und überlebten; in dem Roman *Ein Julitag* (1982) geht es auch um ein Verstehen der nationalsozialistischen Zeit anhand der Gegenüberstellung zweier Brüder, von denen einer die Funktion des Beobachters, der andere die des Betroffenen hat. Als gelungenstes Alterswerk, weit entfernt von der Kahlschlagsprache des Anfangs, kann man Richters Buch *Die Flucht nach Abanon* (1980) kennzeichnen. In einem sehr verhaltenen Stil beschreibt Richter die Begegnung eines alternden Schriftstellers mit einer Schauspielerin, die das Älterwerden und den Verlust aller Rollen nicht verwinden kann und schließlich Selbstmord begeht. Reales Vorbild dieser Figur ist die Schauspielerin Gertrud Kückelmann. An die Stelle unmittelbarer zeitpolitischer Problematik treten in diesem Roman die Selbstreflexion und die Annäherung zweier Personen, die doch einander fremd bleiben.

Wie das Werk Richters, so ist auch das WALTER KOLBENHOFFS (geb. 1908), gemessen an anderen, von nicht sehr großer Bedeutung. Kolbenhoff, der seinen Namen nach seiner Emigration über Amsterdam nach Kopenhagen 1933 als Pseudonym für Walter Hoffmann annahm, war 1929 in Berlin der KPD beigetreten und war eines der jüngsten Mitglieder des Bundes Proletarisch Revolutionärer Schriftsteller (BPRS) gewesen. In Kopenhagen veröffentlichte er auf Anregung Wilhelm Reichs sein erstes Buch *Untermenschen* (1933), eine Sozialanklage gar nicht im Sinne der Partei, die ihn 1940 hieß, der Wehrmacht beizutreten, um dort subversiv zu wirken. Kolbenhoff geriet in amerikanische Kriegsgefangenschaft, lernte im Lager Richter und Andersch kennen und kehrte der Partei den Rücken. Seit 1946 lebt er wieder in München, heute als freier Schriftsteller in München-Germering. Berühmt ist Kolbenhoff als Mitbegründer der GRUPPE 47 und wegen seiner beiden der Kahlschlag-Periode zuzurechnenden Trümmerromane *Von unserem Fleisch und Blut* (1947) und *Heimkehr in die Fremde* (1949). Im ersten Roman geht es um das faschistisierte Bewußtsein eines 17jährigen »Werwolfs«, der kurz vor der Kapitulation, anders als seine Umwelt, nicht verstanden hat, daß der Krieg zu Ende ist; im zweiten Roman werden am Beispiel typisierter Individuen die ersten Nachkriegsjahre geschildert. In der Folge schrieb Kolbenhoff, der wie Richter mehr Publizist als Schriftsteller ist, sehr wenig. 1960 veröffentlichte er den Kriminalroman *Die Kopfjäger*, dessen Themen um Menschenraub für die Fremdenlegion und um Korruption in der Bauindustrie kreisen. In dem Report *Das Wochenende* (1970) thematisiert Kolbenhoff dann den Gegensatz zwischen zwei Bauarbeitern und einem auf die Emanzipation der Arbeiterklasse bedachten Studenten; beide Seiten verstehen sich nicht. Aber das Buch, kurz nach der Studentenrevolte 1968 erschienen, fand in der Öffentlichkeit kaum Resonanz, weil Kolbenhoff selbst fast vergessen war.

Alfred Andersch (1914–1980) hingegen blieb, ob als Ärgernis oder nicht, im öffentlichen Bewußtsein. Als kommunistischer Jugendleiter kam er 1933 ins KZ Dachau und verließ nach seiner Entlassung die Partei aus Ärger darüber, daß sie nicht zum notfalls bewaffneten Kampf gegen den Nationalsozialismus aufrief. Von der Wehrmacht desertierte er; die Jahre 1944/1945 verbrachte er in amerikanischer Krieggefangenschaft, wo er Richter und Kolbenhoff kennenlernte. Die Gruppe 47 verließ er 1958 aus Protest dagegen, daß aus einer gesellschaftskritischen Institution eine Börse des Literaturbetriebs geworden war. Die Bundesrepublik verließ Andersch schließlich ebenfalls. Er ließ sich nieder in Berzona/Locarno und erhielt 1972 die Schweizer Staatsbürgerschaft. Bis ans Ende seines Lebens verfocht Andersch eine Haltung der Humanität, die sich gegen jede Art gedanklicher und politischer Unfreiheit oder Beeinflussung zur Anpassung an vorgegebene Muster richtete. Dies zeigt schon sein Essay *Deutsche Literatur in der Entscheidung* (1948), mit dem er seinen Beitrag zur Theorie der Kahlschlag- oder Trümmerliteratur lieferte. Noch deutlicher wird Anderschs Haltung in seinen Romanen, die, abgesehen von einigen Hörspielen (»Fahnenflucht«, 1965) und Reiseberichten (»Wanderungen im Norden«, 1962; »Aus einem römischen Winter«, 1966), sein Hauptwerk darstellen. Das autobiographische Buch *Kirschen der Freiheit* (1952), das mit der Desertion an der italienischen Front 1944 endet, macht Anderschs Freiheitsbegriff schon recht früh deutlich: Freiheit ist gebunden an eine Flucht aus Verhältnissen, unter denen der einzelne leidet. Aber es ist nie eine Flucht aus der Wirklichkeit, sondern immer eine, die wieder in die Wirklichkeit zurückführt. Freiheit als Befreiung von der Wehrmacht führt in amerikanische Kriegsgefangenschaft.

Auch der Roman *Sansibar oder der letzte Grund* (1957) hat die Befreiung vom Nationalsozialismus zum Thema. Die Hauptfigur Gregor wendet sich von der kommunistischen Partei ab, um Widerstand gegen das Dritte Reich zu leisten. Auf dem Weg ins Ausland kehrt er freiwillig um, um nicht Menschen zu gefährden, die ein jüdisches Mädchen retten wollen. Symbol für den Widerstand im Roman ist die Skulptur eines lesenden Klosterschülers, die als »entartete Kunst« vor den Nazis gerettet wird. Anderschs Kritik an der Bundesrepublik der sechziger Jahre zeigt sein Roman *Efraim* (1967). Der Ich-Erzähler ist ehemaliger jüdischer Emigrant, der in London Journalist wurde. Mittels assoziativer Techniken werden, im Stil des »nouveau roman«, Orte, Zeiten, Beschreibungen und Reflexionen miteinander verbunden und so ineinander verwoben, daß ein sehr komplexes Bild von Gegenwart und Vergangenheit der Bundesrepublik entsteht. 1974 veröffentlichte Andersch seinen Roman *Winterspelt*, der wie schon *Die Rote* (1960) zeigt, daß Frauen die Befreiung aus Strukturen der Abhängigkeit eher gelingt als den häufig scheiternden Männern. Im Todesjahr des Autors schließlich erschien sein Roman *Der Vater eines Mörders* (1980), der sich auf den Vater Himmlers, Gebhard Himmler, bezieht. Wegen der Eingängigkeit seines Erzählens war und ist Andersch ein viel gelesener Autor nicht nur in der Bundesrepublik, sondern auch im Ausland. Seine Beliebtheit gerade in den kommunistischen Ländern beruht nicht zuletzt darauf, daß er, wie zum Beispiel auch Heinrich Böll, das unmittelbare moralisch-politische Engagement der Kahlschlag-Periode nie aufgab. Daß solches Engegement im Rahmen der GRUPPE 47 sich wandelte in eine Protesthaltung literarischer Verweigerung statt Beschreibung der bestehenden Wirklichkeit, dokumentiert die dichterische Entwicklung Günter Eichs.

Günter Eich

Im Unterschied zu anderen Gründungsmitgliedern der GRUPPE 47 hatte sich Eich, geboren 1907 in Lebus an der Oder, nie parteipolitisch gebunden. Nach seinem Abitur im Jahre 1928 studierte er Sinologie und Volkswirtschaft in Berlin und Paris; aber sein letzter Versuch, mittels eines Ökonomiestudiums eine bürgerliche Stellung zu erreichen, scheiterte. Nachdem er bereits 1930 einen Band *Gedichte* veröffentlicht hatte, lebte er seit 1932 als freier Schriftsteller; ab 1933 übernahm er Auftragsarbeiten für den Rundfunk. 1939 wurde Eich, der zugunsten einer Autonomie der Kunst jede politische und gesellschaftspolitische Verantwortlichkeit des Schriftstellers ablehnte und Kommunisten wie Nationalsozialisten gleichermaßen verachtete, Soldat; von 1945 bis 1946 war er in amerikanischer Kriegsgefangenschaft. Nach Deutschland zurückgekehrt, zog er nach Geisenhausen bei Landshut. 1953 heiratete er Ilse Aichinger, die nach seinem Tode Ende 1972 Eichs *Gesammelte Werke* (1973) herausgab. Das Ehepaar wohnte zuletzt, zurückgezogen vom Literaturbetrieb, in Groß-Gmain bei Salzburg.

Eich, der zu den großen Dichtern der Gegenwart zu zählen ist, kam zu Ruhm auf Grund unterschiedlicher Richtungen, die sein Werk nahm, und auf Grund ebenso unterschiedlicher Wirkungen, die es zeitigte. Seine Nachkriegslyrik gilt seit Wolfgang Weyrauchs Einschätzung und Darlegung von 1949 als Prototyp der Kahlschlagpoesie; in den fünfziger Jahren war Eich der meistgespielte Hörspielautor, der auch manchen Hörerprotest hervorrief. Sein Hörspiel *Träume* zum Beispiel, für das er 1952 den Hörspielpreis der Kriegsblinden erhielt, hatte wegen seiner Schreckensvisionen vom allgemein sozialen und individuellen Bösen eine Flut empörter Hörerbriefe zur Folge. In den späteren sechziger Jahren schrieb Eich dann schwer verständliche kurze Prosastücke, die von Welt-, Menschen- und Sprachüberdruß gekennzeichnet sind. Diese Texte *Maulwürfe, Prosa* (1968), aus denen Eich las, waren 1967 beim letzten regulären Treffen der GRUPPE 47 das große literarische Ereignis und führten in der Folge zu heftigen Auseinandersetzungen in der Kritik. Neben dem ersten Preis der Gruppe, den Eich 1950 erhalten hatte, wurden ihm auch der Georg-Büchner-Preis (1959) und der Schiller-Gedächtnispreis (1968) zugesprochen.

Eichs Ruf als ein Vertreter des Kahlschlags gründet vor allem auf seinem Lyrikband *Abgelegene Gehöfte* (1948). Dort finden sich das berühmte *Latrinen*-Gedicht, in dem die eingängigen Volksliedstrophen schrill unterbrochen werden durch schockierende Reime: Zum Beispiel wird »Urin« auf »Hölderlin« gereimt, und das Gedicht *Inventur*, das nachgerade zum Demonstrationsobjekt des Kahlschlags geworden ist.

Dies ist meine Mütze,
dies ist mein Mantel,
hier mein Rasierzeug
im Beutel aus Leinen.

Konservenbüchse:
Mein Teller, mein Becher,
ich hab in das Weißblech
den Namen geritzt.
(...)

Im Brotbeutel sind
ein Paar wollene Socken
und einiges, was ich
niemand verrate,

so dient er als Kissen
nachts meinem Kopf.
Die Pappe hier liegt
zwischen mir und der Erde.

Die Bleistiftmine
lieb ich am meisten:
tags schreibt sie mir Verse,
die nachts ich erdacht.

Dies ist mein Notizbuch,
dies meine Zeltbahn,
dies ist mein Handtuch,
dies ist mein Zwirn.

Das Ich, das hier eine Bestandsaufnahme dessen macht, was ihm im Krieg oder kurz danach übriggeblieben ist, vergewissert sich selbst der kleinsten Dinge, die es bei sich trägt; Wirklichkeit erscheint reduziert auf den unmittelbaren Bereich des Individuums, dem die Dinge, die zu ihm gehören, nicht mehr selbstverständlich sind. Denn sie müssen benannt werden. Der Reduktion des Besitzes auf das Lebensnotwendigste entspricht die Reduktion der Sprache, die nur nach dem Hinweis auf Vorhandenes und dessen Benennung dient; die Bestandsaufnahme bezieht sich auch auf die Wörter, deren Möglichkeit, zur Orientierung in der Wirklichkeit beizutragen, überprüft wird. Daß die Sprache des Gedichts und ihre Tragfähigkeit in *Inventur* selbst zum Thema gemacht wird, zeigt nicht zuletzt die vorletzte Strophe.

Aber nicht nur in seinen Vorkriegsgedichten, sondern selbst in *Abgelegene Gehöfte* zeigt sich, daß Eich durchaus auch in der Tradition der Naturlyrik nach Oskar Loerke und Wilhelm Lehmann steht. Denn der größere Teil der Gedichte sind keine des Kahlschlags; es sind Naturgedichte. Zwar ist Natur auch hier noch Fluchtpunkt, der geheimnisvolle Bereich des Ewigen, in dem das Vergängliche, der Mensch, aufgehoben wird. Aber im Unterschied zur Lyrik der dreißiger Jahre werden die Bilder konkreter und die Aussagen nüchterner. Beobachtbar wird ein Mißtrauen gegen die Tradition. Gegen diese wendet sich Eich immer stärker: In der Sammlung *Untergrundbahn* (1949) werden Stadt und Zivilisation, nicht die Natur thematisch. Wo diese erscheint, wird sie erstmals auch negativ, den Menschen schädigend gespiegelt. Mensch und Natur werden einander gegenübergestellt, und der Mensch kann nicht mehr aufgehen im Ewigen, sondern bleibt den Gesetzen des

Todes und der Vergänglichkeit unterworfen. Der gegen die Tradition gerichtete Desillusionierungsprozeß setzt sich fort mit dem Lyrikband *Botschaften des Regens* (1955). Zwar wird die Natur nicht mehr feindlich erfahren, aber sie ist jetzt auch kein Fluchtpunkt des Ewigen mehr. Wie der Mensch, ist nun auch sie den Gesetzen von Tod und Vergänglichkeit unterworfen. Das heißt, sie kann nicht mehr als Ausweg aus einer unerträglichen Existenz gesehen werden, in ihr liegt keine Antwort mehr. Die Botschaften, die Natur aus einem anderen, erlösenden Bereich vermitteln könnte, werden nicht wahrgenommen; hingegen liegen Botschaften des Unglücks, Leids oder Unerlöstseins in den Naturzeichen. Mit dieser Entwicklung in der Naturauffassung hängt Eichs zunehmende Sprachskepsis zusammen. Eich verstand Dichten als ein Übersetzen aus der Ursprache des Lebens. In seiner Rede vor den Kriegsblinden anläßlich der Verleihung des Hörspielpreises 1952 sagte er: »Jedes Wort bewahrt einen Abglanz des magischen Zustandes, wo es mit (...) der Schöpfung identisch ist. Aus dieser Sprache, dieser nie gehörten und unhörbaren, können wir gleichsam immer nur übersetzen, recht und schlecht und jedenfalls nie vollkommen.« Aber er mußte sich immer mehr davon überzeugen, daß die poetische Sprache solchen Ansprüchen nicht gerecht werden konnte. Der Sprachoptimismus, den selbst ein Gedicht wie *Inventur* mit seiner die Dinge erst erschaffenden Sprache noch erkennen läßt, wurde so allmählich aufgegeben. An seine Stelle traten eine Resignation und eine Absage an die Natur, den Menschen, die Wirklichkeit und die Sprache der Dichtung als eine, die zwischen den Bereichen vermitteln sollte. Dieser Sprache selbst verweigerte sich Eich in seiner späten Schaffensphase ebenso wie den Menschen. Die lyrische Sprache wird reduziert, verknappt bis auf einen Punkt, der keine weiteren Reduktionen zuläßt. Auf Sinnzusammenhänge wie auf die Beibehaltung der strengeren strophischen Gliederung der früheren Gedichte oder wenigstens der freieren Form der Zeilengedichte wird verzichtet. Auch hält Eich Mensch und Gesellschaft für unveränderbar und schlecht. Was sich in seinem Gesamtwerk abzeichnet, tritt in der späten Lyrik ganz offen hervor: Die Geste der Verweigerung als eine Geste des Protestes gegen eine Welt der Sinnlosigkeit. Für diese Entwicklung sind die späten Lyrikbände *Zu den Akten* (1964), *Anlässe und Steingärten* (1966) und die postum veröffentlichten Gedichte *Aus Seumes Papieren* (1972) bezeichnend.

In den Gedichten von 1964 werden die Versuche, aus der Ursprache zu übersetzen, in der Tat zu den Akten gelegt; alle Hoffnungen und ihr Scheitern werden ohne weitere Erläuterungen beiseite geschoben. Dabei läßt sich auch ein harscher Ton des Überdrusses am Menschen wie an der

Gesellschaft feststellen. In der Sammlung von 1966, in der Eich die lyrische Aussage noch weiter verkappt, finden sich dann Gedichte, die auf assoziativ-meditativen Gedanken beruhen und rational kaum noch zu entschlüsseln sind. Eine Art von Gelassenheit, ein Akzeptieren der Tatsache, daß der Mensch und auch die Sprache der Lyrik auf ewig getrennt sind von dem zeitlosen Bereich einer absoluten Wirklichkeit ohne Vergänglichkeit und Tod hingegen zeigt sich an den letzten Gedichten.

Auch an den Hörspielen Eichs läßt sich die beschriebene Entwicklung der Welt- und Sprachskepsis ablesen. Bis um die Mitte der 50er Jahre entstanden solche Hörspiele, die mehr oder weniger dem magischen Realismus verpflichtet sind. Schon in der Kahlschlag-Periode wollte man nicht nur die Oberflächenwirklichkeit, sondern zugleich die Kräfte und Mächte literarisch sichtbar machen, die in der Wirklichkeit verborgen liegen und sie regieren. Deshalb konnten schon in den ersten Jahren der GRUPPE 47 eine Beschreibungsliteratur, die sich nur auf Beobachtbares bezog, und eine Literatur, die durch eingeschobene Träume oder Visionen eine tiefere, in der Wirklichkeit liegende Wahrheit zeigen wollte, widerspruchsfrei nebeneinander bestehen. Zu dieser Richtung gehören Eichs Hörspiele: Durchsetzt mit lyrisch-poetischen Elementen, thematisieren sie Bedrohungen, die hinter der Realität des Menschen liegen und die von diesem nicht wahrgenommen werden. Zu solchen Bedrohungen gehören die Verunsicherung über die eigene Identität, deren Verlust oder deren Vertauschung, ein bekanntes oder unbekanntes Schicksal, das akzeptiert werden muß; oder das unveränderbare Böse an sich, das in Angstvisionen wahrgenommen wird. Das letzte ist Thema des Hörspiels *Träume* (Erstsendung 1951, gedr. 1953), dessen Schlußverse zeigen, mit welcher Absicht Eich verborgen Bedrohliches offenlegen wollte:

Nein, schlaft nicht, während die Ordner der Welt geschäftig sind!
Seid mißtrauisch gegen ihre Macht, die sie vorgeben für euch erwerben zu müssen!
Wacht darüber, daß eure Herzen nicht leer sind, wenn mit der Leere eurer Herzen gerechnet wird!
Tut das Unnütze, singt die Lieder, die man aus eurem Mund nicht erwartet!
Seid unbequem, seid Sand, nicht das Öl im Getriebe der Welt!

Diese Verse wurden berühmt; noch in der Studentenbewegung berief man sich auf sie. Sie verweisen auf das moralische, nicht politisch-aktionistische Engagement Eichs, der seine Hörer ja nicht zu einem bestimmten politischen Handeln, sondern zur Verweigerungshaltung gegenüber einer allzu mechanisch geregelten Gesellschaft aufruft. Das ist in den späteren Hörspielen, die allein der späte Eich schließlich noch gelten ließ, nicht mehr der Fall. Zu ihnen gehören *Die Stunde des Huflattichs* (1956), *Meine sieben jungen*

Freunde (1960), *Man bittet zu läuten* (1964) und *Zeit und Kartoffeln* (1971). Der Titel des Sammelbandes *In anderen Sprachen* (1964), in dem die drei erstgenannten Hörspiele zusammen mit *Blick auf Venedig* erschienen, verdeutlicht, daß hier wie auch in der Lyrik das Versagen von Sprache als Hilfsmittel zur Orientierung in der Wirklichkeit zum Hauptthema wird. *Die Mädchen aus Viterbo* (1952) und andere bekannte Hörspiele der frühen 50er Jahre, wie *Geh nicht nach El Kuwehd!* (1950), *Die Andere und ich* (1951), *Der Tiger Jussuf* (1952) und *Die Gäste des Herrn Birowski* (1952), lassen jedoch noch eine ähnliche Absicht erkennen wie *Träume*. Die meisten Hörspiele dieser Art, zu denen auch *Die Brandung vor Setúbal* (1957), *Allah hat hundert Namen* (1957) und *Festianus, Märtyrer* (1958) gehören, sind gesammelt in dem Band *Stimmen* (1958).

Die späten Prosatexte Eichs, die *Maulwürfe*, beziehen sich auf nahezu beliebige Gegenstände und demonstrieren die Auflösung von Sprache und nachvollziehbaren Gedankengängen. Der Autor löst zum Beispiel das Alphabet auf, kombiniert neue Wörter, verfremdet bekannte Sinnzusammenhänge oder macht Vertrautes in überraschenden Bildern sichtbar. Es scheint, als ob Eich mit diesen Texten, deren Länge von einigen Seiten bis zu wenigen Zeilen variiert, der Sprache eine gewisse spielerische, dabei verwirrende und den Leser irritierende Freiheit zurückgewonnen hat. Nach den ersten *Maulwürfen* (1968) erschienen noch *Ein Tibeter in meinem Büro. 49 Maulwürfe* (1970) und *Gesammelte Maulwürfe* (1972). Eine Botschaft haben sie nicht, hingegen machen sie oft den Überdruß und die Gleichgültigkeit deutlich, die für den späten Eich kennzeichnend sind. Er wählte nicht den Weg des Verstummens, der eigentlich in der Konsequenz seiner Entwicklung gelegen hätte. Statt dessen zeigte er sein Nichteinverstandensein mit der Welt in einer selbst die Sprache umfassenden Geste der Verweigerung.

Repräsentativ für die Literatur der 50er Jahre ist die Entwicklung Eichs insofern, als viele Schriftsteller, enttäuscht über die Richtung, in der sich die bundesrepublikanische Gesellschaft verfestigte, sich in eine Verweigerungshaltung begaben. Sie zogen sich zurück in eine abstraktere, die Wirklichkeit nicht mehr direkt abbildende Literatur. Im Zuge dieser Tendenz, die sich erst gegen Ende der 50er Jahre änderte, wurde Franz Kafka zum großen Vorbild in der Prosaliteratur. In der Lyrik zeichneten sich verschiedene Tendenzen ab. Diese kommen zur Sprache, wenn im folgenden die wichtigsten Lyriker der Gruppe 47 vorgestellt werden: Wolfgang Bächler, Ingeborg Bachmann, Helmut Heißenbüttel, Walter Höllerer, Hans Magnus Enzensberger, Peter Rühmkorf und Erich Fried. Johannes Bobrowski, der Preisträger von 1962,

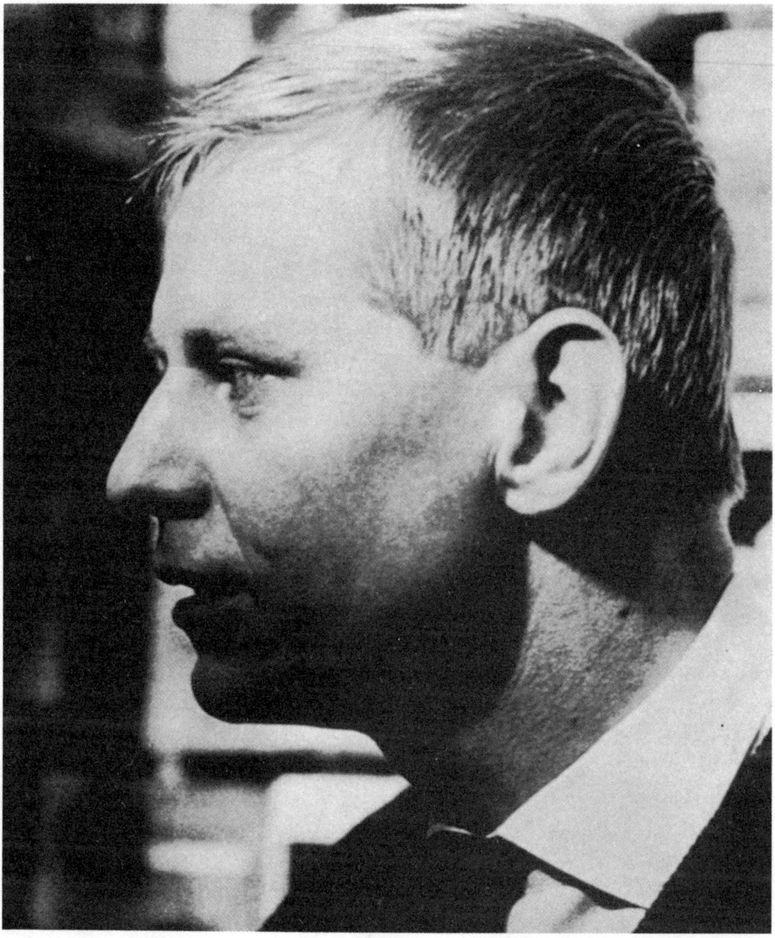

Zeitkritische Gedichte und Essays schreibt der Lyriker Hans Magnus Enzensberger (geb. 1929).

Die Österreicherin Ingeborg Bachmann (1926–1973) gehört zu den bedeutendsten deutschsprachigen Lyrikern der Gegenwart.

Oskar Loerke (1884–1941).

rechts oben: Karl Krolow (geb. 1915).

Albin Zollinger (1895–1941).

Der Lyriker und Hörspielautor Günter Eich (1907–1972).

wird als ein Schriftsteller der DDR in anderem Zusammenhang charakterisiert.

Lyriker der GRUPPE *47*

Jüngstes Gründungsmitglied der GRUPPE 47 war WOLFGANG BÄCHLER (geb. 1925). Nach dem Krieg, in dem er schwer verwundet wurde, studierte er Germanistik und Romanistik in München. Nach einer depressiven Erkrankung, die als persönliche Erfahrung von Angst und Bedrohung in einer zweifelhaften Realität in Bächlers Lyrik faßbar wird, lebte er zehn Jahre lang, von 1956 bis 1966, in Frankreich. Seit 1967 wohnt er wieder in München, wo er gelegentlich Rollen in Filmen von Rainer Werner Fassbinder, Volker Schlöndorff und Werner Herzog übernahm. In seinen ersten Lyrikbänden *Tangenten am Traumkreis* und *Die Zisterne* (beide 1950) wählte Bächler eine Sprache, die dem Lapidarstil der Kahlschlag-Periode entgegengesetzt war. Strenge Formen und Reimschemata, daneben eine hohe und gefühlsbeladene Stillage, die Wirklichkeit nicht beschreibt, sondern in mythische Bilder überhöht, kennzeichnen seine frühen Gedichte, denen der Lyriker Karl Krolow eine »verquollene Bildwelt« attestierte. In den darauf folgenden Jahren jedoch fand Bächler, beeinflußt nicht zuletzt durch französische Surrealisten, zu einer qualitativ höher stehenden lyrischen Aussageform. Beispiele dafür sind die Gedichtbände *Lichtwechsel* (1955), *Türklingel* (1962) und *Türen aus Rauch* (1963). Ist *Lichtwechsel* noch einer Naturlyrik verpflichtet, die zwar Beobachtungen der Arbeitswelt nicht ausschließt, aber dennoch weitgehend der Tradition verpflichtet bleibt, so handelt es sich in *Türklingel* um Gedichte politischen und zeitgeschichtlichen Inhalts. Der Band *Türen aus Rauch* enthält die in Frankreich entstandenen poetischen Texte. Thematisch werden Angst, Einsamkeit und Verzweiflung eines Ich, das sich in der Wirklichkeit nicht zurechtfindet. Gruppiert sind die Gedichte so, daß ihre Anordnung einem Weg von außen ins Innere des Ich entspricht. Darin wird der literarische Niederschlag von Krankheitserfahrungen erkennbar, die neun Jahre später zur Veröffentlichung der *Traumprotokolle* (1972) führten. Diese verfaßte Bächler aus psychotherapeutischen Gründen; er sollte auf ärztliches Anraten seine unbewußten Ängste, die in nächtlichen Träumen zutage traten, schriftlich fixieren. So entstanden Texte, die, obwohl literarisch kaum zurechtgebogen, dennoch nicht nur privaten Charakters sind. Denn die *Traumprotokolle* spiegeln diese Ängste als Reflexe auf die allgemeine Bewußtseinssituation in einer Republik, die ihre Vergangenheit weder aufgearbeitet noch bewältigt hat. Auch beziehen sie sich auf die besondere Situation des Schriftstellers, der sich weder seinem Land noch dem literarischen Leben zugehörig fühlt. Nachdem Bächler längere Zeit nichts veröffentlicht hatte, erschien dann 1976 das Fazit seiner vorherigen Lyrik, der Band *Ausbrechen*. Darin finden sich neben alten Gedichten auch neue aus den Jahren 1963–1975, die politischen Charakters sind und in pointierter, nirgends mehr ausufernder Sprache Zeitkritik üben. Der drei Jahre später vorgelegte Prosasammelband *Stadtbesetzung* (1979) enthält Prosastücke, die Bächler zwischen 1948 und 1979 verfaßte. Nur Lyriker ist er also nicht gewesen.

Dasselbe gilt für INGEBORG BACHMANN (1926–1973), deren Werk literaturgeschichtlich von weit größerer Bedeutung ist als das Bächlers. In den 50er Jahren wurde sie als Lyrikerin berühmt und recht schnell zur Dichterin par excellence stilisiert; in der GRUPPE 47 galt sie als Grande Dame. Ebenso erfolgreich war sie in den 60er Jahren mit ihren Prosatexten. Neben dem Preis der GRUPPE 47 (1953) erhielt sie 1964 den Georg-Büchner-Preis, 1968 den Großen Österreichischen Staatspreis und 1971 den Anton-Wildgans-Preis. In Klagenfurt geboren, verbrachte Ingeborg Bachmann ihre Jugend in Kärnten. Ihr Philosophiestudium, das sie mit ihrer Dissertation über *Die kritische Aufnahme der Existentialphilosophie Martin Heideggers* (1950) als Dr. phil. abschloß, absolvierte sie in Graz, Innsbruck und Wien. Erste Prosatexte veröffentlichte sie 1946. In den 50er Jahren lebte sie in Italien und unternahm auch 1955 eine längere Amerikareise. 1959/1960 war sie die erste Gastdozentin auf dem neu eingerichteten Lehrstuhl für Poetik der Universität in Frankfurt a. M. Danach lebte sie abwechselnd in München, Zürich und Rom. Dort ist sie 1973 an den Folgen eines Brandunfalls gestorben.

Unmittelbaren Erfolg in der GRUPPE 47 wie in der Öffentlichkeit hatte Ingeborg Bachmann mit ihren beiden Gedichtbänden *Die gestundete Zeit* (1953) und *Anrufung des Großen Bären* (1956). In dunklen Bildern, in einer klangvollen Sprache, deren Schönheit fasziniert, in reimlosen Versen, die in einem schweren, fließenden Rhythmus verlaufen, wird eine Endzeitstimmung verkündet, die auch Aufforderung zum Aufbruch ist.

Sieh dich nicht um. Schnür deinen Schuh. Jag die Hunde zurück. Wirf die Fische ins Meer. Lösch die Lupinen! Es kommen härtere Tage.

Wegen der Kühnheit der ganz entschieden gesetzten Bilder, die rational nicht auflösbar sind und dennoch wahrgenommen werden können als vermittelte Kritik an einer bedrohlichen Zeit, wegen der Entgrenzung einer poetischen Sprache, deren Autonomie behauptet wird auf eine ganz andere Art als etwa in der Sprachverknappung Günter Eichs – wegen der Bilder und der poetischen Sprache also war die Kritik von den Gedichten ebenso überwältigt wie von deren schöner und gebildeter Verfasserin. Diese wurde von manchen geradezu als ein Medium verstanden, das, ihm selbst unbewußt, das Unterströmige der Zeit erfaßte.

Maria am Gestade –
das Schiff ist leer, der Stein ist blind,
gerettet ist keiner, getroffen sind viele,
das Öl will nicht brennen, wir haben
alle davon getrunken – wo bleibt
dein ewiges Licht?

So sind auch die Fische tot und treiben
den schwarzen Meeren zu, die uns erwarten.
Wir aber mündeten längst, vom Sog
anderer Ströme ergriffen, wo die Welt
ausblieb und wenig Heiterkeit war.
Die Türme der Ebene rühmen uns nach,
daß wir willenlos kamen und auf den Stufen
der Schwermut fielen und tiefer fielen,
mit dem scharfen Gehör für den Fall.

Von solchem lyrischen Ton geprägt bleiben auch Ingeborg Bachmanns Prosatexte. Sie lassen, ob es sich um die Form des Hörspiels, der Erzählung oder des Romans handelt, ein Hauptthema erkennen: die Unbedingtheit einer die Welt und Zeit außer Kraft setzenden Liebe und deren Scheitern. Dabei ist es die Frau, die auf dem Anspruch des Absoluten beharrt, während der Mann häufiger der Alltagswelt verpflichtet bleibt und so die Liebe verrät. Das ist der Fall in dem Hörspiel *Der gute Gott von Manhattan* (1958). Über den Gott, der die unbedingte Liebe schützt, und damit auch über diese selbst wird Gericht gehalten. Jan und Jennifer lieben sich immer ausschließlicher, was die Autorin dadurch symbolisiert, daß sie sie immer höher gelegene Zimmer in einem Hotel bewohnen läßt. Die Absolutheit ihrer Liebe könnte die beiden dazu befähigen, in eine neue Dimension einzutreten. Aber Jan versagt, indem er seinem früheren Leben nicht völlig abschwören kann. Deshalb kann das Paar nicht den Liebestod sterben, Jennifer stirbt allein. Ähnlich stellt sich das Thema in der Erzählung *Undine geht* des Bandes *Das dreißigste Jahr* (1961). Undine ruft Hans – und »alle heißen Hans« – auf zur Liebe, zur Lösung aus allen Bindungen und Alltagszwängen, und sie geht schließlich allein ins Wasser zurück. Ist der Aufruf zur Liebe einer zum Aufbegehren gegen die Wirklichkeit, wie sie ist, so prägt dieser Aufruf auch die anderen Erzählungen des Bandes: Der Mensch im dreißigsten Jahr begehrt auf gegen Zwänge und Ordnungen und scheitert daran. In Ingeborg Bachmanns Roman *Malina* (1971), der Teil einer unvollendet gebliebenen Trilogie *Todesarten* sein sollte, erscheint dann der Vater-Mann mit dem »Henkersmantel« als Symbol vielleicht für die zerstörende Gewalt, die das männliche Realitätsprinzip über das Ich der Erzählerin hat. Malina ist, wie sich in dem schwer zu entschlüsselnden Roman allmählich herausstellt, keine Person für sich, sondern ein Teil dieses Erzähler-Ichs. Der Teil, Malina also, bleibt zurück, während die Erzählerin zum Schluß durch den Riß einer Wand verschwindet. Sie ist an Ivan, dem Mann, zugrunde gegangen. Anspielungen darauf wie auch eine Fortführung der Thematik finden sich in dem Erzählband *Simultan* (1972). Weitere Texte vereinigt die vierbändige Gesamtausgabe *Werke* (1978).

Welch unterschiedliche Richtungen von Literatur im Rahmen der GRUPPE 47 vertreten wurden, wird deutlich, wenn man bedenkt, daß auch ein Autor wie HELMUT HEISSENBÜTTEL (geb. 1921) dort regelmäßig und mit Erfolg las. Heißenbüttel, der 1969 den Georg-Büchner-Preis erhielt, gilt als der Hauptvertreter der avantgardistischen oder experimentellen Literatur in der Bundesrepublik, von der in anderem Zusammenhang noch die Rede sein wird. In der GRUPPE 47 jedenfalls wurden Heißenbüttels Ansätze zwar diskutiert und als sehr wichtig für die Gegenwartsliteratur erkannt; Schule machte der Autor jedoch weitgehend außerhalb der Gruppe, wo auch unabhängig von ihm Gleichgesinnte ähnliche Wege in der literarischen Produktion verfolgten.

Der Grundgedanke Heißenbüttels beruht darauf, Sprache nicht als ein Mittel zu betrachten, mit dessen Hilfe bestimmte Inhalte transportiert werden können. Er erfaßt Sprache als Gegenstand der Literatur selbst, die also nicht Wirklichkeit darzustellen, sondern die Reflexion auf die Möglichkeiten und Grenzen des dazu nötigen Instruments, der Sprache, vollziehen muß. Das hält Heißenbüttel deshalb für notwendig, weil modernen Theorien nach die Wirklichkeit nur so wahrgenommen und beschrieben werden kann, wie es die Struktur der Sprache zuläßt. Zum Beispiel bedingt die normale Subjekt-Objekt-Beziehung in einem grammatisch korrekten Satz, daß das Verhältnis zwischen einem Ich und seiner Umgebung auch nur als Gegenüberstellung wahrgenommen wird und entsprechend zur Darstellung kommt. Aber eben da liegt das Problem einer Literatur, die darstellen will, was wirklich und wahr ist: Wenn das Ich von seiner Umgebung so geprägt und beeinflußt ist, daß es kaum noch als Individuum erscheint, dann löst sich die Gegenüberstellung beider Seiten auf; und genau das kann dann in der an die vorgegebenen Regeln der Grammatik gebundenen Sprache der traditionellen Literatur nicht gezeigt werden. Der Ausweg liegt darin, Sprache selbst literarisch sichtbar zu machen; Wörter und Begriffe können aus ihrer Umgebung im Satz herausgelöst oder in sich aufgelöst werden, damit sie zunächst einmal wieder in ihrer Bedeutung bewußt werden.

einsetzen Einsatz
Aufsatz Vorsatz
vorsätzlich Satz
der Satz vom
Grunde Grund
satz grundsätz-
lich Grundsatz-
referat gründlich
grundlegend

In solchen »Gedichten« wird die Kombination von Wörtern zu Sätzen verhindert; statt dessen werden sie, ausgewählt auf Grund der Stammwurzeln, über Klangassoziationen miteinander verbunden. Indem das Verfahren zeigt, was fehlt – zusammenhängende Sätze –, macht es deutlich, wie sehr die Einzelwörter normalerweise vom Zusammenhang her und nicht in ihrer Eigenbedeutung verstanden werden.

Darüber hinaus unternimmt Heißenbüttel es, die Regeln der Grammatik selbst so aufzulösen, daß Beziehungen wie die zwischen Subjekt und Objekt aufgelöst werden, damit die wahre Wirklichkeit erscheine.

quatschend gequatscht abgelockt Lockung tausch Syntax um mit der
Grammatik verkuppel um mit der Grammatik endlich Schluß zu machen
was immer vorkommt was (...)

Zunächst sind solche Texte schwer zu lesen; hat man sich an das Ungewohnte jedoch einmal gewöhnt, erscheint die Dokumentation eines ungeschiedenen, grammatisch nicht gegliederten Rauschens von Sprache überraschend plausibel: dort nämlich, wo es die Wirklichkeit ideologisch infiltrierten Bewußtseins sichtbar macht. Auf der Tagung der GRUPPE 47 in Sigtuna/Schweden 1964 las Heißenbüttel zum Beispiel folgenden Text, der formal dem Bewußtsein von Mitläufern im Dritten Reich genau entspricht.

Kalkulation über was alle gewußt haben
natürlich haben alle was gewußt der eine dies der andere das aber niemand mehr als das und es hätte schon jemand sich noch mehr zusammenfragen müssen wenn er das gekonnt hätte aber das war schwer weil jeder immer nur (...)

Solche Doppelspiegelungen des Wirklichen nannte Heißenbüttel »Halluzinationen«. Daß seine Texte nicht mehr in Lyrik oder Prosa zu trennen sind, liegt bei der Sprachauffassung auf der Hand. Immerhin nannte er seine ersten Veröffentlichungen – *Kombinationen* (1954) und *Topographien* (1956) –

noch Gedichte. Dieser Begriff wurde in der Folge zugunsten des weiter gefaßten Textbegriffs aufgegeben. Dem zweiten Band, von Karl Krolow ein wenig ratlos als »ein Sandkastenspiel mit einer kleinen Sprachwüste« bezeichnet, folgten dann von 1960 bis 1967 die sechs *Textbücher*, deren Inhalt teils eher den Charakter von Prosa, teils eher den von Lyrik hat. In diesen *Textbüchern* erprobt Heißenbüttel die Tragfähigkeit und Tauglichkeit von Sprache im Verhältnis zur Wirklichkeit, wie oben vorgestellt. Spielerischer wird der Umgang mit Sprache in den darauffolgenden Projekt-Büchern. *Projekt Nr. 1. D'Alemberts Ende* (1970) ist eine Zitatencollage, die den Jargon bundesdeutscher Intellektueller um 1968 bestens dokumentiert. Weitere *Projekte*, die man als Anwendung sozusagen der *Textbücher* fassen kann, erschienen 1974, 1978, 1979 und 1980. Nicht zuletzt trat Heißenbüttel auch als Essayist und Literaturkritiker hervor. Das zeigen seine hier abschließend zu nennenden Veröffentlichungen *Über Literatur* (1966), der *Briefwechsel über Literatur* (1969) mit Heinrich Vormweg und die Sammlung *Zur Tradition der Moderne* (1972).

Mehr noch als Heißenbüttel machte sich der Lyriker WALTER HÖLLERER (geb. 1922) auf literaturkritischem Gebiet einen Namen, und wie sein Kollege vertrat er Konzepte der experimentellen Literatur. Höllerer, der 1949 mit seiner Dissertation *Gottfried Kellers ›Leute von Seldwyla‹ als Spiegel einer geistesgeschichtlichen Wende. Eine Studie zur Geschichte der Novelle im 19. Jahrhundert* promoviert hatte, habilitierte sich 1958 und erhielt im darauffolgenden Jahr einen Lehrstuhl für Literaturwissenschaften an der Technischen Universität Berlin. Zuvor hatte er mehrere Reisen in die USA und in westeuropäische Länder unternommen, wo er mit der angelsächsichen modernen Literatur der Gegenwart bekannt wurde. An Tagungen der GRUPPE 47 nahm er regelmäßig teil, nach den ersten Treffen jedoch, wie auch Walter Jens, immer mehr als Kritiker denn als selbst produzierender Schriftsteller. Zwischen 1954 und 1967 gab er zusammen mit Hans Bender die Literaturzeitschrift *Akzente* heraus.

Als Lyriker bekannt wurde Höllerer mit seiner Gedichtsammlung *Der andere Gast* (1952). Sie enthält Gedichte, die zwischen 1942 und 1952 verfaßt wurden. Einflüsse Benns, Eichs und der Naturlyrik Georg Brittings sind unverkennbar, aber dennoch haben die Gedichte, in denen es um Naturerfahrungen oder Reisen geht, ihren eigentümlichen Stil. Denn wie die meisten seiner Generation zielt Höllerer mittels einer lakonisch knappen Sprache auf Wahrheit; die Literatur des Kahlschlags kurz zuvor war ja geradezu gekennzeichnet von dem Kampf gegen »Verbrämung, Beschwichtigung, Verniedlichung, Scheintrost, Scheinmonumentalität und Scheinpathetik«. An das experimentelle und spielerische Gedicht näherte sich Höllerer dann an, weil ihm angesichts einer traditionellen Lyrik, deren Sprache Wirklichkeit nicht mehr adäquat erfaßte, unwohl wurde. Seine Standortbestimmung auch theoretischer Art geht hervor aus den Randnotizen zu der von ihm herausgegebenen Anthologie experimenteller Lyrik *Transit, Lyrikbuch der Jahrhundertmitte* (1956). Hier zeigen sich Einflüsse Hans Arps und der Neodadaisten. In dem Gedichte und Essays umfassenden Band *Wie entsteht ein Gedicht* (1965) stellt sich Höllerer als experimenteller Lyriker selbst vor; im Buch *Ein Gedicht und sein Autor* (1968) legt er Lyrik und Essays von 21 Lyrikern aus zehn Ländern vor, die er im Winter 1966/1967 nach Berlin eingeladen hatte, ihre Gedichte nicht nur zu lesen, sondern auch selbst zu interpretieren. Das Buch ist eine hochzuschätzende Materialsammlung für zeitgenössische Lyrik und Poetik. Es wurde gefolgt von neuen Gedichten unter dem Titel *Systeme* (1969). Keine Prosa, sondern im Grunde ein sehr langes Gedicht ist Höllerers Roman *Die Elephantenuhr* (1973). Dort wird keine Wirklichkeit abgebildet, sondern eine Welt aus Sprache konstruiert: Ein Sprachwissenschaftler soll in dem unter Literaten bekannten Ort Marbach, im Roman Murrbach, eine Ausstellung vorbereiten, landet auf Grund realer oder bloß gedachter Vorgänge im Untersuchungsgefängnis und beginnt dort, eine neue Zeichentheorie zu entwerfen, eine Theorie über eine menschlichere Sprache und Kommunikation als die vorhandenen. Und damit handelt es sich im Roman doch wieder nicht nur um das Thema Sprache – das Nachdenken darüber soll ja über neue Einsichten eine bessere Welt ermöglichen.

Diese suchten Lyriker wie Hans Magnus Enzensberger (geb. 1929) gegen Ende der fünfziger Jahre dann weniger durch Sprachreflexionen als durch politische und zeitbezogene Gedichte zu erreichen, die auf scharfen Analysen der allgemeinpolitischen und gesellschaftlichen Entwicklung beruhten. Nach einem Studium der Germanistik und Philosophie in Erlangen, Freiburg i. Br., Hamburg und Paris von 1949 bis 1954 promovierte Enzensberger mit einer Arbeit *Über das dichterische Verfahren in Clemens Brentanos lyrischem Werk*. Nach 1957 unternahm er viele Reisen in verschiedene, auch sozialistische Länder; der Kuba-Aufenthalt 1968/1969 wurde literarisch bedeutsam. Zur Zeit lebt Enzensberger in München, wo er die seit 1980 erscheinende Literaturzeitschrift *TransAtlantik* herausgibt.

Innerhalb wie außerhalb der Gruppe 47 wurde Enzensberger mit seinen drei Lyrikbänden *verteidigung der wölfe* (1957), *landessprache* (1960) und *blindenschrift* (1964) so bekannt, daß er schon nach den ersten beiden, 1963, den Georg-Büchner-Preis erhielt. Die Gedichte zeigen eine neue, in der vorangegangenen Entwicklung der Lyrik verschüttete Tendenz an: Sie beleben die Tradition der politischen Lyrik, gebunden an die Namen Heinrich Heines oder Bertolt Brechts. Kennzeichnend für Enzensberger ist die Kompromißlosigkeit, mit der das Unbehagen an einer in sich verfestigten Wohlstandsgesellschaft thematisch wird. Montagen, Wortspiele, Paradoxien, entstellte Zitate und die kontrollierte Einbeziehung der Banalität, des Jargons und der drastischen Vokabel dienen dem satirischen Angriff auf das mörderisch-selbstmörderische Bündnis zwischen den »wölfen« und den »lämmern« im Lande; zugrunde dabei liegt eine souveräne Beherrschung der literarischen Tradition von Apollinaire über Brecht und Auden bis zu den Jüngsten oder von der Volks- und Kinderliedpoesie der historischen Romantik bis zur Moderne. Die skeptischere Haltung, die in *blindenschrift* an die Stelle unmittelbarer Empörung tritt, mag durch einen Auszug aus dem Gedicht *blindlings* verdeutlicht werden.

siegreich sein
wird die sache der sehenden
die einäugigen
haben sie in die hand genommen
die macht ergriffen
und den blinden zum könig gemacht
(...)

anständige bürger aber trauen
mit rücksicht auf die verhältnisse
ihren augen nicht
streuen sich pfeffer und salz ins gesicht
betasten weinend die sehenswürdigkeiten
und erlernen die blindenschrift

der könig soll kürzlich erklärt haben
er blicke voll zuversicht in die zukunft

Hier wird verwirklicht, was Enzensberger bis um die Mitte der 60er Jahre als »Amt der Poesie« betrachtete: Sie hatte »die Lage zu bestimmen, nicht Prognosen oder Horoskope zu stellen«. Dieses Amt entzog er ihr im Zuge der einsetzenden Politisierung der westdeutschen Literatur insgesamt. Von 1965 bis 1975 Herausgeber der politisch-literarischen Zeitschrift *Kursbuch*, konstatiert Enzensberger in seinen dort veröffentlichten *Berliner Gemeinplätzen* (1968) das Versagen der Intellektuellen in der Verwirklichung sozialer und politischer Reformen. Auch rechnet er ab mit einer – auch mit der eigenen! – gesellschaftskritischen Literatur, die nichts bewirkt habe. An ihre Stelle soll die politische Aktion selbst treten: Enzensberger verkündet Ende der 60er Jahre den Tod der Literatur und wird damit zu einer Leitfigur der Studentenbewegung. In dieser Phase entstehen Prosawerke, die der Dokumentarliteratur zuzurechnen sind, *Das Verhör von Habana* (1970) und *Der kurze Sommer der Anarchie. Buenaventura Durrutis Leben und Tod* (1972). Im ersten Werk bezieht Enzensberger sich auf die kubanische Konterrevolution, die mit der Landung von in den USA ausgebildeten Exilkubanern in der Schweinebucht 1961 scheiterte. Ausgebreitet werden die Protokolle eines öffentlichen Hearings, das im Anschluß an die gescheiterte Invasion in La Habana stattfand. Indem gefangene Invasoren verschiedenen Typs direkt in ihren Ansichten und Äußerungen vorgeführt werden, gelingt Enzensberger eine Bestandsaufnahme politisch falschen Bewußtseins, das gegen die Politik der USA zielt. Die einseitig positive Zeichnung des sozialistischen Kuba aber mußte er in dem Maße korrigieren, als sich herausstellte, daß auch die Revolution dort neue Macht- und Unterdrückungsverhältnisse zur Folge hatte. Seine Ablehnung der Literatur überhaupt zugunsten politischen Handelns korrigierte Enzensberger ebenfalls recht bald. Das zeichnet sich schon in *Der kurze Sommer der Anarchie* ab: Der Autor suchte Verwandte, Freunde und ehemalige Mitkämpfer des fast vergessenen spanischen Anarchisten Durruti auf und sammelte die Geschichten, die sie erzählten, um Durrutis Leben zu dokumentieren; das fertige Produkt wird zu Recht »Roman« genannt. Denn das literarische Element tritt allein dadurch, daß ein Mosaik von Erzählungen, nicht Fakten geliefert wird, stark in den Vordergrund. In Enzensbergers Augen mußten sich nun politisches Engagement, Kunst und Wissenschaft nicht mehr wechselseitig ausschließen – was man je nach dem eigenen Standpunkt als Weiterentwicklung einer nach wie vor kritischen Haltung oder als Wende zur Resignation und zum Geschichtspessimismus werten kann. Ausdruck einer Wiederannerkennung des Literarischen und einer Abwendung von direkt-politischer Aufklärung jedenfalls sind die neueren Werke *Mausoleum. Siebenunddreißig Balladen aus der Geschichte des Fortschritts* (1975), *Der Untergang der Titanic* (1978) und *Die Furie des Verschwindens* (1980). Zu beobachten ist eine Entwicklung zum epischen Gedicht mit existentiellen und humanitären Bezügen. Soziale und politische Verhältnisse werden nicht mehr abgebildet, wie sie sind, sondern in ihren historischen Dimensionen sichtbar gemacht. Wie im *Untergang der Titanic*, wo Enzensberger sich auf die reale Schiffskatastrophe von 1912 bezieht und an der Gesellschaft auf dem Schiff zugleich die westliche Wohlstandsgesellschaft demonstriert, wird nun einzelnes entkonkretisiert mit dem Ziel, es in seinen historischen Gesetzmäßigkeiten vorzuführen.

Nicht weniger dezidiert als Enzensberger in den 50er Jahren, aber ironischer und parodistischer in seiner Gesellschaftskritik ist PETER RÜHMKORF (geb. 1929). Ein Studium der Germanistik und Psychologie in Hamburg, während dessen er als Mitarbeiter an verschiedenen Zeitschriften bissige Satiren auf Literatur verfaßte, gab er im Wintersemester 1956/1957 auf. Von 1958 bis 1964 arbeitete er als Lektor beim Rowohlt-Verlag, seitdem lebt er als freier Schriftsteller in Hamburg. An zahlreichen amerikanischen Universitäten hielt er Gastvorlesungen über moderne deutsche Literatur; in der GRUPPE 47 gehörte er in den 60er Jahren zu den tonangebenden Schriftstellern. 1976 erhielt Rühmkorf anstelle des Büchner-Preises die Johann-Heinrich-Merck-Medaille für Essayistik, 1979 den Erich-Kästner-Preis und den Annette-von-Droste-Hülshoff-Preis, 1980 schließlich den Bremer Literaturpreis.

Bekannt als Lyriker wurde Rühmkorf schon durch den gemeinsam mit Werner Riegel herausgegebenen Band *Heiße Lyrik* (1956). Seine eigenen Gedichte sammelte er in den Bänden *Irdisches Vergnügen in g* (1959) – der Titel spielt parodistisch auf Brockes' *Auszug der vornehmsten Gedichte aus dem irdischen Vergnügen in Gott* von 1738 an – und *Kunststücke. 50 Gedichte nebst einer Anleitung zum Widerspruch* (1962). Fast alles, was er bis dahin produziert hatte, faßte Rühmkorf 1976 in seiner Anthologie *Gesammelte Gedichte* zusammen; zwei Jahre später erschien dann noch der Lyrikband *Phoenix voran*. Die Gedichte sind alles andere als eine inspirierte Gefühlslyrik: In sehr gekonntem Spiel mit literarischen Formen der Tradition sind sie genau konstruiert und in ihrer Wirkung kalkuliert. Vor allem die Tradition des vierzeiligen, paarweise gereimten Volksliedes benutzt Rühmkorf virtuos, um mit viel Witz und Schnoddrigkeit, häufig an den Heine-Ton erinnernd, Zeitkritik zu üben. Daneben aber beherrscht er auch die Hymnen- und Odentradition des 17. und 18. Jahrhunderts wie überhaupt die seit dem Barock überlieferten Formen lyrischer Aussage. Über sie alle wird parodistisch verfügt. Allerdings gelingt Rühmkorf die angestrebte Balance zwischen literarischer Tradition und Zeitkritik nicht immer; Kalauer und Banalitäten kommen häufig genug vor. Auch sind Einflüsse Gottfried Benns zuweilen recht ersichtlich. Mehr Verhaltenheit, Skepsis und Nachdenklichkeit prägen den Gedichtband *Haltbar bis Ende 1999* (1979), dessen Titel schon erkennen läßt, daß Rühmkorf an die Zeit gebunden und auf diese, nicht auf die Ewigkeit bezogen dichtet. Von den Beziehungen zwischen Ich und Welt, zwischen lyrischem Ich und Wirklichkeitserfahrung spricht der Autor auch außerhalb seiner Lyrik.

Solche Beziehungen werden erkundet in dem gattungsüberschreitenden

Buch *Walther von der Vogelweide. Klopstock und ich* (1975). Essayistische Form, Nachdichtung, eingestreute eigene Lyrik und fiktive Dialoge finden sich nebeneinander und demonstrieren die produktive Aneignung überkommener Inhalte und Formen von Literatur. Einen festen Standpunkt, von dem aus das Ich Welt erfaßt und beschreibt, gibt es bei Rühmkorf nicht; das geht auch hervor aus seiner Essayssammlung *Strömungslehre I* (1978). Im Zusammenhang mit den Produktionsbedingungen des literarischen Werkes interessierten den Theoretiker auch die Geschichte und die Wirkungsästhetik des in der Gegenwartslyrik zunehmend verpönten Reimes. Dieses Interesse fand seinen Niederschlag in der Veröffentlichung von Rühmkorfs Frankfurter Poetikvorlesungen *agar agar zaurzaurim. Zur Naturgeschichte des Reims und der menschlichen Anklangsnerven* (1981). Satirische Zeitkritik, die gegen das moderne wie gegen das klassische Wirtschaftsleben zielt, in dem das moderne gespiegelt wird, bestimmt die beiden Dramen *Was heißt hier Volsinii?* (1969) und *Lombard gibt den Letzten* (1972). Das erste Stück handelt von einem Aufstand der Plebejer und Sklaven gegen die sie bedrängende Finanzoligarchie der etruskischen Stadtrepublik Volsinii im Jahre 264 v.Chr. Schließlich werden die Römer zu Hilfe gerufen, die den Aufstand niederschlagen und dabei die ganze Stadt vernichten. Im zweiten Stück geht es um zwei Gastwirte, die sich gegenseitig bekämpfen und beide verlieren; Gewinner in der Gunst der Gäste ist zum Schluß der Abspeisungskonzern Lombard. Auch ein Märchenautor ist Rühmkorf: 1980 veröffentlichte er das lange Märchen *Auf Wiedersehen in Kenilworth*, später erschien die Sammlung *Der Hüter des Misthaufens* (1983). Unzeitgemäß sind diese Märchen nicht, wie die vielen zeitkritischen Bezüge erkennen lassen. Sozusagen augenzwinkernd klärt der Märchenerzähler, sich in die uralte epische Grundsituation begebend und mit dieser spielend, den Leser auf über die Wirklichkeit, wie sie ist – und wie sie sein könnte. Die Möglichkeit einer besseren Welt wird aufgehoben in der konkreten Utopie.

Weniger versöhnlich zeigt sich der von Enzensberger und Rühmkorf geschätzte politische Lyriker ERICH FRIED (geb. 1921), der in den 60er Jahren der GRUPPE 47 assoziiert war. Mit seinen dezidierten Stellungnahmen zum Vietnamkrieg in der Gedichtsammlung *und Vietnam und* (1966), zur Verfolgung und Unterdrückung der Palästinenser von seiten Israels in *Höre, Israel! Gedichte* (1974) oder zur Art und Weise der Terrorismusbekämpfung in der Bundesrepublik in *So kam ich unter die Deutschen, Gedichte* (1977) hat er sich in zahlreiche öffentliche Auseinandersetzungen begeben und sich heftigen Anfeindungen ausgesetzt. Angegriffen wurde Fried, der im Laufe der

Studentenbewegung wie kaum ein anderer Autor auf Flugblättern, in Pamphleten oder hektographierten Zeitschriften zitiert wurde, von denen, die seine politischen Standorte nicht teilten. Das mag man unterschiedlich einschätzen; eine Kritik aus literaturkritischer Perspektive jedenfalls hat sich vorwiegend auf das Verhältnis von Aussage und ästhetischer Qualität der Gedichte zu beziehen. Festzustellen ist, daß die letztere zuweilen gering ist, weil die Form des Gedichts in manchen Fällen als Verpackung eines Inhalts dient, der auch anders vermittelt werden könnte. Nur: eine solche Kritik wird der Leistung Erich Frieds nicht gerecht. Abgesehen davon, daß er die Tradition politischer Protestlyrik belebt hat wie kaum ein anderer, ist er ein weit vielseitigerer Schriftsteller, als sein Ruf es vermuten läßt.

Den renommierten Prix International des Éditeurs erhielt Fried 1977 für seine in mehrere Sprachen übersetzte Zusammenstellung früherer Gedichte in der Sammlung *100 Gedichte ohne Vaterland* (1978). In diesem Titel aber sind sowohl die literarischen als auch die biographischen Erfahrungen enthalten, die Frieds Zeitkritik bestimmen. Als Jude in Wien geboren, emigrierte er 1938, als Österreich annektiert wurde, nach London. Dort übte er verschiedene Berufe aus, bis er 1952 Kommentator des deutschen Programms der BBC wurde. 1958 begann er, fortan erstaunlich produktiv, mit der Veröffentlichung literarischer Arbeiten, seit 1968 lebt er – nach wie vor in London – als freier Schriftsteller. Wie etliche Gedichtbände (»Gedichte«, 1958; »Reich der Steine. Zyklische Gedichte«, 1963; »Warngedichte«, 1964; »Überlegungen. Gedichtzyklus«, 1964; »Anfechtungen. 50 Gedichte«, 1967; »Befreiung von der Flucht. Gedichte und Gegengedichte«, 1968) zeigen, durchzieht ein Motiv Frieds Werk: der Verlust von Heimat beziehungsweise deren nicht Vorhandensein. Als gebürtiger jüdischer Österreicher in London lebend, kulturell an Deutschland gebunden, ist Fried keinem von vier Ländern, Israel eingeschlossen, zugehörig. Diese Fremdheit wird, beispielsweise in *Anfechtungen*, durchaus zum Thema. Darüber hinaus aber prägt sie den Standort des distanzierten, zuweilen rastlosen und umgetriebenen Zeitkritikers und Beobachters, der einerseits politisch-ideologische Mißstände überscharf diagnostizieren, andererseits in überzogene Polemik abrutschen kann. Am besten ist Fried dort, wo er mit den Worten spielt und ein »Sprachdenken« demonstriert. Das Gedicht *Verstandsaufnahme* zum Beispiel aus der Sammlung *Die bunten Getüme* (1977) erhält seinen politisch-subversiven Hintersinn allein durch die Vertauschung aller Vorsilben Be- und Ver-:

Aber seht die Behafteten
und ihre verwaffneten Verwacher
und was die Gerichte bezapfen
vor die man sie stellt
Seht euch diese Verweisbefahren an
die Haftverfehle
und Bestöße gegen das Grundrecht
die Bedrehungen und ausweichenden Verscheide
dann die Hauptbehandlungen
und die begnügten Verrichterstatter
und zuletzt die Beurteilten
und die vergnadigten Kronzeugen
(...)

Fried, der auch einen Roman (»Ein Soldat und ein Mädchen«, 1960) geschrieben hat, wurde als so zu nennender politischer Gesinnungsdichter auch abgelehnt von Autoren der GRUPPE 47, die eine allzu parteilich gebundene Protestliteratur als zu einseitig und zu unliterarisch verwarfen. Zu diesen Kritikern gehörte Günter Grass, der neben Heinrich Böll international bekannteste Schriftsteller der Bundesrepublik. Wegen ihres Weltruhms sollen Böll und Grass nun vor den anderen Erzählern der GRUPPE 47 vorgestellt werden.

Heinrich Böll und Günter Grass

Anders als Günter Grass wird der verstorbene HEINRICH BÖLL heute von vielen kaum noch wahrgenommen in seinen Leistungen als Schriftsteller. Den einen galt er als das unbeugsame moralische Gewissen der Nation, den anderen als Sympathisant der Terrorszene. Wie auch immer er eingeschätzt wird: Zur Debatte stand und steht sein moralisch-politisches Engagement in der Öffentlichkeit, weniger die literarisch-ästhetische Qualität seines Werks. Zwar erhielt Böll für dieses zahlreiche Ehrungen und Preise, deren höchster 1972 der Nobelpreis für Literatur war. Aber geehrt wurden gerade in dem Fall die Inhalte, für die das Werk steht, nicht etwa literarische Innovationen, die der Gegenwartsliteratur formal neue Anstöße gegeben hätten. Gemessen an solcher Literatur vor allem der 60er Jahre erscheinen Bölls Texte aus der Zeit geradezu ein wenig veraltet oder hausbacken. Aber sie bezeugen eine Zeitgenossenschaft, die als kontinuierliche Fortschreibung der Kriegsjahre, der Nachkriegszeit und der bundesrepublikanischen Geschichte bis zur Gegenwart ihresgleichen sucht. Es entsprach Bölls Auffassung von Literatur, daß Ästhetik und Moralität untrennbar zusammengehören. In den *Frankfurter Vorlesungen* (1964) schrieb er: »Die Literatur kann offenbar nur zum Gegenstand wählen, was von der Gesellschaft zum Abfall, als abfällig erklärt wird.« Aufgabe der Literatur sei dann, das von der »Gesellschaft abfällig Behandelte in seiner Erhabenheit darzustellen.« »Abfällig« heißt bei Böll zweierlei: einmal das, was die Gesellschaft ausstößt, das Ausgestoßene, und zum zweiten die Haltung dessen, der ausgestoßen ist, die Verweigerungshaltung. Beide Seiten wurden, über die Jahre hinweg, musterhaft vorgeführt; dabei ist es ein Charakteristikum von Bölls Werk, daß Entstehungszeit der jeweiligen Erzählung oder des einzelnen Romans und dargestellte Zeit sich entsprechen. Bezog Böll sich in den 50er Jahren etwa auf Wirtschaft, Bürokratie und Kulturbetrieb der Adenauer-Republik, so nahm er in seinem Roman *Fürsorgliche Belagerung* von 1979 die bundesrepublikanische Protest- und Terrorszene mit den dazugehörigen Kontroll- und Überwachungsmaßnahmen in der zweiten Hälfte der 70er Jahre zum Thema. Insofern kann man Bölls Werk als einen fortlaufenden Kommentar zur Zeit lesen – und zwar als Kommentar eines aktiv Teilnehmenden.

Geboren wurde Böll 1917 in Köln als Sohn eines Schreiners. Er wuchs auf im rheinländisch-katholischen Milieu, das ihn nachhaltig prägte. Ein kurz vor dem Krieg begonnenes Germanistikstudium mußte er abbrechen, weil er als Soldat zur Wehrmacht eingezogen wurde. Er kämpfte an verschiedenen Fronten und verbrachte kurze Zeit in englischer und amerikanischer Gefangenschaft, bevor er Ende 1945 nach Köln zurückkehrte. Dort wohnte er bis zu seinem Tod am 16.7.1985, wenn er auch längere Zwischenzeiten an anderen Orten lebte und arbeitete. Seit 1951, dem Jahr, in dem Böll den Preis der GRUPPE 47 erhielt, war er freier Schriftsteller; er unternahm als solcher einige Reisen, so 1954 nach Irland, 1962 in die Sowjetunion oder 1971 in die USA. Seine letzten Lebensjahre waren überschattet von einer schweren Gefäßkrankheit, die ihn jedoch ebensowenig zu einem Rückzug ins Private veranlaßte wie die verstärkten Angriffe von politisch rechter Seite.

Seine ersten Kurzgeschichten veröffentlichte Böll in Zeitschriften ab 1947; er stellte sie später zusammen unter dem Titel *Wanderer, kommst du nach Spa ...* (1950). Sie handeln, wie die erste selbständige Veröffentlichung, die Erzählung *Der Zug war pünktlich* (1949) und der erste Roman *Wo warst du, Adam?* (1951) vom Kriegs- und Nachkriegschaos und sind der Trümmer- oder Heimkehrerliteratur zuzurechnen, wie sie in der Kahlschlag-Periode entstand. Gelegentlich warf man Böll vor, er habe sich nie von dieser Art Literatur gelöst, aber das vereinfacht den Sachverhalt der Zeitgenossenschaft. Richtig ist, daß schon die frühen Erzählungen gewisse Werkkonstanten erkennen lassen. Neben den typischen Motiven der Trümmerliteratur – das Grauen des Krieges, die Erfahrung der Sinnlosigkeit von Gewalt und Zerstörung, die Orientierungslosigkeit der Heimkehrer oder die Vergeblichkeit aller Anstrengungen – finden sich in den Erzählungen, die die Nachkriegsjahre zum Thema haben, neue Ansätze. Es geht um die privaten, individuellen Möglichkeiten, inmitten der Trümmer neu anzufangen; es geht um Erfahrungen des Glücks, der Liebe, der Solidarität. Damit aber wird zugleich auch schon die notwendige Wahrung des persönlichen Freiraums gegenüber anonymen Instanzen, wie Verwaltungen und staatlichen Institutionen, thematisch. Und das ist Bölls großes Anliegen bis zu seinem Tode geblieben: die Verteidigung der Rechte und Möglichkeiten des einzelnen in einer total verwalteten, zunehmend inhumanen Welt.

In der literarischen Verwirklichung dieses Anliegens zeigen sich bei Böll satirische wie auch manchmal idyllisch-regressive Tendenzen. Als Satiriker wurde er in den 50er Jahren zuerst bekannt. Seine Kurzgeschichte *Die schwarzen Schafe* (1951) wurde von der GRUPPE 47 preisgekrönt, nicht sein erster Roman. Gesellschaftskritische Texte dieser Art wurden später zusammengestellt in dem Band *Doktor Murkes gesammeltes Schweigen und andere Satiren* (1958). Der Held der Titelerzählung, Doktor Murke, gehört zu den Böllschen Verweigerern, die zwar nichts an den kritisierten Verhältnissen ändern, aber ihren eigenen Freiraum trotzig dagegensetzen und so bewahren: Murke ist Rundfunkredakteur der Kulturabteilung und stellt sich, des andauernden leeren Geschwätzes überdrüssig, aus Tonbandschnipseln ein privates Gegenprogramm zusammen – das gesammelte Schweigen. Über die Bände *Unberechenbare Gäste* (1956) und *Der Bahnhof von Zimpren* (1959) setzen sich Bölls Satiren fort bis zu den das Klima der Intellektuellenhetze und der Gesinnungsschnüffelei anprangernden *Berichten zur Gesinnungslage der Nation* (1975).

Weniger satirisch als moralisch engagiert erscheint hingegen der frühe Roman *Und sagte kein einziges Wort* (1953). Aus wechselnder Perspektive des Mannes und der Frau wird die Krise einer Ehe geschildert, die an den Nachkriegsverhältnissen zu zerbrechen droht. Die Krise wird überwunden durch eine Rückbesinnung auf die Werte eines außerkirchlichen, existenziellen Glaubens. Nach diesem Roman, mit dem er den ersten großen Erfolg hatte, galt Böll für kurze Zeit als gut katholischer Autor, der den Wert der christlichen Ehe literarisiert hatte. Aber die Kritik am institutionalisierten Katholizismus ist schon hier unübersehbar. Ganz dezidiert äußerte Böll seine Kritik an der Amtskirche, deren realem Handeln und deren Politik er die ursprünglichen, unverfälschten moralischen und religiösen Normen gegenüberstellt, in seinem *Brief an einen jungen Katholiken* (1958). Auch in seiner polemischen Glosse *Hast du was, dann bist du was* (1961), einer Reaktion auf einen Hirtenbrief des damaligen Erzbischofs Frings, wird Bölls Meinung, die Amtskirche habe sich opportunistisch angepaßt an die wirtschaftliche und gesellschaftliche Entwicklung in der Bundesrepublik, deutlich. In der Folge trat die öffentliche Auseinandersetzung mit dem Katholizismus mehr in den Hintergrund; zuletzt war Böll nicht mehr als katholischer Autor zu bezeichnen, wohl aber nach wie vor als einer, der an Ethik und Moral im weiteren christlichen Sinn gebunden blieb.

Christliche Symbolik spielt eine wichtige Rolle in dem Roman *Billard um halbzehn* (1959):

In der Rahmenhandlung eines einzigen Tages wird die Geschichte der Kölner Architektenfamilie Fähmel über drei Generationen hinweg erzählt, verbunden mit der Geschichte der Abtei St. Anton, die von der ersten Generation erbaut, von der zweiten bei Kriegsende zerstört und von der dritten in den fünfziger Jahren wiederaufgebaut wird. Dabei umfaßt die erzählte Zeit die Jahre 1907–1958, so daß im Gesamtzusammenhang auch die deutsche Entwicklung vom Kaiserreich über die Weimarer Republik und das Dritte Reich bis hin zur Wirtschaftswundergesellschaft der Bundesrepublik entfaltet wird. Dies geschieht formal, in Anlehnung an Faulkner, mittels zahlreicher Erinnerungen, Gedankenabläufe, Assoziationen und Rückblenden in inneren Monologen des Vaters und des Sohnes Fähmel. Geordnet werden die Auseinandersetzungen der Zeit durch eine Zuordnung entweder zum »Sakrament des Büffels« oder zum »Sakrament des Lammes« . Das erste symbolisiert die heidnischen, nationalistischen, auf Gewalt, Macht und Vorherrschaft zielenden Tendenzen in der deutschen Geschichte, das zweite symbolisiert die christlichen, individuellen, ethischen und nach innen gekehrten Züge. Diese erscheinen aber nicht als Ausweg aus einem System der Gewalt unter dem »Sakrament des Büffels«; sie werden ihm nur entgegengesetzt.

Man hat dem Roman zu Recht vorgeworfen, daß seine an Faulkner angelehnte Form eher verwirrt als den Inhalt angemessen vermittelt. Dazu kommt, daß komplexe historische Strukturen und Zusammenhänge allzu vereinfacht und schematisiert erscheinen, indem sie jeweils einem der beiden leitmotivisch eingesetzten Sakramente zugeordnet werden. Überhaupt führte Bölls Denken in Gegensätzen leicht in die Vereinfachung von Sachverhalten, die dann nicht mehr adäquat analysiert werden könnten. Das läßt sich auch zeigen an dem berühmten Roman *Ansichten eines Clowns* (1963), mit dem die satirische Seite des Autors wieder in den Vordergrund trat.

Die Rahmenhandlung dieses Romans umfaßt ebenfalls nur einen Tag. Hauptfigur ist der gesellschaftliche Außenseiter, der Clown Hans Schnier, Sohn eines rheinischen Braunkohlemillionärs. In inneren Monologen, aus der Perspektive Schniers, der die Welt mit den Augen sines Kindes wahrnimmt, werden Staat, Wirtschaft, Gesellschaft, Institutionen und Ideologien der Bundesrepublik entlarvt als solche, die dem natürlichen Menschen nicht gemäß sind. Das wird entwickelt am Beispiel bestimmter Figuren und repräsentativer Situationen. Schnier, keiner Konfession zugehörig und auch nicht religiös, sondern einfach ein offener Mensch, der alle überindividuellen Institutionen und Organisationen als Zwänge empfindet – dieser Schnier hat sechs Jahre lang ohne Trauschein mit der katholischen Marie zusammengelebt. Nun hat sie ihn verlassen, um einen einflußreichen Katholiken zu heiraten. Den Verlust der Geliebten verwindet Schnier nicht. Wird an diesem

Handlungsstrang das Problem der Ehe als kirchlich sanktionierter oder als allein sittlich fundierter zum Thema, so in anderen Zusammenhängen des Problem der Gegenwart als einer bloßen Fassade vor einer nicht bewältigten Vergangenheit: Kurz vor Kriegsende schickte Schniers Mutter seine Schwester als Flakhelferin in den sicheren Tod zur Verteidigung vor den »jüdischen Yankees«; bald nach dem Kriege wurde die Mutter Vorsitzende eines Kommittees zur Versöhnung rassischer Gegensätze. Mit solchen Gegenüberstellungen satirischer Art demaskiert Böll eine Wohlstandsgesellschaft, deren Moral Opportunismus und Lüge ist. Schnier zerbricht in dieser Gesellschaft. Am Ende sitzt er verloren auf den Stufen des Bonner Hauptbahnhofs, zum Bettler degradiert, und singt das Lied vom »armen Papst Johannes«. Aber noch in seinem Scheitern bleibt der Clown ein Bild der Provokation.

Erfolgreich war der Roman als Paradestück der Gesellschaftssatire, die Böll wie kaum jemand beherrschte. Kritisch anzumerken ist jedoch der Schematismus, der letzten Endes das Hauptthema ausmacht: die Verteidigung der Freiräume und Rechte des Individuums gegen eine entindividualisierende soziale Welt. Dabei wird nur Schnier, der Clown, differenziert dargestellt, während alle anderen Figuren auf der Seite des falschen Bewußtseins, der Macht, Lüge und Unterdrückung stehen: Katholiken wie Protestanten, Atheisten, Linke, Rechte, Unternehmer, kleine Angestellte und andere. Das liegt einerseits in der Konsequenz eines rein moralisch-humanitären Engagements, das an keine bestimmte Theorie oder Weltanschauung parteilich-politischer Art gebunden ist. Andererseits aber muß ein solches Engagement, das Vereinfachungen ja gerade vermeiden will, in die Schwarzweiß-Malerei führen: Individuum und Gesellschaft erscheinen als Antipoden. Daß Gesellschaftskritik auf der Basis einer Moral, die allein auf die Freiheit des Individuums zielt, komplexe Zusammenhänge nicht mehr erfaßt, sondern in der Reduktion auf einfacher zu handhabende Gegensätze sogar verschleiert statt aufgeklärt, zeigt nicht zuletzt Bölls Buch *Fürsorgliche Belagerung* (1979). Dort bekam Böll das Problem des Terrorismus und seiner Folgen wie Hintergründe nicht in den Griff, weil er individualisierend verfuhr und einen Ausweg nur in die Idylle zeigte.

Ein ebensolcher Außenseiter wie der Clown begegnet uns auch in der Ich-Erzählung *Entfernung von der Truppe* (1964), mit der die satirische Zeitkritik fortgeführt wird. Der Held wird 1938 zum Arbeitsdienst eingezogen, begegnet im Urlaub nach dem Tod seiner Mutter seiner großen Liebe und rückt daraufhin nicht ein, bis er von der Heerespolizei aufgegriffen wird. Nach dem Krieg und nach dem Verlust seiner Frau wie seines Freundes will der Erzähler sich für nichts mehr engagieren lassen. Als gelungene Satire ist auch die Novelle *Ende einer Dienstfahrt* (1966) zu bezeichnen. Böll sieht ab von formalen Experimenten wie in den vorgestellten Romanen und erzählt recht pointiert und einsträngig von der Gerichtsverhandlung gegen Vater und Sohn

Gruhl. Beide haben einen Bundeswehrjeep verbrannt, den der Sohn entführt hatte. Weil rein menschlich alle einander sympathisch finden – Richter, Zeugen, Angeklagte – und weil ein Sachverständiger, Kunstprofessor, das Delikt schließlich zum Happening erklärt, erhalten die Gruhls ein sehr mildes Urteil. Hier werden, am Beispiel meisterhaft gezeichneter Kleinstadtmentalitäten, einerseits soziale Zwänge als überwindbar gezeigt: durch die Rückführung einer Rechtssituation auf individuelle Verhaltensweisen. Andererseits aber sind diese den Gruhls nur vordergründig nützlich – denn ihr Akt des Protests gegen eine leerlaufende Verwaltungsmaschinerie wird von eben dieser aufgesogen, indem er umfunktioniert wird zu einem Happening.

Als Hauptwerk Bölls darf wohl sein Roman *Gruppenbild mit Dame* (1971) gewertet werden, der zum aktiven Lesen auffordert. Denn aufgrund der formalen Offenheit auf der zeitgeschichtlichen Ebene ist der Leser gehalten, diese mit Hilfe seiner eigenen Vergangenheitserfahrungen selbst zu vervollständigen.

Hauptfigur ist Leni Pfeiffer, die mit einigen Untermietern in einer Altbauwohnung wohnt. Familienangehörige aber wollen aus Spekulationsgründen die Räumung erzwingen. Das verhindern Freunde und Bekannte Lenis. – Von Interesse ist nun, daß Böll in Leni Pfeiffer keine psychologisch-realistische Figur zeichnet. Sie ist ein Typus, Symbolfigur der Verweigerungshaltung. Sie lebt nur ihren eigenen Bedürfnissen gemäß, verwirklicht sich selbst, ohne gegen Menschen, Ideologien oder Zwänge anzukämpfen; selbst das Ankämpfen gegen das sie Bedrückende wird verweigert, und eben darin liegt für die Gegenseite das eigentlich Bedrohliche. Insofern wird in Leni eine Utopie gezeichnet, eine Existenz, die es nicht gibt, die aber wünschbar und denkmöglich ist. Die Utopie aber ist angesiedelt in der zeitgenössischen Gegenwart. Gleichzeitig spiegelt der Roman, in Einschüben des Verfassers, bruchstückhaften Kommentaren und Erzählpartikeln, gebunden an das Leben Lenis, die Geschichte als Vorgeschichte: gezeigt werden soll, wie Leni geworden ist, was sie ist. Auf dieser Ebene, die nicht linear oder geschlossen erzählt wird, muß der Leser die Lücken im Erzählten selbst ausfüllen.

Nach dem Erfolg dieses Romans aber machte sich der frischgebackene Nobelpreisträger für einen Teil der Öffentlichkeit recht bald zur politischen Unfigur, zum Sympathisanten der Terrorszene. Schon 1972 schrieb Böll in einem *Spiegel*-Artikel Nachdenkliches und zum Nachdenken Aufforderndes zum Fall Ulrike Meinhofs; Kern seiner Überlegungen war die Frage, »wie Gewalt entstehen und wohin sie führen kann«. Diese Frage wurde dann zum Untertitel der Novelle *Die verlorene Ehre der Katharina Blum* (1974), mit der Böll unmittelbar und sehr direkt Stellung bezog zum aktuellen Problem der individuellen Gewalt im Verhältnis zur kollektiven oder anonymen. Über die Novelle wie über deren Verfilmung von Volker Schlöndorff 1975 entbrannten so heftige öffentliche Diskussionen, daß man das Literarische der Geschichte gegenüber dem Politischen überhaupt nicht mehr wahrnahm.

Katharina, eine kleine, grundanständige Hausangestellte, verliebt sich in einen Verbrecher, der auf der Flucht vor der Polizei ist. Bereits auf der Gesellschaft, wo sie sich kennenlernen, werden die beiden bespitzelt. Am nächsten Morgen dringt die Polizei in Katharinas Wohnung ein, findet aber niemanden mehr. Sie wird abgeführt zum Verhör und fortan in ihrer bürgerlichen Existenz, in ihrer Ehre und in ihrem Ruf so demontiert, daß ein Weiterleben wie zuvor unmöglich erscheint. Die Hauptschuld daran trägt DIE ZEITUNG – womit durchaus die *Bild*-Zeitung der Springerpresse gemeint ist –, repräsentiert durch einen skrupellosen Journalisten, der Katharina verfolgt und ihren Ruf zerstört durch auf Lügen und Halbwahrheiten beruhende Sensationsmeldungen. Als der Geliebte schließlich gefaßt wird, erschießt Katharina den Journalisten. Es geht nicht um Ulrike Meinhof, sondern um das Problem der Entstehung von Gewalt, und es geht zugleich damit um Bölls altes Thema und Anliegen – das der literarischen Verteidigung individueller, von der Gesellschaft »abfälliger« Freiräume gegenüber einer alles verwaltenden, verschlingenden, nivellierenden und auch den einzelnen zerstörenden sozialen Realität. Wie sehr gerade dieses Thema den Autor in seinen letzten Lebensjahren beschäftigte, zeigen sowohl das Buch *Bild-Bonn-Bönisch*, das 1984 erschien, und der 1985 postum veröffentlichte Roman *Frauen vor Flußlandschaft*. Dort wird am Beispiel von Figuren, die typisch für das Bild der Bonner politischen Szene in der Öffentlichkeit sind, gezeigt, mit welchen inhumanen oder werbeträchtigen Mitteln politische Entscheidungen zustande kommen und verkauft werden.

Daß Böll sich in seiner literarisch-politischen Arbeit nicht nur gegen praktische und ideologische Mißstände in der Bundesrepublik wandte, wurde besonders deutlich durch sein Engagement für politisch verfolgte beziehungsweise ausgewiesene Schriftsteller aus sozialistischen Ländern. Sehr eng verbunden war er zum Beispiel mit den sowjetischen Kollegen Alexander Solschenyzin und Lew Kopelew, deren Emigrantendasein er zu erleichtern suchte. Auch dies führte zu weiteren öffentlichen Kontroversen um seine Person, die erst mit seinem Tode versiegten. Denn als Böll seine Stimme nicht mehr erheben konnte, da wurde er von Anhängern wie von Gegnern als die moralische Instanz gewürdigt, die sein von der Person untrennbares Werk auch über den Tod hinaus dokumentieren wird.

Ganz anders hingegen zeigt sich die Stellung und Bedeutung von Günter Grass im literarischen Leben der Bundesrepublik. Denn Grass wurde schon zu Lebzeiten ein Klassiker und ist damit weniger eine moralische als vielmehr eine nicht zu leugnende literarische Instanz geworden.

Günter Grass, der seit 1955 zur Gruppe 47 gehörte, wurde 1927 in Danzig geboren. Im Zweiten Weltkrieg war er erst Flakhelfer, schließlich Panzerschütze; nach amerikanischer Kriegsgefangenschaft absolvierte er in den Jahren 1946/1947 ein Steinmetzpraktikum. Von der Ausbildung her ist Grass bildender Künstler: 1948–1952 studierte er Graphik und Bildhauerei in Düsseldorf, von 1952 bis 1956 Bildhauerei bei Karl Hartung in Berlin. Eigene Dichtungen, wie zum Beispiel die Gedichtbände *Die Vorzüge der Windhühner* (1956), *Gleisdreieck* (1960) oder *Ausgefragt* (1967), illustrierte er selbst, wie er auch den unnachahmlichen Umschlag zum Roman *Die Blechtrommel* (1959) selbst entwarf. Aus diesem Roman las er 1958, aus Paris angereist, wo er mit Frau und drei Kindern wohnte, auf der Tagung der Gruppe 47 in Großholzleute und begründete damit seinen Ruhm, indem er zugleich den der Gruppe erneuerte. 1960 siedelte er von Paris nach Berlin über, wo er auch heute wohnt; nach 1972 lebte er auch in Wewelsfleth in Schleswig-Holstein. Ab 1961 engagierte sich Grass als aktiver Wahlhelfer des SPD in allen Bundestagswahlkämpfen, nicht immer zur Freude der Gesamtpartei. Denn sein Engagement beruhte hauptsächlich auf einer persönlichen Verbindung mit Willy Brandt. Die politischen Aktivitäten haben literarisch zu einer umfangreichen politischen Publizistik und Essayistik beigetragen.

Als Schriftsteller verkörperte Grass, was in Großholzleute überdeutlich wurde, den neuen, lange vermißten Typus, mit dem im internationalen Literaturbetrieb Staat zu machen war. Grass wirkte unbefangen, kraftvoll, dynamisch, war Interviews keineswegs abgeneigt. Seine Sprache war prall, sinnlich, bildhaft, *Die Blechtrommel* eine Sensation. Zusammen mit der Novelle *Katz und Maus* (1961) und dem Roman *Hundejahre* (1963) bildet sie die von Grass später so genannte *Danziger Trilogie*, in der er am Beispiel des Modells Danzig Vorkriegs-, Kriegs- und Nachkriegszeit aus der Perspektive von Kleinbürgern schildert. 1979 wurde *Die Blechtrommel* von Volker Schlöndorff verfilmt und mehrfach preisgekrönt. Aber bis zur Mitarbeit am Drehbuch hatte Grass schon einen weiten Weg in seiner schriftstellerischen Entwicklung zurückgelegt.

In den fünfziger Jahren produzierte Grass neben den schon erwähnten illustrierten Gedichten einige Theaterstücke, die dem poetischen oder absurden Theater zuzurechnen sind. Das bedeutet, daß sie, wie auch die Metaphern in Graphik und früher Lyrik, zunächst einmal sich selbst bedeuten – das Spiel auf der Bühne, wenig sonst. Wie in den fünfziger Jahren üblich, läßt sich manches aber auch allegorisch oder parabolisch verstehen. Diese Stücke sind heute weitgehend vergessen, was der Literaturgeschichte nicht wesentlich geschadet hat. Die meisten Titel (»Beritten hin und zurück«, 1954; »Noch 10 Minuten bis Buffalo«, 1954; »Hochwasser«, 1955; »Onkel, Onkel«, 1956; »32 Zähne«, 1958) sind als literarische Fingerübungen in der Vorbereitungsphase der *Danziger Trilogie* zu betrachten.

Mit der *Blechtrommel* hatte Grass nicht zuletzt deswegen einen so großen Erfolg, weil es ihm noch einmal gelang, episches Erzählen aus einer einheitlichen Perspektive zu gestalten, ohne dabei in anachronistisches Schreiben zu verfallen. Denn die rapide sich differenzierende Fortschrittsgesellschaft der 50er Jahre ließ in den Augen der meisten modernen Literaten durchaus keinen einfachen Ich-Erzähler mehr zu als eine über dem Erzählten stehende und diesem sinnverleihende Instanz. Grass aber macht sich die Traditionen des Schelmen- wie des Bildungsromans zunutze, indem er sie umkehrt und parodiert: Sein Held Oskar Matzerath, der Blechtrommler, ist ein buckliger Zwerg, der in der Irrenanstalt sitzt und seine Lebensgeschichte verfaßt; dabei wird die Geschichte Danzigs zwischen 1933 und 1945 entfaltet aus der Perspektive eines obszönen Kretins. Das brachte Grass in kleinbürgerlichen Kreisen zwar den Ruf ein, Pornographie zu verfassen, aber es erlaubte ihm, traditionelles Erzählen als gegen die Tradition gerichtetes noch einmal vorzuführen. Und das betont Oskar ausdrücklich:

»Man kann auch ganz zu Anfang behaupten, es sei heute unmöglich, einen Roman zu schreiben, dann aber, sozusagen hinter dem eigenen Rücken, einen kräftigen Knüller hinlegen, um schließlich als letztmöglicher Romanschreiber dazustehn. Auch habe ich mir sagen lassen, daß es sich gut und bescheiden ausnimmt, wenn man anfangs beteuert: Es gibt keine Romanhelden mehr, weil es keine Individualisten mehr gibt, weil die Individualität verlorengegangen, weil der Mensch einsam, jeder Mensch gleich einsam, ohne Recht auf individuelle Einsamkeit ist und eine namen- und heldenlose einsame Masse bildet. Das mag alles so sein und seine Richtigkeit haben. Für mich, Oskar, und meinen Pfleger Bruno möchte ich jedoch feststellen: Wir beide sind Helden, ganz verschiedene Helden, er hinter dem Guckloch, ich vor dem Guckloch; und wenn er die Tür aufmacht, sind wir beide, bei aller Freundschaft und Einsamkeit, noch immer keine namen- und heldenlose Masse.«

Dieser Oskar nun erzählt, daß er schon bei seiner Geburt wieder in den Mutterleib zurückwollte; und weil das nicht ging, beschloß er, an seinem dritten Geburtstag sein Wachstum anzuhalten. Zum selben Zeitpunkt bekam er die Blechtrommel geschenkt. Seitdem entwickelte er sich zum wahren Trommelkünstler und blieb ein Gnom; der Entschluß im Alter von 21 Jahren, nun doch zu wachsen und sich als ein ganz normales Mitglied der Nachkriegsgesellschaft in diese einzugliedern, scheitert. So ergibt sich für die Schilderung des Nationalsozialismus und der Kriegsjahre die Perspektive buchstäblich von unten: Oskar schildert nationalsozialistische Aufmärsche zum Beispiel mit dem Bewußtsein eines bösartigen Dreijährigen, unter einer Tribüne sitzend. Und da er nur niederschreiben kann, was er sich in der

Irrenhausgegenwart ertrommelt, um sich Vergangenes zu vergegenwärtigen, sind Künstlerroman und Zeitroman formal untrennbar miteinander verbunden. Mit Hilfe seiner Trommel hält Oskar sich die Welt vom Leibe; er rückt sie in die Distanz und ruft sie zugleich herbei. Seinen Freiraum in der Distanzierung bewahrt er sich auch, indem er Glas zersingt mit seiner schrillen hohen Stimme, sobald sich eine für ihn bedrohliche Situation ergibt. Sein Standort als nicht teilnehmender, deformierter Beobachter aber erlaubt ihm, die Wirklichkeit im Nationalsozialismus und in den Nachkriegsjahren mit aller Präzision darzustellen: indem er sie bis zur Kenntlichkeit verzerrt. Die vielen Vergleiche Oskars mit Jesus, die den Roman durchziehen, sind nicht als Blasphemien aufzufassen, sondern als Verkehrung der Heilsbotschaft. Oskar kündet von einer Welt, die weder zu retten noch lebenswert ist.

In eben dieser Welt geht Joachim Mahlke, der Held der Novelle *Katz und Maus*, zugrunde. Mit der Geschichte, die im Danzig des Zweiten Weltkriegs spielt, versucht der Erzähler Pilenz, sich sein schlechtes Gewissen von der Seele zu schreiben. Denn er war es, der Mahlke und seine Umgebung auf dessen übergroßen Adamsapfel aufmerksam gemacht hat: Wegen der großen Ähnlichkeit dieses riesigen »Knorpels« mit einer Maus hatte er Mahlke, einem plötzlichen Einfall folgend, eine Katze an die Kehle gesetzt. Seitdem ist der Adamsapfel für Mahlke ein Stigma, aufgrund dessen er aus dem Freundeskreis ausgegrenzt wird. Deshalb zwingt er, ohne die Anlagen dafür zu haben, sich zu immer neuen Heldentaten und versucht, den Adamsapfel zu verstecken. Bedeckt wird er von einem Ritterkreuz, das Mahlke schließlich im Krieg erwirbt, nachdem er es zuvor unrechtmäßig getragen hatte. Das ist der Grund dafür, daß das rechtmäßige dann in seiner alten Schule nicht anerkannt wird. Mahlke, endgültig stigmatisiert und ausgestoßen, geht ins Wasser.

Zwei Jahre später legte Grass mit *Hundejahre* (1963) den die *Danziger Trilogie* abschließenden Roman vor.

Er handelt von der Zeit zwischen 1925 und den 50er Jahren; wie in der *Blechtrommel* werden die Danziger und die deutsche Geschichte, Vorkriegszeit, Hitlerzeit und Adenauer-Ära in der Lebensgeschichte der Hauptfiguren gespiegelt. Aber die einheitliche Erzählerperspektive, die Oskar verbürgte, findet sich hier aufgelöst und vielfach gebrochen: Der Roman besteht aus drei Büchern, den *Frühschichten*, den *Liebesbriefen* und den *Materniaden*, die sich in der Reihenfolge auf die Vorkriegszeit in Danzig, die Kriegsjahre und die fünfziger Jahre beziehen. Erzählt werden diese Bücher von drei verschiedenen Autoren gleichzeitig, von Eduard Amsel, der jetzt Brauxel heißt, das erste; von einem Kölner Funkredakteur, Harry Liebenau, das zweite; und das dritte von Walter Matern. Amsel alias Brauxel, ist der Chef dieser Autorengruppe und greift mit seinen Bemerkungen auch in die beiden anderen Bücher ein. Darüber hinaus sind er und Matern die Hauptfiguren in der erzählten Vergangenheit. Durch diese zieht sich das Motiv des Schäferhundes Pluto, der ein Abkömmling jenes Harras ist, den Hitler 1935 von einem Gauleiter als Geschenk erhielt. Wie die

Menschen, so blieb auch der Hund seinem Herrn nicht treu, sondern setzte sich kurz vor dem Zusammenbruch in den Westen ab. So kam er zu Matern und soll schließlich als Höllenhund die unterirdische Vogelscheuchen-Kunstsammlung bewachen, in der der Künstler Amsel alias Brauxel seine Gegenwart spiegelt. Die auch so schon mehr als schwierige Anlage des Romans wird dadurch noch komplizierter, daß häufige Einschübe von Grotesken, Gesellschaftssatiren oder heimatkundlichen Belehrungen, die sich auf Danzig beziehen, ein Verfolgen der Haupthandlung erschweren. Die geht um Amsel, den Juden, der Vogelscheuchen herstellt und ein Künstler ist, und Matern, den nicht jüdischen Blutsbruder Amsels. Als Kinder haben beide eine Geheimsprache, in der alle Wörter rückwärts ausgesprochen werden. Entwickelt wird die Geschichte der beiden über die Zeit des Nationalsozialismus bis zur Gegenwart. Als SA-Mann verrät Matern die Freundschaft und schlägt Amsel alle Zähne aus; der lebt während des Krieges unter anderem Namen weiter und bleibt der Künstler, dessen Vogelscheuchen-Kunst seine Zeit ins Bild setzt. Nach dem Krieg kommt Matern, der ideologisch umgeschaltet hat, zurück nach Deutschland, um ehemalige Gesinnungsgenossen zu richten. Die Freunde und das Zigeunermädchen Jenny, mit dem Amsel sich zusammengetan hatte, treffen sich wieder in Jennys Lokal, das über ihren Köpfen abbrennt, während sie lauthals und trunken Versöhnung feiern.

Im Roman *Hundejahre* konnte es Grass auf Grund der komplexen Anlage nicht wie in der *Blechtrommel* gelingen, die Fülle der Assoziationen, Bilder, Motive und Handlungsstränge in eine überschaubare Ordnung zu bringen.

Inzwischen aber hatte er sich bereits der Politik zugewandt, was sein Denken und Schreiben in den sechziger Jahren sehr beeinflussen sollte. In der GRUPPE 47 wie unter den deutschen Schriftstellern überhaupt kam es zu heftigen Kontroversen über seine Büchner-Preis-Rede *Über das Selbstverständliche* (1965). Dort machte Grass die linken Schriftsteller, die prinzipiell gesellschaftkritisch statt politisch-pragmatisch argumentiert und auch mit Kritik an der SPD nicht gespart hatten – obwohl sie diese als das kleinere Übel der CDU vorzogen – mit dafür verantwortlich, daß die SPD die Bundestagswahlen verloren hatte. Auch wandte er sich scharf gegen Schriftsteller wie Enzensberger oder Fried, die Literatur selbst als eine Form politischer Agitation betrachteten. Die spätere Veröffentlichung *Über das Selbstverständliche. Reden, Aufsätze, Offene Briefe, Kommentare* (1968) bezeichnet Grass' Standort zwischen Literatur und Politik recht deutlich: Wer Politisches bewirken wolle, erreiche dies nicht durch ein Gedicht oder einen anderen literarischen Text; er müsse sich schon selbst auf das Feld der Politik und der Wahlkämpfe begeben. Die entgegengesetzte Auffassung, daß man mit und durch Literatur Politik machen könne, behandelt Grass literarisch in seinem bekannten Stück *Die Plebejer proben den Aufstand* (1966).

Hintergrund des Stücks, das Grass eine Tragödie nennt, ist der Aufstand in Ost-Berlin am 17. Juni 1953. Er steht stellvertretend für alle gescheiterten deutschen Revolutionen. Im Zusammenhang damit unternimmt es der Autor, eine typische Haltung deutscher Literaten und Intellektueller, die sich selbst für politisch engagiert halten, vorzuführen und zu kritisieren. – Der Chef, eine Figur, die unschwer als der gemeinte Bertolt Brecht zu erkennen ist, läßt auf dem Theater das Stück *Coriolan* von Shakespeare proben. Als in dessen erstem Akt der Plebejeraufstand stattfindet, kommen Ost-Berliner Arbeiter auf die Bühne und berichten vom realen Aufstand außerhalb des Theaters. Der Chef soll ihnen helfen und ein Manifest für die Regierung verfassen. Statt dessen zögert er und bringt die Arbeiter dazu, ihm erst einmal den realen Aufstand auf der Bühne nachzuspielen. Das führt zu einer Vermischung des geprobten Shakespeare-Aufstands mit dem realen und demonstriert, wie politische Realität in den fiktiven Bereich des Theaters überführt wird, statt daß das Theater für jene wirksam würde. Als der Chef sich unter verstärktem Druck schließlich doch zu dem Manifest durchringt, ist es zu spät; die Revolution draußen ist bereits niedergeschlagen. Er zieht sich zurück aufs Land und verfaßt weitere literarische Werke.

Weil das Stück gegen Brecht zielte, fand es in der Öffentlichkeit keine ungeteilte Aufnahme. Überwiegend negativ waren die Reaktionen dann auf den Roman *örtlich betäubt* (1969), in dem der Studienrat Starusch, der auf einem Zahnarztstuhl sitzt und während der Behandlung sein Leben Revue passieren läßt, über verschiedene politische Entwicklungen, Einstellungen und Handlungsmöglichkeiten nachdenkt, von denen eine realistische Politik der kleinen Schritte ihm als die beste erscheint. Das Mittelstück des Romans, in dem es um Proteste gegen den Krieg in Vietnam geht, erschien als selbständiges Theaterstück *Davor* (1969). Als Summe seines politischen Engagements, sofern es einen literarischen Niederschlag gefunden hat, kann man Grass' *Aus dem Tagebuch einer Schnecke* (1971) bezeichnen, wo er, als Autor mit dem Ich-Erzähler weitgehend identisch, seinen »und anderer Leute Kinder« von seinen Erfahrungen während des Wahlkampfs 1969 berichtete, mit dem Willy Brandt Bundeskanzler wurde. Dafür benutzt der Autor-Erzähler die eigenen privaten Tagebuchnotizen; eingeschoben werden auch Bemerkungen und Reflexionen über das Alltagsleben in Ehe und Familie. Das Bild der Schnecke bedeutet für Grass das Positive an aller menschlichen Weiterentwicklung, die langsam, aber beharrlich fortschreitet.

Danach zog sich Grass für einige Jahre aus dem politisch-öffentlichen Leben zurück, um sich endgültig als Klassiker der Romanliteratur zu etablieren. Das gelang ihm aufs beste mit seinem Roman *Der Butt* (1977), in dem, gegründet auf der dem Autor eigenen sprühenden Phantasie und Sprachgewalt, alle ihm zur Verfügung stehenden Register epischen Erzählens gezogen werden.

Der Butt ist alles: ein Märchenbuch, ein Mythenbuch, eine Geschichte des Essens, eine Weltgeschichte von der Steinzeit bis zur Gegenwart, eine Geschichte des Verhältnisses von Mann und Frau und vieles mehr. Das Erzähler-Ich herrscht über Zeiten und Räume – »Ich, das bin ich jederzeit« – und kann so in verschiedenen Figuren verschiedener Epochen auftauchen, wie es auch der Butt kann: der steht für alles, was, nach Beendigung des Matriarchats, den Fortschritt in einer von Männern bestimmten Geschichte ausmacht. Erzählt wird der Roman auf verschiedenen, ineinander verwobenen Ebenen. Eine Rahmenhandlung der Gegenwart von 1973/1974 ist die Zeugung eines Kindes und die daran anschließende neunmonatige Schwangerschaft. Dem entspricht die Einteilung der vom Butt regierten Menschheitsgeschichte in neun Abschnitte, z.B. der Eisenzeit, später der Barock- oder Franzosenzeit, während deren der Ich-Erzähler in jeweils anderen Figuren »zeitweilt«. Die ganze Geschichte aber ist zu Beginn der Romanhandlung schon abgeschlossen. Denn der Butt ist gefangen worden und liegt in einer Badewanne vor einem Feministinnen-Tribunal, um Rechenschaft abzulegen über die von ihm in Gang gesetzte Geschichte mit all ihren von Männern bestimmten Kriegen, mit Mord, Blut, Greueln und Wahnsinnstaten. Das alles ist Schuld des Butt, weil er – in Umkehrung von Otto Philipp Runges Märchen *Der Fischer und siine Fru* – die Männer dazu verführt hat, immer höher hinaus zu wollen. Anfangs hingegen, zu den mythischen Zeiten des Matriarchats, als alle Männer Edek hießen und nicht bis drei zählen konnten und als alle Frauen Aua hießen und noch drei Brüste hatten, herrschte Friede ohne Fortschritt. Zur Menschheitsgeschichte, die so durch die Jahrhunderte verfolgt wird, wird auch die Gegengeschichte der Frauen geschrieben, die fürs Essen sorgten. Jede »Zeitweil« ist repräsentiert durch eine Köchin, und jedesmal setzt man sich zu Tisch, um eine für Zeit und Ort typische Mahlzeit zu genießen. Unter diesem Aspekt ist *Der Butt*, der offen endet, auch noch ein Rezeptbuch.

Auf den unnachahmlichen *Butt* folgten zwei Erzählungen, in denen Grass sich wieder etwas mehr am Zeitgeschichtlichem orientiert: *Das Treffen in Telgte* (1979) und *Kopfgeburten oder Die Deutschen sterben aus* (1980). *Kopfgeburten* trägt viele autobiographische Züge und verweist wieder deutlich auf Grass' politisches Engagement. Er läßt das Lehrerehepaar Dörte und Uwe Harms eine Reise nach China machen, die er selbst in Begleitung Bundeskanzler Schmidts mit seiner Frau gerade abgeschlossen hatte. Angesichts der Überbevölkerung, Umweltverschmutzung und des schlechten Weltzustands überhaupt quälen sich die Harms mit der Frage, ob sie ein Kind zeugen sollen oder nicht. Daneben spielt eine Leberwurst eine Rolle, die mitfliegt und keine andere Bedeutung hat, als eine mitgenommene Leberwurst zu sein. Das weist zurück auf die früheste Lyrik Grass', in der die Dinge auch vorwiegend sich selbst bedeuteten. Wichtiger aber sind die neueren politischen Standorte, die das Buch transportiert: Grass verficht die These einer einheitlichen deutschen Kulturnation bei zwei bestehenden deutschen Staaten. Zu bemerken ist, daß er in den achtziger Jahren eben das unternimmt, was er in den sechzigern Enzensberger, Fried und anderen vorwarf. Er begibt sich als Literat auf das Feld der Politik und argumentiert literar- und kulturhistorisch orientiert, nicht politisch-pragmatisch, ohne sich darüber Rechenschaft abzulegen.

Im *Treffen in Telgte* aber setzte er der GRUPPE 47 und neben ihr vor allem Hans Werner Richter ein Denkmal. Grass benutzt Grimmelshausens fiktive Welt und erfindet ein Treffen aller zwischen Münster und Osnabrück lebenden Barockdichter, das am Ende des Dreißigjährigen Krieges stattfindet. Im Wirtshaus der Courasche reden und diskutieren sie unter der Leitung Simon Dachs, während die Politiker über die Aufteilung Deutschlands streiten. Darin wie in der Spiegelung der GRUPPE 47 in den Barockdichtern kommt Grass' Ansicht zum Ausdruck, daß Kultur und Literatur die einheitsverbürgenden Momente Deutschlands in der gegenwärtigen wie auch in der historischen Perspektive seien. Mit dieser Ansicht hat sich Grass jedoch bislang nicht recht durchsetzen können.

Erzähler der Gruppe 47

Vorzustellen bleiben die Erzähler, die neben Böll und Grass das Bild der GRUPPE 47 wesentlich mitbestimmt haben und die zum Teil im Inland nicht weniger berühmt waren oder sind: Ilse Aichinger, Paul Schallück, Carl Amery, Siegfried Lenz und Gabriele Wohmann sind geschätzte Autoren. Ebenso unterschiedlich wie diese sind Wolfgang Hildesheimer, Uwe Johnson und Martin Walser, deren Werke allerdings eine allgemein anerkannte höhere ästhetische Qualität haben. Weiterführende Ästhetiken und Poetiken wurden dann von der literarischen Avantgarde in den 60er Jahren formuliert, die im Anschluß an die genannten Schriftsteller charakterisiert werden soll.

ILSE AICHINGER, die 1952 den Preis der GRUPPE 47 erhielt, wurde 1921 in Wien geboren. Als Halbjüdin durfte sie vor dem Krieg kein Medizinstudium aufnehmen; sie begann es nach Kriegsende, brach es aber nach einigen Semestern ab. 1950 verließ sie Wien und arbeitete als Lektorin zunächst in Frankfurt/Main, dann als Mitarbeiterin an der Hochschule für Gestaltung in Ulm. 1953 heiratete sie Günter Eich, mit dem sie zehn Jahre später nach Groß Gmain bei Salzburg zog, wo sie heute noch lebt. Ihr erster Roman, *Die größere Hoffnung*, erschien 1948. Von der Kahlschlag-, Trümmer- oder Heimkehrliteratur der Zeit unterscheidet er sich durch seine expressive, bildhafte und gefühlsbeladene Sprache; von einem Lapidarstil oder Sprechstil kann keine Rede sein. Der Inhalt ist weitgehend autobiographisch zu verstehen: Es geht um Judenkinder, die im Zweiten Weltkrieg rassisch verfolgt werden. Ihre große Hoffnung ist die Auswanderung nach Amerika, und sie erfüllt sich nicht. Im Gegenteil, das Mädchen Ellen, die Hauptfigur, wird zum Schluß von einer Granate getötet. Aber Ellen stirbt im Besitz der *größeren* Hoffnung, symbolisiert durch einen hell leuchtenden Stern – der Hoffnung auf Liebe, Menschlichkeit, Versöhnung und Brüderlichkeit. Charakteristisch für den Roman wie für Ilse Aichingers sich daraufhin entwikkelnde Sprachauffassung überhaupt ist, daß nicht direkt benannte Konstellationen und Situationen vorgeführt werden. Benennungen und Bezeichnungen an sich bedeuten für die Autorin wenig, denn ihre Sprachskepsis läßt die Macht der Worte bezweifeln. Das belegen schon ihre frühen Erzählungen, wie *Der Gefesselte* (1953), erst recht aber die späteren, zum Beispiel die in

Eliza Eliza (1965) gesammelten. Diese sind bereits einer konkreten Prosa zuzuordnen, das heißt, sie verzichten weitgehend auf einen logisch zu verstehenden, nachzuvollziehenden Inhalt; es ergibt sich keine zusammenhängende Geschichte mehr. Das verwirrt oder verunsichert den Leser und führt ihn gerade durch die Verfremdung vertrauter oder erwarteter Gedankenmuster dazu, die Fragwürdigkeit des Vertrauten wahrzunehmen. Die Auflösung der traditionellen Prosa wird fortgeführt und sozusagen auf die Spitze getrieben in dem Sammelband *schlechte Wörter* (1976), der das auf Grund seiner absoluten Unverständlichkeit bekannt gewordene Hörspiel *Gare Maritime* enthält. In ihm sind Raum und Zeit aufgehoben wie die Figuren als jeweils für sich bestehende Personen. Es handelt von Joan und Joe, die durch die Jahrhunderte treiben, durch Hafenbecken oder Drehkreuze gehen, die von einem Museumswärter zusammengeschlagen und weggekehrt werden und schließlich als Ausstellungsstücke in einem Museum hängen. Dabei unterhalten sich die beiden in etwa der folgenden Art:

> *Joe* Mir klebt dein Auge zwischen drei von deinen Rippen *Joan* Und ich habe einen Fetzen Drilch unter deiner Fußsohle *Joe* Dein Auge zwickt *Joan* Und kommen wir voran *Joe* Es näßt mich Zwischen deinen Rippen hindurch tränt es auf die meinen Doch doch Joan Ich glaube wir kommen voran

Die Vereinbarkeit des Unvereinbaren, die selbst in der späten konkreten Prosa Ilse Aichingers als erkennbares Thema dominiert, ist eine Konstante in ihrem Werk. Sie entspringt nicht zuletzt der Kafka-Begeisterung in den fünfziger Jahren, die die Autorin mit vielen anderen Schriftstellern teilte und die sich auch ablesen läßt an Veröffentlichungen wie *Zu keiner Stunde. Szenen und Dialoge* (1957) oder *Besuch im Pfarrhaus. Ein Hörspiel. Drei Dialoge* (1961). Die berühmteste Erzählung Ilse Aichingers auch unter den genannten Aspekten ist jedoch die bereits 1948 geschriebene *Spiegelgeschichte* (1954), die von der GRUPPE 47 preisgekrönt wurde. In ihr wird die Lebensgeschichte eines Mädchens in der spiegelbildlichen Verkehrung erzählt, indem sie von der Totenbahre bis zur Geburt zurückverfolgt wird. Das Ende der Geschichte führt somit zum Anfang des Lebens. Und das ist auch so zu verstehen, daß am Ende aller Wörter nicht das Schweigen, sondern das eigentliche Reden beginnt, entsprechend der Sprachskepsis Ilse Aichingers. Die Erzählung schließt konsequent mit den Worten »Still! Laß sie reden!« Voraussetzung dafür ist die Einheit des Gegensätzlichen in der Aufhebung des Todes im Leben und umgekehrt. Sämtliche Erzählungen vor *schlechte Wörter* finden sich in dem Band *Meine Sprache und ich* (1978); als Lyrikerin hat sich Ilse Aichinger erst spät hervorgetan mit der Sammlung *verschenkter Rat.*

Gedichte (1978). Glückloser war PAUL SCHALLÜCK (1922–1976), der in den fünfziger und frühen sechziger Jahren für einen der großen Erzähler der Gegenwart gehalten wurde und der die in ihn gesetzten Erwartungen in der Folge nicht erfüllte; sein Name ist heute fast vergessen. In Warendorf als Sohn eines deutschen Vaters und einer russischen Mutter geboren, zeigte er schon früh religiöse und literarische Interessen. Die Erfahrungen des Krieges – eine schwere Verwundung führte zur lebenslangen Körperbehinderung – wie auch des persönlichen Ausgestoßenseins wegen der Herkunft seiner Mutter bewirkten ein unerschütterliches Mißtrauen gegenüber allen »Theorien, Philosophien und Welterklärungen, die den Blick auf den Reichtum der Welt verstellen«. Nach dem Krieg lebte Schallück in Münster und Köln, wo er zusammen mit Heinrich Böll die deutsch-jüdische Bibliothek »Germania Judaica« begründete und sich mit allen Kräften um die deutsch-jüdische Versöhnung bemühte. Schallück studierte Philosophie, Geschichte und Theaterwissenschaft, lebte lange Zeit als freier Schriftsteller und war seit 1972 Chefredakteur der Zeitschrift *Dokumente*.

Als Mitglied der GRUPPE 47 war Schallück einer der dezidierten Vertreter der Trümmerliteratur, die nach der Kahlschlag-Periode im allgemeinen mehr in den Hintergrund trat. Ohne der Sinnlosigkeit, der Empörung und dem Verlust aller Zukunftsperspektiven so starken Ausdruck zu verleihen, wie dies zum Beispiel Wolfgang Borchert für die »Generation ohne Abschied« tat, stellt Schallück schon in seinem ersten Roman *Wenn man aufhören könnte zu lügen* (1951) seine Figuren in eine Nachkriegswirklichkeit, die ganz alltäglich ist und eine Vorführung ganz alltäglichen Handelns und Scheiterns erlaubt. Es geht um ein Liebespaar, das in der Anklammerung aneinander weder Erfahrungen der Zeit noch persönliche Schwierigkeiten bewältigen kann. Sie begeht am Ende Selbstmord, er will es ihr gleichtun, aber das pure Gefühl, dazusein, zu leben und zu atmen, hält ihn davon ab. Das wird nicht linear erzählt, sondern, aus den unterschiedlichen Perspektiven, in drei ineinander verschobenen Zeitebenen. Inhaltlich ist der Einfluß des französischen Existentialismus von Sartre und Camus festzustellen. Der zweite Roman, *Ankunft null Uhr zwölf* (1953), verweist hingegen auf Grund seiner Form auf James Joyce als Vorbild. Die Handlung umfaßt nur wenige Stunden, die Sterbestunden eines Mädchens, dessen Geschwister, vom Vater zusammengerufen, im Nebenzimmer sitzen. Das ist der Rahmen für die Entwicklung all der einzelnen Lebensgeschichten mit ihren Hoffnungen und deren Scheitern. Bis auf einen Bruder sind die Existenzen aller Geschwister gescheitert; der Bruder aber erwartet die Ankunft der Geliebten um null Uhr zwölf und durchbricht mit diesem freudigen, nach vorn gerichteten Lebensgefühl die ihn umgebende Atmosphäre der Resignation. Das Prinzip Hoffnung gegen eine Welt der Verstrickungen und Abhängigkeiten von überpersönlichen Bedingungen betont Schallück auch in seinem dritten Roman, *Die unsichtbare Pforte* (1954). Er handelt von den Qualen und dem wiederholten Scheitern eines Tablettensüchtigen, der ohne Schmerzmittel kaum leben kann, und endet offen: Zum Schluß begibt Ulrich, die Hauptfigur, sich in eine Entziehungskur. Der folgende Roman *Engelbert Reineke* erschien 1959, im selben Jahr wie *Billard um halbzehn* von Böll und *Die Blechtrommel* von Grass. Das Buch hätte auch einen ähnlichen Erfolg wie die genannten haben können; nur kam es in einer billigen Taschenbuch-Ausgabe auf den Markt und ging so, ganz entgegen den Erwartungen des Fischer-Verlags, in der literarischen Öffentlichkeit unter, statt zur Kenntnis genommen zu werden. Es handelt von der nicht bewältigten Nazi-Vergangenheit in der Gegenwart der Bundesrepublik. Engelbert Reineke ist Studienassessor an einem Gymnasium, dessen Direktor seinen antifaschistisch eingestellten Vater in ein Konzentrationslager hatte deportieren lassen; dort wurde er ermordet. Der Sohn nun kann diese Vergangenheit, repräsentiert auch durch viele an der Schule noch unterrichtende Lehrer, nicht vergessen und will das Stellenangebot in der Firma eines Freundes annehmen. Die Rahmenhandlung des Romans ist der Tag, an dem er dieses Stellenangebot erhält und zu einer Entscheidung kommen muß. Sie fällt schließlich so aus, daß Engelbert bleibt. Denn ein Stellenwechsel wäre nichts anderes als Flucht vor einer unbewältigten Vergangenheit und diente niemandem.

Eine ebensolche Haltung nahm Schallück selbst als Zeitkritiker ein; neben seinen Romanen verfaßte er zahlreiche Artikel, in denen er immer wieder an die unbewältigte, verdrängte und beiseite geschobene Vergangenheit erinnerte, die er unter der Oberfläche der Adenauer-Republik weiterhin wirksam sah. Standpunktnahmen der Art faßte er zusammen in dem Band *Zum Beispiel Essays* (1962). Auch der Vortrag *Gegen Gewalt und Unmenschlichkeit* (1969) oder die von Schallück herausgegebene Anthologie *Deutschland, kulturelle Entwicklungen seit 1945* (1969) sind in diesem Zusammenhang anzuführen. Darüber hinaus findet sich die Thematik, in literarisierter Form, in den 1977 postum zusammengestellten Erzählungen *Bekenntnisse eines Nestbeschmutzers*, von denen viele noch heute lesenswert sind.

Schallücks ehrgeizigster Roman, mit dem er es Cervantes und auch Böll gleichtun wollte, bewirkte zugleich den Ruin seines Rufes als Schriftsteller. Mit dem Werk *Don Quichotte in Köln* (1967) hatte er sich derartig übernommen, daß der Kritik nichts Positives festzustellen blieb. Anton Schmitz alias

Tünnes, vorher Rundfunkredakteur, will mit seinem Freund Peter Scheel alias Sancho Pansa alias Schäl Wahrheiten unter die Kölner bringen und meint dabei gegen Windmühlenflügel anzukämpfen wie weiland Don Quichotte. Es ist Schallück nicht gelungen, seinen Stoff sprachlich und kompositorisch zu bewältigen; szenische Einfälle und Komposition erscheinen so gewollt, gezwungen, konstruiert und dabei verwirrend, daß die Rezeption des Romans nur niederschmetternd sein konnte. Das Tragische dabei war, daß Schallück sich eben durch sein Projekt mit aller Kraft noch einmal als einer der großen hatte etablieren wollen. Er starb krank, verarmt und verbittert.

Wie Schallück, so gehörte auch CARL AMERY (geb. 1922), Pseudonym für Christian Anton Mayer, zu jenen Autoren der GRUPPE 47, denen die Nachkriegsgesellschaft wegen der nicht bewältigten Vergangenheit unter der Oberfläche des Wirtschaftswunders verdächtig blieb. Amery ist bekannt als radikal-katholischer Linksintellektueller und wird häufig mit Heinrich Böll verglichen. Aber im Unterschied zu diesem ist Amery in München geboren und zeit seines Lebens Bayer geblieben, wovon ein Großteil seines Werkes zeugt. Von 1974 bis 1976 war er Vorsitzender des bayerischen, von 1976 bis 1977 des Deutschen Schriftstellerverbandes. Sein Roman *Die große deutsche Tour* (1958) ist eine Parodie auf die Wohlstandsgesellschaft der fünfziger Jahre, in der Reklamevorstellungen als Wirklichkeit ausgegeben werden. Zeigt sich Amery hier als satirischer Gesellschaftskritiker, so greift er 1963 den offiziellen Katholizismus an in seinem Buch *Die Kapitulation oder Deutscher Katholizismus heute*, zu dem Heinrich Böll das Nachwort schrieb. Amerys Attacke gegen die Amtskirche, der er wie Böll ihre eigenen christlichen Ideale gegenüberstellt, um sie daran zu messen, entspricht in ihrer Schärfe der großen Enttäuschung vieler katholischer Literaten, die sich von der Kirche Impulse für soziale Erneuerungen und Reformen erhofft hatten. Außerdem war gerade Rolf Hochhuths Drama *Der Stellvertreter* mit seinen Angriffen auf das Schweigen der Amtskirche zur nationalsozialistischen Judenverfolgung erschienen, das in der Öffentlichkeit heftig diskutiert wurde. Insofern ist Amerys Veröffentlichung auch ein Beitrag zu dieser Diskussion. Die Auseinandersetzung mit der katholischen Kirche aber überdauerte diese; davon zeugen die Essays *Fragen an Welt und Kirche* (1967) oder das Buch *Katholizismus und Faschismus. Analyse einer Nachbarschaft. Heinrich Lutz antwortet Carl Amery* (1970). Zur Verurteilung wird die Kritik in den siebziger Jahren, als Amery schlicht bestreitet, daß der Katholizismus noch irgendeine gesellschaftlich-zukunftsorientierte Bedeutung habe. Er weist im Gegenteil nach, daß die Kirche beigetragen habe zur Zerstörung einer menschwürdigen Umwelt, indem sie den Satz, daß der Mensch sich die Erde untertan machen solle, falsch ausgelegt und propagiert habe. Solche Zusammenhänge werden entwickelt in dem großen Essay *Das Ende der Vorsehung. Die gnadenlosen Folgen des Christentums* (1972). Seitdem ist Amery bekannt geworden als einer, der die Sache der Ökologen und Umweltschützer vertritt. Dafür stehen Veröffentlichungen wie *Natur als Politik. Die ökologische Chance des Menschen* (1976) und *Marsch, zurück auf die Bäume ... oder: Wie wir es besser machen können* (1979). Einen ebenso bekannten Namen aber machte Amery sich als Verfasser intelligenter und spannend zu lesender science-fiction-Romane, in denen die katholische Amtskirche durchaus immer noch eine Rolle spielen kann. In *Das Königsprojekt* (1974) geht es zum Beispiel um eine nach Plänen Leonardo da Vincis konstruierte Zeitmaschine, mit deren Hilfe der Geheimdienst der Römischen Kurie zum Nutzen des Vatikans Kurskorrekturen in der Vergangenheit vornimmt. Das übergeordnete Ziel dabei ist, die sogenannte Glorreiche Revolution von 1688 mit einem anderen als dem historisch bekannten Ausgang zu versehen; die Stuart-Krone soll für Rupprecht, den katholischen Kronprinzen Bayerns, zurückgewonnen werden. Von einer Kurskorrektur der Bayerischen Geschichte handelt der Roman *An den Feuern der Leyermark* (1979); dort spielt der Autor mit der Möglichkeit der Geschichte eines freien Bayern ohne die Vorherrschaft Preußens im Deutschen Bund nach dem Bundeskrieg von 1866. Daß Amerys Liebe zu Bayern den Vorstellungen einer besonderen regionalen Verbundenheit, die man gemeinhin damit verbindet, direkt zuwiderläuft, dokumentiert nicht zuletzt sein Stück »Trauerarbeit«, das er leistet bei seinem Streifzug durch die Geschichte Bayerns seit der Reformationszeit in *Lebwohl geliebtes Volk der Bayern. Ein Requiem für die Wittelsbacher, ihre Beamten, Untertanen und Erben* (1980). Amery ist ein unbequemer Aufklärer geblieben.

Das kann man von Siegfried Lenz (geb. 1926) nicht gerade sagen. Seine Lesergemeinde ist so groß, daß seine Werke in hoher Auflage erscheinen; und das liegt nicht zuletzt daran, daß er unterhaltsam und gefällig schreibt, ohne allzu pointiert auf soziale oder ideologische Mißstände hinzuweisen. Deshalb beunruhigt oder verwirrt er seine Leser auf der einen Seite kaum. Auf der anderen Seite aber leidet die Qualität seiner literarischen Produktion zuweilen unter dem zu Glatten und Gefälligen nicht nur des Stils, sondern auch der Thematik. Die ist, besonders in den früheren Werken, bestimmt von Land und Leuten im ostpreußischen Masuren, wo Lenz geboren wurde. Die Welt der dortigen Menschen mit ihren Traditionen und Lebensformen wird geschildert in dem Band *So zärtlich war Suleyken* (1955), der 1972 auch erfolgreich für das Fernsehen verfilmt wurde. Als Mitglied der GRUPPE 47 gehörte Lenz zu der Gruppe von Schriftstellern die, aus den Ostgebieten stammend, neue literarische Themen einbrachten und sich, entsprechend ihrer Herkunft und ihren Erfahrungen, mit der Kriegs- und unmittelbaren Nachkriegszeit auseinandersetzten. Lenz, der kurz vor Kriegsende noch als Soldat eingezogen worden war, wurde Augenzeuge der großen Flucht über die Ostsee »und des Untergangs vieler Schiffe«, während die Sowjetarmee vorrückte; dies wie auch die ersten Erlebnisse in Hamburg, wohin er 1945 kam und wo er ein bald darauf wieder abgebrochenes Studium begann, fanden in verschiedener Form Eingang in das Werk. Zu nennen sind hier vor allem die Erzähl- und Prosabände, in denen Lenz sich als ein spontan-naiver, dabei humorvoller und augenzwinkernd-kritischer Erzähler erweist: *Lehmanns Erzählungen oder So schön war mein Markt. Aus den Bekenntnissen eines Schwarzhändlers* (1964) und *Der Spielverderber* (1965) beziehen sich auf die chaotischen Nachkriegsjahre; *Jäger des Spotts* (1958) und *Das Feuerschiff* (1960) lassen eher die östlichen Themen wieder in den Vordergrund treten. Obwohl Lenz den Durchbruch zur breiten öffentlichen Anerkennung mit seinem zuerst als Hörspiel gesendeten Drama *Zeit der Schuldlosen* (1961) schaffte, gründet sein gegenwärtiger Ruhm doch vorwiegend auf seiner Tätigkeit als Romanschriftsteller.

Der erste Roman *Es waren Habichte in der Luft* (1951) fand sofort öffentliche Beachtung. Stilistisch weist er Einflüsse Dostojewskijs und Faulkners auf; er handelt von einem durch Bolschewisten verfolgten Lehrer, der vergebens als Gärtner untertauchen will und beim Überschreiten der Grenze erschossen wird. Leitmotiv der folgenden Romane (»Duell mit dem Schatten«, 1953; »Der Mann im Strom«, 1957; »Brot und Spiele«, 1959) ist die existentielle Einsamkeit des modernen Menschen, von Lenz gezeigt am Beispiel der Ausweg- und Ratlosigkeit alternder Männer. Von diesen Werken abzusetzen sind die neueren Romane, vor allem *Deutschstunde* (1968), mit dem Lenz anerkannter Autor auch in den Germanistischen Seminaren wurde.

Die Rahmenhandlung spielt im Jahre 1954. Siggi Jepsen sitzt in einer Jugendstrafanstalt und soll einen Aufsatz über die »Freuden der Pflicht« verfassen. In diesem Aufsatz nun, der die eigentliche Handlung des Romans ausmacht, erinnert Siggi sich zurück bis ins Jahr 1943; sein Thema ist für ihn eng an seinen Vater gebunden, der in Rugbüll, einem schleswig-holsteinischen Dorf, Dienst tat als »nördlichster Polizeiposten in Deutschland«. In dieser Funktion überbrachte der Vater dem Maler Nansen, mit dem der reale Emil Nolde gemeint ist, ein von den Nazis verhängtes Malverbot. Pflichterfüllung heißt nun für den Vater, unabhängig von aller persönlichen Bindung an den Maler, die Einhaltung des Malverbots zu überwachen. Siggi hingegen wird Nansens Freund, versteckt die Bilder, die der weitermalt, und versucht ihn zu schützen, wo er kann. Nach dem Krieg wird die Rollenverteilung in der Pflichterfüllung absurd, weil weder Siggi noch sein Vater ihr Handeln ändern können: Der Vater verfolgt Nansen weiter, obwohl das Malverbot gar nicht mehr existiert, und Siggi meint, Nansen weiter schützen zu müssen, obwohl das nicht mehr nötig ist. In der Jugendstrafanstalt sitzt er, weil er Nansens Bilder auf einer Ausstellung entwendete. Der Ausgang der Rahmenhandlung ist offen.

Läßt schon dieser Roman kompositionelle Schwächen erkennen, die eine Begrenztheit Lenzscher Erzählkunst mehr als augenfällig werden lassen, so gilt das erst recht für die folgenden Werke. In *Deutschstunde* trägt Lenz unter anderem deshalb wenig Neues zur Vergangenheitsbewältigung bei und bleibt in einem verflachenden Realismus mit viel Lokalkolorit stecken, weil die Erzählperspektive dem Stoff nicht angemessen ist; es ist mehr als unwahrscheinlich, daß Siggi, der jugendliche Ich-Erzähler, all die Situationen und Konstellationen, die beobachtet zu haben er vorgibt, auch tatsächlich beobachten konnte. In *Das Vorbild* (1973), dessen Thema aus der *Deutschstunde* weiterentwickelt wird und wo das Problem Deutschunterricht gegen Ende der sechziger Jahre zur Debatte steht, verliert Lenz dann vollends die Beherrschung über seinen Stoff. Gelungener erscheint hingegen der Roman *Heimatmuseum* (1978), in dem Masuren, seine Traditionen, Sitten und Bräuche wieder behandelt werden. Wo diese geschildert werden, ergibt sich ein anschauliches Bild der verlorenen Heimat. Leider verliert es an erzählerischer Anmut dadurch, daß Lenz meint, den Begriff »Heimat« und mit ihm den des »Heimatromans« selbst kritisch in Frage stellen zu müssen. Das führt in Scheinprobleme und Scheinlösungen, die anders als intendiert einer Begründung des eigenen Schreibens nicht dienlich sind. Auf welch unterschiedlichem Niveau dieses stehen kann, zeigen die beiden Erzählbände, die Lenz in den siebziger Jahren noch veröffentlichte. Die Sammlung *Der Geist der Mirabelle, Geschichten aus Bollerup* (1975) sollte den Erfolg von *So zärtlich war Suleyken* von 1955 wiederholen; aber weil eben das zu merken ist, hat der Leser sehr schnell das Gefühl, es mit einem seichten zweiten Aufguß zu tun zu haben. Anders dagegen die neuen Geschichten in *Einstein überquert die Elbe bei Hamburg* (1975). In ihnen behandelt Lenz aktuelle individuelle und soziale Probleme der Zeit und beweist in der Leichtigkeit und Feinheit seiner Erzählkunst, daß er trotz mancher Schwächen und Mißgriffe im Rahmen seines Gesamtwerks durchaus nicht zu Unrecht ein beliebter und viel gelesener Autor ist.

Auch GABRIELE WOHMANNS (geb. 1932) bisherige literarische Produktion läßt manche Schwächen erkennen, die aber, wie Stil und Thematik überhaupt, ganz anders gelagert sind als bei Lenz. Obwohl die Schriftstellerin erst ab 1960 an den Tagungen der GRUPPE 47 teilnahm und durchaus zur jüngeren

Generation gezählt werden kann, ist sie doch schon an dieser Stelle vorzustellen. Denn ihre Erzählungen und Romane sind zwar geprägt von einem sehr großen sprachlichen Ehrgeiz, aber innovative, die Literatur weiterführende Schreibweisen oder Themen führen sie nicht vor. Gabriele Wohmann, die nach einem kurzen Studium der Germanistik und Musikwissenschaft von 1953 bis 1956 Lehrerin in Langeoog und Darmstadt war, trat 1958 mit ihrem ersten Roman *Jetzt oder nie* hervor und lebt seitdem in Darmstadt als eine freie Schriftstellerin, mit deren vielen jährlichen Veröffentlichungen der Leser kaum noch Schritt halten kann. An Erzähl- und Prosasammlungen erschienen, um nur die bekanntesten Titel anzuführen, *Sieg über die Dämmerung* (1960), *Selbstverteidigung, Prosa und anderes* (1971), *Gegenangriff, Prosa* (1972), *Ländliches Fest* (1968) und, in jüngerer Zeit, *Paarlauf* (1979). Eine repräsentative Auswahl stellte der Luchterhand-Verlag zusammen in den beiden Bänden *Ausgewählte Erzählungen aus zwanzig Jahren* (1979). Über die Stoffe und die Schreibart der Autorin fällte Reinhard Baumgart 1975 ein sehr hartes Urteil, das, auch wenn es der Relativierung bedarf, durchaus zutrifft. Er bezeichnete ein Schreiben, das sich nur noch auf die eigene Person bezieht und das von dem Stoff absieht, den die Welt sonst noch zu bieten hat, als »Wohmannisieren« und warf den Autoren, die es betrieben, den »Blick durch das eigene Schlüsselloch auf den eigenen Nabel« vor. »Schreibend beschnuppern sie nur noch sich selbst und ihr Milieu, erzählen von ihren eigenen Ärzten, Tanten, Krankheiten, Ängsten, Ehe- und Nebenlieben, Alkohol- und Fernsehgenüssen.« Das sind in der Tat die Themen Gabriele Wohmanns, nur ist die Intention eine andere als die der bloßen Nabelschau: Über die Selbstvergewisserung des Ich verläuft die Abgrenzung von der Umwelt und die Auseinandersetzung mit ihr; die äußere Realität wird also durchaus mit einbezogen. Nur geschieht dies aus einer Individualperspektive, in der, wenn sie zu ausschließlich wird, alles noch so Kleinliche, Private und Banale bedeutungsträchtig wird; wenn zum Besipiel Verdauungsprobleme der Frau zu einem Leitmotiv in den Erzählungen werden können, dann erscheint das schließlich ebenso larmoyant wie das stete Kreisen um festgefügte Verhaltensmuster, die eben darum nicht zu durchbrechen sind, weil das – meist weibliche – Ich um sie kreist.

Eine Entwicklung hingegen aus der ausweglosen Selbstbespiegelung des Subjekts lassen die Romane erkennen. In *Ernste Absicht* (1970) befindet sich ein Mensch, todkrank, im Krankenhaus und versucht, in dieser existentiellen Grenzsituation sein Leben zu überblicken. Der Roman *Schönes Gehege* (1975) handelt von dem Schriftsteller Robert Plath, in dem Gabriele Wohmann sich selbst mit ihren eigenen Einstellungen und der Notwendigkeit, diese zu verändern, porträtiert hat: Plath hat zu tun mit einem Fernsehteam, das eine Sendung über ihn zusammenstellen will, und erkennt, wie festgelegt das öffentliche Bild von ihm ist, zu dem er selbst beigetragen hat. Er gilt als Welt- und Menschenverächter mit einem scharfen Blick für die Details und Kleinigkeiten im Umgang der Menschen miteinander, durch die sie sich das Leben wechselseitig zur Hölle machen. Um diesem Bild zu entkommen, bricht er seine Mitarbeit an der Sendung ab. In *Frühherbst in Badenweiler* (1978) ist es der Komponist Hubert Frey, der seine künstlerische wie persönliche Krise während eines Kuraufenthaltes zu bewältigen hat und dabei unter verschiedenen Aspekten den Verlust wie die Schaffung von Freiheit und Freiräumen reflektiert. Auch in Frey läßt sich unschwer die Autorin selbst mit ihren Nöten wie mit ihren Wunschvorstellungen erkennen. Unverstellter hervor treten die autobiographischen Züge in dem Roman *Ausflug mit der Mutter* (1976), in dem Gabriele Wohmann ihr Verhältnis zur eigenen Mutter und dessen Entwicklung hin zur Anerkennung der Mutter als einer Person für sich beschreibt. Die schriftstellerische Entwicklung der Autorin jedoch läßt gegenwärtig alle Fragen offen. Es scheint, daß sie sich von der Genauigkeit in der Detailbeobachtung ein wenig abwendet, um sich den großen existentiellen Polarisierungen und deren Vermittlung zuzuwenden. Wesentliche Anstöße für die Gegenwartsliteratur sind jedenfalls kaum zu erwarten.

Das ist anders bei Wolfgang Hildesheimer (geb. 1916), der zwar sechzehn Jahre älter ist als Gabriele Wohmann, dessen Fähigkeit zur literarischen Innovation jedoch größer erscheint. Die thematische Konzentration auf die Befindlichkeit des Ich macht in seinem schriftstellerischen Werdegang nur eine Phase aus und ist nicht, wie bei Gabriele Wohmann zu beobachten, beschränkt auf ein Ich des gehobenen Mittelstandes, dessen psychische Probleme wesentlich mit einem Wegfallen aller äußeren Sorgen und einem Mangel an Beschäftigung zu tun haben. Gründe dafür mögen schon in Hildesheimers weltläufiger Biographie zu finden sein, die eine literarische »Nabelschau« kaum begünstigen konnte. Hildesheimer wuchs in Hamburg, wo er geboren wurde, in Berlin, Cleve, Nijmegen und Mannheim auf. 1933 emigrierte er mit den Eltern zuerst nach England, dann nach Palästina. Dort absolvierte er von 1934 bis 1937 eine Tischlerlehre und erhielt daneben eine Ausbildung in Innenarchitektur, Möbeldesign und im Zeichnen. Anschließend studierte er zwei Jahre Zeichnen und Bühnenbildnerei in London. Von 1939 bis 1946 lebte er wieder in Palästina, zuerst als Englischlehrer am British

Council des British Institute in Tel Aviv, dann als englischer Informationsoffizier in Jerusalem. Nach einer kurzen Zeit in London, wo er Textilien und Bühnenbilder entwarf, war er nach dem Krieg von 1946 bis 1949 Simultandolmetscher bei den Nürnberger Kriegsverbrecherprozessen; ab 1948 war er auch Redakteur der Nürnberger Protokolle. Bis 1953 lebte er dann als freischaffender Künstler am Starnberger See, bis 1957 in München, seitdem in Poschiavo in der Schweiz. Seit 1968 hat Hildesheimer auch einen zweiten Wohnsitz in Urbino/Italien. Der Schriftstellerei wandte er sich 1950 zu; Malerei und Graphik, worin er ausgebildet worden war, betreibt er erst wieder seit den 60er Jahren. Für sein literarisches Werk erhielt er 1954 den Hörspielpreis der Kriegsblinden und 1966 den Georg-Büchner-Preis.

Hildesheimers erste Veröffentlichungen waren satirische Kurzgeschichten, zusammengestellt in dem Buch *Lieblose Legenden* (1952). Dort wie auch in dem Band *Ich trage eine Eule nach Athen* (1956) werden mit viel Sarkasmus, Witz und Ironie eine Scheinbildung und Scheinkultur lächerlich gemacht, wie sie sich nach dem Krieg in einer Gesellschaft wieder etablierten, die, statt sich zu erneuern, klassische Kunst und Kultur als Aushängeschilder benutzte. Um das Verhältnis von Schein und Sein, Echtem und Falschem, Original und Imitat geht es auch in Hildesheimers erstem Roman *Paradies der falschen Vögel* (1953). Der Held, Robert Guiskard, ist ein Bildfälscher, der eben deshalb mit sehr viel Erfolg arbeitet, weil er sich die künstlerische und ästhetische Falschmünzerei, wie sie gesellschaftlich betrieben wird, zunutze macht. Daß Guiskard, dessen Handeln im gegebenen Rahmen geradezu ehrlich erscheint, dem Autor sympathischer ist als die dargestellte Umwelt, verwundert nicht. In der Bühnenkomödie *Der Drachenthron* (1955), die in einer Hörspielfassung den Titel *Prinzessin Turandot* (1955) trägt, wird die satirische, scheinhafte Normen und Werte ironisch entlarvende Kritik auf den Bereich des Politischen bezogen. Die jeden Mann vernichtende Prinzessin in einem despotisch regierten fernöstlichen Staat soll demjenigen zur Frau gegeben werden, der sie bezwingt; dies gelingt einem falschen Prinzen, einem Abenteurer, der eine bigotte und korrupte Machtclique mit deren eigenen Waffen schlägt. Insofern erweist er sich als der moralisch »richtige«, und die Prinzessin will mit ihm fliehen. Aber schließlich siegt doch ein »echter« Prinz und mit ihm das despotische System. Auch das Hörspiel *Das Opfer Helena*, veröffentlicht in der Sammlung *Sprich, damit ich dich sehe* (1960), endet mit dem Scheitern des Opfers: Helena ist Spielball in einer von Machtpolitik regierten Männerwelt. Es sind deren Mechanismen und Strukturen überhaupt, immer weniger einzeln zu benennende Handlungen, Figuren oder

Situationen, von denen machtlos verstrickte Individuen unterdrückt werden, die sich nicht wehren können. Dies führt, in der ironisch-satirischen Brechung von Wahrnehmung und Darstellung, in Hildesheimers Entwicklung zum Theater des Absurden. Darüber muß an anderer Stelle gesprochen werden; hier geht es zunächst um Hildesheimer als einen der GRUPPE 47 verbundenen Erzähler, nicht als einen der Hauptvertreter des absurden Theaters in der Bundesrepublik. Dennoch ist natürlich zu betonen, daß beide Seiten des literarischen Schaffens in den späten 50er und in den 60er Jahren zusammenhängen; die Wahrnehmung der Wirklichkeit als einer in sich absurden, die selbst keinen Sinn hat, sondern der man einen Sinn gibt, prägt sowohl die Thematik als auch die Schreibart der zu dieser Phase gehörenden Romane.

Das gilt zunächst für *Tynset* (1965), das eigentlich gar kein Roman ist; der Autor selbst meinte recht zufrieden, daß das Buch auch in eben dem Punkt gelungen sei. Es gibt keine epische Handlung, die in zeitlicher Folge entwikkelt würde.

Die Grundsituation von *Tynset* besteht darin, daß ein Mann schlaflos im Bett liegt; seine Reflexionen, Assoziationen, Erinnerungen, Phantasien, Vorstellungen und Zukunftsentwürfe im Laufe der einen Nacht umfaßt das Buch. Die Technik der Darstellung beruht auf dem sogenannten inneren Monolog, indem der Bewußtseinsstrom des Ich verfolgt wird. So können die in der Bett-Gegenwart erfahrenen Sinneseindrücke ebenso thematisiert werden wie die erinnerte Vergangenheit. Gleichzeitig jedoch wird der Bewußtseinsstrom streng strukturiert, so daß ein höchst artifizielles Kunstprodukt mit lauter aufeinander verweisenden Motiven entsteht: Das Kompositionsgefüge des Buches ist ein musikalisches. Hildesheimer integriert den Gedankenfluß des Erzählers, indem er Haupt-, Neben- und leitmotivische Themen nach musikalischen Mustern anordnet, in die Fugen-, Toccata- und Rondoform. In diesem Rahmen wird keine außerhalb des Buches liegende Wirklichkeit mehr abgebildet; Wirklichkeit wird vielmehr vorgeführt als eine, die sich das Ich in seinen Vorstellungen selbst schafft und die folglich durch das Buch erst hergestellt wird. – Das schlaflose Ich hat sich von der Welt, die es als Bedrohung und Angst erfahren hat, in ein einsames Haus im Gebirge zurückgezogen und lebt dort allein mit seiner Haushälterin Celestina. Es erinnert unter anderem die Nazi-Vergangenheit, die, in der Maske braver Bürger, beängstigend gegenwärtig ist. Und es stellt sich eine andere Wirklichkeit vor: die im zeit- und geschichtslosen Tynset. Tynset ist ein kleiner Ort an einer Bahnnebenstrecke in Norwegen, auf den der Schlaflose beim Lesen des Kursbuches gestoßen ist. Das überprüfbare Faktum des Kursbuches, der Ortsname Tynset, veranlaßt so den Entwurf einer möglichen Wirklichkeit, die »Ziel der Ziele« aber nur als Möglichkeit sein kann. Denn, wie das Ich beim Morgengrauen feststellt, in der Realität würde Tynset enttäuschen – weshalb der Erzähler wie die berühmte Romanfigur Oblomov im Bett bleibt.

Mit *Tynset* kam Hildesheimer als Prosa-Autor zu Ruhm; er erntete begeisterte Zustimmung von seiten der Kritik. Das thematische Spiel mit Realität und Fiktion wie auch die Demonstration des Anliegens, Wirklichkeit schreibend zu erschaffen statt abzubilden, setzte er fort mit dem Buch *Masante* (1973). *Masante* aber geht einige Schritte weiter als *Tynset:* Der Erzähler befindet sich bereits in Tynset sozusagen, im Ort seiner Vorstellungen, Meone am Rande der Wüste. Dort gibt es nichts, nur Leere und Stille. Und das sind die Voraussetzungen für die Freisetzung vorgestellter Wirklichkeiten als Möglichkeiten. Die Weiterführung der Grundsituation erlaubt es, »Welt« wieder objektiver darzustellen, mehr Fakten und Tatsachen einzuflechten. Zu beobachten ist eine Wiederannäherung des Autors an die Existenz einer äußeren Wirklichkeit, die neben der Innenwirklichkeit des Subjekts besteht. Eine Wende in dieser Hinsicht zeichnete sich um 1970 ab.

In seinem Bühnenstück *Mary Stuart* (1970) wendet sich Hildesheimer der Geschichte zu. Die Entwicklung, auch die formalliterarische, die in der Abwendung vom inneren Monolog besteht, ist konsequent. Ihr Grundthema bleibt das Verhältnis von Wirklichkeit und Fiktion sowohl innerhalb als auch außerhalb von Literatur. Nur wird dieses auf eine Geschichte bezogen, deren Verlauf an sich ohne Ziel und Zweck ist. Sinnhaftigkeit, Gesetzmäßigkeiten, zielgerichtete Entwicklungen werden nach Hildesheimers Ansicht immer erst von der jeweiligen Gegenwart aus in die Geschichte hineingedeutet. Das zeigt er, dabei Schillers *Maria Stuart* ironisierend, in seinem Stück: Mary Stuart stirbt einen ganz gemeinen und gewöhnlichen Tod, der nur in ihrer Vorstellung verklärt wird. Um die Rückprojektion dessen, was das eigentliche Wesen einer historischen Figur ausmacht, statt um die objektive Wahrheit dieses Wesens geht es auch in Hildesheimers Biographie *Mozart* (1977). Denn dort führt der Autor nicht vor, wer Mozart eigentlich war, sondern er nähert sich ihm an, umkreist das Leben eines Genies, diskutiert mehrere Deutungsmöglichkeit in der Mozart-Forschung, zeigt, daß alle Aussagen über Mozarts Leben eigentlich nur Spekulation oder Fiktion sind – und liefert doch schließlich selbst eine sehr kompetente und elegante psychologische Deutung, die Leben und Werk Mozarts in recht plausiblen Zusammenhängen erscheinen läßt. Über das Mozart-Buch hinaus geht Hildesheimer in *Marbot. Eine Biographie* (1981), in der er zu einer Synthese seiner Auffassungen von Wirklichkeit, Fiktion, Geschichte, Wahrheit und deren literarischer Darstellung kommt: *Marbot* ist eine fiktive Biographie. Das bedeutet, daß Hildesheimer, seinen Erkenntnissen folgend, es nicht mehr unternimmt, mit Hilfe einer Biographie die Wahrheit über eine historisch-reale Person vermitteln zu wollen. Auch bleibt er der Einsicht treu, die er in seiner Rede *The End of Fiction* (1976) formulierte: daß man keinen Roman mehr schreiben könne wegen des Überdrusses an erfundenen Geschichten. Denn er schreibt ja eine Biographie, die sich den Anschein gibt, eine echte zu sein. So gelingt es ihm, mit dem Blechtrommler zu sprechen, »einen kräftigen Knüller hinzulegen«.

Andrew Marbot ist ein – erfundener – Kunstkritiker im England der ersten Hälfte des 19. Jahrhunderts. Er ist ein junger Aristokrat, dessen Kunsttheorie und -betrachtung psychologisch so profund sind, daß er, wie sein Biograph nachweist, erstaunlich viel an späteren psychoanalytischen Erkenntnissen vorwegnimmt. Sein Leben wie seine Ansichten werden rekonstruiert aus – erfundenen – Briefen; auch setzt sich der Biograph von anderen Forschungsmeinungen über Marbot ab. Indem der Autor in seiner fiktiven Biographie den Wahrheitsanspruch ebenfalls erfundener Biographien zur Fiktion erklärt, liefert er die brillante Parodie eines ganzen Genres und der dazugehörigen wissenschaftlichen Forschung. Marbot selbst versucht, den wiederholten Inzest mit der eigenen Mutter in der Beschäftigung mit Kunst zu sublimieren; als ihm das nicht gelingt, begeht er wohlüberlegt Selbstmord.

Bedeutet *Marbot* als Spiel mit der literarischen Gattung einen Endpunkt in Hildesheimers Beschäftigung mit Fiktion und Wirklichkeit, so weisen zwei Veröffentlichungen in den 70er Jahren auf ein politisches Engagement hin, dessen Rücknahme im Roman vielleicht keine endgültige ist. In den beiden Hörspielen *Hauskauf* (1974) und *Biosphärenklänge* (1977) bezieht Hildesheimer direkt Stellung zu politischen und umweltpolitischen Gegenwartsproblemen; das Ich mit seinen Schwierigkeiten gerät als Thema in den Hintergrund. Das leuchtet ein angesichts des Weltuntergangs in der Umweltkatastrophe, der in *Biosphärenklänge* als gegebene Tatsache dargestellt wird. Daß der Autor diese Richtung seines Schreibens zunächst jedoch nicht weiter verfolgte, geht neben *Marbot* auch aus dem Sammelband *Exerzitien mit Papst Johannes* (1979) hervor, in dem Hildesheimer Fragmente früherer Arbeiten zusammenstellte. Seine weitere literarische Entwicklung darf als offen bezeichnet werden.

Ebenso richtungweisend für die Gegenwartsliteratur war Uwe Johnson, der 1934 in Kammin, heute Kamien Pomorski/Pommern geboren wurde und im Februar 1984 in Sheerness/England starb. 1945 floh die Familie nach Mecklenburg; seine Gymnasialzeit verbrachte Johnson in Güstrow. Von 1952 bis 1956 studierte er Germanistik und Anglistik in Rostock und Leipzig. Nach bestandener Prüfung erhielt er keine staatliche Anstellung, weil er dafür ideologisch als nicht geeignet galt. Statt dessen widmete er sich seinen literarischen Neigungen. Sein erster Roman, *Mutmaßungen über Jakob,* wurde 1959 in der Bundesrepublik veröffentlicht und war sofort ein großer Erfolg. Im selben Jahr zog Johnson um nach Westberlin; neben seinem Roman trugen fortan der Suhrkamp-Verlag und die Gruppe 47 zu seinem Ruhm bei. Denn die Gruppe hatte nun endlich den ihr noch fehlenden Autor gefunden: den der beiden Deutschland, der in *Mutmaßungen über Jakob* die deutsche Teilung und deren Auswirkungen auf das Leben des einzelnen erstmals literarisiert hatte. Johnson selbst wehrte sich gegen diesen Ruf und betonte die Allgemeingültigkeit seiner Ästhetik, die über die politischzeitgebundene Thematik hinauswies. Das wurde und ist auch anerkannt; neben der *Blechtrommel* waren die *Mutmaßungen über Jakob* das große literarische Ereignis des Jahres 1959 nicht zuletzt deswegen, weil der Roman stilistisch und formal Maßstäbe setzte, die fortan nicht mehr ignoriert werden konnten. 1961 unternahm Johnson die erste USA-Reise; von 1966 bis 1968 lebte er in New York, wo er mit der Niederschrift der *Jahrestage* begann, die ihn fünfzehn Jahre lang beschäftigen sollten. Wieder in Berlin wohnhaft, absolvierte er etliche Vortragsreisen, bis er 1974 umzog nach Sheerness in England. 1975 durchlebte Johnson eine gravierende physische und psychische Krise, die ihn auch längere Zeit am Schreiben hinderte. Unterbrochen wurde das Leben in England durch die Dozentur für Poetik an der Universität Frankfurt/Main, die Johnson für das Wintersemester 1979/1980 annahm. Seine dortigen Vorlesungen sind veröffentlicht in dem Band *Begleitumstände* (1980), in dem er über seine persönliche und schriftstellerische Entwicklung berichtet und, in zum Teil sehr subjektiv-verzerrender und allzu privater Form, mit seinen Gegnern in Sachen Literatur abrechnet. Danach schloß Johnson die *Jahrestage* ab. Seine persönliche Verfassung in den letzten Jahren vor seinem Tod war von Krisen nicht frei; davon zeugt auch die Max Frisch gewidmete *Skizze eines Verunglückten* (1981), in der Johnson davor warnt, das Leben allein auf das Schreiben auszurichten. Eben das aber hat ihn zu dem großen Autor gemacht, als der er seinen Platz in der Literaturgeschichte der Bundesrepublik hat.

Schloß Grass 1959 mit der *Blechtrommel* eine Tradition epischen Erzählens ab, so eröffnete Johnson mit den *Mutmaßungen über Jakob* eine neue: Er führt die Reflexion über Sprache und deren Verhältnis zur Wirklichkeit in den Roman so ein, daß die Unmöglichkeit, wahre Wirklichkeit in korrekten Sätzen zu erfassen und abzuspiegeln, zum unmittelbaren Thema wird. Der Roman zeigt, ganz im Sinne von Hildesheimers Überlegungen zum Verhältnis von Realität und Fiktion, daß alles, was über Jakob zu sagen ist, Mutmaßung bleibt, Mutmaßung auch des Lesers. Denn der muß die zusammenmontierten Dialogfetzen, inneren Monolge von Freunden Jakobs, Erzählerpassagen und verschiedenen nicht eindeutig festgelegten Möglichkeiten von Ereignissen so kombinieren, daß er immer wieder Mutmaßungen anstellen muß, wer Jakob war, wie er gestorben ist und was geschehen ist. Er folgt einem Erzähler, der Vermutungen, Ansichten und Meinungen anderer wiedergibt, ohne Wahres vom Falschen trennen zu können. So entsteht nicht nur ein differenziertes Bild vom Leben in der Bundesrepublik und in der DDR im Jahre 1956, sondern darüber hinaus ein Bild der fragenden Aneignung von Wirklichkeit ohne irgendeine Sicherheit des Erkennens. Eben darin besteht der Realismus des Romans.

Ausgangspunkt der *Mutmaßungen* ist der Tod des 28jährigen Jakob Abs, der bei der DDR-Reichsbahn beschäftigt ist. In Frage steht, ob Jakobs Tod ein Unfall war, ob er Selbstmord beging oder ob er vom Geheimdienst ermordet wurde aus politischen Gründen. Mit Hilfe der oben beschriebenen Montage-Technik wird Jakobs Leben rekonstruiert. Dieses erscheint gebunden an eine Gruppe streng typisierter Personen, die an die Figurenkonstellation in einem Drama erinnert. Da gibt es die Geliebte, Gesine Cresspahl, die in den Westen geflüchtet ist und als Sekretärin bei der Nato arbeitet; den Mann vom Geheimdienst, Rohlfs, der Jakob wie die auf Besuch nach Dresden zurückgekehrte Gesine für die Spionage gewinnen will; die ältere Generation, Jakobs Mutter, die auch im Westen lebt, und Gesines Vater Heinrich Cresspahl, der Kunsttischler in Dresden ist; und schließlich den intellektuellen Dissidenten Dr. Jonas Blach, der nach Jakobs Tod von Rohlfs wegen staatsgefährdender Umtriebe verhaftet wird. Im Rahmen dieser Konstellation erfährt man von Jakobs Tätigkeit bei der Reichsbahn, von der Unmöglichkeit unpolitischen Verhaltens – Jakob muß Zügen mit russischen Soldaten, die zur Niederschlagung des ungarischen Aufstands eingesetzt werden, freie Fahrt geben –, vom Leben in der Bundesrepublik, das Jakob, der Gesine nachgefolgt ist, enttäuscht und zur freiwilligen Rückkehr in die DDR veranlaßt. Sowohl in seiner politisch loyalen Haltung, die Rohlfs, beileibe kein »Hundefänger«, beeindruckt, als auch in seiner Menschlichkeit wird Jakob als ein Offener, Fragender so überzeugend gezeichnet, daß die *Mutmaßungen* über den Kriminalfall, der ihnen eigentlich zugrunde liegt, hinausweisen auf eine positive Möglichkeit menschlicher Existenz.

Bei der Lektüre bereitet der Roman wegen der unorthodoxen Syntax und Zeichensetzung einige Schwierigkeiten; der Leser ist gezwungen, das Buch so langsam zu lesen, wie es geschrieben wurde – worauf Johnson ausdrücklich und mit einigem Stolz hingewiesen hat. Seine beiden nächsten Romane haben ebenfalls das geteilte Deutschland und die Konsequenzen im persönlichen Bereich wie die Frage nach der Wirklichkeit und nach Schreibmöglichkeiten in einer nicht mehr erkennbaren Wirklichkeit zu Themen. In *Das dritte Buch über Achim* (1961) geht es, abgesehen von der deutsch/deutschen Problematik, im Grunde um die gleiche Frage wie in Hildesheimers fiktiver *Marbot*-Biographie: wie die Darstellung einer authentischen Lebensgeschichte möglich ist, wenn alles Material dazu sich nur als Projektion, Wunschdenken, Vorstellung oder an ganz bestimmte Interessen gebundene subjektive Meinung erweist. Karsch, ein westdeutscher Journalist, will über das ostdeutsche Radsportidol Achim eine Biographie schreiben und gibt das Unternehmen schließlich auf, weil die Wahrheit weder herauszufinden noch zu schreiben ist, wenn Achim selbst seine Vergangenheit so verfälscht, wie es in der Gegenwart günstig ist. Dargestellt wird also die Materialsuche für ein Buch im Buch; dieses muß scheitern, die Darstellung der Suche selbst hingegen nicht. Johnsons dritter Roman, *Zwei Ansichten* (1965), handelt von der Liebe zwischen einer Ostberlinerin namens D. und einem Westdeutschen mit Namen B.; geschildert wird das Leiden der Liebenden an den Grenzen, die ihnen gesetzt sind einerseits durch die Mauer, andererseits durch die Konsumgesellschaft. Formal wird die Handlung hier einsträngig und linear entwickelt; Johnson wich vorübergehend von seiner experimentellen Schreibweise ab zugunsten des traditionellen, eher auf die Vermittlung von Sachverhalten gerichteten Stils.

Das änderte sich wieder in der umfangreichen Tetralogie *Jahrestage* (1970, 1971, 1973 und 1983), mit der Johnson inhaltlich und formal anknüpft an seinen ersten Roman. Dabei werden aber der Stoff wie auch die Erzählebenen und -elemente so wesentlich erweitert, daß ein höchst komplexes Gefüge einer Komposition entsteht, die sich zur Ansicht einer ganzen Epoche verdichtet. Das bedingt, daß der Leser sich in der Tetralogie ohne Hilfe von außen kaum zurechtfinden kann. Und die lieferte Rolf Michaelis mit seinem wertvollen Nachschlageband *Kleines Adreßbuch für Jerichow und New York. Ein Register zu Uwe Johnsons Roman »Jahrestage«. Angelegt mit Namen, Orten, Zitaten und Verweisen* (1983). Wer sich wirklich mit den *Jahrestagen* beschäftigen will, wird den Band von Michaelis mit Gewinn benutzen.

Hauptfigur oder besser: episches Zentrum ist Gesine Cresspahl aus *Mutmaßungen über Jakob*, die, inzwischen 35jährig, mit ihrer Tochter Marie nach Amerika ausgewandert ist und in New York lebt. Gesines Bewußtsein – ihre Erinnerungen, Assoziationen, Vorstellungen, wie zum Beispiel Gespräche mit längst Verstorbenen – und Gesines Dialoge mit der Tochter Marie, der sie – wie dem Leser! – ihr Leben erzählt, bilden das formale Gerüst der Darstellungsebenen. Gesines Gegenwart umfaßt die Zeit vom 20. August 1967 bis zum selben Datum 1968; Bewußtseinszustände und -inhalte werden über jeden einzelnen von 365 Tagen hinweg ausgebreitet. So können einerseits die bundesrepublikanische und die amerikanische Gegenwart zur Zeit des Vietnamkriegs zum Thema werden, andererseits die jeweilige Vergangenheit. Diese umfaßt gebunden an Gesines erinnerte Herkunft, das Leben ihres Vaters Heinrich Cresspahl, des Kunsttischlers, aus Jerichow und Gesines eigenes Leben. Von daher ergibt sich eine Chronik der mecklenburgischen Kleinstadt von den 20er Jahren über die Hitlerzeit bis in die Nachkriegsjahre, der das Leben im New York der 60er Jahre kontrapunktisch entgegengestellt wird. Daneben findet sich alles eingestreut, was das Bewußtsein Gesines entweder prägt oder spiegelt: Tagebuchnotizen, Auszüge aus der *New York Times*, Tonbänder, Lieder und vieles mehr. Gegliedert sind die Bände der *Jahrestage* folgendermaßen: Die ersten beiden Bücher umfassen jeweils vier Monate, die Zeit vom 20.8. bis 19.12. 1967 und vom 20.12. 1967 bis 19.4.1968; sie enthalten die erinnerte Zeit von den 20er Jahren bis 1945. Der dritte Band bezieht sich auf die Zeit vom 10.4. bis 19.6. 1968 und zugleich auf die unmittelbaren Nachkriegsjahre. Der vierte Band geht dann bis zum 20.8. 1968 und führt hauptsächlich die DDR-Vergangenheit bis zum Aufstand vom 17.6. 1953 vor, dem die Niederschlagung des Prager Frühlings in der Erzählgegenwart gegenübergestellt werden kann.

Es war Johnsons erklärte Absicht, in den *Jahrestagen* zu zeigen, »mit welch belanglosem und belastendem Schutt eine Person des 20. Jahrhunderts sich abzugeben habe Tag für Tag« – und gemessen an diesem Anspruch ist die Tetralogie als ein wahrhaft gelungenes Werk zu bezeichnen. Die Masse des Stofflichen ist allerdings nur in einem derart gigantischen Erzählmosaik zu bewältigen, daß sie streckenweise als gar nicht mehr bewältigte erscheint.

Zudem weist die Erzähltechnik Wiederholungen von Mustern auf, die sich schon in *Mutmaßungen über Jakob* prägnanter entwickelt finden. Aus den angeführten Gründen reagierte die Kritik dann auch mit Zurückhaltung auf das Mammutwerk, das seine Berechtigung wohl eher von einem persönlichen Zwang Johnsons zur Bilanz seiner Epoche als von Erfordernissen ästhetischer Art herleitet. Wie dem auch sei: Mit den *Jahrestagen* schloß Johnson die Laufbahn eines Schriftstellers ab, der sein Ziel erreicht hatte. Er hat die Wirklichkeit einer Epoche erlebt, indem er sie sich und seinen Lesern erschrieb. Und die Art des Erschreibens sucht ihresgleichen.

Sprachlich und stilistisch traditioneller ausgerichtet und deshalb einfacher zu verfolgen sind die Erzählungen und Romane MARTIN WALSERS (geb. 1927). Walser wuchs in Wasserburg am Bodensee auf und lebt heute ganz in der Nähe seines Geburtsortes in Nußdorf. Er studierte Literatur, Geschichte und Philosophie und promovierte 1951 zum Dr. phil. mit der 1961 in Buchform veröffentlichten Dissertation *Beschreibung einer Form, Versuch über Franz Kafka.* Danach war er in verschiedenen Ressorts Mitarbeiter am Süddeutschen Rundfunk, bis er sich 1957 zum Leben als freier Schriftsteller entschloß. Den Preis der GRUPPE 47 im Jahre 1955 erhielt er in einer Frühphase seiner literarischen Entwicklung, die er recht schnell überwand; es war die vom Einfluß Kafkas bestimmte Phase, die für die 50er Jahre bei vielen Autoren nachzuweisen ist. In der Sammlung *Ein Flugzeug über dem Haus und andere Geschichten* (1955) und auch noch in den surrealen *Lügengeschichten* (1964) werden wie bei Kafka Personen mit anonymen Instanzen in abstrakten Räumen konfrontiert; die Erzählungen sind Parabeln, durch die vermittelt Gesellschaftskritik geleistet wird.

Schon mit dem ersten Roman *Ehen in Philippsburg* (1957) aber gab Walser die durch die parabolische Form gegebene Distanzierung zur sozialen Realität auf und wandte sich seinem eigentlichen Thema zu. Es besteht in der Schilderung von Individuen der bürgerlichen Mittelschicht, die sich unmöglich selbst verwirklichen können in ihrem Bemühen, sich an die vorgegebenen Normen und Werte ihrer Umwelt anzupassen. Als Umwelt erscheint – häufig im Modell der Provinz – die Wirtschaftswunder- und Wohlstandsgesellschaft der Bundesrepublik. Unter diesen Aspekten ähnelt die Thematik Walsers zwar der von Gabriele Wohmann. In Walsers männlichen Protagonisten jedoch wird ein Bewußtsein gespiegelt, das als gesellschaftlich deformiertes die Faktoren sozialer Konditionierung überzeugender entlarvt als die weiblichen Ichs in ihren allzu privaten Konditionierungen bei Gabriele Wohmann dies können. *Ehen in Philippsburg* spielt in einer mittelgroßen

Provinzstadt und besteht aus der Darstellung von vier lose aneinandergereihten Lebensgeschichten; Hans Beumann, aus der Provinz stammend, will sich der gutbürgerlichen Philippsburger Gesellschaft anpassen. Das gelingt ihm schließlich auch, aber nur auf Kosten seiner persönlichen Integrität. Vorgeführt wird eine Gesellschaft ohne alle Substanz, die ihre Leere und Hohlheit selbst offenbart: Walsers satirische Technik besteht darin, die Figuren jeweils aus ihrer eigenen Perspektive zu schildern – und die ist im Vergleich zur übrigen Welt so beschränkt, daß jeder Erzählerkommentar überflüssig wird.

In den folgenden umfangreichen Romanen entwickelt der Autor eine andere Erzähltechnik, um die dauernde Frustration seiner Figuren in dem Versuch, beruflich und privat erfolgreich zu sein in einer erfolgsorientierten Wohlstandsgesellschaft, zu schildern: Details des ganz normalen und gewöhnlichen Alltagslebens in Ehe, Familie und Beruf treten in den Vordergrund. Geschildert werden sie aus der Perspektive eines Ich-Erzählers namens Anselm Kristlein, der sozial so angepaßt ist, daß er kaum noch als Individuum mit bestimmten Eigenarten und Besonderheiten erscheint. Dieser Kristlein ist Hauptfigur der Romane *Halbzeit* (1960), *Das Einhorn* (1966) und *Der Sturz* (1973), die Walser 1981 in einer Kassette als Trilogie herausgab, ergänzt um den *Nachruf auf einen Verstummten.*

Im Verlauf der Romane tritt Kristlein in verschiedenen Berufen und Rollen auf, als Vertreter, Berater, Werbefachmann, Schriftsteller und schließlich als Angestellter in einem Erholungsheim am Bodensee. Von seinen Bemühungen, allen Erwartungen und Anforderungen von außen zu entsprechen, wie von seinen Schwierigkeiten dabei berichtet er in inneren Monologen, in denen er seine Lage auch überdenkt. Ausgangssituation ist in den ersten beiden Romanen schon das Scheitern einer Anpassung als versuchter Selbstverwirklichung: In *Halbzeit* hat Kristlein ein Magengeschwür, im *Einhorn* liegt er krank im Bett und rekonstruiert seine Leiden, um wieder handlungsfähig zu werden. Jegliches kritische Bewußtsein fehlt ihm; er kann immer nur feststellen, daß er mehr fremde Erwartungen erfüllen muß, als eigene Wünsche befriedigen zu können. Die Konsequenz liegt im endgültigen Scheitern an den bestehenden Lebensverhältnissen, wie es im *Sturz* angedeutet wird.

Eben weil Kristlein kaum individuelle Züge trägt, wird er häufig zum Sprachrohr seines Schöpfers, was man diesem vorgeworfen hat. Und in der Tat neigt Walser in seiner Trilogie dazu, die Probleme einer bestimmten sozialen Schicht, die sich immer mehr auf die der Literaten und Intellektuellen verengt, zu verallgemeinern. Schwierigkeiten, mit denen der Schriftsteller zu kämpfen hat, erscheinen so leicht als typisch menschliche. Deshalb ist Walser nicht ohne Grund ein Autor, dessen Bücher von Lesern eben der Schicht, die er beschreibt, bevorzugt werden.

Ist Anselm Kristlein als Figur weitgehend noch so zu verstehen, daß ihm zur Selbstverwirklichung nur etwas mehr individueller Mut fehlt, um sich gegen soziale Anforderungen und Zwänge erfolgreich wehren zu können, so ändert sich das in Walsers folgenden Romanen. Schon in *Fiction* (1970), dann in *Die Gallistl'sche Krankheit* (1972) werden das Versagen und Scheitern der Helden in ihrem jeweils persönlichen Umfeld als natürliche Konsequenzen in der modernen Leistungsgesellschaft vorgestellt. Der Versuch, sich an diese anzupassen, zwingt den einzelnen dazu, stets mehr vorgeben zu müssen, als er ist oder leisten kann. Im Zusammenhang damit entwickelt das entfremdete Individuum Überlebensstrategien, die es schützen sollen: Es verzichtet auf alle Zukunftserwartungen, zieht sich zurück und vermeidet menschliche Bindungen soweit wie möglich. Das gilt für Franz Horn, den Angestellten in *Jenseits der Liebe* (1976) wie für den Studienrat Helmut Halm in der Novelle *Ein fliehendes Pferd* (1978). Mit dieser Novelle hatte Walser nicht zuletzt deswegen großen Erfolg, weil Fabel und Handlung im Unterschied zu den Romanen kunstvoll komponiert und streng durchstrukturiert sind; Helmut Halm fühlt sich in seinem mühsam erkämpften Lebens-Freiraum von seinem Jugendfreund Klaus Buch so angegriffen, daß es zwischen den beiden zu einem Kampf mit fast katastrophalem Ende kommt. Im Roman *Seelenarbeit* (1979) aber verläßt Walser dann wieder die straffere Form und Handlungsführung zugunsten seines detaillierten Erzählens aus dem Alltagsleben. In diesem Fall geht es um den Cheffahrer Xaver Zürn, der mit an ihn gerichteten Anforderungen nicht mehr zurechtkommt und schließlich beruflich wie sozial degradiert wird.

Auch als Dramatiker ist Walser bekannt geworden und erntete gute Kritiken. Das liegt auch daran, daß die in den Romanen vernachlässigte Fabel in Theaterstücken mehr in den Vordergrund tritt und deshalb stärker beachtet werden mußte. Walsers Stücke sind politischen und sozialkritischen Inhalts und verweisen viel deutlicher als die Romane auf des Autors dezidiertes politisches Engagement. Eine Zeitlang stand er der DKP nahe; in den Jahren der Studentenbewegung vollzog er wie Enzensberger die Wende von der Literatur zum politischen Handeln – wenigstens der Überzeugung nach. Sehr erfolgreich war das Stück *Eiche und Angora* (1962), in dem Walser ein sich anpassendes politisches Bewußtsein satirisiert. Alois, der Held, paßt sich dem Nationalsozialismus an, als der in den Nachkriegsjahren schon vorbei ist, dann ist er gegen die Remilitarisierung, als schon längst wieder aufgerüstet wird, und so fort. *Der schwarze Schwan* (1964) handelt von der Judenverfolgung, bezieht die Nazi-Vergangenheit aber auf die unaufgeklärte und ungesühnte Schuld der in der Gegenwart lebenden Verantwortlichen. In *Überlebensgroß Herr Krott. Requiem für einen Unsterblichen* (1964) zeigt

Walser mit surrealistischen und grotesken Mitteln, wie unter der Macht des unsterblichen, an seinen Rollstuhl gebundenen Kapitalisten Krott soziale und individuelle Einschüchterungen und Deformationen entstehen; diese verweisen über Krott hinaus auf ein unmenschliches, längst überlebtes und dennoch beibehaltenes System. Nach Stücken wie *Der Abstecher/Die Zimmerschlacht. Übungsstück für ein Ehepaar* (1967), die schon in den frühen 60er Jahren aufgeführt wurden und von privaten Bindungen und Konflikten handeln, setzte Walser sich in den siebziger Jahren auf dem Theater mit der Restauration von sozialen und politischen Mustern auseinander, an deren Veränderung oder Abschaffung man zur Zeit der Studentenbewegung noch geglaubt hatte. Beispiel dafür ist *Das Sauspiel, Szenen aus dem 16. Jahrhundert* (1975), wo Walser die Restauration bürgerlich-politischer Macht nach den Bauernkriegen mit Entwicklungen der siebziger Jahre parallelisiert. Den Griff in die Vergangenheit zur Demonstration gegenwärtiger oder gegenwärtig möglicher Abhängigkeiten und Deformationen des einzelnen behielt er auch bei in der dramatischen Auseinandersetzung mit dem überlebensgroßen und unsterblichen Goethe: *In Goethes Hand, Szenen aus dem 19. Jahrhundert* (1982) handelt von Johann Peter Eckermann, der für Goethe in dessen letzten Lebensjahren arbeitete, aber kein festes Gehalt und keine Anstellung erhielt. Gezeigt wird ein Abhängigkeitsverhältnis, das Charakter und Verhalten auf beiden Seiten auf bestimmte Rollenmuster reduziert und zu ihrem Nachteil prägt.

Inhaltlich und formal lassen die genannten Stücke wie die Romane erkennen, daß Walser jener so zu nennenden mittleren Generation der GRUPPE 47 zuzurechnen ist, die in der kritischen Auseinandersetzung mit der bundesrepublikanischen Vergangenheit und Gegenwart zwar alle Möglichkeiten traditioneller literarischer Formen und Schreibweisen ausschöpfte, deren Grenzen aber nicht grundsätzlich durchbrach. Das unternahm die avantgardistische jüngere Generation, die das Bild der GRUPPE 47 in den sechziger Jahren mitprägte. Einer avantgardistischen Richtung, der sprachlichen, hatte Heißenbüttel den Weg gewiesen; die andere führte Ansätze des französischen nouveau roman fort, wie schon die frühen Prosaarbeiten von Peter Weiss zeigen. Vorzustellen bleibt also die literarische Avantgarde, die in ihren Anfängen der GRUPPE 47 zugehörte und dann eigene Wege ging.

Charakteristisch für Vertreter der Avantgarde ist ihre Unzufriedenheit mit dem Verhältnis von Sprache und Literatur zur Wirklichkeit und ihr Bemühen, Verfälschungen in der Darstellung des Wirklichen soweit wie möglich zu vermeiden. Deshalb sind sie bestrebt, neben den Heißenbüttel folgenden Reflexionen auf die Sprache selbst nur noch das zu beschreiben, was mit den eigenen Sinnen wahrzunehmen ist. Um das Wahrgenommene durch seine Umsetzung in Sprache, also durch seine Literarisierung nicht zu verändern, wird ein Stil erforderlich, den man als ein »Nachschreiben« bezeichnen kann: Wirklichkeit wird nicht mehr dargestellt, sondern in ihrem Verlauf nachgeschrieben. Wegweisend dafür waren die frühen Prosaarbeiten von PETER WEISS (1916–1982), der 1962 den Preis der GRUPPE 47 in einer Stichwahl gegen Johannes Bobrowski nur knapp verfehlte.

Weiss, der nach 1934 erst in London, dann in der Tschechoslowakei und in der Schweiz lebte und schließlich, 1939, nach Schweden emigrierte, wo er bis zu seinem Tod am 10. Mai 1982 blieb, wurde in Deutschland erst 1960 bekannt. Er war schwedischer Staatsbürger und hatte in Schweden bereits einen Namen als Graphiker, Maler, Filmemacher und Schriftsteller, als 1960 sein schon 1952 geschriebener »Mikro-Roman« *Der Schatten des Körpers des Kutschers* auf deutsch erschien. Zur Verdeutlichung der neuen Poetik mag der Anfang des fünften Absatzes dienen:

> Zum ersten Mal in meinen Aufzeichnungen um weiter als einen sich im Nichts verlierenden Anfang hinausgeratend setze ich nun fort, indem ich mich an die Eindrücke halte die sich mir hier in meiner nächsten Umgebung aufdrängen; meine Hand führt den Bleistift über das Papier, von Wort zu Wort und von Zeile zu Zeile (...) was soll ich sonst tun (...). Mit dem Bleistift die Geschehnisse vor meinen Augen nachzeichnend, um damit dem Gesehenen eine Kontur zu geben, und das Gesehene zu verdeutlichen, also das Sehen zu einer Beschäftigung machend, sitze ich neben dem Schuppen auf dem Holzstoß (...).

Nicht mehr um Geschehenes geht es, sondern um die Aufzeichnung des Gesehenen, das anders als jenes weder einen notwendigen Sinn noch ein erkennbares Ziel hat. Gesehen wird im *Schatten des Körpers des Kutschers* eine kleine Gästepension; die Figuren werden nur so geschildert, wie sie sich den Augen darbieten, rein äußerlich also und gänzlich unpsychologisch. Seinen Titel trägt der »Mikro-Roman« aufgrund seines letzten Abschnitts, in dem ein Beischlaf geschildert wird, den der Erzähler von draußen sieht als Schattenspiel vor einem erleuchteten Fenster.

Nun legte sich der Schatten des Kutschers, niedrig aus der Tiefe der Küche hervortretend, und über den Schatten der Tischkante, der in gleicher Höhe mit dem Schatten des Fensterbretts lag, hinauswachsend, neben den Schatten der Haushälterin; der Schatten seiner Arme streckte sich in den Schatten des Arms der Haushälterin hinein, auch der Schatten des anderen Arms der Haushälterin schob sich in den zu einem Klumpen anschwellenden Schatten der Arme, worauf sich die Schattenmasse des Körpers der Haushälterin der Schattenmasse des Körpers des Kutschers näherte und mit ihr zusammenschmolz (...).

Die Perspektive des Erzählers ist radikal begrenzt auf die Subjektivität der Wahrnehmung; gerade die Begrenzung auf die Sinne aber soll eine größtmögliche Objektivität in der Schilderung des Wahrgenommenen verbürgen. Das wird schwierig dort, wo es um die Darstellung vergangener Ereignisse geht, wie in dem Fragment *Das Gespräch der drei Gehenden* (1963). Erzähltechnisch löst Weiss das Problem so, daß er die einheitliche subjektive Perspektive auffächert in die der drei Männer Abel, Babel und Cabel, die dasselbe Ereignis untereinander als auch für sich genommen an verschiedenen Stellen verschieden erinnern. Dadurch wird erreicht, daß die Wahrheit des Erinnerten als nur subjektive objektiviert werden kann. Ein wenig leichter zu lesen sind die beiden autobiographischen Bücher *Abschied von den Eltern* (1961) und *Fluchtpunkt* (1962), obwohl Weiss auch in ihnen versucht, den Fluß ungeformter, nicht unterteilter Erinnerungen sprachlich unmittelbar umzusetzen. Nicht zuletzt wegen der Schwierigkeit, das Subjektive mit der Beschreibung des objektiv Gegebenen theoretisch und praktisch zu vermitteln, gab Weiss die Ansätze der frühen sechziger Jahre auf und wandte sich in der Folge dem Dokumentartheater zu. Auf diesen Teil seines Werkes wird an anderer Stelle einzugehen sein; betont werden aber muß schon hier, daß die schriftstellerische Wende notwendigerweise einer ideologischen entsprach. Weiss gab den Standort auf, Wirklichkeit so detailliert und distanziert wie möglich nachzeichnen zu wollen, und bekannte sich zum Marxismus-Leninismus. Das zog eine ganz andere literarische Orientierung nach sich, von der die Erklärungen in *Zehn Arbeitspunkte eines Autors in der geteilten Welt* (1965) zeugen. Am vorläufigen Ende der weiteren Entwicklung während der Theaterphase stellte sich für Weiss schließlich die Frage, welchen politischen Sinn und Nutzen, auch welche Berechtigung Kunst überhaupt haben könne. Darum geht es unter anderem in dem großen Roman *Die Ästhetik des Widerstands,* der in drei Bänden 1975, 1978 und 1981 erschien. Er ist durchsetzt von vielen autobiographischen Elementen und handelt von einem Widerstandskämpfer gegen den Nationalsozialismus, der nach mannigfachen Ereignissen nach Schweden gelangt, dort Brecht kennenlernt und über Möglichkeiten einer politisch engagierten Kunst nachdenkt. Wie auch immer man die literarische Produktion Peter Weiss' einschätzen mag: Mit seiner Prosa der frühen sechziger Jahre setzte er schreibtechnische Maßstäbe, hinter die kein junger Autor zurückfallen konnte, der neue Möglichkeiten des Schreibens erproben wollte.

Solches war die Absicht von DIETER WELLERSHOFF (geb. 1925), der sein Studium der Germanistik mit einer Dissertation des Themas *Untersuchungen über Weltanschauung und Sprachstil Gottfried Benns* (1952) abgeschlossen hatte und seit 1959 als Lektor im Verlag Kiepenheuer & Witsch arbeitet. Ganz im Sinne von Weiss forderte er, daß Literatur die Erkenntnis von Wirklichkeit ermöglichen solle allein durch das Material, das der Autor durch genaue Beobachtung der Realität liefern könne. Damit wandte er sich gegen die auf Grotesken und Satiren beruhende gesellschaftskritische Literatur einerseits und gegen die auf reiner Sprachzerstörung und -rekonstruktion aufbauende Literatur andererseits – gegen Richtungen also, wie sie von Grass oder Heißenbüttel vertreten wurden. Den eigenen Ansatz versah er mit den Namen »Kölner Schule« oder »Neuer Realismus«, dem Günter Herburger, Günter Seuren, Gisela Elsner, Renate Rasp und andere zuzurechnen sind, die nicht bei der GRUPPE 47 gelesen haben. Die Anthologie *Ein Tag in der Stadt. Sechs Autoren variieren ein Thema,* die Wellershoff 1962 herausgab, zeigt, daß man von einer einheitlichen »Schule« oder von einem bestimmten »Realismus« gar nicht sprechen kann; zu unterschiedlich sind die Vorstellungen der jungen Autoren zum Thema, das Wellershoff selbst gestellt hatte. Gemeinsame Grundsätze der neuen Poetik aber bleiben die radikal-subjektive Perspektive in der Darstellung der sinnlich-konkreten Erfahrungswirklichkeit, die Genauigkeit im Detail, der Verzicht auf einen sinnstiftenden Erzähler und die Ablehnung eines in sich geschlossenen Fiktionsraumes. Wellershoff demonstriert sein Programm in den eigenen Romanen. *Ein schöner Tag* (1966), sein Erstling, zeigt die Innenwelt einer Kölner Familie in der Veräußerung des Psychischen; Vater, Sohn und Tochter bleiben in Rollen befangen, die den Normen idyllischen Familienlebens entsprechen und den einzelnen neurotisieren. In *Die Schattengrenze* (1969) stellt Wellershoff im Stil des nouveau roman den Persönlichkeitszerfall eines Kriminellen dar, der einen Verfolgungswahn entwickelt; das Nachschreiben der psychischen Wirklichkeit besteht im Nachzeichnen der Angst. Strukturell entspricht das der Montage von Realitätspartikeln, in denen Raum und Zeit aufgelöst werden wie die Vorstellungen und Gefühle der Hauptfigur selbst. Deren Identitätszerfall wird stilistisch nachvollzogen. Es folgte der auf realen Fakten beruhende Kriminalroman *Einladung an alle* (1972), der konventioneller geschrieben ist und das Verhältnis von Verbrecher und Gesellschaft zum Thema hat. Dieses liegt auch dem psychologisch-analytischen Roman *Die Schönheit des Schimpansen* (1977) zugrunde, mit dem Wellershoff sich allerdings weiter vom experimentellen Schreiben abwendet, um traditionelle Muster fortzuführen. Weitere Studien- und Erprobungsmöglichkeiten neuer Techniken fand er hingegen als Hörspielautor; bekannt wurden die Hörspiele *Der Minotaurus* (1960), für das er den Hörspielpreis der Kriegsblinden erhielt, oder *Null Uhr null Minuten null Sekunden* (1972). Auch als Essayist und Literaturtheoretiker trat Wellershoff hervor, wie etwa die Essaysammlungen *Die Auflösung des Kunstbegriffs* (1976) oder *Das Verschwinden im Bild* (1980) zeigen. Daß seine Bedeutung als Schriftsteller umstritten ist, beweist die Rezeption des jüngsten Romans *Der Sieger nimmt alles* (1983), dessen Hauptfigur Ulrich Vogtmann an seinen Phantasien zugrunde geht. Als Hauptvertreter des »Neuen Realismus« zu Beginn der 60er Jahre wie als Förderer junger Autoren, die dem Literaturprogramm zu folgen suchten, fand Wellershoff jedoch viel Anerkennung.

Einer der geförderten Autoren war GÜNTER HERBURGER (geb. 1932), der seit 1969 in München lebt und mit seinen Erzählungen, Romanen und Gedichten in der Öffentlichkeit nicht die Anerkennung findet, die er gemäß der guten Kritiken verdient. Herburger wurde 1962 mit der Erzählung *Nüssen* in Wellershoffs Band *Ein Tag in der Stadt* bekannt. Seine Romane beschreiben die gesellschaftliche Wirklichkeit in der Bundesrepublik der 60er Jahre und leisten radikale Kritik am Konsum; direkte politische Stellungnahmen mit Hilfe von Literatur lehnte Herburger ab und entsprach darin der Theorie des »Neuen Realismus«, daß Literatur gesellschaftskritisch sei schon durch die Bereitstellung des Erfahrungsmaterials an sich. Das machen *Die Messe* (1969) wie der utopische Roman *Jesus in Osaka* (1970) deutlich, der in Schwaben spielt und vorführt, wie eine japanisierte Massengesellschaft im Kapitalismus im Ideal christlicher Liebe beschaffen sein könnte. Ein »versinnlichtes sozialistisches Modell in Büchern« entwirft Herburger in *Flug ins Herz* (1977) und in *Die Augen des Kämpfers* (1980). Die Romane sind Teil einer geplanten *Thuja-Trilogie* und handeln nicht von bestimmten Individuen, sondern von Beziehungen in einer sozialen Masse. Die ästhetischen und sozial-utopischen Ideen, die ihnen zugrunde liegen, verweisen nicht zuletzt auf Herburgers Mitgliedschaft in der DKP, die ihm von manchen Kritikern vorgeworfen wird. Viel Zustimmung findet er jedoch mit seinen *Birne*-Büchern für Kinder, in denen eine Glühbirne der Hauptheld ist: *Birne kann alles* und *Birne kann noch mehr* erschienen 1971, es folgten *Birne brennt durch* (1975) und *Birne* (1980), eine Auswahl aus den drei vorhergehenden *Birne*-Büchern.

Anders als Herburger entwickelte sich GÜNTER SEUREN (geb. 1932), der vom Niederrhein stammt und seit 1967 als Drehbuchautor und freier Schriftsteller in München und in der Schweiz lebt. Für das Drehbuch zu dem Film *Schonzeit für Füchse* erhielt er 1966 den Silbernen Bären der Berliner Festspiele. Seine erste Prosaarbeit *Ich bringe Dreck ins Haus* veröffentlichte er in Wellershoffs *Ein Tag in der Stadt* (1962); aus der eingeschränkten Wahrnehmungsperspektive des Ich-Erzählers schildert er einen sinnlos gewordenen Kampf mit den natürlichen Elementen in einer technisierten und industrialisierten Umwelt, in der es ein ursprünglich Natürliches gar nicht mehr gibt. Im ersten Roman *Das Gatter* (1964) wird ein beschränktes und einengendes Kleinstadtmilieu aus einer so unbeteiligten Außenperspektive beschrieben, daß es eben dadurch in die Distanz des Erkennens gerückt wird und dem Leser keinerlei Identifikationsmöglichkeiten bietet. 1966 folgte der Roman *Lebeck;* er handelt von einem Kriegsdienstverweigerer in den letzten Jahren des Zweiten Weltkrieges, der sein Ziel durch Hungern erreicht. Von der Kritik weitgehend abgelehnt wurde der Roman *Das Kannibalenfest* (1968), dessen Handlung nicht weit entfernt ist vom trivialen Klischee: Der Ich-Erzähler verläßt Frau und Kinder, um mit seiner Freundin Urlaub zu machen und fährt schließlich mit seiner Frau, die ihm gefolgt ist, enttäuscht wieder nach Hause. Reflektierter erscheint dagegen der große Roman *Die fünfte Jahreszeit* (1979), in dem die Arbeit des Schriftstellers und die Bedingungen des Schreibens zu einem Hauptthema werden. An Drehbüchern verfaßte Seuren neben dem für den Film *Schonzeit für Füchse,* der sich nach dem Roman *Das Gatter* richtet und in dem Peter Schamoni Regie führte, *Schräge Vögel* (1969), *Ich töte* (1970) oder *Überlebenstraining* (1977); an Hörspielen sind *König Lasar* (1967), *Goldfliegen* (1967), *Herrenabend* (1969) und *Rede an die Nation, Monolog, gesprochen von Helmut Qualtinger* (1970) zu nennen.

Ebenfalls zum »Neuen Realismus« sind die ersten Romane von GISELA ELSNER (geb. 1937) zu zählen. G. Elsner wuchs in Nürnberg auf, studierte in Wien Germanistik und Theaterwissenschaften und lebt heute in München. Auf den Tagungen der GRUPPE 47 las sie seit 1962 regelmäßig und mit Erfolg, nachdem sie sich mit einem Kapitel aus dem noch unveröffentlichten Roman *Die Riesenzwerge* (1964) vorgestellt hatte. Für dieses Werk, das nach 1964 rasch in vierzehn Sprachen übersetzt wurde, erhielt die Autorin den Prix Formentor noch im Erscheinungsjahr. Das lag eher an der Art und Weise der

Darstellung als an der Handlung des Romans. In bösartig-grotesker Übersteigerung wird am Beispiel Lothar Leinleins und seines Vaters ein kleinbürgerliches Spießertum demaskiert, wie es ganz alltäglich ist. Von der grotesken Perspektive des Erzählers in der *Blechtrommel* unterscheidet sich die der *Riesenzwerge* durch ihre radikale Subjektivität, die gleichwohl auf die objektive Wiedergabe spießbürgerlicher Verhaltensweisen zielt. Das gelingt in der Darstellung einerseits durch den Verzicht auf die Stiftung eines Sinnzusammenhangs, die etwa durch Kommentare oder Erklärungen zu den vorgeführten, ins Groteske verzerrten Phänomenen möglich wäre. Andererseits gelingt es wegen der gewählten Erzähltechnik und Sprachbehandlung. Wiederholungen und Spiegelungen in der Art des nouveau roman, die sich auf sprachliche Abläufe und auf die Figurenkonstellation beziehen, verdeutlichen, wie austauschbar die geschilderten Entwicklungen sind; darüber hinaus entsprechen Inhalte und Konstruktionen der Sätze genau dem, was den Charakter von Riesenzwergen ausmacht: Mit großer Geste holen sie aus, um bei näherem Hinsehen in sich zusammenzufallen. Ähnlich gnadenlos fällt Gisela Elsners Blick auf die Spießbürgerwelt auch in den Romanen *Der Nachwuchs* (1968) und *Das Berührungsverbot* (1970) aus. Im *Berührungsverbot* werden die sexuellen Gewohnheiten, Wünsche und Hemmungen des Kleinbürgertums so deutlich thematisiert, daß die Autorin in den Verdacht geriet, Pornographie geschrieben zu haben. In *Der Punktsieg* (1977) nimmt sie einen Unternehmer aufs Korn, der sich modern und sozial fortschrittlich gebärdet und am Ende aus Gründen der Rentabilität doch Arbeiterinnen entläßt. Mit diesem Roman wendet sich Gisela Elsner, die sich klar zur DKP bekannte, vom grotesk-parabolischen Stil ab zugunsten einfacher und klarer strukturierter Handlungs- und Erzählverläufe. Ihre Wende zu einem Realismus, der inhaltlich wie sprachlich auf groteske Verzerrungen der Wirklichkeit verzichtet und statt dessen versucht, die Kleinbürgerrealität in einer ganz unliterarischen Sprache der Versatzstücke und Zeitungsfloskeln einzufangen, dokumentiert vor allem der Roman *Abseits* (1982). Gegenstück zu *Abseits,* in dem der Persönlichkeitszerfall einer in spießigen Verhältnissen gefangenen Frau bis hin zum Selbstmord nachgezeichnet wird, ist der Roman *Die Zähmung. Chronik einer Ehe* (1984), der von der Unterwerfung eines Ehemannes durch seine Frau handelt. Das beschreibt Gisela Elsner ganz konkret als Entmannung: Der Ehemann wird dick, ihm wachsen Brüste, und er fühlt sich geschlechtslos. Mit dieser Art der Verbildlichung eines Vorgangs wird erzähltechnisch wieder angeknüpft an die groteske Parabolik der frühen Romane.

Der gleiche böse Blick auf den Alltag des Spießbürgers, der Gisela Elsner zugeschrieben wird, ist auch Renate Rasp (geb. 1935) zu attestieren. Die gelernte Gebrauchsgraphikerin, die erst 1965 zu schreiben begann und heute abwechselnd in München und in Cornwall lebt, war das enfant terrible auf der letzten Tagung der Gruppe 47 im Jahre 1967. Sie schockierte vorwiegend die männlichen Teilnehmer mit ihren gerade in bezug auf Sexuelles äußerst direkten Texten. Ihr Hauptthema ist die Gewalt, die in menschlichen Beziehungen liegt und sich auch als masochistische Selbstzerstörung äußern kann. Das ist schon der Fall in Renate Rasps erster Erzählung *Der Spaziergang nach St. Heinrich,* die 1967 in der von Wellershoff herausgegebenen Anthologie *Wochenende* erschien und als zum »Neuen Realismus« gehörig rezipiert wurde. Einem breiteren Publikum bekannt wurde die Autorin dann mit ihrem grotesken Roman *Ein ungeratener Sohn* (1967), der wie die Bücher Gisela Elsners darauf zielt, das Monströse und Groteske als eine dem kleinbürgerlich Spießigen immanente Eigenschaft aufzudecken. Mit größter Selbstverständlichkeit wird erzählt, wie aus dem ungeratenen Kuno ein Baum gemacht werden soll und welche Schwierigkeiten sich dabei ergeben. Die ganz alltägliche Behandlung des Absurden deckt dabei die Absurdität auf, die allgemein praktizierten und vertretenen Erziehungsgrundsätzen und -maßnahmen zugrunde liegen. Auch in diesem Fall entspringt das Satirische und Groteske keiner übergreifenden, sondern einer dezidiert subjektiven und bewußt einseitigen Perspektive. Die späteren Bücher Renate Rasps sind wegen bewußt eingesetzter Provokationen, die zur koketten Pose erstarren, und wegen mancher pseudo-emanzipativer Klischees von geringerer Qualität. Der Gedichtband *Eine Rennstrecke* (1969) folgt in seiner Drastik der dirty-speech-Mode, die um 1968 in den USA aufkam; *Chinchilla. Leitfaden zur praktischen Ausübung* (1973) thematisiert den Warencharakter der Sexualität, indem diese selbst wie eine Ware angepriesen wird, und der Roman *Zickzack* (1979) besagt letzten Endes gegen alle denunziatorische Absicht, daß Frauen nur die Männer lieben, denen sie sich unterwerfen können. Insgesamt darf man den Anfangserfolg Renate Rasps wohl auf die zeitbedingten literarischen Erwartungshorizonte gegen Ende der sechziger Jahre zurückführen.

Peter Bichsel (geb. 1935) hingegen folgte keiner Mode, sondern bewirkte eine – zumindest für die jungen Schweizer Schriftsteller nach ihm. Bichsel, der im Kanton Solothurn aufwuchs, war, mit Unterbrechungen, bis 1972 Primarlehrer; seitdem arbeitet er als Berater eines sozialdemokratischen Bundesrates und lebt heute in Bellach bei Solothurn als Schriftsteller und

Journalist. Er gehörte nicht zum Kreis um Wellershoff, debütierte in der GRUPPE 47 aber mit neuen Schreibtechniken, mit denen er viel Zustimmung fand. Der Erfolg seiner ersten kleinen Veröffentlichung, des Kurzprosa-Bändchens *Eigentlich möchte Frau Blum den Milchmann kennenlernen* (1964), war international. Ohne jegliche satirische oder groteske Übersteigerung beschreibt Bichsel Zustände und Verhältnisse des Alltagslebens, die immer schon entschieden sind: unerfüllte Wünsche, nicht wahrgenommene Möglichkeiten oder Tagträume, die eine nicht veränderbare Situation nur um so deutlicher hervortreten lassen. Die Sprache ist emotionslos und knapp, die Sätze sind praktisch aneinandergereiht. Für seinen Anti-Roman *Die Jahreszeiten* (1967) erhielt Bichsel 1965 den Preis der GRUPPE 47. Das Buch reflektiert die Unmöglichkeit des Schreibens als eines Beschreibens von schon bestehender Wirklichkeit. Gezeigt wird, wie dem Schrifsteller das Wirkliche, das er sich erschreiben will, immer wieder entgleitet und so nur das Nicht-Wirkliche deutlich macht. Wurde der Anti-Roman zum Teil mißverstanden und kritisiert, war hingegen die Rezeption der *Kindergeschichten* (1969) wieder recht positiv. In ihnen beschreibt Bichsel das tatsächlich nicht Geschehene und betont das auch, wie zum Beispiel in der Geschichte vom Mann, der nachprüfen wollte, ob die Erde rund ist. Danach veröffentlichte Bichsel kaum noch literarische Texte; zehn Jahre später erschien jedoch die Sammlung *Geschichten zur falschen Zeit* (1979), in der journalistische Arbeiten aus den vorhergehenden Jahren zusammengestellt sind. Die anhaltende Beliebtheit des Autors beruht nicht nur auf einem wenig umfangreichen Werk, sondern auf einigen Mißverständnissen, was dessen Gehalt betrifft: Bichsels Geschichten wurden als kleine Idyllen und Milieustudien rezipiert wie im 19. Jahrhundert die Geschichten von Johann Peter Hebel. Vorgeführt werden aber allenfalls nicht lebbare Idyllen.

Solche Mißverständnisse können sich bei einem experimentellen Autor wie JÜRGEN BECKER (geb. 1932) schon wegen der sprachlichen und stilistischen Innovationen im Versuch, der Wirklichkeit literarisch möglichst nahe zu kommen, nicht ergeben. Becker wurde bekannt vor allem mit seinen Texten *Felder* (1964), *Ränder* (1968) und *Umgebungen* (1970); für *Ränder* erhielt er 1967 den letzten Preis der GRUPPE 47. In seinen Arbeiten verbinden sich, wenn man so will, der sprachkritische Ansatz Heißenbüttels und der wahrnehmungs-realistische, auf die Perspektive allein des Subjekts begrenzte Ansatz von Peter Weiss. Literarische Formen und Gattungen, die logische Abfolge von Inhalten, grammatische und syntaktische Regeln werden aufgelöst in der radikalen Konsequenz, die Becker aus allen Überlegungen der

Avantgarde zum Thema Literatur und Wirklichkeit zieht. *Felder* besteht aus 101 Sprachfeldern mehr lyrischen oder mehr prosaischen Charakters, die Wirklichkeitsausschnitte verschiedener Art nachzeichnen. Das zweite Feld zum Beispiel versucht, innere und äußere Abläufe nach dem morgendlichen Aufstehen so genau in Sprache umzusetzen, daß dabei nichts verlorengeht:

(...) und hahnaufrauschend das köstlichste Chlornaß nein wie perlend über und über ziehend das neue Perlongefühl aktiviert und getaftet getestet gegurgelt beginnend gemahlen gefiltert nun heute mal diesen schrill in der Mischautomatik au drüberverschüttend heiß von der Platte auf drei und puuh pustend auch das noch von gestern altbacken und schimmlig geschwefelte Pülpe mit Farbstoff plus Ameisensäure im Stehen und kauend noch kalt noch trüb noch kauend noch ungewiß kauend im aufrechten Morgen (...).

Eine durchgehende Handlung ergibt sich nicht; wohl aber verweisen manche der Felder auf Köln und Umgebung. In *Ränder* geht Becker noch einen Schritt weiter, was Schreiben als gedachte Annäherung an die Wirklichkeit betrifft: *Ränder* enthält elf Abschnitte, die in spiegelbildlicher Entsprechung um den Mittelpunkt, den sechsten Abschnitt, angeordnet sind. Dieser besteht aus einer doppelten Leerseite, von der ausgehend sich dann Abschnitt fünf und sieben, vier und acht, drei und neun, zwei und zehn, eins und elf gleichen. Die Abschnitte eins und elf sind die zusammenhängendsten und verständlichsten; sie geben Alltagseindrücke wider, punktuelle Wahrnehmungen und Gedanken. Eine völlig aufgelöste Sprache, die nur noch aus über die Seiten verteilten Wortfetzen besteht, zeigen hingegen die Abschnitte fünf und sieben als die »Ränder« von sechs. In der Reihenfolge von eins bis elf gelesen ergibt sich so eine Annäherung an die leere, sprachlich nicht mehr erfaßbare Wirklichkeit über eine allmähliche Reduktion der Sprache in den ersten fünf Abschnitten; der Prozeß aber führt zwangsläufig über die Leere hinaus zurück zur Sprache, wie es die letzten fünf Abschnitte verdeutlichen. Wirklichkeit wird faßbar nur noch an den Rändern des Sagbaren. In folgerichtiger Weiterentwicklung versuchte Becker dann zeitweise, auf eine grundsätzlich untauglich gewordene literarische Sprache überhaupt zu verzichten und gab 1971 den Fotoband *Eine Zeit ohne Wörter* heraus, der allerdings so ganz und gar ohne Wörter auch nicht auskommt. *Umgebungen* hingegen, der dritte experimentelle Textband von 1970, läßt ein Erlahmen der Experimentierfreudigkeit erkennen, die in den drei Hörspielen *Bilder Häuser Hausfreunde* (1969) noch zur Auflösung aller Handlungsmuster zugunsten reiner Klangfolgen führt. Bekannt wurden auch Beckers Gedichtbände *Das Ende der Landschaftsmalerei* (1974), wo Natur und Naturlyrik angesichts einer zerstörten Umwelt nur noch als verfügbares Zitat erscheint, *Erzähl mir nichts vom Krieg* (1977) und *In der verbleibenden Zeit* (1979). Eine Zusammenstellung aller Gedichte von 1965 bis 1980 erschien 1981. In seiner Lyrik verleiht Becker eher als in den experimentellen Texten der eigenen Subjektivität Ausdruck und bleibt verständlicher. Das ist auch der Fall für den letzten Prosaband *Erzählen bis Ostende* (1981). Beckers Entwicklung hin zum Konventionelleren dokumentiert ein kaum zu behebendes Dilemma der Avantgarde generell: Sie ist nicht durchzuhalten.

Das zeigt sich auch bei ALEXANDER KLUGE (geb. 1932), obwohl der sich bemüht, das Gegenteil zu beweisen. Kluge, der hauptsächlich als Filmproduzent und -regisseur zu Ruhm kam, trat bereits 1962 mit einer literarischen Arbeit hervor, die wegen der Darstellungstechnik Aufsehen erregte: mit dem Erzählband *Lebensläufe*, der 1974 unter dem Titel *Lebensläufe, Anwesenheitsliste für eine Beerdigung* in erweiterter Bearbeitung erschien. Kluge, promovierter Jurist, stellte neun Lebensläufe nebeneinander, in denen die individuelle Unfähigkeit zum Durchschauen komplexer sozialer, institutioneller und staatlicher Strukturen im Zusammenhang mit der Unmöglichkeit einer Änderung allgemeiner Mechanismen und Strukturen demonstriert werden. Dies geschieht aus kalt-distanzierter Perspektive; authentisches Material, zum Beispiel Gerichtsprotokolle, Berichte, Zeitungsausschnitte, wird so montiert, daß die Unmenschlichkeit des Systems, das den einzelnen entmenschlicht, zum Ausdruck kommt – nicht dagegen die Individualität des einzelnen. So sind die *Lebensläufe* einer dokumentarischen Literatur zuzurechnen, die zugleich Theorien der Avantgarde entspricht: Durch die Unpersönlichkeit und Unmenschlichkeit einer dem dargestellten Leiden nicht angemessenen Sprache wird dokumentiert, wie unpersönlich und unmenschlich das Leben in Wirklichkeit ist. Kluge formuliert sein realistisches Anliegen dahingehend, daß er mit Hilfe zusammengetragener Materialien ein gesellschaftliches Abbild schaffen wolle, »das dann wie ein Kristallgitter funktioniert«; das heißt, seine Texte sollen den eigenen Einsichten und Assoziationen des Lesers als Raster dienen, damit auf solchem Wege Strukturen und Mechanismen, die in der sozialen Wirklichkeit regieren, bewußt werden. Ähnliches gilt für den Roman *Schlachtbeschreibung* (1964), in dem das vorgestellte dokumentarische Verfahren auf die Schlacht um Stalingrad übertragen wird. In der Montage von Dokumenten, die in Entsprechung zu wechselnden Standorten und Perspektiven von an der Schlacht beteiligten Instanzen angeordnet werden, will Kluge nicht die menschlichen Auswirkungen, sondern »den organisatorischen Aufbau eines Unglücks« zeigen. Solche Erforschung des Unmenschlichen wird fortgesetzt und übersteigert in den Werken *Lernprozesse mit tödlichem Ausgang* (1973) und *Neue Geschichten. Hefte 1–18, »Unheimlichkeit der Zeit«* (1977), die wegen Lektüreschwierigkeiten von vielen Lesern bereits abgelehnt wurden. Das trifft erst recht zu auf das zusammen mit Oskar Negt bei Zweitausendeins herausgegebene Werk *Geschichte und Eigensinn* (1981), bei dem es sich um ein Sammelsurium von Materialien handelt, aus dem sich der Leser nach Gefallen etwas auswählen kann. Politisch unbeliebt machte sich Kluge vor allem als Mitregisseur des Films *Deutschland im Herbst* (1978) und des Films *Der Kandidat* über Franz Josef Strauß.

Wie Kluge auf politischem Gebiet Anstoß erregte, so HUBERT FICHTE (1935–1986) auf sittlichem: Fichte, der 1963 im Saalgau zum ersten Mal an einer Tagung der GRUPPE 47 teilnahm, zeigte sich in der Folge nicht nur als ein Vertreter der Avantgarde, sondern gleichermaßen als einer der Homosexuellen, deren Lebens- und Umgangsformen er vor allem in dem Roman *Versuch über die Pubertät* (1974) literarisierte. Wie alle Romane Fichtes zeigt auch dieser, daß des Autors Realismus auf der Erforschung dessen beruht, was das eigene Ich ausmacht; dabei wird das, was an die Oberfläche des Bewußtseins kommt, topographisch möglichst genau aufgezeichnet. Beispiel dafür ist schon der Roman *Das Waisenhaus* (1965), mit dem Fichte bekannt wurde: Der achtjährige Detlev steht auf dem Balkon des Waisenhauses, in dem er sich seit einem Jahr befindet, und wartet darauf, daß seine Mutter ihn abholt. Das ist der erzähltechnische Rahmen für die Assoziationen, Erinnerungen und Ängste, die in zusammenhanglosen, sich teilweise überlagernden Rückblenden aus der Perspektive eines achtjährigen Kindes entfaltet werden. Sie beziehen sich auf Erfahrungen der Demütigung und des Ausgestoßenseins im Waisenhaus und, darüber vermittelt, im Nationalsozialismus. Der Roman *Die Palette* (1968) handelt von einer Hamburger Szenen-Kneipe und führt im Spiel einer Teilidentifikation von Autor und Jäcki, dem Erzähler, die Auflösung traditionellen epischen Erzählens fort. Beruht *Die Palette* auf autobiographischen Erlebnissen, so sind diese unabdingbare Voraussetzung für die völkerkundlichen Bücher *Xango* (1976) und *Petersilie* (1980). Fichte hielt sich zwischen 1971 und 1975 in Bahia, Haiti und Trinidad auf, um anthropologische Studien zu treiben. In den genannten Büchern vertritt er eine Art poetischer Anthropologie, die sich gegen das Selbstverständnis des wissenschaftlichen Faches an den Universitäten richtet. Darüber hinaus beziehen sich Fichtes vielseitige Interessen auch auf die deutsche Barockliteratur, was seinen Niederschlag in den Veröffentlichungen *Mein Lesebuch* (1976) und *Lohensteins Agrippina bearbeitet von Hubert Fichte* (1978) fand.

Auch der Saarländer LUDWIG HARIG (geb. 1927) stellte Überlegungen zur Anthropologie an, nur lesen sie sich ganz anders als bei Fichte. Harigs Roman *Allseitige Beschreibung der Welt zur Heimkehr des Menschen in eine schönere Zukunft* (1974) beginnt mit dem Satz: »Im Anfang war das Huhn.« Und dann folgt ein Feuerwerk von Einfällen, Anspielungen, literaturgeschichtlichen Verweisen und Hinweisen auf gute Lebensart. In den 50er Jahren begann Harig als experimenteller Autor, dessen Spiel mit Sprachzerstörung und -wiederaufbau mit dem Heißenbüttels zu vergleichen ist. Aber Harig blieb konkreter, weniger intellektuell. Das beweist schon sein Beitrag zu Wellershoffs Anthologie *Ein schöner Tag*, in dem er versuchte, *Das Fußballspiel* (1962) als direkte sprachliche Umsetzung eines wirklichen Fußballspiels hervortreten zu lassen. Das gelang noch eindrucksvoller, als 1967 aus dem Text ein »stereophones Hörspiel« entstand. Schließlich führte Harigs Faszination am Thema noch zum gemeinsam mit Dieter Kühn herausgegebenen Band *Netzer kam aus der Tiefe des Raumes. Notwendige Beiträge zur Fußballweltmeisterschaft* (1974). Daß der Autor einer der seltenen Vertreter der Avantgarde ist, die zugleich sprachkritisch und geradezu heiter-weltbejahend schreiben und die darüber hinaus noch über umfangreiche philosophie- und literaturgeschichtliche Bildungsstoffe verfügen, geht nicht zuletzt aus seinen Romanen *Sprechstunden für die deutsch-französische Verständigung und die Mitglieder des Gemeinsamen Marktes* (1971) und *Rousseau – Der Roman vom Ursprung der Natur im Gehirn von Ludwig Harig* (1978) hervor. Mit der Novelle *Der kleine Brixius* (1980) setzte sich Harig bei der Kritik sogar dem Verdacht aus, nur noch seichte Lebensfreude verkünden zu wollen: In Umkehrung von Oskar Matzerath in der *Blechtrommel* sagt der kleine Brixius nur noch ja zum Leben und stiftet damit allerhand Verwirrung. Daß Harigs Gesellschaftskritik jedoch an Schärfe nichts zu wünschen übrigläßt, zeigen am besten seine Hörspiele; als Hörspielautor gehört Harig zu denen, die in den 60er Jahren neue Formen ausprobierten und damit das sogenannte »Neue Hörspiel« schufen. Bekannt wurden Harigs *Ein Blumenstück* (1968), das Auschwitz zum Thema macht, und *Staatsbegräbnis* (1969). Dieses besteht aus einer Montage von Originaltonausschnitten zum Begräbnis Adenauers; Harig stellt die Reden mit ihren Phrasen und Gemeinplätzen so zusammen, daß sie als völlig nichtssagend erscheinen.

Abschließend bleibt REINHARD LETTAU (geb. 1929) vorzustellen, der 1967, in dem Jahr, als die GRUPPE 47 sich auflöste, das ihre Entwicklung dokumentierende Handbuch *Die Gruppe 47. Bericht, Kritik, Polemik* herausgab.

Lettau, in Erfurt geboren, promovierte 1960 in Harvard/USA mit einer Dissertation über *Utopie und Roman,* lebte nach einigen Jahren USA von 1965 bis 1967 als freier Schriftsteller in Berlin und ist seit 1967 Literaturprofessor in Kalifornien. Heute lebt er teils dort, teils in Berlin. Anfang der sechziger Jahre trat er mit einem Prosaband *Schwierigkeiten beim Häuserbauen* (1962) hervor, der noch weitgehend traditionell scheinenden Schreibweisen verpflichtet ist. Aber die Übersteigerungen ins Satirisch-Groteske wie die Tendenz in den Erzählungen, Figuren auf Typen zu reduzieren, verweisen auf zwei Richtungen in Lettaus Werk, die in moderne Schreibtechniken umgesetzt und weiterverfolgt wurden. In *Auftritt Manigs* (1963) werden Sprachformen und -inhalte reduziert, so daß Manig nicht mehr als Individuum, sondern eher als Muster eines solchen erscheint; in *Feinde* (1968) hingegen werden die satirisch-grotesken Elemente wieder beherrschend. In *Immer kürzer werdende Geschichten* (1973) trägt Lettau der avantgardistischen Auffassung Rechnung, daß Wirklichkeit durch episch zusammenhängendes Erzählen nicht mehr darstellbar sei. Die zuletzt genannten Sammlungen, wie der Bericht *Täglicher Faschismus. Amerikanische Evidenz aus 6 Monaten* (1971), zeigen deutlich, daß Lettaus politisch-gesellschaftskritische Haltung etwa mit der Harigs nichts zu tun hat: Zur Zeit der Studentenbewegung ergriff er Partei gegen den Obrigkeitsstaat wie gegen eine unkritische Presse; er kritisierte das amerikanische Engagement in Vietnam und auch die Ausbeutung der Dritten Welt. In seinem Hörspiel *Frühstücksgespräche in Miami* (1978), für das Lettau den Hörspielpreis der Kriegsblinden erhielt, führt er exilierte lateinamerikanische Diktatoren vor, die sich in ihren Gesprächen auf groteske Art und Weise selbst entlarven. Gesellschaftskritische Standorte wie die Lettaus aber führten aus dem Umkreis der GRUPPE 47 hinaus, die sich Ende der sechziger Jahre auch in literatursoziologischer und literarästhetischer Hinsicht überlebt hatte.

Literaturkritik

Wie schon eingangs betont wurde, setzte die GRUPPE 47 Maßstäbe für literarische Qualität. Dies wurde vorwiegend deshalb möglich, weil sich die Kritik, die im Anschluß an die Lesungen der Autoren stattfand, im Laufe schon der Anfangsjahre zu einer festen Institution entwickelte. Daß das auch viele Probleme mit sich brachte, braucht nicht eigens betont zu werden. Die bekanntesten und gefürchtetsten Kritiker der GRUPPE 47, die schon als solche zu den Tagungen eingeladen wurden, waren der Berliner Germanistikprofessor und Lyriker Walter Höllerer, über den bereits gesprochen wurde; der Tübinger Professor für Altphilologie und Rhetorik Walter Jens; der Publizist Marcel Reich-Ranicki, der seit 1958 an den Treffen teilnahm; und der Professor für Literaturgeschichte Hans Mayer aus Leipzig, der 1959 in den Westen übersiedelte. Wegen der kulturgeschichtlichen Bedeutung ihres Werkes im Umkreis der GRUPPE 47 bleibt am Ende noch von Jens und Mayer zu reden.

WALTER JENS (geb. 1923), der seit 1965 Professor in Tübingen ist, sollte 1980 auf den Lessing-Lehrstuhl der Hamburger Universität berufen werden. Dies wurde aus politischen Gründen verhindert, woraufhin sich Jens in Tübingen mit dem von der katholischen Kirche entlassenen Theologie-Professor Hans Küng zusammentat und ein Studium generale begründete. Er selbst teilte sein Werk in drei Phasen von jeweils ungefähr sieben Jahren ein: Von 1950 bis 1957 war er Kritiker und vor allem auch Autor von Erzählungen und Romanen; bis 1964 überwogen seine literaturkritischen Arbeiten, während eigene schriftstellerische Tätigkeiten in den Hintergrund traten; danach standen die Rhetorik und die Beschäftigung mit dem Fernsehen im Vordergrund: Als »Momos« lieferte Jens bis Anfang 1985 wöchentliche Fernsehkritiken in der *Zeit*, und er gestaltete für das Fernsehen auch selbst antike, biblische und mythologische Textvorlagen um für ein breiteres Publikum.

Als Romanautor der fünfziger Jahre gehört Jens zu den Erzählern der GRUPPE 47, deren Produktion in sprachlicher, stilistischer und formaler Hinsicht nicht gerade waghalsig zu nennen ist. In viele Sprachen übersetzt wurde der Roman *Nein. Die Welt der Angeklagten* (1950), der von einem absoluten Staat im Orwellschen Sinne handelt und eine »bereits in uns bestehende Welt« beschreiben will im Verweis auf eine sich negativ entwikkelnde Nachkriegsgegenwart. Die Erzählung *Der Blinde* (1951) hat, wie so viele Erzählungen der 50er Jahre überhaupt, parabolischen Charakter. Rationaler und kühler, fast abstrakt wird der Stil in dem Schauspielroman *Vergessene Gesichter* (1952), der in ein französisches Altersheim führt, oder in dem Philologenroman *Der Mann, der nicht alt werden wollte* (1955). Darin handelt es sich um die Forschungen eines emeritierten Professors über einen früh aus dem Leben geschiedenen, an Problemen der Zeit gescheiterten Autor. In *Das Testament des Odysseus* (1957) entmythologisiert Jens die Antike. Formal am anspruchsvollsten ist *Herr Meister. Dialog über einen Roman* (1963), in dem ein Schriftsteller A. und ein Literaturprofessor B. über das erzählerische Scheitern A.s korrespondieren. In seinen literaturtheoretischen und -kritischen Arbeiten trat Jens für eine Literatur der Moderne ein, die sich in Schreibweisen und neuen Formen weiterentwickelte, statt die gängigen ästhetischen Vorstellungen vom Wahren, Guten und Schönen trotz aller Abgegriffenheit und Klischeehaftigkeit weiter zum Vorbild zu nehmen. Wichtig sind die Essays von 1957 *Statt einer Literaturgeschichte* und *Plädoyer für die abstrakte Literatur;* darüber hinaus äußerte Jens seine Ansichten zum Thema in *Moderne Literatur – Moderne Wirklichkeit* (1958), in der Abhandlung *Deutsche Literatur der Gegenwart* (1961) oder in der Rede zur Eröffnung der Frankfurter Buchmesse 1961, *Plädoyer für das Positive in der modernen Literatur.* Wichtig für die dritte Phase in der Entwicklung Jens' ist vor allem seine herausragende Stellung im öffentlichen Leben, die ihm Gelegenheit zu mannigfachem kultur- und sozialkritischen Engagement gibt. Von seinem Einsatz für Hans Küng zeugt die von ihm herausgegebene Dokumentation *Um nichts als die Wahrheit. Deutsche Bischofskonferenz kontra Hans Küng* (1978); sein Bemühen, Bildungsstoffe für das Fernsehen zu popularisieren, fand seinen Niederschlag in dem Fernsehspiel *Der Teufel lebt nicht mehr, mein Herr! Ein Totengespräch zwischen Lessing und Heine* (1979). Seine gesellschaftskritische Haltung bringt Jens in *Republikanische Reden* (1976) zum Ausdruck, die, wie sein gesamtes essayistisches Werk, durch ihre gefällige Eloquenz und auf Wirkung zielende Rhetorik beeindrukken. Gerade das Rhetorische im Werk schränkt dessen Gewicht und Bedeutsamkeit zuweilen aber auch ein, statt beides zu erhöhen.

Eine solche Einschränkung ist an den Arbeiten Hans Mayers (geb. 1907) nicht festzustellen. Mayer gilt als einer der bedeutendsten Kultur- und Literaturkritiker der Gegenwart. Nach seiner Emigration in die Schweiz in den Jahren 1933–1945 kehrte er nach Deutschland zurück und arbeitete als Chefredakteur und Dozent in Frankfurt/Main, bis er 1948 einen Ruf nach Leipzig auf den Lehrstuhl für deutsche Literatur und vergleichende Literaturwissenschaft erhielt. 1963 kam er wegen des politischen Klimas in der DDR, das die Arbeit der Intellektuellen einschränkte, in die Bundesrepublik. In der Folge war er Literaturprofessor an der Technischen Universität Hannover, bis er nach seiner Emeritierung im Jahre 1973 nach Tübingen zog. Zu der Zeit hatte er große Berühmtheit erlangt; bereits 1955 erhielt er den Nationalpreis der DDR für Literatur, 1966 den Literaturpreis der westdeutschen Kritiker; darüber hinaus wurde er Ehrenmitglied oder Präsident verschiedener literarischer oder kultureller Vereinigungen auf internationaler Ebene.

Zu Mayers großem Werk gehören Aufsätze und Bücher zur deutschen Literatur und auch zu Schriftstellern, Zusammenhängen und Problemen der

Weltliteratur. So befaßte er sich zum Beispiel mit *Leiden und Größe Thomas Manns* (1956), schrieb über *Dürrenmatt und Frisch* (1963) oder erreichte mit einem Buch wie *Goethe. Versuch über den Erfolg* (1973) ungewöhnliche Höhen wissenschaftlicher Prosa. Mayers Beschäftigungen auf literaturgeschichtlichem Feld reichen vom 18. Jahrhundert bis zur Gegenwart und zeigen das Bemühen, Autoren und ihre Werke stets so darzustellen, daß auch die historischen, gesellschaftlichen, kulturellen oder wirtschaftlichen Verhältnisse, in denen sie stehen oder gestanden haben, bewußt werden. Denn Mayer versteht das ästhetisch-literarische Werk als eine besondere Form, die politische, soziale und gedankliche Wirklichkeit der jeweiligen Zeit sprachlich zu bewältigen und zu spiegeln. Ein gutes Beispiel dafür ist das schon in der Emigration entstandene Buch *Georg Büchner und seine Zeit* (1946, erweitert 1971). Am eindrucksvollsten aber verwirklichte er seine Theorien in der berühmt gewordenen Studie *Außenseiter* (1976). Dort zeigt Mayer am Beispiel der Frauen, der Juden und der Homosexuellen drei grundsätzliche Möglichkeiten sozialen Außenseitertums; diese verfolgt er in ihren kultur- und philosophiehistorischen Zusammenhängen. Auch als Herausgeber von Anthologien und literarischen Werkausgaben wirkte Mayer unermüdlich zum allgemeinen Nutzen des literarischen Lebens. Ohne seine im einzelnen kaum zu dokumentierende Tätigkeit als Wissenschaftler, Publizist und Kritiker sähe die literaturgeschichtliche Entwicklung nach 1945 innerhalb wie außerhalb der GRUPPE 47 anders aus.

ENTWICKLUNGEN IM DRAMA

Max Frisch

In seinem 1950 zuerst erschienenen *Tagebuch 1946–1949* berichtet Max Frisch von einer Begegnung mit einem Mann, der sein gesamtes dramatisches Frühwerk wie kein anderer beeinflussen und prägen sollte: »Wenn ich das Rad nicht habe, begleitet er mich an die Bahn, wartet, bis man eingestiegen ist, winkt mit einer knappen, etwas verstohlenen Gebärde der Hand, ohne die graue Schirmmütze abzunehmen, was stillos wäre; den Leuten ausweichend verläßt er den Bahnsteig mit raschen, nicht großen, eher leichten Schritten, mit Armen, die auffallend wenig pendeln, und stets mit etwas schrägem Kopf, die Schirmmütze in die Stirn gezogen, als möchte er sein Gesicht verstecken, halb verschwörerisch, halb schamhaft. Er wirkt, wenn man ihn so sieht, unscheinbar wie ein Arbeiter, ein Metallarbeiter, doch für einen Arbeiter zu unkräftig, zu grazil, zu wach für einen Bauern, überhaupt zu beweglich für einen Einheimischen; verkrochen und aufmerksam, ein Flüchtling, der schon zahllose Bahnhöfe verlassen hat, zu schüchtern für einen Weltmann, zu erfahren für einen Gelehrten, zu wissend, um nicht ängstlich zu sein, ein Staatenloser, ein Mann mit befristeten Aufenthalten, ein Passant unsrer Zeit, ein Mann namens Brecht, ein Physiker, ein Dichter ohne Weihrauch ...« Das außerordentlich umrißgenaue Porträt, das Frisch hier von Brecht liefert – und das durch weitere Tagebuchnotizen ergänzt wird –, gehört zu den beeindruckendsten Zeugnissen der persönlichen Wirkung des soeben aus dem amerikanischen Exil Zurückgekehrten auf einen Vertreter der neuen Dramatikergeneration nach dem Kriege, für die Brecht, dessen Stücke man zwölf Jahre lang nicht mehr auf einer deutschen Bühne gesehen hatte, beinahe schon zum Mythos geworden war. Erst durch die sogleich nach der Rückkehr – scheinbar bruchlos – wiederaufgenommene Theaterarbeit begann die eigentliche Wirkung Brechts auf die Nachkriegsliteratur; sie sollte sich als außerordentlich fruchtbar erweisen.

MAX FRISCH wurde am 15. Mai 1911 als Sohn eines Architekten in Zürich geboren. Er studierte zunächst Germanistik, reiste als Reporter auf den Balkan und absolvierte schließlich an der Eidgenössischen Technischen Hochschule in Zürich ein Architekturstudium. Erst 1954 ließ er sich endgültig als freier Schriftsteller nieder, nachdem er zuvor in Zürich ein Architekturbüro betrieben hatte. Seitdem lebte er mit wechselndem Wohnsitz in Rom (1960–65), Berzona (Tessin), Berlin und New York. Seit 1968 ist er, nach einer gescheiterten Ehe mit Constanze von Meyenburg, wiederverheiratet mit Marianne Oellers. Unter den zahlreichen Auszeichnungen und Literaturpreisen, die Frisch verliehen wurden, sind der Georg-Büchner-Preis (1958) und der Friedenspreis des deutschen Buchhandels (1976) die bedeutendsten.

Als Dramatiker trat Max Frisch zuerst hervor mit *Nun singen sie wieder. Versuch eines Requiems,* das, im Januar 1945 entstanden, noch im selben Jahr im Schauspielhaus Zürich uraufgeführt wurde und 1946 in Buchform erschien. Angesichts der letzten, vernichtenden Kämpfe in Deutschland stellt das Stück einen bewegenden Appell dar, die Ursachen der Katastrophe, den deutschen und europäischen Faschismus, nicht zu verdrängen, der – in diesem Punkt stimmt Frischs Analyse mit der Brechts überein – eine latente Gefahr kapitalistischer Gesellschaftsordnungen sei. In *Nun singen sie wieder* kehrt Frisch die in der katholischen Liturgie übliche Bitte, die Toten mögen ruhen, um, indem er nun gerade die Toten auffordert, sich jenen Problemen zu stellen, denen die Lebenden ausweichen. Das Stück spielt in seinem zweiten Teil in der als ein verlassenes Kloster dargestellten Schattenwelt. Die gefallenen Feinde des Weltkrieges: die ermordeten Geiseln und ihre Henker, die Bomberpiloten und ihre Opfer reden über das Leben, das sie miteinander hätten führen können. Dieser Utopie der Verständigung und des friedlichen Zusammenlebens konfrontiert Frisch in aller kontrastierenden Schärfe die Bestrebungen der Überlebenden, so schnell wie möglich zur Tagesordnung zurückzukehren und Faschismus und Krieg als einen peinlichen Zwischenfall hinzunehmen, der nun glücklicherweise vorüber sei. Noch bevor es Ende 1945 zu den heftigen Auseinandersetzungen über das Erbe der inneren Emigration kam, zu der Frage vor allem, ob man an die vor-faschistischen bürgerlichen Traditionen ohne weiteres anknüpfen könne, eröffnete Frisch damit die Diskussion über die notwendigen gesellschaftlichen Folgen der Epoche des Faschismus.

Auf Mittel des epischen Theaters, auf historische Parabolisierung und Verfremdungseffekte greift Frisch in seinem zweiten Stück zurück, der »Farce« in einem Vorspiel und 24 Szenen *Die Chinesische Mauer:* Zur Zeit des chinesischen Kaisers Hwang Ti wird die Chinesische Mauer gebaut, um die Tyrannei zu befestigen und »die Zukunft zu verhindern« – diese Fabel dient Frisch dazu, aktuelle Probleme der Nachkriegszeit dramatisch widerzuspiegeln. Im Mittelpunkt stehen dabei vor allem die fortdauernde Knechtung des Volkes durch die Herrschenden sowie die Ohnmacht der Intellektuellen. Im Gegensatz zu Brecht jedoch ist Frisch äußerst skeptisch hinsichtlich der revolutionären Rolle des Proletariats, das er im Kampf um materielle Vorteile weitaus eher an der Seite des Bürgertums sieht. Bei aller Genauigkeit seiner gesellschaftlichen Analysen knüpfen sich Frischs Hoffnungen zu dieser Zeit eher an den einzelnen und an die befreiende Kraft der Subjektivität. Nur der Weg nach innen, so Frisch in einem Brief über die *Chinesische Mauer,* könne noch »Räume der Hoffnung« eröffnen. Die Ereignisse in den ersten Jahren nach der deutschen Kapitulation haben hier ihren Reflex: Angesichts der sich erneut verfestigenden Machtblöcke sahen sich viele in ihrer Hoffnung auf eine friedliche Aussöhnung und Verständigung der Völker nach dem gemeinsamen Kampf gegen den Faschismus betrogen und kehrten, zynisch und resignativ zugleich, der Politik den Rücken. Der Weg ging, das sollte sich namentlich in den fünfziger Jahren erweisen, wieder einmal nach Innen.

Als sein Lieblingsstück hat Frisch oft die 1951 in Zürich uraufgeführte Moritat *Graf Öderland* bezeichnet, in der die Geschichte des Staatsanwaltes

Fremdheit und Beziehungslosigkeit der Menschen sind Themen von Hans Erich Nossack (1901–1977).

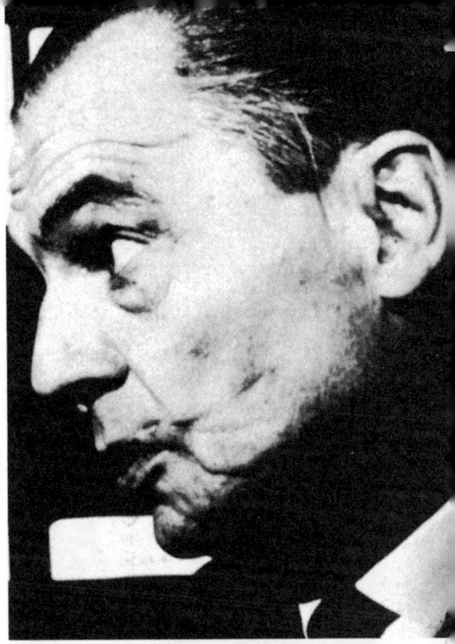

Der »Dichter der beiden Deutschland«, der aus Pommern stammende Uwe Johnson (1934–1984).

Siegfried Lenz (geb. 1926), der Autor des bekannten Romans »Deutschstunde«.

Alfred Andersch (1914–1980), Mitgründer der »Gruppe 47«.

Die Schwierigkeiten des Menschen, sich selbst anzunehmen, und sein Gefangensein in dem Bild, das sich die anderen von ihm machen, sind Themen, die in den Werken des Schweizer Schriftstellers Max Frisch (geb. 1911) immer wiederkehren.

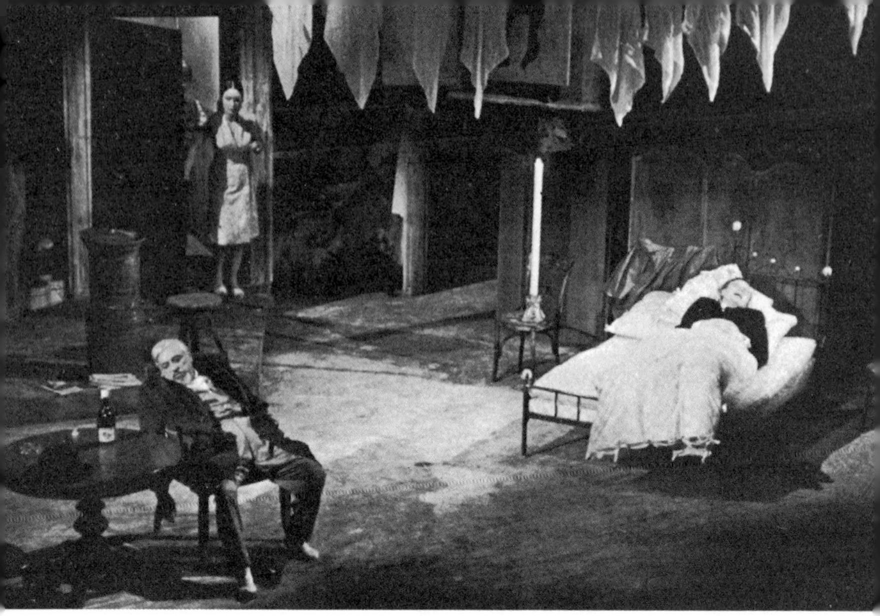

Szene aus der Uraufführung von Friedrich Dürrenmatts »Meteor«. Schauspielhaus Zürich, 1964.

Szene aus der Uraufführung von Max Frischs »Andorra«. Schauspielhaus Zürich, 1961.

Martin vorgeführt wird, der sich mit der Axt in der Faust von sich selbst und der Welt befreien will. Doch das Stück, zu dem Friedrich Dürrenmatt kritisch anmerkte, es bleibe »zwischen dem Allgemeinen und Privaten stekken«, hatte zunächst ähnlich wenig Resonanz wie die ein Jahr später in New York und Zürich entstandene, 1953 in Zürich und West-Berlin uraufgeführte Komödie *Don Juan oder Die Liebe zur Geometrie:* In seiner Umdeutung des traditionellen Don-Juan-Stoffes liebt der Titelheld nicht die Frauen, sondern die abstrakte Reinheit der Geometrie – mehr noch: aus Selbstschutz und um seine Identität zu bewahren, stößt er die Frauen zurück und verläßt sie. Doch die Hybris der vollkommenen subjektiven Autonomie schlägt auf ihn zurück; um seiner Verführerrolle zu entkommen, inszeniert Don Juan seine eigene Höllenfahrt – endet jedoch in den Armen einer Frau, die die Intrige entdeckt hat und ihn fortan zum Gefangenen seiner eigenen Legende macht. In dialektischer Umkehrung erweist Frisch, daß jede nihilistische Herausforderung an eine höhere Ordnung zwangsläufig an diese gebunden bleibt. So gilt für Don Juan beides, seine eigene Behauptung: »Was habe ich jemals anderes ersehnt als das Lautere, das Klare, das Durchsichtige – das Wahre!«, wie auch das Urteil der Frau, der er, wie all seine Vorgänger, schließlich doch in die Hände fällt: »Du bist ein Mann, du hast immer nur dich selbst geliebt, Juan, und doch dich selber nie gefunden. Darum hassest du uns.«

»Lehrstück ohne Lehre« ist die Gattungsbezeichnung von Frischs Stück *Biedermann und die Brandstifter* (1958, entstanden aus dem gleichnamigen Hörspiel von 1953); der Untertitel bezeichnet exakt Affinitäten und Divergenzen zwischen Frischs und Brechts Theaterauffassung: Einerseits übernimmt Frisch zwar die Lehrstück-Technik, ohne jedoch andrerseits den Glauben an eine im Grunde unbezweifelbare, gesellschaftlich verbindliche Lehre zu übernehmen. Im Mittelpunkt des Stückes steht der reiche Fabrikant Gottlieb Biedermann, der eines Tages von zwei anarchistischen Männern heimgesucht wird, die ohne weiteres Vorbereitungen treffen, sein Haus und mit ihm die ganze Stadt in Brand zu stecken. Biedermann, allein um die Sicherung seines Reichtums bemüht, glaubt, die beiden mit Gutmütigkeit und Konzessionen behandeln zu können, und versorgt sie am Ende selbst mit Zündhölzern, womit er den Untergang der Stadt zum Teil selbst verschuldet. Selbst angesichts der brennenden Dächer tröstet er sich, das alles sei nicht wahr. Dazu sprechen die Feuerwehrmänner, die das Geschehen nach der Art eines antiken Chores kommentieren: »Blinder als blind ist der Ängstliche, / Zitternd vor Hoffnung, es sei nicht das Böse / Freundlich empfängt er's, / Wehrlos, ach, müde der Angst, / Hoffend das Beste ... / Bis es zu spät ist.«

Der Biedermann ist unter den Stücken Max Frischs das am häufigsten inszenierte – und das umstrittendste zugleich: »Während für die einen die Parabel vom Biedermann durch ihre Offenheit gegenüber Auslegungsversuchen an Wert gewann, droht sie für andere, den Verdrängungsmechanismen der Adenauer-Ära in die Tasche zu reden.« (Alexander Stephan)

Eindeutiger in Anlage und Aussage, wenngleich im Modellcharakter nicht weniger differenziert, ist das »Stück in zwölf Bildern« *Andorra* (1961), auf das sich auch heute noch eigentlich Frischs Ruhm als Dramatiker gründet. In einer detailierten massenpsychologischen Studie analysiert Frisch das Phänomen des Antisemitismus und der sozialen Vorurteile am Beispiel des (fiktiven) Staates Andorra: Dem »weißen« Andorra droht eine Besetzung durch »die Schwarzen«. Im Mittelpunkt der Handlung steht Andri, der von seinem ›Pflegevater‹ (in Wirklichkeit ist er dessen unehelicher Sohn) als vor den Schwarzen gerettetes Judenkind ausgegeben wird; nach dem Einmarsch der Schwarzen wird er zur Liquidation abgeführt, der Vater erhängt sich, und seine Geliebte Barblin (die, was der Vater verheimlicht hatte, seine Halbschwester ist), weißelt in irrer Gebärde, Ophelia gleich, die Stadt »für euch alle«. Um dieses ›Euch Alle‹ nun geht es recht eigentlich in dem Stück: um die Anfälligkeit einer orientierungslosen Gesellschaft für ideologische Fiktionen, um die Pervertierung, den Verrat jeder Moral, sobald diese Fiktionen nicht nur massenhaft verbreitet werden, sondern mit Hilfe des blanken Terrors zur herrschenden Realität erklärt werden; um Feigheit und Ressentiment schließlich all derer, die im Zeichen jener Fiktion schuldig geworden sind. Bemerkenswert ist nun, daß Frisch mit diesem gesellschaftlichen Thema ein zweites verbindet, das fortan wie kaum ein zweites sein Werk beherrschen wird, nämlich die Identitätsproblematik. In seinem Tagebuch berichtet er, die Idee zu *Andorra* sei ihm durch das Bibelwort »Du sollst dir kein Bildnis machen« gekommen. Eben dieses Motiv verfolgt Frisch auf zwei verschiedenen Ebenen: einerseits hinsichtlich der irrational-rassistischen Bilder der Andorraner bzw. der Schwarzen, denen Andri schließlich zum Opfer fällt, und andrerseits am Beispiel Andris selbst, der unter dem Druck seiner Umwelt seine eigene Identität, sein Selbstbild wahnhaft umzudeuten beginnt und verzweiflungsvoll beschließt: »Ich will anders sein.« Rassistischer Massenwahn und individualpsychologische Identitätsproblematik schießen in Frischs Stück, als einander bedingend, zusammen.

»Ich habe zwei Stücke geschrieben«, heißt es in einem Interview mit Max Frisch, »die man als Parabelstücke bezeichnen kann, das sind ›Biedermann‹ und ›Andorra‹ (...); ich bin dazu gekommen, weil die Parabel eine der

Möglichkeiten ist, das illusionistische Theater zu vermeiden (...). Nachher habe ich mit der Parabel nicht weitermachen können, weil ich entdeckt habe, daß die Parabel unweigerlich einen didaktischen Trend hat.« Was dem modernen Theater vielmehr fehle, sei eine Dramaturgie, die den Zufall, den Zweifel, das Unwahrscheinliche an die Stelle der einsinnigen Aussage und der festen ›Moral‹ setze. Eben diese theoretische Forderung versucht Frisch in *Biographie. Ein Spiel* (1967) in die Theaterpraxis umzusetzen: Vor dem Hintergrund der Ausgangsfrage, ob das Leben des Menschen zwangsläufig determiniert und sinnvoll vom puren Zufall abhängig sei, bekommt der Verhaltensforscher Kürmann die Gelegenheit, alternative Verläufe seiner Biographie auszuprobieren und durchzuspielen – mit dem ziemlich kläglichen Resultat, daß er nur unwesentliche Details geändert hätte bzw. verändern kann. Das Stück stieß bei der Kritik auf heftigen Widerstand; man warf ihm professorale Ichbesessenheit vor, biographische Detailhuberei sowie in formaler Hinsicht eine gewisse Nähe zum Boulevardtheater. Die Kritik wird verständlich vor dem Hintergrund der ausgehenden sechziger Jahre, als von der Literatur unmittelbare gesellschaftliche Relevanz verlangt und die Beschäftigung mit individueller Identität und Subjektivität als verstockt-privatistisch abgetan wurden. Frisch selbst geht auf diese Problematik ein, wenn er in einem Brief an Walter Höllerer schreibt: »Die Domäne der Literatur? Was die Soziologie nicht erfaßt ...: das Einzelwesen ..., ein Ich ..., die Darstellung der Person, die in der Statistik enthalten ist, aber in der Statistik nicht zur Sprache kommt und im Hinblick aufs Ganze irrelevant ist, aber leben muß mit dem Bewußtsein, daß sie irrelevant ist.« Daß diese Haltung nichts von egozentrischer Eckensteherei hatte, bewies Frisch allein schon durch seine zahlreichen Essays und Artikel zu aktuellen politischen Fragen gerade in der Periode starker Politisierung um 1968. Bedeutsamer ist, daß die außerordentliche Konsequenz seines Ansatzes, gesellschaftliche Vorgänge stets im Medium des Subjektiven widerzuspiegeln, in den siebziger Jahren späte Früchte trug, als nach dem Auseinanderfallen der Studentenbewegung und der Zerstörung vieler politischer Hoffnungen, die an sie geknüpft gewesen waren, Psychologie und Erkenntnisfähigkeit des Subjekts plötzlich zum zentralen Thema der Gegenwartsliteratur avancierten. So ist es auch nicht weiter verwunderlich, daß Frisch in seinem vorerst letzten dramatischen Text *Triptychon. Drei szenische Bilder* (1978) auf zentrale Motive seiner früheren Produktion zurückgreifen kann. Das Stück, eine moderne Variation der Orpheus-Sage, spielt im Totenreich, am Styx, »wo es die Ewigkeit des Gewesenen, aber keine Erwartung gibt«. Das zunächst optimistische Spiel der *Biografie,* das Bestehen auf der Schicksalsmächtigkeit des einzelnen, wird hier in einer kaum mehr klagenden Endzeitvision endgültig zurückgenommen: »Zufall und Spiel öffnen hier keine neuen Möglichkeiten. Das Anprobieren von Geschichten hat an einem Ort, der keine Zukunft kennt, seinen Sinn verloren.« (Alexander Stephan) Die kritische Distanz dieses Kommentars ist in bezug auf das *Triptychon* gewiß gerechtfertigt. Auf Frischs Gesamtwerk jedoch trifft sie schlechterdings nicht zu, da für Frisch bis auf den heutigen Tag es zumindest einen – und den entscheidenden – Ort gibt, wo der Möglichkeitssinn geschärft und Geschichten ausprobiert werden können: nämlich die Literatur.

Es ist überaus charakteristisch für Max Frisch, daß er – von allem anderen abgesehen – die Literatur immer auch als einen Ort benutzte, um Kostümierungen, Wandlungen und Metamorphosen des eigenen Ichs zu inszenieren. Das ist ihm häufig zum Vorwurf gemacht worden, – noch dazu, weil in seinem Werk die Grenzen zwischen autobiographischem Bericht und literarischer Erfindung äußerst fließend sind, ja, daß das Werk selbst eine Tendenz aufweist, das Biographische zu fiktionalisieren und das Fiktionale in der Form trockener Reportage mit höchstem Realitätsgehalt auszustatten. Dies betrifft, von allem Anfang an, in einem noch höheren Maß als das dramatische das erzählerische Schaffen. Gleich zu Beginn, in *Blättern aus dem Brotsack* (1940) und *Tagebuch mit Marion* (1947), bewegt sich Frisch auf dem schmalen Grad zwischen dem Nur-Privaten und poetischer Objektivität, und wer geglaubt hatte, spätestens nach der Veröffentlichung der beiden Tagebuchbände (»Tagebuch 1946–1949«, 1950; »Tagebuch 1966–1971«, 1972) das eine sei vom anderen zu scheiden, sah sich gründlich getäuscht: Die erhofften intimen Journale entpuppten sich als streckenweise streng durchkomponierte literarische Texte, die im Grunde über ihren Autor nicht mehr – aber auch nicht weniger! – verrieten als die Romane und Erzählungen. Umgekehrt ist Frischs erster bedeutender Roman, *Stiller* (1954) durchaus autobiographisch geprägt, und zwar namentlich durch die Identitätsproblematik, die Frisch zeit seines Lebens aufs persönlichste beschäftigte und die hier zum ersten Mal virtuos variiert wird: Der Maler und Bildhauer Anatol Stiller versucht »sich selbst anzunehmen« und zu finden, indem er die Bilder, Vorurteile und Meinungen der anderen über sich flieht, was zu einer ganzen Reihe tragikomischer Verwicklungen mit den gesellschaftlichen Institutionen sowie mit seiner Frau führt, die ebenso auf eine festgefügte Rollenzuweisung angewiesen ist wie die Behörden. Die gesamte Problematik des Buches ist in dem Motto enthalten, das ihm vorangestellt ist, es stammt von Kierkegaard:

»Sieh, darum ist es so schwer, sich selbst zu wählen, weil in dieser Wahl die absolute Isolation mit der tiefsten Kontinuität identisch ist, weil durch sie jede Möglichkeit, etwas anderes zu werden, vielmehr sich in etwas anderes umzudichten, unbedingt ausgeschlossen wird.« So scheitert Stiller denn auch, weil er bei allen Fluchtversuchen in immer weitere Identitäten, beim stets aufs neue unternommenen Versuch, das Unmögliche in einer virtuell unendlichen Reihe verschiedener Rollen anzuvisieren, die konkrete Möglichkeit einer subjektiven Autonomie zum Schluß völlig aus den Augen verliert.

Formal und inhaltlich eine Art Gegenstück zum *Stiller* ist Max Frischs wohl gelungenster Roman *Homo faber. Ein Bericht* (1957) – formal, insofern hier das Spiel mit der Tagebuchform, der virtuose Wechsel zwischen poetischer Fiktion und Tatsachen-»Bericht« fortgeführt und perfektioniert wird, und inhaltlich hinsichtlich der Rollen- und Identitätsproblematik, die nun am Beispiel des Ingenieurs Walter Faber weiterentwickelt wird. Faber ist Techniker und nichts als Techniker (daher der Titel des Romans, der in deutscher Übersetzung mit ›Der Schmied‹ widerzugeben wäre). Allem abhold, was sich nicht messen, berechnen, statistisch belegen läßt (noch dem ›Schicksal‹ will er mit der Wahrscheinlichkeitsrechnung beikommen), tritt er als ein Mann auf, der seiner selbst und der Wirklichkeit, in der er lebt, unbedingt sicher ist. Da begegnet ihm eines Tages ein junges Mädchen, von dem er zunächst nicht weiß, daß sie seine Tochter ist. Er verliebt sich in sie, reist mit ihr durch Europa und schläft mit ihr. In Griechenland schließlich trifft er die Mutter des Mädchens, eine Jugendgeliebte, die ihm bestätigt, was er inzwischen längst geahnt – und immer wieder mit Hilfe einer Rationalität, die längst in den Dienst des Irrationalen getreten war, verdrängt hatte: »Ich rechnete im stillen pausenlos, bis die Rechnung aufging, wie ich sie wollte: Sie konnte nur das Kind von Joachim (einem Jugendfreund) sein! Wie ich's rechnete, weiß ich nicht; ich legte mir die Daten zurecht, bis die Rechnung wirklich stimmte, die Rechnung als solche.« Einsichtslos leidend an der tragisch-inzestuösen Verwicklung und noch dazu gepeinigt von dem Gedanken, nicht unschuldig gewesen zu sein, als das Mädchen tödlich verunglückte, endet Faber in einem Athener Krankenhaus, wo er seine Diagnose erwartet, von der er ahnt, daß sie auf Magenkrebs lauten wird. In einem Werkkommentar zu Frischs Roman heißt es zusammenfassend: »Faber, der alles, was nicht berechenbar ist, als bedeutungslos denunziert, der Stimmungen, Liebe, Religion, Kunst nicht kennt, nicht wahrhaben will oder nur ›wissenschaftlich‹ erklärt und abtut, muß erfahren, daß seine technologische Weltorientierung nicht ausreicht, um menschlicher Schuld und schicksalhaftem Verhängnis zu entgehen. Nach dem Tod Sabeths (der Tochter-Geliebten) ahnt er, der moderne Ödipus, daß er schuldig geworden ist; jedoch bleibt ihm unverständlich, was Hanna, die ihn einst ›homo faber‹ nannte, mit der Äußerung meint, daß alles kein zufälliger Irrtum gewesen sei, sondern ein Irrtum, der zu ihm gehöre wie sein Beruf, wie sein ganzes Leben: ›Du behandelst das Leben nicht als Gestalt, sondern als bloße Addition, daher kein Verhältnis zur Zeit, weil kein Verhältnis zum Tod.‹«

Schon der Titel des nächsten Romans reiht denselben ein in die Reihe der Bücher, in denen die Identitätsproblematik thematisch im Vordergrund steht: *Mein Name sei Gantenbein* (1964); er suggeriert die Möglichkeit einer freien Wahl des Namens und mithin eine autonome Identitätswahl, mit der Gantenbein tatsächlich experimentiert, indem er zuzeiten neue Lebensläufe ausprobiert wie neue Kleider. Existenz ist für ihn nur wirklich als Existenz in austauschbaren Rollen, und die Wahrheit seines Lebens erschließt sich ihm allein durch dessen fortschreitende Fiktionalisierung: »Jedes Ich, das sich ausspricht, ist eine Rolle.« Dem gesichts- und geschichtslosen Dasein des bloß Faktischen, an dem sich Faber orientiert hatte, stellt der Ich-Erzähler des *Gantenbein*-Romans die Variabilität und Elastizität seines Rollenspiels gegenüber, dessen Ergebnis er lakonisch-ironisch in dem Satz zusammenfaßt: »Leben gefällt mir« – und zwar schreibend, könnte man mit Blick auf Max Frischs wohl schönste Erzählung, *Montauk* (1979), hinzufügen, deren Protagonist, ein Schriftsteller namens Max, behauptet, das Leben selbst sei langweilig, nur schreibend erfahre er noch Wirklichkeit. Mit diesem Text, der im wesentlichen die elegische Liebesgeschichte zwischen einem alternden Künstler und einer jungen Amerikanerin erzählt, hat, so scheint es, Max Frisch endgültig und beinahe indiskret die Grenzen zum Nur-noch-Privaten endgültig überschritten: der autobiographische Hintergrund, vor dem all seine Werke gespielt hatten, scheint hier unvermittelt in den Vordergrund getreten zu sein. Auch scheint dies hier ganz programmatisch geschehen zu sein, denn Frisch warnt in einem von Montaigne übernommenen Motto den Leser gleich zu Beginn, dies sei ein aufrichtiges Buch, mit dem er sich kein anderes Ende gesetzt habe als ein häusliches und privates. Dennoch würde man den Text vollständig verkennen – und noch dazu dem Autor sozusagen in die Falle laufen –, läse man ihn als das Tagebuch eines alten Mannes, der wehmütig und resigniert über seine letzte Liebe, ja über den Abschied von der Liebe selbst und an sich berichtet. Auch hier nämlich ist es Frisch weitaus mehr darum zu tun, die gerade im Fall des Künstlers außerordentlich zerbrechliche, durchlässige Grenze zwischen ›Dichtung‹ und ›Wahrheit‹,

Fiktion und Realität, Rolle und Identität zu erkunden und dem Glauben an eine einsinnig-empirische, naiv-dokumentarische und das heißt eben auch: authentisch-autobiographische Wirklichkeit eine ironische Absage zu erteilen. Mag es immerhin sein, daß auf dem poetischen Spielfeld der Möglichkeiten so mancher in die Irre ging – der Schriftsteller, und darauf besteht Frisch bis in sein Spätwerk hinein, ist auf diesem Feld zu Haus und setzt der sich fortschreitend verfestigenden, eindeutig einplanierten Wirklichkeit die Wirklichkeit des Möglichen entgegen als der Domäne der Literatur.

Friedrich Dürrenmatt

Wie Frisch ausgesprochen stark durch Bert Brecht beeinflußt, aber im Gegensatz zu seinem Landsmann beinahe vollständig auf das dramatische Fach festgelegt ist FRIEDRICH DÜRRENMATT, der am 5. Januar 1921 in Konolfingen im Kanton Bern als Sohn eines protestantischen Pfarrers geboren wurde. Dürrenmatt ging in Bern zur Schule und studierte nach dem Abitur Literatur, Philosophie und Naturwissenschaften. Eine Zeitlang zwischen Malerei und Literatur schwankend, entschied er sich nach ersten Theatererfolgen endgültig für die Bühne und ließ sich 1952 in Neuchâtel als freier Schriftsteller nieder. 1959 wurde ihm der Schiller-Preis der Stadt Mannheim verliehen, dem zahlreiche weitere Ehrungen im In- und Ausland folgten. Seit 1969 arbeitete Dürrenmatt, wenngleich mit einigen Unterbrechungen, als Dramaturg, Regisseur und Direktoriumsmitglied am Basler Theater und war darüber hinaus journalistisch tätig.

Obwohl Dürrenmatt eine ganze Anzahl von Prosatexten geschrieben und mit einigen davon, vor allem mit den Kriminalromanen *Der Richter und sein Henker* (1952) und *Der Verdacht* (1953), großen Erfolg hatte, gründet sich sein Ruhm vor allem auf seine Leistungen als Dramatiker. In seinen ersten Stücken (»Es steht geschrieben«, 1947, 1967 in einer Neubearbeitung unter dem Titel »Die Wiedertäufer« herausgegeben; »Der Blinde«, 1947) noch deutlich dem expressionistischen Theater verhaftet, war der entscheidende Schritt für Dürrenmatt die Auseinandersetzung mit der Theatertheorie und Aufführungspraxis Bert Brechts, von dem er nicht nur das generelle Konzept der nacharistotelischen Illusionsdurchbrechung übernahm, sondern auch einzelne Stilmittel, wie vor allem den kommentierenden Song, so zum Beispiel in *Romulus der Große* (1950; neubearbeitet 1957), einem der ersten Stücke, die nach der Begegnung mit Brecht entstanden. Seinen ersten bemerkenswerten Theatererfolg erzielte Dürrenmatt mit der Komödie *Die Ehe des Herrn*

Mississippi (1952), einer mit surrealistischen Effekten ausgestatteten Travestie der alten politischen Haupt- und Staatsaktion, mit dem immer oben schwimmenden Konjunkturritter als Protagonisten, mit Ideologen, die um der Freiheit und Gerechtigkeit willen vor keinem Mord zurückschrecken, mit verführerischen Frauen und genasführten liebestollen Männern – eine burleske Parabel über die heruntergekommenen moralischen Wertvorstellungen in der modernen Gesellschaft. Eher an eine dramatisierte christliche Legende erinnert Dürrenmatts nächstes Stück, die »fragmentarische Komödie« *Ein Engel kommt nach Babylon* (1953): Ein Engel bringt als Geschenk des Himmels das anmutige Mädchen Kurrubi auf die Erde, um den Menschen die Gnade des Himmels zu erweisen; er weiß nur, daß er sie dem ärmsten der Menschen übergeben soll. Aber weder der König Nebukadnezar noch das Volk ist bereit, sich um der Himmelsgabe willen zur Armut zu bekennen. Nur der Bettler Akki kennt das Glück der Besitzlosigkeit und flieht mit Kurrubi, woraufhin der König aus Trotz den Babylonischen Turm erbauen läßt. Aber es geht in dem Stück nur vordergründig um die religiöse Gnadenthematik. Im Grunde demonstriert das Stück eher die Abwesenheit Gottes, und die biblische Geschichte wird zum Modell des latenten Bürgerkrieges und der gierigen Machtkämpfe in der heutigen Gesellschaft. Sprachlich hat Dürrenmatt mit dem *Engel* zu seinem unverwechselbaren Stil gefunden, der durch eine groteske Mischung höchst poetischer Episoden mit plattem Witz und satirischer Derbheit gekennzeichnet ist. Zwei Jahre später entstand die »tragische Komödie« *Der Besuch der alten Dame* (1956), mit der Dürrenmatt seinen endgültigen Durchbruch auf dem Theater erzielte. Die »alte Dame« ist Claire Zachanassian, die als Multimillionärin in die kleine Stadt Güllen zurückkehrt, um sich an Ill, dem Jugendgeliebten, zu rächen, der sie seinerzeit mit einem Kind sitzengelassen hatte. Die Sache ist nun die, daß die Stadt pleite ist, so daß die Güllner nicht widerstehen können, als Claire Zachanassian eine Milliarde als Mörderlohn in Aussicht stellt für die Beseitigung Ills. Der Stadtturner erwürgt Ill, der Arzt diagnostiziert Herzschlag, und die Zeitungen, längst ebenso verführt und korrupt wie alle Bürger, melden am nächsten Tag: »Tod aus Freude. Das Leben schreibt die schönsten Geschichten.« Wieder werden hier auf zutiefst groteske, unerhört theaterwirksame Weise Scheinmoral, Käuflichkeit und Eigennutz der Kleinbürger entlarvt, wobei der groteske Effekt hier vor allem dadurch entsteht, daß Dürrenmatt mit voller Absicht eine ganze Reihe von Bildern und Motive der griechischen Tragödie – Verhängnis und Gericht, Schuld und Sühne, Rache und Gericht – ins kleinstädtische Spießermilieu verpflanzt. Einzig und allein durch ihr

Vermögen, so Dürrenmatt in einem sardonischen Selbstkommentar, sei eben die reichste Frau der Welt durchaus in der Lage, »wie eine Heldin der griechischen Tragödie zu handeln, absolut, grausam, wie Medea«. Der Gefahr, daß die gehäuft verwendeten Mittel der Parodie und Travestie, von Gag und Bizarrerie in bloßen Klamauk und Ulk umschlagen, hat sich Dürrenmatt am ehesten in seiner »Oper einer Privatbank« ausgesetzt, die 1959 unter dem Titel *Frank V.* in Zürich uraufgeführt wurde. Anton Krättli faßt wie folgt zusammen: »Das Stück ist eine kabarettistische Nummern-Oper, die am mörderischen Machtkampf innerhalb einer Dynastie von Privatbankiers die Diktatur des Geldes an den Pranger stellt. Die Privatbank und die Marionetten, die in ihr wirken, sollen zusammen ein ›fingiertes Modell‹ abgeben. Frank der Fünfte, derzeitiger Inhaber des Unternehmens, stellt Gangster als Direktoren ein und beschäftigt ein Callgirl, das die Beziehungen zur Großindustrie erfolgreich pflegt. Scheinbegräbnis des Chefs, Betrug, Erpressung, Mord in mehrfacher Ausführung bereiten die Machtübernahme des Sohnes vor.« Es liegt bei einer derartig wüsten Geschichte nahe, daß dem Autor seine eigenen Mittel entgleiten, die burleske Satire sich auf Kosten der ›tieferen Bedeutung‹ verselbständigt – tatsächlich ist kaum eines der anderen Stücke Dürrenmatts so wenig und mit derartig geringem Erfolg aufgeführt worden wie *Frank V.* Applaus für die Rolle der Prinzipalin des Bankhauses erntete allenfalls die Schauspielerin Therese Giehse, für die Dürrenmatt eine Reihe von Stücken geschrieben hat, von denen – neben dem *Besuch der alten Dame* – die Komödie *Die Physiker* das berühmteste ist: Therese Giehse spielte in der Zürcher Uraufführung vom 21. Februar 1962 die Chefärztin einer privaten Nervenklinik; in einem Pavillon sind drei scheinbar wahnsinnige Männer untergebracht, die sich für die Physiker Einstein, Newton und Möbius halten; in einer ›klassischen‹ Wiedererkennungsszene zu Beginn des zweiten Aktes stellt sich heraus, daß Möbius tatsächlich ein genialer Naturwissenschafler ist, der sich unter fingiertem Wahnsinn im Schutz des Irrenhauses verborgen hält, um die toll gewordene Welt vor den Folgen seiner Erfindungen – er ist im Besitz der Weltformel, mit deren Hilfe unter anderm die Gravitation außer Kraft gesetzt werden kann – zu schützen; ›Einstein‹ und ›Newton‹ erweisen sich daraufhin als Agenten feindlicher Lager, die Möbius die Formel abjagen wollten; schließlich jedoch finden sich alle drei als Gefangene in der Gewalt der Chefärztin, die Möbius' Forschungsergebnisse heimlich kopiert und einen Trust zu ihrer Ausbeutung gegründet hat – um die Wiederkunft des Königs Salomo vorzubereiten, als deren Dienerin sie sich begreift: Die Verhältnisse haben sich grotesk verkehrt, die ehemals als wahnsinnig Geltenden haben sich als Vertreter der herrschenden Rationalität entpuppt, während die Ärztin, die eben diese Rationalität zu Beginn repräsentierte, die eigentlich Wahnsinnige ist. Dürrenmatt verkettet die Motive von Forschung, Wissenschaft und Politik, Wahnsinn, Vernunft und scheinrationaler Wirklichkeit nicht zu einer Tragödie, sondern zu einem komödiantisch-virtuosen Spiel mit der Paradoxie und dem Grotesken, wobei er jedoch – in seinen *21 Punkten zu den Physikern* darauf besteht: »Eine solche Geschichte ist zwar grotesk, aber nicht absurd (sinnwidrig).«

Den Erfolg, den Dürrenmatt mit dem *Besuch der alten Dame* und den *Physikern* erzielte, hat er mit seinen späteren Stücken nicht mehr erreicht. Bemerkenswert darunter sind aber immerhin noch zwei: *Der Meteor* (1966) und die Bearbeitung von Strindbergs »Totentanz«, *Play Strindberg* (1969) – bemerkenswert vor allem deswegen, weil hier die barock-pralle, oft überbordende Sprache der frühen Stücke, die, wie angedeutet, ihrem Gehalt öfter im Wege standen, als ihn zu befördern, merklich zurückgenommen wird und kargeren sprachlichen und dramaturgischen Mitteln weicht. Im übrigen hat Dürrenmatt auch eine stattliche Anzahl essayistischer Arbeiten verfaßt, aus denen der *Monstervortrag über Gerechtigkeit und Recht nebst einem helvetischen Zwischenspiel. Eine kleine Dramaturgie der Politik* (1969) sowie der Selbstkommentar *Stoffe. Zur Geschichte meiner Schriftstellerei* herausragen. Die Schriften zum Theater liegen inzwischen ebenso gesammelt vor (»Theater – Schriften und Reden«, 1966; Band 2 1972) wie eine Gesamtausgabe von 1980, die beachtliche achtzehn Bände des dramatischen Werks und zwölf Bände Prosa umfaßt. – Überblickt man Dürrenmatts Oeuvre, so sind zwar gewisse ästhetizistische Tendenzen, eine manchmal ausgesprochen selbstgefällige Lust am bizarren Einfall, an einer losgelassenen Fabulierungskunst unverkennbar – die übrigens gewiß damit zusammenhängt, daß Dürrenmatt sich stets so energisch wie nach allen Seiten konsequent dagegen gewehrt hat, für eine ›Lehre‹, eine Partei oder Ideologie vereinnahmt zu werden. Dennoch lassen sich – vor allem in seinen Essays – gewisse wertorientierte Tendenzen entdecken, mit denen sich Dürrenmatt durchaus in die aufklärerische Tradition des europäischen Theaters einreiht. Ein charakteristisches Beispiel hierfür ist seine Rede *Über Toleranz,* in der er unter anderm an das Toleranzgebot Lessings (im »Nathan«) anknüpft und versucht, es auf das Hier und Jetzt anzuwenden: »Welche Schlüsse haben wir als Einzelne politisch zu ziehen? Vor allem wohl, daß ein neues Zeitalter der Aufklärung not tut, daß wir aus unseren politischen Systemen den Anspruch auf Wahrheit, auf

Gerechtigkeit und Freiheit fallen lassen und ihn durch das Suchen nach Wahrheit, nach Gerechtigkeit und nach Freiheit zu ersetzen haben, durch Vernunft. Wir müssen unsere politischen Systeme danach prüfen, wie vernünftig sie sind. Ich bin nicht so sicher, daß wir dabei besser abschneiden als der Osten. Dessen Vernunft besteht darin, daß er ein falsches Prinzip für die Wahrheit hält und es stur durchführt, unsere Unvernunft, daß wir die Vernunft stur unvernünftig anwenden. Was aber ist die Vernunft, nicht als Wahrheit begriffen, sondern als ein Suchen nach Wahrheit, nach Gerechtigkeit und Freiheit? Hegel ist nicht nur durch Kierkegaard widerlegt worden, sondern auch durch die moderne Wissenschaft, dadurch, daß sie zu etwas gelangt, das Hegel nicht erreichte, obgleich er glaubte, es erreicht zu haben: zu objektiven Kenntnissen.« – Wir werden uns im folgenden einigen Autoren zu widmen haben, die eben dies versuchten: den Anspruch einer durch aufklärerisch-naturwissenschaftliche Vernunft geleiteten Objektivität in ihre literarische Praxis umzusetzen.

Rolf Hochhuth

Rolf Hochhuth gilt als einer der bekanntesten Vertreter des sogenannten ›Dokumentartheaters‹ der sechziger Jahre, und man liest in Nachschlagewerken häufig, daß diese Gattung mit Hochhuths *Der Stellvertreter* ihren eigentlichen Durchbruch erzielt habe. Nun ist es ja im Grunde nichts Neues, daß Autoren auf historische Stoffe zurückgreifen und sie dramatisieren – das tat Goethe im *Egmont* ebenso wie Schiller mit dem *Wallenstein*. Immerhin gibt es eine ganze Reihe von Punkten, in denen sich die Autoren des Dokumentartheaters tatsächlich von ihren Vorgängern unterscheiden: Zunächst waren sie von Anfang an an die Zeit gebunden, in der sie schrieben, an Nachkriegszeit und Restauration also, deren Bereitschaft, die zwölf Jahre Hitlerdiktatur so rasch wie möglich zu verdrängen, sie vehement bekämpften; hinzu kam, daß beinahe alle bedeutenden Vertreter des Dokumentartheaters programmatisch Stoffe aus der allerjüngsten Vergangenheit oder gar aus der Gegenwart wählten (und also nicht etwa wie Schiller auf eine längst vergangene Epoche, die des Dreißigjährigen Krieges usw., zurückgriffen); dies hängt – drittens – zusammen mit den aufklärerisch-politischen Intentionen der Autoren, die ihre Stücke weniger ›für die Ewigkeit‹ schrieben als mit ihnen unmittelbare gesellschaftliche Reaktionen auslösen wollten; eine Folge dieser Aktualitätsverpflichtung war dann schließlich die Wahl der ästhetischen Mittel, deren man sich bediente und unter denen die dokumentarische

Kollage (etwa aus historischen Protokollen), das an journalistischen Formen orientierte Feature oder der belehrende bzw. agitierende Kommentar die geläufigsten waren. Tatsächlich ist eben darum den Dokumentationsstücken aus dem Lager der konservativen Literaturkritik immer wieder vorgeworfen worden, ihre Wirkung sei außerästhetischer Art und rege allenfalls kurzfristig zur politischen Diskussion an – womit im Grunde die Intention der Autoren ganz richtig wiedergegeben, aber gänzlich falsch – weil am falschen Maßstab gemessen – bewertet ist. Denn es hat sich inzwischen denn doch herausgestellt, daß die Themen des Dokumentationstheaters: Judenmord, Hitler-Attentat, die Erfindung der Atombombe, der Anschlag auf Kennedy, der Volksaufstand in der DDR, der Vietnamkrieg den Ablauf der geschichtlichen Ereignisse schlaglichtartig durchaus erhellt haben. Und schließlich hat gerade Hochhuth noch in jüngster Vergangenheit mit der von ihm in Gang gebrachten Filbinger-Affäre bewiesen, daß die dem Dokumentarischen verpflichtete Literatur auch heute noch – und trotz der elektronischen Medien – veränderungsorientierten Einfluß auf die politische Kultur eines Landes zu nehmen vermag.

Rolf Hochhuth wurde am 1. April 1931 im nordhessischen Eschwege geboren und wuchs in einem traditionsbewußt-bürgerlichen Elternhaus auf, das durchaus Distanz zu den Nationalsozialisten hielt. Nach der mittleren Reife wurde Hochhuth zunächst Buchhändler, arbeitete in Marburg, Heidelberg und München, bevor er in Gütersloh Verlagslektor wurde. Nach der Uraufführung des *Stellvertreters* (1963) wurde ihm der Berliner Literaturpreis »Junge Generation« verliehen; es folgte 1964 der Frederic Melcher Award, 1976 der Kunstpreis der Stadt Basel sowie 1980 der Geschwister-Scholl-Preis der Stadt München und der Hamburger Lessing-Preis. Hochhuth lebt heute in Wien.

Seinem Erstlingsstück *Der Stellvertreter* war ein begeistertes Vorwort von Erwin Piscator – der auch die Uraufführung am Theater am Kürfürstendamm inszenierte – vorangestellt, – was sogleich deutlich machte, an welche Traditionen Hochhuth mit seinem Dokumentarstück anknüpfte. Piscator nämlich war in den zwanziger Jahren der zweifellos bedeutendste und profilierteste Vertreter des politisch engagierten Agitprop-Theaters und vor allem durch seine Wahlkampf-Revuen für die Kommunistische Partei bekannt geworden. Eben diese Methodik der unmittelbar aktualitätsbezogenen Theaterarbeit, wie sie Piscator in seiner Essay-Sammlung *Das politische Theater* (1929) beschrieben hatte, ist eines der Fundamente von Hochhuths Dramaturgie, die jedoch – dies das zweite – im Gegensatz zu Piscator sich häufig eher konventioneller, an Schillers historische Stücke (die Hochhuth ausgiebig studiert hat) erinnernder Mittel bedienen. Dies betrifft vor allem Hochhuths Heldenkonzeption, die darauf hinausläuft, daß, ganz wie beim klassischen Vorbild, der Spannungsbogen der Handlung an die Pole von Protagonist und Antagonist, Held und Gegenspieler, Idealist und Pragmatiker gebunden ist. Ganz im Gegensatz zu Dürrenmatt, dem es vor allem darauf ankam, die bis ins Absurde hineinreichende Anonymität von Machtstrukturen aufzudecken, betont Hochhuth die Verantwortlichkeit und damit die Handlungsmöglichkeit des einzelnen. In einem Anhang zum *Stellvertreter* unter dem Titel *Historische Streiflichter* verteidigt Hochhuth seine immer wieder als unzeitgemäß angegriffene Konzeption mit folgenden Worten: »Wenn aber der einzelne nicht mehr verantwortlich zu machen ist, weil er entweder nichts mehr zu entscheiden hat oder nicht begreift, daß er sich entscheiden muß, so ist das Alibi für jede Schuld geschaffen: das Ende des Dramas.«

Im *Stellvertreter* nun stehen sich Papst Pius XII. und der junge Jesuitenpater Riccardo Fontana gegenüber. Dieser hat vergebens versucht, den Papst zu einem Protest zugunsten der von den Nationalsozialisten deportierten Juden zu bewegen, was dieser mit verschwommenen Worten aus diplomatischen Rücksichten abgelehnt hat. Daraufhin begleitet Fontana einen Judentransport nach Auschwitz und wird dort ermordet – bewahrt aber eben dadurch, als eine Art Stellvertreter Christi, die Lehren der christlichen Heilsgeschichte angesichts einer mörderischen historischen Wirklichkeit. Das Stück – das übrigens sehr konventionell in fünf symmetrisch konstruierten Akten angelegt ist – erregte nach seiner Uraufführung erhebliches Aufsehen und löste eine weitläufige Diskussion über das Verhältnis von Kirche und Staat zur Zeit des deutschen Faschismus aus. Eben damit aber hatte es, gemessen an den Intentionen des Autors, seinen Zweck erfüllt, so daß er mit einiger Gelassenheit auf zahlreiche kritische Einwände reagierte, wie zum Beispiel diesen, daß sein Antifaschismus im Grunde hilflos bleibe, da er die Henkersknechte in Auschwitz zu sehr ins Metaphysische stilisiere und damit verharmlose. Eine ähnliche Figurenkonstellation wie der *Stellvertreter* hat auch Hochhuths nächstes Stück, die Tragödie in drei Akten (mit Vor- und Nachspiel) *Soldaten* (1967), die im Oktober 1967 an der Freien Volksbühne in Berlin uraufgeführt wurde. Der englische Premierminister Churchill und der polnische General Sikorski stehen einander vor der Ruine der Kathedrale von Coventry gegenüber. Verhandelt wird über die unmittelbare persönliche Verantwortlichkeit der Piloten für das grauenvolle Flächenbombardement deutscher Städte, wobei es Hochhuth vor allem darauf ankommt, das glänzende Bild des

Kriegshelden Churchill gründlich einzuschwärzen. Ende der sechziger Jahre hatte die ›Konjunktur‹ des Dokumentationstheaters ihren Höhepunkt bereits überschritten. Dennoch blieb Hochhuth bei seiner entlarvenden, aufrüttelnden, politische Auseinandersetzung provozierenden literarischen Methode: In der amerikanischen Revolutionstragödie *Guerillas* (1970) stellt er dem Revolutionär Nicholson einen fiktiven Geheimdienstagenten gegenüber und plädiert für eine nichtrevolutionäre Veränderung der Eigentumsverhältnisse. In der Komödie *Die Hebamme* (1971) nimmt sich Hochhuth der Not der Obdachlosen in der Bundesrepublik an – erfolgreich übrigens hinsichtlich derjenigen Betroffenen, die er in seinem Stück geschildert hatte. Gegen ›Männer, Macht und Militär‹ richtet sich die zweite Komödie *Lysistrate und die NATO* (1973), die zusammen mit der Studie *Frauen und Mütter, Bachofen und Germaine Greer* erschien; es folgte das Hemingway-Monodrama *Tod eines Jägers* (1976) sowie zuletzt die Dokumentationen *Eine Liebe in Deutschland* (1978) und das thematisch damit unmittelbar zusammenhängende Drama *Juristen* (1979), das den »furchtbaren« ehemaligen Marinerichter und späteren Ministerpräsidenten von Baden-Württemberg, Filbinger, zu Fall brachte. All diese Stücke sind im Zeitpunkt ihres Erscheinens vor allem als politische Aktionen verstanden worden – und auch geplant gewesen. Beinahe allen seinen Veröffentlichungen hat Hochhuth ausführliche Dokumentationen beigefügt, um dem selbst erhobenen Anspruch auf Authentizität, Wahrheit und Objektivität auch nach außen hin gerecht zu werden und faktisch unangreifbar zu sein. Bei all dem ist jedoch nicht zu übersehen, daß seinem politischen Engagement weniger ein bestimmtes ideologisches Programm als vielmehr ein hoher, rigoroser moralischer Anspruch zugrunde liegt, der vor allem im Bestehen auf der gesellschaftlichen Verantwortlichkeit des Individuums sein Ethos – und sein dramatisches Pathos hat.

Heinar Kipphardt

Der zweite bedeutende Vertreter des Dokumentartheaters der sechziger Jahre ist Heinar Kipphardt (1922–1982). Aufgewachsen in dem kleinen Industrieort Gnadenfrei am Eulengebirge, erlebte der Elfjährige, wie sein Vater, ein Sozialdemokrat, 1933 von der Gestapo verhaftet wurde; erst 1938 kehrte er aus dem Konzentrationslager Buchenwald zurück. Kipphardt entschloß sich nach dem Abitur zunächst, Medizin zu studieren, »um das nationalsozialistische Deutschland mit einem bürgerlichen Beruf zu verlassen«. Dazu kam es jedoch vorerst nicht: Kipphardt wurde eingezogen und war an den ›Rückzugsgefechten‹ der Wehrmacht an der Ostfront beteiligt. Nach Kriegsende schloß er sein Studium mit der Promotion zum Dr. med. ab und arbeitete als Assistenzarzt in Düsseldorf und an der Universitätsnervenklinik der Charité in Berlin. 1950 jedoch wechselte er über zum Theater, wurde vom Ost-Berliner Deutschen Theater engagiert und arbeitete dort als Chefdramaturg bis 1959. Nach heftigen kunst-politischen Auseinandersetzungen verließ er die DDR und wurde Dramaturg am Düsseldorfer Schauspielhaus, zwei Jahre später Chefdramaturg der Münchner Kammerspiele, die er jedoch 1971, erneut unter skandalösen Umständen, verlassen mußte. Zuletzt lebte Kipphardt als freier Schriftsteller und Lektor der »AutorenEdition« in München.

Wie Hochhuth stand auch Kipphardt zunächst eindeutig unter dem Einfluß von Brechts epischem Theater. Doch im Gegensatz zu Hochhuth wollte Kipphardt mit seinen Dokumentationsstücken weit mehr als eine möglichst faktenreiche und detailgenaue Wiedergabe historischer Ereignisse – die Stücke sollten, in Anlehnung an Brecht, den historischen Fall zum historischen Modell machen: »Es ist die Absicht des Verfassers, ein abgekürztes Bild des Verfahrens zu liefern, das szenisch darstellbar ist und das die Wahrheit nicht beschädigt«, schreibt Kipphardt in der *Nachbemerkung* zu seinem wohl bekanntesten Stück: *In der Sache J. Robert Oppenheimer* (1964). Zwar hatte Kipphardt schon zuvor mit einem Stück debütiert, das historisches Material verarbeitete, nämlich mit *Der Hund des Generals* (1962), das die Unsicherheit der bundesrepublikanischen Justiz im Umgang mit NS-Verbrechern dokumentierte; doch während dieses zunächst kaum beachtet wurde, erregte der *Oppenheimer* unmittelbar nach seinem Erscheinen größtes öffentliches Interesse. Den Stoff zu seinem Stück bezog Kipphardt aus den 1954 zum ersten Mal veröffentlichten Protokollen eines amerikanischen Hearings über die Rolle des Physikers Oppenheimer bei der Entwicklung der Wasserstoffbombe. Ähnlich wie in Brechts *Galilei* geht es auch hier um die Spannung von Wissenschaft und gesellschaftlicher Verantwortung, und auch Kipphardt wirft, wie Brecht in der berühmten zweiten Version der vierzehnten Szene, seinem Protagonisten, dem Leiter des US-Atombauprogrammes im Zweiten Weltkrieg, einen »Verrat am Geist der Wissenschaft« vor – was ihm nun freilich erbitterten und zum Teil wohl auch gerechtfertigten Protest der Betroffenen eintrug: Oppenheimer selbst nämlich konnte zu Recht darauf hinweisen, daß der von den amerikanischen Behörden gegen ihn erhobene Vorwurf darauf hinauslief, er habe den Bau der H-Bombe verzögert, und im übrigen habe Kipphardt zwar Einzelheiten aus den Prozeßakten authentisch wiedergegeben, sie jedoch durch seine einseitige Auswahl zu einer verzerrten Aussage manipuliert. Während ein solcher Vorwurf Hochhuth, dem Genauigkeit über alles ging, vermutlich schwer getroffen hätte, verteidigte sich Kipphardt als Literat und geschickt: Er habe sich »in der Auswahl, in der Anordnung und in der Konzentration des Stoffes« durchaus von einer literarischen Konzeption leiten lassen, nämlich den Einzelfall ins Exemplarische zu überführen und so die Frage nach der Verantwortlichkeit der Wissenschaftler in der modernen Industriegesellschaft generell aufzuwerfen. Das geschilderte Dilemma betraf im Grunde alle Autoren des Dokumentationstheaters, denn die selbst verordnete Bindung an historische Faktizität kollidierte nur gar zu häufig mit der beabsichtigten politisch-literarischen Programmatik. Überwunden hat Kipphardt diese Kluft wohl noch am ehesten mit seinem zweiten Dokumentarstück, *Joel Brand. Geschichte eines Geschäfts* (1965), in dem es um die Geschichte eines makabren Tauschgeschäftes zur Zeit des Zweiten Weltkrieges geht: Die Nazis hatten jüdischen Emigranten-Organisationen die Evakuierung ungarischer Juden zugesagt und dafür als Gegenleistung zehntausend Armee-Lastwagen verlangt. Aussage und Geschichte des Stückes fallen hier unmittelbar sinnfällig zusammen: Unter den unmenschlichen Bedingungen kapitalistischer Geschäftspraktiken wird der Mensch buchstäblich zur Ware, dessen Leben zu einem ›angemessenen‹ Preis zur Disposition steht. – Während Kipphardt in den fünfziger und sechziger Jahren an seiner historisch-kritischen Methode der Theaterarbeit festhielt – erwähnenswert sind unter anderm die Tragikomödie *Der staunenswerte Aufstieg des Alois Piontek* (1956), die Satire *Die Stühle des Herrn Szmil* (1961) und die szenische Montage *Sedanfeier* (1970) (Kipphardts Stücke sind zuletzt 1981 in zwei Bänden gesammelt erschienen) – beherrscht seine literarische Produktion der siebziger Jahre *ein* Thema und *eine* Gestalt: Psychiatrie bzw. Anti-Psychiatrie in der Bundesrepublik und Ernst Herbeck. Vor dem Hintergrund seiner klinischen Erfahrungen mit Geisteskranken wird es verständlich, daß Kipphardt aufmerksam wurde, als der Psychiater und Neurologe Leo Navratil, schon zuvor ausgewiesen als kompetenter Mittler zwischen Literatur und Psychopathologie, eigenartig faszinierende ›psychopathologische Texte‹ seines schizophrenen Patienten Herbeck unter dem Pseudonym Alexander Herbrich veröffentlichte. Lebensgeschichte und Gedichte dieses Autors nun verarbeitete und verdichtete Kipphardt auf vielfältige Weise zu seiner März-Gestalt: in dem Fernsehspiel *Das Leben des schizophrenen Dichters Alexander März* (1975), in seinem ersten Roman, *März* (1976), in den »März-

Gedichten«, die er in den *Angelsbrucker Notizen* (1977) publizierte sowie schließlich noch einmal auf der Bühne in *März, ein Künstlerleben* (1980). Natürlich hat man Kipphardt vorgeworfen, er habe Leben und Werk des Patienten Herbeck rücksichtslos für die eigene literarische Produktion sowie für deren gesellschaftliche Intention ausgebeutet, nämlich mit der zum Teil veralteten, den sozialen Aspekt bei der Entstehung von Geisteskrankheiten vernachlässigenden Psychiatrie ins Gericht zu gehen. Nicht zu übersehen ist aber auch, daß die Geschichte des Menschen Herbeck durch die Literarisierung zur März-Figur an Würde nichts eingebüßt, sondern eher und auf eindrucksvolle Weise gewonnen hat. Auf eben diese weniger dokumentarische als vielmehr *literarische* Authentizität scheint es Kipphardt in der Tat angekommen zu sein, wenn er in einem Interview über den März-Roman sagte, dieser sei »Teil einer Kunstanstrengung zu anderen Zwecken als dem der wissenschaftlichen oder naturalen Dokumentation«. Eben hiermit aber steht Kipphardt, nach seinen Anfängen mit dem Dokumentationstheater in den sechziger, mitten in der Diskussion über den Zusammenhang von Literatur und Subjektivität in den siebziger Jahren.

Tankred Dorst

Grenzen und Möglichkeiten des Dokumentationstheaters hat Tankred Dorst von allem Anfang an kritisch erkundet – und überschritten. Nachdem er sich zunächst intensiv mit dem Marionettentheater beschäftigt hatte (»Geheimnis der Marionette«, 1957), in der Folge zwischen 1960 und 1968 vornehmlich experimentelle Einakter schrieb (gesammelt in »Collection Theater. Werkbücher«, 1964ff.), setzte seine breiteste Wirkung – und gleichzeitig die Diskussion um seine Zugehörigkeit zu den ›Dokumentaristen‹ – erst 1968 mit *Toller* ein. – Tankred Dorst wurde am 19. Dezember 1925 in Sonneberg (Thüringen) geboren. 1942 wurde er in die Wehrmacht eingezogen und kehrte, nach Kriegsgefangenschaft in Belgien, England und den USA, erst 1947 heim. Erst danach machte er sein Abitur und studierte Germanistik, Theaterwissenschaft und Kunstgeschichte. Seit Ende der fünfziger Jahre lebt er als freier Schriftsteller und Dramaturg in München.

Dorsts drei Schaffensperioden, die Überlegungen zum Marionettentheater, die experimentelle Phase sowie die Produktionen nach dem *Toller* sind durch ein gemeinsames, in mancherlei Hinsicht an Frisch erinnerndes Leitmotiv miteinander verknüpft. Stets aufs neue spürt der Autor der Spannung zwischen Rolle und Identität, Entwurf und Realität, Fiktion und Existenz nach und findet in der Bühne den ›absoluten Ort‹ zur Erkundung der Vieldeutigkeit der Realitäten. Dieses Thema steht denn auch im Vordergrund der beiden bedeutendsten seiner Stücke aus den sechziger Jahren, der *Großen Schmährede an der Stadtmauer* (1962), worin ein Soldat aus einem vor Kaiser und Offizieren vorgeführten Ehe-Spiel ausbricht, und in *Der gestiefelte Kater oder wie man das Spiel spielt* (1963), das die an sich schon hoch burleske Vorlage Tiecks um weitere Dimensionen des Spiels im Spiel sowie durch das Übergreifen des Bühnengeschehens auf die realen Zuschauer im Parkett potenziert. Dieser spielerische Umgang mit der Realität oder, besser, mit den Wirklichkeiten brachte Dorst nach dem Erscheinen des *Toller* in einen charakteristischen Konflikt. Zunächst zum Inhalt: Das Stück schildert die revolutionären Ereignisse des Jahres 1919; Protagonisten sind, neben dem Titelhelden, dem Literaten Ernst Toller, der Intellektuelle Landauer, die Anarcho-Sozialisten Mühsam und Olga sowie der geisteskranke Dr. Lipp. In ihren Gesprächen geht es immer wieder um die ›richtige Haltung‹ zur Revolution – während Mühsam und Olga unbedingte Parteilichkeit verlangen (»Dichtung – das heißt heute immer Tendenz«), behaupten Landauer und Toller: »Dichter sind nun einmal ideologisch labil«, und: »Als Künstler muß ich auch die Gegenseite verstehen.« Obwohl nun die Figuren-Konstellation historisch authentisch ist, hat sich Dorst entschieden dagegen gewehrt, mit dem *Toller* ein Dokumentationsstück vorgelegt zu haben: »*Toller*, um es noch einmal zu sagen, ist kein Dokumentarstück, ist also auch nicht an den Dokumenten, die es bestätigen oder widerlegen könnten, zu messen. Wahr im dokumentarischen Sinn wären ja ohnehin nur die Dokumente selbst. Ein Theaterstück, das vorgibt, dokumentarisch zu sein, baut seine Wahrheit auf dem Schwindel auf, daß Theaterszenen etwas anderes sein könnten als arrangierte Fiktionen.« Die Debatte gewann verständlicherweise dadurch an Brisanz, daß Publikum und Kritik von vornherein klar war, daß Dorst in den Ereignissen des Jahres 1919 modellhaft die Studentenbewegung und ihr mögliches Schicksal widerspiegeln wollte. Doch auch in dieser Hinsicht ging er weit über eine faktenorientierte Parallelführung der beiden historischen Phasen hinaus und zeigte sich, während die Kader des SDS, ähnlich den Münchner Räten von einer Vereinigung mit der Arbeiterschaft träumend, gegen die korrupte bürgerliche Gesellschaft agitierten, weitaus mehr daran interessiert, was denn wohl aus den Studentenführern *nach* der gescheiterten Erhebung werden würde. Auf historisch ähnlich doppeltem Boden spielt Dorsts Stück *Eiszeit* (1973), das eine Phase aus der Biographie des norwegischen Dichters Knut Hamsun zum Gegenstand hat: In seinen letzten Lebensjahren sympathisierte Hamsun mit den Nationalsozialisten und kollaborierte mit der deutschen Besatzungsmacht in Norwegen. Sein Gegenspieler, ein junger Partisan, kann ihn nicht zu einer Gesinnungsänderung bewegen – er stirbt als gescheiterter Revolutionär, während Hamsun selbst überlebt. Dorst gelingt es, die – historisch belegbare – Episode zu einer Parabel über die geistige Situation in der Bundesrepublik nach der ›Tendenzwende‹ umzufunktionieren, als nach dem Scheitern der Studentenrevolte die Beharrungskraft des bürgerlichen ›falschen Bewußtseins‹ scheinbar über den idealistischen Elan der revolutionären Jugendbewegung triumphierte. In der Folge schrieb Dorst außer Übersetzungen (»Molière: George Dandin«, 1977; »Goncourt oder die Abschaffung des Todes«, 1977) verstärkt für das Fernsehen: den zweiteiligen Fernsehfilm *Dorothea Merz* (1976), die Filmerzählung *Klaras Mutter* (1978), und schließlich 1977 die bizarre Komödie *Auf dem Chimborazo,* die auf eine Theaterkomödie aus dem Jahre 1974 zurückgeht. Dorsts dramatische Texte liegen seit 1978 unter dem Titel *Stücke* gesammelt vor.

LYRIK NACH AUSCHWITZ

Paul Celan

Barbarisch sei es, so Theodor W. Adornos berühmtes Diktum (in den »Prismen«), nach Auschwitz noch ein Gedicht zu schreiben – das heißt angesichts der grauenvollen, inhumanen Realität der Judenvernichtung noch irgendeinen Versuch zu unternehmen, Wirklichkeit im Schein der Poesie darzustellen und damit zu verklären. Der Satz kennzeichnet in all seiner apodiktischen Schroffheit die Situation derjenigen Schriftsteller genau, die, dem Holocaust oder dem Inferno des Krieges entkommen, nach 1945 sich vor die Aufgabe gestellt sahen, für das Unaussprechliche dennoch Worte, eine literarische Sprache zu finden. Der Celan-Monograph Otto Lorenz beschreibt das Dilemma wie folgt: »Die Zwangslage aber, in die Celan geraten war: als Dichter hervortreten zu wollen, für sein Thema jedoch keine Sprache zu haben, schien unüberwindlich zu sein. Wie sollten das Leid der Opfer von Auschwitz und die Trauer der Überlebenden dichterisch zum Ausdruck kommen, wenn das, was sich in den Gaskammern des SS-Staates ereignet hatte, den Atem und das Wort verschlug? Auf welche Weise konnten literarische Werke entstehen, wenn das Material dafür – die Sprache – nicht verfügbar war? Wodurch mußte dann auf das Schweigen als die hier einzig angemessene Reaktion hingewiesen werden?« Einen Ausweg wies der anfangs zitierte Theodor W. Adorno in seiner *Negativen Dialektik* auf, wenn er – wie Lorenz vermutet, aufgrund einer Lektüre von Celans Texten – schrieb, Gedichte zu schreiben sei weiterhin legitim, doch nur in bezug *auf* Auschwitz, das heißt in der Perspektive eines entsprechenden historischen Bewußtseins. Die entscheidende, weil literarisch produktive Überwindung der Sprachblockade jedoch gelang erst in und durch die Gedichte Paul Celans, die noch dazu einen überaus deutlichen Hinweis auf die zutiefst zwiespältige Ursache der »Hermetik«, der scheinbar jeglicher Kommunikation sich entziehenden Verkapselung der frühen Nachkriegslyrik geben. Diese Hermetik nämlich ist, wie geschildert, einerseits ein Reflex auf die Sprachlosigkeit angesichts der historischen Ereignisse, die, wie Thomas Mann im *Doktor Faustus* schreibt – buchstäblich außerhalb der Sprache stattgefunden haben; die sich der öffentlichen Kommunikation hermetisch verschließende Poesie bewahrt jedoch, umgekehrt, andrerseits eben durch diesen Entzug – etwa im Sinne des surrealistischen »Gegenwortes« – einen Ort des Widerstandes gegen die menschenverachtende Realität des Faktischen – noch dazu, wenn sie, wie im Falle Celans, durchaus mit kommunikativen »Adern«, mit dialogischen Strukturen durchwirkt ist.

Paul Celan (1920–1970), wie der Dichter sich seit 1947 nannte, war unter dem Namen Paul Ancel (das ist die rumänische Schreibweise des deutsch-jüdischen Namens Antschel) als Sohn deutschsprachiger Eltern in Czernowitz (Rumänien) aufgewachsen. Er studierte zunächst in Tours Medizin, mußte das Studium jedoch bei Ausbruch des Krieges abbrechen. Er zog sich in seine Heimatstadt zurück, wurde jedoch 1940 in ein rumänisches Arbeitslager geschickt. 1943 kehrte er nach Czernowitz zurück und widmete sich romanistischen Studien. Nach dem Krieg arbeitete er zunächst als Lektor für russische Literatur in Bukarest. Zwei Jahre später, inzwischen waren erste Gedichte erschienen, emigrierte er über Wien nach Paris, wo er Germanistik und Sprachwissenschaft studierte, 1950 die Licence des Lettres und kurz darauf auch die französische Staatsbürgeschaft erwarb. Er arbeitete als freier Schriftsteller sowie als Dozent für deutsche Sprache und Literatur an der angesehenen Pariser École Normale Supérieure sowie als Mitherausgeber der Zeitschrift »L'Ephémère«. 1969 reiste er nach Israel. Ein Jahr später, vermutlich am 20. April, beging Paul Celan Selbstmord, indem er sich in die Seine stürzte. – Unter den zahlreichen Ehrungen, die ihm verliehen wurden, ist der Büchner-Preis (1960) der bedeutendste.

Die Einflüsse, die auf Celans Werk eingewirkt haben, sind sehr unterschiedlicher Herkunft und zum Teil gegensätzlicher Natur: Biblische Erinnerungen mischen sich mit chassidischen Elementen, der französische Surrealismus mit expressionistischen Formen. Dies alles jedoch integriert Celan in einen poetischen Raum von vollkommener Homogenität. Er schreibe, so Celan 1958, »um zu sprechen, um mich zu orientieren, um zu erkunden, wo ich mich befand und wohin es mit mir wollte, um mir Wirklichkeit zu entwerfen«. Seine Lyrik stelle den Versuch dar, Wege zu finden, auf Wege zu weisen, »in denen die Sprache stimmhaft wird, Wege einer Stimme zu einem wahrnehmenden Du, kreatürliche Wege, Daseinsentwürfe vielleicht, ein Sichvorausschicken zu sich selbst auf der Suche nach sich selbst«. Am Anfang dieses Weges steht die Gedichtsammlung *Der Sand aus den Urnen* (1948), den Celan jedoch später wegen seiner zahlreichen Druckfehler zurückzog und als ersten Teil in *Mohn und Gedächtnis* (1952) aufnahm, das mit der *Todesfuge* Celans weitaus berühmtestes Gedicht enthält. Gleich nach seinem Erscheinen begann jene langanhaltende Debatte, von der am Anfang die Rede war. Gerade die unbestreitbare Schönheit des Gedichtes, seine strenge kontrapunktische Form und zahlreichen betörend-surrealistischen Bilder (»die schwarze Milch der Frühe«) brachten Celan von der einen Seite den Vorwurf ein, er ästhetisiere das Grauen, und von der anderen das Lob, er habe »ein klassisches Dokument der neueren deutschen Dichtungsgeschichte« (Victor Lange) geliefert. Die Fusion des scheinbar Widersprüchlichen im dichterischen Bild kennzeichnen auch die Texte *Von Schwelle zu Schwelle* (1955) und *Sprachgitter* (1959), in denen Celan seinen poetischen Sprachraum bis an die Grenzen des eben noch Sagbaren ausweitet: »freigesetzt unter dem Zeichen einer zwar radikalen, aber gleichzeitig auch der ihr von der Sprache gezogenen Grenzen, der ihr von der Sprache erschlossenen Möglichkeiten eingedenk bleibenden Individuation«. Eine immer stärkere Tendenz, diese Grenzen zu überschreiten, weisen Celans folgende Gedichte auf, die in den Bänden *Die Niemandsrose* (1963), *Atemwende* (1967), *Fadensonnen* (1968), *Lichtzwang* (1970), *Schneepart* (1971) und *Zeitgehöft* (1976) – zum Teil postum – erschienen sind. Dieses – gemessen an der alltäglichen Sprache – reduzierende bzw. transzendierende Verfahren zielt nun aber keineswegs darauf, Sprache als Kommunikationsinstrument überhaupt zu zertrümmern (was, zumindest in Gedichten, ja wohl auch prinzipiell sinnlos wäre); worauf es Celan vielmehr ankommt, ist ein Sprechen jenseits der inhumanen Geschichte des Sprechens, einer Sprache jenseits der an die Barbarei ausgelieferten Sprachen. Hierauf läßt sich ein Gedicht aus dem Band *Schneepart* beziehen, das eine Antwort auf einen Text Bert Brechts darstellt, der zur Zeit des Exils geschrieben hatte: »Was sind das für Zeiten, wo / Ein Gespräch über Bäume fast ein Verbrechen ist / Weil es ein Schweigen über so viele Untaten einschließt.« Hierauf nun erwidert Paul Celan: »EIN BLATT, baumlos / für Bertolt Brecht: / Was sind das für Zeiten, / wo ein Gespräch / beinah ein Verbrechen ist, / weil es soviel Gesagtes / mit einschließt?«

Hilde Domin

Die Vorstellung einer literarischen und existenziellen Legitimation mit Hilfe der Sprache steht auch im Zentrum des dichterischen und literaturtheoretischen Werkes von HILDE DOMIN (geb. 1912), das einen stark prägenden autobiographischen Hintergrund hat. Als Tochter eines jüdischen Rechtsanwalts in Köln geboren, ging sie noch während ihrer Studienzeit (Jura, Nationalökonomie, Soziologie und Philosophie in Heidelberg) in die Emigration nach Florenz, wo sie ihr Studium mit einer Dissertation über Staatstheorien in der Renaissance abschloß. Nachdem sie zunächst als Deutschlehrerin in Italien, später als Lektorin in Santo Domingo gearbeitet hatte, kehrte sie 1954 nach Deutschland zurück. Die Erfahrungen der Emigration, die sie selbst als ›Sprachodyssee‹ kennzeichnete, der Verlust von Heimat und die ›Wieder-Suche‹ prägen ihr gesamtes Schaffen und Denken. In einem *Offenen Brief an Nelly Sachs* beschreibt sie ihre eigene Situation sehr eindringlich: »Da wird einer verstoßen und verfolgt, ausgeschlossen von einer Gemeinschaft, und in der Verzweiflung ergreift er das Wort und erneuert es, macht das Wort lebendig, das Wort, das zugleich das Seine ist und das der Verfolger. (...) Und während er noch flieht und verfolgt wird, vielleicht sogar umgebracht, rüstet sich sein Wort schon für den Rückweg, um einzuziehen in das Lebenszentrum der Verfolger, ihre Sprache. (...) Und er kann nicht anders als die Sprache lieben, durch die er lebt und die ihm Leben gibt. In der ihm doch sein Leben beschädigt wurde. Das äußerste Vertrauen und die Panik fallen hier zusammen, das Ja und das Nein sind nie mehr zu trennen.« Dieser Widerspruch, daß die Sprache einerseits für sie nie mehr selbstverständlich werden konnte – gleichzeitig und andererseits aber der größte Hoffnungsträger, das ›Dennoch jedes Buchstabens‹ blieb, bezeichnet das Spannungsfeld, in dem sich Hilde Domins Lyrik bewegt. Ihr erster Gedichtband *Nur eine Rose als Stütze* (1959) weist in der Metaphorik noch den Einfluß des französischen und spanischen Surrealismus auf, von dem sie sich jedoch bald löst. Von den Verwendungsmöglichkeiten der

Sprache, von ihrer Gefärdung und ihrem Leben sprechen die Gedichte im zweiten Band, *Rückkehr der Schiffe* (1962):

Das Wort ist schneller
das schwarze Wort.
Es kommt immer an,
es hört nicht auf,
anzukommen.

Lieber ein Messer als ein Wort.
Ein Messer kann stumpf sein.
Ein Messer trifft oft
am Herzen vorbei.
Nicht das Wort.

Im dritten Gedichtband *Hier* (1964) definiert sie Lyrik als »das Nichtwort / ausgespannt zwischen / Wort und Wort.« Es ist die Suche nach einer Sprache, die durch Worteckpfeiler all das Nichtgesagte, nicht Sagbare mitsprechen lassen soll. Domins Texte werden mit der Zeit immer kürzer, spruchhafter, oft an japanische Haikus erinnernd, wobei sie die Bildhaftigkeit in all ihrer Leichtigkeit beibehält: »Wer es könnte / die Welt hochwerfen / daß der Wind / hindurchfährt«; »Es knospt / unter den Blättern / das nennen sie Herbst.« Sowohl in diesem wie auch in dem folgenden Gedichtband *Ich will dich* (1970) wird der Ton immer appellativer, und Hilde Domins Texte wenden sich vom Privat-Persönlichen dem Öffentlich-Politischen zu, wobei jedoch beide Aspekte nicht voneinander zu trennen sind. Das fast aggressive Titelgedicht des vierten Bandes: »Freiheit / ich will dich / aufrauhen mit Schmirgelpapier / du geleckte«, das sich auf den Einmarsch der Russen 1968 in Prag bezieht, meint nicht nur die politische, sondern auch die individuelle Freiheit, die deren Voraussetzung ist. Domin fordert zum gezielten Widerstand durch das Wort auf und stemmt sich gegen die Verlogenheit, die Abnutzung der öffentlichen Sprache an. Ihre persönlichen Erfahrungen bekommen spätestens hier eine geschichtliche Dimension. Nicht nur in ihren ›poetologischen‹, selbstreflektierenden Gedichten, sondern auch in zahlreichen Essays hat Hilde Domin literaturtheoretisch Stellung bezogen. *Wozu Lyrik heute,* eine Sammlung von Aufsätzen und Vorträgen, erschien 1968, zu einer Zeit also, als der Zweifel an der gesellschaftlichen Nützlichkeit der Literatur am größten war. Auf den verschiedensten Argumentationsebenen – der soziologischen, literarischen, erkenntnistheoretischen und geschichtsphilosophischen – geht Domin der Berechtigung dieses Zweifels nach – und setzt ihm schließlich ein emphatisches Ja zur Literatur entgegen. – Neben ihrer eigenen lyrischen Produktion hat Hilde Domin auch zwei Anthologien zur Nachkriegsliteratur herausgegeben: *Doppelinterpretation. Das zeitgenössische Gedicht zwischen Autor und Leser* (1966) und *Nachkrieg und Unfrieden. Gedichte als Index 1945–1970* (1970). Ihr einziger, heftig kritisierter Roman, *Das zweite Paradies,* erschien erst 1968, obwohl er bereits 1961 fertiggestellt war. Die Autorin beschäftigt sich darin eindringlich mit ihren Erfahrungen in der Emigration, dem Verlust der ursprünglichen – und der Sehnsucht nach einer neuen Geborgenheit, dem ›zweiten Paradies‹ – ein Ziel, nach dem Hilde Domin nie aufgehört hat zu suchen.

Nelly Sachs

Auch die von Hilde Domin so bewunderte Lyrikerin NELLY SACHS (1891 bis 1970) schreibt gegen das Vergessen der Greueltaten an, die gegen das jüdische Volk verübt wurden. Mit Hilfe von Selma Lagerlöf, mit der sie seit 1907 korrespondierte und die sie im übrigen auch zum Schreiben aufforderte, konnte die Familie Sachs 1940 in letzter Minute nach Stockholm emigrieren. Im Gegensatz zu Hilde Domin kehrte sie nicht in ihre Sprachheimat zurück. Früh schon schrieb sie Gedichte, Prosa, Puppen- und Marionettenspiele. Ihre frühe Lyrik *In den Wohnungen des Todes* (1947), *Sternverdunklung* (1949), *Und niemand weiß weiter* (1957), *Flucht und Verwandlung* (1959) lehnt sie sich noch stark an die konventionelle lyrische Symbolwelt an. Nelly Sachs wird später dann, wie auch Trakl und Celan, in die Tradition Hölderlins gestellt, weil auch sie ihren eigenen Stil über den Weg des inneren Erlebens fand und die Lyrik als Medium zur Öffnung ins Transzendentale, zur Entstofflichung des Diesseits in ein ersehntes, verheißenes Jenseits verwendet. Es ist ein sich auflehnendes Schreiben gegen die fortschreitende Destruktion der Welt. Die ersten beiden Gedichtbände werden thematisch von Judenmord und Exil bestimmt. Die Sprache, die Bilder und Motive bezieht Nelly Sachs aus dem Alten Testament; ihr zentrales Motiv ist der Tod und seine metaphysische Überwindung durch Sprache: »Das Alphabet ist das Land, wo der Geist siedelt und der heilige Name blüht. Es ist die verlorene Welt nach jeder Sintflut.« Ihr Anliegen ist es, das »ertrunkene Wort« auferstehen zu lassen; »Musik und Mimus sollen das nach innen verschwundene Wort aus blutender Stummheit und Schlaf vorleuchten lassen«. Sie versuche, so Beda Allemann, »die Sprache der Toten zu sprechen.« Todesmystik und Wortmystik fallen zusammen: »Märtyrersterben der Buchstaben / in der Urne des Mundes«. Ihre visionären Gedichte sind immer gleichzeitig »Beschwörung, Halbschlafrede, Hilferuf«:

Zeit der Verpuppung
Zeit der Vergebung
Verfallene mit den Gesichtern im Staub
verspüren schon den Schulterschmerz der Flügel
Wettlauf der Meridiane auf der Sternenhaut
Aderlaß der Sehnsucht ins Meer der Verklärung
Herzklopfen der Gestirne
an den Türen der Liebenden
die mit ihrem Rosenkranz ihre Münder fortbeten
ihre Leiber in die unsichtbaren Landungen
der Seligkeit.

Erst mit Beginn der sechziger Jahre allerdings, mit dem Lyrikband *Flucht ins Staublose* (1961) wird die literarische Öffentlichkeit auf sie aufmerksam. In diesem wie in den folgenden Bänden *Glühende Rätsel* (1964), *Späte Gedichte* (1965), *Die Suchenden* (1966) bis hin zu dem Nachlaßband *Teile dich Nacht* (1970) findet sie zu einer ganz eigenen Sprache. Sie löst sich von Traditionsmustern und lyrischen Vorbildern. Die Verwendung von Bildern wird reduziert, das Wortmaterial wird knapper, die Sprachbewegung elliptisch. Es kommt zu Zeichen-Häufungen, die nichts Bestimmtes mehr meinen und auf ein Konkretes verweisen. Ihre Gedichte zielen auf eine universale Mystik, auf ein Unsagbares, das manchmal nah an der Grenze zum Verstummen liegt. Es wird eine Fahrt ins ›Staublose‹.

Im schwarzen Wasser Schlaf
es lichtert da und dort
Grabhöhlen ausgehoben
vom Gründer dieses Nachtbezirks
das Spiel der kleinen Tode
mein Tod inmitten sternenklar
gemietet haben sie die Luft
die ich noch atmen soll.

Neben ihrem lyrischen Hauptwerk schrieb Nelly Sachs zahlreiche Dramen, die sich ebenfalls durch sprachliche Verdichtungen und durch Raffung der Handlung auszeichnen. Das Dramengeschehen wird zu einer »abstrakten mystischen Weltschau«, die für Nicht-Eingeweihte schwer zugänglich und verstehbar bleibt – ein Grund, warum ihre Theaterstücke kaum aufgeführt werden. Das bekannteste ist noch *Eli. Ein Mysterienspiel vom Leiden Israels* (1951). Weiterhin schrieb sie *Der magische Tänzer. Versuch eines Ausbruchs. Für zwei Marionetten* (1959), *Vergebens an einem Scheiterhaufen. Ein Spiel von der Freiheit* (1962), *Simson fällt durch Jahrtausende* (1967), die alle auch in der Sammlung *Verzauberung. Späte szenische Dichtungen* (1970) erscheinen. Daneben machte sie zahlreiche Übersetzungen aus dem Schwedischen.

Nach einem Besuch in Zürich und Paris 1960, wo sie auch Paul Celan trifft, erleidet Nelly Sachs einen psychischen Zusammenbruch, von dem sie sich niemals mehr richtig erholte. Nach zahllosen Krankenhausaufenthalten stirbt sie 1970 in Stockholm. 1966 erhält sie den Nobelpreis für Literatur zusammen mit Schmuél Josef Agnon.

Rose Ausländer

»Wir zum Tode verurteilten Juden waren unsagbar trostbedürftig. Und während wir den Tod erwarteten, wohnten manche von uns in Traumworten – unser traumatisches Heim in der Heimatlosigkeit. Schreiben war Leben. Überleben.« So beschreibt auch die Jüdin ROSE AUSLÄNDER den existentiellen Impuls, der in der Sprache liegt, als eine Überlebens-Notwendigkeit. Geboren 1901 im damals österreichischen-ungarischen Czernowitz (später das rumänische Cernauti, heute das sowjetische Chernovtsy) – dem Geburtsort des 20 Jahre jüngeren Paul Celan –, kommt sie aus einer deutschsprachigen jüdischen Familie. Der viersprachige Ort selbst spielt in ihrer frühen Lyrik (*Der Regenbogen,* 1939), die sich stark an romantische und Rilkesche Redeweise anlehnt, eine große Rolle. Es war eine musische Stadt – »Märchen und Mythen lagen in der Luft« –, die viele Künstler und Dichter anzog und hervorgehen ließ. 1922 emigrierte sie das erste Mal nach New York, wo sie als Bankangestellte arbeitete. Dort entsteht der Zyklus *New York* (1926/27), in dem sie, obwohl er formal noch an die expressionistische Großstadtlyrik erinnert, eine eigenständigere Sprache findet. 1926 erhält sie die amerikanische Staatsbürgerschaft. Wegen der Krankheit der Mutter aber kehrt sie 1931 nach Czernowitz zurück, wo sie als Redakteurin und Englischlehrerin arbeitet. 1941 werden Rose Ausländer und ihre Mutter ins Ghetto eingeliefert. Es folgen vier Jahre in Kellerverstecken, um einer Deportation zu entkommen. Dort wird das Schreiben tatsächlich zur lebensrettenden Tätigkeit. *Ghettomotive* ist ein Zyklus, der in dieser Zeit entsteht und eher als Dokument jenes verzweifelten Erlebens zu verstehen ist. Hierbei spielt das Wort ›Mutter‹ – »nur dieses Wort hat noch Beschwörungsmacht« – eine zentrale Rolle im Widerstand gegen die physische und psychische Bedrohung. Als ihre Mutter 1947 stirbt, bricht sie psychisch für ein halbes Jahr zusammen. Zehn Jahre lang schreibt sie kein deutschsprachiges Gedicht mehr. In englischer Sprache schreibt und veröffentlicht sie mit Resonanz. Entscheidend für ihre literarische Entwicklung wird ihre Reise 1957 nach Paris, wo sie ihrem Freund Paul Celan wiederbegegnet. Durch diese Zeit findet sie wieder eine Sprache und den Mut das Verstummen aufzubrechen: »Was (...) über uns hereinbrach, war ungereimt, so alpdruckhaft beklemmend, daß – erst in der Nachwirkung, im nachträglichen voll erlittenen Schock – der Reim in die Brüche ging. Blumenworte welkten. Auch viele Eigenschaftswörter waren fragwürdig geworden in einer mechanisierten Welt (...).«

Die seit dieser Zeit entstandenen Gedichte veröffentlicht Ausländer in dem Band *Blinder Sommer* (1965), der, obwohl er lange in der literarischen Öffentlichkeit unbeachtet blieb, ihre bedeutendste Sammlung ist. Neben den Erfahrungen einer Großstadt (Manhattan) enthält der Band poetologische Gedichte und Träume sowie eine Art poetische Biographie der Autorin. Das Vertrauen in die Stärke des Wortes und in die Kraft des Gedichts hat sie hier wiedergewonnen. Auch in dem Band *ohne visum* (1974) wird das Wort zum Träger »messianischer Erwartungen«.

Papiertempel

Mein Papiertempel,
aus Palästina
wo ich ein Dattelbaum war

In meinem Geäst
sangen Vögel
die Hoheliedlandschaft
Metamorphosen durchwandert
das Lied verlernt

Ich kann nicht beten

Ein paar Worte
blieben
Fremdwörter
Flügel Liebe Ruh

Ich schreibe sie
an die Tempelwand.

Ihre letzten zwei Bände *Mein Atem heißt jetzt* (1981) und *Mein Venedig versinkt nicht* (1982) verraten die Gefahr, die in letzter Konsequenz ein unbedingtes Vertrauen in die Allmacht von Sprache hat, wenn Leben sich nur noch im ›Fluchtort‹ Gedicht abspielt. Die Sprache wird immer abstrakter, und die Texte verlieren fast gänzlich ihre Bilder. In ihrem Bewußtsein hat Rose Ausländer ihr Leben »in einen unendlichen Text zu verwandeln versucht«, deren Leerlauf sie auch noch beschreibt:

Drehen

Mit dem Gedankenrad
sich drehen

um die Welt
die sich dreht
um sich selber

So drehen sich Worte
um andere Worte

Ein endloser Kreis
in dem sich
unendliche Kreise
drehen
mit uns
in uns

Karl Krolow

Zu den bedeutendsten Nachkriegslyrikern neben Ingeborg Bachmann, Paul Celan und Günter Eich gehört KARL KROLOW. In Hannover 1915 geboren, studierte er Germanistik, Romanistik, Kunstgeschichte und Philosophie in Göttingen und Breslau. Früh schon veröffentlichte er einzelne Gedichte in Zeitungen und Zeitschriften, bis er 1942 freier Schriftsteller wurde.

Sein umfangreiches Werk und seine persönlich-literarische Entwicklung behaupten in den Strömungen und Tendenzen unterschiedlichster Literaturproduktion eine auffällige Selbständigkeit und ein Sich-Freihalten von literarischen ›Maschen‹. Allerdings, wie er selber in Aufsätzen einräumt, wurde er – als guter Germanist! – in seinen Arbeiten immer wieder von literarischen Vorbildern angeleitet und beeinflußt. So untersteht er in seiner ersten Phase den Wirkungen der modernen deutschen Naturlyrik (Lehmann, Loerke, Langgässer), die seine Gedichte melancholisch-schwer und düster machen. Von dieser stark metaphorisierten Natur- und Landschaftslyrik befreit er sich bald und beginnt seinen eigenen literaturtheoretischen Standort in *Intellektuelle Heiterkeit*, herausgegeben von Horst Bender in der Sammlung *Mein Gedicht ist ein Messer* (1955), programmatisch zu formulieren. Er tritt mit aller Vehemenz für das Leichte, Spielerische und Offene des Gedichts ein. Einem lyrischen Hermetismus wirft er vor, zu isoliert und beziehungslos zu sein. In *Intellektuelle Heiterkeit* schreibt er: »Für mich hat ein Gedicht luft- und lichtdurchlässig zu sein. Es muß in der Lage sein, unaufhörlich an die Außenwelt abzugeben und von ihr aufzunehmen. Es muß in einem unablässigen Austausch mit ihr stehen und alle Gefahren auf sich nehmen, die dadurch auf der Hand liegen.«

Mit dem Band *Die Zeichen der Welt* (1952) verwirklicht er annäherungsweise seine poetologischen Grundvorstellungen, die nach *Wind und Zeit* (1954), *Tage und Nächte* (1956) in *Fremde Körper* (1959) ihren thematischen wie technischen Höhepunkt erreichen. Sich einen Moment lang sprachlich der Realität anzunähern, um dann in einem weiteren Schritt sich wieder von ihr zu entfernen, sei es durch Reduktionen oder Imaginationen, durch Rücknahme oder Verfremdung, ist das Grundmuster Krolowscher Lyrik.

> An einer windgeschützten Stelle
> Endet ein Gedicht in einem Reim
> ...
> Aber man sollte sich nicht täuschen lassen:
> Schon ein paar Schritte weiter
> Ist es ratsam, den Hut ins Gesicht zu ziehen.
> (Vorgänge II)

Krolow spielt mit der Sprache, setzt alle ästhetischen und intellektuellen Freiheiten ein, um die Grenzen von Raum, Zeit und Kausalität zu überwinden. Damit muß zwangsläufig die Sprach- und Realitätssubstanz entschwert werden. Stilisierungen ins Mathematische, Geometrische sowie auch akustische und optische Eindrücke werden von Krolow verwendet, um diese »heitere Distanz« zu erreichen.

Die beiden folgenden Bände *Unsichtbare Hände* (1962) und *Landschaften für mich* (1966) unterstützen seinen Ruf, ein ›moderner Klassiker‹ zu sein. Die Thematik wird alltäglicher, die Kühnheit der Bilder wird zurückgenommen, sinnliche Eindrücke tauchen wieder auf, und das reine Zauberspiel mit Sprache nur um der poetischen Leichtigkeit willen wird entschärft: »Undankbares Handwerk, / zu beschreiben wie es / grün wird.« Krolows Subjektivität, sein Maßhalten zwischen Realität und Imagination, seine spielerische Verfremdungstechnik tritt in einen immer stärker werdenden Gegensatz zu der auf direkte Ansprache zielenden politischen und politisierenden Lyrik Ende der sechziger Jahre. Dem Vorwurf der reinen Artistik Krolowscher Lyrik wäre entgegenzuhalten, daß er immer wieder Gedichte mit aktuellem politisch-gesellschaftlichem Bezug schreibt, die nicht agitatorisch, sondern kritisch in einen anthropologischen Gesamtzusammenhang gesetzt werden. Ein Kritiker sprach bei Krolow von einem »unterirdischen Beben der Geschichte im Intimen« und daß er versuche, »den welthistorischen Stand an irgendeinem banalen Mittwoch zu registrieren«.

Mit der Veröffentlichung *Alltäglicher Gedichte* (1968) schlägt er selber eine neue Richtung ein. Die Gedichte werden bilderloser, skeptischer, ja lakonischer. Sie scheinen fast gelangweilt aufgeschrieben zu sein, eher beiläufig als gesucht konstruiert.

Neues Wesen

Blau kommt auf
wie Mörikes leiser Haferton.
Immer wieder
wird das so sein.
Die Leute streichen
ihre Häuser an.
Auf die verschiedenen Wände
scheint Sonne.
Jeder erwartet das.
Frühling, ja, du bist's!
Man kann das nachlesen.
Die grüne Hecke ist ein Zitat
aus einem unbekannten Dichter.
Die Leute streichen auch
ihre Familien an, die Autos,
die Boote.
Ihr neues Wesen
gefällt allgemein.

Literarische Anspielungen und Zitate mischen sich hier in eigentümlicher Weise mit einer scheinbar harmlos daherkommenden Kritik am Bürgerlichen. Banales und Alltägliches werden mit tradiert literarischen Mustern collagiert. Diesen Weg der sprachlichen Vergegenständlichung geht er in den Bänden *Nichts weiter als Leben* (1970), *Zeitvergehen* (1972) und *Der Einfachheit halber* (1977) konsequent weiter: »Ich nehme mir, / was ich brauche, / als Indiz für den / Sinn der Dinge.« Auch in den letzten Veröffentlichungen Krolows *Sterblich* (1980), *Herbstsonett mit Hegel* (1981), *Zwischen Null und Unendlich* (1982), *Schönen Dank und vorüber* (1984) behält er nicht nur sein poetologisches Programm der Offenheit und Durchlässigkeit eines Einzeltextes bei, sondern auch die sprachspielerische Balance zwischen aktueller Kritik und menschlichen Grundproblemen. Sein Humanismus und »kultivierte Unauffälligkeit«, die ihm vielfach zum Vorwurf gemacht wurden, machten ihn genau deswegen zum Vorbild und Mittler für viele junge Lyriker der siebziger Jahre. Nebenbei veröffentlichte Krolow seit Ende der vierziger Jahre Übersetzungen aus dem Französischen und Spanischen, die seinen literarischen Vorbildern der französischen Moderne und dem literarischen Symbolismus sowie der modernen spanischen Lyrik gewidmet sind:

Nachdichtungen aus fünf Jahrhunderten französischer Lyrik (1948), *Die Barke Phantasie. Zeitgenössische französische Lyrik* (1957), *G. Apollinaire, Bestiarium* (1957, 1959 und 1978), *Paul Verlaine, Gedichte* (1957) und *Spanische Gedichte des XX. Jahrhunderts* (1962).

Erwähnt werden sollte zum Schluß noch Krolows Rolle als kritischer

Literaturbeobachter. In zahllosen Aufsätzen und Rezensionen zeichnete er die literarische Entwicklung der Bundesrepublik auf. 1960/1961 erhielt er die Frankfurter Poetik-Dozentur. Seine Vorlesungen erschienen unter dem Titel *Aspekte zeitgenössischer deutscher Lyrik* (1961 und 1963). Weitere Essays zur Literatur sind in *Schattengefecht* gesammelt. Seine theoretische Position bezieht er noch einmal in *Ein Gedicht entsteht* (1973).

Heinz Piontek

Eine Karl Krolow verwandte literarische Entwicklung begegnet uns in dem Werk von Heinz Piontek, der 1925 in Kreuzberg (Oberschlesien) geboren wurde. Er studierte Germanistik und lebt seit 1948 als freier Schriftsteller in München. Fast gleichzeitig mit Krolow wurde er durch seinen 1952 erschienenen Gedichtband *Die Furt* bekannt. Zu seiner naturlyrischen Frühphase, die stark von Krolow beeinflußt ist, gehören weiterhin die Bände *Die Rauchfahne* (1953), *Wassermarken* (1957) und *Mit einer Kranichfeder* (1962). In seinem Essayband *Buchstab Zauberstab* (1959) versucht auch er, seine literarische Position neu zu beziehen, die ähnlich wie Krolow die Notwendigkeit des »offenen, mitteilsamen, durchscheinenden Gedichts« fordert. Er betont dort, daß es nicht um das rein Ästhetische der Formulierungen gehe, sondern daß es auf »die sparsame unaufdringliche Geste, das Bündige und das Lakonische, die bildliche Klarheit« ankomme. So wird Pionteks Lyrik tatsächlich einfach und schnörkellos, linear und relativ bildarm. Die Einfachheit seiner Gedichte ist nicht naiv, sondern mit aller Bewußtheit um der Leichtigkeit willen so vorgetragen, die die Schwere der meisten seiner Themen, die sich mit existentiellen, zeitgeschichtlichen und politischen Fragen beschäftigen, aufwiegen. Der Ton ist meistens melancholisch, fast meditativ, ohne resignativ zu wirken.

> Ja, wäre ich der, der ich bin.
> Doch es wird bei den Worten bleiben und dem elenden
> Schattenriß, wenn ich mich umdrehe.
>
> Vorläufig muß ich mich auf diese sterblichen Knochen
> stützen, die sich immer rascher abnutzen
> von der Unruhe,
> Die Hartnäckigkeit der Unruhe,
>
> weiter ein Stützpunkt sein zwischen Sonne und Mond
> für ein kleines Zentrum sterblicher Gedanken

Das Riedauer Gedicht, das als Höhepunkt seiner Lyrik bezeichnet wird, steht in dem Band *Tot oder lebendig* (1971), das nach *Klartext* (1966) erschienen ist. In beiden Bänden nähert er sich seinen eigenen programmatischen Forderungen nach Helligkeit und humaner Transparenz. Früh ist Piontek auch mit erzählender Prosa hervorgetreten, die aber einen geringeren Stellenwert in seinem Werk einnehmen. So erschienen 1955 der Erzählungsband *Vor Augen, Kastanien aus dem Feuer* (1963) und schließlich der Roman *Die mittleren Jahre* (1967), dem 1976 und 1979 die bei weitem schwächeren Bände *Dichterleben* und *Juttas Neffe* folgen.

Der dritte Aspekt seines Werkes ist die theoretische Auseinandersetzung mit dem schwierig gewordenen Verhältnis von Leben und Poesie, mit der Aufrichtigkeit des Gedichts angesichts der existentiellen Unruhe und dem Zweifel an der Möglichkeit, sie in Sprache – »Wörter bis zum Hals in Wörtern« oder »Wörter wie Münchhausens Haare« – umzusetzen – ein Problem, das im Zentrum aller hier vorgestellten Autoren steht. Trotz der zum Teil radikalen Infragestellung von lyrischem Schreiben überhaupt bleibt bei allen Autoren die hartnäckige Bestimmtheit des »Dennoch« oder »Und doch ... und doch«, und daß der existentielle Zweifel genau dort, nämlich im Gedicht, seinen angemessenen Ort hat.

Jetzt müssen wir daran glauben:
Neu wird alles durch Wasser,
das Wort im Wasser.
Die Botschaft und
die Sprache, die ich
in leuchtenden Brocken wiederfinde.
(aus ›Nachschrift‹)

»Nun«, so schreibt Piontek in *Männer, die Gedichte machen. Zur Lyrik heute* (1970), »zuletzt entscheiden über die Triftigkeit der Poesie weder Theoreme noch Extravaganzen, sondern Gedichte.« Wichtig seien diejenigen poetischen Hervorbringungen, die, wie Pavlović es nennt, sich an den »enigmatischen anthropologischen Wurzeln« orientieren. »Das heißt«, so fährt Piontek fort, »sie legen Zeugnis davon ab, daß es noch immer Dichter gibt, die sich von Sprachschwierigkeiten und -krisen nicht ins Bockshorn jagen lassen. Gedichte also, primär nicht für das Wort, sondern für den Menschen einstehend. Bei allem Pessimismus, mit dem sie geschlagen und beladen sind, machen sie doch vernehmlich, was in Herberts Sprache ›der gedämpfte Ruf nach Güte‹ heißt.«

Peter Härtling und Christoph Meckel

Unter dem Einfluß von Hans Arp stehen die frühen lyrischen Arbeiten der zwei Autoren, die wir zum Abschluß vorstellen wollen: Peter Härtling und Christoph Meckel. Es sind scheinbar spielerische Gedichte, die sich die Bilder des Traums, des Irrealen und des Phantastischen zu eigen machen. Neue Figuren werden entworfen, die ihre eigene Welt leben und in denen als ›objektiv‹ gilt, was subjektiv erfahren wird. Die Realität gilt als unverbindlich. Karl Krolow beschreibt diese Lyrik mit ihrer eigenwilligen, grotesken Sprechhaltung so: »Schelmenweisen, Verschmitztes, versteckt Aufsässiges, Akrobatisches, Gnomenhaftes, Skurriles, lyrische Kabarett-Nummern, sanfte Hinterlist, gezielt ›Verkorkstes‹, entsprechend beabsichtigte Einfalts- und Unschuldstöne, Kinderspielzeug, in Zeilen untergebracht und über sie verstreut, zauberladenhafte Divertimenti, luftige poetische Scharaden.« Mit seinen Veröffentlichungen *Poeme und Songs* (1953), *Yamins Stationen* (1955), *Unter den Brunnen* (1958) und *Spielgeist, Spiegelgeist* (1962) setzt Peter Härtling auf spielerisch-zauberhafte Weise seinen »Widerstand gegen die Welt, die ich abscheulich fand«. Seine ›Objektivierung‹ ist Yamin. »Yamin«, so Härtling, »ist die Lust zur Metamorphose. Er ist kein gewöhnlicher Narr. Er kann nicht nur sein Lächeln lächeln, sein Lachen lachen, sein Weinen weinen. Mit ihm war dem Schreibenden möglich, in die Dinge zu schlüpfen und dem beharrlichen Ich, das nicht aus seinem Zirkel springen kann, den Boden zu entziehen« – eine Möglichkeit, seine eigene Biographie und die Bedrängnisse des Lebens zu meistern. PETER HÄRTLING wurde 1933 als Sohn eines Rechtsanwalts in Chemnitz (Sachsen) geboren. Ab 1941 lebt er in Olmütz, von wo er und seine Mutter 1946 nach Zwettl fliehen und im selben Jahr noch nach Nürtingen gehen. Der Vater stirbt 1946 im russischen Kriegsgefangenenlager, und die Mutter geht im selben Jahr in den Freitod. Nach Unterbrechung der Gymnasialausbildung arbeitet Härtling in einer Fabrik, später besucht er die Bernstein-Schule bei HAP Grieshaber. 1952 beginnt mit einem Volontariat in der »Nürtlinger Zeitung« seine journalistische Karriere: 1954–1956 Redakteur bei der »Heidenheimer Zeitung«; 1956 bis 1962 Feuilletonredakteur bei der »Deutschen Zeitung«; 1962 Redakteur bei der Zeitschrift »Der Monat«, seit 1964 deren Mitherausgeber. Seit Anfang 1967 Cheflektor des S. Fischer-Verlages in Frankfurt. 1970 legt er die Redaktion des »Monat« nieder, 1973 scheidet er aus der Geschäftsführung des S. Fischer-Verlages aus. Seitdem lebt er als freier Schriftsteller. Im Wintersemester 1983/84 übernimmt er die ›Dozentur für Poetik‹ in Frankfurt. Zu Härtlings literarischen Vorbildern gehören der Wiener Expressionist Jakob Haringer, Frankreichs Surrealisten und die Deutschen Trakl, Hans Arp und Else Lasker-Schüler, denen er seinen ersten Essayband *Palström grüßt Anna Blume. Essay und Anthologie der Geister aus Poetia* (1961) widmet. In dieser surrealen Welt ist Yamin zu Hause. Es ist ein dichterisches Wesen, das traurig in die Welt blickt. Hinter dem scheinbar Heiteren und Spielerischen verbirgt sich ein großer Ernst, eine Trauer, die diesen lyrischen ›Stationen‹ unterlegt sind. Das bekannt gewordene Gedicht *Olmütz 1942 bis 1954* (aus »Spielgeist, Spiegelgeist«), in dem Härtling die hoffnungslos verlorene Kinderzeit beschreibt, endet mit folgenden Zeilen:

vom bischofsberg die haube
verwest denn hier kein stein?
das Kind spielt in der laube
  ein Wappenbild mit taube –
das kind spielt: ich bin klein ...

von bischofsberg der segen –
kein Bild wird jetzt gemalt.
wir wollen puppen in gräber legen
und unsern knochenmann freundlich pflegen –
das kind spielt: ich bin alt.

Der Resignation und dem Verlust begegnet Härtling mit dem unbedingten (Lebens-)Willen des ›poetischen Ich‹: »aber des herzens verbrannte mühle tröstet ein vers.« – Neben Lyrik verfaßte Härtling eine ganze Reihe von Romanen. Nach *Im Schein des Kometen* (1959), ein Nachzügler der Heimkehrerliteratur, erscheint 1964 *Niembsch oder der Stillstand,* ein Roman, der sich mit dem Dichter Nikolaus Lenau, der 1850 in der Irrenanstalt Oberdöbling bei Wien starb, auseinandersetzt. Der Roman ist charakteristisch für Härtlings Interesse an den fragilen Formen einer ›uneigentlichen Existenz‹. Im Zentrum seiner Arbeiten steht immer wieder das Problem von tatsächlicher, also geschichtlicher, und erlebter Zeit sowie der Drang, das Erfahrene durch Erinnern zu überwinden. »Erinnernd wird die Zeit stückweise aufgehoben; die vergangenen Inhalte werden bewahrt, ihre ›Zeitlichkeit‹ verschwindet. Erinnerung als Widerstand gegen die Zeit, bedarf der Zeit; zuletzt erlischt sie, und mit ihr die Sprache. Die Eigentlichkeit bleibt geschichtslos. Für diesen Zustand geschichtsloser Eigentlichkeit wählt Härtling den Wahnsinn als Metapher.« (Walter Schmitz) Während Niembsch seine Identitätslosigkeit durch ein literarisches Leben, nämlich das des Don Juan füllen kann, verweigert sich diese Möglichkeit dem Protagonisten des folgenden Romans *Janek. Portrait einer Erinnerung* (1964). Weil Janek über keine Geschichten und Erinnerungen verfügt, bricht auch sein Widerstand an der Realität, und er endet im Wahnsinn. Ein immer wiederkehrendes Motiv in Härtlings Werk ist der Verlust der Vergangenheit durch den frühen Verlust der Eltern. Janek kennt seinen Vater nicht. Einer der Spielfiguren im schein-historischen Roman *Das Familienfest oder das Ende der Geschichte* (1971), der Philosophieprofessor Georg Lauterbach, beschreibt den Konflikt, in dem der Mensch steckt, als einen Prozeß der Auflösung: »Der Mensch erzählt sich, vergehend, auf ein Ziel hin, in dem Geschichte sprachlos wird.« – Ein autobiographisches Buch ist *Zwettl. Nachprüfung einer Erinnerung* (1973): Die Skepsis an der Fähigkeit, sich ›objektiv‹ zu erinnern, gleichzeitig aber die existentielle Notwendigkeit, sich erinnern zu müssen, um zu überleben, ist der zentrale Konflikt auch dieses Buches. »Erinnern, um zu wissen, daß das Vergangene nicht wieder einzuholen ist, aber auch: erinnern, um nie wieder zu vergessen.« An die Stelle der »aufgehobenen« tritt die »wiedergefundene Zeit« (Fröhlich).

Immer neue Variationen dieses Themas spielt Härtling auch in den Romanen *Eine Frau* (1974) und *Hubert oder die Rückkehr nach Casablanca* (1980) durch. Auch in dem Roman *Hölderlin* (1976) bricht er die historische Firgur an der privaten, die er erfindend wiederum der geschichtlichen Situation, der Revolution gegenüberstellt: »Die wechselseitige hermeneutische Korrektur setzt aus, sobald sich Hölderlin selbst jeder Geschichte in den Wahnsinn entzieht – Symptom der endgültigen gesellschaftlichen Dissoziation« (Walter Schmitz). Immer deutlicher kristallisiert sich das Thema ›Heimat‹ im Werk von Peter Härtling heraus: der äußeren, der inneren und der poetischen Existenz. Es ist die verzweifelte Suche nach einem Verlorengegangenen, das nicht wiederherstellbar scheint. In *Nachgetragene Liebe* (1980) versucht Härtling sich erinnernd den Vater wieder vorstellbar zu machen. Durch Erinnerung holt er die Liebe zu ihm nach und versucht schreibend die Lücke zu füllen, die der frühe Tod des Vaters hinterlassen hat: »Mein Vater hinterließ mir eine Nickelbrille, eine goldene Taschenuhr und ein Notizbuch, in das er nichts eingetragen hatte als ein Gedicht Eichendorffs (...) und die Adressen von zwei mir Unbekannten. Er hinterließ mich mit einer Geschichte, die ich seit dreißig Jahren nicht zu Ende schreiben kann.« – Der Roman *Das Windrad* (1983) erzählt die Geschichte eines Mannes, der durch das Ausprobieren verschiedenster Lebensformen ein anderes, sein Leben sucht. Neben zahlreichen Kinderbüchern (z. B. »Oma« 1975; »Jakob hinter der blauen Tür« 1983), Essays über schwäbische Autoren, Herausgabe von Lenaus Briefen an Sophie von Löwenthal (1968) und kulturkritischen Beiträgen gibt Härtling auch immer wieder Lyrikbände heraus. Aus *Vorwarnung* (1984) sei zum Schluß noch ein Gedicht zitiert, das Härtlings literarische Denkweise gut beschreibt:

Kleine Genesis

Du,
ich erzähl dir
meine Geschichte
rückwärts
und am Ende
bin ich
ein
Wort,
aus dem ich ungeduldig
schlüpfe,
schon eine Seele:
Du,
ich beginne mit
meiner Geschichte.

»Wiederholung und Erinnerung sind dieselbe Bewegung, nur in entgegengesetzter Richtung. Denn was da erinnert wird, ist gewesen, wird nach rückwärts wiederholt, wohingegen die eigentliche Wiederholung nach vorwärts erinnert wird« – dieses Motto von Søren Kierkegaard stellte Härtling seinem Roman *Niembsch* voran, es kann auch als Kommentar zur *Kleinen Genesis* gelesen werden.

Das Spielerische und Phantastische stehen im Zentrum der Lyrik und Prosa von CHRISTOPH MECKEL. Das Wort und das Bild sind seine Medien, die bei ihm eine gelungene Synthese eingehen. In Berlin 1935 als Sohn des Lyrikers und Erzählers Eberhard Meckel geboren, studierte er Graphik in Freiburg i. Br. und München. Er veröffentlichte mehr als zwanzig Bücher, ferner graphische Zyklen, Kinderbücher, Illustrationen zu Voltaire, Brecht und zur »Allgemeinen Erklärung der Menschenrechte«. Der Titel seines ersten Lyrikbandes *Tarnkappe* (1956) ist fast programmatisch. Er erzählt und lebt in skurrilen und phantastischen Gestalten und imaginiert andere Welten und Daseinsformen. Ihm macht das Schreiben Spaß, es gibt einen Willen zum Spiel, der oft auch gesellschaftskritisch motiviert ist. Er schreibe, so sagt er:

Weil mir so lustig ist, wie Mozart schrieb. Weil mir die Haare zu Berge stehn und ich sie nicht in Stacheln verwandeln kann ... Weil ich mir einen eigenen Himmel und eine eigene Erde schaffen will. Weil ich meinen Atem kennenlernen möchte, der so tut, als könne er nur mit Windrädern und Pusteblumen spielen. Weil ich meine Stummheit verteidigen will und keinen Stuhl brauche, um mich hinzusetzen, wenn ich nachdenken muß ... Weil mir das Wort GLÜCK im Wege steht, trügerisch schön geschrieben und unverzeihlich ... Weil ich lebe und dies ein für allemal mitzuteilen und glaubwürdig zu machen wünsche (...) Weil ich Gerümpel wegschaffen, Trugbilder einreißen und an ihre Stelle das Lied vom Ungenügen setzen will, das Lied von der Unruhe, vom Zorn und von den Verwüstungen durch die Zeit.

Immer wieder schimmert Kritisches durch die Groteske, das Skurrile, die Ballade in liebevoll-spielerischem Gewand. Es ist ein durch und durch poetisiertes, literarisches Schreiben zwischen Erfahrung und Erfindung, zwischen Realität und Phantasie. Seine eigene Forderung nach der Freiheit des Spiels setzt sich bei ihm immer wieder durch gegen die Gebundenheit der Zwecke.

Vom Foltern ist in den folgenden Zeilen »Kleiner Essigschwamm« die Rede:

> Atmen willst du? So, du willst atmen. Das ist verständlich.
> Leben willst du, wer möchte schon sterben.
> Leben sollst du, aber langsam, langsam.
> Du kriegst noch was mit; wir sind keine Ganoven
> (...)
> Sie stellten ihn auf die Beine und schraubten ihn fest –
> (...)
> Sie schmissen ihn öfter mal gegen die Wand.
> (...)
> Sie schnitten ihm oft mal was raus
> und sie setzten ihm oft mal was ein
> da war ihm die Sonne allmählich egal
> (...)

In der Kritik sind Christoph Meckels Arbeiten ausgesprochen umstritten. Die Einschätzungen seiner literarischen Fähigkeiten reichen vom ›Klassiker‹ bis zum ›literarischen Kurzstreckenläufer‹; er schreibe ›Verse, wie von Chagall gemalt‹ oder er versage als Satiriker. Sein Werk und dessen Rezeption sind ›tausendundeindeutig‹ (Meckel). Während die Erzählung *Licht* (1978) auf allgemeine Ablehnung stößt – ›Keine Erzählung, sondern Gedichte unterm Bügeleisen‹ (Rolf Michaelis) –, wird sein Vaterbuch *Suchbild. Über meinen Vater* (1983) als sprachlich konzentriert und als literarisch wertvoll eingeschätzt. *Licht* erzählt die Geschichte eines Liebenden, der den Fetzen eines Liebesbriefes seiner Geliebten findet, der offensichtlich nicht an ihn adressiert ist. Die Suche nach Licht, eine Metapher für Sommer und Liebe, treiben den leidenden Ich-Erzähler zu einem einzigen ›gebrochenen Liebeshymnus‹. *Suchbild* gehört zu einer Reihe von Romanen, die Anfang der achtziger Jahre erschienen sind und sich mit Fragen der eigenen Herkunft, insbesondere mit der Rolle von Vater und Mutter beschäftigen. Christoph Meckel versucht unter anderem der Frage nachzugehen, warum sein Vater Eberhard Meckel, der als Lyriker enge Kontakte zu Peter Huchel und Günter Eich in Berlin hatte, in der Lage war, sich mit dem Dritten Reich zu arrangieren, obwohl er kein Nationalsozialist war. Er beschreibt, wie resigniert und gebrochen er aus dieser Zeit herauskommt – eine »Hirnverletzung« wird zum Tabu –, wie er nur noch fürs lokale Feuilleton schreibt, seinem Sohn bestätigt, daß er die Gedichte schreibe, die er habe schreiben wollen, und daß er als gebrochener Mensch und Literat aus dem Leben ›hinausdämmert‹. Das Buch steht unter einem Motto Günter Eichs: »Die Scham, daß der Überlebende recht hat / enthoben der Entscheidung / und mit dem Hochmut des Urteils!«

ROMANE ZWISCHEN TRADITION UND AVANTGARDE

Einer der bedeutendsten Gattungstheoretiker des Romans in den sechziger Jahren war REINHARD BAUMGART (geb. 1929). Selbst mit erzählerischen Werken hervorgetreten (»Der Löwengarten«, 1961; »Hausmusik, Ein deutsches Familienalbum«, 1962), hielt er im Januar und Februar 1967 als Gastdozent der Universität Frankfurt eine Reihe von Poetik-Vorlesungen, die ein Jahr später unter dem Titel *Aussichten des Romans oder Hat Literatur Zukunft?* veröffentlicht wurden. Darin schildert er zunächst die historischen Bedingungen des Romans im 20. Jahrhundert: »Das nächste Jahrhundert, unser eigenes, setzt ein mit Romanen, aus denen sich ein (...) Einverständnis zwischen Sprache und Welt, also auch dem Erzähler und der erzählten Welt, nicht mehr ablesen läßt. Bei Henry James und Proust, Virginia Woolf und Kafka bis zum Nouveau Roman treibt die Undeutlichkeit menschlicher Beziehungen die Prosa in ein unendliches Zögern. Während früher eine einzige Konversation schon die ganze Gesellschaft andeuten konnte, zerfällt das Panorama nun in enge, trotzdem verdunkelte Bereiche, oder es läuft, bei Döblin, Céline und Dos Passos, nur noch wie Filme vor uns ab, zerschnitten in unzählige Orts- und Zeitelemente, ausgesprengt und springend. Mit wilden, oft ohnmächtigen Expansionen sucht das Erzählen also der Gesellschaft nachzuwachsen, oder es vergräbt sich, blind fürs schon unübersehbare Ganze, in Kleinstsituationen. Die kleinste, fast gesellschaftslose Situation wäre der Monolog, in dem das Werk Becketts seinen letzten Halt findet.« Die Vermitteltheit von Roman und Gesellschaft betrifft nun aber nicht allein das Grundsätzliche, die ›Struktur‹ und historisch bedingte Wandlung der Gattung, sondern sie beeinflußt ebenso die einzelnen Techniken und Elemente des Erzählens, das bis in seine Mikrostrukturen hinein die gesellschaftliche Situation, auf die es sich bezieht, widerspiegelt. Fragwürdig, so Baumgart, sei heute beinahe jedes der ehemals als unveräußerlich geltenden Elemente des realistischen Erzählens: »So zunächst die Fiktion des Berichts, das Tatsachenerfinden, das weder die Freiheit des Erfindens noch den Schein der Tatsächlichkeit lassen möchte.« Betroffen sei aber auch die traditionell an einen autonomen Subjektbegriff geknüpfte Erzählperspektive sowie der quasi klassische Anspruch, das einzelne und Partikulare zum Allgemeinen und Repräsentativen zu erklären und zu verklären. Hiergegen beruft sich Baumgart auf Adorno, der schreibt: »Etwas erzählen, das heißt ja: etwas *Besonderes* zu sagen haben, und gerade das wird von der verwalteten Welt, von Standardisierung und Immergleichheit verhindert« – woraus, noch einmal mit Adorno, folge: »Vor jeder inhaltlich ideologischen Aussage ist ideologisch schon der Anspruch des Erzählers, als wäre der Weltlauf wesentlich noch einer der Individuation, als reichte das Individuum mit seinen Regungen und Gefühlen ans Verhängnis noch heran, als vermöchte unmittelbar das Innere des einzelnen noch etwas.« Mit dem Mißtrauen gegen diese beiden traditionellen Erzählelemente: die Fiktion des Berichts und die Bindung des Erzählens an das Individuum ist das Mißtrauen gegen die Gattung Roman an sich verbunden, das Baumgart in dem lakonischen Satz zusammenfaßt: »Solche Fiktionen leisten, mit einem Wort, nichts Zeitgemäßes mehr.«

Baumgarts Theorie bezieht sich im wesentlichen auf die Literatur der Moderne und deren Einfluß auf die Gegenwartsliteratur der sechziger Jahre, wie er etwa konstituierend für Literaturtheorie und literarische Praxis der GRUPPE 47 war. Nicht aber ist zu übersehen, daß es in der Romanliteratur der fünfziger und sechziger Jahre Bestrebungen gab, an die Erzähltraditionen des 19. Jahrhunderts, namentlich an die des bürgerlichen Realismus anzuknüpfen; hiervon soll im folgenden die Rede sein – inwieweit aber es sich bei den zu besprechenden Büchern um epigonale, im Sinne Baumgarts ›unzeitgemäße‹ Texte handelt, wird der Einzelfall zu erweisen haben.

Österreichische Erzähler

Daß die österreichischen Literaten das Jahr 1945 nicht immer als Jahr Null ansahen, zeigt schon das Werk des ältesten der hier zu nennenden Autoren ALBERT DRACH (geb. 1902), Doktor beider Rechte und Rechtsanwalt in seiner Geburtsstadt Wien, wohnhaft in Mödling, hat schon als Siebzehnjähriger einen Band Gedichte (»Kinder der Träume«, 1919) veröffentlicht, zehn Jahre später ein Drama (»Sade«, 1922) geschrieben und nach weiteren Jahrzehnten ein zweites Bühnenstück (»Das Spiel vom Meister Siebentot und weiteren Verkleidungen«, 1965), aber bekannt wurde er erst durch den Roman *Das große Protokoll gegen Zwetschkenbaum* (1964), der die Irrfahrten eines ostgalizischen Juden durch österreichische Arresthäuser, Inquisitenspitäler, Irrenanstalten, Kreisgerichte und Gefängnisse schildert, bis er sein verfahrenes Leben im Glück stiller Ruhe, Bescheidenheit und Abklärung beschließt. Der Roman greift zurück in die Zeit der sterbenden Donaumonarchie und der ersten Nachkriegsperiode. Der Autor, selbst jüdischer Herkunft und den Nazis durch Emigration entkommen, hat die skizzierte Geschichte seines »Helden« noch mit anderen kauzigen und skurrilen Typen bevölkert und sie in »veredelter« Kanzleisprache österreichischer Prägung dargeboten, damit aber irgendwie fortgesetzt, was Heimito von Doderer begonnen hatte. Das Buch erschien interessanterweise gleich als Band I der »Gesammelten Werke« Drachs, dem seither *Die kleinen Protokolle und das Goggelbuch* (1965), *Das Aneinandervorbeispiel und die inneren Verkleidungen* (1966), die *Unsentimentale Reise* (1966), *»Z. Z.« das ist die Zwischenzeit* (1968) und *Untersuchung an Mädeln* (1971) folgten.

Reinhard Federmann und Milo Dor sind nicht nur Freunde, sondern haben auch einen Teil ihrer Werke gemeinsam erarbeitet. Reinhard Federmann (geb. 1923), ein Wiener, wurde 1942 zur deutschen Wehrmacht einberufen, kam an die Ostfront, geriet verwundet in russische Gefangenschaft, nach der Genesung in Arbeitslager in Weißrußland und im Südural; im September 1945 wurde er als arbeitsunfähig in die Heimat entlassen, widmete sich dem Studium der Rechte, brach es schon im Jahr darauf ab und lebt seit 1947 als freier Schriftsteller in seiner Geburtsstadt. Seine Gedichte erschienen bisher nur in Anthologien; von seinen für ein Wiener Kellertheater geschriebenen Bühnenstücken erschienen im Druck *Der Weg zum Frieden* (1949) und *Narr und Welt* (1950). Der Erzähler veröffentlichte zuerst die Geschichten *Es kann nicht ganz gelogen sein* (1951), die Erzählung *Napoleon war ein kleiner Mann* (1957) und endlich den bitteren Roman *Das Himmelreich der Lügner* (1959), worin Bruno Schindler in Ich-Form seine Herkunft aus der Arbeiterjugend, die tragischen Tage des Februars 1934, seine Flucht in die Tschechoslowakei und anschließend nach Rußland sowie seine Heimkehr im Gefolge der Sowjettruppen, denen er als Dolmetscher diente, schildert. Verdienstlich ist Federmanns Übersetzertätigkeit, vor allem von Werken der jugoslawischen Schriftsteller Ivo Andrić und Milovan Djilas; die Liebe zur südslawischen Welt verbindet ihn mit Milo Dor, mit dem zusammen er außer vier Kriminal- und Abenteuerromanen den später unter dem Titel »Nina« verfilmten Roman *Romeo und Julia in Wien* (1954) und den auch als *Weg nach Salerno* (1956 aufgeführt) dramatisierten *Othello von Salerno* (1956) sowie den Bildband *Das Gesicht unseres Jahrhunderts* (1960), endlich die *Gemordete Literatur, Dichter der russischen Revolution* (1953) ediert hat.

Der eben genannte MILO DOR heißt eigentlich Milutin Doroslovac (geb. 1923), kam als Arztsohn in Budapest zur Welt, wuchs in verschiedenen Dörfern des Banats und der Batschka auf, übersiedelte mit dem Vater 1933 nach Belgrad, wurde 1940 wegen politischer Tätigkeit vom Besuch aller Schulen des damaligen Königreichs Jugoslawien ausgeschlossen, konnte dennoch im Jahr darauf die Reifeprüfung ablegen und trat von der Schulbank weg in die Widerstandsbewegung gegen die deutsche Besatzungsarmee ein; 1942 verhaftet, gefoltert und in ein Jugendlager verwiesen, wurde er 1943 als Fremdarbeiter nach Wien verfrachtet, wo er wohnhaft blieb, abgesehen von längeren Aufenthalten in Paris (1949) und Deutschland (1950/1951). Wie Federmann übersetzte auch Milo Dor Werke der slawischen Literatur ins Deutsche, vor allem solche von Ivo Andrić und Isaak Babel, zudem die Lieder serbischer Zigeuner *Mond überm Zigeunerwagen* (1958). Von Milo Dors eigenen Werken sind besonders bemerkenswert das surrealistische Traumspiel *Der vergessene Bahnhof* (1948), das Tote aus den Jahren des Widerstandes in einem »Niemandsland enttäuschter Hoffnungen und Ideale« auferstehen läßt, der die eigenen revolutionären Erfahrungen verarbeitende Roman *Tote auf Urlaub* (1952) und der von geschichtlichen Rückblicken durchsetzte, zur Hauptsache aber im Zweiten Weltkrieg spielende Familienroman aus dem Banat *Nichts als Erinnerung* (1959); es folgten die Erzählungen *Salto mortale* (1960), die Kurzgeschichten, Capriccios und ähnliches sammelnde *Ballade vom menschlichen Körper* (1965) und der Roman *Die weiße Stadt* (1969).

Eine optimistischere Grundhaltung macht sich von Werk zu Werk bei HERBERT EISENREICH (geb. 1925) bemerkbar. In Linz zur Welt gekommen, verbrachte er seine Jugend teils in Oberösterreich, teils in Wien; als Achtzehnjähriger zum Kriegsdienst eingezogen, wurde er verwundet und gefangen; nach seiner Entlassung studierte er in Wien eine Zeitlang Germanistik und übte daneben verschiedene Brotberufe aus; 1952–1956 lebte er als literarischer Arbeiter – so bezeichnete er sich selbst – in Hamburg und in Stuttgart, 1956–1957 in Wien; seit 1958 wohnt er in Sandl bei Freistadt (Oberösterreich). Bisher hat Eisenreich nur einen Roman veröffentlicht, und zwar in der Frühzeit seines Schaffens; er zeichnet unter dem Titel *Auch in ihrer Sünde* (1953) das Bild des Nachkriegsmenschen mit seinen Zwisten und Zwiespältigkeiten. Qualitativ höher stehen Eisenreichs Erzählungen (»Einladung, deutlich zu leben«, 1951; »Böse schöne Welt«, 1957; »Der Urgroßvater«, 1964; »Sozusagen Liebesgeschichten«, 1965). Auch in ihnen fehlt es nicht an bedenklichen Partien, auch vom ästhetischen Standpunkt aus, aber, was Eisenreich unter einer Geschichte versteht, hat zweifellos seinen Reiz, besonders wenn sie »zur metaphysischen Anekdote« wird.

Für Eisenreich bedeutsam ist ferner sein Essay *Carnuntum, Geist und Fleisch* (1960), geschrieben in der Überzeugung, es sei wichtig, aus Landschaft und Geschichte gestärkt in die Gegenwart zurückzukehren. Internationalen Erfolg errang sich Eisenreich mit dem in Bremen 1955 uraufgeführten und seitdem von sämtlichen deutschen sowie vielen ausländischen Rundfunksendungen übernommenen Hörspiel *Wovon wir leben und woran wir sterben* (Buch 1964) mit seiner unpathetischen Desillusionierung der ehelichen Intimität.

Wenn man von der Novelle *Petelka kommt heim* (1952) absieht, begann der etwas ältere Ernst Hammer (geb. 1924) aus Stanz im Mürztal, jetzt in Graz wohnhaft, erst nach Eisenreich bekannt zu werden. Das geschah mit dem Roman *Staub unter der Sonne* (1960), der vom Kriminellen her hintergründige Bezirke aufreißt, wie das zwei Jahre später die 23 Geschichten des Bandes *Regen am Nachmittag* (1962) in verstärktem Maße betreiben; in der vierten dieser Erzählungen fühlt sich ein unauffälliger Durchschnittsmensch namens Trojan dazu aufgerufen, endlich einmal eine Gestalt zu werden, und besiegelt den Willen zur Gestalt durch Unfall in den Bergen. Unheimlicher noch ist, was Erwin Twiemann im Roman *Ramint* (1965) widerfährt, der – teils aus Langeweile, teils aus dem Wunsch, Bilanz zu ziehen, teils aus dem unausgesprochenen Verlangen, sich für einen Mord zu rechtfertigen – die Erinnerungen an ein vor vielen Jahres besuchtes Dorf niederschreibt. Wenn in Kafkas Büchern ein Ungenannter in eine ihn bedrohende fremde Welt gerät, bricht bei Hammer jenes Dorf Ramint ins späte Leben des Ich-Erzählers ein und zwingt ihn, »eine bestimmte Stunde in meinem Leben« bald wiederkehren zu lassen.

Der in Wien geborene Jacov Lind (geb. 1927) bereiste in Ausübung verschiedenster Berufe zahlreiche Länder: Holland, Italien, Israel, Skandinavien und Frankreich. Seit einiger Zeit lebt er in London. Sein erstes Buch, die Erzählungen unter dem Titel *Eine Seele aus Holz* (1962), wurde in zehn Sprachen übersetzt; es beschwor in sieben erschreckenden Bildern eine wirklich-unwirkliche Welt voller Angst, Bedrückung und menschlicher Ohnmacht und wurde geschrieben, als haue jemand grobe Zeichnungen in die Wand einer Höhle. Die finstere Welt des ersten Buches wird im Roman *Landschaft in Beton* (1963) zu einer Schrecken erleidenden und Schrecken verbreitenden Dämonenwelt unter dem Motto »Es gibt eine Seuche, die Mensch heißt«. Diesem Werk gegenüber wurde von der Kritik festgestellt, daß es schwerlich möglich sei, die unfaßbaren Grausamkeiten der Vergangenheit in direkter Schilderung angemessen darzustellen, daß vor allem aber dem Autor künstlerische Disziplin fehle. Diese hat er, der hierauf ein Spiel in drei Akten (»Die Heiden«, 1965) und zwei Hörspiele (»Das Sterben der Silberfüchse«, 1965; »Anna Laub«, 1965) publiziert hatte, auch im neuesten Roman *Eine bessere Welt in fünfzehn Kapiteln* (1966) nicht erreicht. Angesichts dieses Buches war die Rede von einer »in viereinhalb Jahren steil, praktisch auf Null fallenden Mißerfolgskurve« und seitens wohlwollender Besprechung von bloßen »Ansätzen zu einem Roman«. Er handelt von zwei in Haßliebe miteinander verbundenen Menschen, dem »braunen« Roman Wacholder und dem »roten« Ossiaz Würz, und spielt in der Stadt, »die sich zitze des abendlandes nennt und nur den wahnsinn gesäugt hat« – eine beinahe schon an Thomas Bernhard erinnernde Formulierung des Wiener Selbsthasses.

Im Ausland kam der Österreicher Humbert Fink (geb. 1933) zur Welt, nämlich in Salerno (Italien); er verbrachte dann seine Kindheit in Kärnten, lebte wieder in Italien, zehn Jahre in Wien und wohnt jetzt in Villach. Sein Thema ist die Desillusionierung dessen, was vordem Gegenstand der Heimatdichtung war. Wie Th. Bernhard hatte er mit Lyrik (»Verse aus Aquafredda«, 1953) begonnen, sich aber dann dem Roman zugewandt: Im Erstlingsbuch *Die engen Mauern* (1958) wollen zwei junge Männer aus der philiströsen Enge kleinstädtischer Konventionen ausbrechen, doch »die Stadt mit ihren engen, dumpfen Gesetzen war stärker«; in der Ich-Erzählung *Die Absage* (1960) flieht ein junger Schriftsteller aus dem Massendasein der Großstadt und aus problematischer Ehe in die Einsamkeit Kalabriens, findet aber die gesuchte Geborgenheit nicht, weil ein Schock aus der Jugendzeit nachwirkt. In beiden Werken greifen reale und visionäre Vorgänge ineinander, der Autor sucht Möglichkeiten, »sich in einer gewandelten Welt neu auszudrücken«. Sein Vorbild ist der Italiener Cesare Pavese.

Obwohl er um Jahrzehnte älter ist als die zuletzt genannten österreichischen Autoren, scheint der Schweizer LUDWIG HOHL (1904–1980) aus Netstal im Kanton Glarus mit ihnen seelenverwandt; allerdings: Er kannte sie nicht, und sie haben ihn nicht gekannt; denn man kennt ihn fast überhaupt nicht. Ein Mann, der sagen kann, seine Notizen seien in den drei Jahren 1934–1936 entstanden, »während deren ich in Holland in der größten geistigen Einöde lebte«, und dann seit 1937 in Genf in einer Kellerwohnung hauste, wo ihm nur zulaufende herrenlose Katzen Gesellschaft leisteten, dürfte an seiner Vereinsamung jedoch kaum ganz schuldlos sein. Was er geschrieben hat, ist nur zum Teil gedruck, nämlich *Nuançen und Details* (1939–1942), *Die Notizen oder von der unvoreiligen Versöhnung* (1944, 1954), *Vom Arbeiten* (1943), *Nächtlicher Weg* (1943), *Vernunft und Güte* (1956), *Wirklichkeiten* (1963), *Daß fast alles anders ist* (1967), *Drei alte Weiber in einem Bergdorf* (1970) und die Erzählungen *Nächtlicher Weg* (1971). Es handelt sich um eine unübersichtliche Sammlung von Aphorismen, Gedankensplittern, Betrachtungen, Träumen, Erzählungen, im Zögern, Differenzieren, Nochmals-Ansetzen der Sprache an Musil erinnernd, durchsetzt vom Zweifel an der Realität sowie an den Wörtern, die Frucht von vielen Tagen unablässigen Fädelns und Webens, ohne daß dabei die Arbeit an ein Ziel kam. Denn er stellt fest, »daß fast alles anders ist, als fast alle Menschen, fast immer, es sich vorstellen«, er traut Hölderlins Zusicherung nicht: »Was hier wir sind, kann dort ein Gott ergänzen«, er wagt aber den Ausspruch: »Nur der ist stark, der sagen kann: ich gehe nicht in den Himmel, sondern wo ich hingehe, da wird der Himmel sein.«

Der Zürcher WALTER MATTHIAS DIGGELMANN (geb. 1927), ein unehelicher Sohn einer armen Mutter, ist bis zum sechsten Lebensjahr in Kinderheimen und bei Pflegeeltern aufgewachsen, war zehn Jahre Hirtenbub und Knecht in einem kleinen Dorf Graubündens, wurde am Studieren trotz entsprechender Begabung verhindert und war auf der »Walz« in Italien und Deutschland, wo er in den Zusammenbruch des Dritten Reiches geriet. Nach der Rückkehr in die Schweiz wurde er in die Heil- und Pflegeanstalt Rheinau eingewiesen, endlich nach langen Irrwegen wurde er Mitarbeiter bei einem Filmmagazin und beim Radio, Werbetexter, Reporter, Journalist, Schriftsteller. Gewiß ein Lebenslauf, der manches am Werk Diggelmanns begreiflich macht. Es begann, wenn man von zwei Kriminalromanen absieht, mit den *Geschichten um Abel* (1960), der durch seine Kunst, Erfahrungen in Geschichten zu verwandeln, im besetzten Deutschland von 1945 sein Leben rettet und Jahre später durch seine Weigerung, eine neue Erfahrung in eine Geschichte zu verwandeln, sein Leben verliert. Dann folgte der Roman *Das Verhör des Harry Wind* (1962), die, wie der Autor selbst sagt, Geschichte des Geschichtenerfinders, der gezwungen wird, die Geschichte eines Geschichtenterfinders zu erfinden (und, was der Autor nicht sagt, dadurch die Werbemethoden gewisser Institute zu entlarven, die ihrerseits dafür sorgten, daß das Buch zeitweise vom Büchermarkt verschwand).

Diggelmann hat sich mit dem »Verhör« in die vordersten Ränge erfolgreicher Erzähler gespielt und seinen Ruf mit der *Rechnung* (1963) gewahrt; hier werden Schicksale und Ereignisse behandelt, die uns täglich begegnen und menschliche Tragik sowie menschliches Versagen sichtbar werden lassen. Mit dem Roman *Die Hinterlassenschaft* (1965) wollte der Verfasser »erfundene Tatsachen« um die schweizerische Flüchtlingspolitik gegenüber dem nationalsozialistischen Nachbar Gestalt werden lassen und behaupten, daß die gleichen Leute und Richtungen, die damals profaschistisch und antisemitisch dachten, heute noch »Meinungen machen«, was sich in einem Kommunistenprogrom nicht weit von Zürich gezeigt habe. Die angewandte Schwarz-Weiß-Malerei, die einseitige Anschuldigung des Bürgertums, das Vorbeisehen an den historischen Grundlagen gewisser Verhaltensweisen machen das Buch zu einem bloßen Pamphlet. Für eine DDR-Ausgabe der »Hinterlassenschaft« hat Diggelmann außerdem einen Passus über den Ungarnaufstand von 1956 im Sinne der kommunistischen Geschichtsschreibung geändert. In dem Roman *Freispruch für Isidor Ruge* (1967) schwätzt der Held einen Filmmagnaten über Nacht mit seinen Geschichten fast buchstäblich zu Tode; mit anderen Worten: Was in den »Geschichten um Abel« mit Vorteil angewendet wurde, ist nun zur Manier, ja fast zur Manie geworden. Kritik an der Gesellschaft übt auch Diggelmanns bisher letzter Roman *Die Vergnügungsfahrt* (1969).

Im gleichen Jahr und in der gleichen Stadt Zürich wie Diggelmann ist Walter Vogt (geb. 1927) auf die Welt gekommen, hat dann Medizin studiert und übt seinen Beruf als Röntgenarzt in Bern aus; in dessen Nähe, nämlich in Muri, wohnt er. Sein Studium hatte ihn enttäuscht, weil er, wie er sagt, weder über die Krankheit noch über die Kranken etwas erfuhr; so begann er – nach eigener Krankheit – 1961 zu schreiben, zunächst Theaterstücke, von denen nur wenige Zeilen blieben, denn »Was ich zu sagen hatte, war unsagbar«, dann einige hundert Gedichte (davon sind publiziert »Alle Irrenhäuser sind gelb«), ferner kürzere Geschichten (»Hunger«, 1965; »Husten«,

1968) und bisher endlich zwei Romane; der erste hat den Titel *Wüthrich* (1966), den Untertitel »Selbstgespräch eines sterbenden Arztes«; dieser Monolog angesichts todgeweihter Patienten äußert hemmungslos die Ansichten und Eindrücke der Titelfigur, die, von der Öffentlichkeit geachtet und geehrt, einsam, unsicher und vor allem kein Held ist, wie das sonst in Romanen über die Männer im weißen Kittel der Fall scheint. Das Buch ist kein Kunstwerk hohen Ranges, doch erweckte es Hoffnungen, die der zweite Roman *Melancholie* (1967) enttäuschte, eine Erzählung über vergreiste und verkalkte Amateurkriminalisten (Dürrenmatt macht so etwas weit besser), überflüssigerweise noch angereichert durch eine Begegnung der Hauptgestalt mit einem »katholischen Religionsdiener, der in seinem Fach keine Leuchte ist; sie unterhalten sich über den Umgang mit Strichjungen« und mit der Darstellung des Nationalfeiertages am 1. August in einem Irrenhaus sowie mit der ironischen Schilderung der skurrilen Behaglichkeit spießbürgerlicher Berner Patrizier und einer reichhaltigen Kollektion kranker, seniler, hysterischer, bestenfalls halbwegs normaler Menschen.

Vom ersten Buch an erwies sich als Dichter Otto F. Walter (geb. 1928) aus Rickenbach im Kanton Solothurn, Sohn des Verlegers Otto Walter (1889–1944), der bereits selbst gelegentlich als Schriftsteller tätig war (genannt seien die Biographien »Bider der Flieger«, 1919; »Josef von Görres«, 1922; »Pius XII.«, 1939), und die nach ihm genannte Verlagsanstalt in Olten gründete. Otto F. Walter absolvierte nach dem Gymnasium die Buchhändlerlehre, war dann Volontär in Köln, trat schließlich in das schon genannte Unternehmen ein und wirkt jetzt an einem deutschen Verlag. Sein erstes Buch war *Der Stumme* (1959): Ein Sohn, durch des Vaters Schuld mit Stummheit geschlagen, opfert sich, um den Vater zur Erkenntnis seiner Schuld zu zwingen; mit einzigartiger Subtilität, jedoch auch mit einer heute selten geübten Achtung vor der Privatsphäre und vor dem Geheimnis der Menschen ergründet Walter das Innere seiner Romangestalten. Das Thema des Sündenfalls durch die Sprache ist erneut Gegenstand des Romans *Herr Tourel* (1962). Dieser ist wie sein Vorgänger ausgezeichnet durch die scheinbar einfache, im Grunde aber sehr konsequente Diktion. Und doch genügte Otto das Wort nicht; deshalb versuchte er sich als Bühnendichter (»Elio oder eine fröhliche Gesellschaft«, 1964; »Die Katze«, 1967), unter anderem, um einen Satz durch eine Geste ersetzen zu können, »was ich für besonders geglückt halten würde«. Aber hat es nicht Dichtung darauf abgesehen, durch das Wort allein auszudrücken, was andere mit Mienenspiel und Gestus begleiten müssen? Wenn auch das zweite Drama gegenüber dem ersten

Fortschritte zeigte, es fand bei Kritik und Publikum die vom Autor erhoffte Aufnahme nicht.

Hugo Loetscher (geb. 1929) ist dem Bürgerbrief nach ein Luzerner (aus Escholzmatt), dem Geburtsschein nach ein Zürcher, auf Grund seiner Studien über politische Philosophie zum Doktor promoviert, viel auf Reisen, vornehmlich in Südamerika, seit 1960 freier Schriftsteller. Mit dem Drama *Schichtwechsel* (1960) betrat er die Bühne des Zürcher Schauspielhauses, mit dem Roman *Abwässer, ein Gutachten* (1963) machte er sich bekannt, mit der *Kranzflechterin* (1964) wurde er eine umstrittene Persönlichkeit, mit der Übersetzung von Padre Antonio Vieiras »Predigt an die Fische« (1966) erwarb er sich wieder Anerkennung, mit *Noah* (1967) bewies er seine Meisterschaft; dieser »Roman einer Konjunktur«, geschrieben von einem Mann mit großartiger Sprachbeherrschung, aus dessen treffsicherem Ausdruck die Pointe, aus dessen Pointe die Satire wächst, der nur selten Zugeständnisse an die ordinäre »Moderne« macht, läßt seinen »Helden« nicht von Gott berufen sein, aber dennoch ein Wunder wirken, das Wirtschaftswunder; denn findet man auch seinen Arche-Plan lächerlich, so verdient man doch an ihm, braucht sogar Gastarbeiter und Psychiater; als aber Noah kein Geld mehr hat und die Arche verschenken will, zeigt sich, daß er, der die Welt für verdammenswert hielt, der Rettung würdig ist, weil er sich in die Verdammung miteinbezieht. Die Satire gilt zunächst dem »Zweistromland« zwischen Rhein und Rhone, also der Schweiz, darüber hinaus allen Ländern, in denen Konjunktur epidemisch wütet, und erweist sich als »Ärgernis« für alle, die verlernt haben, Wahrheiten zu Ende zu denken, und dennoch als hochrangiges Literaturwerk.

In Sumiswald ist der Berner Jörg Steiner (geb. 1930) beheimatet, der nach Ausübung verschiedener Berufe Lehrer wurde und in seiner Geburtsstadt Biel Pädagoge für Schwererziehbare ist, außerdem eine Sammlung primitiver, vornehmlich afrikanischer Kunst angelegt hat. Dieser steht Jörg Steiner als Lyriker (»Feiere einen schönen Tag«, 1955; »Episoden aus Rabenland«, 1956; »Der schwarze Kasten – Spielregeln«, 1966) recht nahe; aus seinen Gedichten spricht nicht das Ich ihres Verfassers, sprechen vielmehr die Meinungen (nicht mit Gedanken oder Gefühlen zu verwechseln) des (schweizerischen) Durchschnittsbürgers; diesem stellt der Erzähler, der mit den kleineren Werken *Eine Stunde vor Schlaf* (1958) und *Abendanzug zu verkaufen* (1961) begonnen hatte, das Leben gefallener Menschen in den Romanen *Strafarbeit* (1962) und *Ein Messer für den ehrlichen Finder* (1966) gegenüber, indem er visionäre Phantasie mit krasser Realistik verbindet und sich bemüht,

»das Gewohnte als das Schreckliche zu entlarven«. 1969 folgte das »Geschichtenbuch« *Auf dem Berg Sinai sitzt der Schneider Kikrikri.*

Die Tessinerin INEZ WIESINGER-MAGGI (geb. 1914) wurde auf Seelisberg (Kanton Uri) geboren, studierte Griechisch, Latein, Geschichte und lehrt diese Fächer an der Zürcher Kantonsschule, seitdem ihr Gemahl Dr. med. Klaus Wiesinger 1955 gestorben ist. Als ihr Versepos *Theseus der Jüngling* (1950) erschien, nannte es R.J. Humm »die schönste Geschichte, die seit über hundert Jahren in deutschen Hexametern geschrieben wurde«, und noch höheres Lob erwarb sich das zweite Epos *Theseus auf Kreta* (1958), es sei, hieß es, »noch transparenter, noch zwingender, noch beglückender«. Zur großen Überraschung des kleinen Kreises, der diese Dichterin verehrte, veröffentlichte unlängst die Autorin einen Roman mit dem Titel *Der Pedant* (1965), die Geschichte eines Junggesellen, der nach 50 Jahren eines wohlgeordneten Lebens infolge einer Herzkrise sich genötigt sieht, alte Papiere zu ordnen und durch deren Studium Verbindung mit längst vergessenen Menschen wieder aufzunehmen, dadurch seine innere Freiheit gewinnt und dies selbst dem eventuellen Tod gegenüber, weil er an Gott zu denken lernt. Das Ganze ist mit größter Heiterkeit erzählt und doch im Stil dem Manne angepaßt, der sich nur zögernd seinem eigenen dunklen Untergrund preisgibt.

Erzähler der Bundesrepublik Deutschland

Einer der bedeutendsten Vertreter der restaurativen Literatur in der Bundesrepublik der fünfziger Jahre war GERD GAISER (1908–1976). Als Sohn eines Pfarrers im württembergischen Oberriexingen geboren, studierte Gaiser zunächst Theologie, wandte sich jedoch bald der Kunstgeschichte zu und besuchte die Akademien in Stuttgart und Königsberg, Dresden und Tübingen; mit einer Promotion über die spanische Barockplastik schloß er 1934 sein Studium ab. Ausgedehnte kunsthistorische Reisen führten ihn in der Folge ins Baltikum, in die Donaustaaten, nach Frankreich, Italien und Spanien. Am Krieg nahm er zwischen 1939 und 1945 als Flieger bei einer norddeutschen Jagdstaffel teil. Nach der Kriegsgefangenschaft lebte er zunächst einige Jahre als Maler in Italien, bevor er 1949 als Studienrat an der Pädagogischen Hochschule in Reutlingen unterrichtete, die ihn später zum Professor ernannte. Gaiser starb am 9. Juni 1976 in Reutlingen.

Vor dem Hintergrund einer starken Prägung durch die Wandervogelbewegung und soldatisch geprägte Männerbünde sind Gaisers erste, zur Zeit des

Krieges entstandene Publikationen, namentlich die Gedichtsammlung *Reiter am Himmel* (1941), nicht ohne eine gewisse nationalsozialistische Tendenz. Von dieser Tendenz befreite sich Gaiser nach dem Kriege. Aber auch sein erzählerisches Werk, stilistisch deutlich vom ›magischen Realismus‹ beeinflußt, ist nicht frei von einem irrational-mystischen, quasi naturwüchsigen Heroismus, der an die ideologischen Positionen des Wandervogels und Baldur von Schirachs gleichermaßen erinnert – was sich dann etwa in seinen ersten Publikationen nach dem Krieg, der Erzählsammlung *Im Zwischenland* (1949) und dem Erstlingsroman *Eine Stimme hebt an* (1950) niederschlägt, in denen Elemente traditioneller Heimatkunst und des magischen Realismus, rauschhafte Beschwörung von Naturphänomenen und träumerische Assoziationsketten im Medium des inneren Monologes zu einer suggestiven Mischung zusammenfließen. In seinem zweiten Roman, *Die sterbende Jagd* (1953), entwickelt Gaiser diese Mittel fort: Geschildert wird der heroische Untergang eines idealen Männerbundes, einer – autobiographisch rekonstruierten – Jagdfliegerstaffel, in der nicht militärische Rangunterschiede, sondern nur der Verdienst des einzelnen, seine Ritterlichkeit, Tapferkeit und Opferbereitschaft zählen. Der Krieg selbst kommt dabei als eine Art Naturereignis ins Bild, das selbstverständlich und unwiderstehlich über die Menschen verhängt wird, denen dementsprechend nichts weiter übrigbleibt, als Tod und Vernichtung gleichermaßen ›natürlich‹ hinzunehmen. Seinen Durchbruch als Romanautor erzielte nun Gerd Gaiser unter anderm dadurch, daß er seine naturmythische, zyklische Weltsicht mit der konkreten gesellschaftlichen Situation in der frühen Bundesrepublik konfrontierte – denn es waren wohl vor allem die heroisch-elitären, antizivilisatorischen und -bürgerlichen Affekte, die Gaisers bekanntestem Buch, dem *Schlußball* (1958), großen Erfolg beim Publikum der restaurativen Adenauer-Ära sicherte. In dreißig Monologen der verschiedenen Romanfiguren schildert Gaiser Begebenheiten »Aus den schönen Tagen der Stadt Neu-Spuhl« (so der Untertitel), deren kleinbürgerlich-streberhafte Bevölkerung ›nur das Geld im Kopf‹ hat und Dinge und Menschen nur nach ihrem Marktwert einschätzt, dabei aber hohl und im Grunde sinnlos an die Riten einer untergegangenen bürgerlichen Gesellschaft anzuknüpfen versucht – so zum Beispiel dadurch, daß die Heranwachsenden wieder in Tanz- und Etiketteschulen, zum ›Schlußball‹ geschickt werden: »Solche Lehrgänge hatten damals und für die Altersklasse, die sie besuchte, eine absonderliche Wichtigkeit angenommen, der kein Gewicht entsprach (...). Dafür waren sie mit einem Ausgeben von Geld, dem ein Charakter magischer Bestätigung der Person zukam, verknüpft.«

Gaisers eigene kritische Haltung zu einer derartigen Gesellschaft manifestiert sich vor allem in zwei Romangestalten, dem Lehrer Soldner – einem Jugendbündler und ›Lagerfeuermann‹ – und dem ›lahmen Mädchen‹, das vor der Gesellschaft ausweicht und verzweiflungsvoll-sehnsüchtig in die majestätische Natur flieht. Einmal beobachtet sie aus dem Rollstuhl, wie Libellen aus ihren Larven schlüpfen: »Ich wollte Herse ein Zeichen geben, denn der Vorgang betraf mich heftig; einer von denen, über die man kaum sprechen mag; (...) ich besann mich darauf, daß es so auch im Traum vorkommt: erst war gar nichts dagewesen, dann eine einzelne Larve, dann zwei. Schließlich, wohin wir blickten, sahen wir nur noch Drängen und Schlüpfen. Der braune Tümpel schien der Ort der Verwandlung. Sie krochen und stiegen. Überall ein Emporsträuben und Schlüpfen. Sie regten sich in der warmen, faulen Flut, an den Binsen hockten sie und klammerten sich zitternd fest, sie kämpften sich aus den Hülsen. (...) *Imago*. So wird es sein.« Deutlich wird hier parabolisch auf gesellschaftliche Vorgänge angespielt, mehr noch: der gesellschaftliche Prozeß als ein zyklisch-natürlicher dargestellt, wobei die alte gesellschaftliche Gestalt nicht durch konkrete gesellschaftliche Veränderungen, sondern im Kreislauf der Natur selbst abgestreift wird. – Den Erfolg, den er mit dem *Schlußball* hatte, konnte Gaiser nicht wiederholen. In der Folge erschienen von ihm – nach *Einmal und oft* (1956) – weitere Erzählungen (»Revanche«, 1959; »Gib acht in Domokosch«, 1959; »Merkwürdiges Hammelessen«, 1971, sowie postum die »Geschichten einer Kindheit« unter dem Titel »Alpha und Anna«, 1975); darüber hinaus veröffentlichte Gaiser Notizen und Reiseberichte (»Sizilianische Notizen«, 1959) sowie kunsthistorische Abhandlungen, vor allem das dreibändige Werk *Moderne Malerei. Von Cézanne bis zur Gegenwart* (1962/1963).

Den anti-bourgeoisen Affekt, den Protest gegen die »Diktatur der Norm«, die »grauenhafte Antiquiertheit aller Dogmen und sogenannter Ideologien«, das »bürgerliche Nützlichkeitsdenken«, die »Funktionalisierung des Daseins« und den »Nihilismus einer totalen Bürokratie« teilt Gerd Gaiser mit Hans Erich Nossack (1901–1977); doch im Gegensatz zu Gaiser, der zum Glauben an die zyklische Erneuerungskraft der Natur seine Zuflucht nahm, leitet Nossack aus seinem zivilisationskritischen Befund ein Bekenntnis zum rigorosen Existenzialismus und zur konsequenten Außenseiterrolle des Schriftstellers ab. Als Sohn eines Kaufmanns wurde Nossack in Hamburg geboren. Er studierte Philosophie und Jura in Jena, trat noch während seiner Studienzeit in die KPD ein (nachdem er zuvor, seltsam genug, mit den Freikorps sympathisiert hatte), verließ die Partei ein paar Jahre später und kehrte 1930 noch einmal kurz in sie zurück – eine verwirrende, weil primär individuell motivierte politische Karriere. Ähnliches kennzeichnet Nossacks berufliche Laufbahn: Nach dem Studium war er zunächst Fabrikarbeiter, später kaufmännischer Angestellter, bevor er in die väterliche Kaffee-Firma eintrat, die er nach dem Krieg eine Zeitlang leitete. Erst 1956 ließ er sich endgültig als freier Schriftsteller und Publizist nieder. 1961 wurde Nossack mit dem Büchner-Preis ausgezeichnet (die Preisrede erschien unter dem Titel »So lebte er hin ...« im selben Jahr), 1967 zum Gastdozenten für Poetik an die Universität Frankfurt berufen, wo er über das Thema *Ist Poesie lehrbar* eine Reihe von Vorlesungen hielt. Hans Erich Nossack starb am 2. Oktober 1977 in Hamburg.

Existenziell und künstlerisch war der Zweite Weltkrieg für Nossack der entscheidende Wendepunkt. Gleich nach der Machtübernahme durch die Nazis erhielt er – unter anderm wegen seiner ehemaligen KPD-Mitgliedschaft – Schreibverbot und konnte nur noch für die Schublade produzieren, so das Büchner-Drama *Der hessische Landbote* (1936), so das Stück *Über die Freiheit* (1934). Doch die Hoffnung, die Texte nach dem Krieg veröffentlichen zu können, wurde 1943 buchstäblich zerstört: Bei einem Bombenangriff auf Hamburg verlor Nossack beinahe alle seine Manuskripte (darunter auch ein in den zwanziger Jahren entstandenes Lenin-Drama, »Ilnin. Szenen aus der Russischen Revolution«, 1926). Nach dem Krieg trat Nossack zunächst mit *Gedichten* (1947) hervor sowie mit zwei Texten, welche das Grauen der Städtebombardierungen literarisch zu verarbeiten suchten: *Nekyia. Bericht eines Überlebenden* (1947) und *Interview mit dem Tode* (1948, seit 1950 unter dem Titel »Dorothea«). Neben zahlreichen anderen Texten aus beinahe sämtlichen Gattungsbereichen (Hörspiel, Dramen, Essays und Erzählungen) entstanden in den fünfziger Jahren die Romane *Spätestens im November* (1955) und *Der jüngere Bruder* (1958) sowie *Nach dem letzten Aufstand* (1961), in dem Elemente archaischer Mythologie mit zeitgenössisch-zivilisatorischen kombiniert werden. Generell läßt sich Nossacks Erzählhaltung dabei als die eines distanziert-sachlichen Berichterstatters charakterisieren, der sich bewußt jeder ›ideologischen‹ Kommentierung der Ereignisse entzieht, was sich in dem Roman *Der Fall d'Arthez* (1968) ebenso erweist wie in *Bereitschaftsdienst. Bericht über die Epidemie* (1973), der nicht nur im Untertitel auf Kafka anspielt (»Bericht an die Akademie«), sondern auch im Erzählton viel von dessen beklemmender Lakonie und eisiger Ironie anverwandelt hat. In seinen letzten Lebensjahren schrieb Nossack darüber hinaus die »Erzählungen mit Bildern« *Der König geht ins Kino* (1974), *Um es kurz zu machen. Miniaturen, Etüden, Parabeln* (1975) sowie den Roman *Ein glücklicher Mensch. Erinnerungen an Aporée* (1975). Da es Nossack bei alldem nicht primär um einen quasi soziologisch fundierten Ansatz bei der Wiedergabe der gesellschaftlichen Realität geht, ist es literarisch konsequent, daß der Autor in seinen Büchern immer wieder die Grenzen von der Realität hin zur Irrealität bzw. Transzendenz überschreitet, indem er mythologische und märchenhafte Motive und Konstellationen in seine Fabeln integriert. So erscheint in dem Roman *Das kennt man* (1964) einer Prostituierten ein Abgesandter aus dem Reich der Toten, und in der Folge mischen sich immer wieder Hades-Visionen unter die naturalistischen Lebenserinnerungen der Frau. In Form einer innerliterarischen Selbstreflexion kommt Nossack auf die Realitätsproblematik in seinem wohl avantgardistischen Roman *Nach dem letzten Aufstand* (1961) zurück, in dem es programmatisch heißt, die bindende Verpflichtung an einen empirisch überprüfbaren Realismus werde nicht allein das Ende der Kunst, sondern auch das Ende der Wirklichkeit selbst bedeuten, insofern Leben und Überleben des Menschen ohne eine Orientierung auf das Phantastische, das Träumerisch-Utopische, Irreale und Surreale undenkbar sei. Das bedeutet nun jedoch nicht, daß Nossacks Schriftstellerei auf das Ufer des Romantischen zutreiben würde (mit dem er freilich den erweiterten Wirklichkeitsbegriff teilt); charakteristisch ist vielmehr, daß Nossack wie im Existenziellen so auch hinsichtlich seiner Ästhetik im Grunde ein Grenzgänger war, Prototyp des außenseiterischen ›Wilderers, Vaganten und Anachoreten‹, wie er selbst einmal sagte, und darüber hinaus ein Autor, dem Phantastik und Surrealismus nicht als ein Verrat, sondern als eine Erweiterung realistischer Erzählweise erschienen. In seiner Rede zur Verleihung des Wilhelm-Raabe-Preises sagte Nossack 1963: »Eine Wahrheit sollte immer so klar, nüchtern und schmucklos wie ein Gesetz ausgesprochen werden, ohne andere Auslegungsmöglichkeiten. Auch eine poetische Wahrheit, und sie sogar besonders. Denn da es der Poesie darum geht, etwas nicht Käufliches und Verbrauchbares bewußt und sinnhaft wahrnehmbar zu machen, bedarf sie größerer Nüchternheit und Geistesgegenwärtigkeit, als im Alltag nötig sind.«

Einen ähnlichen Bruch wie die Hans Erich Nossacks weist auch HERMANN LENZ' (geb. 1913) Laufbahn als Schriftsteller auf – wenngleich aus einem gänzlich anderen Grund: Während in Nossacks Fall der Krieg und vor allem der Verlust der frühen Manuskripte einen Neubeginn nach 1945 erzwangen, arbeitete Lenz im Grunde seit den dreißiger Jahren relativ kontinuierlich, erzielte jedoch mit seinen Büchern beim literarischen Publikum kaum eine

Wirkung, so daß er bis 1973 nur einem kleinen Kennerkreis bekannt war. Dann jedoch erschien Peter Handkes enthusiastische *Einladung, Hermann Lenz zu lesen* (unter der Titelzeile »Tage wie ausgeblasene Eier« in der Süddeutschen Zeitung vom 22. Dezember 1973), und Hermann Lenz fand sich, vor dem Hintergrund der ›Neuen Subjektivität‹ zu Beginn der siebziger Jahre, plötzlich getragen von einer Welle der Zustimmung und des literarischen und finanziellen Erfolgs, der sich endgültig konsolidierte, nachdem auf Drängen Handkes der Suhrkamp/Insel-Verlag sich Lenz' Werke angenommen und viele alte Titel neu aufgelegt hatte. Hermann Lenz wurde in Stuttgart geboren. Nach kunsthistorischen, archäologischen und germanistischen Studien in Heidelberg und München wurde er kurz nach Kriegsbeginn zur Wehrmacht eingezogen, war Soldat in Frankreich und in Rußland und geriet bei der Flucht der Deutschen vor der sowjetischen Armee in amerikanische Gefangenschaft. 1946 kam er nach Stuttgart zurück, heiratete und führte ein zurückgezogenes Leben als ›exemplarisch freier Schriftsteller‹ (Handke), wobei er von den kärglichen Einnahmen aus dem Verkauf seiner Bücher nicht leben konnte, sondern sich als Sekretär des Württembergischen Schriftstellerverbandes sowie durch Feuilletons für eine Stuttgarter Lokalzeitung (inzwischen veröffentlicht unter dem Titel »Stuttgart deine Straßen«, 1975) über Wasser halten mußte. Nach dem literarischen Durchbruch in den siebziger Jahren wurde Hermann Lenz 1978 mit dem Büchner-Preis und 1981 mit dem Braunschweiger Wilhelm-Raabe-Preis sowie dem Franz-Nabl-Preis der Stadt Graz ausgezeichnet. – Literarisch hervorgetreten war Lenz zuerst 1936 mit *Gedichten;* es folgten nach dem Krieg eher verträumte Erzählungen unter dem Titel *Das stille Haus* (1947), *Das doppelte Gesicht* (1949) sowie *Die Abenteuerin* (1952). Vorkriegs-, Kriegs- und Nachkriegszeit beschreibt Lenz in einem stark autobiographisch geprägten Roman-Quartett: Herkunft, Kindheit und Jugend des Protagonisten und gänzlich ›unheldischen‹ Eugen Rapp, der in vielen Zügen an Lenz selbst erinnert, schildern die ersten beiden Bände, *Verlassene Zimmer* (1966) und *Andere Tage* (1968). In das München des Jahres 1938 führt der dritte Roman, *Die Neue Zeit* (1975); der mit der Begegnung Eugen Rapps mit Hitler, dem »Kellerbleichen mit der braunen Feldwebelmütze«, einsetzt und den Weg bis zur Zerstörung und zum Zusammenbruch Deutschlands schildert. Das *Tagebuch vom Überleben* (1978) schließlich zeigt den heimgekehrten Rapp, der sich in eine Dachstube zurückgezogen hat und versucht, über das Schreiben zu dem zu finden, was weder der Krieg noch der hektische Wiederaufbau ihm hatten vermitteln können, nämlich eine eigene Identität: »Du leistest dir's, für dich zu bleiben und zu schreiben. Bis heute hast du nicht tun dürfen, was du wolltest, jetzt aber wirst du's tun.« Lenz charakterisiert diese Haltung, die eben nicht nur Rapp, sondern auch ihn selbst auszeichnet, als ein »inneres Danebenstehen«, als Ringen nach ›Atemluft fürs Überleben‹ in poetischen Räumen von eigentümlicher, träumerisch-realistischer Qualität, angesiedelt in Vergangenheitsorten wie jenem Drommersheim, das der Schauplatz der 1962 unter dem Titel *Spiegelhütte* veröffentlichten Erzählungen ist, und, immer wieder, im Wien der Jahrhundertwende, das zum metaphorischen Ort einer ›untergegangenen, reinen Zeit‹ wird, wo auch die Romane *Der Kutscher und der Wappenmaler* (1972), *Dame und Scharfrichter* (1973) und *Die Begegnung* (1979) spielen – vor allem aber der »Roman in drei Büchern« *Der innere Bezirk* (1980), dessen erste beiden Teile, *Nachmittag einer Dame* (1961) und *Der innere Bezirk* (1970) bereits früher veröffentlicht waren und nun mit dem letzten Teil, *Constantinsallee*, vereinigt wurden. Erzählt wird darin die Geschichte der äußerst engen Bindung Margots von Sy an ihren Vater, der sich in eine von Anfang an aussichtslose Verschwörung gegen Hitler verwickeln läßt. Dabei geht es Lenz, so Albert von Schirnding, weniger um eine analytisch-psychologische Darstellung der Vater-Tochter-Beziehung: »Derlei Begriffsgewichte würden die Balance dieser Menschen und dieser Prosa zerstören. Was oberflächlich betrachtet als Lebensschwäche und Eskapismus erscheint, erweist sich auf die Dauer als ein besonders unnachgiebiger Modus des Widerstandes gegen die Zeit, die vielfältig in die Handlung hineinspielt: ihren leerlaufenden Aktivismus und blindwütigen Zukunftswillen.« Hermann Lenz' bislang letzte Publikation ist die 1982 erschienene Erzählung *Das stille Haus.* Lenz' Bedeutung für die Literatur der Gegenwart läßt sich wohl am besten wiedergeben mit den Worten seines ›Entdeckers‹ Peter Handke, der schrieb, Lenz' Romane seien ein »poetischer Geschichtsunterricht, voller Anmut, voller Würde«; es sei Lenz gelungen, »eingesargte Informationen«, etwa aus der Kriegs- und Nachkriegszeit, zu beleben, indem er sie »verzerrt, detailvergrößert, mit Zeitsprüngen, alogischem Übereinanderschieben von wechselnden Menschengesichtern, lebenden und toten, noch einmal vor uns und für uns *träumt.*« Lenz' Kriegsbücher, so Handke weiter, seien die ersten dieser Art, »wo der Zweite Weltkrieg nicht in eine Vorzeit verschwindet, als eine letztlich doch besonnte Vergangenheit, sondern so atemberaubend gegenwärtig wird wie Kriege für meine ›unerfahrene‹ Generation sonst nur in den Träumen.« Die Beschreibung ist nicht allein eine sehr ›sympathetische‹ Charakterisierung des Lenzschen Œuvres, sondern sie kennzeichnet implizit auch Lenz' gesellschaftliche Position als Erzähler, der aller eindeutigen Links-Rechts-Zuordnung sich standhaft und konsequent entzieht und den parteipolitischen Schlagwörtern innerhalb und außerhalb seiner Bücher jegliche Gefolgschaft verweigert: »Das sind Wörter, die die Kommunikation zum Nebenmenschen einfach sperren, die den anderen zum Feind machen, ohne daß es notwendig ist. Rechts und links, das sind Wörter für Wegweiser und Polizisten, und ich will weder das eine noch das andere sein.«

Gänzlich den erzählerischen Traditionen des 19. Jahrhunderts, einem beinahe biedermeierlichen Glück-im-Winkel-Realismus verhaftet, dabei jedoch mit seinen ›anspruchsvollen‹ Unterhaltungsromanen überaus erfolgreich war HUGO HARTUNG (1902–1972). Der aus Netzschkau im Vogtland gebürtige Hartung studierte zunächst Theater- und Literaturwissenschaft, war später in Leipzig, Wien und München als Dramaturg tätig und lebte seit 1940 als freier Schriftsteller abwechselnd in Berlin und München. Seiner beruflichen Laufbahn entsprechend schrieb er zunächst fürs Theater, so zum Beispiel die Komödie *Das ist Herr Martinucci* (1934). Seit 1948 ist er hauptsächlich durch seine Romane und Erzählungen bekannt geworden, von denen besonders bemerkenswert Hartungs erste Erfolgsnovelle *Der Deserteur oder die große belmontische Musik* (1948) ist; der Roman *Der Himmel war unten* (1951), der den Untergang der Stadt Breslau am Ende des Zweiten Weltkrieges schildert; der an der Neißegrenze spielende Nachkriegsroman *Gewiegt von Regen und Wind* (1954); der nach der Verfilmung zum Bestseller emporgestiegene Roman *Ich denke oft an Piroschka* (1954); der jene belanglose Gemütlichkeit der Gründerjahre, die auf sich selbst stolz ist, ironisierende Roman *Wir Wunderkinder* (1957); der Roman *Ein Prosit der Unsterblichkeit* (1960), der in das Berlin der dreißiger Jahre zurückführt; *König Bogumil König* (1960), eine Karikatur der frühen Bundesrepublik in Gestalt eines utopischen Balkanstaates. Hartungs letzter Roman erschien 1972 unter dem Titel *Wir Meisegeiers*.

Formal und inhaltlich im krassen Gegensatz zu den restaurativen Tendenzen Hartungs und vieler anderer Unterhaltungsschriftsteller der fünfziger und sechziger Jahre steht WOLFGANG KOEPPEN (geb. 1906); vielmehr erregten seine Nachkriegsromane gerade bei jenen Skandal, die unter der Deckung des wirtschaftlichen Aufschwungs in der Adenauer-Ära an die Vergangenheit möglichst überhaupt nicht mehr erinnert werden wollten. – Koeppen wurde am 23. Juni 1906 in Greifswald geboren. Nach dem Besuch des Gymnasiums führte er zunächst ein etwas abenteuerlich-ungebundenes Leben als »Schiffskoch (zwei Fahrten), 14 Tage Fabrikarbeiter, Platzanweiser im Kino, Eisbereiter in St. Pauli«. Es folgten Studien in Hamburg, Greifswald, Berlin und Würzburg, wo Koeppen vorübergehend auch als Dramaturg arbeitete, bevor der einflußreiche Theaterkritiker Herbert Ihering ihn 1930 als Feuilleton-Redakteur an den »Berliner-Börsen-Courier« holte. Auf einer Italienreise begann Koeppen 1934 seinen ersten Roman *Eine unglückliche Liebe*, der im Herbst desselben Jahres im Verlag Bruno Cassirers erschien und von der melancholischen Liebe eines Studenten und Lampenprüfers zu einer halbwelthaften Kabarettistin erzählt. Während der Nazi-Herrschaft hielt Koeppen (»Ich war immer, von frühester Jugend an, Sozialist, also links«) sich politisch völlig zurück, entschlossen, das Dritte Reich irgendwie zu überleben. In Holland entstand Koeppens zweiter Roman *Die Mauer schwankt* (1935), der, politischer als der Erstling, eine kritische Analyse der Umbruchszeit des Ersten Weltkrieges gibt. Nach 1945 errang Koeppen relativ schnell literarische Anerkennung, und zwar vor allem durch die drei Gegenwartsromane *Tauben im Gras* (1951), *Das Treibhaus* (1953) und *Der Tod in Rom* (1954). *Tauben im Gras* – der Titel geht zurück auf einen Vers Gertrude Steins – ist formal deutlich beeinflußt von der anglo-amerikanischen Moderne, vor allem von Dos Passos, Faulkner und Joyce, an dessen *Ulysses* schon allein die zeitliche Konstruktion des Romans erinnert, dessen Handlung sich auf achtzehn Stunden eines Tages beschränkt und im amerikanisch besetzten München spielt. Geschildert werden die Ängste, der Mangel an Bindung, Halt und Hoffnung der Menschen in den ersten Nachkriegsjahren, wobei Koeppen in 110 Sequenzen ein überaus dichtes Panorama dieser ›frühen Jahre‹ entwirft. Um einen Eindruck von der assoziativen Intelligenz und der Brillanz von Koeppens szenischer Montagetechnik zu geben, sei ein etwas längerer Abschnitt aus dem Roman hier wiedergegeben:

> Das Frühjahr war kalt. Das Neueste wärmte nicht, *Spannung, Konflikt,* man lebte im Spannungsfeld, östliche Welt, westliche Welt, man lebte an der Nahtstelle, vielleicht an der Bruchstelle, die Zeit war kostbar, sie war eine Atempause auf dem Schlachtfeld, und man hatte noch nicht richtig Atem geholt, wieder wurde gerüstet, die Rüstung verteuerte das Leben, die Rüstung schränkte die Freude ein, hier und dort horteten sie Pulver, den Erdball in die Luft zu sprengen, *Atomversuche in Mexiko, Atomfabriken im Ural,* sie bohrten Sprengkammern in das notdürftig geflickte Gemäuer der Brücken, sie redeten vom Aufbau und bereiteten den Abbruch vor, sie ließen weiter zerbrechen, was schon zerbrochen war: Deutschland war in zwei Teile gebrochen.

Das Thema der Wiederaufrüstung, auf das in dem zitierten Passus angespielt wird, steht im Mittelpunkt von Koeppens zweitem Nachkriegsroman *Das Treibhaus:* Der sozialdemokratische Abgeordnete Keetenheuve kehrt aus dem Londoner Exil zurück und kämpft im Bundestag vergeblich gegen die Wiederaufrüstung Westdeutschlands; mit wachsender Verzweiflung erkennt Keetenheuve den reaktionär-restaurativen Charakter der deutschen Nachkriegspolitik, der sich ihm in den vier beherrschenden Gebäuden einer Kleinstadt manifestiert: »Vier Hügel waren der Ort, auf den Hügeln der katholische Dom, die protestantische Kirche, das Kriegerdenkmal aus unfruchtbarem Granit, das Gewerkschaftshaus lieblos und schnell errichtet aus rohem Holz.« Schauplatz der Handlung – und mehrfach symbolischer Ort für das Jahr 1953 – ist Bonn, dessen berüchtigtes, durch die Kessellage bedingtes Treibhausklima für Koeppen in genauer Analogie steht zur Atmosphäre der Zeit:

»Ein Treibhausklima gedieh im Kessel zwischen den Bergen; die Luft staute sich über dem Strom und seinen Ufern. Villen standen am Wasser, Rosen wurden gezüchtet, die Wohlhabenheit schritt mit der Heckenschere durch den Park, knirschender Kies unter dem leichten Altersschuh (...). Deutschland war ein großes öffentliches Treibhaus, Keetenheuve sah seltsame Floren, gierige, fleischfressende Pflanzen, Riesenphallen, Schornsteinen gleich voll schwelenden Rauches, blaugrün, rotgelb, giftig, aber es war eine Üppigkeit ohne Mark und Jugend, es war alles morsch, es war alles alt, die Glieder strotzten, aber es war eine Elephantiasis arabum ...«

Die Rückkehr der ehemals Herrschenden in die Machtposition der jungen Bundesrepublik, durch die Keetenheuve in den Selbstmord getrieben wird, steht im Mittelpunkt des Romans *Der Tod in Rom:* Ein Nazi-Oberbürgermeister, der inzwischen in sein Amt zurückgekehrt ist, sucht in Rom seinen Schwager, einen untergetauchten SS-General und Massenmörder, auf, um dessen Rückkehr nach Westdeutschland vorzubereiten. In einer kleinen Studie über den Roman faßt Peter Laemmle dessen Tendenz wie folgt zusammen: »Der Gang der Handlung scheint auf eine pessimistische Grundhaltung des Autors hinzudeuten, doch manifestiert sich darin eher das Gefühl der Ohnmacht, das kritische deutsche Intellektuelle angesichts der Beschönigung der Vergangenheit und des restaurativen Klimas in Deutschland gerade in den fünfziger Jahren empfinden mußten. Wie sehr der Autor durch sein unbeirrbares gesellschaftskritisches Engagement nationale Tabus verletzte, zeigte auch die zwiespältige Aufnahme seines Buches bei der damals dominierenden Literaturkritik« – die sich, so muß man hinzufügen, zum Teil in Bewertung verstieg wie diese, Koeppens Schreiberei erinnere »an die Kritzeleien in einer verwahrlosten Bedürfnisanstalt.« – Nach seinem furiosen Einstand im bundesrepublikanischen Literaturbetrieb (1962 erhielt er den Büchner-, 1967 den Immermann-Preis) erregte Koeppen in den folgenden Jahren vor allem dadurch Aufmerksamkeit, daß von ihm keine Romane und Erzählungen mehr erschienen: Selten ist über einen nicht oder kaum produzierenden Autor mehr produziert worden. Zwar wurden seine Reiseberichte *Nach Rußland und anderswohin* (1958), *Amerika-Fahrt* (1959) und *Reisen nach Frankreich* (1961) freundlich aufgenommen, doch auf den nächsten umfangreicheren Prosatext mußte man sehr lange warten; er erschien – nach der Skizzensammlung *Romanisches Café* (1972) – erst 1976 unter dem Titel *Jugend* und ist eine Rekonstruktion von Koeppens eigener Jugendgeschichte, von Wilhelminismus, Erstem Weltkrieg und dem Weg der Weimarer Republik ins Verhängnis. –

Nicht in den fünfziger und frühen sechziger, sondern in den Jahren vor und nach der Studentenrevolte von 1968 erreichte ADOLF MUSCHG (geb. 1934) den Höhepunkt seiner öffentlichen Wirkung als Schriftsteller. Geboren und aufgewachsen als Sohn eines Volksschullehrers in Zollikon (Schweiz) studierte Muschg in Zürich und promovierte dort 1959 mit einer Dissertation über Ernst Barlach. Anschließend war er Dozent für Literaturwissenschaft in Japan, den USA und der Bundesrepublik, bevor er sich 1970 an der Eidgenössischen Technischen Hochschule in Zürich habilitierte. Muschg ist Mitglied der Sozialdemokratischen Partei der Schweiz sowie einer Kommission zur Totalrevision der Schweizerischen Bundesverfassung. Unter den zahlreichen literarischen Auszeichnungen, die ihm zuteil wurden, sind der Conrad-Ferdinand-Meyer-Preis (1968) und der Hermann-Hesse-Preis (1974) die bedeutendsten. – Muschg debütierte 1965 mit dem Roman *Im Sommer des Hasen,* dessen Schauplatz Japan ist: Der PR-Chef eines Konzerns, der sechs Nachwuchsautoren einen Japanaufenthalt ermöglicht hat, um sie zu Beiträgen für eine Jubiläumsschrift zu stimulieren, berichtet über das Scheitern des Projekts und reicht schließlich selbst seine Kündigung ein. Das Buch wurde von der Kritik vor allem wegen der sprachlichen Virtuosität seines Autors gelobt, einer Qualität, die auch Muschgs zweiten Roman *Gegenzauber* (1967) auszeichnet, dessen Thematik eine erste literarische Reaktion Muschgs auf die Jugend- und Studentenbewegung in Amerika und Westeuropa darstellt: Erzählt wird von einer Gruppe Intellektueller und Künstler, die im ›Haus Soldanella‹ ihre eigene Revolte durchmacht oder besser: durchspielt, denn bei dem Versuch, einen gesellschaftlich wirksamen Standpunkt zu formulieren, scheitern sie am eigenen Ästhetizismus, einer Verspieltheit, die es ihnen unmöglich macht, sich in der Wirklichkeit aktivistisch zu engagieren. Ein ähnliches Scheitern stellt Muschg auch in der Geschichte des homosexuellen Gymnasiallehrers Dr. Hämmerli dar, die in dem Roman *Mitgespielt* (1969) erzählt wird und die Muschg wegen ihres verschrobenen, filigranen Stils den Vorwurf der Manieriertheit eintrug. In den Jahren darauf wandte sich Muschg anderen Gattungen zu, veröffentlichte Erzählungen (»Fremdkörper«, 1968; »Liebesgeschichten«, 1972; »Entfernte Bekannte«,

1976), das »kleinbürgerliche Trauerspiel« *Rumpelstielz* (1968) und das Hörspiel *Das Kerbelgericht* (1969). Darüber hinaus reflektierte Muschg seine eigene gesellschaftlich-literarische Position in dem Aufsatz *Fiktion und Engagement, oder: kein letztes Wort auf einem sehr weiten Feld* (1972) sowie, neun Jahre später, in dem umfangreichen Essay *Literatur als Therapie? Ein Exkurs über das Heilsame und das Unheilbare* (1981). Als Romanautor trat Muschg 1974 wieder in Erscheinung, und zwar mit seinem wohl bekanntesten Buch, *Albissers Grund*. Die Erzählung beginnt, wie in einem Kriminalroman, mit einem Mordversuch: Der Gymnasiallehrer Albisser schießt auf Zerutt, einen undurchsichtigen Emigranten, bei dem er vier Jahre lang in psychiatrischer Behandlung gewesen war. Wie ein analytischer Kriminalroman erforscht auch Muschgs Buch vor allem die Hintergründe und ›Gründe‹ der Tat, wobei die Analyse des Bewußtseins des bürgerlichen Intellektuellen Albisser, sein zutiefst zwiespältiges Verhältnis zu der Gesellschaft, in der er lebt, mehr und mehr in den Vordergrund rückt. Albissers ›Grund‹, das Motiv seiner Tat und seines Scheiterns beruht auf dem hilflosen Protest und einer im Grunde anarchistischen Opposition, der, da sie keinen Weg zu konkreten Veränderungen aufzuweisen imstande ist, zum Schluß nur mehr die Resignation bleibt – ein Fazit, das zu Recht mit Muschgs Reaktion auf die zu Beginn der siebziger Jahre auseinandergebrochene Studentenbewegung in Zusammenhang gebracht worden ist. Von Muschgs Beruf als Literaturwissenschaftler legen in der Folge das Schauspiel *Die Aufgeregten von Goethe* (1970), *Kellers Abend. Ein Stück aus dem neunzehnten Jahrhundert* (1975), die überaus eindringliche Studie *Gottfried Keller* (1977) sowie der kleine Aufsatz *Goethe der Einzige, Goethe das Beispiel* (1982) Zeugnis ab, während Muschgs bislang letzter Roman nach China führt (»Baiyun oder die Freundschaftsgesellschaft«, 1980).

Auf grausame Weise buchstäblich am eigenen Leibe erfuhr Politik und ihre Folgen der aus Gleiwitz in Oberschlesien stammende Horst Bienek (geb. 1930) – aus diffusen politischen Gründen wurde er 1951 in Potsdam verhaftet und zu fünfundzwanzig Jahren Zwangsarbeit verurteilt, wovon er vier Jahre im sibirischen Lager Workuta verbüßte. Nach seiner Entlassung ging er in die Bundesrepublik, wo er zunächst als Redakteur beim Hessischen Rundfunk und später als Herausgeber literarischer Zeitschriften (»Lyrische Blätter«, »blätter + bilder«) arbeitete. In den sechziger Jahren ließ sich Bienek als freier Schriftsteller in der Nähe von München nieder. Gefangenschaft und Lagerarbeit sind das erste beherrschende Thema in Bieneks Werk, das gleich in der ersten Veröffentlichung, den Prosatexten und Gedichten im *Traum-*

buch eines Gefangenen (1957) zu einem Gleichnis menschlicher Existenz, zum Verurteiltsein des Menschen zu sich selbst erweitert wird. Es folgten der Erzählband *Nachtstücke* (1959) und die Gedichtsammlung *was war was ist* (1966), die die hohe sprachliche Sensibilität Bieneks eindrucksvoll belegt. Erneut, wenngleich verschlüsselt, autobiographisch geprägt ist Bieneks erster Roman, *Die Zelle* (1968, verfilmt 1972): Erzähler ist ein achtundfünfzigjähriger Zeichenlehrer, der verhaftet, verurteilt und in Einzelhaft gesperrt wird, ohne daß er – ähnlich wie im Fall Bieneks selbst – die genauen Gründe dafür kennt. Mit beklemmender Präzision beschreibt Bienek nun den Schrumpfungsprozeß der Identität seines Protagonisten, der Schritt für Schritt lernt, »wie man sich ausdehnt in der Zelle, wie man sie erobert, wie man sie sich einverleibt, wie man selbst zur Zelle wird und Zellen ausstößt und neue Zellen erzeugt«. Fortschreitender Realitätsverlust, eine durch eine abstoßende Krankheit bewirkte Auflösung des eigenen Körpers, zuletzt tiefste, hoffnungslose Resignation sind die Stationen auf dem Weg zur Vernichtung eines Menschen, hinter dem die Zellentür zugefallen ist: »Die Geräusche der Zellentür waren das Signal, mit dem meine Welt der Veränderung von der Welt der Erstarrung abgelöst wurde.« Vor diesem literarischen und biographischen Hintergrund ist es sehr verständlich, daß Bienek sich immer wieder für verfolgte und inhaftierte Schriftsteller einsetzte, so etwa in den Aufsätzen *Solschenizyn und andere* (1972), so in der Auseinandersetzung mit dem Begründer des revolutionären Anarchismus in *Bakunin, eine Invention* (1970). Autobiographisch verwurzelt ist auch Bieneks zweites großes Thema, Oberschlesien. In drei Romanen, *Die erste Polka* (1975), *Septemberlicht* (1977) und *Zeit ohne Glocken* (1979), sowie einer Gedichtsammlung (»Gleiwitzer Kindheit«, 1976) setzt er sich mit der Geschichte seiner Heimat seit dem Vorabend des Zweiten Weltkrieges auseinander und stellt dabei überzeugend unter Beweis, daß Heimatliteratur nicht zwangsläufig ins trübe Fahrwasser reaktionär-hinterwäldlerischer Rückschlägigkeit geraten muß. Übrigens endet der Roman *Zeit ohne Glocken* am Karfreitag des Jahres 1943, so daß eine Fortsetzung von Bieneks Schlesien-Saga zu erwarten ist.

Auch Walter Kempowski (geb. 1929) setzt sich in seinen Romanen vornehmlich mit der eigenen Herkunft auseinander und hat, unvermittelter noch als Bienek, seine Familiengeschichte zum beinahe ausschließlichen Gegenstand seiner literarischen Produktion gemacht – und überaus großen Erfolg damit gehabt: Seit den Fernseh-Verfilmungen gehören die Protagonisten von *Tadellöser & Wolff* zu den populärsten Figuren der Gegenwartsliteratur. – Walter Kempowski wurde am 29. April 1929 in Rostock geboren (das später zum Schauplatz seiner ersten Romane wurde). Während des Krieges war er Luftwaffenhelfer, arbeitete dann als Lehrling in einer Druckerei und wurde 1948 wegen angeblicher Spionage und illegalem Grenzübertritt zu fünfundzwanzig Jahren Zuchthaus verurteilt, die er zum Teil in Bautzen absaß, wo er – und dies ist nicht uncharakteristisch – den Kirchenchor leitete; seine Hafterlebnisse verarbeitete Kempowski später in seinem ersten veröffentlichten Roman *Im Block* (1969). 1956 wurde er vorzeitig entlassen, ging, diesmal legal, in die Bundesrepublik und studierte in Göttingen Pädagogik. Daraufhin zog er nach Niedersachsen aufs Land und unterrichtete als Lehrer an der Zwergschule in Nartum. 1980 übernahm er einen Lehrauftrag für Kommunikation und Ästhetik an der Universität Oldenburg. Kempowski hat in den letzten Jahren ein privates Archiv für deutsche Familiengeschichte aufgebaut und gibt darüber hinaus zusammen mit Kollegen in Nartum Literaturkurse. 1972 wurde er mit dem Wilhelm-Raabe-Preis der Stadt Braunschweig ausgezeichnet, 1976 für das Hörspiel *Beethovens Fünfte* mit dem Karl-Sczuka-Preis des Südwestfunks und 1979 mit dem Kulturpreis des Landes Niedersachsen. – *Tadellöser & Wolff* ist der erste Roman aus Kempowskis Familienchronik; er schildert Kempowskis eigene Jugend vom Ende der dreißiger Jahre bis 1945: »Eine Idylle unter der Diktaturglocke des Faschismus« (Volker Hage). Die Nachkriegszeit unter sowjetischer Besatzungsmacht steht im Mittelpunkt von *Uns geht es ja noch gold* (1972), das Buch endet mit der Verhaftung des gerade achtzehnjährigen Walter, dessen Haftzeit (auf der Grundlage von »Im Block«) in *Ein Kapitel für sich* (1975) erzählt wird. Es folgten *Aus großer Zeit* (1978), worin Kempowski, die Chronologie unterbrechend, vom Schicksal seiner Großeltern und Eltern nach der Jahrhundertwende berichtet; *Schöne Aussicht* (1981), womit der Autor die zeitliche Lücke zwischen *Aus großer Zeit* und *Tadellöser & Wolff* schließt, und zuletzt *Herzlich willkommen* (1985), die Geschichte von der Übersiedlung in die Bundesrepublik und vom Studium in Göttingen. Kempowskis Publikumserfolg ist gewiß nicht allein darauf zurückzuführen, daß er durch dokumentarisch-detailgenaue Schilderungen seinen Büchern ein hohes Maß an historischer Authentizität verliehen hat; bedeutsamer scheint eine Beobachtung Volker Hages zu sein, der schreibt: »Kempowski versteht es, mit hoher Präzision die redensartlichen und atmosphärischen Besonderheiten seines Milieus festzuhalten. Kaum jemals zuvor ist der Leser mit mittelständischen Interieurs, Wohlanständigkeitsfloskeln und Alltagschiffren so zuverlässig und kompakt beliefert worden. Der Publikumserfolg Kempowskis dürfte sich mit dem Wiedererkennungswert seiner Prosa für den Leser erklären lassen.« Die äußerst neutrale, ans Dokumentarische fixierte Erzählhaltung der Romane hat Kempowski auch bei einer Reihe von nicht-fiktionalen Texten angewandt, vor allem aber in seinen »Befragungsbüchern« *Haben Sie Hitler gesehen?* (1973), *Immer so durchgemogelt* (1974) und *Haben Sie davon gewußt?* (1979), in denen er die Erinnerungen Hunderter von Zeitgenossen an die Zeit des Dritten Reiches – vor allem an ihre Haltung zu den Massenmorden der Nazis – gesammelt hat. Darüber hinaus hat Kempowski eine Reihe von hübschen Kinderbüchern geschrieben (»Alle unter einen Hut«, 1976; »Unser Herr Böckelmann«, 1979; »Kempowskis einfache Fibel«, 1980). Zum Schluß sollen noch zwei Autoren kurz vorgestellt werden, die sowohl als Romanciers wie auch als kritische Begleiter der literarischen und gesellschaftlichen Entwicklungen in der Bundesrepublik hervorgetreten sind: Martin Gregor-Dellin und Manès Sperber. MARTIN GREGOR-DELLIN wurde am 3. Juni 1926 in Naumburg an das Saale geboren. Nach dem Krieg blieb er zunächst in der DDR und arbeitete als Verlagslektor in Halle. Erst 1958 kam er in die Bundesrepublik, wo er sich vorerst als freier Schriftsteller niederließ. Von 1962 bis 1966 war er Lektor in München, bevor er sich endgültig auf seine Rolle als Schriftsteller konzentrierte – und zwar nicht nur schreibend, sondern auch politisch wirksam, unter anderem als Generalsekretär des deutschen PEN-Zentrums. Gregor-Dellin trat zunächst mit Romanen hervor: mit der im Jahre 1933 spielenden Schülertragödie *Jakob Haferglanz* (1956), mit *Der Kandelaber* (1962), worin der Autor seine Erfahrungen in der DDR thematisiert, der stilistisch dem magischen Realismus nahestehenden Prosa in *Möglichkeiten einer Fahrt* (1964) sowie mit den Romanen *Einer* (1965) und *Föhn* (1974). Weitaus bedeutender jedoch erwies sich Gregor-Dellin als Herausgeber und Biograph: Die erste authentische Ausgabe von Richard Wagners Autobiographie »Mein Leben« (1963) stammt ebenso von ihm wie die Edition von Cosima Wagners »Tagebüchern« (1976 bis 1977), und endgültig als hervorragender Wagner-Spezialist wies sich Gregor-Dellin durch seine Biographie *Richard Wagner. Sein Leben – sein Werk – sein Jahrhundert* (1980) aus. Neben Wagner die bedeutendsten Autoren, mit denen sich Gregor-Dellin editorisch und monographisch beschäftigte, sind Bruno Frank und Klaus Mann, über den er 1978 auch ein vielbeachtetes Fernseh-Feature produzierte (»Klaus Mann. Zeitgenosse zwischen den Fronten«).

Äußerst wechselvoll verlief die innere und äußere Entwicklung des deutsch-französischen Schriftstellers MANÈS SPERBER. Er wurde am 12. Dezember 1905 im polnischen Galizien (heute UdSSR) geboren, ging in jungen Jahren nach Wien und studierte dort Psychoanalyse bei Alfred Adler, dem er auch seine erste Publikation widmete (»Alfred Adler. Der Mensch und seine Lehre«, 1926). Marxist aus Überzeugung, floh Manès Sperber 1933 aus Berlin, wo er fünf Jahre lang eine Zeitschrift für Individualpsychologie herausgegeben hatte. Die Stationen seines Exils waren Wien, Zagreb und Paris, wo sich – um das Jahr 1937 – seine Abkehr vom Kommunismus vollzog. 1939 trat er als Freiwilliger in die französische Armee ein, wurde 1943 in der Schweiz interniert und kehrte unmittelbar nach Kriegsende nach Paris zurück. Sperbers literarische Reputation wurde in der Folge begründet durch eine Reihe von Essays (»Die Achillesferse«, 1960; »Zur täglichen Weltgeschichte«, 1967; »Leben in dieser Zeit. Sieben Fragen zur Gewalt«, 1972), in denen immer wieder das Problem der gesellschaftlichen Verantwortlichkeit des Intellektuellen aufgeworfen wird. Die Essays waren es wohl auch, über die Manès Sperber zur literarischen Produktion im engeren Sinne des Wortes fand und die die klärende Grundlage schufen für seine Roman-Trilogie *Wie eine Träne im Ozean*, bestehend aus *Der verbrannte Dornbusch* (1949), *Tiefer als der Abgrund* (1950) und *Die verlorene Bucht* (1955), denn auch sie wurden primär gelesen als »ein literarisches Dokument der großen Tragödie des europäischen Intellektuellen« (Walther Karsch). Inzwischen liegt auch Sperbers – ebenfalls dreiteilig angelegte – Autobiographie vor: *Die Wasserträger Gottes* (1974), *Die vergebliche Warnung* (1975) und *Bis man mir Scherben auf die Augen legt* (1977). Auf beiden Gebieten erfahren, hat Manès Sperber stets aufs neue über das Verhältnis von Fiktion und Realität, literarischem Schein und historischem Sein nachgedacht: »Ich frage nun: Was ist die Wirkung des Romans und was könnte sie sein – jetzt, da das abgekartete Spiel zwischen dem Autor und der von ihm erschaffenen Welt einerseits und dem Leser andererseits – wenn dieses Spiel gleichsam aussetzt und man sich mitten auf der Szene die Schminke aus dem Gesicht wischt, die Kostüme wegwirft und sagt: ›Wir sind arme Teufel, plötzlich arbeitslos gewordene Schauspieler, denen man ohne vorhergehende Ankündigung die Rollen entzogen hat.‹« So Manès Sperber in seinem Schlußstatement auf der Konferenz »Unser Jahrhundert und sein Roman«, die 1966 in Wien stattfand. Er plädiert trotz der Nichtwiederherstellbarkeit einer Harmonie von Sein und Schein für eine Identifikationsmöglichkeit des Lesers mit dem Text: »Was hat das eigentlich für einen Sinn, Geschichten zu erzählen? (...) Was ist deren Verhältnis zur Wahrheit und zu den verlorenen und ersehnten Gewißheiten, wenn sie (die Rezipienten) beim Lesen nicht vergessen können, daß alles nur erdacht und ersonnen ist?« Bei allem unaufhaltsamen Verlust der persönlichen und künstlerischen Selbstgewißheit, der seit Anfang des Jahrhunderts im Roman thematisiert worden sei, sei es nicht gerechtfertigt, die Literatur zur »Kryptographie«, zur Geheimsprache verkommen zu lassen. Denn sonst werde die Krise, bedingt durch die Ungewißheit des Ich und die Bodenlosigkeit des Seins in diesem Jahrhundert, zwangsläufig in die Aporie führen: »Alles, was vorher für den Romancier selbstverständlich war, ist bedrängend fraglich geworden. Wenn nun einer mitten im Gehen sich zu fragen beginnt: ›Wie gehe ich?‹, so wird die Selbstverständlichkeit seiner automatisierten Bewegung aufgehoben und er selbst zeitweilig zur Bewegungslosigkeit verurteilt sein.« Auf dieser Gratwanderung zwischen der drohenden Sprachlosigkeit angesichts einer zerfallenden Wirklichkeit einerseits – und der Flucht nach vorn andererseits, die ihr Ziel nur mehr in der Sprache als der einzig akzeptablen Wirklichkeit sieht, befindet sich der Roman immer aufs neue: im Zentrum theoretischer Auseinandersetzung sowie literarischer Experimente und Neuansätze.

EXPERIMENTELLE LITERATUR

Die im folgenden zu behandelnden Autoren sind Außenseiter und Einzelgänger in einem selbst für Schriftsteller ungewöhnlichen Maß. Daher ist es von vornherein fragwürdig, sie unter einer gemeinsamen Kapitelüberschrift zu vereinigen. Immerhin lassen sich einige tendenzielle Gemeinsamkeiten erkennen, die es erlauben, Mon und Jandl, Artmann und Gomringer assoziativ miteinander zu verbinden. Da sind zunächst zwei historische Verknüpfungspunkte: Alle hier vorzustellenden Autoren erzielten ihre erste öffentliche Wirksamkeit am Ende der fünfziger und zu Beginn der sechziger Jahre, zu einer Zeit also, als die sogenannte ›hermetische Lyrik‹ (Celan, Bachmann usw.) in voller Blüte stand und die experimentellen Texte, mit denen sie hervortraten, schockierten, provozierten oder auf blankes Unverständnis stießen. Darüber hinaus wurzeln die Produzenten der experimentellen Literatur historisch allesamt in den avantgardistischen literarischen Strömungen des Jahrhundertbeginns, vor allem in Dadaismus, Futurismus und Surrealismus, deren ästhetische und praktische Ansätze sie aufnahmen und weiterentwickelten. Wichtiger als solche geschichtlichen Gemeinsamkeiten jedoch sind einzelne poetologische Positionen, von denen die Autoren ausgehen: Sie alle lehnen sich vornehmlich auf gegen die Fixierung der Poesie an bestimmte

Groteskes und Tragisches mischen sich in den Stücken des Schweizer Dramatikers Friedrich Dürrenmatt (geb. 1921).

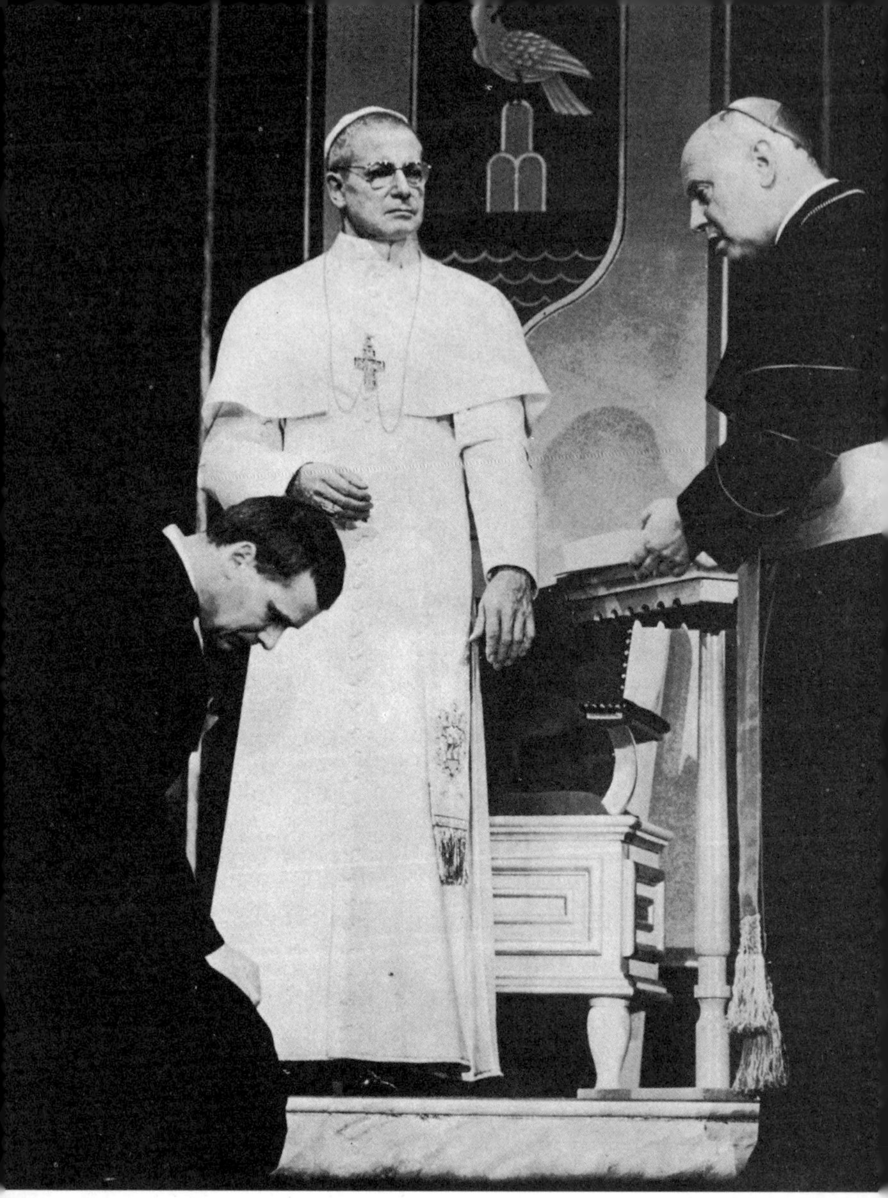

Szene aus der Uraufführung von Rolf Hochhuths »Stellvertreter«. Freie Volksbühne Berlin, 1963.

Drei moderne Dramatiker. Oben: Peter Weiss (1916–1982); Mitte: Wolfgang Hildesheimer (geb. 1916); unten: Rolf Hochhuth (geb. 1931).

Szene aus der Uraufführung von Peter Weiss' Theaterstück »Die Verfolgung und Ermordung Jean-Paul Marats ...« Schiller-Theater Berlin, 1964.

Inhalte, ja an die Inhaltlichkeit der Literatur selbst. Ihre Revolte setzt denn auch konsequent bei den literarischen Formen an – freilich unter zwei wesentlichen Bedingungen, daß nämlich das eben nur scheinbar Konkret-Inhaltliche das zutiefst Uneindeutige und das wahrhaft Konkrete nur zu entbinden sei durch eine Emanzipation der poetischen Form vom Inhalt: »Was identifiziert ist, ist auch bereits verschwunden (...). Das Konkrete ist das, an das nicht gedacht wird.« (Franz Mon). Die zweite Voraussetzung zielt weniger auf innerliterarische Prozesse, sondern vielmehr auf die gesellschaftliche Wirksamkeit der experimentellen Texte – wie ihre Vorgänger, die Surrealisten, gehen auch deren Autoren davon aus, daß eine Revolutionierung der poetischen Formen sozusagen dialektisch und zwangsläufig umschlagen werde in eine revolutionäre Poesie. Inwieweit dies gelungen ist, wird sich zeigen müssen; soviel läßt sich immerhin schon im vorhinein feststellen, daß die experimentierenden Autoren auf die Entwicklung der Literatur der sechziger und siebziger Jahre – und namentlich auf die Lyrik – entscheidend Einfluß genommen haben und daß viele junge Autoren, die während der Lyrik-Konjunktur der siebziger Jahre mit avantgardistischer Geste auftraten, bei ihnen in die Schule gegangen sind.

Neben Heißenbüttel, der sich der GRUPPE 47 zurechnete, und Gomringer der bedeutendste Vertreter der experimentellen bzw. konkreten Poesie ist FRANZ MON (Pseudonym für Franz Löffelholz). Mon wurde 1926 in Frankfurt am Main geboren. Nach dem Besuch der Volksschule und des Gymnasiums studierte er in Frankfurt Germanistik, Philosophie und Geschichte und promovierte 1955 zum Dr. phil. mit einer Dissertation über *Wirklichkeitserlebnis und Gottesvorstellung in B.H. Brockes' ›Irdisches Vergnügen in Gott‹*. Mon arbeitet als Lektor in einem Frankfurter Schulbuchverlag. 1971 wurde ihm der Karl-Sczuka-Preis des Südwestfunks, 1977 der Förderpreis Literatur zum Kunstpreis der Stadt Berlin verliehen. – Die Wahl des Dissertationsthemas gibt einen ersten, überraschenden Hinweis auf die literarischen Traditionen, mit denen sich Mon vornehmlich auseinandergesetzt hat. Er selbst sieht seine ästhetischen Wurzeln in der Barockliteratur ebenso wie bei Arno Holz, Kurt Schwitters und in Kandinskys Abhandlung »Über das Geistige in der Kunst«. (Eine Standortbestimmung seiner theoretischen Positionen unternimmt Mon in der 1970 erschienenen Aufsatzsammlung »Texte über Texte«). Mon trat gleich zu Beginn mit einer Reihe rasch aufeinanderfolgender Gedichtsammlungen hervor. Sein Erstling, *artikulationen* erschien 1959; es folgten *protokoll an der kette* (1960), *verläufe* (1962), *sehgänge* (1964), *weiß wie weiß* (1964), *rückblick auf isaac newton* (1965), *ainmal nur das alphabet gebrauchen* (1967). In all diesen Bänden finden sich zunächst einmal zahlreiche traditionelle poetische Elemente: surrealistische Motive, reizvolle, an einzelne Texte der Spätromantik erinnernde Klangmalereien und virtuose Assoziationsketten. Entscheidend ist jedoch, daß Mon dergleichen Traditionalismen in einen neuen Kontext montiert, mit ihnen – abseits aller inhaltlich-thematischen Verpflichtung – vollständig willkürlich experimentiert. Die Texte, so Mon selbst, seien charakterisiert durch »experimentelle Fragestellungen«, gewännen Gestalt als Resultate eines »experimentierenden Arbeitens mit der Sprachsubstanz«; dabei sei dem Autor der Weg zu diesem Resultat zunächst ebenso unbekannt wie dem Leser. Das Sprachmaterial selbst entwickelt eine nicht vorausberechenbare Eigendynamik: »Die Themen unserer Texte treten am Ende, nicht am Anfang auf. (...) Der Prozeß bringt sein Thema zutage, wenn er durch ist. In diesem Sinne bilden sich auch die experimentellen Texte.« Als Beispiel für diesen Vorgang sei hier ein titelloses Gedicht Mons angeführt, das 1971 in der Zeitschrift »akzente« erschien:

wo: wenn es wo war
wer: wenn es wer war
wann: wenn es wann war
was: wenn es was war
wie: wenn es wie war

war wo es wenn wie
war wie es wenn was
war was es wenn wann
war wann es wenn wer
war wer es wenn wo

es war wo wenns wer war
es war wer wenns wann war
es war wann wenns was war
es war was wenns wie war
es war wie wenns wo war

Der Text ist nicht nur charakteristisch für Mons Wort- und Variationsequilibristik; er ist auch bezeichnend für eine eigentümliche Reaktion, die sie beim Leser (oder besser noch: beim Zuhörer) beinahe zwangsläufig provozieren – denn bei aller frappanten Unverständlichkeit erwecken sie den Eindruck, daß hier auf zutiefst ironische Weise doch wieder ›nur‹ eine Geschichte erzählt wird, eine Geschichte freilich, die sich erst durch die Assoziationen, die Mitarbeit des Lesers herstellt. Dies aber führt zu einem beinahe paradoxen Befund: Die experimentellen Texte, die sich scheinbar jeglicher Kommunikation entziehen, entwickeln eben in und durch diesen

Entzug gänzlich neue, spielerische, stimulierende Kommunikationsstrukturen. Ihre Unkonventionalität ist sozusagen sinnvoll, denn sie verweist auf die »Unversöhnlichkeit zwischen experimenteller Kunst und einer Gesellschaft, die im ganzen konformistisch sein muß. Außer Gedichten hat Mon auch Texte fürs Theater (»spiel hölle«, 1962) sowie für den Hörfunk geschrieben (»blaiberg funderal«, 1970; »bringen um zu kommen«, 1970; »ich bin der ich bin die«, 1971; »pinco pallino in verletzlicher umwelt«, 1972; »da du der bist«, 1973; »hörspiele werden gemacht«, 1974). 1968 erschien sein bislang umfangreichster Prosatext, *herzzero*, eine Kollage aus parallel verlaufenden Textreihen, in denen, so Hans Christian Kosler, »die taktilen, akustischen, semantischen Qualitäten der Wörter, das Wort in seiner ganzen Fülle sprechen läßt. Aus ihren Sklavendiensten ausbrechend, erproben die Wörter den Aufstand: wer hätte gedacht, daß es soviele wörter gibt.«

Wie Franz Mon experimentierte auch Eugen Gomringer mit einer fundamentalen Trennung von Inhalt und Form, Gegenstand und Sprache, Bedeutung und Klang. Gomringer wurde am 20. Januar 1925 in einem kleinen bolivianischen Ort geboren, verbrachte seine Studienjahre in Bern, wo er unter anderm Fritz Strichs berühmte Vorlesungen über »Klassik und Romantik, Vollendung und Unendlichkeit« hörte. Ausgedehnte Reisen führten ihn nach Rom, Paris und London. Von 1954 bis 1957 war Gomringer Sekretär von Max Bill an der Ulmer Hochschule für Gestaltung; in den sechziger Jahren Mitbegründer und Mitherausgeber der Zeitschrift »Spirale« und der Schriftenreihe *konkrete poesie – poesia concreta* (1960–1965). Seit 1967 ist er Kulturbeauftragter der Firma Rosenthal. – Sprachproblematik und Sprachreflexion stehen im Mittelpunkt von Gomringers Textproduktion: »unsere zeit spricht, wie jede zeit, ihre eigene sprache (...) der heutige mensch will rasch verstehen und rasch verstanden werden (...). unsere sprachen befinden sich auf dem weg der formalen vereinfachung. (...) oft geht der inhalt eines satzes in einen einwort-begriff über.« Diese Selbstaussage Gomringers ist in zweierlei Hinsicht bedeutsam; sie weist einerseits textimmanent auf die poetische Perspektive, in der Gomringers Texte stehen, und sie deutet darüber hinaus an, daß diese durchaus in einer ganz bestimmten historischen und gesellschaftlichen Dimension zu sehen sind. Was das Erste betrifft, so hat der sprachliche Reduktionismus bei Gomringer eine ausgesprochene Hochschätzung des einzelnen Wortes in all seinem Beziehungsreichtum zur Folge: »das wort: es ist eine größe. es ist – wo immer es fällt und geschrieben wird. es ist weder gut noch böse, weder wahr noch falsch. es besteht aus lauten, aus buchstaben, (...) es eignet dem wort die schönheit des materials und die abenteuerlichkeit des zeichens.« Dieses von den üblichen inhaltlichen Kategorien – gut/böse, wahr/falsch – befreite Wort tritt nun in Beziehung zu anderen, gleichermaßen ›emanzipierten‹ Worten, und zwar in den sogenannten »konstellationen«, Gomringers eigentümlichste poetische Form: »die konstellation ist die einfachste gestaltungsmöglichkeit der auf dem wort beruhenden dichtung.« Ein Beispiel aus *worte sind schatten* (1969):

schweigen schweigen schweigen
schweigen schweigen schweigen
schweigen   schweigen
schweigen schweigen schweigen
schweigen schweigen schweigen

Die paradoxe Aporie, daß man über das Schweigen nur reden kann, indem man es bricht, versucht Gomringer hier zu umgehen, indem er mit Hilfe der visuellen Lücke in dem Text ein neues Schweigen, wie er selbst sagt, beschwört; hiermit aber verweist der Text auf mindestens drei Ebenen: auf die akustische, die optische und auf die Ebene seiner eigenen Selbstreflektiertheit. Die ersten *konstellationen* erschienen 1953; nach der Gedichtsammlung *Die Brücke bewegt sich* (1959) folgten 1960 zunächst *33 konstellationen* und dann noch einmal *5 mal 1 konstellation;* diese Texte sind mehrfach gesammelt erschienen, zuletzt in der bereits erwähnten Anthologie *worte sind schatten,* zu der Helmut Heißenbüttel ein Nachwort geschrieben hat. Gomringer hat sich darüber hinaus in einer ganzen Reihe von Veröffentlichungen auch zur Theorie der experimentellen oder konkreten Poesie geäußert, vor allem in den *manifesten und darstellungen der konkreten poesie 1954 bis 1966* (1966) und in *Zur Sache des Konkreten* (1980). Darin hat er sich immer wieder vehement gegen den Vorwurf verteidigt, die fundamentale Trennung von Gegenstand und Sprache führe zwangsläufig in die gesellschaftliche Isolation, verdamme die Literatur zur Irrelevanz. Hierzu Gomringer in einem 1971 erschienen Interview: »Ich glaube, im Gegenteil, daß sie, indem sie auf diesen Widerspruch zwischen Sprache und Gegenstand hinweist, auf ein neues Bewußtsein, das wir von den Dingen haben sollten, abzielt. Sie haben ganz recht: Diesen Widerspruch gibt es. Aber wie es zum Beispiel die chinesische Sprache, zumindest während ihrer Entstehung, versucht und auch für ihre Zeit gelöst hat, mit ihren Schriftzeichen Prozesse aus der Natur in die Sprache hineinzubringen so versuchen wir – und in diesem Sinne ganz besonders ich –, mit der Schrift, mit dem Buchstabenmaterial auf ein neues Bewußtsein hinzuweisen – das es aber natürlich noch nicht gibt.«

Der vielseitigste und in seiner Wirkung auf die experimentelle Literatur dieses Jahrhunderts wohl nachhaltigste Autor ist der Maler-Poet HANS ARP (1887–1966). Arp wurde in Straßburg geboren und besuchte dort 1904 die Kunstgewerbeschule; weitere Studienorte waren Weimar und Paris. 1911 war er Mitbegründer der Malergruppe »Der moderne Bund« und nahm bald darauf Kontakt auf zur Expressionistengruppe des »Blauen Reiters«; darüber hinaus publizierte er in der von Walden herausgegebenen expressionistischen Zeitschrift »Der Sturm«. Nach seiner Übersiedlung nach Zürich war Arp einer der Wortführer der sich im Club Voltaire formierenden Dada-Bewegung. 1926 zog er nach Paris, schloß sich den Surrealisten an und gab die Zeitschrift »Abstraction, création, art non figuratif« heraus. 1940/1941 floh Arp vor den Nazis zunächst nach Südfrankreich, später in die Schweiz, kehrte jedoch nach dem Krieg in die Nähe von Paris zurück. Nach 1950 entstanden seine berühmten Reliefs an den Universitäten Harvard und Caracas sowie am Pariser UNESCO-Gebäude. Hans Arp starb am 7. Juni 1966 in Basel. – Arp ist zweifellos der bedeutendste Poet des Dadaismus; wie keinem zweiten gelang es ihm, die Logik des Alogischen, das Programm des Paradoxen und das System des Absurden aus dem Bereich der Malerei in die Sprache zu übertragen. In einem *Wegweiser* zum Gedichtband *Wortträume und schwarze Sterne* (1953) beschreibt er selbst seinen Werdegang – und gibt damit gleichzeitig ein Beispiel für seine tumultuarischen Wortkaskaden:

»Schon zu jener Zeit (im ersten Jahrzehnt des Jahrhunderts, und ehe Dada ins Leben gerufen war) bezauberte mich das Wort. Ich füllte Seite um Seite mit ungewöhnlichen Wortverbindungen und bildete ungebräuchliche Verben aus Substantiven. Ich gestaltete bekannte Verse um und deklamierte sie mit Hingebung und gehobenem Herzen ohne Unterlaß, fort und fort, als sollte es kein Ende nehmen: Sterne sterne manchen Stern, daß zum Zwecke Sterne sternen, walde, walde machen Wald, daß zum Zwecke Wälder walden, zacke, zacke manchen Zack, daß zum Zwecke Zacken zacken. Der Mißbrauch der Unterlage ahndete sich oft grausam, und es erging mir wie dem Zauberlehrling in Goethes Gedicht. Erst viel später erkannte ich das tiefe Wesen solcher ›sinnlosen Späße‹ und gestaltete dann bewußt solche Ergebnisse. Ich wanderte durch viele Dinge, Geschöpfe, Welten, und die Welt der Erscheinungen begann zu gleiten, zu ziehen und sich zu verwandeln wie in den Märchen. Die Zimmer, Wälder, Wolken, Sterne, Hüte waren abwechselnd aus Eis, Nerz, Nebel, Fleisch, Blut gebildet. Die Dinge begannen mit mir zu sprechen mit der lautlosen Stimme der Tiefe und Höhe.«

Das Zitat ist insofern interessant, als aus ihm deutlich hervorgeht, daß Arp – anders als die konkreten Poeten der sechziger Jahre – nicht von einer linguistischen Zeichentheorie ausging, sondern von ›zufälliger‹ poetischer Praxis; und es gibt – im zweiten Teil – einen Hinweis auf einen entscheidenden Unterschied zwischen dem Surrealismus und Arps Dadakonzept, das eben nicht auf träumerisch-automatischer Produktion beruhte, sondern durchaus bewußt, ja konstruktivistisch verfuhr. Arp war in den zwanziger

Jahren lyrisch überaus produktiv; von den zahlreichen Sammlungen seien hier nur die wichtigsten erwähnt: *Der vogel selbdritt* und *die wolkenpumpe* (1920) sowie *Der Pyramidenrock* (1924); es folgten *Weißt du schwarzt du* (1930) und *Muscheln und Schirme* (1939); nach dem Kriege erschienen *Auf einem Bein* (1955), *Worte mit und ohne Anker* (1957), *Mondsand* (1960), *Sinnende Flammen* (1961) und *Logbuch des Traumkapitäns* (1965). Erinnerungen, Dichtungen und Reflexionen erschienen in Zürich unter dem Titel *Unsern täglichen Traum* (1955). Seit 1963 bzw. 1974 liegen die *Gesammelten Gedichte I (1903–1939)* und die *Gesammelten Gedichte II* (1939–1957) vor. An wenigstens einem Beispiel soll zum Schluß der verwirrende Reiz von Arps Lyrik illustriert werden; es stammt aus dem *Logbuch des Traumkapitäns:*

Wer bin ich?
Bin ich ein verschollener Kuckuck
der nur für einen kurzen Augenblick
wieder aus der Unendlichkeit treten muß
um kuckuck zu rufen?
Wer bin ich?
Warum hatte ich noch nie die Gelegenheit
mir einmal herzlich
die Hand drücken zu dürfen?
Wer bin ich?
Bin ich ein greulicher Fetzen
der verfluchten bluttriefenden Vaterländerringelreihn?
Bin ich ein Fetzen zerfratztes Fratzenwasser
zerbalgten Überschallbalges
zerflaggten Undinges?
Wer bin ich?
Nun leider kein Günstling
der Undinen.

In solchen Versen wird, so Karl Krolow zu dem Text, etwas wie eine Phänomenologie des spielerischen Gedichtes gegeben, »seiner Kindlichkeit, seines Fabelsinns, seiner kaum verhüllten Melancholie, seines traurigen Bescheidwissens, seiner (politischen) Gereiztheit, die noch nicht Aggression ist, seiner verqueren Einsichtsfähigkeit in eigene Un-Möglichkeiten, in eigene ›Boden-Losigkeit‹.«

Den von Anfang an wenig aussichtsreichen Versuch, die exzentrischen Einzelgänger der experimentellen Literatur zu einer Gruppe zusammenzuschließen unternahm zu Beginn der fünfziger Jahre Hans Carl Artmann, als er, im Umkreis der Zeitschrift »Neue Wege« und durch eine *acht-puncte-proclamation des poetischen actes* (1953) die »Wiener Gruppe« ins Leben rief, zu der zunächst Achleitner, Bayer, Wiener und Rühm sowie in der Folge auch Ernst Jandl und Friederike Mayröcker gezählt wurden, die neben Artmann zu den bedeutendsten Vertretern der Gruppe avancierten. (Gerhard Rühm hat 1967 einen Sammelband »Die Wiener Gruppe« herausgegeben.) Artmanns Biographie liest sich zunächst ziemlich konventionell: Geboren am 12. Juni 1921 im Wiener Vorort Breitensee als Sohn eines Schuhmachermeisters; Hauptschulabschluß und Schuhmacherlehre; autodidaktische Sprachstudien (in freilich schon recht eigenwilligen Sprachen: Schwedisch, Walisisch, Malayisch); 1940 bis 1945 Soldat; amerikanische Kriegsgefangenschaft; Ende 1945 Rückkehr nach Wien, Gelegenheitsarbeit und Arbeitslosigkeit; in den fünfziger Jahren ausgedehnte Reisen, und nach dem Erscheinen seines ersten Buches ständiger Wechsel des Wohnortes; seit Anfang der siebziger Jahre seßhafter, meist in der Nähe von Salzburg. Aber eigentlich müßte man den Lebenslauf des Dichters ganz anders erzählen und zum Beispiel berichten, er sei im Jahre 1621 in einem unauffindlichen Ort namens St. Achatz am Walde geboren und in der Folge Vater unzähliger Kinder von unzählbaren Frauen geworden – H.C. Artmann nämlich liebt das Rollenspiel und die Selbstinszenierung. Das hängt zusammen mit seinem Selbstverständnis als Dichter, der für ihn immer mehr war als ein Textproduzent. Vielmehr sei der Dichter in einer ansonsten vollständig einplanierten Welt der einzige, noch dazu absolut autonome Träger exemplarischer Individualität und also sein Leben selbst, nicht allein das Werk, ein Kunstwerk. Was nun dieses, das Werk betrifft, so ging Artmann vom Surrealismus und Dadaismus aus – namentlich mit Hans Arp hat er sich intensiv auseinandergesetzt. Wie im Falle Arps jedoch bestand auch Artmann auf einer konstruktivistischen Durchformung des ›intuitiv‹, durch spontan-spielerischen Einfall oder träumerische Assoziation gewonnenen Materials – zwar besitzt die Sprache eine gewisse Eigendynamik, die aber wird buchstäblich aufgefangen im Montageverfahren des Dichters: »Worte haben eine gewisse magnetische Masse, die gegenseitig nach Regeln anziehend wirkt. Sie sind gleichsam sexuell, sie zeugen miteinander, sie treiben Unzucht miteinander, sie üben Magie, die über mich hinweggeht, sie besitzen Augen, Facettenaugen wie Käfer und schauen sich unaufhörlich und aus allen Winkeln an (...). Ich bin ein Kuppler und Zuhälter von Worten und biete das Bett.« 1958 erschien Artmanns erstes Buch – und machte ihn über Nacht berühmt: *med ana schwoazzn dintn,* eine bizarre Sammlung von Gedichten im Dialekt des Wiener Vorortes, aus dem Artmann stammt; ein Jahr später folgten weitere Dialektgedichte unter dem Titel *hosn rosn baa* (zusammen mit Achleitner und Rühm). Für beide Bände ist charakteristisch, daß der konsequent verwandten mundartlichen Sprache nicht etwa ebenso ›volkstümliche‹, alltägliche Inhalte entsprechen, sondern ihr vielmehr beinahe das ganze lyrische Motiv-Repertoire der europäischen Avantgarden aufgebürdet werden. Nach weiteren Gedichten erschienen in den sechziger Jahren Artmanns erste Prosabände: das fiktive schwedische Tagebuch *Das suchen nach dem gestrigen tag oder schnee auf einem weißen brotwecken* (1964); die dreißig »Berufsporträts« *Fleiß und Industrie* (1967) sowie die Sammlung der zwischen 1949 und 1953 entstandenen Prosa unter dem Titel *Das im Walde verlorene Totem* (1970); weitere Sammelbände folgten, so vor allem *The best oft H.C. Artmann* (1970), der dem Autor auch kommerziell großen Erfolg einbrachte. Von Artmanns umfangreicheren, romanhaften Texten sind vor allem erwähnenswert die Dr.-Jekyll-und-Mister-Hyde-Geschichte *Die Jagd nach Dr. U* (1977), der »bramarbasierende Quasselroman« (Jörg Drews) *Nachrichten aus Nord und Süd* (1978) sowie der barockisierende Roman *Der aeronautische Sindtbart oder Seltsame Luftreise von Niedercalifornien nach Crain* (entstanden 1954–1958, veröffentlicht 1972), in dem Artmann all seine Register zieht, indem er Elemente der Barockliteratur mit Motiven des Wiener Volkstheaters, Sagen und Märchen mit Formen der Trivialliteratur und das Comicstrip mit genialischer Geste zusammenfügt. Jörg Drews faßt zusammen: »Das Werk erläutert bei Artmann den Autor; Sehnsüchte und Stimmungen der Werke erläutern sein Selbstverständnis, adaptierte Stile sein Lebensgefühl, und vor allem liegt ihm am Herzen, daß Worte und Bilder unter Verwischung von Stil-, Sprach- und Zeitgrenzen sinnlich und überraschend sich in einer kupplerischen Verbalerotik neu figurieren, die den ganz und gar unmodernen Gesetzen von Magie und Alchimie gehorcht.«

Vielleicht der bedeutendste, jedenfalls aber der faszinierendste Autor der Wiener Gruppe ist Ernst Jandl. Am 1. August 1925 in Wien geboren, studierte Jandl Germanistik und Anglistik, legte 1949 die Lehramtsprüfung ab und promovierte 1950 mit einer Dissertation über die Novellen Arthur Schnitzlers zum Dr. phil. In der Folgezeit arbeitete er, mit zahlreichen Unterbrechungen, als Gymnasiallehrer in Wien, nahm Lehraufträge in England und den USA wahr und war 1973 einer der Gründer der Grazer Autorenversammlung. – Auch Jandl ging, wie beinahe alle hier vorgestellten Autoren, von einer fundamentalen Trennung der Sprache von den Gegenständen aus. Sein Schreiben, so sagt er selbst, ziele auf »die erzeugung von objekten aus einem bestimmten material – objekten, die es nicht gibt, außer als ergebnis eines solchen machens«; das Ergebnis dieses sprachlichen Prozesses sei dann »ein ding, das ich bisher nicht kannte, und von dem ich, da ich mich umsehe, annehmen darf, daß es das bisher nicht gab«. Jandls Laufbahn als Schriftsteller hatte einen zweiphasigen Beginn: Er debütierte 1956 mit dem noch relativ konventionellen Lyrikband *Andere Augen* – doch daraufhin erschien beinahe zehn Jahre lang gar nichts von ihm. Erst 1964 kamen dann seine *langen gedichte* heraus, mit denen er sich freilich sogleich als einer der profiliertesten, gleichzeitig witzigsten und intellektuell vielschichtigsten Vertreter der konkreten Poesie erwies. Es folgten u. a. *Laut und Luise* (1966, mit einem Nachwort von Helmut Heißenbüttel), *dingfest* (1973), *serienfuß* (1974) und *der gelbe hund* (1980). Um die zum Teil sehr unterschiedlichen Verfahrensweisen Jandls zu demonstrieren, sollen drei Textausschnitte kurz vorgestellt werden.

calypso

ich was not yet
in brasilien
nach brasilien
wulld ich laik du go

wer de wimen
arr so ander
so quait ander
denn anderwo

ich was not yet
in brasilien
nach brasilien
wulld ich laik du go
(...)

Das Gedicht ist Parodie und bitterböse Satire zugleich: parodiert werden Strophen- und Refrainform des romantischen Volksliedes – und gleichzeitig in travestierter Form dessen Inhalt, das sentimentale Fernweh. Das schwarzhumorig-satirische Element entsteht wohl vor allem aus der Vermischung von englischen und deutschen (österreichischen) Sprachbruchstücken und deutet auf die von den gängigen Schlagerklischees produzierte Orientierungslosigkeit jener Sehnsucht hin.

fragment

wenn die rett
es wird bal
übermor
bis die atombo
ja herr pfa

In äußerster Komprimierung erzählt der Text eine Geschichte: von verdinglichter Sprache, von kirchlicher Bevormundung und am Ende gar vom

Zusammenhang von Autoritätshörigkeit und Kriegsgefolgschaft; es bleibt im Grunde dem Leser überlassen, was er aus dem Text macht – wenn er nur etwas draus macht.

schtzngrmm
schtzngrmm
t–t–t–t
t–t–t–t
grrmmmmmmmmmmm
t–t–t–t
s—c—h
tzngrmm

Das Textgebilde ist charakteristisch für Jandls Lautgedichte: Phonetisch nachgeahmt wird die Situation in einem Schützengraben (»schtzngrmm«), wobei die t-Laute das Tacken des Maschinengewehrs verlautlichen. Jandls Texte stoßen hier, das ist offensichtlich, an die Grenze ihrer schriftlichen Mitteilbarkeit – eben deshalb produziert Jandl, der ohne Zweifel selbst sein bester Interpret ist, seit Jahren zahlreiche Schallplatten mit Sprechgedichten. Ebenfalls auf die akustische Realisierung angewiesen ist Jandls »Sprechoper in 7 Szenen« *Aus der Fremde* (als Buch, ein Jahr nach der Grazer Uraufführung, 1980 erschienen): Nicht ohne autobiographische Bezüge wird darin das Verhältnis zweier Schriftsteller, eines Mannes und einer Frau (die Züge von Jandl und Friederike Mayröcker tragen) dargestellt, wobei deren Beziehungslosigkeit und Isolation durch ein ebenso simples wie faszinierendes Mittel in Szene oder besser: in Sprache gesetzt wird dadurch, daß der ganze Dialog zwischen den beiden in indirekter Rede, im Konjunktiv also, gesprochen, deklamiert, gesungen wird (eine Tonbandkassette mit Jandls eigener Version kursiert seit 1980). Jandl hat es inzwischen mit seinen Stücken und Gedichten zu bemerkenswerter Popularität gebracht, wofür ein Zeichen der Titel ist, den er einem 1974 erschienenen Lesebuch gegeben hat: *ernst jandl für alle.*

Weniger populär als Jandl, aber nicht minder interessant in der Vielschichtigkeit und Vieldeutigkeit ihres Werkes ist Friederike Mayröcker. Sie wurde am 20. Dezember 1924 in Wien geboren und arbeitete nach dem Studium zunächst als Englischlehrerin an Wiener Hauptschulen; 1969 ließ sie sich vom Dienst beurlauben. In der Wiener Zeitschrift »Plan« veröffentlichte sie 1946 erste Gedichte; ihr erstes Buch, *Larifari. Ein konfuses Buch,* erschien 1956. 1954 lernte sie Ernst Jandl kennen, mit dem sie in der Folge Freundschaft und Zusammenarbeit verband (vier ihrer zahlreichen Hörspiele zwischen 1967 und 1971 entstanden unter Mitarbeit Jandls). 1970/1971 war Mayröcker im Rahmen des Berliner Künstlerprogramms als Gast des DAAD in West-Berlin,

1972 folgte im Auftrag des österreichischen Bundesministeriums für Unterricht und Kunst eine ausgedehnte Vortragsreise durch die USA. Von den zahlreichen Ehrungen, die ihr zuteil wurden, sind erwähnenswert vor allem der Theodor-Körner-Preis (1964), der Hörspielpreis der Kriegsblinden (1968, zusammen mit Ernst Jandl) und der Salzburger Georg-Trakl-Preis (1977). – Friederike Mayröckers lyrisches Werk war zunächst widersprüchlich; in ihren ersten Zeitschriftenveröffentlichungen schien sie in bewußten Kontrast zu anderen Dichterinnen der fünfziger Jahre treten zu wollen, indem sie auf jede große Geste und auf die mysteriöse Dunkelheit der ›hermetischen Lyrik‹ verzichtete. Dann jedoch, zu Beginn der sechziger Jahre, nahm sie eine offenbare Wendung zum Manierismus, lehnte sich an Novalis' poetische Alchimie an und variierte Motive aus Shakespeares Sonetten. Dabei war die Unsicherheit, die ihre Texte bei der Kritik auslösten, offenbar ein Reflex eigener Positionsunsicherheit der Autorin. In ihrer *Selbstdarstellung* (1967) heißt es: »Ich fürchte, wir sind wie Leute, die am Morgen nach einer Unzahl von Träumen versuchen, diesen verästelten komplizierten Traumkörper nachzuziehen, bald aber enttäuscht ablassen, weil es unbefriedigend ist, Vages zu fixieren. Die wenigen Knotenpunkte des Traums konnte man ja reproduzieren, aber das Eigentliche, das Vibrierende, das weit Ausgesponnene, das Intensive, das Faszinierende, die Farbe konnte man nicht wiederherstellen; es ist nicht wiederzugeben, es war da als Traum, man hatte es sozusagen als Traum produziert, und das war schon das Beste, was man tun konnte.« Traum und Tagtraum verschmelzen auch in *Das Licht der Landschaft* (1975), dem zweiten Prosatext Mayröckers nach *je ein umwölkter gipfel* (1973): »Ich komme von außen, dringe nach innen vor – erst von da suche ich meinen Weg von innen nach außen« – mit diesem (an Novalis' berühmtes Diktum »Nach innen geht der geheimnisvolle Weg« erinnernden) Selbstkommentar charakterisiert Mayröcker das literarische Verfahren ihrer jüngsten Arbeiten, unter denen der ›Mini-Roman‹ *Fast ein Frühling des Markus M.* (1976), die Sammlung *rot ist unten* (1977), die poetisierten Musikerbiographien in *Heiligenstadt* (1978) sowie das Prosabuch *Abschiede* (1980) herausragen. Bei all dem, das zeigen ihre zahlreichen innerliterarischen Selbstreflexionen, ist sich Mayröcker (wie übrigens auch Jandl und, wenngleich in geringerem Maße, Artmann), durchaus der Gefahr bewußt, daß das experimentelle Schreiben sich in der Wiederholung abnutzt und zur bloßen Geste, zur matten Manier erstarrt. Trotz aller Skepsis aber und einer generellen Abwehrhaltung gegen vorschnelle Rubrizierungen bekennt sie sich zu ihrer literarischen Methode; in einem Zeitungsinterview vom Oktober 1978 antwortete sie auf die Frage, ob sie sich als experimentelle Autorin verstehe: »Das ist eine heikle Frage, und eine wichtige Frage. Man wird einmal abgestempelt, und dann ist man für immer ›die experimentelle Autorin‹, wie auch immer die Entwicklung weitergeht. Durch die Kontakte mit Ernst Jandl, Artmann, Okopenko in den fünfziger Jahren ist mein Weg entscheidend geprägt worden. Vielleicht wäre ich sonst als mittelmäßige Lyrikerin versandet. Ob ich mich zur Zeit als ›experimentelle Autorin‹ seh' – das kann ich kaum beurteilen. Ich glaube, ich mache einfach meine ganz eigene Sache, etwa meine Art von Prosa. Vielleicht werden sie die Literaturhistoriker einmal als ›eine neue experimentelle Romanform‹ bezeichnen.«

Träfe diese Bestimmung zu, so könnte man Friederike Mayröcker getrost an die Seite von ARNO SCHMIDT stellen, dem Außenseiter selbst noch unter den Außenseitern des Literaturbetriebes, dessen ureigenste Domäne eben das Experimentieren mit neuen Romanformen ist. Arno Schmidt wurde am 18. Januar 1914 als Sohn eines Polizeibeamten in Hamburg geboren. Nach dem Tod des Vaters siedelte die Familie nach Lauban/Schlesien über, wo Arno Schmidt 1933 seine Schulzeit mit dem Abitur abschloß. Bis 1934 studierte er Mathematik und Astronomie in Breslau und trat als Zahlengedächtniskünstler auf, mußte jedoch nach Zusammenstößen mit den Nazis das Studium abbrechen, arbeitete als Angestellter in der Textilindustrie und wurde 1939 eingezogen. In der Wehrmacht brachte es Schmidt bis zum Unteroffizier (Entlassungsdienstgrad). Nach Kriegsende und Gefangenschaft war er kurzfristig als Dolmetscher an der Polizeischule in Lüneburg tätig, bevor er sich endgültig aufs Schreiben konzentrierte. Seit November 1958 lebte er in völliger Zurückgezogenheit im Heidedorf Bargfeld/Kreis Celle. Arno Schmidt starb am 3. Juni 1979 im Kreiskrankenhaus Celle. – Alle erzählenden Werke Schmidts sind in der Ich-Form geschrieben; daß dies mehr als eine bloß textanalytisch-formale Feststellung ist, ließe sich allein an den zahlreichen Vorwürfen belegen, die Schmidt mit Wörtern wie Egozentriertheit, Narzißmus oder gar Solipsismus belegten – doch die Beobachtung führt darüber hinaus zu einer der Grundbedingungen für Schmidts Werk: Selbst dort nämlich, wo er – wie in den frühen Texten *Leviathan* (1949), *Brand's Haide* (1951), *die umsiedler* (1953), *Aus dem Leben eines Fauns* (1953), *Seelandschaft mit Pocahontas* (1955) – nachkriegstypische Motive, wie Nazizeit, Kriegserfahrungen, Flüchtlingselend, Wiederaufbau usw., verwendet, ist und bleibt der heimliche Protagonist und das gewichtigste Thema der Bücher Arno Schmidt selbst. Eine zweite, hiermit zusammenhängende Bedingung für das Verständnis des Schmidtschen Œuvres ist die an Isolation grenzende, selbstverordnete Zurückgezogenheit des Autors, der die ihn umgebende Wirklichkeit seit Anfang der sechziger Jahre kaum anders mehr wahrnahm als durch Fernsehbilder und – Bücher. Diese aber, die Bücher waren, registriert und verzettelt auf unzähligen Karteikärtchen, seine eigentliche Gesellschaft, sein eigentlicher Realitätsraum, sein eigentliches Leben. In schier unglaublichen Arbeitspensen (»Meine Woche hat 100 Stunden«) las und sammelte, entdeckte und übersetzte, kommentierte und propagierte Schmidt vergessene oder in seinen Augen unterbewertete Bücher und verstand sich dabei als eine Art Noah, der eine Arche von Büchern gegen die Sint- und Sündflut der Moderne zu verteidigen und zu retten hat (wobei er den Namen Noahs übrigens gern als norddeutsch ausgesprochenes Anagramm zu Arno verstanden wissen wollte) und als Ziel eine utopische Gelehrtenrepublik, eine zeitlose Welt der Bücher und Dichter vor Augen hat, wo man Johann Gottfried Schnabel, dem Autor der »Insel Felsenburg«, kurz einen Brief schreiben oder sich bei Johann Wolfgang Goethe mit Rat versehen könnte: »Dahin: Dahin!: Aus der Tafelmitte strahlte, gewaltig groß, die Insel: weiße Wände über dröhnendem Meer: o du mein Exil! Ich konnt' es nicht ertragen; ich drückte den Kopf auf die Fäuste und heulte und fluchte quer durcheinander. (...) Ich schrieb einen flehenden Brief an Johann Gottfried Schnabel, esquire,: er solle wieder einmal ein Schiff von Felsenburg schicken, botenbemannt: die würden durch die Straßen gehen zu Tag und Nacht in weiten rauschenden Mänteln, und in alle Gesichter spähen, ob wieder welche reif wären, Gequälte, wild nach Ruhe, den Inseln der Seligen. Sofort müßte man aufbrechen, nach einer Hafenstadt: in Amsterdam hatte Kapitän Wolfgang immer angelegt; ich wußtes wohl und fluchte mit verbissenen Augen nach dem Entschluß.« Die Inseln der Seligen aber waren für Schmidt vorzüglich Plätze, die ausgestattet waren mit Bücherwänden, Zettelkästen und vor allem Zeit, Zeit, um zu schreiben. Bei dem frappanten Anspielungsreichtum und der vielfach überdeterminierten Komplexität von Schmidts Werk ist es gänzlich aussichtlos, einzelne Bücher auch nur ihrem Inhalt nach detailiert vorzustellen; immerhin sollen die wichtigsten hier kurz erwähnt werden: Noch deutlich vom Expressionismus Stramms, Ehrensteins und Döblins, aber auch schon von der Inneren-Monolog-Technik James Joyces geprägt sind Schmidts frühe Prosatexte (außer den genannten: »Kosmas oder vom Berge des Nordens«, 1955; »Die Gelehrtenrepublik«, 1957, sowie »Kaff auch Mare Crisium«, 1960). Es folgten 1964 die Erzählungen *Kühe in Halbtrauer* und 1970 *Zettels Traum*, Schmidts von vielen bewunderter, von den meisten mokant bespöttelter – und von den wenigsten je ganz gelesener Monster-Roman (im Format etwa einer großen Zeichenmappe), der, eine Mischung aus Roman und Essay, den Text in drei parallelen Spalten bietet und dabei mit unzähligen, buchstäblich dem Zettel-Kasten entnommenen literarischen Zitaten und Anspielungen befrachtet ist. Immerhin wurde Schmidt konzediert, daß er mit *Zettels Traum* seinem großen Vorbild James Joyce, dem Verfasser von *Finnegans Wake* (1939), denkbar nahegekommen sei. Es folgten die Dialog-Romane *Die Schule der Atheisten* (1972) und *Abend mit Goldrand* (1975) sowie ein Typoskript von etwa hundert Seiten, das *Julia, laß das!* überschrieben ist und das Schmidt nicht mehr vollenden konnte. Es war bereits die Rede davon, daß Schmidt auch literaturtheoretisch außerordentlich fruchtbar war; am bedeutendsten für das Verständnis seines Werks und seiner eigenwilligen literaturkritischen Methode sind die *Berechnungen I/II* (1955/56), in denen Schmidt seine eigene Sprach- und Literaturtheorie entwickelt, sowie *Sitara und der Weg dorthin* (1963), eine psychoanalytisch orientierte Studie über »Leben, Werk & Wirken Karl Mays«, mit der Schmidt die legendenversessene Karl-May-Gemeinde in helle Empörung versetzte. Zu den von Schmidt zum Teil wiederentdeckten, zum Teil neu übersetzten Autoren gehören Stanislaus Joyce, Stanley Ellin, James F. Cooper, Wilkie Collins, Edgar Allan Poe und Edward Bulwer-Lytton. Spätestens seit *Zettels Traum* galt Arno Schmidt als eine Art Gran' Old Man der deutschsprachigen experimentellen Literatur; daß er dennoch nie breite Leserschichten erreichte, versteht sich bei der unerhörten Komplexität seines Werkes, das von der Orthographie bis hin zum äußerst dichten Netz literarischer Anspielungen einer konsumierenden Rezeptionshaltung immer wieder Barrieren setzt, beinahe von selbst. Immerhin bildete sich zu Beginn der siebziger Jahre um Schmidt eine Art harter Kern von Kennern und Liebhabern, auf deren Betreiben seit 1972 der »Bargfelder Bote« erscheint, eine ausschließlich Schmidt gewidmete Zeitschrift, in der Materialien, Kommentare und – vor allem – Entschlüsselungen seines Werkes veröffentlicht werden. Es ist nicht zu befürchten, daß dem »Boten« in absehbarer Zukunft der Stoff ausgeht.

1968 ODER DER TOD DER LITERATUR

»L'art est mort, ne consommez pas son cadavre«, lautete ein Graffito, das im Paris des Jahres 1968 viele Wände zierte und leitmotivisch das Verhältnis der revolutionären Studentenbewegung zu Kunst und Literatur ausdrückte: »Die Kunst ist tot – verzehren Sie nicht ihren Kadaver!« Die Ereignisse des Jahres 1968 kamen weder außerhalb noch innerhalb des Literaturbetriebes unvorbereitet: Die Politisierung der Jugend, die vor allem von den Hochschulen ausging, hatte im wesentlichen das repressive System des saturierten Establishments in der wieder zu (wirtschaftlichem) Ansehen gelangten Bundesrepublik, den imperialistischen Krieg der Vereinigten Staaten in Südostasien sowie einen sozialistisch motivierten Drall zur Solidarisierung von Arbeiter- und Studentenschaft zum Hintergrund, die im Pariser Mai, einen Moment lang, zu einer einheitlichen Praxis von ›Faust‹ und ›Stirn‹ zu führen schien. Innerhalb der Literatur waren es vor allem die dokumentarischen Tendenzen in Drama und Roman der fünfziger und sechziger Jahre, die nun konsequent zu Ende geführt werden sollten: Nicht Form, sondern Inhalt wurde von der Literatur verlangt, und sprachliche Experimente, ästhetische Spielereien sollten abgelöst werden durch Parteinahme, Information, Agitprop. Kunst und Literatur wurden – außerhalb des ›Betriebes‹ verbreitet durch Wandzeitungen, Flugblätter und Happenings – zu Kampfmitteln, Sprache und Musik, in Antikriegsliedern oder agitierenden Straßentheatern vereint, zu revolutionären Instrumenten, mit deren Hilfe die Strukturen des spätbürgerlichen Bewußtseins aufgebrochen werden sollten. Das wichtigste Forum für die Diskussion über Rolle und Existenzberechtigung der Kunst angesichts der Notwendigkeit des Kampfes war für die Außerparlamentarische Opposition (APO) die 1965 von Hans Magnus Enzensberger gegründete Zeitschrift *Kursbuch*. Im – inzwischen zum historischen Dokument gewordenen – fünfzehnten Heft des *Kursbuches* stellte Enzensberger apodiktisch fest: »Eine revolutionäre Literatur existiert nicht (...). Für literarische Kunstwerke läßt sich eine wesentliche gesellschaftliche Funktion in unserer Lage nicht angeben.« Auf diese Nicht-mehr(bürgerliche) und Noch-nicht(revolutionäre) Literatur geht auch der Verfasser des bedeutendsten Beitrags dieser *Kursbuch*-Nummer ein, Karl Markus Michel: »Die heute lebenden Schriftsteller finden ihre Legitimation durch die großen Toten, deren Werk sie fortsetzen, das offenbar unendliche Kunstwerk Literatur, das sich durch Glanz und Elend und Hader seiner zahllosen Moleküle reproduziert.« Auf Grund der aktuellen politischen Erfahrungen im November 1968 werde die kulturelle Entwicklung in den westlichen Staaten nicht bestimmt werden »durch eine neue Literatur, aber durch neue Ausdrucksformen, die den literarischen Avantgardismus senil erscheinen lassen und die progressive westliche Literatur insgesamt an ihre Ohnmacht gemahnen, die aus ihrer Privilegiertheit folgt.« Der Kampf gegen die bürgerliche Literatur – einschließlich der sogenannten experimentellen – sollte also münden in eine durchaus produktive Kulturrevolution, die – so Peter Schneider im folgenden *Kursbuch 16* unter dem Titel *Die Phantasie im Spätkapitalismus und die Kulturrevolution* – ausgerichtet sei auf »die Eroberung der Wirklichkeit durch die Phantasie. Die Kunst im Spätkapitalismus ist die Eroberung der Phantasie durch das Kapital. (...) Heißt das, daß die spätbürgerliche Kunst tot ist? Ja.« Allenfalls die »agitatorische und die propagandistische Funktion der Kunst« wollte Schneider noch gelten lassen – und es sah einige Zeitlang so aus, als ließe das Programm sich verwirklichen: Die massive Revolte der APO auf der Frankfurter Buchmesse von 1968, die Aktionen gegen den Springer-Konzern, die Sprengung des 68er Germanistentages sowie vor allem die zahllosen Sit-ins und Teach-ins in den Universitäten bewirkten tatsächlich wo nicht eine Bewußtseinsveränderung, so doch eine enorme Bewußtseinserschütterung innerhalb und außerhalb des Kulturbetriebes. Noch dazu erhielten namentlich die Studenten autorisierte Rückendeckung von zahlreichen ihrer akademischen Lehrer, die den Sprung vom Katheder auf die Barrikade mitmachen wollten; unter ihnen ragt der oft als ›Vater der Studentenbewegung‹ bezeichnete deutsch-amerikanische Philosoph Herbert Marcuse heraus, dessen Studien über die »repressive Toleranz« spätbürgerlicher, eindimensionierter Gesellschaftsordnungen von enormem Einfluß auf das ideologische Bewußtsein der Studentenbewegung waren – das übrigens ganz allgemein auf einem außerordentlichen theoretischen Niveau stand –; Marcuse schrieb 1968 über das heftig diskutierte, im Zusammenhang mit den Kaufhaus-Brandstiftungen jenes Jahres brisant gewordene Problem der Gewaltanwendung: »Wenn sie Gewalt anwenden, beginnen sie keine neue Kette von Gewalttaten, sondern zerbrechen die etablierte. Da man sie schlagen wird, kennen sie das Risiko, und wenn sie gewillt sind, es auf sich zu nehmen, hat kein Dritter, und am allerwenigsten der Erzieher und Intellektuelle, das Recht, ihnen Enthaltung zu predigen.« Diskussionen dieser Art griffen sehr bald auch auf die Institutionen des etablierten Kulturbetriebes über, vor allem auf die Verlage, die, allen voran der Frankfurter Suhrkamp-Verlag, massenhaft Bücher mit Beiträgen zur aktuellen politischen Situation auf den Markt warfen. Die fiktionale Literatur jedoch schien tatsächlich am Ende zu sein – oder doch eine Pause eingelegt zu haben; denn in der Tat konnte vom Tod der Literatur wohl nicht allen Ernstes die Rede sein – Poesie hatte lediglich, so Günter Grass 1968, »keine Konjunktur« mehr.

Sucht man nun nach den Wurzeln einer immerhin im Ansatz revolutionären, weil sozialistisch engagierten, freiheitlich-aufklärenden fortschrittlichen Literatur in der Bundesrepublik, so stößt man zunächst auf eine Autorengruppe, die am Karfreitag des Jahres 1961 zusammenfand und sich – in pointierter Absetzung zur GRUPPE 47 – Dortmunder Gruppe 61 nannte. Ziel der Gruppe war die »literarisch-künstlerische Auseinandersetzung mit der industriellen Arbeitswelt und ihren sozialen Problemen«, und sie erfüllte eben dadurch die beiden Grundbedingungen, die von der APO an eine zeitgemäße Literatur gestellt wurden: Klassenbezug und inhaltliche Orientierung. Die beiden einflußreichsten und in ihrer Wirkung nachhaltigsten Autoren der Gruppe 61 sollen hier stellvertretend kurz vorgestellt werden: Max von der Grün und Günter Wallraff.

MAX VON DER GRÜN wurde am 25. Mai 1926 als Sohn eines Schuhmachers in Bayreuth geboren. Nach dem Abschluß der Volks- und Handelsschule machte er eine Lehre als kaufmännischer Angestellter, bevor er als Fallschirmjäger am Krieg teilnahm. Nach der Rückkehr aus amerikanischer Gefangenschaft arbeitete von der Grün auf dem Bau, als Hauer und Lokführer im Ruhrbergbau. Nach dem Erscheinen seines zweiten Romans, *Irrlicht und Feuer* (1963), in dem ein Grubenunglück beschrieben wird, wurde der Autor von einer Maschinenfabrik der Schädigung ihres öffentlichen Ansehens angeklagt und, trotz Freispruchs, fristlos entlassen. Seit 1963 lebt von der Grün als freier Schriftsteller in Dortmund-Brechten.

Von der Grün ist zweifellos der im In- und Ausland bekannteste Vertreter der an der Arbeitswelt orientierten, sozialkritischen westdeutschen Schriftsteller – wobei sein Erfolg nicht zum geringsten wohl darauf zurückzuführen ist, daß bei ihm ein deutliches parteilich oder ideologisch fixiertes Programm hinter das Interesse an den Auswirkungen der Arbeitswelt auf den einzelnen zurücktritt. In seinem ersten Roman *Männer in zweifacher Nacht* (1962) schildert von der Grün die verzweifelte Lage verschütteter Bergleute – vor autobiographischem Hintergrund übrigens, denn von der Grün war selbst zweimal in der Grube eingeschlossen. Um den Ruhrbergbau – oder besser: um das Leben der Kumpel und ihrer Familien – geht es auch in *Irrlicht und Feuer*, von der Grüns erfolgreichstem Buch, das in einundzwanzig Sprachen übersetzt wurde und eine Auflage von über drei Millionen Exemplaren erreichte. Es folgten *Briefe aus Pospischiel* (1968), deren Protagonist Angestellter in einem Elektrizitätswerk ist, sowie *Stellenweise Glatteis* (1973) und *Flächenbrand* (1979) – beide Romane greifen Themen auf, die im Laufe der siebziger Jahre an der Ruhr zunehmend an Aktualität gewannen: korrupte Strukturen im Verhältnis von Parteien und Gewerkschaften,

Arbeitslosigkeit, wilde Streiks, Neonazismus. Zuletzt ist von der Grün hervorgetreten mit dem Jugendbuch *Wie war das eigentlich?* (1979), eine Mischung aus dokumentierender und autobiographisch erzählender Darstellung der Nazizeit. Darüber hinaus hat von der Grün – zum Teil in opulenter Aufmachung – Erzählungen (»Urlaub am Plattensee«, 1968; »Reisen in die Gegenwart«, 1976), Reiseberichte (»Wenn der tote Rabe vom Baum fällt«, 1975) und Essays veröffentlicht (»Menschen in Deutschland. Sieben Portraits«, 1973). –

Von der Grüns ideologische Bindungslosigkeit, seine Weigerung, sich an den proletarischen Autoren der Weimarer Republik oder gar am »Bitterfelder Weg« in der DDR zu orientieren, führte bald zu Spannungen innerhalb der Gruppe – und schließlich zur Abspaltung eines Teils davon, der sich 1970 zu einem stärker operativ-agitierenden »Werkkreis Literatur der Arbeitswelt« formierte. Der prominenteste unter den ›Dissidenten‹ war GÜNTER WALLRAFF. Wallraff wurde am 1. Oktober 1942 als Sohn eines Ford-Arbeiters in Köln geboren. Nach der Mittleren Reife absolvierte er eine Buchhändlerlehre und arbeitete zwischen 1957 und 1961 in dem erlernten Beruf. Den entscheidenden Wendepunkt in Wallraffs Lebenslauf markiert 1963 die Einberufung zur Bundeswehr: Er versuchte erfolglos, den Kriegsdienst zu verweigern, und artikulierte nach seiner Entlassung mit dem *Tagebuch aus der Bundeswehr 1963/64* (wiederveröffentlicht in »Die Reportagen«, 1976) seinen Protest erstmals als Schreibender – er stellte, und dies ist die für Wallraff in den nächsten Jahren ausschlaggebende Devise, Öffentlichkeit her. Die Reportage wurde fortan sein eigentliches Metier. Er arbeitete als Fließband- und Werftarbeiter bei Thyssen und als unerkannter Hausbote im Gerling-Versicherungskonzern, ließ sich als Alkoholiker in ein Irrenhaus einsperren und als »Ministerialrat Kröver« über Werkschutzpraktiken aufklären: »Er unterwirft sich einer Situation und schildert sie vom Standort des Unterworfenen aus«, so Heinrich Böll über Wallraffs immer wieder heftig umstrittene Methode der Tarnung. Die publizistischen Resultate seiner Aktionen veröffentlichte Wallraff zunächst in den Zeitschriften »Metall«, »Pardon« und »konkret«; sie kamen später unter dem Titel *Die Reportagen* (1976) gesammelt heraus. Spektakulär waren auch Wallraffs Aktionen im Ausland: Im Mai 1974 kettete er sich im Herzen Athens an einen Laternenpfahl und verteilte Flugblätter gegen die herrschende Militärjunta (»Unser Faschismus nebenan. Griechenland gestern – ein Lehrstück für morgen«, 1975) und entlarvte einen geplanten Rechtsputsch in Portugal (»Aufdeckung einer Verschwörung. Die Spinola-Aktion«, 1976). Am sensationellsten jedoch war bislang Wallraffs anonymes Eindringen in die Redaktion der »Bild«-Zeitung in Hannover. Unter dem Namen Hans Esser arbeitete er monatelang unerkannt als »Bild«-Reporter und deckte auf diese Weise deren ›journalistische‹ Praxis permanenter Wahrheitsverfälschungen auf, was ihm, wie nicht anders zu erwarten, nach der (freiwilligen) ›Enttarnung‹ eine Flut von Prozessen und Verleumdungen aus den Kreisen der ehemaligen ›Kollegen‹ eintrug, die ihn mit Titulierungen wie ›Wallraff, der Untergrundkommunist‹ zu diffamieren versuchten. Die »Bild«-Bücher – *Der Aufmacher. Der Mann, der bei Bild Hans Esser war* (1977) und *Zeugen der Anklage. Die ›Bild‹-Beschreibung wird fortgesetzt* (1979) – waren für Wallraff bislang die erfolgreichsten. Es spricht wohl für sein überaus ernsthaftes, praxisorientiertes und überzeugendes Engagement, daß er mit einem Teil des Erlöses aus dem Verkauf der Bücher einen Fond für »Bild«-Geschädigte gründete.

Ebenfalls, wenngleich nicht ausschließlich, mit publizistischem Aktionismus hat sich Gerhard Zwerenz in der Bundesrepublik Gehör verschafft. Zwerenz wurde am 3. Juni 1925 in Sachsen geboren, erlernte das Kupferschmiedehandwerk und wurde 1943 Soldat. Nach seiner Rückkehr aus russischer Kriegsgefangenschaft war er zunächst Volkspolizist, bevor er in Leipzig Philosophie – unter anderm bei Ernst Bloch – studierte. Mitte der fünfziger Jahre löste er mit einer Reihe kritischer Aufsätze in der Wochenzeitung »Der Sonntag« einigen Skandal aus, geriet in Konflikt mit den DDR-Institutionen und flüchtete 1957 in die Bundesrepublik, wo er zunächst in München und Köln, später in der Nähe von Frankfurt sich niederließ. Der Bruch mit dem orthodoxen Kommunismus in der DDR prägt über weite Strecken hinweg Zwerenz' literarische Produktion, so schon die beiden ersten, wenig beachteten Romane *Aufs Rad geflochten* (1959) und *Die Liebe der toten Männer* (1959). Erstes Aufsehen erregte er mit dem stark polemischen Buch *Ärgernisse. Von der Maas bis an die Memel* (1961), in dem er mit den ehemaligen Genossen ebenso scharf ins Gericht geht wie mit den westdeutschen Antikommunisten. Eben dieses immer wieder gereizt artikulierte Bewußtsein, zwischen den Fronten zu stehen – und damit von beiden Seiten her angreifbar zu sein – dominiert auch die autobiographischen Romane *Kopf und Bauch* (1971), »die Geschichte eines Arbeiters, der unter die Intellektuellen gefallen ist«, und *Der Widerspruch* (1974), in dem Zwerenz noch einmal dokumentarisch auf die Geschichte seiner Flucht aus der DDR zurückkommt. Den Zorn des westdeutschen Establishments zog sich Zwerenz endgültig zu mit dem Roman *Die Erde ist unbewohnbar wie der Mond* (1973), denn – so Martin Gregor-Dellin – »dieses Porträt des Betonbabels Frankfurt ist von pestilenzialischem Gestank vergiftet, die Wahl eines Juden zur unmenschlichen Hauptfigur schafft nicht den Typus, sondern nur den Skandal, und die Stimme des Autors überschlägt sich zuweilen«. Zwerenz' polemisches Talent ist bis auf den heutigen Tag im publizistischen Betrieb der Bundesrepublik notorisch geblieben – auch wenn es um den Autor etwas ruhiger geworden ist, der in den letzten Jahren eher unterhaltende Literatur – in imposantem Umfang – hervorgebracht hat; erwähnt seien hier der pornographische Roman *Tantenliebe* (1970), *Das Großelternkind. Roman einer Frühzeit* (1978), *Ungezogene Geschichten* (1980), *Schöne Geschichten. Erotische Streifzüge* (1981) und *Die Freiheit einer Frau* (1981).

Nicht zu trennen von den außerparlamentarischen Oppositionsbewegungen der sechziger und siebziger Jahre ist die Biographie des Liedermachers und Schriftstellers Franz Josef Degenhardt. Er wurde am 13. Dezember 1931 im westfälischen Schwelm geboren, studierte Jura in Freiburg i. Br. und Köln und arbeitete 1961–1969 als wissenschaftlicher Assistent am Institut für Europäisches Recht der Universität Saarbrücken. 1966 promovierte er zum Dr. jur. und ließ sich drei Jahre später als Anwalt in Hamburg nieder; heute lebt er als freier Schriftsteller in Quickborn in der Nähe Hamburgs. Degenhardt trat zunächst als Liedermacher hervor, dessen Chansons und Balladen, Bänkellieder und Moritaten im Laufe der sechziger Jahre zunehmend politisch-aktueller wurden (»Spiel nicht mit den Schmuddelkindern«, 1965; »Väterchen Franz«, 1966; »Wenn der Senator erzählt«, 1977). In dieser Zeit engagierte sich Degenhardt, der Mitglied der DKP ist, mit seinen Songs für die zahlreichen Protestbewegungen innerhalb und außerhalb der Studentenrevolte (Ostermärsche, Notstandsgesetze, Vietnamkrieg, Imperialismus, Neofaschismus, Berufsverbote usw.), wobei er jedoch, im Gegensatz zu vielen seiner Mitstreiter, nie den Kontakt zur ›Basis‹ verlor. Dies machte unter anderm sein erster Roman deutlich, die *Zündschnüre* (1973), der ein großer Erfolg und später fürs Fernsehen verfilmt wurde: Erzählt wird die Geschichte von Jugendlichen in einem kommunistischen Stadtviertel im Ruhrgebiet zur Zeit des Dritten Reiches, ihrem so listigen wie entschlossenen – und letztlich doch erfolglosen Widerstand gegen das Regime, das sie zwar überleben, dessen ökonomisch herrschende Klasse jedoch, die Besitzer der Produktionsmittel an Rhein und Ruhr nach dem Krieg von den Amerikanern sogleich wieder als Verhandlungspartner akzeptiert werden. Zwei Jahre später folgte Degenhardts zweiter Roman *Brandstellen* (1975), der 1978 in der DDR verfilmt wurde und in dessen Mittelpunkt eine norddeutsche Bürgerinitiative gegen einen NATO-Truppenübungsplatz steht, deren vergeblichen Kampf Degenhardt aufgrund eigener Erfahrungen schildern konnte, die er bei einer entsprechenden Aktion gegen den Bombenabwurfplatz »Nordhorn Range« im Emsland gesammelt hatte. In das Degenhardt ebenfalls innig vertraute Hamburger Justiz-Milieu führt der bislang letzte Roman des Autors, *Die Mißhandlung oder Der freihändige Gang über das Geländer der S-Bahn-Brücke* (1979), in dem es vor dem Hintergrund einer kriminalromanhaft vorgetragenen Geschichte einer Kindesmißhandlung um die Spannung zwischen juristischer Wahrheitsfindung und ›übergeordneten gesellschaftlichen Interessen‹ geht. Auch hier wurde von der Kritik Degenhardts erzählerisches Talent hervorgehoben – seine ideologische Perspektive jedoch beinahe ebenso einhellig abgelehnt; der Roman endet nämlich durchaus orthodox-marxistisch: mit einem symbolischen Mord an der herrschenden Klasse.

Nur neun Jahre lang, zwischen 1971 und 1980 – zur Zeit seiner größten literarischen Erfolge –, war der wohl bedeutendste Dramatiker der siebziger Jahre Mitglied der DKP: Franz Xaver Kroetz. Er wurde am 25. Februar 1946 in München geboren, besuchte dort die Schauspielschule und später das Max-Reinhardt-Seminar in München. Er arbeitete als Gelegenheitsarbeiter, Schauspieler (unter anderm an Faßbinders Münchner »antitheater« und am Bauerntheater in Rottach-Egern, für das er den Schwank »Hilfe, ich werde geheiratet« 1969, schrieb) und Dramaturg (Bearbeitungen von Shakespeares »Julius Caesar« und Gontscharows »Oblomov«). Schon während seiner Zeit als Schauspielschüler hatte Kroetz eigene Stücke verfaßt; die meisten davon verbrannte er jedoch 1968. Drei Jahre später wurde er dann relativ überraschend bekannt, nachdem die Uraufführung der Stücke *Heimarbeit* und *Hartnäckig* (1971) im Werkraum der Münchener Kammerspiele von rechtsradikalen Demonstranten gestört worden war. In rascher Folge kamen dann die Stücke heraus, auf denen sich bis auf den heutigen Tag Kroetz' Ruhm als Dramatiker gründet: *Wildwechsel* (1971), *Michis Blut* (1971), *Männersache*, 1972), *Stallerhof* (1972), *Oberösterreich* (1972) und *Geisterbahn* (1975). In allen diesen Stücken geht es primär um den Zusammenhang zwischen äußerstem sozialem Elend und einer dadurch bewirkten beklemmenden Sprachlosigkeit, die zum tragisch-zwangsläufigen Scheitern der Protagonisten führen, die ihre Opferrolle buchstäblich nicht zur Sprache bringen können. Einen ›Wendepunkt‹ – so Kroetz selbst – bringt erst *Das Nest* (1975), in dem aus leidenden Kreaturen reflektiert und verantwortungsbewußt handelnde Personen werden: Der Kraftfahrer Heinz zeigt sich selbst und seinen Chef an, nachdem dieser ihn dazu gebracht hatte, Giftmüll in einem See abzuladen.

Die sozialistische Perspektive des Stückes (und weiterer: »Globales Interesse«, 1972; »Münchner Kindl«, 1973; »Agnes Bernauer«, 1977) veranlaßte die bürgerliche Literaturkritik dazu, den ›talentierten Dramatiker‹ von dem ›DKP-Aktivisten‹ Kroetz zu trennen, worauf dieser halb zynisch, halb verbittert antwortete: »Daß ich mir eine Entwicklung gestattete und heute frage, warum und wer macht wen sprachlos und zu welchem Zweck, das sieht man nicht gern.« Zum Triumph im bürgerlichen Lager gab denn auch Kroetz' Parteiaustritt im Jahre 1980 keinen rechten Anlaß, denn er blieb in seinen neueren Volksstücken *Mensch Meier* (1978), *Der stramme Max* (1980) und *Nicht Fisch nicht Fleisch* (1981) der Grundmotivation seiner dramatischen Arbeit, der Untersuchung repressiver gesellschaftlicher Strukturen in ihren Auswirkungen auf die Unterpriviligierten, treu.

Während die bisher behandelten Autoren vorwiegend aus einer parteigebundenen Position heraus vor und nach 1968 literarisch aktiv waren, wenden wir uns nun den eigentlichen literarischen Protagonisten der Studentenbewegung bzw. der Außerparlamentarischen Opposition zu, die in ihren Büchern Glanz und Elend, revolutionären Furor und politische Resignation gleichermaßen dokumentiert haben.

»Die Studentenbewegung beginnt beängstigend schnell, sich selbst historisch zu werden«, schreibt Hermann Kurzke in seinem »Rückblick auf 1968«: »Schnell fiel die Dämmerung ein, mit der erst die Eule der Minerva ihren Flug beginnt.« Tatsächlich entstand sehr bald eine sehr umfangreiche Rückblicksliteratur, was im nachhinein noch einmal einen Hinweis auf den überaus hohen Anteil der Intellektuellen in der APO gab. Zu den Autoren zählen Peter-Paul Zahl (»von einem der auszog, GELD zu verdienen«, 1970), Gerd Fuchs (»Beringer und die lange Wut«, 1973), Uwe Timm (»Heißer Sommer«, 1974), Klaus-Rainer Röhl (»Die Genossin«, 1975), Christian Geißler (»Das Brot mit der Feile«, 1976), Urs Jaeggi (»Brandeis«, 1978) und schließlich Bernward Vesper mit dem in den Jahren 1969 bis 1971 entstandenen, 1977 postum veröffentlichten Romanfragment *Die Reise.* Die eigentliche Diskussion über die Rolle der Intellektuellen in der Studentenbewegung aber kam in Gang, nachdem 1973 Peter Schneiders Erzählung *Lenz* erschienen war; das Buch hatte einen völlig unerwarteten Erfolg – mehr als hunderttausend Exemplare wurden verkauft – und machte seinen Autor beinahe über Nacht zum professionellen ›Ex-68er‹.

PETER SCHNEIDER wurde am 21. April 1940 in Lübeck geboren, wuchs in Oberbayern auf und studierte Philosophie, Germanistik und Geschichte in München und Berlin. Die Geschichte seines politischen Engagements begann

– auch dies ist charakteristisch für viele seiner Generationsgenossen – 1965 im SPD-Wahlkontor; weitere Stationen waren dann 1968 die Mitwirkung bei der Organisation des Springer-Tribunals und 1978 seine gutachterische Tätigkeit beim Russel-Tribunal. Schneiders erste Buchveröffentlichung – etwas wie eine Ernte seiner publizistischen Tätigkeit um 1968, vor allem im *Kursbuch* – waren die *Ansprachen. Reden, Notizen, Gedichte* (1970), in denen der Autor entscheidende Phasen der Studentenrevolte kommentiert. Durchaus in Ansätzen – etwa in der Analyse der Radikalität des einzelnen im Zusammenhang mit der gesellschaftlichen ›Großen Weigerung‹ – erkennbar ist schon hier, was zu tragendem Thema des *Lenz* werden sollte: der Konflikt zwischen subjektiven und gesellschaftlichen Bedürfnissen. Der Titel von Schneiders erstem Roman spielt auf Georg Büchners gleichnamiges Romanfragment an, das seinerseits die Geschichte des Sturm-und-Drang-Dichters Jakob Michael Reinhold Lenz analytisch eindringlich erzählt. An ein Dichter-Porträt eines Dichters also knüpft Schneider – Motive variierend, Zitate montierend – an: Sein Lenz ist ein junger Intellektueller im Berlin von 1968, der durch eine gescheiterte Liebesbeziehung in eine tiefe Identitätskrise gerät. Vor allem der Zwiespalt zwischen politischer Theorie und privater und beruflicher Lebenspraxis wird ihm schmerzhaft bewußt, und er beschließt eines Morgens, nach Italien zu reisen. Während ihn Roms linke Schickeria abstößt, findet er in Trento vorübergehend Ruhe – vor allem durch die Erfahrung, daß hier, bei den italienischen Arbeitern und in deren revolutionären Aktivitäten (über die Schneider 1971 das »Kursbuch 26« herausgab) politische Praxis und menschliche Solidarität vereint sind. Der Roman endet vorsichtig optimistisch und offen: Lenz wird aus Italien ausgewiesen, antwortet aber, nach Berlin zurückgekehrt, auf die Frage, was politisch und privat zu tun sei, mit einem trotzigen: »Dableiben.« Ebenfalls ein beachtlicher Publikumserfolg war Schneiders nächster größerer Prosatext *... und schon bist du ein Verfassungsfeind* (1975), in dem mit fiktionalen und dokumentarischen Mitteln die Geschichte eines Freiburger Lehrers erzählt wird, gegen den aufgrund des Radikalenerlasses von 1972 ein Verfahren eröffnet wird. In der Verhandlung geht es zum Schluß in äußerster Zuspitzung nur noch um die Frage, ob der Lehrer bereit ist, vom »Recht auf Kritik« statt vom »Widerstandsrecht« zu sprechen – »ein Satz, ein einziges Wort gegen eine ganze Laufbahn« –; der Lehrer weigert sich und verschwindet – niemand weiß wohin. Auch hier bleibt das Ende offen; das Buch endet mit dem lapidaren Satz: »Das Gericht zieht sich zur Beratung zurück.« Nach einer etwas längeren Pause, in der Schneider u. a. mit Essays (»Atempause.

Versuch, meine Gedanken über Literatur und Kunst zu ordnen«, 1977) und Erzählungen (»Die Wette«, 1978) hervortrat, erschien 1982 Schneiders bislang letzter Roman, *Der Mauerspringer:* Ein Schriftsteller, der in mancherlei Hinsicht starke Porträtähnlichkeit mit Schneider selbst hat – sammelt authentische Geschichten über das geteilte Deutschland. Erzählt wird etwa von einem, der fünfzehn Mal die Mauer überspringt und dafür hüben wie drüben in psychiatrischer Behandlung landet; oder von Jugendlichen aus Ost-Berlin, die die Mauer unter Lebensgefahr überwinden, nur um im Westen die neuesten Western zu sehen usw. »Indem der Autor Autobiographisches und Essayistisches (...) in lockerer Folge aneinanderfügt und dabei zugleich die Entstehung des Buches mitreflektiert, in einem sehr intellektuellen, ironisch nachdenklichen Reportage-Stil, weist er auf das Fehlen eines Zusammenhangs *in der Wirklichkeit* hin. Freilich, ganz für sich stehen läßt Schneider seine Fundstücke nicht; vielmehr fügt er sie häufig nach dem allzu schlichten Schema: ›Kennst du die Geschichte von ...‹ formal aneinander. Sprachlich wie strukturell fehlen harte schmerzhafte Dissonanzen, in denen der Irrsinn der Stadtsituation, Verstörung und Bewußtseinsspaltung sich ausdrücken könnten.«

Weniger bekannt als Schneider, diesem aber wohl sprachlich überlegen ist Peter O(tto) Chotjewitz, der am 14. Juni 1934 in Berlin geboren wurde. Er war zunächst Malerlehrling, legte dann aber an einer Abendschule das Abitur ab und studierte Jura und Geisteswissenschaften; 1966 legte er sein zweites juristisches Staatsexamen ab. Ein Jahr später war er Stipendiat in der Villa Massimo in Rom, lernte Italienisch und übersetzte in den folgenden Jahren neben Nani Balestrini (»Wir wollen alles, Roman der Fiatkämpfe«, Übs. 1972) vor allem zahlreiche Werke von Dario Fo. Chotjewitz trat als Autor zuerst Mitte der sechziger Jahre mit *Hommage à Frantek* (1965) hervor, die vor allem wegen ihres surrealistischen Sprachwitzes von der Kritik sehr wohlwollend aufgenommen wurde. Es folgte der Roman *Die Insel. Erzählungen auf dem Bärenauge* (1968), eine der amüsantesten Schilderungen des Berliner Milieus in den Tagen der APO, deren Protagonisten Rottenkopf und Tunfisch heißen und in einem Kauderwelsch aus Comic- und linker Szenensprache über Marx und die Welt bramarbasieren. Ein deutlicher Stil- und Themenwandel macht sich bei Chotjewitz in den siebziger Jahren, vor allem wohl auf Grund der veränderten gesellschaftlichen Lage bemerkbar; seine Texte verlieren die poparthafte Verspieltheit, nähern sich eher realistischen Erzählweisen. Das wird deutlich spätestens beim Erscheinen des Erzählbandes *Durch Schaden wird man dumm* (1976), der zwar – sozusagen in dokumetarischer Absicht – noch sprachexperimentelle Texte aus den sechziger Jahren enthält, in seiner Hinwendung zu Themen wie Strafjustiz, Bürokratisierung der Gesellschaft usw. deutlich sozialkritische Akzente setzt. Die Tendenz setzt sich fort in *Der dreißigjährige Friede. Biographischer Bericht* (1977), der die Geschichte Jürgen Schütrumpfs erzählt, der, 1949 geboren, von einem Leben als Künstler träumt, sich jedoch schließlich den äußeren Widerständen beugen muß, Arbeiter wird und schließlich sein einziges »Werk« vollbringt, eine Brandstiftung: in hilflos-aggressiver Geste macht er kaputt, was ihn kaputt gemacht hat. Seine Erfahrungen als Wahlverteidiger im Baader-Meinhof-Prozeß verarbeitete Chotjewitz in dem Romanfragment *Die Herren des Morgengrauens* (1978), das noch vor seiner Veröffentlichung Anlaß für die Trennung der »AutorenEdition« vom Bertelsmann-Verlag war und damit ein unfreiwillig-zusätzlicher Beleg dafür war, was es darstellte: die Atmosphäre von Verdächtigung und Angst, Sympathisanten- und Denunziantentum in der Folge der Terroristenprozesse.

Zu den entscheidenden Figuren des literarischen Umbruchs in der Mitte der sechziger Jahre gehört neben Wolf Wondratschek, Peter O. Chotjewitz, Günter Herburger, Uwe Brandner u. a. Rolf Dieter Brinkmann (1940 bis 1975). Nach dem Gymnasium arbeitete er kurze Zeit als Verwaltungsangestellter in Oldenburg; 1962 machte er eine Buchhandelslehre. Früh schon fing er an zu schreiben: seit 1959 Lyrikveröffentlichungen in Zeitschriften und seit 1962 auch Gedichtbände in limitierten Auflagen bei Kleinverlagen; (»Ihr nennt es Sprache«, 1962; »Le chant du monde«, 1964; »Ohne Neger. Gedichte 1965«, 1966; »& Gedichte«, 1966). Brinkmann gehörte wie Nicolas Born und Günter Herburger zu der Kölner Gruppe des ›Neuen Realismus‹, die sich um Dieter Wellershoff zusammenfand. Die erste längere Prosaarbeit *In der Grube* (1962), die in der von Wellershoff herausgegebenen Anthologie *Ein Tag in der Stadt* erscheint, steht noch in der Nachfolge des ›nouveau roman‹. 1965 veröffentlichte Brinkmann eine Sammlung mit Prosatexten, *Die Umarmung*, die wegen der zum Teil drastischen sexuellen Darstellungen auf Ablehnung stieß. Die Erzählungen sind autobiographisch gefärbte Texte, die sich mit Geburt, Zeugung, Krankheit und Tod beschäftigen. Innere Eindrücke werden durch äußere Bilderreihen vermittelt, innere Brüche durch sich widersprechende äußere Bilder sinnfällig gemacht: Das literarische Ich geht in den es umgebenden Gegenständen der Außenwelt auf: »Die totale Subjektivierung schlägt um in Ent-Individualisierung ...« Dieser Prozeß der totalen Vergegenständlichung des subjektiv Erlebten verschärft sich noch in den Texten der Prosasammlung *Raupenbahn* (1966). – Entscheidend für die

Lyrik waren Brinkmanns Gedichte durch die Aufnahme von Elementen der amerikanischen Beat- und Popkultur, wodurch er für die Gattung neue Bild- und Motivbereiche eröffnete, die den zeitgenössischen Erfahrungen bei weitem angemessener schienen. In *Was fraglich ist wofür* (1967) steht das bekannt gewordene »Einfache Bild«, das mit folgenden Zeilen einsetzt: »Ein Mädchen, in schwarzen Strümpfen schön, wie sie herankommt, ohne Laufmaschen«.

Zudem leitete Brinkmann durch Übersetzung und Herausgabe von Texten der amerikanischen Pop- und Undergroundliteratur ihre breite Rezeption in der Bundesrepublik ein, womit er gleichzeitig sowohl einen inhaltlichen als auch formalen Angriff auf die europäische Kulturtradition startete und ihr Ende proklamierte. In einem Artikel von 1968 in »Christ und Welt« greift er das »Kulturmonopol des Abendlandes« an und betont: den »Poeten und ›Junkies‹ verdanken wir den Hinweis, daß die ›neue‹ Welt, die der ›neue‹ Mensch der zweiten Hälfte des 20. Jahrhunderts bewohnen soll, nur entdeckt werden kann durch die Eroberung des inneren Raumes: durch (...) die Erweiterung der psychischen Möglichkeiten des Menschen.«

Gedicht

Zerstörte Landschaften mit
Konservendosen, die Hauseingänge
leer, was ist darin? Hier kam ich

mit dem Zug nachmittags an,
zwei Töpfe an der Reisetasche
festgebunden. Jetzt bin ich aus

den Träumen raus, die über eine
Kreuzung wehn. Und Staub,
zerstückelte Pavane, aus totem

Neon, Zeitungen und Schienen
dieser Tag, was krieg ich jetzt,
einen Tag älter, tiefer und tot?

Wer hat gesagt, daß sowas Leben
ist? Ich gehe in ein
anderes Blau.

Die wahrnehmbare Wirklichkeit, die Bilder der ›Konsumfassade‹ und des ›Zivilisationsmülls‹, unter denen das wirkliche Leben zu ersticken droht, sind Bilder, gegen die Brinkmann mit unerbittlicher Aggressivität anschreibt. »Er demontiert die Fassade, arrangiert die Abfälle zu einem Kunstwerk, das den tieferen Sinn (oder Unsinn) der ganzen Veranstaltung augenfällig macht, ähnlich einem Objekt von Beuys oder Vostell: ›um den kaputten Wasserhahn wird/Hanf gedreht, eine Dichtung.‹ Das ist Brinkmanns Definition von Dichtung« (Hans Christoph Buch). Im »Sonntagsgedicht« schreibt Brinkmann: »Die Poesie hat nichts mit den Gedichten zu tun. Die Poesie ist manchmal ein wüster, alltäglicher Alptraum« – ein Alptraum zwischen Wegwerfgegenständen und Gebrauchsartikeln.

Zur tragischen Entwicklung Brinkmanns gehörte es, daß er einerseits – auch durch seine öffentliche Aggressivität – von der literarischen Kritik geschnitten, später ignoriert wurde und daß andererseits der aufrichtige Protest in seinem Werk überlagert wurde durch die begeisterte Rezeption seiner Subkultur-Texte in der jungen Generation. Er wurde zum Modeautor vermarktet. Walser bezeichnete ihn mal als »Freizeitgestalter in spätkapitalistischen Gesellschaften«. – Neben den aggressiven Gedichtbänden *Godzilla* (1968) und *Standfotos* (1969), die voller sadistisch-sexueller, aggressiv-brutaler und monströser Bilder sind, wirkt der Band *Gras* (1970) eher resignativ: »Alles bleibt und leidet zuletzt an Verstopfung. Alles wird schwerer und schwerer (...) Ich selber kämpfe gegen das lautlose Verschwinden der Zärtlichkeit aus meinem Körper an ...«

Nachdem Brinkmann sich 1972 mit seinem Verleger, mit der Literaturkritik und auch mit Freunden endgültig überworfen hatte, geht er mit Hilfe eines Stipendiums 1973 nach Rom. Dort vollzieht er eine literarische und persönliche Revision, die in dem postum veröffentlichten Dokumentenband *Rom, Blicke* (1979) nachzulesen ist. Es ist eine Sammlung von Briefen und Skizzen, die sowohl die äußere als auch innere verzweifelte Situation des Autors deutlich werden läßt. Ein weiteres Stipendium führt ihn 1974 nach Austin/Texas. Seine unerbittliche Wut sucht neue Formen, die er in *Westwärts 1 & 2* (1975) vorstellt – eine Sammlung von Gedichten mit unterschiedlichster Dichte und Aussagekraft, die sich zwischen – auch literarischer – Suche und anhaltendem Protest bewegen: Prosagedichte, Epigramme (»flüchtig hingetuscht wie chinesische Gedichte«, Hans Christoph Buch), einfache Lieder und Songs. In der Vorbemerkung zu diesem Band schreibt Brinkmann: »Hier sitze ich an der Schreibmaschine und schlage Wörter auf das Papier, allein, in einem kleinen, engen Mittelzimmer einer Altbauwohnung in der Stadt ... Nun erinnere ich mich an mich selbst.« Und weiter: »Ich hätte gern viele Gedichte so einfach geschrieben wie Songs. Leider kann ich nicht Gitarre spielen, ich kann nur Schreibmaschine schreiben, dazu nur stotternd, mit zwei Fingern, vielleicht ist es mir aber manchmal gelungen, die Gedichte einfach genug zu machen, wie Songs, wie eine Tür aufzumachen, aus der Sprache und den Festlegungen raus.« Trotz seiner Unversöhnlichkeit werden die Gedichte manchmal weicher, offener, gleichzeitig formal strenger. »Ich bin nach all diesen einsamen Gängen durch die Realität und der Widerspiegelung der Realität durch Sprache im Bewußtsein ganz einfach und richtig naiv geworden«, schreibt Brinkmann an einen Freund zwei Monate vor seinem Unfalltod 1975 in London. Mit *Westwärts 1 & 2* konnte Brinkmann wieder eine ihm gerecht werdende Resonanz erreichen, die durch seinen Tod verstärkt wurde. Eines der schönsten Gedichte in diesem Band heißt *Nach Shakespeare:*

Die Winterhand fällt ab
und liegt im Garten, wo nun
ein hölzernes Gerüst errichtet
ist. Die dunklen Sommer

fallen wie die Hand.
Du frierst im Kopf.
Der Herbst mit seinen
toten Fischen auf dem

Grund der Flüsse ist
wie die Bude mit der alten
Frau, die sitzt und liest
die Tageszeitung, bis jemand

kommt und eine von den kalten
Frikadellen kauft, die in der
fettbespritzten Glasvitrine
liegen. Der Passant zahlt,

ißt, wirft den Knochen
nach dem unsichtbaren Engel.
Und Frühling kommt, verstreut
die Autolichter durch

blechernes Laub am Abend,
der mit den hölzernen Gerüsten
niedersinkt am Fluß.

»Die Gedichte sollen roh sein, jedenfalls nicht geglättet; die rohe unartifizielle Formulierung, so glaube ich, wird wieder Poesie, die nicht geschmäcklerisch oder romantisierend ist, sondern geradenwegs daher rührt, daß der Schreiber Dinge, Beziehungen, Umwelt direkt angeht, das heißt also, Poesie nicht mit Worten erfindet.« So lautet das poetologische Programm von Nicolas Born (1937–1979), das auf dem Klappentext seines ersten Gedichtbandes *Marktlage* (1967) mitveröffentlicht wurde. Das Verfahren scheint einfach: Seine Gedichte sind Collagen aus Zitaten, Beobachtungen, Namen, politischen Ereignissen und persönlich Erlebtem. Assoziativ und scheinbar zusammenhanglos wird das Material zusammengefügt, ohne Kommentar und ohne daß es in einen auf Anhieb erkennbaren Sinnzusammenhang gestellt würde: »Ich demonstriere mich als Nachdenker von Vorgedachtem, als Nachsprecher von Vorgesprochenem, als Nachschreiber von Vorgeschriebenem, mithin von Vorschriften. Aber ich verändere Anordnungen, Reihenfolgen, schreibe deutliche Zitate in ungewohnte Zusammenhänge.« In seinen Anfängen wird Nicolas Born, der als Teilnehmer des von Walter Höllerer eingerichteten literarischen Colloquiums in Berlin an dem Gemeinschaftsroman *Das Gästehaus* (1965) mitarbeitete, dem ›Neuen Realismus‹ der vor allem von Dieter Wellershoff beeinflußten Kölner Schule zugerechnet, zu der auch Günter Seuren und Rolf Dieter Brinkmann gehörten. 1965 erschien sein erster Roman, *Der zweite Tag*, der wie schon der erste Lyrikband als »Versuch« bezeichnet war. Erzählt werden alltägliche Begebenheiten, die nur durch sehr lockere Assoziationsketten miteinander verbunden, ihre Bedeutung in sich selbst tragen: »Die Konzentration und Erfüllung von Erwartungen liegt in jedem Moment des Miterlebten und Vorgestellten«, so Born selbst zu seinem Verfahren. Die Zusammenstellung von zufällig Gefundenem und Beobachtetem, das nur durch die Form, in der es verfremdet erscheint, an Interesse gewinnt, kennzeichnet auch Borns zweiten Gedichtband *Wo mir der Kopf steht* (1970), der darüber hinaus eine Anzahl von Gedichten enthält, in denen das Gedicht selbst in einem Prozeß innerliterarischer Selbstreflexion zum Thema wird. In seinen nächsten Gedichtbänden *Das Auge des Entdekkers* (1972) und *Gedichte 1967–1978* (1978) gibt Born zwar die Bindung an das Kleine, Gegenständliche nicht auf, aber er verleiht ihm eine überraschend neue, poetische Qualität: »Ich gebe zu, daß ich schöne Gedichte schreiben wollte, und einige sind zu meiner größten Überraschung schön geworden.« Das sprachlich gelungene, ›schöne‹ Gedicht wird zu einer Art Hoffnungsträger, und das Interesse am Ästhetischen selbst rückt deutlich in den Vordergrund. Identitätssuche und immer wieder nur vorläufige Standortbestimmungen sind die zentralen Themen von Borns Romanen der siebziger Jahre, *Die erdabgewandte Seite der Geschichte* (1976) und *Die Fälschung* (1979). Sie sind aus der Perspektive intensiver Selbstbeobachtung der erzählenden Figur geschrieben, die durch Nachdenken und Nachfühlen über ihr Verhältnis zu den sie umgebenden Personen sich von diesen immer weiter entfernt und schließlich eben dadurch scheitert. »Der Held«, sagt Born, »ist bei mir das Medium für alle anderen Personen. Innerlichkeit gibt es bei mir nicht, nur Narzißmus, der sich in der Selbstbetrachtung erschöpft.« Tatsächlich führt die permanente ziellose Selbstbespiegelung immer wieder zur völligen Selbsterschöpfung – in der jedoch der Keim zur Selbstüberwindung angelegt ist:

»Resignation, ja, aber darin steckt auch schon die Überwindung des Drucks, in dem man den Zustand auswirken läßt.« Während in der *Erdabgewandten Seite der Geschichte* die Reflexionen und Zustandsbeschreibungen des Protagonisten den Handlungsablauf des Romans bestimmen, finden wir in der *Fälschung* eine eher konventionelle Rahmengeschichte. Der Journalist Georg Laschen fährt zusammen mit dem Fotografen Hoffmann im Auftrag einer Hamburger Illustrierten nach Beirut, um dort eine Reportage über den Bürgerkrieg im Libanon zu schreiben. Vor dem Hintergrund des sinnlosen Krieges gerät Laschen in eine tiefe Identitätskrise, die auch sein Verhältnis zu Frau und Kindern erfaßt und noch verstärkt wird durch eine Liebesaffäre, die ihn seiner bisherigen Existenz noch zusätzlich entfremdet. Seine gewohnte Wirklichkeit zerbricht angesichts der blutigen Alltäglichkeit des Krieges. Zwar kehrt er nach Hamburg zurück, aber er gibt seinen Beruf auf. Seine Perspektive: »Schreiben wollte er und hatte den Schreibberuf aufgegeben.« Mit Georg Laschen beschreibt Born den Repräsentanten einer Generation, »die ausführlich über das Ziel, das Wahre (und das ist in letzter Instanz die Revolution) nachgedacht und sich selber darüber aus den Augen verloren hat« (Michael Krüger).

Der wohl erfolgreichste Lyriker der APO- und Rockgeneration der sechziger Jahre ist Wolf Wondratschek. Am 14. August 1943 in Rudolstadt (Thüringen) geboren, studierte er Germanistik und Philosophie in Heidelberg, Göttingen und Frankfurt/M. Von 1964 bis 1965 arbeitete er für die Literaturzeitschrift »Text + Kritik« und übernahm 1970/1971 eine Gastdozentur an der englischen Universität Warwick. Für ein einziges, eben dadurch berühmt gewordenes Gedicht, *Als Alfred Jarry bemerkte, daß seine Mutter noch Jungfrau war, bestieg er ein Fahrrad,* erhielt er 1968 den Leonce-und-Lena-Preis, 1970 den Hörspielpreis der Kriegsblinden für *Paul oder die Zerstörung eines Hörbeispiels* (1969). Wondratscheks erste bedeutende – und gleich relativ erfolgreiche – Veröffentlichung war die Prosasammlung *Früher begann der Tag mit einer Schußwunde* (1969), in der viele von Wondratscheks stilistischen Eigentümlichkeiten bereits voll entwickelt sind: parataktischer Reihenstil, assoziative Virtuosität, pointierte Aphoristik sowie, dies das wichtigste, ein ausgesprochener Verzicht auf eine traditionell verknüpfende, die einzelnen Sätze auktorial ordnende Erzählhaltung: »Nur die Sätze zählen. Die Geschichten machen keinen Spaß mehr. (...) Ich habe mir den roten Faden abgewöhnt.« Das führt dazu, daß Wondratschek zum Teil hoch komplexe gesellschaftliche Befunde epigrammatisch in einen einzigen Satz preßt: »Bei uns sind alle Holzwege aus deutscher Eiche« oder »Unsere

Demokratie ist auf den Polizeihund gekommen«. Daß diese Methode Gefahren birgt – vor allem die Nähe zu Manier und Banalität –, weiß Wondratschek wohl sehr genau – ohne daß ihn das weiter anfocht; gestützt auf einen für experimentelle Texte ungewöhnlichen Publikumserfolg, produzierte er weitere Kurzprosa: *Ein Bauer zeugt mit einer Bäuerin einen Bauernjungen, der unbedingt Knecht werden will* (1970) und die bisher umfangreichste Arbeit *Omnibus* (1972), eine Sammlung von Prosa, Gedichten, Essays, Film- und Hörspielkonzepten. Eine entscheidende Wendung zur Lyrik nahm Wondratschek in der ersten Hälfte der siebziger Jahre – und sah sich bald getragen von einer um 1968 kaum für möglich gehaltenen Erfolgswelle: Lyrik hatte Konjunktur –, und Wondratschek, der seine Bücher inzwischen über den Frankfurter 2001-Buchversand vertrieb, war einer der ausgesprochenen Konjunkturritter. Das ist wohl einerseits auf die Themen seiner Texte zurückzuführen – er war gesellschaftlich sozusagen immer am Ball –, andrerseits auf bestimmte formale Qualitäten, vor allem auf die lyrische Adaption von Formen aus der Pop- und Rockkultur, womit Wondratschek ein Publikum erreichte, dem die Beschäftigung mit Gedichten zuvor völlig fremd gewesen war. Jedenfalls erzielten die Sammlungen *Chuck's Zimmer* (1974), *Das leise Lachen am Ohr eines andern* (1976), *Männer und Frauen* (1978) und *Letzte Lieder* (1980) Rekordauflagen, und Wondratschek hatte davon im Frühjahr 1981 gut und gern 100 000 Exemplare verkauft.

Weniger spektakulär und nur in sehr eigenwillig-distanziertem Kontakt mit den kulturell-ideologischen Moden verlief die literarische Laufbahn von Friedrich Christian Delius. Delius wurde 1943 in Rom geboren, wuchs auf in Hessen und studierte ab 1963 Literaturwissenschaft in Berlin, wo er mit der Dissertation *Der Held und sein Wetter. Ein Kunstmittel und sein ideologischer Gebrauch im Roman des bürgerlichen Realismus* (1971) promovierte. Nach dem Erscheinen seiner ersten beiden Lyrikbände erhielt er 1971 den Villa-Massimo-Preis. Von 1973 bis 1978 arbeitete er als Lektor im Berliner Wagenbach Verlag. Anfang der achtziger Jahre siedelte er nach Bielefeld über. Delius' erste Buchveröffentlichung war die Gedichtsammlung *Kerbholz* (1965), in der Alltagsimpressionen, politische Reflexionen und literarisches Experimentieren vereinigt sind. In einem der Texte heißt es: »Ich bat um ein Streichholz. / Man gab mir / eine volle Schachtel. / Also / gehe ich umher als / Brandstifter.« So manch einer dachte in den folgenden Jahren, die Verse seien wohl als Vorwarnung gedacht gewesen – denn mit seiner nächsten Publikation erregte Delius erhebliches Aufsehen: *Wir Unternehmer* (1966). In dieser »Dokumentarpolemik« montiert Delius Protokollausschnitte von einer Wirtschaftstagung der CDU/CSU zu einer entlarvenden Kollage über die hohle Emphase, die Phrasendrescherei der Herrschenden: der ›ethischen Kraft für das Volksganze‹, die den Unternehmer auszeichnen soll, um das Volk in einem Akt der ›Redressierung des sozialen Übermuts‹ in den Griff zu bekommen. Obwohl der Text mit fiktionalen Elementen durchsetzt ist, erreicht er einen hohen Grad an Authentizität: »Stellen, die besonders bösartig scheinen«, seien, so Delius, »durchweg originalgetreu wiedergegeben«. Nicht zwar bei den betroffenen Politikern, aber sehr wohl bei der Literaturkritik wurde *Wir Unternehmer* zum Teil als »das gelungenste der gesamten dokumentarischen Literatur« gelobt. Während nun Delius mit seiner ersten Dokumentation noch relativ ungeschoren davonkam, brach nach dem Erscheinen der »Festschrift« *Unsere Siemens-Welt* (1972) eine wahre Prozeßflut über ihn herein. Die parodistischen Mittel, mit denen Delius in dieser »Dokumentarsatire« dem imperialen Herrschaftsgestus eines weltweit expandierenden Unternehmens treffsicher geschildert hatte, provozierte die Siemens-AG auf die Unterlassung einer Reihe von Behauptungen zu klagen – mit dem Ergebnis, daß nach dreijährigem Prozeß einige wenige Zeilen des Buches eingeschwärzt werden mußten. Als Lyriker hatte Delius inzwischen nach *Kerbholz* einen weiteren Band herausgebracht, *Wenn wir, bei rot* (1969), dessen Ton im Vergleich zu dem des Erstlings deutlich aggressiver geworden war: »Wir«, das heißt die gesellschaftliche Opposition, haben »lang genug gelernt / Wie man am zierlichsten / Die Schnauze hält in verschiedenen Sprachen, / Aber nie, wie man sie, ganz gezielt, aufreißt.« Aber es finden sich darin auch Sätze, die auf Delius' spätere Entwicklung vorausweisen: »Wo Kritik (...) ohne Reflexion, ohne Selbstkritik, ohne Risiko, aber dafür mit Gitarre und Chor im Hintergrund geübt wird, ist sie Opium.« Eben jenen Prozeß der Selbstreflexion forciert Delius in den nächsten Lyrikbänden *Ein Bankier auf der Flucht* (1975) und *Unsichtbare Blitze* (1981), wenngleich darin – wie oft behauptet – wohl kaum eine Abkehr von ehemaligen politischen Positionen sich manifestiert, was nicht allein die polemische, aggressive *Ode an einen Flugzeugträger* in den *Unsichtbaren Blitzen* eindrucksvoll belegt. Vielmehr versucht Delius ganz offenbar, seine Schreibweisen um die Reflexion des subjektiven Anteils politischen Engagements zu ergänzen und zu vervollständigen. Die Wechseldurchdringung von Gesellschaft und Subjektivität ist auch Thema von Delius' bislang einzigem Roman, *Ein Held der inneren Sicherheit* (1981), der die Geschichte der Entführung des Präsidenten des ›Verbandes der Menschenführer‹ aus der Perspektive von dessen ›Chefdenker‹ Diehl erzählt: »Delius hat weder einen

Tatsachenroman zur Entführung des Arbeitgeberpräsidenten Schleyer noch einen Roman über politischen Terrorismus geschrieben. Der ›deutsche Herbst 1977‹ mit seiner Sympathisantenjagd und seinen Verdächtigungspsychosen wird ganz unspektakulär in die innerbetriebliche bzw. innerpsychische Perspektive Diehls zurückgenommen. Damit gibt Delius der politischen Aussage seines Romans ein psychologisches Fundament. An Diehl werden Strukturen und Folgen des kollektiv wirksamen Übervatersyndroms sichtbar, das individuelle Entfaltungen und humane Gesinnungen nur zuläßt, um sie nachhaltig auszurotten.« (Gustav Zürcher)

Auf fatale Weise geriet Peter Paul Zahl in eben jene Sympathisantenjagd – wobei wohl niemals endgültig geklärt werden wird, wie groß der Anteil der Selbstverschuldung daran war. Zahl wurde am 14. März 1944 in Freiburg geboren. Seine Kindheit verlebte er in der DDR, kam 1953 ins Rheinland, wo er die Schule besuchte und nach der Mittleren Reife eine Lehre als Offsetdrucker machte, die er mit der Gesellenprüfung abschloß. 1964 ging er als Kriegsdienstverweigerer nach Berlin, hatte dort 1965 seine erste öffentliche Lesung und trat 1961 der Gruppe 61 bei. Als Drucker, Verleger und Autor war er für die Außerparlamentarische Opposition aktiv und rückte dadurch mehr und mehr ins Zentrum polizeilicher Ermittlungen. 1970 wurde Zahl zum ersten Mal wegen des Druckens eines Flugblattes verurteilt. Nach der Durchsuchung seiner Druckerei durch schwer bewaffnete Bereitschaftspolizei im Juni 1972 floh Zahl nach Westdeutschland. In Düsseldorf, wo er sich unter falschem Namen einen Wagen leihen wollte, geriet er in eine Personenkontrolle der Polizei; es kam zu einem Schußwechsel, bei dem Zahl selbst und ein Polizist verletzt wurden. 1974 wurde Zahl wegen dieser Tat zu vier Jahren Gefängnis verurteilt, 1976 – und dies ist wohl das eigentlich bedenkliche des Falles – zum Zwecke der »speziellen Abschreckung des Angeklagten« für dieselbe Tat zu 15 Jahren verurteilt. Bis 1979 saß Zahl seine Strafe in verschärfter Einzelhaft ab; später wurde ihm kurzfristiger Hafturlaub gewährt, den er unter anderm zu Lesungen aus seinen Texten nutzt.

Es liegt auf der Hand, daß Zahls Laufbahn als Schriftsteller von seiner politischen ›Karriere‹ nicht zu trennen ist: »Ich bin (auch) Schriftsteller«, sagte er einmal, was heißen soll: Schriftstellerei und politische Praxis sind nicht voneinander zu trennen. Gleich nach seiner Übersiedelung nach Berlin begann Zahl zu publizieren: eigene Gedichte, Flugblätter, Artikel für die Alternativpresse. 1976 sammelte er die noch aufzutreibenden Texte aus jener Zeit und veröffentlichte sie unter dem Titel *Waffe der Kritik;* im Vorwort dazu heißt es: »Dieser Band enthält Aufsätze, Kritiken und Artikel aus der nun fast zehnjährigen Geschichte der Neuen Linken. Es sind nicht Texte eines Journalisten, sondern eines Westberliner Militanten. Eines Militanten, der schrieb, druckte, buchbinderte, Flugblätter verteilte, in den Straßen kämpfte, nach und nach lernte, im Kollektiv zu arbeiten.« Nach seinem Eintritt in die Gruppe 61 publizierte Zahl 1969 die Erzählung *Elf Schritte zu einer Tat* und ein Jahr später seinen ersten Roman, *Von einem, der auszog, Geld zu verdienen* (1970), die Geschichte eines Hilfsarbeiters, den es in die linke Berliner Szene verschlagen hat. Nach der tiefen Zäsur, die Verhaftung und Verurteilung im Leben Zahls markierten, begann er im Gefängnis zunächst nur zögernd wieder zu schreiben. Überraschenderweise war eine seiner ersten Publikationen der umfangreiche Essay *Ergreifende oder ergriffene Literatur. Zur Rezeption moderner Klassik* (1975), womit Zahl nicht weniger vorlegte als eine elaborierte eigene Literaturtheorie. Mehr Aufmerksamkeit als diese zog im selben Jahr die Gedichtsammlung *Schutzimpfung* auf sich, die – zusammen mit *Die Barbaren kommen* (1976) und *Alle Türen offen* (1977) – das Leben im Gefängnis zum Thema hat und Zahl zum Repräsentanten der Knastliteratur machte, die in Deutschland kaum, in den Vereinigten Staaten jedoch eine durchaus bemerkenswerte Tradition hat. Zahls bisher umfangreichster und trotz aller Kritik wohl auch gelungenster Text ist der Roman *Die Glücklichen* (1979), der dem Autor den Bremischen Literaturförderpreis 1980 eintrug. Vor dem Hintergrund der Entwicklung der Neuen Linken von der APO bis zur Aufspaltung in Illegalität und Alternativbewegung wird die Geschichte einer Kreuzberger Ganoven-Familie erzählt, und zwar virtuos und perspektivenreich in Form eines Schelmenromans, was prompt zum Stein des Anstoßes bei einigen Kritikern wurde, die Zahl mangelnde kompositorische Fähigkeiten attestierten. In ihrer lesenswerten Monographie über Zahl begegnet Sigrid Weigel diesen Vorwürfen: »Mit der wiederholten, vermeintlich wohlmeinenden Erklärung literarischer Mängel als Ausdruck der Schreibsituation Zahls wird der Zusammenhang zwischen Mangelerfahrung im Gefängnis und Phantasieproduktion eher voreilig abgehakt als begriffen. So fällt es denselben Kritikern, die auf die ›vermauerte Anschauung‹ Zahls hinweisen, nicht auf, daß doch gerade bei den übereinstimmend enthusiastisch aufgenommenen Passagen, die Zahl der Beschreibung zärtlicher und erotischer Kommunikation widmet, die Diskrepanz zur sinnlichen Erfahrung für ihn am größten ist.« Eine Entlassung Zahls ist noch nicht in Sicht; zahlreiche Anträge auf vorzeitige Begnadigung wurden bisher abgelehnt.

Weniger wegen seiner literarischen Qualität als vielmehr wegen seines überaus hohen Grades an Authentizität gilt Bernward Vespers Romanessay *Die Reise* (1977 postum veröffentlicht) als »Kultbuch der Linken« und als »Bewußtseinsdiagramm« der gesamten APO-Generation. BERNWARD VESPER (1938–1971) wurde in Frankfurt an der Oder als Sohn des faschistischen Schriftstellers Will Vesper geboren. Nach einer Verlagsbuchhändlerlehre studierte er ab 1962 Geschichte, Germanistik und Soziologie und begründete 1966 die *Voltaire*-Flugschriften. 1965 engagierte er sich für den Bundestagswahlkampf der SPD, anschließend als Aktivist in der APO. Bis 1967 war er Lebensgefährte von Gudrun Ensslin; dem gemeinsamen Sohn Felix ist *Die Reise* gewidmet. Nach einem Anfall von Drogendelirium wurde Vesper 1971 in die Psychiatrische Universitätsklinik Hamburg Eppendorf eingeliefert, wo er sich am 15. Mai das Leben nahm. Der Titel des Romanessays bezieht sich auf drei verschiedene ›Trip‹-Ebenen: auf die Reise in die eigene Vergangenheit, auf Drogentrips und auf den Weg durch die Gegenwart während der Niederschrift des Manuskriptes zwischen 1969 und 1971, auf eine Zeit also, als die APO ihren Höhepunkt überschritten hatte und dabei war, auseinanderzubrechen. Im Mittelpunkt der Rückerinnerungen (im Text »Einfacher Bericht« genannt) steht der alltägliche Faschismus zur Zeit des Dritten Reiches – vor allem aber die Gestalt des Vaters, an der Vesper sich so haßerfüllt wie verzweifelt abarbeitet. In Kafkas »Brief an den Vater«, der in vielerlei Hinsicht an die Vater-Imago der *Reise* erinnert, heißt es: »Manchmal stelle ich mir die Erdkarte ausgespannt und Dich quer über sie hingestreckt vor. Und es ist mir dann, als kämen für mein Leben nur die Gegenden in Betracht, die Du entweder nicht bedeckst oder die nicht in Deiner Reichweite liegen. Und das sind entsprechend der Vorstellung, die ich von Deiner Größe habe, nicht viele und nicht sehr trostreiche Gegenden.« In andere, neue Gegenden auszuweichen versucht Vesper auf seinen Drogen-›Reisen‹ (ursprünglich war die *Reise* als Protokoll eines 24stündigen LSD-Trips geplant gewesen), in denen sich subjektive, oft die Grenze zur psychotischen Verzerrung überschreitende Wahrnehmungen mit literarischen Elementen aus dem Surrealismus oder der amerikanischen Drogenliteratur (Leary, Burroughs) zu bizarren Wortfeldern formieren. Doch vor allem Reflexionen über den Stand der Studentenrevolte und die gesellschaftliche Situation, die sie zunichte machte, bringen Vesper immer wieder zurück in die (verachtete und doch auch ersehnte) Gegenwart, wobei auf der privaten Ebene die Beziehung zu seinem Sohn Felix eine nicht zu unterschätzende Rolle spielt, nicht zuletzt wohl deshalb, weil hier der Haß auf den Vater durch die Liebe zum Sohn kompensiert wird. In einem zusammenfassenden Kommentar zu

Vespers *Reise* heißt es: »Unmißverständlich macht dieses Buch deutlich, wie der Faschismus unterhalb der institutionellen politischen Ebene in Deutschland weiterwuchert (...); wie die gesamte Protestbewegung überhaupt erst dann begreifbar wird, wenn man die in ihr wirksame Absage an die Verbrechen der Väter (...) erkennt. Mit einer Radikalität, die auch vor der Selbstzerstörung nicht zurückschreckt, hält Vesper an der Einheit von politischer und psychischer Befreiung fest.« Mit dieser letzten Beobachtung aber stehen wir bereits an der Schwelle zur Literatur der siebziger Jahre; deren markantesten Vertreter nämlich haben mitnichten – wie die Propagandisten der ›Tendenzwende‹ wahrmachen wollten – die politischen Ziele, mit denen sie angetreten waren, an die ›Neue Innerlichkeit‹ verraten, sondern, nun bei der Reflexion der eigenen Subjektivität ansetzend, an jener Einheit von politischer und psychischer, gesellschaftlicher und subjektiver Befreiung durchaus festgehalten. Vespers Buch weist in diesem Sinne nicht nur zurück auf gescheiterte Hoffnungen, sondern auch voraus: auf noch nicht erfüllte Hoffnungen.

LYRIKER DER ›NEUEN SUBJEKTIVITÄT‹

Zu den Lyrikern, die im Zeichen der Auflösung der Studentenrevolte 1968 und unter dem Eindruck dieses Niedergangs ihre schriftstellerische Position beziehen, gehören Jürgen Theobaldy, Rainer Malkowski, Ludwig Fels, Ursula Krechel, Karin Kiwus, Michael Krüger, Ralf Thenior, Jörg Burkhard, Hugo Dittberner u. a. Sie schreiben eine Lyrik, die nach den gescheiterten politischen Hoffnungen Bilanz zieht und nach neuen Möglichkeiten einer diesen Erfahrungen gerecht werdenden Sprache und Form sucht. In den Mittelpunkt der Texte tritt die Subjektivität des Schreibenden und nicht mehr die krude politische Agitation: »Unsere Subjektivität ist alles, womit wir der Objektivität dienen können.« (Rainer Malkowski) Mit dem Erscheinen des programmatischen Aufsatzes *Das Gedicht im Handgemenge* von Jürgen Theobaldy im »Literaturmagazin 4« (1975) und von Hugo Dittberners Beitrag in der »Frankfurter Rundschau«, *Unterwegs mit den Leuten. Einige Überlegungen zu neuen Tendenzen in unserer Lyrik, die Mut machen uns zu entfalten,* 20.9.1975, setzte sich diese auf Alltagserfahrungen bezogene Lyrik der sogenannten ›Neuen Subjektivität‹ durch.

»In der Lyrik ist alles erlaubt, was ihre Sprache lebendig erhält. Sie muß von unserer Furcht und unserer Wut reden, von den Glücksminuten, ohne die wir überhaupt keine Vorstellung von Glück hätten. Die Lyrik muß Mut machen, Kraft geben, wenn wir lädiert vom Handgemenge nach Hause kommen oder gar nicht erst aus dem Haus gehen können.« (J. Theobaldy)

Eine weitere Wurzel hat diese ›Alltagslyrik‹ im gewollten Bruch mit der Tradition des ›hermetischen‹ Gedichts, der symbolisch-metaphysischen Poesie, deren bedeutendster Vertreter Paul Celan 1970 gestorben war; in einer unbedingten Skepsis gegenüber eines als artifiziell und von daher als elitär begriffenen literarischen Sprechens, das sich ›jenseits‹ gesellschaftspolitischer Aktualitäten stellt und von daher ohne größere Relevanz außerhalb der Elfenbein-Turm-Existenz bleibt. »Ihre Lyrik ist eher als Folge dieser Entfremdung (zwischen Lyrik und Leben) zu verstehen denn als bewußte Negation der herrschenden Zustände im Bestreben, eine davon losgelöste, autonome Lyrik zu schreiben.« (Theobaldy) Die Kluft zwischen Leben und Poesie, zwischen »den Flaschenbier trinkenden Dichtern und ihren ›blattvergoldeten Worten‹« (Günter Herburger) zwischen privater und öffentlicher Existenz soll zwar nicht geschlossen werden, da es keine Identität zwischen Erlebnis und Gedicht gibt, der Abstand zwischen beiden aber sollte möglichst gering gehalten werden.

Das Gedicht ist in die Lücke zwischen dem Ich und dem Gegenstand geschrieben; es macht die Lücke bewußt, indem es sie ausfüllt, so wie gute Gedichte keine Ideologie, keine persönlichen Ansichten ungebrochen transportieren. Das Gedicht ist vielmehr der Ort der Auseinandersetzung mit solchen Ideologien und Ansichten, hier wird das Verhältnis zwischen Innen und Außen überprüft, angezweifelt, neu bestimmt. (Theobaldy)

Beiläufig Privates, gemischt mit einem sozialen Befund, soll die Bereiche Kunst und Leben wieder zusammenführen. Theobaldy beruft sich auf die lyrische Praxis von Brinkmann, Herburger, Born, Delius und Karsunke, die Mitte der sechziger Jahre als erste Gedichte schrieben, die persönliche Erfahrungen in einen gesellschaftlichen Zusammenhang rückten und sich als haltbar erwiesen haben. Natürlich war und ist die Haltung der ›Neuen Sensiblen‹ in der literarischen Kritik stark umstritten. Enzensberger spricht von einem »Wegwerfbewußtsein« dieser »Kleinmeister der allerneuesten Lyrik, die ihre bösgemeinten Idyllen zwischen Kneipe und Fußballplatz, Supermarkt und Badestrand ansiedeln«. Poesie, so hält Jürgen Theobaldy dem entgegen, ist eine »prosaische Sache geworden«; »metaphysischer Zauber« ist nicht mehr gefragt und angemessen. Einfachheit, Direktheit und die Authentizität des persönlich Wahrgenommenen und Beschriebenen sind die zentralen Stichworte dieser neuen Poesie.

Jürgen Theobaldy, 1944 in Straßburg geboren, studierte nach einer kaufmännischen Lehre Literaturwissenschaft in Heidelberg und Köln. Seine ersten beiden Gedichtbände *Sperrsitz* (1973) und *Blaue Flecken* (1974) sind eine Auseinandersetzung mit und Ausdruck jener Studentenrevolte, deren ›antiautoritäre Impulse‹ in den Gedichten weitergetragen werden sollen. Neben Einflüssen von Brecht und Neruda spielen auch die neue amerikanische Poesie (William C. Williams, Corso, Ferlinghetti) und Poplyrik (Frank O'Hara, Charles Bukowsky, Jim Burns) eine große Rolle. 1977 gibt Theobaldy die wichtige Anthologie *Und ich bewege mich doch. Gedichte vor und nach 1968* heraus, die ein breites Spektrum lyrischer Arbeiten dieser Zeit zusammenfaßt. Sie ist ein Dokument – wie der Titel schon andeutet – der Auflehnung gegen die Resignation und Wehleidigkeit und eine persönliche Kurskorrektur nach dem Verlust einer gesellschaftlichen Utopie. Man ist bescheidener geworden. Und das Gedicht selbst, dieses: ich bewege mich doch, wird für den einzelnen zum neuen Hoffnungsträger nach einer Zeit der Erstarrung durch totgelaufene Parolen. Motivisch wie thematisch finden wir ein Nebeneinander von spontanen und reflexiven Texten, von politisch engagierten Versen und Liebesgedichten. Oft gibt es Verschränkungen, in denen sich individuelles Erleben mit Gesellschaftskritik mischt. Auch das Nachdenken über die Rolle und Funktion von Gedichten im Gedicht ist häufig anzutreffen.

Ein Bier, bitte

Ich könnte mich daran gewöhnen, wie ein gepflegter
Mensch zu sein. Hier geht ein lautloser Tag zuende
den ganzen Tag stand das Telefon still, und lautlos platzt
der Wäschekorb unter dem Waschbecken.
Auf dem Bildschirm platzt ein Haus vor dem erstaunten
Gesicht des Sprechers. Oh the fucking news!
sagte Mehdi gestern abend und betrank sich.

Vor allem will ich Liebe. Ich will nicht
auf die Marke meiner Unterhosen achten, meiner Strümpfe
die ich zu Weihnachten geschenkt kriege, zum Geburtstag
zu Ostern und zum Sterbetag. Als Kind habe ich mir
eine Eisenbahn gewünscht und ein Oberhemd bekommen
was Praktisches in Cellophan, mit tausend Nadeln drin.
Dieses Gedicht ist praktisch nichts. Bedenk doch:
Wie soll untergehen, was wir nicht stürzen, außer der Seife
im Badewasser. Ich mache wieder Witze, obwohl mir
nicht danach ist. Muß ich wirklich
die Haare waschen, bevor du kommst? Haare waschen
ist eine schreckliche Erinnerung ...

Und dann liebe ich alle Verwandten, besonders meine Frau
die nicht mit mir verwandt ist. Wie bitte? Ich habe nichts gesagt
Die Tagesschau ist zuende, die Schau des Tages, the fucking

news. Heute gab es gute Nachrichten. Das Amerika-Haus
wurde besetzt, ich sag nicht wo. Der Film beginnt
und meine Haare sind noch nicht gewaschen!
Du bist nicht meine Frau. Ich liebe dich. Beschütze mich
denn ich rauche zuviel! Man wird nervös in dieser Wohnung
nach 1933 und nach 1945. Hörst du überhaupt zu?

Plötzlich bin ich in einer Kneipe mit viel Trara
am Tresen. Dieses Gedicht steckt voller Möglichkeiten
wie unser Leben. Natürlich vergeht kein Tag
ohne Alkohol. Oh Alkohol, ich fühl mich wohl.
Mehdi sitzt da, endgültig betrunken. Du bist auch da, schon
eine Weile, und du hast gute Gründe, nicht mit mir zu reden.
Laute Nacht, die Musik ist laut. Ich bestelle einen Klaren
für meinen klaren Kopf. Ein Bier, bitte. Was immer
du von mir hältst, es ist mir wichtig zu sagen: auch du
hast dieses Gedicht geschrieben. Es war keine Kunst; es war
mit dem Rücken zum Fenster.

In diesem Gedicht wird deutlich, daß die absichtsvolle Spontanität, das scheinbar ›einfach‹ Hingeschriebene, sowohl in seiner zwanglosen Form als auch in der inhaltlichen Setzung eine beabsichtigte Konstruktion ist, die dem programmatischen ›natürlichen‹ Sprechen zum Teil widerspricht. Die absichtsvolle Absichtslosigkeit entwickelt so einen eigenen Stilcharakter, der zum Teil ausgesprochen künstlich wirkt. Der Impuls der gewollten Kunstlosigkeit wird vermittels genau dieser Absicht zur Kunst oder Scheinkunst. Seinen eigenen Anspruch an die Lyrik beschreibt Theobaldy im Nachwort der Anthologie wie folgt: »Mitteilung aber statt Monolog, Erlebnis statt Idee, Wörter statt des Worts, Umgangssprache statt Chiffre – damit entziehen sich die neuen Gedichte der Verfügungsgewalt weniger Spezialisten, ohne deswegen nur bessere Schlagertexte zu sein. Diese Lyrik ist aktuell in dem Sinn, daß in ihr keine Zeitflucht stattfindet, auch nicht nahegelegt wird; vielmehr fließen jene Inhalte in sie ein, die auch gesellschaftlich aktuell sind, gerade weil sie in den offiziellen Verlautbarungen um ihre Widersprüche gebracht werden, entschärft durch Sprachregelungen, verwaschen.«

Radikaler und aggressiver ist LUDWIG FELS (1946) in seinen Gedichten, die sich durch seine eigene soziale Herkunft erklären lassen. Nach Volks- und Berufsschule wird er Hilfsarbeiter in einer Schaumstoffabrik, Maschinist und Stanzer, später dann Packer in einer Halbleiterfabrik. Kurze Zeit ist er Mitglied im »Werkkreis Literatur der Arbeitswelt«. Seit 1973 freier Schriftsteller. Das Schreiben wird für Ludwig Fels ein Akt der Notwehr: »Ich will raus./Zur Zeit/bau ich aus der Schreibmaschine eine Axt.« Seine drei Gedichtbände *Anläufe* (1973), *Ernüchterung* (1975), *Alles geht weiter* (1977) sind

Beschreibungen über das Leben der sozial Deklassierten, die kaum eine Chance haben, aus ihrem Milieu zu fliehen. Es sind Dokumente des Zorns über Ausbeutung und Unterdrückung, Gesellschafts-Diagnosen und Ausdruck eines universellen Unbehagens – übrigens auch Reflexionen über die eigene Rolle als Schriftsteller: »Man reibt sich auf, und die Brösel sind plötzlich Kunst.« »Vielleicht hätte ich mich nicht/zu meinem eigenen Verkäufer machen sollen./An meinem Körper/befindet sich kein Schaufenster.« Sein radikaler »Erlebnisrealismus«, der sich sprachlich nicht um ästhetische ›Glattheit‹ kümmert, ist voller Fatalismus und Perspektivenlosigkeit, dem er nur die – auch schreibende – Kraft des Widerstandes und der Auflehnung entgegensetzen kann. Obwohl er nicht nur am Schreibtisch »pathetisch randalieren« will, bleibt eine Skepsis an seinem eigenen Tun: »Ich will leben. Papier ist so ziemlich das dümmste Leichentuch, das man sich überwerfen kann.« Neben den Gedichtbänden veröffentlichte Ludwig Fels auch Erzählungen: *Platzangst* (1974), *Kanakenfaune* (1982), *Betonmärchen* (1983) und Romane, *Die Sünden der Armut* (1975), *Ein Unding der Liebe* (1983) sowie das Theaterstück *Lämmermann* (1983), die sich fast alle mit der aussichtslosverzweifelten Situation des proletarischen Milieus beschäftigen. Neben allem Zweifel und offensichtlicher Resignation heute, bleibt unterschwellig ein Hoffen, ein Traum – nicht für heute oder morgen, sondern vielleicht für übermorgen.

In dieser Haltung finden wir auch Ursula Krechel (geb. 1947), deren poetisch-analytisches Schreiben nicht nur eine biographische Selbstbefragung angesichts ihrer eigenen Zeit in der Studentenbewegung ist, sondern insbesondere ihre Rolle als Frau zum Gegenstand macht, die zum zentralen Thema ihres Bandes *Nach Mainz* (1977) wurde. Nach dem Studium der Germanistik, Theaterwissenschaft und Kunstgeschichte promovierte sie in Dramaturgie und lebt seit 1972 als freie Schriftstellerin.

> Mit jedem Satz bin ich mutiger
> und mutiger geworden. Schon morgen
> werde ich mich nicht mehr
> vor dem Flimmern der Tagesschau fürchten.
> (...)
>
> Als ich gelernt hatte, Ich zu sagen
> fing ich zu stottern an. Plötzlich lagen
> die Hoffnungen meiner Eltern auf Eis.
> Allzu lange ist dann
> jeder für sich geblieben
> ohne zu wissen, wie es sich anfühlt
> wenn man sich die angstnassen Hände gibt.

Auf einer Parkbank schütte ich
meine Handtasche aus: Sätze, Gedichtanfänge
die ich bei Regen fertig schreiben will
ein Lippenstift vom letzten Jahr.
Früher habe ich gelernt, meine Haare in Locken zu drehen
die Ellbogen von der Tischplatte zu nehmen.
Jetzt lerne ich unter die Tische zu sehen
an die ich mich nicht mehr setzen will.
(...)

Irgendwo muß ich anfangen, aber ich fange an.
(Auszug aus *Jetzt*)

In ihrem zweiten Gedichtband *Verwundbar wie in den besten Zeiten* (1979) setzt die Autorin die kritische Selbstbefragung des Ichs und der eigenen Geschichte, die die Geschichte einer ganzen Generation ist, fort. Allerdings entfernt sie sich immer stärker von der Alltagssprache hin zu einer surrealen Bildersprache. Gegen den Verlust der konkret geglaubten Utopie anzuschreiben, bleibt auch ihr Impuls, obwohl auch sie weiß, daß sie durch Literatur allein nicht einlösbar ist: »Ich verschmähe den bescheidenen Trost/den in Gedichten/die Nebensätze bilden.«

Auch KARIN KIWUS (geb. 1942) thematisiert in ihrer Lyrik das Umschlagen einer kollektiven Aufbruchsstimmung in ein eher resignatives Ich-Bewußtsein. Das Ich wird nach dem Verlust einer Außenorientierung und dem Versagen einer faßbaren Hoffnung zum einzig positiven Bezugssystem. Es sollen keine Wahrheiten formuliert werden, sondern »das Abbild einer Wirklichkeit« geschaffen werden, »in der ich mich verlieben kann« – was so viel heißt, sich eine Geborgenheit zu schaffen, einen Freiraum zu erschreiben, in dem das Ich leben und sich selbst erleben kann. ›Selbst‹-Erfahrung wird zu einer je und je neuen Standortbestimmung des Ichs im Verhältnis zur Welt; ein zum Maßstab gesetztes Innen zu einem vorgefundenen Außen. In zahlreichen Varianten unternimmt Karin Kiwus immer neue Anläufe und Versuche, verschiedene lyrische Ausdrucksformen auf ihre Brauchbarkeit zu untersuchen: »Was wir hier zu Papier bringen können/ist natürlich nur eine Skizze/ein erster Entwurf/die zögernde Erfindung jedes einzelnen/seine Wunschvorstellung.« So wechseln in ihrem ersten, ausgesprochen erfolgreichen Gedichtband *Von beiden Seiten der Gegenwart* (1976) reflexive Texte mit bissig-kühlen Alltagsschilderungen, melancholische Selbstbespiegelungen mit kurzen prägnanten Sprüchen. Der Grundton schwankt auf einem schmalen Grat zwischen Hoffnung und verzweifelter Resignation: »Werden wir jetzt den Aufwind/wahrnehmen wieder abheben/die Angstbeschleunigung übergehen.« Einen breiten Raum in dem Band nehmen die Gedichte ein, in der Kiwus sich mit den heutigen Bedingungen der Frau auseinandersetzt. Sie paraphrasiert und bebildert gewöhnliche Verhaltensmuster, Rollenverteilungen und überkommene Klischeevorstellungen alltäglicher Mann/Frau-Situationen. Hierzu wendet sich das lyrische Ich an ein fiktives Du:

Fragile

Wenn ich jetzt sage
ich liebe dich
übergebe ich nur
vorsichtig
das Geschenk
zu einem Fest das wir beide
noch nie gefeiert haben

Und wenn du gleich
wieder allein
deinen Geburtstag
vor Augen hast
und dieses Päckchen
ungeduldig an dich reißt
dann nimmst du schon
die scheppernden Scherben darin
gar nicht mehr wahr

Die Technik, vermittels einer ironischen Brechung eine scheinbar völlig harmlos-normale Situation zu verfremden, macht die unüberbrückbare Kluft in den unterschiedlichen Erlebnis- und Empfindungsweisen von Mann und Frau deutlich. Noch eindringlicher finden wir diese Technik in *Aufklärungsstunde*: »Manchmal im Lauf der Geschichte/hat man uns/den kleinen Finger gereicht/und als wir dann/die ganze Hand nehmen wollten/ist es bei Licht und Verstand besehen/doch nur ein Pimmel gewesen.« In ihrem zweiten Band *Angenommen später* (1979) werden die Bilder surrealistischer, die Haltung illusionsloser, bitterer, ironischer, die Selbstbeobachtung distanzierter, reflektierter. Alle Wirklichkeiten zerrinnen zu Trugbildern; ein ersehntes ›Glück‹ ist nur noch erinnerbar. Im Zentrum auch dieser Gedichte zwischen Selbstbehauptung und Zweifel bleibt das Ich als einzige Größe, die Bestand hat und für das es gilt, Raum zu schaffen – durch Poesie: »die Poesie Liebe/hast du einmal beschwörend gesagt/die Poesie/das ist ein bißchen/Freiheit machen«.

Auch Rainer Malkowski (geb. 1943) beweist in seinen zwei Gedichtbänden – *Was für ein Morgen* (1975) und *Einladung ins Freie* (1977) – eine ›Hautnähe zu Zeit und Gegenwart‹. Die subjektive Haltung wirkt bei ihm unprätentiös, das Verhältnis zu den Gegenständen und Objekten wird gleichzeitig von Geduld und Unruhe bestimmt; der Ton ist leise, ironisch.

Schwere Zigarre

Schon seit zwei Jahren
möchte ich ein Gedicht über eine Zigarre machen.
Aber eher
spießt man die flüchtige Liebe aufs Wort
als daß mit Silben
eine 70er Fehlfarbe gelingt, eine veritable,
verstehen Sie, eine mit Rauch
und Effekt:
genußvoll nimmt sie der Leser
meinem Gedicht aus der Hand.
Die Liebe, denkt er und zieht mal:
na, ich weiß nicht,
aber die Fehlfarbe hier
brennt verläßlich und gut.

Herausfordernder dagegen zeigt sich MICHAEL KRÜGER (geb. 1943) in seinem Gedichtband *Reginapoly* (1976). Den Verlust, den die Literatur durch die ›scheinrevolutionäre‹ These vom ›Tod der Literatur‹ erlitten hat, konstatiert er in dem »Vorgedicht«: »Vieles/hat sie verlernt, verloren, vergessen; vieles/hat man ihr weggenommen«, um durch seine anschließenden Arbeiten den Versuch eines persönlich-literarischen ›Dennoch‹ zu unternehmen. Auch seine Lyrik ist bestimmt von Resignation, von den Erfahrungen einer als unveränderbar erlebten Welt und der daraus resultierenden geschichtspessimistischen Grundstimmung. In dem Prosagedicht »Besichtigung eines fertigen Gebäudes auf dem Weg an den Tegernsee« ist Situationsbeschreibung und Auswegsuche zugleich:

(...) Also wenn ich
einen Satz schreibe, dann dauert mir das Schreiben
zu lange, dann möchte ich das sofort erklären,
dann die Erklärung der Erklärung usw.,
du weißt was ich meine,
ein riesiges Gerüst aus Sätzen, Erklärungen und
Fußnoten, ein stabiler Totalsatz schwebt mir vor,
eine Art Haussatz, in dem ich wohnen kann, der
sozusagen in mir wohnt, mich ganz ausfüllt. Mit
Sälen, Galerien, Zimmerfluchten, Treppen, mit riesigen
Freitreppen, verstehst du, wo meine Tribunale statt-
finden (...)

die Erfindung einer Maschine,
sagte sie, beschäftige sie, mit der man Geschichte
vernichten könne, erschrockene Phantasien, Träume,
verstehst du, die gleitenden Übergänge, die Kopf-
skandale, die Naturblödheiten werden einfach
verbrannt. Und die Asche ist eine Art Spezial-
dünger für meine Gärten am Horizont (...).

Es ist der Dialog zweier, die sich um eine konkrete Utopie betrogen und persönlich gescheitert fühlen. Während ihrer Fahrt versuchen sie ihre je eigene Konsequenz aus dem revolutionären Wort-Trümmerhaufen, aus »diesem Unendlichkeitsgemurmel in meinem Kopf« zu ziehen. Er plädiert für eine ›überbauartige‹ Neukonstruktion, ›eine Art Haussatz‹, sie für die völlige Vernichtung des Alten, um sich in beiden Fällen eine Neuorientierung, eine neue Geborgenheit, ein neues Zuhause zu geben. Sie sind ja tatsächlich auf dem Weg zu seinem neu fertiggestellten Haus am See. Das Gedicht ist eine allgemeine Weg-Beschreibung hin zur Subjektivität, zum Rückzug ins Persönliche. Auch in seinem zweiten Band *Diderots Katze* (1978) bestimmt die Erinnerung an die verlorene Zeit den Tenor der Gedichte.

Von den »gewöhnlichen Schrecken« der Alltagswirklichkeit sprechen die Gedichte von Ralf Thenior (geb. 1945). Meist sind es kurze, epigrammatisch angelegte, scharf umrissene Momentskizzen, die das gewöhnliche Erscheinungsbild, das sie beschreiben, aufbrechen. Zeilenbrechung und ungegliederte Reihung sind formale Kennzeichen seiner Lyrik, wodurch die Sprache einen Rhythmus erhält, der dem »Atem der gesprochenen Sprache« entsprechen soll:

Mutter und Kind

die werdende mutter ißt
eine scharfgewürzte rostbratwurst
mit majonäse & kätschab
& eine tüte öliger fritten
dann saugt sie an der zigarette
& inhaliert tief tief
durch ihre augen
fällt das flackernde blaue licht
des fernsehapparates
auf das ungeborene kind

Ralf Thenior veröffentlichte mehrere Gedichte und Prosastücke in der Zeitschrift *Literarische Hefte* (1974), die zusammen mit weiteren Gedichten in *Traurige Hurras* (1977) erschienen. 1978 gab er zusammen mit J. Hans und U. Herms den *Lyrik-Katalog Bundesrepublik* (1978) heraus. Der Lyrikband *Sprechmaschine Pechmarie* erschien 1979.

Eher in Anthologien und Zeitschriften als durch eigene Buchveröffentlichungen ist Jörg Burkhard bisher hervorgetreten. In einer Kurzbiographie für Jan Hans' Sammlung von Liebesgedichten *Aber besoffen bin ich von dir* (1979) schreibt Burkhard über sich selbst: »Auf die Welt kam ich in Dresden im Mai 1943, die ersten Gedichte machte ich in Heidelberg. Mit zehn hatte ich meine ersten Jobs und mit achtzehn meine erste Freundin. Inzwischen arbeite ich in der Buchhandlung ›bücher die man sonst nicht findet‹, die ich 1968 in Heidelberg aufgemacht habe. Gedichte und Liebesgedichte halte ich für überflüssig, aber ich kann das Maß nicht voll genug bekommen.« Die Beschränkung aufs Private, die an Skepsis grenzende Ironie dem eigenen Lebenslauf gegenüber ist durchaus einschlägig für viele der jüngeren Autoren: auf das Vorweisen einer politischen Biographie wird ebenso verzichtet wie auf die Präsentation der eigenen Bildungsgeschichte. Burkhard hat bislang zwei eigene Lyrikbände publiziert: *ein paar dinge von denen ich weiß* (1977, zusammen mit H. Oberländer und M. Walther) und *in gauguins basketballschuhen* (1978). Als Beispiel für Burkhards außerordentlich verhaltene, dabei doch überaus eindringliche lyrische Sprechweise sei hier sein Gedicht *verhältnis* kurz vorgestellt:

manchmal schlafen wir gemeinsam
oder essen zusammen. wir
haben zwei autos
zwei wohnungen
zwei städte
zwei berufe
und uns

Der Text ist in mancherlei Hinsicht sehr aufschlußreich für die Verschränkung von Privatem und Gesellschaftlichem in der Lyrik der siebziger Jahre: Scheinbar nur auf das Persönlichste beschränkt, gibt er doch zu erkennen, daß gesellschaftliche Notwendigkeiten – der Beruf, die ökonomische Selbständigkeit usw. – das Paar, von dem die Rede ist, voneinander getrennt halten. Mehr noch: indem Burkhard mit dem Verb ›haben‹ nicht nur den Besitz von Autos, Wohnungen und Berufen anzeigt, sondern das ›Uns‹ mit darin einbezieht, mag er einen Hinweis darauf geben, daß auch intime Beziehungen inzwischen zu schieren Besitzverhältnissen verkommen sind; die formal geschickte Verjüngung der Verse nach unten unterstützt die Beschreibung des Schrumpfungsprozesses.

Eine ähnliche Reduzierung ist der Gegenstand eines Gedichtes von Hugo Dittberner, das ironisch mit *Caruso* überschrieben ist – nur daß sein Text bissiger, aggressiver, zynischer ist als Burkhards eher melancholische Verse:

Wie kalt ist ein sanftes Mädchen
morgens schon liebt sie dich
gleichmäßig
ordnet sie deine Wäsche
setzt das Kaffeewasser auf
sie geht immer aus dem Weg:

wo du bist
nirgends stößt du an
da ist kein Wort das weh tut
so früh und immer schaut sie
zu dir irgendwie
als hättest du Socken an
die gestopft werden müssen
oder grüne Unterwäsche
und sie weiß Bescheid
wenn du es nicht magst
faßt sie dich nicht an
aber sie schaut traurig aus
dabei
und kochen tut sie sehr solide
waschen und plätten kann sie auch
abends bestimmst du
wann ihr zusammenrückt und
wann nicht
alles geschieht mit ihr
nach deinem Wunsch
warum also so ungnädig?

Es ist nicht nur das Unbehagen an überkommenen Lebensformen und an der Monotonie der Alltäglichkeit, das in dem Text thematisiert wird. Die Schilderung eines Tagesablaufs gerät Dittberner vielmehr zu einer Art Bewußtseinsdiagramm einer ›Beziehung‹, des Verhältnisses von Mann und Frau als einer Täter-Opfer-Konstellation – die noch dazu im letzten Vers aufgebrochen wird, wenn offenbar selbst dem ›Täter‹ die Nerven durchgehen und ihm auffällt: Irgendwas stimmt da nicht. *Was* da nicht stimmt im Geschlechterverhältnis wurde zu einem zentralen Thema der Frauenliteratur der siebziger Jahre, der wir uns sogleich zuwenden werden. Zuvor nur noch ein paar Stichworte zum Verfasser des *Caruso*-Textes: HUGO DITTBERNER wurde 1944 in Gieboldehausen in Niedersachsen geboren und lebt heute in Echte. Neben zahlreichen Veröffentlichungen in Anthologien und Zeitschriften sind bisher drei selbständige Publikationen von ihm erschienen: *Donnervogel* (1973, zusammen mit Jens Wilke), *Passierscheine* (1973) und *Der Biß ins Gras* (1976).

NEUE SUBJEKTIVITÄT UND FRAUENBEWEGUNG

Das politische Scheitern der Protestbewegung von 1968, die ihren Universalanspruch an die Wirklichkeit durch einen theoretischen Willen manifestiert hatte, folgte eine radikale Kehrtwendung nach innen. An die Stelle des konkreten politischen Handelns setzten sich – wie wir bei den vorgestellten Lyrikern gesehen haben – die Erwartungen in eine ›Selbsterlösung‹ der Intellektuellen. In dieser Stimmung kamen die Frauen zu Wort, zur eigenen Literatur – nachdem sie erleben mußten, daß sie als Frauen auch in der ›antiautoritären‹ Bewegung ihre alten Muster weiterlebten und als nützliche Ausführungsorgane im politischen Kampf ausgenutzt worden waren. Zudem wurden sie vielfach zu Opfern einer falsch verstandenen Promiskuität, die als Zeichen für ein nicht-bürgerliches Bewußtsein galt. Erschüttert mußten sie feststellen, daß die sexuelle Freizügigkeit ihren eigenen Ansprüchen und Sehnsüchten keineswegs gerecht wurde. So bildete sich in der Literaturszene – neben dem Bewußtsein einer Klassenzugehörigkeit – eine spezifisch feministische Literatur heraus. Im Zentrum dieser sich entwickelnden Frauenliteratur, die Spiegel von Befreiungsversuchen und Emanzipationsprozessen werden sollte, steht die Entdeckung des eigenen Körpers, der eigenen Sexualität und, »daraus abgeleitet, ein neues Ethos, ein neues Selbstverständnis und Selbstbewußtsein: Ich-Erfahrung und Körpererfahrung sind nicht voneinander abzulösen« (Thomas Koebner). Allerdings, so schreibt Kathrin Mosler in ihrem Essay *Hundert Blumen* (1976), ist es »unmöglich, gegenwärtig eine weibliche Praxis des Schreibens zu definieren. Eine Unmöglichkeit, die dauern wird, denn man wird diese Praxis nie theoretisieren können, sie einschließen, kodifizieren, was nicht bedeutet, sie existiere nicht. Aber sie wird immer über den Diskurs hinausgehen, der das phallozentrische System beherrscht (...). Die Frau muß ihren Körper beschreiben, ihre uneinnehmbare Sprache erfinden, die die trennenden Wände, Klassen, Rhetoriken, Verordnungen und Gesetze zerbricht.« So konnte die Frage, was denn nun das Spezifische einer weiblichen Ästhetik sei, nur mit undeutlichen Charakterisierungen beantwortet werden: »Unmittelbare Gestaltung von Empfindungen, spezifische Formen des sinnlichen Erkennens und ein eigenes ästhetisches Sensorium« (Silvia Bovenschen). Zwei Romane werden als Zeichen der Ablösung der Frauen von der allgemeinen politischen (männlich bestimmten) Linken verstanden: Karin Strucks *Klassenliebe* (1973) und Verena Stefans *Häutungen* (1975). Sie sind Dokumentationen feministischen Ausdruckswillens, die in ihrer Haltung zwischen »Klage und Triumph« schwanken.

Karin Struck, 1947 in Schlagtow (DDR) geboren – Flucht in die Bundesrepublik 1953 –, studierte Romanistik und Germanistik in Bochum, Bonn und Düsseldorf. Sie engagierte sich politisch im SDS, wurde aktives Mitglied der DKP, aus der sie später wieder austrat. Heute lebt sie als freie Schriftstellerin, Essayistin und Journalistin in Münster/Westfalen. Ihr erster Roman *Klassenliebe* (1973) wurde zum literarischen Ereignis. Heftig umstritten – wobei in verwirrender Umkehrung Handke den Roman wütend verriß und Böll ihn lobte –, wurde er zu einem ungeheuren Verkaufserfolg. Neben seinem politischen Aspekt – Struck beschreibt darin die verletzenden Erfahrungen, denen sie als Proletarierin und als Frau beim Aufstieg zur Intellektuellen erfahren mußte – tritt die völlige Konzentration auf die eigenen (Innen-) Erfahrungen und Wahrnehmungsweisen. Literarisch dokumentiert sich dieser Aspekt in einer »existentiellen Ernsthaftigkeit« – ohne daß die traditionell üblichen Distanzierungs- und Verfremdungseffekte eingesetzt werden. Person und Werk scheinen identisch, das Erzählte authentisches Erlebnismaterial. Sie schreibt »autobiographische Bekenntnisliteratur« (Hans Wolfschütz), die offen und vehement mit aller persönlichen Widersprüchlichkeit vorgetragen wird. »Hier jedenfalls« so Reinhard Baumgart »schreibt jemand ums Leben, wie man ›ums Leben rennt‹ ...«

In den folgenden Romanen *Die Mutter* (1975), einer Auseinandersetzung mit der traditionellen Mutterrolle und emanzipiertem Bewußtsein, und *Lieben* (1977), Ausdruck einer Sehnsucht nach einer starken und sinnlichen, fast dem Tod identischen Liebe, folgt Struck immer stärker ihrem »hemmungslosen Subjektivismus«, der sich absolutsetzt und, da ohne weitere Verankerung in der Realität, Raum gibt für Irrationalismen und Mythenbildung. Insbesondere gegen den »zelebrierten Mütterlichkeitsmythos« wehren sich auch Frauen: Gabriele Wohmann sprach von einer »naturkulthaften Mütterlichkeitsneurose« in Strucks Werk. Der Gefahr und dem Vorwurf, daß »ihr Starren auf die Innenwelt (auf ihre emotional unkontrollierten Sehnsüchte) die Außenwelt hat verwaisen lassen« (Hans Wolfschütz), begegnet sie mit der Erzählung *Trennung* (1978) – der Geschichte einer Frau in den Dreißigern, die zwischen erstickender Erinnerung und neuem Lebensentwurf zurechtzukommen versucht. Hier gelingt es Struck wieder, innerpsychische Vorgänge und Wahrnehmungsweisen in eine soziale Realität einzubetten und der ›zerfließenden‹ Sehnsucht, nämlich dem Traum einer alles erlösenden Liebe, einen Widerstand entgegenzusetzen: die Wirklichkeit.

Verena Stefan, geboren 1947 in Bern, zog 1968 nach Berlin und arbeitete dort bei der Frauengruppe »Brot + Rosen« und an der Herausgabe des Frauenhandbuchs Nr. 1 mit. Seit 1975 lebt sie auf einem Bauernhof in Schafstedt/Schleswig-Holstein, arbeitet in einer Teilzeitbeschäftigung als Krankengymnastin und sonst als freie Schriftstellerin. Ihre »autobiographische Aufzeichnung« *Häutungen* (1975) ist der Erfahrungsbericht einer Frau, die durch ihre in Konventionen verhaftete Rolle in eine Krise gerät und den Aufbruch zu sich selbst wagt. Das Buch wurde zum »Koran der Frauenbewegung« (Der Spiegel), das – obwohl nur durch Mund-zu-Mund-Propaganda bekanntgeworden – 1977 bereits in der 9. Auflage (86.–103. Tausend) erschien. Die Ablösung von der Männergesellschaft versucht Verena Stefan gleichzeitig auf zwei Ebenen zu lösen: durch Verweigerung und Bewußtwerdung des eigenen, weiblichen Körpers: »Wir haben doch gelernt, nicht unseren körper zu lieben, sondern (...) das verlangen, das er im mann auslöst« – sowie durch die Weigerung, sich der männlich infiltrierten Sprache zu bedienen: »Beim schreiben dieses buches (...) bin ich wort um wort und begriff um begriff an der vorhandenen sprache angeeckt. Sicher habe ich das zunächst so kraß empfunden, weil ich über sexualität schreibe. *Alle* gängigen Ausdrücke – gesprochene wie geschriebene – die den koitus betreffen, sind brutal und frauenverachtend.« Die primäre Verweigerung löst sie durch eine radikale Hinwendung zu homoerotischen Beziehungen, die zweite, die Sprachlosigkeit der weiblichen Sexualität, durch die Suche nach einem neuen Vokabular, das sie in naturhaften Vergleichen und in einer ausgeprägten Pflanzenmetaphorik findet. Ein Beispiel aus *Häutungen:* »Fenna und ich rollen schallend auseinander. nein, sage ich atemlos, wir haben auch keine schamlippen. ich sehe mich genau an, vertiefe mich in die färbungen, die schattierungen, die hautverschiedenheiten. meine Lippen sind runzelig eingerollt, sie sehen wirklich aus wie eingerollte blütenblätter, bräunlich, wenn ich sie sachte aufrolle, glänzend rosa. die vielen unbekannten farbtöne am eigenen körper! wir schaffen uns neu durch ertasten betrachten besprechen.« Wie eng die weibliche Selbstfindung mit einer neu zu bestimmenden »weiblichen Ästhetik« zusammenhängt, betont auch Riki Winter: »Das Thema, die Suche der weiblichen Ich-Erzählerin nach einer weiblichen Identität, und die ständige Reflexion darüber, daß dieser ›Häutungsprozeß‹ auch einer begrifflichen Neubestimmung bedarf, sind so ineinander verschränkt, daß sie als homogener (Schreib-)Prozeß zu begreifen sind.« Im Gegensatz zu Karin Struck, die an den alten Mustern leidet und sie nur schreibend zu lösen scheint, entwirft Verena Stefan eine konkrete Möglichkeit, die alte Rolle ›abzuhäuten‹ und ein neues, ehrlicheres Frauenbild zu entwerfen.

Nicht alle von Frauen geschriebene Literatur ist in der Mann/Frau-Konfrontation, einem Muster, wonach sich »die Welt in gute Frauen und böse Männer aufteilt«, so radikal wie die Verena Stefans – so notwendig dieses Stadium im Ablösungsprozeß und zur Identitätsfindung auch ist. In diesem Zusammenhang maßvoller sind die Erinnerungsstudien von Maria Erlenberger *Der Hunger nach Wahnsinn* (1977) und Brigitte Schwaiger *Wie kommt das Salz ins Meer* (1977), obwohl sie keineswegs die Frauenhandschrift verleugnen und spezifisch weibliche Problemsituationen schildern.

Maria Erlenbergers *Der Hunger nach Wahnsinn* (1977) ist ein erschütternder autobiographischer Bericht einer Frau, die an ihrem falschen, alles harmonisierenden Lebensprogramm zu ersticken drohte und nur eine Möglichkeit sah, sich diesem System zu entziehen: durch Krankheit – »seine Krankheit«, so Erlenberger, »die er sich ausgesucht hat, um einen Haltegriff im Leben zu haben«. Von Maria Erlenberger – dieser Name ist ein Pseudonym – gibt es keine biographischen Daten. Man weiß nur, daß sie selber in eine Irrenanstalt eingeliefert wurde, nachdem sie, auf 32 Kilo abgemagert, einen Kreislaufzusammenbruch erlitten hatte. Die Krankheit, der Hunger, die Magersucht als Akt der Verweigerung. Der allgemeine Maßstab der Normalität deklarierte sie zur Irren.

»Die Geisteskrankheit, die psychische Krankheit wird zum Irresein an einer Welt, die selbst verrückt ist, weil sie den Menschen seiner Glücksvorstellungen, der Erfüllung seiner Liebesbedürfnisse und seiner Entfaltungsmöglichkeiten entfremdet hat«. (Riki Winter) Und tatsächlich – die Perspektive, aus der sie schreibt, ihre psychiatrie-kritischen Analysen und Beschreibungen werfen alle Maßstäbe von Normalität um. Sie tauscht die äußere freie Existenz mit der einer inneren »Narrenfreiheit«, die sie sich schreibend und trotz aller erniedrigenden Entmündigung in der Anstalt bewahren kann. Schreibend gelingt ihr der Prozeß vom »Ich wollte mich nicht« zum jasagenden »Ich war mir recht, ich gab mir recht«, von der Selbstverleugnung und -auslöschung zur affirmativen Selbst-Gewißheit und Selbstfindung. – In ihrem Roman *Das Erlernen der Totgeburt* (1979) behandelt Maria Erlenberger drei Themenkomplexe, die sie erzählerisch geschickt anfangs scheinbar nebeneinander, später ineinander verwoben enden läßt: Ihre Schwangerschaft, die ›nicht-schulische‹ Erziehung ihres Sohnes und das langsame Sterben der Großmutter. Die Geburt des Sohnes und der Tod der Großmutter sind gleichzeitige Ereignisse, mit denen der Roman endet. »Mit jedem Satz, den Maria Erlenberger schreibt, kratzt sie an der harmonisierenden Tünche, die über existenzielle Ereignisse, wie Schwangerschaft, Geburt und Tod, gestrichen ist.« (Riki Winter) Sie schreibt ohne Beschönigung, in aller erlebten Offenheit und Widersprüchlichkeit, wie sie diese ›Ereignisse‹ selber erfahren hat. Dieser Roman ist ähnlich wie »Hunger nach Wahnsinn« ein uneingeschränktes Bekenntnis zur Subjektivität, der einen unbedingten Hunger nach Leben, nach selbstbestimmtem Leben verrät: »Ich möchte schuld an meinem Leben sein«, ist der zentrale Satz ihrer individuellen Revolte, ihrer Literatur. »Schreiben heißt Leben, nicht denken« – so heißen zwei Zeilen aus ihrem Gedichtband *Ich will schuld sein* (1980); sie zeigen einmal mehr, wie sehr das Schreiben selbst zur existentiellen Bedingung wird.

Als existenzielle Bedingung *und* existenzielle Gefahr erscheint das Schreiben bei BRIGITTE SCHWAIGER. Sie wurde am 6. April 1949 in Freistadt (Oberösterreich) als Tochter eines Arztes geboren, machte 1967 das Abitur und studierte zwei Semester lang Psychologie, Germanistik und Romanistik in Wien, bevor sie 1968 einen spanischen Tierarzt heiratete. Sie lebte daraufhin in Mallorca und Madrid, unterrichtete Deutsch und Englisch und malte nebenher. 1973 ließ sie sich scheiden, studierte an der Pädagogischen Akademie in Linz und trat als Schauspielerin in einem Kellertheater auf. Zeitweilig war sie Regieassistentin beim Österreichischen Rundfunk und Sekretärin in einem Wiener Theaterverlag. Nach dem sensationellen Erfolg ihres ersten Romans ließ sie sich als freie Schriftstellerin in Wien nieder. *Wie kommt das Salz ins Meer* (1977), so der Titel des Romans, machte die bis dahin nur in Zeitschriften und Anthologien mit Kurzprosa (»Espana Cani«, 1973; »Situation in Prosa«, 1974) und einem Hörspiel (»Murmeltiere«, 1976) in Erscheinung getretene Autorin über Nacht berühmt – das Buch erlebte innerhalb eines Jahres fünfzehn Auflagen und wurde von der Kritik durchweg überschwenglich gelobt. Der Erfolg läßt sich im wesentlichen auf zwei Gründe zurückführen: Zum einen erfüllte der Roman das Mitte der siebziger Jahre gängige Kriterium subjektiver Authentizität in einem hohen Maße; zum anderen gab der Inhalt des Buches, die Geschichte einer scheiternden Ehe, den Lesern und vor allem den Leserinnen vielfältige Identifikationsmöglichkeiten – diesem Wiedererkennungseffekt wohl vor allem verdankt der Roman seinen großen ökonomischen Erfolg. Dem Rummel, der daraufhin um die Autorin entstand, wäre Schwaiger beinahe zum Opfer gefallen; ihre nächsten beiden Veröffentlichungen, *Mein spanisches Dorf* (1978) und *Malstunde* (1980), waren kaum mehr als leicht exhibitionistische private Konfessionen, mit denen Schwaiger auch in zahllosen Interviews gar zu freigebig war. Daß ihre Fähigkeiten über die nur intime Mitteilung hinausgehen, gab erst die Erzählung *Lange Abwesenheit* (1980) wieder zu erkennen, in der Schwaiger eines der zentralen Themen der Frauenliteratur, das Verhältnis der Tochter zum Vater, in psychoanalytisch angelegter Handlungsführung variiert.

Das Verhältnis zur eigenen Kindheit sowie zur Kindheit allgemein ist eines der beherrschenden Motive im Werk von BARBARA FRISCHMUTH. Sie wurde am

5. Juni 1941 in Altaussee (Steiermark) geboren, besuchte eine Klosterschule und studierte anschließend Türkisch und Ungarisch, 1964 bis 1967 Orientalistik in Wien. Seit 1970 lebte Frischmuth als freie Schriftstellerin und Übersetzerin in Oberweiden (Niederösterreich); 1977 übersiedelte sie nach Wien. Sie ist Mitglied der »Grazer Autorenversammlung« und wurde – neben zahlreichen anderen Ehrungen – 1972 mit dem Österreichischen Staatspreis für Kinderliteratur ausgezeichnet. Frischmuth debütierte mit dem autobiographisch gefärbten Bericht *Die Klosterschule* (1968), in dem sie in vierzehn Prosaskizzen den von der Autorität der Erzieher geprägten Pensionsalltag schildert und die ›frommen Sprüche‹ frömmelnder Religiosität an den Pranger stellt: »Aus der Summierung des Erbaulichen entsteht eine Provokation des Scheinheiligen.« (Hansjörg Graf) Vor dem Hintergrund der durchaus erkennbaren pädagogischen Absicht des Erstlings scheint es konsequent, daß Barbara Frischmuth in der Folge eine ganze Reihe von Kinderbüchern veröffentlichte, so zum Beispiel die *Amoralische Kinderklapper* (1969) – deren Titel auf die Moralische Kinderklapper von Musäus (1787) zurückgeht –, *Der Pluderich* (1969) und *Ida – und Ob* (1972). Aber Kinder und Kindheit sind für Frischmuth mehr als ein Gegenstand pädagogischer Bemühungen, sie machen vielmehr recht eigentlich die Gegenwelt zur erstarrten, entfremdeten, verwalteten Realität der Erwachsenen aus. 1971 folgte das Prosabuch *Tage und Jahre;* darin wird die Trennung von Kinder- und Erwachsenenwelt eindringlich analogisiert mit der Kluft zwischen Schein und Sein, Vergangenheit und Gegenwart, Erinnerung und Erleben. Während die schmerzliche Erfahrung dieser Dichotomien in den frühen Texten Frischmuths häufig genug in den Reflex münden, Zuflucht in der Vergangenheit zu suchen, bahnt sich in der *Rückkehr zum vorläufigen Ausgangspunkt* (1973) und namentlich in Frischmuths erstem Roman *Das Verschwinden des Schattens in der Sonne* (1973) eine Tendenz an, sich der Wirklichkeit des Hier und Jetzt zu stellen – die Texte werden realitätsbezogener. Den gleichen Prozeß veranschaulicht auch die Roman-Trilogie, die zwischen 1976 und 1979 erschien: *Die Mystifikationen der Sophie Silber* (1976), *Amy oder die Metamorphose* (1978) und *Kai und die Liebe zu den Modellen* (1979): Während zu Beginn noch eine Gegenwelt der Elementargeister und alpenländischer Mythen konstruiert wird, erscheint zum Schluß die Möglichkeit, Kinder- und Erwachsenenwelt miteinander zu versöhnen und dem Impuls einer regressiven Wirklichkeitsverweigerung ein wirklichkeitsbejahendes ›Trotzdem‹ entgegenzusetzen. Die Themen der partnerschaftlichen Bindung und der Hoffnung auf erfüllte Liebe stehen im Mittelpunkt von Frischmuths Romanen

und Erzählungen der achtziger Jahre, die in rascher Folge erschienen: *Die Ferienfamilie* (1981), *Traumgrenze* (1983) und *Kopftänzer* (1984); über *Die Frau im Mond* (1982) schreibt Ulrich Janetzki resümierend: »Barbara Frischmuth faßt in diesem Roman zusammen, was sie in ihren vorangegangenen Büchern jeweils in Einzeldarstellungen gestaltet hat: die ständig neu zu reflektierende Vereinbarkeit/Unvereinbarkeit von Partnerschaft und Selbstfindung, die partielle Einsamkeit inmitten einer harmonisch scheinenden Zweisamkeit und die das ganze Leben beherrschende Sehnsucht nach einem Partner, die mit zunehmendem Warten zur irreversiblen Pose erstarren kann.«

Zu einer Zeit, als ›Frauenliteratur‹ noch ein relativ unbekanntes Wort war, begann Angelika Mechtel zu schreiben. Sie wurde am 26. August 1943 in Dresden geboren, kam nach dem Krieg in die Bundesrepublik und begann Ende der fünfziger Jahre, zunächst in meist gewerkschaftsnahen Zeitschriften, Prosa zu publizieren. 1965 trat sie in die Gruppe 61 ein; seit 1970 ist sie im Verband Deutscher Schriftsteller (VS) und Mitglied des westdeutschen PEN-Zentrums; bis Ende 1977 arbeitete sie im Vorstand des VS in Bayern, bis 1978 im Vorstand des Förderkreises Deutscher Schriftsteller in Bayern. Angelika Mechtel ist verheiratet, hat zwei Kinder und lebt in München. – Bekannt wurde Mechtel 1968 durch ihren Erzählungsband *Die feinen Totengräber,* der vom Verlag wie folgt angekündigt wurde: »In diesen Erzählungen triumphiert eine Realität, deren spröde Stofflichkeit sich allen wohlfeilen Ästhetisierungen widersetzt. Das macht ihren unnachahmlichen Reiz aus, ist die bewußte Intention Angelika Mechtels. Ihre Erzählkunst lebt vom Verknappen, dem kurzen Andeuten von Vorgängen und Ereignissen. So kommt es, daß zeitlich und räumlich Auseinanderliegendes nebeneinander, beinahe gleichzeitig gesehen werden kann. Diese Gleichzeitigkeit sich widersprechender Handlungsbereiche ist die unausgesprochene Kritik an der dargestellten Wirklichkeit. Da gibt es kein demonstratives Belehren: die erzählten Geschehnisse prallen kontrastierend gegeneinander.« Die Anpreisung nimmt unbewußt eine Reihe von Motiven vorweg, die Mechtels Laufbahn als Schriftstellerin prägen und problematisch machen sollten, so vor allem ihr gegen-ästhetizistischer, realitätsbezogener und dabei pointiert gesellschaftskritischer Ansatz, der einerseits als engagiert-realistisch gelobt wurde, ihr jedoch andrerseits den zweifelhaften Ruf eintrug, eine ›linke Courths-Mahler‹ zu sein. Mechtels zweite Veröffentlichung war der Roman *Kaputte Spiele* (1971), in dem sie die Geschichte des ausgeflippten Ex-68ers Jolly Boy erzählt; es folgten, noch im selben Jahr, die *Hochhausgeschichten,* die die

Brutalität alltäglicher Existenz in der Wohlstandgesellschaft der siebziger Jahre zum Thema haben. Etwa zu dieser Zeit begann Mechtel, sich in ihren Büchern implizit am ›Normalleser‹ zu orientieren und auf formales Experimentieren zu verzichten; sie sagte 1974; »Ich hatte Erfolg mit meinen literarischen Arbeiten, aber kaum Leser gefunden. Vom Inhalt meiner Bücher wurde viel geredet, aber ein Ausbruch aus dem Kreis der Eingeweihten hatte nicht stattgefunden. Der Weg vom Autor über den Buchhändler zum Leser wurde von der Intellektualität meines Stils blockiert. Gelesen wurde ich von denen, die ohnehin meiner Meinung waren, die sich, sozusagen, am selben Ufer befanden. Und deshalb das Experiment: Wenn ich die Intellektualität des Stils reduzierte, die Inhalte jedoch beibehielt, mußte ein Durchbruch zum Normalleser, für den diese Inhalte als veränderndes Moment gedacht waren, doch möglich sein.« Diesem Programm folgten beinahe alle Bücher Mechtels seit Mitte der siebziger Jahre: der Roman *Friß Vogel* (1972) machte den Anfang; es folgten *Das gläserne Paradies* (1973), *Die Blindgängerin* (1974), die Dokumentationen *Alte Schriftsteller in der Bundesrepublik* (1972) und *Ein Plädoyer für uns – Frauen und Mütter von Strafgefangenen berichten* (1975). Der ausbleibende Erfolg dieser Bücher und die zum Teil bissige Kritik daran waren gewiß dafür verwantwortlich, daß Mechtel in der letzten Zeit zu dem zurückgekehrt ist, was sie selbst als ›intellektuellen Stil‹ gekennzeichnet hatte: so in ihrem autobiographisch beeinflußten Roman *Wir sind arm, Wir sind reich* (1977), in dem Erzählband *Die Träume der Füchsin* (1976) sowie in den zuletzt erschienen Romanen *Die andere Hälfte der Welt oder Frühstücksgespräche mit Paula* (1980) und *Gott und die Liedermacherin* (1983). Darüber hinaus hat Angelika Mechtel auch eine Reihe von Kinderbüchern geschrieben, von denen *Hallo Vivi* (1975), *Kitty Brombeere* (1976) und *Kitty und Kay* (1978) die bemerkenswertesten sind.

Besser als Angelika Mechtel gelingt es Elfriede Jelinek, avantgardistisch-experimentelle Schreibweisen mit einem betont gesellschaftskritischen Ansatz zu verknüpfen. ELFRIEDE JELINEK stammt aus der Steiermark, wo sie, in Mürzzuschlag, am 20. Oktober 1946 geboren wurde. Kindheit und Jugend verbrachte sie in Wien. Sie studierte Musik, Kunstgeschichte und Theaterwissenschaft und lebte längere Zeit in Berlin und Rom. Seit Mitte der siebziger Jahre pendelt sie als freie Schriftstellerin zwischen Wien, München und Paris. – Drei Jahre nach dem Erscheinen ihres ersten Buches, der Gedichtsammlung *Lisas Schatten* (1967), wurde Jelinek schlagartig bekannt durch den »ersten konsequent durchgehaltenen Poproman deutscher Zunge«

(Otto Breicha), durch ihren Romanerstling *wir sind lockvögel baby* (1970). Die Autorin, die den Leser zum ›action reading‹, zur aktiven ›Mitarbeit‹ an dem Buch provozieren wollte, hatte auf einem perforierten Vorsatzblatt gleich sechs alternative Titel mitliefern lassen, mit denen man das Buch nach Lust und Laune ›umtaufen‹ konnte: »sie sollen dieses Buch sofort eigenmächtig verändern. sie sollen die untertitel auswechseln. sie sollen hergehen & sich überhaupt zu VERÄNDERUNGEN außerhalb der legalität hinreißen lassen. ich baue ihnen keine einzige künstliche sperre die sie nicht durchbrechen könnten. ich hole sie ganz heran & zeige ihnen die noch unbemerkten hohlräume in ihrem organismus die bereit sind für völlig neue programmierungen.« In ähnlich parodistisch-aktivistischem Stil läßt Jelinek Comic-Helden und die Beatles, Mythen der Heimatromane und der Regenbogenpresse die 73 Kapitel ihres Buches durchtoben, indem Stilmittel der Popart und des Surrealismus virtuos kombiniert werden. Diese Mittel werden fortentwickelt und einem aggressiv kritischen gesellschaftlichen Ansatz dienstbar gemacht in *Michael. Ein Jugendbuch für die Infantilgesellschaft* (1972), worin die öde Sprache und die verdummende Belanglosigkeit der Fernsehserien zwischen 18 und 20 Uhr schonungslos bloßgestellt werden; hierzu der Kritiker Joachim Kaiser: »Wer kleinmütig unterstellt hätte, diese kurzen, lieben, sicheren, schelmischen, oft so verlogenen realistischen Redeweisen, diese fabelhaft überzeugungskräftigen Temperamentsschnulzen zwischen Kinderfunk und Familiensendung, zwischen Schein-Aufgeschlossenheit für Jugendprobleme und mütterlich-resoluten Kitsch ließen sich nicht in Schriftform bringen, der hätte sich getäuscht!« Während *Michael* durch den massiven Einsatz stark verfremdender formaler Methoden noch sehr an die *lockvögel* erinnert, sind *Die Liebhaberinnen* (1975) Jelineks erster realistischer Romanversuch. Gleichzeitig läßt das Buch – das im übrigen die Geschichte zweier siebzehnjähriger Mädchen erzählt – eine Spannung erkennen, die für die Autorin durchaus charakteristisch ist: »Elfriede Jelineks Kritik gilt in allen ihren Romanen einerseits der Männer-, andererseits der Klassengesellschaft. Als *marxistische* Feministin hält sie die Abschaffung der Klassengesellschaft für vorrangig. Sie zeigt in ihren Romanen aber weniger die gesellschaftliche und ökonomische Benachteiligung der Frau als vielmehr die private Unterdrückung der Frau durch den Mann, der stets als brutal und charakterlich niedrig dargestellt wird.« (Hans Christian Kosler) Diese Spannung charakterisiert auch Jelineks bisher letzten Roman *Die Ausgesperrten* (1980), der einen authentischen Kriminalfall aus dem Wien der sechziger Jahre zum Hintergrund hat, den Mord eines Schülers an seinen Eltern und seiner Schwester, den Jelinek so drastisch und realistisch wie sarkastisch in Szene setzt. Neben ihrer Prosa hat Elfriede Jelinek auch noch Hörspiele (zuletzt »Jelka«, eine Familienserie in acht Folgen, 1977), ein Theaterstück (»Was geschah, nachdem Nora ihren Mann verlassen hatte oder Stützen der Gesellschaft«, 1979) und ein Filmdrehbuch geschrieben (»Die Ramsau im Dachstein«, 1976).

Weit weniger experimentelle, darum aber nicht minder reizvolle Darstellungsmethoden verwendet in ihrem noch schmalen Werk ELISABETH PLESSEN. Sie wurde als Elisabeth Gräfin Plessen am 15. März 1944 in Neustadt/Holstein geboren, studierte Philosophie, Literaturwissenschaft und Geschichte in Paris und Berlin und schloß ihr Studium mit der Promotion ab; ihre Dissertation wurde später unter dem Titel *Fakten und Erfindungen. Zeitgenössische Epik im Grenzgebiet von fiction und non-fiction* (1971) veröffentlicht. Ausgedehnte Reisen führten sie anschließend nach Westindien, Südamerika und in die Sowjetunion; sie lebt heute als freie Schriftstellerin in Berlin. – Bekannt wurde Elisabeth Plessen – die zuvor nur einzelne Erzählungen in Zeitschriften veröffentlicht hatte – 1974 mit *Katia Mann: Meine ungeschriebenen Memoiren;* in ausgedehnten Interview-Sitzungen hatte Plessen der bis dahin in biographischen Dingen sehr verschlossenen, eigenwilligen und hochbetagten Witwe Thomas Manns ihre Lebenserinnerungen entlockt und daraus – zusammen mit Michael Mann – ein so informatives wie liebenswürdiges Buch gemacht. Zwei Jahre später erschien dann Plessens erster, gleich vielbeachteter und erfolgreich verkaufter Roman *Mitteilung an den Adel* (1976), mit dem sie sich, scheinbar, als typische Vertreterin der Frauenliteratur einführte. Im Zentrum des stofflich stark autobiographisch gefärbten Buches steht nämlich die Geschichte einer Vater-Tochter-Beziehung: Die Journalistin Augusta erhält telefonisch die Nachricht vom Tod ihres Vaters und macht sich auf den Weg, um an der Beerdigung teilzunehmen. Auf der Autofahrt in ihre Heimatstadt rekonstruiert sie, erinnernd, reflektierend, ihr Verhältnis zum Vater – den sie übrigens stets distanziert »C.A.« nennt –, mit dem Ergebnis, daß die Verletzungen, die beide einander zugefügt haben, nicht heilbar und der Bruch auch durch den Tod nicht zu überwinden ist: »Jetzt bist du tot, aber es erleichtert mich nicht. Ich war ja weggegangen. Du brauchtest nicht zu sterben«; »Wir haben uns zu schlecht gestanden und zu gut gekannt. Da sollst du dich freuen, wenn ich jetzt komme?« Augusta kehrt, kurz bevor sie das Elternhaus erreicht hat, zurück. Wenn nun die Kritik allgemein damit gerechnet hatte, Elisabeth Plessen in der Kartei ›Frauenliteratur‹ ablegen zu können, wurde sie durch das bisher letzte Buch der Autorin überrascht oder auch enttäuscht: 1979 erschien *Kolhaas*, ein historischer Roman, der auf den durch Kleists Novelle bekannten Stoff aus dem 16. Jahrhundert zurückgreift und von Plessen auf sehr eigentümliche Weise aktualisiert wird, indem sie zwar einerseits die historische Perspektive beibehält, andrerseits jedoch ohne alle Aufdringlichkeit aktualisierende Elemente miteinfließen läßt: »Im 16. Jahrhundert wurde anders gefoltert – nach wie vor gibt es jedoch die Folter.« Vor dem Hintergrund der Frauenliteratur der siebziger Jahre ist der Roman wohl unter anderm deshalb interessant, weil er entschlossen abrückt von der Fixierung auf das Persönlich-Allzupersönliche – eine Tendenz, die etwa bei Christa Wolf im *Kassandra*-Roman deutlich vorgeprägt ist; daß dabei das Bemühen um spezifisch weibliche Schreibweisen keineswegs an einen ›entfremdenden‹ Stoff ausgeliefert werden muß – dafür sind beide Bücher überzeugende Beweise.

PROSA DER GEGENWART

Die Erzähler, denen wir uns im folgenden widmen wollen, sind außerordentlich unterschiedlich, was ihre (literarische) Herkunft betrifft ebenso wie hinsichtlich des Umfangs, der Qualität und der beherrschenden Thematik ihres Werkes. Eines verbindet sie jedoch bei aller Verschiedenheit: die Orientierung ihrer literarischen Produktion am autobiographischen Horizont. Sie entsprechen damit der Forderung nach Authentizität, die häufig genug und namentlich in den siebziger Jahren als entscheidender Maßstab überkommene ästhetische Einschätzungen und Wertungen von Prosa ersetzte. Dabei erweist sich immerhin, daß die Konzeption der sich selbst reflektierenden Subjektivität, welcher der größte Teil der Literatur jener Jahre sich verpflichtet wußte, zu einer außerordentlichen Vielfalt der Schreibweisen geführt hat.

Eindeutig autobiographisch geprägt ist das noch relativ wenig umfangreiche Werk Günter Steffens', der einmal, nach seinen Zukunftsplänen gefragt, antwortete: »(...) ich möchte auch weiterhin den Stoffen treu bleiben, die ich weder erfinden muß noch erfinden könnte.« GÜNTER STEFFENS wurde am 10. August 1922 in Köln geboren, wo er auch aufwuchs und die Schule besuchte, die er mit der Mittleren Reife abschloß. Er ging zunächst an die Düsseldorfer Kunstakademie, wurde jedoch 1942 zur Wehrmacht eingezogen und nach Kriegsende nicht wieder in die Akademie aufgenommen. Von

1949 bis 1971 arbeitete er für verschiedene Werbeagenturen in Frankfurt und Hamburg. Erst 1974 ließ er sich, zunächst in Köln, später in Heidelberg, als freier Schriftsteller nieder. Steffens hatte bereits in den fünfziger Jahren zu schreiben begonnen; doch sein erster Roman *Der Platz* (1965), stilistisch an Wellershoffs Konzeption des Neuen Realismus angelehnt, fand bei Publikum und Kritik kaum Beachtung. In der Folge entstand lediglich ein kleiner Text, der 1973 in den »Akzenten« erschien: *Ganz einfache Mitteilung*. Seinen literarischen Durchbruch erzielte Steffens erst 1976, als sein Roman *Die Annäherung an das Glück* zu einer der am heftigsten diskutierten Neuerscheinungen des Bücherherbstes wurde; in einer Rezension hieß es: »Das Buch wird zwei Arten von Lesern haben. Die einen werden nach den ersten Seiten wissen, daß es eine Krankheit ist, der sie sich hier aussetzen, mit der sie sich infizieren sollen, und sie werden die Lektüre abbrechen oder nur in großer Distanz fortsetzen. Die anderen werden sich anstecken lassen und die Lektüre durchmachen wie ein Fieber.« Schockierend wurde allgemein empfunden, daß Steffens in seinem Roman unverhüllt autobiographisch Intimstes preisgab, indem er in dessen erstem Teil den Krebstod seiner Ehefrau beklemmend-detailliert schilderte und dabei keinen Zweifel daran ließ, daß er selbst, der Autor, mit dem Ich-Erzähler des Buches identisch sei. Erinnernd, reflektierend, analysierend wird in *Annäherung an das Glück* noch von drei weiteren Todesarten berichtet: vom gescheiterten Selbstmordversuch des Protagonisten, von einer nach kurzer Zeit wieder zerbrechenden neuen Liebesbeziehung, schließlich vom gesellschaftlichen Tod des Verfassers, seinem Abgleiten in die Asozialität. In seinem fünf Jahre später erschienenen zweiten Roman *Der Rest* (1981) setzt Steffens seine Geschichte eben hier: mit der Schilderung vollständiger sozialer Isolation, fort. Einziger Realitätsbezug ist für ihn offenbar das Schreiben geworden, das eine »negative Beschwörung« bedeutet, »so wie man das Gefürchtete manchmal an die Wand malt, in der wirren Hoffnung, es werde sich durch sein eigenes Schreckbild verjagen lassen.«

Als Ausbruchversuch aus existenzieller Angst, ein Sich-Anstemmen gegen den Tod kann man das Schreiben auch bei PETER ROSEI kennzeichnen. Er wurde am 17. Juni 1946 in Wien geboren, absolvierte dort nach der Schulzeit ein Jurastudium, das er 1968 mit der Promotion abschloß. Von 1969 bis 1971 war Rosei Sekretär bei dem Maler Ernst Fuchs, anschließend bis 1972 Leiter eines Schulbuchverlages. Seither lebt er als freier Schriftsteller in Wien und Salzburg. – Rosei trat zunächst mit zwei Erzählbänden hervor, *Landstriche* (1972) und *Wege* (1974), in denen Landschaftsschilderungen dominieren.

Dabei geht es Rosei jedoch keinesfalls um eine Prosamalerei ›nach der Natur‹; immer wieder werden ihm landschaftliche Details zu Metaphern, Vorgänge in der Natur zu parabolischen Spiegelungen einer erstarrenden menschlichen Existenz. Dieser Pessimismus, als eine Art Todesstarre des Menschlichen, ist auch kennzeichnend für Roseis ersten Roman *Bei schwebendem Verfahren* (1973), der sich, freilich ohne großen Erfolg, Kafkas *Prozeß* zum Vorbild gemacht hat. 1975 folgte ein Prosaband mit zwei Erzählungen (»Entwurf für eine Welt ohne Menschen« und »Entwurf zu einer Reise ohne Ziel«), 1976 *Der Fluß der Gedanken durch den Kopf*, 1977 der in Venedig spielende Roman *Wer war Edgar Allen?*, in dem Rosei den fortschreitenden Identitätsverlust eines Rauschgiftsüchtigen schildert, 1978 schließlich der Roman *Von hier nach Dort* und ein Jahr später die kleine Erzählung *Alben* (1979). Pessimismusdurchtränkt sind auch die beiden Lyrikbände, die bisher von Rosei erschienen sind (»Regentagstheorie« und »Das Lächeln des Jungen«, beide 1979) sowie der zuletzt erschienene Roman *Das schnelle Glück* (1980). Dabei erfaßt der Wille zur Negation des Autors fortschreitend die Sprache – »Es sind immer nur Wörter« – beinahe jede Form einer sinnvollen Weltdeutung – »Wenn einer dir die Welt erklären will: Hör weg!« – und schließlich auch die menschlichen Beziehungen: »Das Unglück unserer gegenwärtigen Existenz rührt daher, daß wir ständig Beziehungen, und zwar ihrer Natur nach Herrschaftsbeziehungen zu den Dingen und Menschen herstellen wollen.«

Eben dieser Versuch, Beziehungen, Solidarität, Freundschaft zu anderen Menschen herzustellen wurde im Fall Franz Innerhofers jahrelang brutal verhindert – die ›Negativität‹ seiner Bücher ist nicht das Produkt eines prinzipiellen Pessimismus', sondern Ergebnis eines außerordentlich leidvollen Lebensweges. Franz Innerhofer wurde am 5. Mai 1944 als unehelicher Sohn einer Landarbeiterin in Krimml bei Salzburg geboren. Von seinem sechsten bis zu seinem fünfzehnten Lebensjahr arbeitete er auf dem Hof seines Vaters, bevor er 1961 in eine Schmiedelehre ging. Nach dem Militärdienst besuchte er die Arbeitermittelschule und ein Abendgymnasium, so daß er 1970 an der Universität Salzburg zu studieren beginnen konnte. Er schrieb sich zunächst für Jura, später für Germanistik und Anglistik ein, brach jedoch das Studium nach fünf Semestern ab, arbeitete kurzfristig als Schlosser in einer Fabrik und ließ sich schließlich Mitte der siebziger Jahre als freier Schriftsteller nieder. – Dieser Lebensweg ist der eigentliche Gegenstand von Innerhofers Büchern, den inzwischen als abgeschlossene Trilogie vorliegenden Romanen *Schöne Tage* (1974), *Schattseite* (1975) und *Die großen Wörter*

(1977): Der erste Band schildert die Geschichte eines sechsjährigen Jungen, der elf Jahre lang in extremer Abhängigkeit auf dem Hof seines Vaters lebt und dort schon als Kind in seiner Arbeitskraft brutal ausgebeutet wird: »Arbeiten, das Beherrschen von Arbeitsgängen und das Lernen und Beherrschen von Arbeitsgängen und der völlige Verzicht auf sich selbst waren das Um und Auf«, heißt es über den Jungen, dessen Leidensweg zuletzt buchstäblich in der Leibeigenschaft endet: »Jetzt war er endlich ein richtiger Leibeigener, einer von den Leibeigenen, 1959, in der Republik Österreich.« Im zweiten Roman *Schattseite* wird der Weg Innerhofers bzw. seines Protagonisten weiterverfolgt: Er macht eine Schmiedelehre, geht als Fabrikarbeiter in die Stadt und versucht schließlich – in *Die großen Wörter* – als Abendschüler und Student, sich von den Zwängen und Deformationen seiner Vergangenheit zu befreien. Obwohl nur *Schöne Tage* von der Kritik enthusiastisch begrüßt wurde (und dem Autor 1975 den Bremer Literaturpreis einbrachte), gehört die Trilogie zweifellos zu den erschütterndsten autobiographischen Erzählungen der Gegenwartsliteratur. Außerdem belegt sie eindrucksvoll die nun schon häufiger vorgetragene These, daß die Betonung des Persönlichen und Subjektiven in der Literatur der siebziger Jahre durchaus nicht mit einer Abwendung vom Politischen einhergehen muß; so schreibt W. Martin Lüdke über Innerhofers Bücher: »Die seit 1974 umlaufende Trend-Formel von der ›neuen Subjektivität‹ erscheint, von Innerhofer her betrachtet, in einem anderen Licht: der Rückzug auf das Subjekt stellt sich nicht als Abkehr von der Politik dar (...). Es geht nämlich, kaum anders als im traditionellen bürgerlichen Bildungsroman, um den Prozeß der Subjektwerdung, allerdings unter den (veränderten) Bedingungen gegenwärtiger Gesellschaft – und den entsprechenden Folgen dieser Bedingungen auf das, was sich als Subjekt begreifen, was sich (s)eine Subjektivität erarbeiten will.«

Gegen das Kleinbürgerlich-Dumpfe seines Heimatlandes opponiert auch Gert Jonke, wenngleich sich bei ihm die Kritik nicht wie bei Innerhofer sozialkritisch artikuliert, sondern eher innerliterarisch, als Verweigerung der üblichen Sprach- und Erzählstrukturen sich manifestiert. Gert Jonke wurde am 8. Februar 1946 in Klagenfurt geboren. Er studierte in Wien Musikgeschichte und Germanistik, besuchte die Akademie für Film und Fernsehen, arbeitete 1970 kurze Zeit in der Hörspielabteilung des Süddeutschen Rundfunks in Stuttgart und lebt seitdem als freier Schriftsteller abwechselnd in Österreich und der Bundesrepublik. Jonkes erste Veröffentlichung war der *Geometrische Heimatroman* (1969), in dem er alle Register der experimentellen Schreibweisen zieht, um das Muster des Dorf- und Heimatromans zu destruieren. Schauplatz ist ein kleines österreichisches Dorf, das jedoch schon bald ins Absurd-Irreale zerfließt. Seine Schreibmethode dabei kennzeichnete Jonke selbst einmal wie folgt: »Ich glaube nicht an normale Erzählungen. Ich kann nur an Erzählungen, die durch andere Erzählungen unterbrochen werden, glauben. Ich glaube, jeder einzelne Satz der Erzählung muß durch einen darauffolgenden Satz einer zweiten oder dritten Erzählung unterbrochen werden. Indem ich jeden Satz der Erzählung vom folgenden Satz der Erzählung durch einen Satz einer zweiten oder dritten Erzählung trenne und erst später einsetze, erhalte ich viele Erzählungen in einer einzigen Erzählung. Die Leute hören viele Erzählungen. Es gibt viele Erzählungen.« Diese Methode verfolgt Jonke nun konsequent in seinen folgenden Buchveröffentlichungen: der *Glashausbesichtigung* (1970), den »Epilogen« *Beginn einer Verzweiflung* (1970), der *Vermehrung der Leuchttürme* (1971) und der Erzählung *Schule der Geläufigkeit* (1977) sowie in seinen neuesten Büchern *Die erste Reise zum unerforschten Grund des stillen Horizonts* (1980), *Erwachen zum großen Schlafkrieg* (1982) und in dem Roman *Der ferne Klang* (1982). Hierin erzählt Jonke die Geschichte eines Komponisten, der nach einem Selbstmordversuch in einem Irrenhaus erwacht, flieht und sich auf die Suche nach einer Frau macht, in die er sich verliebt hat. Die Reise verselbständigt sich jedoch und wird – bei einer fortschreitenden Auflösung aller raum-zeitlichen Orientierungen – zu einer romantischen ›sentimental journey‹, der der ›ferne Klang‹ eine unerreichbare, an die ›blaue Blume‹ des Novalis erinnernde Orientierung ist, die sich zum Schluß visionär verdichtet – dort ist jener Klang »die Ouvertüre der überwältigenden Schönheit eines herbeigehofften Unterganges, die herbeigesehnte erregend berührende Zerstörung der Natur durch sich selbst, die nun so lange sich weiterzerstört, bis (...) sie, befreit von den Menschen, neu wieder beginnen kann«.

In mancherlei Hinsicht erinnert Leben und Werk Gernot Wolfengrubers an das Franz Innerhofers. GERNOT WOLFENGRUBER wurde am 20. Dezember 1944 im niederösterreichischen Gmünd geboren und wuchs allein bei seiner Mutter auf (der Vater war im Krieg gefallen). Nach dem Abschluß der Hauptschule wurde er Lehrling, danach schlug er sich als Hilfsarbeiter in verschiedenen Berufen durch. Wie Innerhofer kam auch Wolfengruber über den zweiten Bildungsweg an die Universität. Er studierte von 1969 bis 1974 Publizistik und Politikwissenschaft in Wien und ließ sich danach als freier Schriftsteller nieder. – In seinem ersten Roman *Auf freiem Fuß* (1975) – der später mit *Ankunftsversuch* (1979) fortgesetzt wurde, schildert Wolfengruber mit autobiographisch beglaubigter Eindringlichkeit die Geschichte eines

Mannes, der, vaterlos aufgewachsen in ärmlichsten Verhältnissen, in die Kriminalität schlittert, ins Gefängnis gerät und nach seiner Entlassung unter noch stärkere Anpassungszwänge gerät als zuvor. Hier wie in den folgenden Büchern (»Herrenjahre«, 1976; »Die Mehrzahl«, 1978; »Der Jagdgast«, 1978; »Verlauf eines Sommers«, 1981) gelingt es Wolfengruber überzeugend, das Autobiographische immer wieder transparent zu machen für das gesellschaftliche Bedingende, wodurch es geprägt ist – gleichviel ob er in *Herrenjahre* die Fragwürdigkeit des sozialen Aufstiegs darstellt oder die Lage von Arbeitern und Angestellten im ›sozialen Niemandsland‹ zum Gegenstand eines Romans macht (»Niemandsland«, 1978). Wolfengruber stellte nicht privates Scheitern dar, sondern erweist die Zwangsläufigkeit individuellen Schicksals angesichts der bestehenden Herrschaftsverhältnisse: »Wolfengrubers Romane denunzieren die von der Kulturindustrie suggerierte Möglichkeit privaten Glücks als Ideologie im Dienste der Herrschenden. Die Entfremdung, der seine Romanfiguren zu entfliehen versuchen, wäre – das ergibt sich ex negativo – nur aufhebbar durch eine grundlegende gesellschaftliche Veränderung, die das bisher sozialpartnerschaftliche Verhalten überschritte.« (Kurt Bartsch) Auch bei Wolfengruber also führt der subjektiv-autobiographische Ansatz keineswegs in einen politischen Solipsismus, sondern zu einem tiefgreifenden Perspektivenwechsel in der Einschätzung und Kritik des Gesellschaftlichen.

Als Gesellschaftsdiagnose kann man den Lebensbericht *Mars* (1977), das einzige Buch von Fritz Zorn (1944–1976) lesen – wenngleich nur in der denkbar radikalsten subjektiven Vermittlung: *Mars* ist eines der uneitelsten, erschütternd-aufrichtigsten Bekenntnisbücher in den an Bekenntnisliteratur so reichen siebziger Jahren; keine Spur ist darin zu finden von jener narzißtischen Rollenverliebtheit, mit der sich manche Autoren auf dem Literaturmarkt exhibierten, und nicht der Schimmer eines poetisch-versöhnlichen Scheins, womit das Leiden verklärt würde. Leiden und Anklage nämlich sind die eigentlichen Leitmotive des Buches, das der Zürcher Millionärssohn Fritz Zorn (der Name ist ein Pseudonym) kurz vor seinem Tod schrieb, bevor er, zweiunddreißigjährig, an Krebs starb: »Ich bin jung und reich und gebildet; und ich bin unglücklich, neurotisch und allein. Ich stamme aus einer der allerbesten Familien des rechten Zürichseeufers, das man auch die Goldküste nennt. Ich bin bürgerlich erzogen worden und mein ganzes Leben lang brav gewesen. Meine Familie ist ziemlich degeneriert, und ich bin vermutlich auch ziemlich erblich belastet und milieugeschädigt. Natürlich habe ich auch Krebs, wie es aus dem vorher Gesagten eigentlich selbstverständlich hervorgeht.« Der Krebs – dies geht aus dem letzten, bitterbösen Satz hervor – ist nicht nur die physiologische Krankheit, an der Zorn zugrunde geht; der Krebs war kein Zufall, er kam zwangsläufig: als Symptom eines verhinderten und darum verfehlten Lebens. Eben hieraus aber entsteht die dann auch gesellschaftlich bedeutsame Aggressivität des Buches, das eine Kampfansage gegen all jene Formen gesellschaftlicher Repression darstellt, die ein wahres, selbstbestimmtes Leben verhindern. Diesen Formen der Unterdrückung geht Zorn etwa bei der Schilderung seiner Kindheit nach: »Ich bin aufgewachsen innerhalb einer so vollkommen harmonischen Welt, daß selbst dem ausgepichtesten Harmoniker darob noch das große Grausen packen könnte. Die Atmosphäre meines Elternhauses war prohibitiv harmonisch.« Zunächst scheint die Anpassung zu gelingen: Zorn studiert Germanistik und Romanistik und wird Mittelschullehrer. Doch mit dem Ausbruch der Krankheit ist der Bruch mit der Wirklichkeit unausweichlich – und unversöhnlich. Im Gegensatz zu Hiob, dem Mann, dem alles genommen wurde und der doch zum Schluß seinen Frieden in Gott findet, flucht Zorn auch Gott noch, bevor er stirbt: »Du bist das größte Schwein des Universums (...). Du hast die Gestapo, das KZ und die Folter erfunden; ich anerkenne also, daß du der Größte und der Stärkste bist. Der Name des Herrn sei gelobt.« Das Eigentümliche ist nun aber, daß in diesem Moment äußerste Verzweiflung und vollständige Welt- und Gottesferne sozusagen in eine ›negative Theologie‹ umschlägt (und in diesem Motiv übrigens auf Thomas Bernhard vorausdeutet): »Zorns negative Faszination für Religiöses zeigt, wie, wenn keine irdische Hoffnung mehr besteht und keine Gesellschaftsveränderung in Sicht ist, das Ganze sich wieder im Mythos formuliert. Die Theologie erlebt als Dämonologie, die Heilsgeschichte als Apokalypse ihre Wiedergeburt.« (Hermann Kurzke) Die Beschreibung trifft nicht allein auf den *Mars* zu, sondern gibt darüber hinaus auch Hinweise auf den zutiefst irrationalen Charakter vieler Horrortheorien und Untergangsvisionen, die um 1980 in der Literatur plötzlich Konjunktur hatten.

Literarisch distanzierter verfährt Gerhard Roth sowohl mit der eigenen Biographie als auch mit der Darstellung der Krankheit, namentlich der Geisteskrankheit, die er in allen nur möglichen Formen von der ›alltäglichen Neurose‹ bis hin zur offenen Schizophrenie immer wieder zum Thema seiner Romane und Erzählungen gemacht hat. GERHARD ROTH wurde am 24. Juni 1942 in Graz als Sohn eines Arztes geboren. Er studierte zunächst selbst Medizin, brach dann aber das Studium ab, wurde Programmierer und später Leiter eines Rechenzentrums in Graz. Mehrere ausgedehnte Reisen führten ihn in die USA, wovon seine Romane *Der große Horizont* (1974) und *Ein neuer Morgen* (1976) Zeugnis ablegen. 1976 ließ sich Roth als freier Schriftsteller in Graz nieder. Er ist Mitglied der »Grazer Autorenversammlung«, die von vorwiegend jüngeren Autoren als Gegengewicht zum konservativen österreichischen PEN-Club gegründet worden war. – »Schreiben und ehrlich sein ist das gleiche«, hat Roth einmal gesagt, doch zumindest in seinen Anfängen, so an anderer Stelle, habe er für seine »Zustände noch eine Ausrede gebraucht, literarische Konstruktionen, die man einem anderen unterschiebt. Einen Vorwand, um nicht zu sagen, daß man es selbst ist«. Gleich in seinem ersten Roman zeigt sich Roths Interesse (und Faszination?) an psychischen ›boarderline‹-Zuständen, an der Schizophrenie vor allem: *die autobiographie des albert einstein* (1972), so Roth selbst, sei der Versuch, »den Prozeß einer geistigen Erkrankung als Ich-Zeugnis nachzuzeichnen«. Wie viele zeitgenössische Autoren war auch Roth offenbar fasziniert von der eigentümlichen Sprache, der ›Schizophasie‹ der Geisteskranken und versuchte daraus literarisches Kapital zu schlagen (»Ich litt an meinen Wahrnehmungen wie an einer Krankheit (...), aus meinen entzündeten Hirnhäuten platzten Wortekzeme«, heißt es im »einstein«). Protokollartige Schilderungen von Krankheitszuständen zusammen mit experimentellen literarischen Schreibweisen bestimmen auch Roths nächste Bücher, die Kurzromane *Künstel* (1972) und *Der Wille zur Krankheit* (1973). Einen konventionelleren Erzählansatz benutzt Roth 1974 in seinem Roman *Der große Horizont,* in dem die Geschichte eines Mannes erzählt wird, der in den USA plötzlich glaubt, Philipp Marlowe zu sein, der Held aus Raymond Chandlers Kriminalromanen. Es folgten die Romane *Ein neuer Morgen* (1976) und *Winterreise* (1978), Roths wohl radikalstes Buch, in dem er seinem Vorsatz, durch das Schreiben ›ehrlich‹ zu sein, wohl am konsequentesten gefolgt ist; schließlich Roths bisher letzte Veröffentlichung *Der Stille Ozean* (1980).

Auf eine komplizierte Weise ehrlich-naiv und rollenspielsüchtig zugleich ist einer der wohl bizarrsten und umstrittensten Autoren in der Literatur der Gegenwart: Herbert Achternbusch. Er wurde am 23. November 1938 in München geboren, wuchs in einer kleinen Gemeinde im Bayrischen Wald auf, studierte nach einer abgebrochenen Schreinerlehre in Nürnberg und München Malerei und Bildhauerei – zerstörte dann jedoch in einem Autodafé sämtliche künstlerischen Arbeiten (übrig blieb allein eine 1964 in der Eremiten-Presse erschienene Mappe mit »Sechs Radierungen«), arbeitete als Gelegenheitsarbeiter, verschwand ein Jahr vollends im Bayrischen Wald und trat 1969 plötzlich als Schriftsteller hervor: *Zigarettenverkäufer, Hülle* und *Rita*

Jüdische und christliche Mystik bestimmen die Lyrik, Dramen und Hörspiele der Dichterin Nelly Sachs (1891–1970).

Die Lyrik Paul Celans (1920–1970), der lange Zeit in Paris lebte, ist vom französischen Symbolismus und Surrealismus beeinflußt.

Links oben:
Hans Carl Artmann
(geb. 1921).

Silja Walter (geb. 1919).

Kurt Marti (geb. 1921).

Der in England lebende Österreicher Erich Fried (geb. 1921) verfaßt politisch engagierte Gedichte.

Helmut Heißenbüttel (geb. 1921) veröffentlichte in seinen »Textbüchern« experimentelle Lyrik.

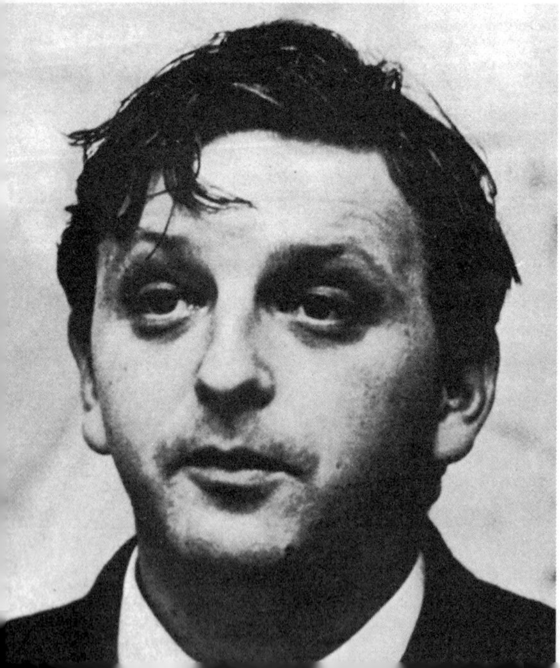

Zwei Schweizer Schriftsteller: Jörg Steiner (geb. 1930), der versucht, in seiner Lyrik und Prosa »das Gewohnte als das Schreckliche zu entlarven« (oben), Peter Bichsel (geb. 1935), der in betont einfacher Sprache kurze Prosa und den Roman »Die Jahreszeiten« schrieb (unten).

hießen die drei Erzählungen, die in einem schmalen Bändchen vereinigt wurden (»Hülle«, 1969). Es folgten bis 1977 zahlreiche weitere Erzählungen und Romane, darunter *Die Macht des Löwengebrülls* (1970), die (umfangreiche) *Alexanderschlacht* (1971), *L'Etat c'est moi* (1972), *Der Tag wird kommen* (1973), *Land in Sicht* (1977) und *Servus Bayern* (1977). Was all diese Texte auszeichnet, ist eine zutiefst anarchische Haltung ihres Autors gegenüber allen üblichen Formkonventionen: »Alles folgt«, so schreibt er in der *Alexanderschlacht,* »einer unausweichlichen Ordnungsmäßigkeit. Wer eine spezielle literarische Form pflegt, mag er auch noch so ideologische Fassadenpflege betreiben, dient dem blockhaften politischen System. Jeder Roman ist eine totale Institution, das heißt, ist ein Aufenthaltsort, an dem eine größere Anzahl von Personen von der Gesellschaft abgeschnitten miteinander ein eingeschlossenes, formal verwaltetes Leben führt.« Diesen normen- und ordnungssprengenden Affekt bewahrt Achternbusch nicht allein in seiner künstlerischen Produktion, sondern auch hinsichtlich seines Verhältnisses zu den Institutionen des Literaturbetriebs. So wies er 1977 den ihm verliehenen Petrarca-Preis herrisch zurück und verbrannte den ihm bereits ausgehändigten 20 000-Mark-Scheck öffentlich und effektvoll. 1975 zog sich Achternbusch vorläufig von der Literatur zurück und begann eine steile Karriere als Filmregisseur, Drehbuchautor und Hauptdarsteller der selbst produzierten Filme in einem. In rascher Folge entstanden *Das Andechser Gefühl* (1975), *Der Atlantikschwimmer* (1976), *Bierkampf* (1977), *Servus Bayern* (1978), *Der junge Mönch, Der Komantsche* (1980 – inzwischen war Achternbusch auch sein eigener Verleiher geworden), *Der Neger Erwin* (1981), *Das letzte Loch* (1981), *Der Depp* (1982) und schließlich, 1982, *Das Gespenst,* mit dem Achternbusch zum wiederholten Male mächtig mit dem Kulturbetrieb in Konflikt geriet: In dem Film geistert der vom Kreuz herabgestiegene Christus durch die unerlöste Welt und scheitert, weil er sich als realitätsuntüchtig erweist. Der Streifen machte Skandal; nicht zwar bei der Jury der Evangelischen Filmarbeit, die dem *Gespenst* bescheinigte, es könne ›eine heilsame Selbstbefragung in Gang setzen‹, wohl aber bei Friedrich Zimmermann, dem Bundesinnenminister, der solche Überlegungen als »intellektualisierende Spielereien« abfertigte, »mit denen man auch der unmoralischsten und verwerflichsten Tat eine positive Wirkung bescheinigen kann«. Er verweigerte Achternbusch die letzte Rate der ihm zuvor zuerkannten Förderungsmittel und kündigte – unter dem Protest beinahe aller bedeutenden Regisseure, die sich mit Achternbusch solidarisierten – eine Revision des Filmförderungsgesetzes an. – Außer mit seinen Büchern und Filmen hatte

Achternbusch auch auf dem Theater beträchtlichen Erfolg, und zwar vor allem mit *Ella* (Uraufführung 1978), *Susn* (1980), *Kuschwarda City* (1980), *Plattling* (1982) und *Der Frosch* (1982).

Als einzige große Konfession hat man zurecht Rainer Werner Faßbinders von rastloser Produktivität angetriebenes Lebenswerk bezeichnet. Es ist an dieser Stelle ganz unmöglich, auf den bedeutendsten Teil dieses Werkes, Faßbinders Filme einzugehen, daher sollen hier lediglich einige der wichtigsten Stücke aus seiner Anfangszeit beim Münchner »antitheater« kurz vorgestellt werden. Rainer Werner Fassbinder (1945–1982) wurde in Bad Wörishofen bei München geboren. Er besuchte die Rudolf-Steiner-Schule sowie Gymnasien in München und Augsburg. Nach der Schule war er zwei Jahre lang Zimmervermieter in Köln, bevor er 1964 zur Schauspielschule nach München ging. Dort trat er am »Büchner«- und am »Action Theater« auf, das sich 1968 auf seine Initiative hin als »antitheater« neu formierte. Nach der Auflösung der Gruppe arbeitete Faßbinder als freier Schriftsteller, Regisseur und Filmemacher. Auf einem vorläufigen Höhepunkt seiner Karriere – den er mit der Verfilmung von Alfred Döblins Roman *Berlin Alexanderplatz* (1979/1980) erreicht glaubte – starb er am 10. Juni 1982 an einer Medikamentenüberdosis. – Faßbinders dramatischer Erstling *Katzelmacher* (1969) spielt in einer bayerischen Kleinstadt und analysiert den ›alltäglichen Faschismus‹ im Verhalten einer Gruppe Jugendlicher gegenüber einem griechischen Gastarbeiter. In überaus lakonischen, aus vorgestanzten Satzklischees zusammengesetzten Dialogen werden die sozialen Deformationen der Handelnden zur Schau gestellt: »Wenn eines keinen Verstand hat, soll es schweigen. – Da kommt man in die Sachen hinein und weiß nicht, was daraus wird. Weil mit die Kommunisten ist eine Gefahr. – Ein Kommunist ist das und gehört verboten. – Traut sich daher und ist ein so einer. Verboten gehört es und da wird gearbeitet dafür.« Während Faßbinder hier noch mit spärlichen Mitteln und einer behutsamen, kargen Dramaturgie auskommt, experimentiert er in *Preparadise sorry now* (1969) mit sehr viel avantgardistischeren, dem »Living Theatre« entlehnten Mitteln. Geschildert werden Szenen aus einem brutalisierten Alltag, wobei jeweils zwei Personen gegen einen dritten agieren, die Konstellationen (die Faßbinder mit »L + M – K« bezeichnet) aber austauschbar sind; es folgt ein Bericht über ein schottisches Mörderpaar, das seine Taten so präzis wie kalt plant und durchführt; des weiteren Dialoge – oder besser: Doppel-Monologe eines Paares, das nur noch mechanisch aneinander vorbeireden kann; schließlich liturgisch anmutende Texte, die an einen pervertierten christlichen Erlösungsglauben erinnern. In *Blut am Hals der*

Katze (1971) bringt Faßbinder die verbalen Leerläufe einer Partygesellschaft auf die Bühne. Als Phoebe Zeitgeist, die Comic-Heldin, die die Sprache der Menschen nicht versteht, obwohl sie die Worte gelernt hat, am Schluß des Stückes sich in einen tobenden Vampir verwandelt und den Gästen das Blut aussaugt, nehmen diese das bleich und sprachlos hin. Faßbinders letztes Stück aus dieser Schaffensperiode ist die *Bremer Freiheit* (1971), die den Fall einer Giftmörderin aus dem 19. Jahrhundert als Emanzipationsversuch einer Frau in Form einer Moritat vorträgt: Die Frau wird zur Verbrecherin, weil sie sich nicht unterwerfen will – sie bringt Ehemann und Liebhaber, Kinder und Eltern und schließlich noch den Gatten der Nachbarin um. Grell aufgetragene Schockeffekte verdecken hier eine konsequente soziale Motivation der Handelnden. Nach dem Bruch mit dem antitheater und dem Beginn seiner steilen Karriere als Regisseur schrieb Faßbinder nur noch ein Stück für das Theater: *Der Müll, die Stadt und der Tod* (1976), das im Ganoven-Milieu von Frankfurt am Main spielt, das »unbewohnbar wie der Mond« ist. Die Tatsache, daß der Protagonist des Stückes, ein übler Zuhälter, Jude ist, machte bei der Veröffentlichung des Textes Skandal und verhinderte bis heute seine Aufführung.

Außerordentlichen Erfolg als Dramatiker hatte in den siebziger Jahren Botho Strauss. Er wurde am 2. Dezember 1944 in Naumburg an der Saale geboren, kam bald nach Kriegsende nach Westdeutschland und studierte in Köln und München Germanistik, Soziologie und Theatergeschichte. Anschließend arbeitete er als Theaterkritiker bei der angesehenen Zeitschrift »Theater heute«, bevor er – und dies ist wohl der entscheidende Wendepunkt in seiner Karriere – als Dramaturg an Peter Steins Berliner Schaubühne am Halleschen Ufer ging. Hier arbeitete er mit an den Übersetzungen bzw. Neubearbeitungen von Ibsens *Peer Gynt* (1971), Kleists *Prinz Friedrich von Homburg* (1972), Labisches *Das Sparschwein* (1973) und Gorkis *Sommergäste* (1975; für die Verfilmung schrieb er auch das Drehbuch, 1976). Dramaturgische Theaterarbeit und dramatische Produktion verliefen bei Strauß parallel; im selben Jahr, als seine erste Berliner Bearbeitung entstand, kam auch sein erstes Theaterstück heraus, *Die Hypochonder* (1971), in dem vier Handlungsstränge (eine Liebesgeschichte, ein Kriminalfall, eine romantische Schauerhandlung und ein Familienmelodram) kunstvoll verflochten sind, ohne daß freilich die Zusammenhänge zwischen den einzelnen Handlungselementen je deutlich werden – im Gegenteil setzt Strauß alles daran, die dramatischen Ereignisse zu verrätseln und ihre geheimnisvolle Verworrenheit nicht einer monoperspektivischen Kausalität zu opfern. In seinem nächsten

Stück, der Komödie *Bekannte Gesichter, gemischte Gefühle* (1974) stellt Strauß die leere, verstörte Alltagswirklichkeit von sieben Hotelgästen dar; auch hier geht die zunächst noch eher naturalistisch in Szene gesetzte Handlung in surreale Traumsequenzen über, in denen die Gäste eine triviale heile Welt imaginieren, die dann jedoch selbst in der Verstörung endet. 1975 erschien Strauß' erster Erzählband *Marlenes Schwester,* der neben der Titelerzählung noch eine zweite, die *Theorie der Drohung*, enthält. Marlenes Schwester wird geschildert als eine Frau, die, von einer rätselhaften Blutkrankheit befallen, in äußerster Isolation lebt und ihrem »überreizten Gedächtniszustand« folgt, um – in sich überschneidenden Passagen mit Erinnerungsfetzen, Reflexionen und visionären Traumgesichten – ihr Leben zu rekonstruieren. Hier wie in seinen Stücken läßt Strauß so bedenkenlos wie virtuos das Phantastische und das Reale, empirische und träumerische Realität ineinanderfließen. Nachdem 1976 sieben Gedichte unter dem Titel *Unüberwindliche Nähe* erschienen waren, kam im selben Jahr Strauß' wohl bekanntestes Stück heraus, die *Trilogie des Wiedersehens.* Im Verlauf der Handlung, deren drei Teile – »Kleine Gesellschaft«, »Niemand Bestimmtes« und »Gute Beziehungen« – im Sommer 1975 in einem Kunstsalon spielen – werden siebzehn Figuren in wechselnden Konstellationen miteinander in Beziehung gebracht – Groß-, Klein- und Kulturbürger, Intellektuelle und Arbeiteraristokraten, die durch den gemeinsamen Jargon der Eigentlichkeit der Vernissagenschickeria miteinander verbunden sind. Wie viele Autoren der siebziger Jahre erfaßt auch Strauß gesellschaftliches Bewußtsein in der Perspektive deformierter Privatheit, ohne damit jedoch seinen eigenen kritischen Anspruch ans beliebig Individuelle zu verraten. So kann man wohl, was ›der Dichter‹ in der *Trilogie* sagt, auch auf das Stück selbst beziehen: »(...) kein Text existiert, der nicht mehr über seinen Autor schreibt, als dieser von sich aus sagt; kein Text, der nicht mehr zu verstehen gibt, als der Autor selbst darunter verstanden hat – ich meine, daraus folgt, daß dieses Mehr eines Textes in erster Linie von einer politischen Lektüre erschlossen werden kann.« In den folgenden Jahren publizierte Strauß verschiedene erzählerische und dramatische Texte: die Erzählung *Die Widmung* (1977), die »Szenen« *Groß und klein* (1978, verfilmt 1980) und den Roman *Rumor* (1980). 1983 erschien dann sein wohl faszinierendstes Prosabuch, *Paare, Passanten,* eine Sammlung von essayistischen Skizzen, surrealistischen Sprachbildern und – vor allem – überaus eindringlichen Momentaufnahmen aus dem Alltag moderner ›Beziehungen‹, mit denen Strauß ein pointillistisch genaues, außergewöhnlich impressives Bild seiner eigenen Generation nach der gescheiterten Studentenrevolte von 1968 montiert; ein Beispiel: »Vater, Mutter, Tochter gründen eine Eltern-Kind-Gruppe und vernetzen sich mit Kitas und Bereichsräten der Selbsthilfe, mit Eigenbedarfswerkstätten, dem Kneipenplenum und der fahrbaren Stadtteil-Psychotherapie. Und doch: wie möchte man sich immer mehr von diesen Menschen der Stunde, den ganz und gar Heutigen, unterscheiden. Wie wenig könnte es befriedigen, nur und ausschließlich der Typ von heute zu sein. Die Leidenschaft, das Leben selbst braucht Rückgriffe (mehr noch als Antizipationen) und sammelt Kräfte aus Reichen, die vergangen sind, aus geschichtlichem Gedächtnis. Doch woher nehmen ...? Dazugehörig sein in der Fläche der Vernetzung ist an die Stelle der zerschnittenen Wurzeln getreten; das Diachrone, der Vertikalaufbau hängt in der Luft.« Sätze wie diese haben Strauß den Vorwurf des ›Neokonservativismus‹ eingetragen – gewiß zu Unrecht; denn was die Sätze einfordern, ist ja doch nichts weiter als die auch von den progressiven Kräften der sechziger Jahre immer wieder verlangte Erarbeitung eines historischen Bewußtseins – nur ins Subjektive gewendet: Identität, so signalisieren die Sätze, beruht auf Geschichtlichkeit.

»Vorübergehend sehr schön, wie ein Fliederbusch vor meinem Haus«, kommentierte Thomas Bernhard Strauß' Sprache, der, anders als Strauß, den umgekehrten Weg ging, mit Prosa-Arbeiten begann und sich erst verhältnismäßig spät dem Theater zuwandte. THOMAS BERNHARD wurde am 9. oder 10. Februar 1931 in Kloster Heerlen bei Maastricht in den Niederlanden geboren. Die Mutter war eine Tochter des österreichischen Schriftstellers Johannes Freumbichler, den Bernhard über alles verehrte, der Vater ein Bauernsohn aus Henndorf (Salzburg); er starb 1943 in Frankfurt an der Oder. Bernhard wuchs in Wien und Seekirchen am Wallersee bei den Großeltern mütterlicherseits auf. Von 1943 bis 1944 besuchte er ein Internat in Salzburg, von 1945 bis 1947 das Salzburger Johanneum. Dann verließ Bernhard die Schule und ging bei einem Lebensmittelhändler in die Lehre. 1948 zog er sich eine Rippenfellentzündung zu, die sich im Frühjahr 1949 zu einer schweren Lungenkrankheit komplizierte. Im Februar 1949 starb der Großvater, im Jahr darauf die Mutter. Bis 1951 mußte Bernhard in einem Sanatorium behandelt werden, dort entstanden auch die ersten schriftstellerischen Versuche. 1952 begann er ein Musik- und Schauspielstudium in Salzburg, das er 1957 mit einer Arbeit über Artaud und Brecht abschloß. Im selben Jahr wurde er freier Schriftsteller und ließ sich 1965 auf einem Bauernhof in Ohlsdorf (Oberösterreich) nieder. Von den zahlreichen Auszeichnungen, die ihm verliehen wurden, sind die wichtigsten der

der Bremer Literaturpreis (1965), der Österreichische Staatspreis (1967), der Büchner-Preis (1970) und der Czokor-Preis des Österreichischen PEN-Zentrums (1972). – Kindheit und Jugend, vor allem die Schicksalsschläge der Jahre 1949 und 1950 sind gewiß eine der Ursachen für den alles erfassenden, quasi apriorischen Pessimismus, der Bernhards Werk von der ersten Zeile an durchtränkt. Man hat manchmal den Eindruck, dieser Autor schreibe nur, um nachzuweisen, daß die Welt, in der wir leben, die schlechteste aller möglichen Welten sei – in immer wieder neuen Variationen versucht Bernhard, diesen ›negativen Gottesbeweis‹ anzutreten. Gleichviel, ob ihm dabei die Natur ins Blickfeld kommt: »die lebenslänglich unbegreifliche und unverständliche Natur, die Menschen zusammenstößt mit Gewalt, mit allen Mitteln, damit diese Menschen sich zerstören und vernichten, umbringen, zugrunde richten, auslöschen«, oder ob er, in nie erlahmender Haßliebe, die Gefühle des Ekels und des Abscheus wortmächtig gegen sein Heimatland Österreich ballt: »ein kartographisches Nichts, ein politisches Nichts. Unsere Existenz müßte nur noch ein reines Erschrecken sein, aber es ist nur erbärmlich« – die Welt ist schlecht, abgrundtief schlecht, das Schlechte selbst und an sich, und dabei bleibt es. Thomas Bernhard debütierte mit Gedichten und knappen Prosastücken (»Auf der Erde und in der Hölle«, 1957; »In hora mortis«, 1958). Aufmerksamkeit erregte er jedoch erst mit seinem Roman *Frost* (1963), in dem ein Medizinstudent im Auftrag seines Bruders 26 Tage lang den Maler Strauch beobachtet, der sich in die Einsamkeit zurückgezogen hat und dadurch Anlaß zur Besorgnis gibt. In den folgenden Jahren erschienen die Romane, auf denen sich Bernhards Ruf vornehmlich gründet: *Verstörung* (1967), *Das Kalkwerk* (1970) und *Gehen* (1971). Anfang der siebziger Jahre begannen die Theaterstücke in Bernhards Produktion zu dominieren, von denen die bedeutendsten sind *Ein Fest für Boris* (1970 uraufgeführt), *Der Ignorant und der Wahnsinnige* (1972), *Minetti* (1976), *Immanuel Kant* (1978) und *Der Weltverbesserer* (1980). Parallel dazu schrieb Bernhard eine bisher fünfbändige Autobiographie über seine Kindheit und Jugend: *Die Ursache. Eine Andeutung* (1975), *Der Keller. Eine Entziehung* (1976), *Der Atem. Eine Entscheidung, Die Kälte. Eine Isolation* (1981) und *Ein Kind* (1982). Bernhard Sorg, einer der besten Kenner des Bernhardschen Œuvres schreibt im Rückblick auf das bis Anfang der achtziger Jahre vorliegende Werk: »Mit einer gewissen Vereinfachung, die aber keine Verfälschung ist, kann man das (...) Werk Bernhards in drei Phasen einteilen: das lyrische Frühwerk, die Zeit der Prosa (Romane und Erzählungen) und die der Theaterstücke und der Autobiographie. In ungefährer Chronologie lassen sich diese drei Gruppen den fünfziger, sechziger und siebziger Jahren zuordnen. Daß dabei Bühnenwerke und Lebensbeschreibung parallel laufen und korrelieren, erscheint nicht als zufällig. Beide markieren einen Schritt weg von der vorgeblichen oder tatsächlichen Ausweglosigkeit, die die Romane in Qual und Leid konstituierte. Die Objektivation auf dem Theater und die Aufarbeitung der Vergangenheit im nicht-fiktiven Text *sind* bereits, verglichen mit der fiktiven Prosa, eine Dimension der Bewältigung (was immer die Helden oder der Thomas Bernhard der Autobiographie Gegenteiliges äußern mögen). Wer sein Leben so zu ordnen vermag (auch wenn es ihm exzeptionell unordentlich vorkommt), bedarf nicht mehr zwangsläufig der fiktiven Entwürfe von Kalkwerken und Kegeln, nicht mehr der ästhetischen Struktur des Kunstwerks als einziger Sinnstifterin im Chaos der Erfahrung. Die von Bernhard auf solche Weise erreichte Beherrschung des Materials meint folglich: Verfügung über alle je realisierten Formen (was an sich positiv wäre) und Entschärfung ihrer undomestizierten Sprengkraft.«

Der vielleicht bedeutendste deutschsprachige Autor der Gegenwart ist Peter Handke. Er wurde am 6. Februar 1942 in Griffen (Kärnten) geboren. Sein Vater war ein deutscher Soldat, ebenso wie sein Stiefvater, ein Berliner Straßenbahnfahrer, den die Mutter vor der Geburt des Sohnes geheiratet hatte. Nach der Kindheit in Ost-Berlin kehrte die Familie 1948 nach Griffen zurück. Handke kam in ein katholisches Internat und studierte nach dem Abitur von 1961 bis 1965 in Graz Jura, brach jedoch das Studium ab, nachdem sein erstes Romanmanuskript vom Suhrkamp-Verlag angenommen worden war. 1966 zettelte Handke einen Skandal an, als er den in Princeton versammelten Mitgliedern der GRUPPE 47 unter anderm »Beschreibungsimpotenz« vorwarf – eine Aktion, die seinen Bekanntheitsgrad erheblich förderte. Handke unternahm mehrere USA-Reisen und lebte in verschiedenen deutschen Städten. Die Zeit zwischen 1975 und 1978 verbrachte er zusammen mit seiner Tochter (aus der Ehe mit der Schauspielerin Libgart Schwarz) in Paris; seit 1979 lebt er in Salzburg. Die bedeutendsten unter den zahlreichen ihm verliehenen Literaturpreisen sind der Gerhart-Hauptmann-Preis (1967), der Schiller-Preis der Stadt Mannheim (1972) sowie der Büchner-Preis (1973). – Die Darstellung von Handkes Werk steht vor einer doppelten Schwierigkeit: Einerseits ist es, gemessen am Alter des Autors, ungewöhnlich umfangreich, zum anderen – dies das Wichtigere – widersetzt es sich jedem Versuch einer Rubrizierung nach bestimmten Entwicklungsphasen. Das hängt zusammen mit einem der wichtigsten Themen bzw. einer der eigentümlichsten literarischen Methoden, die Handkes Œuvre auszeichnen:

der beharrliche Widerstand gegen System und Erstarrung. Dieser Widerstand nämlich richtet sich nicht allein gegen verkrustete Wirklichkeitsstrukturen innerhalb und außerhalb des Literaturbetriebes; er richtet sich vielmehr auch gegen das jeweils letzte Buch – kaum ein Autor der Gegenwartsliteratur ist so erfolgreich wie Handke der Gefahr des Manierismus, der Masche, des kommerziell erfolgreichen Remakes ausgewichen, was dann einerseits eine große Mannigfaltigkeit seiner Texte zur Folge hat, andrerseits aber auch die angedeuteten Schwierigkeiten bei ihrer summierenden Darstellung. Handke debütierte mit dem Roman *Die Hornissen* (1966), einem aus 67 Abschnitten bestehenden Prosatext, der auf jede traditionelle Fabel verzichtet und im Grunde ein außerordentlich akribisches Wahrnehmungsprotokoll ist. Zwar wurde der Roman bei seinem Erscheinen durchaus freundlich besprochen, bekannt wurde Handke jedoch erst kurz darauf mit seinen Sprechstücken *Publikumsbeschimpfung* (1966), *Weissagung* (1966), *Selbstbezichtigung* (1966), *Hilferufe* (1977) und *Kaspar* (1968), in denen er äußerst aggressiv sich gegen die traditionelle Dramaturgie und den bürgerlichen Theaterbetrieb wendet. In den Prosaskizzen des Bandes *Begrüßung des Aufsichtsrates* finden sich viele Motive, die in den Büchern der siebziger Jahre variiert werden, vor allem das der Auflehnung gegen eine erstarrte, verwaltete Wirklichkeit; Handke schreibt: »Schreiben kann ein Versuch sein, die Welt zu erobern. Das Existierende festhalten, dessen Dasein durch den alltäglichen Umgang selbstverständlich geworden ist, sich gleichsam seiner annehmen, indem man schreibend und beobachtend die vertrauten, abgestumpften, tagtäglich sich wiederholenden Vorgänge in eine die Aufmerksamkeit schärfende Sprache faßt, bedeutet, der Welt, die halb schon vergessen ist, wieder habhaft zu werden und mit den Sinnen sie neu zu beleben.« Eben diese Methode, die alltäglichen Dinge neu zu beleben, wendet Handke auch in den Erzählungen *Der Hausierer* (1967) und *Die Angst des Tormanns beim Elfmeter* (1970) an, die die Geschichte des ehemaligen Torwarts Josef Bloch erzählt, der in einem Hotelzimmer eine Kinokassiererin tötet. Die Erzählung, formal an den Ablauf eines Kriminalromanes angelehnt, konzentriert sich nun darauf, Blochs nach der Tat völlig verändertes Wahrnehmungsbewußtsein zu beschreiben, für das plötzlich jeder Gegenstand, jeder noch so banale Vorgang zum ›Zeichen‹, zum Indiz dafür wird, daß seine Verfolger ihm auf der Spur sind. Am Muster des Entwicklungsromans ist *Der kurze Brief zum langen Abschied* (1972) orientiert; der Protagonist und Ich-Erzähler berichtet von seiner Reise durch die USA, auf die er als Reiselektüre Kellers »Grünen Heinrich« mitgenommen hat. Im selben Jahr erschien eine der eindringlichsten Erzählungen Handkes, *Wunschloses Unglück*, geschrieben unter dem Eindruck des Selbstmordes der Mutter. *Die Stunde der wahren Empfindung* (1975) erinnert in einzelnen Motiven an den *Tormann:* Gregor Keuschnig, Pressereferent der österreichischen Botschaft in Paris, träumt, er habe einen Menschen getötet, woraufhin sich auch für ihn die Umwelt in ein undurchschaubares Repertoire geheinisvoller Zeichen verwandelt. Erneut auf ein literarisches Muster nimmt Handke Bezug in dem für Wim Wenders geschriebenen Filmbuch *Falsche Bewegung* (1975), das, nicht nur weil der Protagonist Wilhelm heißt und Künstler werden will, an Goethes Roman *Wilhelm Meisters Lehrjahre* erinnert. Es folgte 1977 *Das Gewicht der Welt*, ein Journal aus Handkes Paris Zeit vom November 1975 bis zum März 1977; die Erzählung *Langsame Heimkehr* (1979), die zusammen mit *Die Lehre der Sainte-Victoire* (1980), der *Kindergeschichte* (1981) und dem dramatischen Gedicht *Über die Dörfer* (1981) zu einer Tetralogie vereinigt wurde, sowie das Tagebuch *Die Geschichte des Bleistifts* (1982) und die Erzählung *Der Chinese des Schmerzes* (1983).

DIE LITERATUR DER DEUTSCHEN DEMOKRATISCHEN REPUBLIK

Dass die Literaturen der BRD und der DDR zweierlei sind, daran besteht heute kein Zweifel mehr. Noch 1947 allerdings verkündete Johannes R. Becher auf dem ersten und zugleich letzten gesamtdeutschen Schriftstellerkongreß seine These von der kulturellen und literarischen Einheit Deutschlands. Es dauerte erstaunlich lange, bis man in der DDR die gegenteilige Auffassung, die in der BRD nur zögernd akzeptiert wurde, vertrat. Walter Ulbricht formulierte sie in einer Botschaft an den 1. Schriftstellerkongreß, und von nun an wurde öffentlich wiederholt auf die unterschiedlichen Inhalte und Funktionen von Literatur und Kunst überhaupt im sozialistischen und kapitalistischen Gesellschaftssystem hingewiesen. So sind z.B. im sozialistischen Staat unauflösliche Widersprüche wie Klassengegensätze kein literarischer Inhalt mehr, denn das Proletariat ist bereits die herrschende Klasse. Wer in seinen Werken allerdings dennoch derartige Widersprüchlichkeiten zum Ausdruck bringt, gilt als aufgehetzt und in feindlicher Absicht agierend. Da die Literatur für alle, nicht nur für ein Grüppchen Privilegierter geschrieben werden soll, untersteht sie dem Gebot der »Volkstümlichkeit«, d.h., sie soll verständlich bleiben. Ihr Auftrag und Ziel ist es, sozialpädagogisch zu wirken, Bewußtsein zu bilden, die positive Einstellung zum Sozialismus zu befestigen und überhaupt den allgemeinen Bildungsstand zu erhöhen. Damit die Literatur all dies leisten kann und auch leistet, bedarf es einer engen Zusammenarbeit mit Politik und Kulturpolitik, die zunächst und zumeist in Verordnung »von oben« besteht. Die Organe solcher Einflußnahme oder auch Kontrolle sind vielfältig: Da ist zunächst das Ministerium für Kultur mit seiner berüchtigten »Hauptverwaltung Verlage und Buchhandel«, ohne deren Zustimmung kein Druckwerk hergestellt und verteilt werden darf. Das »Büro für Urheberrechte« soll die Veröffentlichung von in der DDR nicht gedruckten Schriften außerhalb des Staatsgebietes verhindern. Für solche »Devisenvergehen« sind hohe Geldstrafen angesetzt. Ebenfalls seit jüngerer Zeit besteht im Strafrecht jener § 106, der freie Meinungsäußerung ggf. als »staatsfeindliche Hetze« u. ä. unter Strafe stellen kann. Einflußreich sind weiterhin das Parteiorgan »Abteilung Kultur des Zentralkomitees der SED« sowie der Schriftstellerverband mit seinen Kongressen, auf denen gewöhnlich neue Richtlinien zur Literaturproduktion bekanntgegeben werden. Entsprechend gut organisiert sind aber auch die Versorgung und Ausbildung der Schriftsteller wie der Vertrieb der literarischen Werke. Es wird sehr viel gelesen in der DDR, gekaufte oder geliehene Bücher, wenngleich es sich dabei zumeist um sog. Unterhaltungsliteratur handelt. Die Schriftsteller sind einerseits zwar gebunden durch das Statut des Schriftstellerverbandes, »Mitgestalter der entwickelten sozialistischen Gesellschaft« zu sein, andererseits aber finanziell vielseitig abgesichert. Stipendien, Geldpreise, Lektor-, Theater- und Übersetzertätigkeiten machen sie frei von den materiellen Sorgen ihrer Kollegen im Westen. Dafür drohen ihnen allerdings bei Kursabweichung Druckbeschränkungen oder -verbote, Aufführungsverbote, Ausschluß aus Partei und Schriftstellerverband sowie öffentliche Kampagnen. Nach dem Vorbild des Gorki-Instituts in Moskau wurde 1955 in Leipzig das Literaturinstitut Johannes R. Becher ins Leben gerufen, um junge Schriftsteller zwei Jahre lang in Theorie, Praxis und Geschichte der Literatur, aber auch im Marxismus-Leninismus zu schulen. Seinen Höhepunkt hatte das Institut Anfang der sechziger Jahre unter Georg Maurer, der, selber Lyriker, große dichterische Talente – heute bekannte Autoren – unterrichtete. Benannt ist dieses Institut nach dem damaligen Minister für Kultur, Johannes R. Becher, der seinerseits eine lange Entwicklung als Dichter hinter sich hatte. Der aus München stammende Becher (1891–1958) hatte sich früh der linksradikalen Bewegung angeschlossen, zunächst expressionistische Gedichte geschrieben und später dann in klassischen und volkstümlichen Formen die »Zeitenwende« aus dem Geist des deutschen humanistischen Kulturerbes beschworen (»Verfall und Triumph«, 1914; »Der große Plan«, 1931; »Heimkehr«, 1946; »Glück der Ferne – leuchtend nah«, 1951; »Schritt der Jahrhundertmitte«, 1958). 1945 war Becher neben anderen eine Schlüsselfigur des antifaschistischen »Kulturbundes«, der sich die Befreiung des Kulturerbes von faschistischen Einflüssen und die Förderung antifaschistischer Kulturgüter zur Aufgabe gesetzt hatte. Der zunächst aus Mitgliedern aller Lager vom bürgerlich-humanistischen bis zum kommunistischen bestehende »Kulturbund« kam später zunehmend unter kommunistischen Einfluß und wurde von den Westmächten für ihre Besatzungsgebiete verboten. Becher, der 1954 zum Minister für Kultur ernannt wurde, warb in Wort und Schrift für den bereits 1951 auf der 5. Tagung des ZK der SED zur verbindlichen »Schaffensmethode« erklärten »sozialistischen Realismus«. Mit der Forderung des »sozialistischen Realismus« wurde zugleich eine Kampagne gegen den sog.

»Formalismus« geführt. Es standen einander gegenüber: die Verselbständigung der Form als Zerstörung der Kunst auf der einen Seite, die Wahrung der Form als Vermittlerin der wichtigeren Inhalte, nämlich solchen der sozialistischen Ideologie, auf der anderen Seite. Mit solchen Inhalten waren die »neue sozialistische Produktion«, der »neue sozialistische Mensch«, der »Aufbau der sozialistischen Gesellschaft« und später die »Ankunft im sozialistischen Alltag« gemeint. Für die literarische Formung verwies man keineswegs auf die proletarisch-revolutionäre Literaturtradition, sondern auf das bürgerlich-humanistische Erbe, auf Lessing, Goethe, Schiller, Heine, Keller u.a. Wie aber sollten die Schriftsteller und Geistesarbeiter von den Arbeitern und ihrer Welt und auch für die Arbeiter schreiben, ohne vor Ort gewesen zu sein? 1955 forderten die Kumpel des Braunkohlewerkes Nachterstedt in einem offenen Brief an die Schriftsteller des Landes mehr Volksverbundenheit; 1958 beschloß der V. Parteitag der SED, »die Trennung zwischen Kunst und Leben, die Entfremdung zwischen Künstler und Volk zu überwinden«. Auf der schließlich im April 1959 stattfindenden »Bitterfelder Konferenz« nahmen neben rund 150 Berufsschriftstellern 300 schreibende Arbeiter teil; man beschloß zweierlei: Einmal sollten die Geistesarbeiter in die Betriebe gehen, dort arbeiten und Leben und Schaffen der Arbeiter dabei studieren, andererseits sollten die Arbeiter selber zur Feder greifen und von ihren Leistungen berichtend ein höheres Bildungsniveau erreichen. Diese Bewegung des »Bitterfelder Weges« versandete jedoch langsam wieder, weil die Schriftsteller wenig Bereitschaft zeigten, in die Betriebe zu gehen, und weil man staatlicherseits nicht bereit oder in der Lage war, die nun hereinbrechende Flut von Arbeiterliteratur (Anthologien, Brigadetagebücher) zu würdigen und zu verarbeiten. Immerhin kurzfristig jedoch erhielt die sog. »Produktionsliteratur« einen Aufschwung, in »Produktionsromanen« und »Produktionsstükken« wurde weiterhin der Aufbau des Sozialismus vor allem in den industriellen Betrieben und auf dem Land dargestellt.

Wie viele Mühen, Kämpfe und Niederlagen es indes die nachwachsenden Generationen von DDR-Schriftstellern gekostet hat, sich gegen die staatlich kontrollierte Literaturproduktion durchzusetzen, ist heute hinreichend bekannt. Der Wiederentdeckung persönlich-subjektiver Sichtweisen, dem Infragestellen der sog. »Wirklichkeit«, der Belebung ungeordneter Phantasie, der Darstellung pessimistisch-existentieller Helden, der Kritik an sozialistischen Mißständen, der Parteinahme für eine überstaatliche Friedensbewegung folgten staatlicherseits harte Maßnahmen. Nur wenigen Autoren gelang und gelingt es, erfolgreich eine kritische Meinung in der DDR zu äußern.

Eine wichtige Rolle spielt dabei mittlerweile die Unterstützung aus der BRD, die jedoch durchaus nicht immer auf tatsächlicher Solidarität mit den Autoren, sondern oft auf der politischen Ausschlachtung ihrer Kritik an der DDR beruht. So ist das Schicksal der inzwischen ausgebürgerten oder mit Aufenthaltsgenehmigung im Westen lebenden Dichter, deren prominentester und folgenreichster Fall Wolf Biermann ist, ein Kapitel für sich in der Geschichte der deutschen Literatur.

DIE ERSTE GENERATION: ERFAHRUNGEN MIT FASCHISMUS, KRIEG UND EXIL

Ein großer Lyriker der alten Garde ist ERICH ARENDT (1903–1984). In Neuruppin als Sohn eines Schulhausmeisters geboren, stand ihm ein an inneren und äußeren Bewegungen reiches Leben bevor. Zunächst besuchte er in seiner Heimatstadt das Lehrerseminar, arbeitete aushilfsweise in einer Bank, als Kulissenmaler sowie als Journalist bei der »Märkischen Zeitung«. Mit 23 Jahren zog er nach Berlin, wo er als Lehrer an einer sozialistischen Versuchsschule tätig wurde. Im selben Jahr noch trat er der KPD, zwei Jahre später dem »Bund proletarisch-revolutionärer Schriftsteller« bei. Als Leiter der Ortsgruppe Neukölln gab er gemeinsam mit Kurt Huhn die Zeitschrift »Neukölln hungert« heraus. Im Jahre 1933 emigrierte Arendt in die Schweiz, von wo er 1934 nach Spanien weiterreiste. Dort nahm er von 1936 bis 1939 am Spanischen Bürgerkrieg teil, allerdings nicht in der kämpfenden Truppe. Anschließend, nach zahlreichen Internierungen in Frankreich, Curaçao und Trinidad, gelangten Arendt und seine Frau Katja nach Kolumbien. Hier verdiente Arendt seinen Unterhalt als Pralinenverkäufer und Nachhilfelehrer, war aber zugleich aktives Mitglied in verschiedenen antifaschistischen Organisationen. Im Sommer 1950 kehrten er und seine Frau schließlich nach Europa zurück und ließen sich in der DDR nieder. Anfang der sechziger Jahre unternahm Arendt Reisen in die Ägäis, die für sein künstlerisches Schaffen von großer Bedeutung waren. – Daß die Stationen seines Lebensweges großen Einfluß auf sein Werk gewinnen konnten, lag an Arendts Bereitschaft, sich – anders als die meisten exilierten Schriftsteller – für fremde Menschen, Lebensformen und letztlich auch deren Literaturen zu öffnen. So sind in seinem Schaffen die verschiedensten Einflüsse zu verzeichnen (von Hölderlin bis zu lateinamerikanischer Poesie), ohne daß er doch die ihm eigene Dichtweise eingebüßt hätte. Die Betonung des Einzelwortes, seiner klanglichen und bildlichen Kraft, das Gedicht, das nicht im Stoff aufgeht, stehen stets im Mittelpunkt. Eher waren seine Erlebnisse Anlaß, der deutschen Sprache eine neue dichterische Dimension zu erschließen, als daß die Sprache lediglich zum Transport von Erfahrungen, Informationen gedient hätte. So entsprechen Arendts nie nachlassendem politischem Engagement auf der Ebene des Gedichts das Mit-Leiden, der durchgängige Ton von Melancholie und Klage über menschlich-schicksalhafte Existenz, die – allerdings – von Menschen bestimmt wird.

Seine literarischen Anfänge hatte Arendt als Bewunderer des Expressionisten August Stramm. Viele seiner frühen Gedichte weisen starke Parallelen zu denen Stramms auf, ohne daß sie sich darin erschöpften. Veröffentlicht hat Arendt seine frühen Werke in der berühmten, von Herwarth Walden redigierten Zeitschrift »Sturm«, deren künstlerisches Programm auf der prinzipiellen Trennung von Tatsachen und Erfahrungswelt einerseits und der Kunst andererseits beruhte. Wie Arendt sein human-politisches Engagement schon damals in überzeugende, durch Klang und Bildkraft wirkende Worte fassen konnte, zeigen folgende Verse:

Folterung

(Szantó und Genossen)

Schrecken zögern
Taumeln peitschen brach
Das
Dunkel
Aus der Wand gesträubte Glieder
Die gepreßten Lippen
Beißen
Kahles Fesseln Blut
...

Hier wird nicht beschrieben oder berichtet, hier wird mit sprachlichen Mitteln ein menschenverachtender Vorgang neu gestaltet und in seiner Grausamkeit unmittelbar nahegebracht.

Einen ersten Höhepunkt erreichte Arendts Schaffen im spanischen Exil. In kühnen Metaphern, einfachen Formen und eindrucksvollen Bildern spiegelt er in seinen Gedichten den antifaschistischen Freiheitskampf zugleich als Kampf der Menschheit überhaupt gegen Unterdrückung und Gewaltherrschaft. Er selber erlebte sein Schreiben als »Geschichtsschreibung von der Leidseite, von der Erleidensseite« her. Wohl am bekanntesten ist das Sonett »Die Hände« (1937) geworden. Der dichterische Ertrag dieser Zeit wurde erst 1952 in Ostberlin unter dem Titel *Bergwindballade* veröffentlicht. Hierfür und für den ein Jahr zuvor gedruckten Band *Trug doch die Nacht den Albatroß* (1951) erhielt Arendt 1952 den DDR-Nationalpreis III. Klasse.

Der »Albatroß«-Band enthält nun den eigentlichen Höhepunkt seiner Exillyrik, nämlich jene knapp 30 Gedichte, die sich unter der Überschrift »Tolú« finden. Hierin verarbeitete Arendt Erfahrungen, die er im tropischen Kolumbien, besonders auch während eines längeren Aufenthaltes in dem Negerdorf Tolú machte. So archaisch und europäischen Maßstäben unzugänglich wie die menschenleere, wuchernde Landschaft war auch die auf Unterdrückung errichtete menschliche Gesellschaft. Sprachlich reagierte Arendt auf seine Umgebung mit zunehmender Radikalisierung und Verdichtung von Metaphern sowie stärkerer, Trommelrhythmen nachahmender Rhythmisierung. Hin und wieder allerdings wuchern seine Bilder aus; nie aber verliert seine Lyrik ihr humanes Anliegen.

Es ist vorstellbar, daß Arendt nach seiner Rückkehr in die DDR seine Träume von einer freien sozialistischen Gesellschaft nicht verwirklicht sah; er geriet in eine Krise und veröffentlichte kaum noch Eigenes. Statt dessen übersetzte er zahlreiche hispano-amerikanische Dichter, wofür er 1956 den Übersetzerpreis erhielt. Erst nach einigen Jahren entstanden wieder eigene, in der Erfahrungswelt der DDR gewachsene Gedichte. Sie wurden ihrem unterschiedlichen Gehalt und Bau entsprechend in zwei Bänden (»Gesang der sieben Inseln«, 1957; »Flugoden«, 1959) herausgegeben.

Der Band *Die sieben Inseln* erscheint zunächst als Sammlung seiner Naturgedichte, die meisten von ihnen beziehen sich auf die Insel Hiddensee. Der Ton ist überwiegend der von Trauer und Resignation. Düstere Farben, Adjektive der Trostlosigkeit herrschen vor. Daß solche Aussagen aber auch politische Hoffnungslosigkeit ausdrücken, ist wohl anzunehmen.

Die Thematik der *Flugoden* ist, wie man dem Untertitel des Bandes entnehmen kann, »Der Mensch inmitten von Raum und Zeit«. Diesem weit gefaßten und ins Philosophische reichenden Ansatz entsprechen auf sprachlicher Ebene nun großzügigere Formen und die Verwendung der größeren sprachlichen Einheit, des Satzes. Arendt beschwört hier den Menschen als Gattungswesen, das mit seinen Erkenntnismitteln, besonders den naturwissenschaftlichen, zwar hochfliegende Träume verwirklichen, aber ebenso die Grundlagen seiner Existenz vernichten kann. Ein Appell des Dichters zur Besinnung auf das menschliche Maß.

Das nächste künstlerisch wichtige Ereignis in Arendts Leben waren Anfang der sechziger Jahre Reisen nach Griechenland, die ihn neben zahlreichen Essays auch zu großartigen, 1967 unter dem Titel *Ägais* veröffentlichten Gedichten anregten.

Im *Ägäis*-Band wird Arendts Sprache wieder beflügelt durch die Unmittelbarkeit der Landschaft, die die Spuren großer, vergangener Kulturen trägt. Die Ruinen wie die griechische Mythologie mahnten ihn zugleich an Vergänglichkeit und Ewigkeit menschlichen Suchens. Arendt selbst empfindet seine Gedichte als »Konzentration auf Klang, Rhythmus, Dichte und Spannkraft des Wortes, vielleicht auch mitbeschworen von der absoluten Nacktheit der griechischen Inselwelt von Fels und Wasser und Himmel«. In dieser Umgebung werden ihm Sisyphos, Herakles, Odysseus zu gültigen Symbolen für menschliches Schicksal und Leiden.

Der Blick auf die Leidens-Geschichte, der fehlende Optimismus, auch Ausdruck des Erlebens der gesellschaftlich-politischen Gegenwart häufen sich. Arendts Gedichte der späten sechziger und der siebziger Jahre zeichnen zunehmend ein Bild von Verzweiflung und Trostlosigkeit. (» ... Lichtwärts / die Muscheltriade / singt / bergweiß: / Meerloses Weitersterben. Wundwunde/ Staub / der Fuß.«) Dennoch lief Arendt nie Gefahr zu verstummen. Im Gegenteil, er stellte die Forderungen an das Gedicht mit immer größerer Dringlichkeit. Noch weitergehende Konzentration auf das Wort und zunehmende sprachliche Verknappung kennzeichnen seine Lyrik der siebziger Jahre (»Feuerhalm«, 1973; »Memento und Bild«, 1976; »Zeitsaum«, 1978).

Im Jahre 1981 erschien sein letzter Gedichtband unter dem Titel *entgrenzen.* Zum einen setzt er auch hier die Geschlossenheit seiner poetischen Produktion in Gehalt und Sprechweise fort; es gibt neue Landschaftsgedichte und große poetische Visionen über Natur, Mythos und Geschichte. Zum anderen überrascht Arendt mit einer ungewöhnlichen, intensiven und ins Erotische spielenden Alterslyrik. Lediglich eine gewisse, noch aus expressionistischen Anfängen stammende Neigung zur Häufung von Wortneubildungen wie »schwarzflügelnd«, »staubgesichtig«, »zeitvermauert« mag befremdlich wirken.

Jedoch bleibt Gerhard Wolfs Diktum zuzustimmen, der zu Arendts letztem Gedichtband sagte: »Für Arendt, den heute Achtundsiebzigjährigen, kann man den Hölderlinschen Begriff der ›Verjüngung‹ beanspruchen, weil er sich eine immer lebendige Zuwendung zu Menschen, Landschaften, zu künstlerischen und gesellschaftlichen Prozessen erhalten hat, ja sie geradezu sucht ... Eine in ihrer Art einmalige Altersdichtung von großer Ehrlichkeit, Radikalität und Schönheit.«

Jahrgangsgenosse Arendts und mit Günter Eich wohl der bedeutendste deutsche Lyriker der älteren Generation ist der vielfach preisgekrönte Peter Huchel (1903–1981). In Berlin-Lichterfelde als Sohn eines Ministerialbeamten geboren, verbrachte Huchel seine Kindheit auf dem Hof des Großvaters im märkischen Alt-Langerwisch, wodurch sein Erleben und künstlerisches Schaffen nachhaltig geprägt wurden. Nach literarischem und philosophischem Studium in Berlin, Freiburg i. Br. und Wien unternahm Huchel in den Jahren 1927–1930 Reisen nach Frankreich – hier arbeitete er 1929 als Landarbeiter –, in die Türkei und auf den Balkan, ohne daß diese allerdings einen mit Arendts Auslandserfahrungen vergleichbaren Niederschlag in seinen Werken fanden. 1930 kehrte Huchel nach Berlin zurück und schloß sich eng dem Kreis um die Zeitschrift »Kolonne« an, zu dem auch z.B. Günter Eich und Elisabeth Langgässer gehörten. Er veröffentlichte seine Gedichte in den Zeitschriften »Das innere Reich«, »Die literarische Welt« und eben »Die Kolonne«. Von der letzeren erhielt er 1932 seinen ersten Lyrikerpreis für die

Gedichtsammlung *Der Knabenteich* (1933), die er jedoch vor dem Druck wieder zurückzog. Seine Freundschaften jener Zeit mit Künstlern, die sich aktiv im antifaschistischen Kampf befanden – z.B. die Schriftsteller Kantorowicz und Weinert sowie der Schauspieler Ernst Busch – vermochten Huchel bei aller Sympathie nicht zum revolutionären Marxisten zu formen. In seinen bereits 1931 veröffentlichten autobiographischen Skizzen *Europa. neunzehnhunderttraurig* erklärt er sein Einzelgängertum mit folgenden Worten:

» ... da ihm die marxistische Würde nicht zu Gesicht steht, wird er sich unter aussichtslosem Himmel weiterhin einregnen lassen. Sie winken aus der Arche der Partei, und er versteht ihren Zuruf ... Doch unterdessen schlägt sein Herz privat weiter und er lebt ohne Entschuldigung.«

Allerdings, und das war wohl seine Art von Widerstand – die sog. »innere Emigration« – veröffentlichte Huchel außer einigen unpolitischen Funkdichtungen ab 1936 keine Gedichte mehr unter nationalsozialistischer Herrschaft. Er lebte zurückgezogen auf dem Lande, bis er 1940 von der Wehrmacht eingezogen wurde. Im Jahre 1945 kehrte er aus russischer Kriegsgefangenschaft zurück. Er gehörte nun zu den Männern der ersten Stunde, war als Lektor, Chefdramaturg und schließlich als künstlerischer Direktor des sowjetisch lizenzierten (Ost-)Berliner Rundfunks tätig. 1949 wurde Huchel Chefredateur der von Johannes R. Becher mitbegründeten Zeitschrift »Sinn und Form«, die unter Huchels Einfluß ein wichtiges Forum für den kulturellen Dialog zwischen Ost und West sowie ein bedeutsames Organ für Weltliteratur wurde. Jedoch, und das wurde Huchel vorgeworfen, » ... wich die Zeitschrift, der man ein hohes literarisches Niveau zugestehen muß, jahrelang sorgfältig einer entschiedenen Parteinahme für die sozialistische Entwicklung in der DDR aus« (so Kurt Hager später, 1963, vor dem Polit-Büro). 1962 gelang es der ideologischen Führung schließlich, Huchel zum Rücktritt zu zwingen. Bis 1971 lebte der Dichter nun als unliebsamer Mitbürger unter Reise- sowie Besuchsverbot in seinem Haus in Wilhelmshorst bei Potsdam. Nach der Übersiedelung 1971 in den Westen konnte er endlich längst verliehene Preise in Empfang nehmen und beginnen, wenn auch zögernd, seine Erfahrungen in der DDR mitzuteilen. Doch auch hier – im Westen – scheute Huchel zumeist die Parteinahme; auch publizierte er weiterhin nur zurückhaltend. Die letzten Jahre in Freiburg i. Br. vor seinem Tod 1981 waren von Krankheit bestimmt.

Rein umfangmäßig ist das poetische Werk Huchels eher bescheiden, die geplante Gesamtausgabe seiner Werke wird mit wenigen Bänden auskommen. Von seiner Bedeutung her ist dieser große Naturlyriker jedoch neben

Eich oder Celan zu stellen, zu letzterem finden sich wie auch bei Arendt Parallelen in der poetischen Verfahrensweise. Einige Merkmale kennzeichnen Huchels Werk im allgemeinen: Das große Thema, die Quelle seiner Bilder ist die Natur. Sein Blick auf die natürliche Umwelt ist meist geprägt von den Kindheitserfahrungen, die viele seiner Gedichte bestimmen. Jedoch kein schwelgendes, sentimentales Empfinden liegt darin vor, sondern einerseits realistisch verarbeitete, in konkreten Wort-Ding-Zusammenhängen dargestellte Erfahrung, andererseits ein Grundton von Trauer und Schwermut, der über das Beklagen des Verlustes der Kindheit weit hinausgeht und auf existentielles Unbehaustsein des Menschen verweist. Daraus ergibt sich fast schon zwangsläufig als weiterer Punkt sein Einzelgängertum, seine Programm- und Gruppenlosigkeit. Allenfalls hat seine Zugehörigkeit zum Kreis um die genannte »Kolonne« die ohnehin vorhandene Tendenz zur präzisen Beobachtung des Sichtbaren, sein Vertrauen auf eine wesenhafte Beziehung zwischen Wort und Ding unterstützt. Doch verschrieben hat sich Huchel keinem Programm, weder politisch noch poetologisch, was die literaturwissenschaftlichen Interpretationsversuche noch heute vor große Schwierigkeiten stellt. Beispielhaft ist dafür die sog. »Doppelinterpretation« (1966), zwei widersprüchliche Deutungen des Gedichtes »Winterpsalm« durch den Autor selber und den Literaturwissenschaftler Hans Mayer. – Aber Huchel war auch kein »bürgerlicher« Dichter, wenngleich er aus bürgerlichem Milieu stammte und nicht über gesellschaftliche und politische Verhältnisse schrieb. Schließlich gab es da, wo er aufwuchs, gar kein Bürgertum, sondern Bauern, Knechte, Mägde, Tagelöhner, arme und hart arbeitende Menschen, an deren Leben er unmittelbar teilhatte. Die wegweisende Funktion dieser Erfahrungen beschreibt Huchel so:

»Es ist das Volk mit seiner Sprache: Stake, Stoppelsturz, Hungerharke, Klaubholz, Gröps, Drämmern ... Die Dichtung hat sich, wenn sie in Gefahr geriet, blaß und künstlich zu werden, immer wieder aus der Sprache des Volkes erneuert. Wenn sich der Dichter mit der Sprache der Arbeit, der Arbeitsvorgänge, das heißt mit der Sprache des Volkes beschäftigt, wenn er diese nicht poetisch verbrämt, wohl aber zu seiner eigenen Sprache werden läßt, so wird er im Gedicht ganz neue Wege gehen können.«

In seinem ersten schmalen Gedichtband *Gedichte* (1948) veröffentlichte Huchel eine Auswahl aus der lyrischen Produktion von 1925 bis 1947. Später hat er dann eine neue Auswahl dieser Jahre unter dem Titel *Die Sternenreuse* (1967) im Westen herausgegeben.

In den älteren Gedichten des Bandes *Gedichte* werden Erinnerungen, alte Orte, der Kreislauf der Natur und die alltäglichen Gegenstände des bäuerlichen Lebens beschworen. Wald, Fluß, Binsenweg; Ziegelstreicher, Korbflechter, Holzsammler; Kiepe, Dengel, Wetzstein gehören zum

Inventar. In einfachen Sätzen werden diese Eindrücke aneinandergereiht. Die Volksliedstrophe ist die angemessene Form, die gleichmäßigen Verse, die durch reinen Reim verbunden sind, in sich zu fassen. Als beispielhaft können einige Verse aus *Die Magd* (1926) gelten:

Die Magd

Wenn laut die schwarzen Hähne krähn,
vom Dorf her Rauch und Köppel wehn,
rauscht ins Geläut rehbraun der Wald,
ruft mich die Magd, die Vesper hallt.
...

Ich frier, nimm mich ins Schultertuch.
Warm schlaf ich da im Milchgeruch.
Die Magd ist mehr als Mutter noch.
Sie kocht mir Brei im Kachelloch.
...

Im Stroh die schwarzen Hähne krähn.
Im Tischkreis Salz und Brot verwehn.
Der Docht verraucht, die Uhr schlägt alt.
Und rehbraun rauscht im Schlaf der Wald.

Aus dem Gedichtbestand von 1936 bis 1942 ist der größte Teil verlorengegangen, weniges hat Huchel später rekonstruiert. Einige Verse aus dem Zyklus *Der Rückzug* verdeutlichen sein in Naturbilder gebanntes Kriegserleben, welches für eine gewisse Zeit zum Hauptthema wird. In Krieg und Nachkriegszeit gelingt es Huchel auf großartige Weise, Natur und Zeitgedicht miteinander zu verbinden.

Der Rückzug

Ich sah des Krieges Ruhm
Als wärs des Todes Säbelkorb,
Durchklirrt von Schnee, am Straßenrand
lag eines Pferds Gerippe.
Nur eine Krähe scharrte dort im Schnee nach Aas.
wo Wind die Knochen nagte, Rost das Eisen fraß.

Nachdem ein Versuch, die sozialistische Bodenreform in dem groß angelegten Zyklus *Das Gesetz* (1950) zu besingen, Fragment geblieben war, veröffentlichte Huchel als nächsten Gedichtband *Chausseen, Chausseen* (1963) bei S. Fischer in Westdeutschland. Hier war man inzwischen auf den der SED so unbequemen Dichter aufmerksam geworden, eine Entwicklung, die seit langem wieder rückläufig ist. Das Titelgedicht stammt übrigens noch aus *Das Gesetz*.

Wenngleich die Landschaftsthematik und der mehrstrophische Aufbau weiterhin bestehen bleiben, so hat sich gegenüber den früheren Gedichten doch einiges geändert: Auf der sprachlichen Seite ist der Fortfall des Reimes, des regelmäßigen Strophenbaus und des einheitlichen Metrums zu verzeichnen. Hinzu kommt, daß die Bilder unsinnlicher, vergeistigter und vereinzelter geworden sind. Jedes steht für sich als Zeichen (»Erstarrt/Im Schweigen des Schnees/Schlief blind/Das

Kreuzotterndickicht.«) Die Grundtendenz ist zunehmende Resignation und eine eher spröde als pathetische Traurigkeit.

Diese Entwicklung steigerte sich noch in Huchels Spätwerk, das in der BRD in zwei Bänden *Gezählte Tage* (1972) und *Die neunte Stunde* (1979) erschienen ist.

Der Band *Gezählte Tage* enthält größtenteils Gedichte, die in Huchels Wilhelmshorster »Exil« entstanden sind, einer Zeit also, die von Einsamkeit, Resignation und Feindseligkeit der äußeren Umgebung gekennzeichnet war. Viele Gedichte sind teilweise autobiographischen Inhalts, wie z.B. *Hubertusweg*. Anderes macht sich Biblisches, Geschichte und Mythos zum Thema, um das eigene Schicksal dort wiederzufinden. Die Sprache wird lapidar, Verlust bestimmt das Erleben (»Und in der Mitte der Dinge die Trauer«). Die Verknappung von Sprache und Bild erreicht in dem Band *Die neunte Stunde*, dessen Titelgedicht das Sterben Christi thematisiert, ihren Höhepunkt. Die Parallelität zu Celan ist nicht übersehbar, obwohl Huchel bei aller Spiritualität den Bezug zum Sinnlichen nie verliert, was für seine Gedichte einen gewissen inneren Halt bedeutet. Die Phantasie des Lesers hat zumeist einen sinnlich faßbaren Ausgangspunkt, von dem aus sie in die allerdings recht weit gesteckten Spielräume der »Bedeutung« vorstoßen kann.

Es bedarf, zumal bei Huchels Spätwerk, auf seiten des Lesers großen Einfühlungsvermögens, tiefer Einsicht in den Prozeß poetischen Schaffens überhaupt und der Bereitschaft, die Grundspannung zwischen dem einzelnen, wenn nicht statischen Bild und dem Gesamtsinn auszuhalten. Aber wenngleich Huchel ganz besonders in seinen späten Gedichten die Naturthematik eher als bloßen Anlaß nimmt, so hat sich in seiner Lyrik doch dieser grundlegende Bezug zu seinem Hauptgegenstand bewahrt.

Den im Tonfall der Wehmut und in der Suche nach dem absoluten Bild vergleichbaren Lyrikern Arendt und Huchel steht in GEORG MAURER (1907–1971) ein ganz anderer, »unmoderner« Dichter gegenüber. Gebürtiger Siebenbürge, wuchs er unter ärmlichen, doch kultivierten Verhältnissen in Sächsisch-Regen (Rumänien) als Sohn einer Lehrerfamilie auf. In Bukarest besuchte er die Schule und nahm danach das kunstgeschichtliche, germanistische und philosophische Studium in Leipzig auf. 1940 wurde Maurer Soldat. Ende 1945 kehrte er aus der Kriegsgefangenschaft zurück und arbeitete als freier Mitarbeiter am Sender Leipzig. Von 1955 bis 1970 lehrte er am Lyrikseminar des Literaturinstituts »Johannes R. Becher«, seit 1961 als Professor. Ein Jahr nach seinem Rücktritt starb er 1971 in Potsdam.

Daß Maurer als Dichter keine außerordentliche Bedeutung gewinnen konnte, liegt wohl in seiner traditionalistischen Schreibweise begründet: vor dem Krieg schrieb er religiöse Dichtung im »hohen Ton« (»Ewige Stimmen«, 1936). Nach seiner »materialistischen Wende« durch die Lektüre von Marx-Schriften veröffentlichte Maurer zahlreiche Bände mit »Gedankenlyrik«: *Gesänge der Zeit* (1948), *42 Sonette* (1953), *Dreistrophenkalender* (1961),

Erfahrene Welt (1973). Seine in traditionellen Formen verfaßten Weltanschauungsgedichte bemühen sich zumeist mit großem gedanklichem und bildlichem Aufwand um die Harmonie des Menschen mit seiner Umwelt, um die positiven Kräfte der Beziehung zwischen Mensch und Natur. Größere Bedeutung für die Literatur der DDR erlangte Maurer jedoch als Dozent des Literaturinstituts, wo er als hervorragender Theoretiker der Lyrik eine neue, ihn auf dichterischem Gebiet bald weit überholende Generation von DDR-Schriftstellern unterrichtete. Sarah Kirsch bezeichnete ihn als »für uns alle sehr wichtig« und berichtete, man sei nach Studienende noch gern einmal zurück ins Institut gefahren.

Viele DDR-Prosaisten der ersten Generation, deren herausragende Größen Erwin Strittmatter und Anna Seghers bleiben, kamen vom Journalismus her. Dies ist eine der wenigen Gemeinsamkeiten des sonst sehr unterschiedlichen Herkommens und Lebensweges. Was sie allerdings noch gemeinsam haben, sind die Erfahrungen von Faschismus, antifaschistischem Kampf, Exil, Krieg und schließlich die Hoffnung auf den neuen Staat DDR, in dem die erträumten und erdachten Gegenentwürfe zur Wirklichkeit nun nach 1945 Realität werden sollten. – Ältester jener Prosa-Autoren ist EHM WELK (eigentlich Thomas Trimm, 1884–1966) aus Biesenbrow in der Uckermark. Er wurde nach dem Besuch der Realschule Redakteur, saß 1934–1937 im Gefängnis und KZ wegen eines an Goebbels gerichteten Leitartikels. Anschließend lebte er als freischaffender Schriftsteller in Berlin. Nach dem Krieg leitete er das Kulturamt Uckermünde und die Volkshochschule in Schwerin. 1959 wurde ihm der Titel eines Ehrendoktors der Philosophie verliehen. Er starb auf seinem Alterssitz in Bad Doberan in Mecklenburg. Unter den deutschsprachigen sozialistischen Autoren ist Welk sicher der volkstümlichste gewesen, seine literarischen Ansprüche sind nicht hoch, und in allen Romanen und Erzählungen lassen sich autobiographische Bezüge herstellen. Nach dem historischen Drama *Gewitter über Gotland* (1926), das vom Kampf der Vitalienbrüder gegen die reichen Kaufleute der Hanse handelt, schrieb Welk seine erfolgreichen Heimatromane: *Die Heiden von Kummerow* (1937), *Die Gerechten von Kummerow* (1943) sowie die Lebensgeschichte eines Vaters *Die Lebensuhr des Gottlieb Grambauer* (1938). Nach 1945 konnte Welk sich endlich auch politischen Themen widmen, er schrieb über die deutsche Novemberrevolution (»Im Morgennebel«, 1953), über das Leben ehemaliger Nationalsozialisten (»Der Hammer will gehandhabt sein«, 1958) und über Begegnungen von Menschen aus Ost- und Westdeutschland (»Der wackere Kühnemann aus Puttelfingen«, 1959).

Um einiges jünger als der Mecklenburger Welk war der Schlesier (aus Scharberg bei Beuthen) HANS MARCHWITZA (1890–1965), der mit 14 Jahren im Kohlenbergbau zu arbeiten begann, 1910 ins Ruhrgebiet übersiedelte und 1912 wegen Teilnahme an einem Streik ausgesperrt wurde. 1915 ging er freiwillig zum Militär, trat 1920 der Kommunistischen Partei bei, verlor 1924 wiederum wegen Teilnahme an einem Streik seinen Arbeitsplatz und emigrierte 1933. Über die Schweiz und Frankreich gelangte er nach Spanien, wo er am Bürgerkrieg teilnahm. Später ging er nach Frankreich und wurde dort 1939 interniert. Zwei Jahre später konnte er in die USA fliehen, wo er als Gelegenheitsarbeiter sein Brot verdiente. 1946 reiste er nach Deutschland zurück, zuerst nach Stuttgart, danach nach Babelsberg. Marchwitza gehörte als Gründungsmitglied der Ostberliner Akademie der Künste an, war Botschaftsrat der DDR in Prag und lebte bis zu seinem Tod in Potsdam-Babelsberg. Anfang der zwanziger Jahre begann er zu schreiben, zunächst Laienspiele, die er mit den Kumpels aufführte, dann Zeitungskorrespondenzen über die Arbeitsverhältnisse im Bergbau, endlich kleinere Erzählungen und Gedichte, durchweg Erzeugnisse eines reinen Autodidakten, der als Dreißigjähriger noch kein literarisches Werk gelesen hatte. *Sturm auf Essen* (1930) hieß Marchwitzas erster Roman und wurde 1931 verboten, die Erweiterung im Jahr 1952 büßte an Unmittelbarkeit ein. Ansätze zu einer epischen Fabel zeigte die *Schlacht vor Kohle* (1931), und in *Walzwerk* (1932) befaßt sich der Autor mit der Bewußtseinsentwicklung einer Arbeiterin. Unter dem Einfluß Maxim Gorkis entstand dann Marchwitzas bedeutendstes Werk *Die Kumiaks* (1934) mit der Wandlung des zunächst naiven und gutmütigen Peter Kumiak zum bewußten Proletarier. Die glaubwürdige Gestaltung gibt diesem Werk seine künstlerische Qualität. Die Fortsetzungen (»Die Heimkehr der Kumiaks«, 1952; »Die Kumiaks und ihre Kinder«, 1959) sowie *Roheisen* (1955), worin der Aufbau eines Eisenhüttenkombinats in der DDR dargestellt wird, sind mehr von der Chronologie als von inhaltlicher Dynamik bestimmt, stehen ganz im Dienst der Propaganda und hüllen sich in verklärende Idyllik und Pathetik.

Zu höheren Ehren arbeitete sich ALFRED KURELLA (1895–1975) empor. Der in Brieg (Schlesien) geborene Arztsohn verlebte seine Jugend im Rheinland, besuchte die Kunstgewerbeschule in München, war Mitglied der Wandervogelbewegung, Soldat im Ersten Weltkrieg und seit 1917 überzeugter Kommunist. Nach dem Krieg lebte er als Maler, Graphiker, Lehrer und Redakteur in Berlin, von wo aus er häufig Reisen nach Rußland unternahm. 1932/1933 war Kurella Chefredakteur in Paris, 1934–1954 Bibliothekar in Moskau, anschließend Kulturfunktionär der DDR, u.a. Professor und Direktor des Instituts für Literatur und Kritik in Leipzig, Leiter der Kommission für Fragen der Kultur beim Politbüro der SED. – Sein literarisches Hauptverdienst ist wohl die Übersetzung französischer (Aragon, Malraux, Barbusse u.a.) sowie russischer Autoren (Bogdanow, Tretjakow, Schewtschenko, Ehrenburg u.a.) ins Deutsche sowie die zur Kunstform entwickelte, sozialer und sozialistischer Kritik dienende Reportage (»Kennst du das Land?... Mussolini ohne Maske« 1931; »Ich lebe in Moskau«, 1947; »Der schöne Kaukasus«, 1956; »Dimitroff contra Göring«, 1964), zu der noch Erzählungen und Romane (»Wo liegt Madrid«, 1938; »Die Gronauer Akten«, 1954; »Die Depesche«, 1958; »Kleiner Stein im großen Spiel«, 1961) und Essays (»Ost und West«, 1948; »Der Mensch als Schöpfer seiner selbst«, 1958; »Zwischendurch«, 1961) und Werke anderer Art kommen.

Leicht lesbar ist, was Willi Bredel (1901–1964), geboren in Hamburg, schrieb; von Beruf Metalldreher, wurde er eines der ersten Mitglieder der Kommunistischen Partei Deutschlands, Mitarbeiter und Redakteur kommunistischer Zeitungen und floh 1934 nach Prag. 1935 ging er dann nach Moskau und war dort zusammen mit Lion Feuchtwanger und Bert Brecht Herausgeber der Zeitschrift »Das Wort«. Er nahm 1937–1939 am Spanischen Bürgerkrieg teil und begab sich dann wieder nach Moskau. 1945 kehrte Bredel zurück nach Deutschland, war im ZK der SED, in verschiedenen kulturpolitischen Ämtern und 1962–1964 als Präsident der Deutschen Akademie der Künste in Berlin tätig. Literarisch produktiv (im engeren Sinne des Wortes) war Bredel nur, wenn er nicht journalistisch arbeiten konnte oder durfte. So entstanden schon die ersten Romane (»Maschinenfabrik N&K«, 1930; »Die Rosenhofstraße«, 1930). Georg Lukács rühmte Bredel zwar als einen »der besten – begabtesten und entwicklungsfähigsten – unserer Schriftsteller«, erkannte aber auch den »künstlerisch ungelösten Widerspruch zwischen dem breiten, alles Wesentliche umfassenden epischen Rahmen seiner Fabel und seiner Erzählungsweise, die teils eine Art von Reportage, teils eine Art von Versammlungsbericht ist«. Was so 1931 gesagt wurde, gilt im großen und ganzen immer noch, vielleicht nicht für den Roman *Die Väter* (1941), dem ersten Teil der Trilogie *Verwandte und Bekannte*, zu der noch *Die Söhne* (1949–1952) und *Die Enkel* (1953) gehören. Von Bredels vielen, besonders nach 1945 verfaßten Büchern sei außerdem erwähnt eine zweite Trilogie *Ein neues Kapitel* (1959, 1964), in der es um die Zeit des Neubeginns unter russischer Besatzung von 1945 bis 1950 geht. In der Reportage *Fünfzig Tage* (1950) behandelt Bredel das Thema »Aufbau des Sozialismus« am Beispiel der Zusammenarbeit von Jungen und Alten bei der Wiederherstellung des Thüringer Dorfes Bruchstedt, das durch einen Wolkenbruch verwüstet worden war.

Ein sehr bedeutender Literat wurde auch BODO UHSE (1904–1963) nicht. Als Offizierssohn im badischen Rastatt geboren, im schlesischen Glogau aufgewachsen, beteiligte er sich als erst Sechszehnjähriger 1920 am Kapp-Putsch und schloß sich später der Hitler-Partei an, aus der er jedoch 1930 ausgeschlossen wurde. »Bei den Nazis hat er Deutschland gesucht«, so Marcel Reich-Ranicki, »bei den Kommunisten glaubte er es zu finden.« Deshalb emigrierte er 1933 nach Frankreich und nahm 1936–1938 am Spanischen Bürgerkrieg teil. 1940 übersiedelte Uhse nach Mexiko. Nach Ostberlin kehrte er 1948 zurück, redigierte 1949–1957 die kulturpolitische Zeitschrift »Aufbau« und übernahm die bisher von Peter Huchel geleitete Zeitschrift »Sinn und Form« kurz vor seinem Tod. Als Romancier setzte er sich in *Söldner und Soldat* (1933) mit seiner eigenen politischen Vergangenheit auseinander, in *Leutnant Bertram* (1944) zeichnete und verzeichnete er die in Spanien einander gegenüberstehenden Deutschen brauner und roter Couleur. In *Wir Söhne* (1948) wurde er nochmals autobiographisch. In *Die Patrioten* (1954) erzählte er von drei deutschen Antifaschisten, die 1943, von einem sowjetischen Flugzeug abgesetzt, bestimmte Sonderaufgaben zu erfüllen haben. Die Fortsetzung des Buches (1965) blieb fragmentarisch. Außerdem veröffentlichte Uhse die *Mexikanischen Erzählungen* (1957), Reportagen (»Chinesisches Reisetagebuch«, 1956; »Im Rhythmus der Conga«, 1962) und den Essayband *Gestalten und Probleme* (1959).

Kämpfer für Rotspanien war wie Bredel und Uhse auch EDUARD CLAUDIUS (1911–1976), Sohn eines Bauarbeiters in Gelsenkirchen-Buer, ursprünglich Eduard Schmidt genannt. Während seiner Maurerlehrzeit bekam er, weil er statt zu arbeiten »das Spielen des Windes auf dem Wasser« beobachtete, einen Fußtritt, schrieb dieses Erlebnis nieder und ließ das Manuskript von Zeitung zu Zeitung wandern, bis es eine kommunistische aufnahm. Der Partei trat Claudius 1932 selber bei und emigrierte dann 1934 in die Schweiz. Wegen politischer Betätigung wurde er ausgewiesen, kam nach Spanien, nach Frankreich, 1939 wieder in die Schweiz, wo ihn Hermann Hesse vor neuerlicher Ausweisung rettete. In einem Arbeitslager schrieb er auf Grund seiner Erlebnisse den auf der Pyrenäenhalbinsel spielenden Roman *Grüne Oliven und nackte Berge* (1944). Auf freien Fuß gesetzt, begab er sich nach Italien und wurde Augenzeuge der Hinrichtung Mussolinis. Im Sommer 1945 kehrte er nach Deutschland zurück, wurde zunächst Pressechef im bayerischen Ministerium für Entnazifizierung und siedelte 1947 nach Ostdeutschland über, wo er einige Zeit Sekretär des Schriftstellerverbandes war und dann Diplomat wurde. Man schickte ihn als Generalkonsul nach Syrien, später als Botschafter nach Nordvietnam. Das schon genannte Erstlingswerk steht zweifellos unter dem Einfluß westlicher Autoren wie Malraux und Hemingway, ebenso die vor der Übersiedelung nach Potsdam geschriebenen Erzählungen *Haß* (1947), und *Gewitter* (1948). Sein erster in der DDR geschriebener Industrieroman *Menschen an unserer Seite* (1951) handelte von der noch von Brecht und Heiner Müller literarisch gestalteten, historisch beglaubigten Tat des Ringofenbauers Garbe, der einen glühenden Ofen reparierte, um Produktionsausfall zu verhindern. Sein nächster Roman *Von der Liebe soll man nicht nur sprechen* (1957) genügte weder literarischen noch parteipolitischen Ansprüchen. Eine Mischung aus Klassenkampf, Erotik und Exotik bilden erst recht die in Syrien, Laos und Vietnam spielenden Erzählungen des Bandes *Das Mädchen Sanfte Wolke* (1962). Eine interessante, aber wenig geglückte Unternehmung bietet sein dritter DDR-Roman *Wintermärchen auf Rügen* (1965): Der Autor bringt sich selbst ins Spiel, und zwar einmal als Berichterstatter über die Verhältnisse in einer LPG, andererseits als Kritiker einer zu straffen staatlichen Literaturkontrolle. Claudius' bis zum Jahre 1951 reichende Biographie *Ruhelose Jahre* (1968) läßt die Wiedergabe von Erlebnissen als Weg zur Bewußtseinsänderung der Leser als vorrangig vor literarisch-künstlerischen Rücksichten erkennen.

Anna Seghers und andere Erzähler

Die wohl bedeutendste Gestalt unter den Erzählern der älteren Generation von DDR-Schriftstellern ist die vielfach preisgekrönte und erst kürzlich im hohen Alter von 83 Jahren verstorbene Anna Seghers (1900–1983). Aus ihrer früh gewonnenen, tiefer Menschlichkeit entsprungenen kommunistischen Überzeugung hat sie eine literarische Schreibweise und Thematik entwickelt, die den Forderungen des »sozialistischen Realismus« voll gerecht wird, ohne den Gefahren der Engstirnigkeit, Verstellung oder Stereotypie zu verfallen. Anna Seghers (eigentlich Netty Radvanyi) stammte aus großbürgerlichem Haus; sie wurde in Mainz als Tochter eines Antiquitätenhändlers und Kunstsachverständigen geboren und studierte Geschichte, Kunstgeschichte und Sinologie in Heidelberg und Köln. 1924 schloß sie ihr Studium mit einer Promotion über Rembrandt ab. Gemäß ihrer Entscheidung für die kommunistische Weltanschauung, die für sie vor allem das Bewußtsein der Verantwortung für die Geschichte bedeutete, wurde sie 1928 Mitglied der KPD und des »Bundes proletarisch-revolutionärer Schriftsteller«. 1929 nahm sie am Charkower Kongreß der Internationalen Vereinigung revolutionärer Schriftsteller teil. Im Jahr 1933, nachdem ihre Bücher verboten und sie verhaftet worden war, floh Anna Seghers nach Frankreich. Im Exil nahm sie an zahlreichen antifaschistischen Kongressen teil, war Mitherausgeberin der in Prag erschienenen antifaschistischen Zeitschrift »Neue Deutsche Blätter« und trat auf den Internationalen Schriftstellerkongressen zur Verteidigung der Kultur für die Belange deutscher exilierter Schriftsteller sowie für deutsche antifaschistische Literatur überhaupt ein. 1940 floh Anna Seghers über Marseille nach Mexiko, wo sie mit Ludwig Renn, Bodo Uhse und Alexander Abusch die Zeitung und Bewegung »Freies Deutschland« gründete. Aus ihrem mexikanischen Exil kehrte sie 1947 über Frankreich, ihre Vaterstadt Mainz, durch die Westzone nach Berlin zurück und nahm dort zahlreiche kulturpolitische Tätigkeiten auf: Sie wurde Vizepräsidentin des Kulturbundes zur demokratischen Erneuerung Deutschlands, Mitglied der Deutschen Akademie der Künste (Berlin) und Vorsitzende des Deutschen Schriftstellerverbandes in der DDR. Für ihr literarisches Schaffen erhielt Anna Seghers 1947 den Büchner-Preis, 1951 und 1959 den DDR-Nationalpreis und 1951 den Stalin-Friedenspreis. Als Anna Seghers sich bei ihrer Rückkehr aus dem Exil dem zerstörten Deutschland und den innerlich zerstörten deutschen Menschen gegenübersah, stellte sich für sie, die den Voraussetzungen der nationalistischen Herrschaft stets nachgeforscht hatte, vor allem die Frage: »Was muß geschehen, damit das Grauen nie mehr wiederkommt?« Sie gab sich selbst und ihren Kollegen die Antwort: »Das war der Augenblick, in dem die deutschen Schriftsteller auf den Plan treten mußten, um so klar und vernehmlich wie möglich Rede und Antwort zu stehen. Durch die Mittel ihres Berufes mußten sie helfen, ihr Volk zum Begreifen seiner selbstverschuldeten Lage zu bringen und in ihm die Kraft zu einem anderen, einem neuen friedvollen Leben zu erwecken.« Daß eine humanere Form menschlichen Zusammenlebens jedoch nicht durch bloßes Ändern der Staats- und Herrschaftsform zu erreichen ist, sondern von jedem einzelnen mitgetragen werden mußte, wußte sie sehr wohl; so will sie »den einzelnen Menschen wieder einsetzen mit seinen Gefühlen und Leidenschaften, mit seinen persönlichen Bindungen in der Liebe, Freundschaft der Familie«. Ihr selber war das Konzept, mit den Mitteln der Literatur Bewußtsein und damit die gesellschaftlichen Verhältnisse zu verändern, immer schon vertraut. Sie betrachtete sich dabei als »Aufschreiberin« von Geschehnissen, als Geschichtsschreiberin, die objektiv und klar darstellt, wie es zu bestimmten Ereignissen kommen konnnte und was daraus jeweils folgte. In diesem Sinn will Anna Seghers sich nicht einschmeicheln beim Leser, ihn einwickeln oder überreden, sondern durch klare, beim Namen genannte Tatsachen überzeugen, Erkenntnisse vermitteln, Bewußtsein bilden. Dem entspricht ihre literarische Verfahrensweise; geschult an den französischen und russischen Realisten des 19. Jahrhunderts, orientiert an ihren Vorbildern Kleist und Tolstoi, hat Anna Seghers einen eigenen Stil gefunden, der geprägt ist vom Widerstand gegen Unmenschlichkeit und Unterdrückung. Sie schreibt hart, kühl, sachlich, doch bildhaft, sie verkürzt auf das Wesentliche und sucht in allem das Beispielhafte, das Wahre. Humorvolles Erzählen bleibt ebenso ausgeschlossen wie breite Milieuschilderungen, Erzählereinmischungen oder farbenfrohe Sinnlichkeit. Jedoch, durch Knappheit und Kargheit hindurch bleiben die Leidenschaft und Anteilnahme der Autorin spürbar, ebenso wie ihr Optimismus sie nie ins Zweiflerische, Hoffnungslose abgleiten läßt. Die Helden ihrer Prosa sind Entrechtete, Unterdrückte, Verfolgte, aber auch Menschen der Tat, die für ihre eigene Sache und zugleich die der Menschheit kämpfen, die viele Feinde, aber auch Gleichgesinnte finden. Alle Elemente der von Anna Seghers entwickelten Schreibweise enthält bereits ihre erste Erzählung *Der Aufstand der Fischer von St. Barbara* (1928), für die die Autorin 1929 den Kleist-Preis erhielt und die von Piscator in der UDSSR verfilmt wurde (»November 28«).

Die Erzählung berichtet von der Not und Ausbeutung bretonischer Fischer, ihrem Aufbegehren und schließlich ihrer Niederlage. Die Geschehnisse laufen über ein dreiviertel Jahr, ohne daß eine Jahreszahl genannt wäre, wodurch die Autorin das Beispielhafte der Ereignisse herausstellt. Im Mittelpunkt stehen die Schicksale dreier sozialer Außenseiter, des weitgereisten Seefahrers Hull, des verwaisten Jungen Andreas Bruyn und der Prostituierten Marie. Kedennek, Fischer und Familienvater, reißt sich los aus seinen bisherigen Verhältnissen und schließt sich dem Aufstand an. Hulls Ankunft in St. Barbara gingen zwei schlechte Jahre mit niedrigen Preisen und allerlei Streikpläne voraus. Hull will dies in die Tat umsetzen und man beschließt, im nächsten Frühjahr nicht auszufahren, sofern die Tarife nicht erhöht werden. Nach einer Demonstration vor der Reederei wird jedoch ein Regiment Soldaten in die Stadt verlegt, dem als erster Kedennek zum Opfer fällt. Später wird Andreas Bruyn erschossen und Hull verhaftet. Der Aufstand ist niedergeschlagen, die Fischer fahren wieder zu den alten Bedingungen aus.

Während es in dieser Erzählung noch um erfundene Begebenheiten ging, greift Anna Seghers in dem Titelstück des Erzählbandes *Auf dem Wege zur amerikanischen Botschaft* (1930) erstmals ein historisches Ereignis, den Justizmord an Sacco und Vanzetti auf. In dem Roman *Die Gefährten* (1932) schildert sie am Schicksal von polnischen, ungarischen, bulgarischen und italienischen Revolutionären die Niederlage der revolutionären Bewegungen nach dem 1. Weltkrieg. In ihrem französischen Exil schrieb Anna Seghers dann eine Reihe von Zeitromanen, die sich mit den deutschen Verhältnissen unmittelbar vor und nach der nationalsozialistischen Machtergreifung befassen. In dem Roman *Der Kopflohn* (1933) verfolgt die Autorin das langsame Erstarken der faschistischen Ideologie in einem deutschen Dorf (der Untertitel: »Aus einem deutschen Dorf im Spätsommer 1932«) und konfrontiert zwei so gegensätzliche Gesinnungen wie die eines SA-Mannes und die eines antifaschistischen Arbeiters. Leben und Leiden schlesischer Bergarbeiter zur Zeit der Arbeitslosigkeit sind das Thema von *Die Rettung* (1937). Das Scheitern des Arbeiteraufstandes in Wien gegen das Dollfuß-Regime schildert der Roman *Der Weg durch den Februar* (1935). In diesem wie in den anderen Werken geht es um die Möglichkeiten des antifaschistischen Kampfes. Großen internationalen Ruhm erlangte Anna Seghers dann mit dem berühmten Roman *Das siebte Kreuz* (1942), in dem sie ein eindrucksvolles Bild der deutschen Wirklichkeit, dem vollends erstarkten Nationalsozialismus und dem antifaschistischen Kampf zeichnet. Dieser Roman, Gegenstück zu »Unsere Straße« von Jan Petersen, wurde zunächst 1942 in Mexiko in englischer Sprache veröffentlicht und ist den »toten und lebenden Antifaschisten Deutschlands« gewidmet. Die Informationen, die Anna Seghers für ihre sehr differenzierte Darstellung der deutschen Verhältnisse nach 1933 benötigte, besorgte sie sich aus Zeitungen, Dokumenten, Archivmaterial und durch Gespräche mit geflüchteten Häftlingen deutscher KZs. Wie in den meisten ihrer Romane beruht auch in diesem der Aufbau auf der vielsträngigen Erzähltechnik, in der eine knappe Rahmenhandlung die in über 100 Einzelabschnitte aufgelöste Haupthandlung zusammenhält.

Die Hauptfigur des Romans ist der Mechaniker und Kommunist Georg Heisler, der mit sechs anderen Insassen aus dem KZ Westhofen am Rhein geflüchtet ist. Daraufhin läßt der Kommandant sieben Kreuze zur Abschreckung und als Todesstrafe aufstellen. Vier Häftlinge werden gefaßt, einer stirbt unterwegs und einer stellt sich freiwillig. Ein Kreuz, nun Symbol für die Hoffnung auf erfolgreichen Widerstand, bleibt frei. Georg Heisler gelingt es nach vielen inneren und äußeren Anfechtungen und Gefahren, schließlich außer Landes und in Sicherheit zu gelangen. Für die Menschen, die mit ihm während seiner Flucht konfrontiert werden, wird er zum Prüfstein für die Bereitschaft zu Solidarität und praktizierter Nächstenliebe. Nicht alle helfen, doch die, die es tun und sogar ihr Leben für ihn riskieren, tun das vor allem aus persönlicher Moralität, weniger aus politischen oder ideologischen Beweggründen. Gerade dadurch erhält ihre Hilfe eine hoffnungsvolle politische Qualität.

Nicht so berühmt, doch als Zeitdokument von ebenfalls größter Bedeutung, ist der auch im Exil entstandene Roman *Transit* (span. 1944, dt. 1948), in dem Anna Seghers am Schicksal eines aus dem KZ geflohenen Deutschen die Probleme und Konflikte der Exilsituation auseinanderlegt. Bestechlichkeit, Gerüchtemacherei und Papierkrieg auf der einen Seite, Angst, Panik und die Bereitschaft, die eigene Identität je nach den Bedingungen zur Erlangung des begehrten Transit-Visums aufzugeben, beherrschen die Szene im Sommer 1940 in Marseille. Die dargestellte Situation wie die gänzlich unsentimentale Schreibweise zeigen kafkaeske Züge. Ebenfalls noch begonnen hat Anna Seghers im Exil den Epochenroman *Die Toten bleiben jung* (1949). Dieser Roman, der 1969 nach einem Drehbuch von Christa Wolf und Joachim Kunert verfilmt wurde, kann wie Thomas Manns »Dr. Faustus« als groß angelegter Rechenschaftsbericht über den Teufelskreis deutscher Geschichte von 1918 bis 1945 verstanden werden. Bereits in ihrer Novelle *Der Ausflug der toten Mädchen* (entstanden 1943, erschienen 1946) hatte Anna Seghers eine Wende zur chronikhaften Schreibtechnik gemacht, hier allerdings im Verweben von Traum, Erinnerung und Gegenwart sowie – einzigartig in ihrem Werk – einer Andeutung ihrer eigenen Identität (die Erzählerin heißt »Netty«). In *Die Toten bleiben jung* verstärkt sich nun die Tendenz zur Chronik, es wird der Befreiungskampf über drei Jahrzehnte hin von Generation zu Generation verfolgt und in zwei weiteren Romanen, die mit diesem eine lose Trilogie bilden, über das Jahr 1945 hinaus weitergeführt (»Die Entscheidung«, 1959; »Das Vertrauen«, 1968).

Die Ereignisse des Romans *Die Toten bleiben jung* ranken sich um zwei Morde: 1918 wird in einem Berliner Vorort der Soldat und Spartakist Erwin von einem Weißgardisten ermordet; seine Freundin Maria erwartet ein Kind von ihm. Dieser Sohn, Hans, wird am Ende des Romans, dem Ende des 2. Weltkrieges, ebenfalls und von demselben Mörder getötet, doch auch seine Freundin wird ein Kind zur Welt bringen, welches, so ist zu vermuten, das revolutionäre Vermächtnis seiner Vorväter weitertragen wird. Als Hauptpersonen des Romans fungieren auf der einen Seite Erwins Freundin Maria und sein Genosse Martin, auf der anderen Seite die Beteiligten des Mordes, ein Trio von Offizieren und ein Freikorpskämpfer. Vor dem zeitgeschichtlichen Hintergrund der Weimarer Republik und des dritten Reiches werden nun die Biographien, Werdegänge und Begegnungen dieser Figuren dargestellt. Besonderes Interesse widmet die Autorin der reaktionären Seite, dem Industriellen von Klemm, dem lettischen Junkerssohn und späteren SS-Mann von Lieven, dem Abkommen von preußischem Militäradel von Wenzlow sowie dem nationalistischen autoritätsgierigen Kleinbauern und Freikorpskämpfer Nadler. Charakter und Lebensweg dieser Figuren sind lebensecht und authentisch dargestellt, bis zu ihrem jeweils gewaltsamen Tod.

Nachdem Anna Seghers diesen Roman zum Teil aus dem Exil mitgebracht hatte, wandte sie sich in der neuen politischen Situation der anstehenden Aufgabe zu, für einen Staat, statt gegen ihn zu schreiben. Die Reihe von aufmunternden und bilanzziehenden Erzählungen (»Friedensgeschichten«, 1950; »Der erste Schritt«, 1952; »Der Mann und sein Name«, 1952) kann zugleich als Vorbereitung zu dem nächsten großen Roman *Die Entscheidung* (1959) gesehen werden. Die Handlung umfaßt die deutsche Nachkriegszeit von 1947 bis 1951 und spielt auf internationalen Schauplätzen bis in die USA und Mexiko. Es geht um die Entwicklung zweier Stahlwerke, ehemals einem Konzern gehörig, nun aber mit Deutschland geteilt. Mit den neuen Produktionsverhältnissen im Sozialismus verändert sich auch das Verhalten der Arbeiter und Arbeiterinnen. Getragen wird die Handlung von drei Freunden, die durch gemeinsame Erlebnisse während des Spanischen Bürgerkrieges verbunden sind. Dieser, teilweise an die Geschehnisse aus *Die Toten bleiben jung* anknüpfende Roman wurde seinerseits fortgesetzt in dem 1968 erschienenen Werk *Das Vertrauen*, in dem Anna Seghers die Geschichte des DDR-Stahlwerkes fortführt und besonders die vertrauensvolle Haltung der Arbeiter während der Ereignisse des 17. Juni 1953 herausarbeitet. Neben diesen Romanen schrieb Anna Seghers zahlreiche Erzählungen, Novellen und literarische Essays; von den Erzählbänden seien vor allem *Der Bienenstock* (1953), *Die Kraft der Schwachen* (1965), *Sonderbare Begegnungen* (1973) und die beiden Erzählungen *Steinzeit* (1973) und *Wiederbegegnung* (1973) genannt.

Der große »Naive« unter den Erzählern der DDR ist ERWIN STRITTMATTER (geb. 1912), wenngleich seine volksverbundene »Simplizität« mit den Jahren immer mehr an feinfühliger Psychologie gewinnt. Strittmatter wurde in Spremberg in der Niederlausitz als Sohn eines Bäckers und Kleinbauern geboren. Er besuchte das Realgymnasium bis zu seinem 16. Lebensjahr und machte dann eine Bäckerlehre. Anschließend arbeitete er in vielen verschiedenen Berufen, als Kellner, Tierwärter, Chauffeur und Hilfsarbeiter, wobei er sich autodidaktisch weiterbildete. Er wurde Mitglied der Sozialistischen Arbeiterjugend und für kurze Zeit inhaftiert. Am Ende des 2. Weltkrieges, den er als Soldat erlebte, desertierte Strittmatter. 1945 arbeitete er als Bäcker und erhielt nach der Bodenreform ein Stück Land, welches er als Kleinbauer bearbeitete. Seit 1947 war Strittmatter Mitglied der SED und Amtsvorsteher sieben kleiner Gemeinden. Nebenher betätigte er sich als Volkskorrespondent und seit 1951 schließlich als Zeitungsredakteur in Senftenberg. Danach lebte er als freischaffender Schriftsteller und wurde 1959 Erster Sekretär des Deutschen Schriftstellerverbandes. Strittmatter lebt in dem Dorf Dollgow bei Gransee als Mitglied einer LPG. Er erhielt 1961 den Lessing-Preis und mehrere DDR-Nationalpreise. – Die Urfassung seines ersten, autobiographischen Romans hatte Strittmatter bereits 1945 fertiggestellt, aber erst Jahre später machte er sich an die Überarbeitung, so daß *Der Ochsenkutscher* (1951) veröffentlicht werden konnte. Er schildert darin eigene Erlebnisse durch die Sicht des jugendlichen Landarbeitersohns Lope, der, 1912 geboren, sich auf seine Weise die Entwicklungen zu erklären versucht, die in den Jahren zwischen dem Ende des ersten und dem Beginn des zweiten Weltkrieges in dem niederlausitzschen Dorf und auf dem Gut vor sich gehen. Zwei Jahre später erschien der erste Erzählband *Eine Mauer fällt* (1953), in dem der Autor Schicksale vornehmlich kleiner Leute auf einfache und bei aller Bildlichkeit karge Weise erzählt. Die politische Tendenz wird deutlich. Nach einem weiteren Roman über das Leben auf dem Lande, diesmal in den Jahren 1948/1949, ebenfalls aus der Sicht eines Heranwachsenden (»Tinko«, 1954), erschien mit *Der Wundertäter* (1957) der erste Band einer Trilogie von sozialistischen Schelmenromanen, der am Beispiel eines kleinstädtischen Arbeiters eine kritische Darstellung des Kleinbürgertums gibt. (Die nächsten Bände erschienen 1973 und 1980.) Stilistische und gedankliche Schwächen des ersten Bandes sind in den folgenden behoben durch ein größeres Arsenal erzählerischer Mittel und neue gedankliche Dimensionen. Auf sein außerordentlich gelungenes Kinderbuch *Pony Pedro* (1959) folgte dann Strittmatters wichtigster und nach einer kurzen Phase von Unsicherheit in der SED zum prototypischen DDR-Bauernroman erklärter *Ole Bienkopp* (1963).

In dem Roman erzählt Strittmatter, wie der Bauer Ole Hansen, Waldarbeitersohn, ehedem Soldat und Bienenzüchter, genannt Bienkopp, mit den Problemen, die sich aus der Bodenreform von 1945 ergaben, auf findige und vorbildliche Weise fertig wird. Ort der Handlung ist das erfundene Dorf Blumenau, dessen Bauern Bienkopp nun aus eigener Initiative in der Bauerngenossenschaft »Blühendes Feld« zusammenzuschließen versucht. Die Gegner dieses Prototyps der späteren LPG sind zahlreich und mächtig: Parteivertreter, die Bürgermeisterin und Sägemüller Ramsch, der auch vor einem Mord an Bienkopps altem Freund, Parteisekretär Dürr, nicht zurückschreckt. Doch auch als schließlich die Bildung eines Bauernkollektivs von oben her beschlossen wird, hören die Anfeindungen gegen Bienkopp und die Sabotage seiner Arbeit nicht auf. Schließlich verliert dieser den Verstand, er schaufelt sich regelrecht zu Tode, weil der bestellte und benötigte Bagger nicht eintreffen will.

Strittmatter hat mit diesem Roman einen unkonventionellen, eigensinnigen Pionier des Sozialismus sehr lebensecht dargestellt, eine Gestalt, deren eigenständige schöpferische Initiative vorbildlich für den sozialistischen Menschen ist. Geschrieben hat Strittmatter aus der Sicht seiner Helden, mit kurzen, fast stichwortartigen Sätzen, Sprichwörtern, knappen Befehlen und ländlicher Wortkargheit. Nach dieser gelungenen Großform wandte sich der Autor nun besonders den kleinen Formen, Miniaturen zu: der *Schulzenhofer Kramkalender* (1967) enthält in poetischer Prosa geschriebene Anekdoten, Episoden und Gedanken, desgleichen die *3/4 hundert Kleingeschichten* (1971). In dem Band *Ein Dienstag im September, 16 Romane im Stenogramm* (1970) berichtet Strittmatter, nun mit immer feinfühligeren, psychologischen Einsichten von Leben und Leiden der Leute auf dem Land und in der Kleinstadt. In der Kürze dieser Romanextrakte verbinden sich überzeugend realistische Darstellung und Konzentration auf wesentliche Lebensfragen.

Nach zwei Bänden mit Erzählungen, *Die blaue Nachtigall* (1972) und *Meine Freundin Tina Babe* (1977), konnten dann auch endlich, nach langem Widerstand der Behörden, Strittmatters *Selbstermunterungen* (1981) erscheinen, die in Form von Gedankensplittern kritisch und ablehnende Stellungnahmen des Autors zu seinem Staat enthalten. »Siehst du denn nicht, daß es Gott ist, der dich gütig am Leben hält?« hieß es früher. »Siehst du denn nicht, daß es der Staat ist, der dich gütig am Leben hält«, heißt es heute. – Neben seinen erzählerischen Werken trat Strittmatter auch als Dramenautor mit zwei Theaterstücken an die Öffentlichkeit. Das bedeutendere der beiden, die Bauernkomödie *Katzgraben*, wurde 1953 unter der Regie von Bert Brecht mit dem Berliner Ensemble im Theater am Schiffbauerdamm aufgeführt. Daß Brecht sich dieses einzige Mal derartig um die Inszenierung eines Stücks über Gegenwartsprobleme bemühte, lag an seiner hohen Meinung von Strittmatters Werk, welches er mit seinen Assistenten allerdings noch hinsichtlich des dramaturgischen Gesamtaufbaus, der Konstruktion einzelner Szenen sowie der Umrisse einzelner Charaktere verbesserte. Nach Brecht ist *Katzgraben* »das erste Stück, das den modernen Klassenkampf auf dem Dorf auf die deutsche Bühne bringt.«

Die »Szenen aus dem Bauernleben« (Untertitel) zeigen die Entwicklung eines Dorfes in den Jahren 1947–1949, nachdem die Partei eine Straße zwischen dem Dorf Katzgraben und der Stadt geplant hat. Der Großbauer, der dagegen ist, erreicht mit seinem wirtschaftlichen Einfluß, daß der Plan zunächst abgelehnt wird. Der Mittelbauer schwankt und wird krank. Die Kleinbauern aber lassen sich schließlich von der Partei umstimmen, so daß die Straße gebaut werden kann. Zur Krönung des Erfolgs fahren in der vierten und letzten Szene die Traktoren der MAS (Maschinenausleihstation) vor. In einem später angefügten Teil *Nachspiel 1958* geht es wieder um die Entscheidungsschwäche des Mittelbauern, der sich nicht zum Eintritt in die LPG entschließen kann. Seine Frau entscheidet positiv für ihn und damit wiederum gegen den Willen des Großbauern.

Was Strittmatter mit diesem in Blankversen verfaßten Stück glückte, war die Verbindung von humorvoller, realistischer und lebensnaher Volkstümlichkeit mit der Propagandafunktion des staatlich geforderten »sozialistischen Realismus«. Die Aufführung von Strittmatters zweitem Stück *Die Holländerbraut* (1960) in Berlin erlebte Brecht nicht mehr. In diesem ebenfalls auf dem Lande spielenden Drama geht es um die Entwicklung der Tagelöhnerin Hanna Tainz, die, zunächst vom Sohn des Erbhofbauern mit einem Kind sitzen gelassen und verleumdet, nach KZ und Krieg zur Bürgermeisterin wird. Nachdem sie sich abermals mit Erdmann einläßt und ein Kind erwartet, erkennt sie langsam, wie sie sich gegen ihn zu wehren hat. Mehr als in *Katzgraben* geht es Strittmatter hier um die psychischen Veränderungen, die sich mit wandelndem gesellschaftlichem Bewußtsein einstellen.

Wie seine Kollegen Bodo Uhse und Wolfgang Joho kam auch STEFAN HEYM (eigentlich Hellmuth Fliegel, geb. 1913) über den Journalismus zur Schriftstellerei, eine Herkunft, die seine Arbeiten durchaus prägt. Heym wurde in Chemnitz als Sohn eines jüdischen Kaufmanns geboren. Auf Grund der Veröffentlichung eines antimilitärischen Gedichts wurde er vom Staatsgymnasium verwiesen. 1933 emigrierte er nach Prag, 1935 in die USA, wo er an der Universität von Chicago Germanistik studierte. Von 1937 bis 1939 war Heym Chefredakteur der antifaschistischen deutschsprachigen Wochenzeitschrift »Deutsches Volksecho«. 1943 trat er in die amerikanische Armee ein und nahm als Sergeant für psychologische Kriegsführung an der Normandie-Invasion teil. Nach Kriegsende wurde er Mitbegründer der amerikanischen »Neuen Zeitung« in München, wurde aber bald wegen politischer Differenzen in die USA zurückversetzt, wo er dann als freier Schriftsteller lebte. 1952 siedelte Heym schließlich in die DDR über, protestierte gegen die McCarthy-Regierung und den Korea-Krieg und war 1953–1956 als Kolumnist der »Berliner Zeitung« tätig. Seit 1956 geriet Heym zunehmend mit der DDR-Regierung in Konflikt und wurde 1969, nach der Veröffentlichung von »Lassalle« im Westen, zu einer Geldstrafe (»Devisenvergehen«) verurteilt. Nach seiner Unterzeichnung der Biermann-Petition hat Heym nur noch in der BRD neue Bücher veröffentlicht. Er lebt als freiberuflicher Schriftsteller in Ostberlin. Er erhielt 1953 den Heinrich-Mann-Preis der Deutschen Akademie der Künste und 1959 den Deutschen Nationalpreis (DDR). – Der Erzähler Heym, Verfasser zahlreicher Romane, ist durch den kritischen Journalisten gründlich beeinflußt: Es geht ihm mit seinem Werk um Parteinahme, Einmischung in die politischen Verhältnisse, und zwar mit möglichst großer Breitenwirkung. Daher schreibt er spannend, kurzatmig, leichtverständlich, handlungsorientiert und – bevorzugt – Bestseller. Daß der Sozialist Heym heute auch mit der Regierung seiner jetzigen Heimat in spannungsvollem Verhältnis steht, tut seiner sozialistischen Überzeugung keinen Abbruch. In seinem ersten größeren Werk *Der Fall Glasenapp* (1942, dt. 1958) schildert er in dramatischer Erzählweise den Kampf einer tschechischen Widerstandsgruppe in Prag zur Zeit der deutschen Besatzung. Großen Erfolg hatte er mit dem nächsten großen Roman *Der bittere Lorbeer* (1948, dt. 1950).

Der Roman ist aus der Sicht des aus Deutschland emigrierten Soldaten Bing geschrieben und spielt im letzten Kriegs- und ersten Nachkriegsjahr. Mit einem großen Aufwand an psychologisch detailliert dargestellten Figuren, mit historischen und erfundenen Ereignissen wird in dem Roman immer wieder die Grenze zwischen Gut und Böse in Frage gestellt. Die Feinde, Faschisten und Antisemiten, finden sich in den eigenen, amerikanischen Reihen ebenso wie Egoismus, Intriganz und Sadismus. Die Frage nach den eigentlichen Zielen der »Befreier« stellt sich dem autobiographisch angelegten Deutschamerikaner Bing immer dringlicher. Am Ende wird er, vielsagend genug, von den eigenen Leuten versehentlich erschossen, weil er sein Fahrzeug nicht hinreichend gekennzeichnet hatte.

Die kritische Analyse der amerikanischen Gesellschaft, die Heym hier zugleich geleistet hat, findet sich auch in dem Roman *Goldsborough oder Die Liebe der Miss Kennedy* (1953, dt. 1954) am Beispiel einer amerikanischen Bergarbeiterfamilie als Kritik an der kapitalistischen Gesellschaftsordnung überhaupt. Zuvor hatte Heym in *Die Augen der Vernunft* (1951, dt. 1955) seine Helden Stellung beziehen lassen für den Sozialismus und die kommunistische Machtübernahme in der Tschechoslowakei 1948. Warum Heym schließlich in die DDR remigriert war, wird auch aus den Erzählungen des Bandes *Die Kannibalen und andere Erzählungen* (1953) deutlich. Doch auch in seiner neuen Wahlheimat wurde Heym zum kritischen Geist nach einer ersten Phase von blinder Verteidigung des Sozialismus. Das Schlüsselerlebnis des 17. Juni 1953 veranlaßte ihn außer zu mehreren publizistischen Beiträgen zum Beginn der Arbeit an einem Roman, der sein Lebenswerk und maßgeblich für seine weitere publizistische Entwicklung werden sollte. Unter dem Arbeitstitel *Tag X* (1953) stand ein Konzept, das außer der Verteidigung der offiziellen Verschwörungstheorie auch DDR-Kritik enthielt. Erfolglos versuchte Heym 1959 den fertigen Roman unter dem neuen Titel *5Tage im Juni* zu veröffentlichen. Dies gelang erst 1974 mit einer völlig neuen, gemäßigten Fassung und nur im Westen. Die Bedeutung dieses journalistisch gemachten zeitgeschichtlichen Reißers liegt in der spannungsreichen Darstellung der Auseinandersetzung eines parteitreuen Sozialisten, des Gewerkschaftsfunktionärs Witte, der auf der Notwendigkeit des eigenen Denkens besteht, mit den je konkreten Forderungen der Partei – ein Problem für jeden guten Sozialisten. In den beiden historischen Romanen *Die Papiere des Andreas Lenz* (1963) und *Lassalle* (1969), welch letzterer wie auch *Die Schmähschrift* (1970) nur in der BRD erschien, setzt Heym die Auseinandersetzung mit Grundfragen des Sozialismus einmal am Fall des badischen Aufstandes von 1849, das andere Mal am Beispiel der Entstehung der deutschen Arbeiterbewegung, fort. Eine Abrechnung mit dem Stalinismus bringt dann noch einmal in historischer Verkleidung der *König David Bericht* (1972). Hatte Heym in *Die Schmähschrift* sein eigenes Schicksal in der Figur des politisch verfolgten Daniel Defoe dargestellt, so geht es in der entmythologisierten Geschichte des Königs David und seines Gegenspielers Salomo um die Frage nach der Legitimation von Machtansprüchen überhaupt. Ebenfalls um das Schicksal eines Schriftstellers geht es in dem nun unverhohlen gegenwartskritischen Roman *Collin* (1979), für dessen Veröffentlichung im Westen Heym wegen Verstoßes gegen das Devisengesetz ein Strafgeld von 9000 MDN auferlegt wurde. In seinem letzten Roman *Ahasver* (1981) öffnet sich die Perspektive, und Heym gestaltet, den ewigen Juden zum ewigen Rebellen umdeutend, über die Zeiten hinweg und auf mehreren Erzählebenen, seine universale Hoffnung auf die Friedensfähigkeit des Menschen überhaupt, angesichts der heute drohenden atomaren Selbstvernichtung.

DIE ZWEITE GENERATION: ZWISCHEN KRIEG UND WIEDERAUFBAU

Zu den zwischen 1910 und 1925 geborenen Lyrikern, die nach Kriegsende zwischen 20 und 35 Jahre alt waren und nun erst ihre ersten Gedichtbände veröffentlichen konnten, gehören als bekannteste Autoren Stephan Hermlin, Johannes Bobrowski, Franz Fühmann und Paul Wien. Manche hätten durchaus früher ihre Gedichte der Öffentlichkeit vorgelegt, wenn dies nicht von Krieg und Faschismus verhindert worden wäre. So begannen diese Autoren denn auch nicht erst nach 1945 ihre literarischen Entwicklungen und Produktionen, sondern hatten sich bereits mit den poetischen Strömungen und Entwicklungen der Vergangenheit aktiv auseinandergesetzt, als sie nun als junge Dichter an die Öffentlichkeit traten.

Stephan Hermlin

Stephan Hermlin (eigentlich: Rudolf Leder, geb. 1915) wurde im damaligen Chemnitz geboren und wuchs in großbürgerlicher Familie in Berlin auf. Mit sechzehn Jahren trat er als Gymnasiast dem Kommunistischen Jugendverband Deutschland bei. 1936 ging er in die Emigration, die ihn über Ägypten, Palästina und England nach Frankreich führte. Nach Aufenthalten in Schweizer Internierungslagern (1944/1945) kehrte er 1945 nach Deutschland, zunächst nach Frankfurt/M. zurück. Dort gestaltete er zusammen mit Hans Mayer das literarische Programm von Radio Frankfurt, bis er 1947 nach Ostberlin übersiedelte. Dort lebte er als freier Schriftsteller und Übersetzer, Mitglied der SED, Sekretär der Sektion Dichtkunst der Akademie der Künste in Ostberlin und Vizepräsident des Deutschen Schriftstellerverbandes. 1950 und 1954 erhielt er den Nationalpreis der DDR. Mehrere Reisen führten ihn durch ganz Europa, in die Sowjetunion, nach China, Indien, Südamerika und in einige afrikanische Länder. 1963, nachdem er mehrfach von der Partei kritisiert und nicht mehr in den Vorstand des Schriftstellerverbandes gewählt worden war, trat er von allen offiziellen Ämtern zurück. Seither lebt er in Berlin-Niederschönhausen (DDR).

Hermlins dichterisches Werk ist nicht sehr umfangreich, es besteht aus mehreren Gedichtbänden und Erzählungen. Die Einzigartigkeit seines lyrischen Schaffens liegt in dem paradoxen Bemühen, sowohl seine reichen Bildungsvoraussetzungen, sein Streben nach der »schönen Form« wie auch die Erfahrungen des Kriegs und der nationalsozialistischen Herrschaft im Gedicht in Einklang zu bringen. Seine ersten, noch im Exil entstandenen Gedichte erschienen 1945 als *Zwölf Balladen von den großen Städten* in Zürich. Ebenso wie die bald folgenden Bände (»Die Straßen der Furcht«, 1946; »Wir verstummen nicht: Gedichte in der Fremde«, 1945) bewiesen sie Hermlins Talent. Die Gedichte hatten fast alle den Charakter von Stimmungslyrik; es stehen stilisierte, verschlüsselte Bilder nebeneinander im Ton von Trauer und Vergeblichkeit. Etwas Edles und Feierliches geht von ihnen aus und ruft den Eindruck von »Kunstgedichten« hervor. Diese Werke sind stark geprägt von französischen Vorbildern, den Symbolisten und Surrealisten, die Hermlin in der französischen Widerstandsbewegung kennengelernt hatte. War in frühen Jahren das Motiv des Todes von großer Bedeutung, so verlagerte sich die Thematik später auf »die Stadt«, dann »den Krieg«. Nach dem Krieg, in der Aufbauphase, versuchte Hermlin eine neue, realistischere Sprache zu finden, sich dem »sozialistischen Realismus« anzupassen (»Der Flug der Taube«, 1952). Dieser Versuch mißlang; was dabei herauskam war konventionelle Verseschmiederei einerseits, ein unerfreuliches Gemisch aus Bildungssprache und krampfhaft übertriebenem Ausdrucksstreben andererseits. Überzeugend sind nur die Gedichte, die nicht in der »neuen Sprache« verfaßt wurden (z.B. der Zyklus »Erinnerung«, »Sie sehen einander nicht wieder«, »Die Zeit der Wunder«, Ballade nach zwei vergeblichen Sommern). Zu seinem alten Ton fand Hermlin auch in dem Band *Die Städte* (1965) zurück, wenngleich die Anstrengung spürbar bleibt. Das neue Thema ist der antifaschistische Widerstandskampf, die jüngsten Gedichte stammen jedoch aus dem Jahr 1958. – Auch in seinen Prosaarbeiten ist Hermlins Sprache, an Kleist, Kafka und Camus orientiert, gepflegt, verfeinert, dekorativ (»Der Leutnant Yorck von Wartenburg«, 1946; »Reise eines Malers nach Paris«, 1947). Dem Erzählband *Die Zeit der Gemeinsamkeit* (1950) liegt die Thematik des Widerstandskampfes gegen den Faschismus zugrunde. Die Titelgeschichte behandelt den Aufstand im Warschauer Ghetto. Hermlin erregte damit kritische Stimmen in der Partei, da er – zu »unrealistisch« – eine surrealistische Schreibweise gewählt habe und »lediglich passive Helden darstelle«. Hermlins Bedeutung für die junge Generation liegt also nicht darin, daß er Vorbild oder Lehrer (wie z.B. Georg Maurer) gewesen wäre, sondern daß er literarische Traditionen aufgearbeitet und für seine Zeit in neuer und einmaliger Weise bewahrt und zugänglich gemacht hat.

Johannes Bobrowski

Wie Huchel hat auch Johannes Bobrowski (1917–1965) die größten Teile seines Werkes der Beschwörung von Landschaften und Erlebnissen seiner Kinder- und Jugendjahre gewidmet. Er wurde als Sohn eines Eisenbahnbeamten in Tilsit geboren und ist »aufgewachsen auf beiden Seiten der Memel, zeitweise auf dem Kleinbauernhof der Großeltern im damaligen Memelgebiet (Litauen), in einem Landstrich, wo Deutsche in engster Nachbarschaft mit Litauern, Polen, Russen lebten, in dem der jüdische Bevölkerungsanteil sehr hoch war« (Bobrowski). 1928 zog die Familie nach Königsberg, wo Bobrowski das humanistische Gymnasium besuchte. Im Anschluß daran nahm er das Studium der Kunstgeschichte auf, das er aber wegen des Einzugs zur Wehrmacht zwei Jahre später, 1939, abbrechen mußte. Unter anderem wurde er am Ilmensee stationiert, wo er seine ersten Gedichte schrieb. Diese wurden noch während des Krieges, 1943/1944, auf Empfehlung von Ina Seidel in der Zeitschrift »Das innere Reich« veröffentlicht. Vier Jahre verbrachte Bobrowski nach Kriegsende in russischer Gefangenschaft, bis er 1949 nach Berlin-Friedrichshagen zurückkehrte. Seitdem war er als Verlagslektor, zunächst im Altberliner Lucie Grozser Verlag, anschließend im Union Verlag tätig. Er starb in Ostberlin. Im Jahr 1962 war Bobrowski, nachdem er zum zweiten Male dort las, der Preis der GRUPPE 47 verliehen worden. Im Jahr seines Todes kamen der Heinrich-Mann-Preis der Deutschen Akademie für Künste (DDR) und der schweizerische Charles-Villon-Preis hinzu. Nach dem Krieg veröffentlichte Bobrowski seine Gedichte zuerst 1954 in der Zeitschrift »Sinn und Form«, deren Chefredakteur, Peter Huchel, er kennenlernte und von dem er neue Impulse erhielt. Danach bemühte er sich – zunächst ohne Erfolg –, einen Verlag für seine Lyrik zu finden, bis er schließlich 1961 seinen ersten Band *Sarmantische Zeiten* zuerst in der BRD, sofort anschließend in Ostberlin unterbringen konnte. Was er vor dem Kriege geschrieben hatte, achtete er selber gering, nannte die an Klopstockschen Oden orientierten Gedichte »Heimatlieder«. Im nächsten Jahr, 1962, erschien der zweite und gleichzeitig letzte von ihm selber herausgegebene Band unter dem Titel *Schattenland Ströme*. Seinen dritten Gedichtband hat er zwar noch zusammengestellt und die Veröffentlichung für 1966 vereinbaren können, aber die Gedichte mußten dann postum in *Wetterzeichen* (1967) veröffentlicht werden. Werke aus dem Nachlaß, hauptsächlich aus den Jahren 1953–1964, die für die bisherigen Sammlungen nicht berücksichtigt worden waren, wurden dann 1970 in dem Band *Im Windgesträuch* zusammengestellt und herausgegeben. 1977 schließlich, zwölf Jahre nach seinem Tod, erschienen Bobrowskis Epigramme (»Literarisches Klima. Ganz neue Xenien, doppelte Ausführung«), in denen Bobrowski den Literaturbetrieb, die Kulturpolitik sowie Kollegen in West und Ost attackiert und verspottet. – Das grundlegende Thema der Lyrik Bobrowskis ist die Beschreibung und Erinnerung jener geschichtsträchtigen Landschaft Litauens, wo sich die deutsche und slawische Kultur begegnen, »Weil ich um die Memel herum aufgewachsen bin, wo Polen, Litauer, Russen, Deutsche miteinander lebten, unter ihnen allen die Judenheit: Eine lange Geschichte aus Unglück und Verschuldung seit den Tagen des deutschen Ordens, die meinem Volk zu Buch steht. Wohl nicht zu tilgen und zu sühnen, aber eine Hoffnung wert und einen redlichen Versuch in deutschen Gedichten« (Bobrowski). Was er in seinen Gedichten beschwört, sind Legenden seiner Heimat, Schicksale von Bauern, Fischern und jüdischen Händlern; Flüsse, alte Dörfer, Wälder und Bauwerke.

Aber auch Geschichtliches und Schuldhaftes sind gegenwärtig, denn eine Natur ohne Zeichen von Gewalt und Zerstörung durch den Menschen kann es für Bobrowski nicht mehr geben. Ohne daß der Dichter in seinen Werken Gefühle ausdrücklich darstellt, ist doch erkennbar, daß die litauische Welt und ihre Historie auch persönliche Geschichte, elementare Seelenzustände verkörpern. So bedeutet denn die Beschwörung, die Anrufung der Natur letztlich ein Sich-Wenden zu sich selbst. »Gedichte gehen nicht aufs Publikum, sie sind als Selbstaussagen (im weiteren Sinn) auch durchaus privater Natur. Die Teilnahme anderer ist Zufall, Glücksfall oder Irrtum. Im Grunde gehen sie nur den Erzeuger selbst an.« Jedoch, so bemerkt Bobrowski auch: »man muß es so ordentlich wie möglich tun.« Daß ihm dies am Herzen lag, zeigen folgende Verse:

Kindheit

Da hab ich
den Pirol geliebt –
das Glockenklingen, droben
aufscholls, niedersanks
durch das Laubgehäus,

wenn wir hockten am Waldrand,
auf einen Grashalm reihten
rote Beeren; mit seinem
Wägelchen zog der graue
Jude vorbei.

Mittags dann in der Erlen
Schwarzschatten standen die Tiere,
peitschten zornigen Schwanzschlags
die Fliegen davon.

dann fiel die strömende, breite
Regenflut aus dem offenen
Himmel; nach allem Dunkel
schmeckten die Tropfen,
wie Erde.

Oder die Burschen kamen
den Uferpfad her mit den Pferden,
auf den glänzenden braunen
Rücken ritten sie lachend
über die Tiefe.

Hinter dem Zaun
wölkte Bienengetön.
Später, durchs Dornicht am Schilfsee,
fuhr die Silberrassel
der Angst.
Es verwuchs, eine Hecke,
Düsternis Fenster und Tür.

Da sang die Alte in ihrer
duftenden Kammer. Die Lampe
summte. Es traten die Männer
herein, sie riefen den Hunden
über die Schulter zu.

Nacht, lang verzweigt im Schweigen –
Zeit, entgleitender, bittrer
von Vers zu Vers währendː
Kindheit –
da hab ich den Pirol geliebt –

Der Ton seiner Gedichte ist unverkennbar der von Trauer und Melancholie, denn: »Nie mehr nahte, da er es rief, das Alte.« Die Sprache ist einfach und natürlich, wenngleich sie zunehmend und bis zur Grenze des Unverständlichen verkürzt wird. Mit Klopstock, seinem selbstgewählten »Zuchtmeister« ist Bobrowski gegen die Gefälligkeit des sprachlichen Ausdrucks. So ist denn die jähe Unterbrechung des rhythmischen und grammatikalischen Sprachflusses ein ganz besonderes Kennzeichen seiner Lyrik, das es eigentlich erfordert, die Gedichte laut zu lesen. Mit seiner Sprechweise will Bobrowski aber trotz aller Privatheit etwas bewirken: »Ich habe ein ungebrochenes Vertrauen zur Wirksamkeit der Gedichte – vielleicht nicht des *Gedichts*, sondern des *Verses*, der wahrscheinlich wieder mehr Zauberspruch, Beschwörungsformel wird werden müssen.« So ist letztlich das Ziel seines Dichtens ein humanistisches, nämlich das Menschliche zu tun und das Menschenwürdige zu achten.

Obwohl Bobrowski im eigentlichen Sinne ein Lyriker war, schrieb er auch Erzählungen und zwei Romane, auf Drängen von außen, wie Christoph Meckel sagt. So hat er das Thema seiner Prosa, die Versöhnung zwischen Deutschen und östlichen Nachbarn, sprachlich auch nicht immer bewältigen können. Er erzählt einkreisend, tastend und von innen her, nicht spannungsvoll, aber konkret. Seine vorsichtige, bruchstückhafte Erzähltechnik erweist sich eher in den Erzählungen (»Mäusefest und andere Erzählungen«, 1965; »Boehlendorff und andere«, 1965; »Lipmanns Leib«, 1937) als in den Romanen (»Levins Mühle«, 1964 und »Litauische Claviere«, 1967) als erfolgreiches Kunstmittel.

Franz Fühmann

Ganz anders als Bobrowski, nämlich gezielt auf politische Wirkung berechnet, schrieb Franz Fühmann (geb. 1922). Er wurde in der damals böhmischen, heute tschechischen Kleinstadt Rokytnice als Sohn eines Apothekers geboren, als Oberschüler zur Wehrmacht eingezogen und kehrte erst 1949 aus russischer Kriegsgefangenschaft zurück nach Deutschland. Seit 1950 arbeitete er kulturpolitisch, journalistisch und literarisch. Sein Einsatz bei der National-Demokratischen Partei Deutschlands sowie die Mitarbeit bei der Vorbereitung der ersten in Berlin stattfindenden Weltjugendfestspiele (1951) haben sein Werk mitgeprägt. Heute lebt Fühmann als freier Schriftsteller in Märkisch-Buchholz. – Nachdem Fühmann in der russischen Gefangenschaft den Marxismus kennengelernt hatte, war er nach seiner Rückkehr mit optimistischem Eifer bereit, seine Erkenntnisse bei der Gestaltung des neuen Staates fruchtbar zu machen. In seinem autobiographischen Poem *Die Fahrt nach Stalingrad* (1965) schildert er seine dreimalige Begegnung mit der Stadt: als Soldat, als Gefangener, als Eingeladener. Er spricht eine direkte, unmittelbare, von literarischen Figuren freie Sprache, deren Anliegen es ist, den Leser zur Teilnahme an der Stimmung von Hoffnung und zuversichtlich-gläubigem

Aufbruchsgefühl zu bewegen. Dasselbe gilt für den im gleichen Jahr erschienenen Band *Die Nelke Nikos* (1965). Auf der Suche nach einer eigenen Sprache, die zugleich Träume, Wünsche, magische Erfüllung auszudrücken vermag und zur Darstellung von Wirklichkeit taugt, fand Fühmann das Märchen. (»Aber die Schöpfung soll dauern«, 1957). Aber der Ton der Begeisterung, die optimistische Naivität trugen ihn nicht weiter, er scheiterte als Lyriker an der Komplexität der Verhältnisse, die sich mit Märchenfiguren und einfacher Moral nicht mehr überzeugend darstellen ließen. *Der neue Stern* war sein letztes Gedicht, geschrieben anläßlich der erfolgreichen Sputnik-Unternehmung der UdSSR. Seither hat er nur noch Novellen und Erzählungen geschrieben, deren Thema der deutsche Faschismus, seine Voraussetzungen, Vorzeichen und Wirkungen war. Wie von selbst entwikkelt sich die sicher und überzeugend erzählte Handlung seiner ersten Novelle *Kameraden* (1955): Versehentlich töten zwei deutsche Soldaten kurz vor dem Überfall auf die Sowjetunion die Tochter ihres Majors, schieben die Schuld bedenkenlos auf russische »Untermenschen«, wofür der Major zwei Russinnen aufhängen läßt. Ein Soldat bricht das Schweigen und muß fliehen. Diese Art der Geschichtsschreibung setzt Fühmann auch in seinem Erzählband *Stürzende Schatten* (1958) fort. Bald darauf suchte er, gemäß dem »Bitterfelder« Programm, die Warnow-Werft in Warnemünde auf und verfaßte darüber eine großangelegte, nachdenkliche Reportage (»Kabelkran und Blauer Peter«, 1961). In dem Romanzyklus *Das Judenauto* (1962) zeigt Fühmann in breiter Zeitspanne – vierzehn Tage aus zwei Jahrzehnten – das bürgerliche Verhalten während des Faschismus, pendelnd zwischen dem Blick aufs Einzelschicksal und auf die Gesamtheit der geschichtlichen Entwicklung. Es folgt der Erzählband *König Ödipus* (1966), in dem der Autor nun auch manchmal die Gegenwart thematisch werden läßt. 1970 erschien *Der Jongleur im Kino oder Die Insel der Träume* mit dem Untertitel: Studien zur Bürgerlichen Gesellschaft. Diese verzeichnen die Entwicklung eines zehnjährigen Jungen, sein Scheitern auf dem Weg zu einem aufrichtigen ehrlichen Menschen. Auf ein Reisetagebuch (»22 Tage oder die Hälfte des Lebens«, 1973) mit Eindrücken einer Budapestreise folgten noch zwei Kinderbücher (»Prometheus – Die Titanenschlacht«, 1974; »Die dampfenden Hälse der Pferde im Turm zu Babel«, 1976); danach erschienen Gedanken und Anleitungen zu Produktion, Kritik und Lektüre von Literatur: *Erfahrungen und Widersprüche* (1976). Neue Erzählungen veröffentlichte Fühmann bald in zwei weiteren Bänden (»Gesammelte Erzählungen«, 1977; »Die Geliebte der Morgenröte«, 1978).

Günter de Bruyn

Mit vielen anderen gehört GÜNTER DE BRUYN (geb. 1926) zu jenen DDR-Prosaisten, die, zwischen 1915 und 1930 geboren, Faschismus und Kriegsjahre zwar noch bewußt erlebt, aber nicht mehr zu ihrem großen Thema gemacht haben, sondern das Ende des Dritten Reiches vor allem als Befreiung und Neuanfang auch für sich selber empfanden. De Bruyn schreibt über die Situation der Jugendlichen nach der Kapitulation 1945:

Ihr geistiger Zustand aber war der der Schwerelosigkeit, der Leere, der Offenheit, der Herrschafts- und Verantwortungslosigkeit. Sie waren frei – von allem. Es war nicht das Glück des Anfangs (dazu wurde es erst später); es war das Glück der Anarchie. Der Jugendtraum vollkommener Freiheit: hier schien er verwirklicht. Man war nicht nur aus dem Militärzwang entlassen, sondern aus jeder Ordnung, aus jeder Tradition auch. Es war eine Entlassung aus der Geschichte.« (1973)

De Bruyn wurde in Berlin geboren und 1943, als Abiturient, als Luftwaffenhelfer und Soldat eingesetzt. 1945 kam er kurze Zeit in Kriegsgefangenschaft und als Landarbeiter nach Westdeutschland. Nach einem Neulehrerkurs in Potsdam 1946 unterrichtete de Bruyn bis 1949 in einem märkischen Dorf. Anschließend besuchte er die Bibliothekarsschule und arbeitete bis 1953 in Berliner Volksbüchereien. 1953–1961 war er wissenschaftlicher Mitarbeiter im Zentralinstitut für Bibliothekarswesen. Seit 1961 lebt de Bruyn als freischaffender Schriftsteller in Berlin und auf dem Land bei Beeskow. 1964 erhielt er den Heinrich-Mann-Preis der Akademie der Künste der DDR. Mit 34 Jahren veröffentlichte de Bruyn seine ersten Erzählungen, in *Wiedersehen an der Spree* (1960) erinnert sich ein Lehrer an den Tod eines Kameraden im Jahr 1944, *Hochzeit in Weltzow* (1960) erzählt vom Schicksal des Heimkehrers Willi Wälter, der kurz vor seiner Heirat die Flucht ergreift. Hatte de Bruyn 1962 über den Beruf des Schriftstellers gesagt, daß »die oberste Pflicht beim Schreiben darin besteht, die Wahrheit zu sagen, im Kleinen wie im Großen, in Teilen wie im Ganzen«, so gelang ihm dies überzeugend in dem Erzählband *Ein schwarzer, abgrundtiefer See* (1963). Mit formalen Mitteln experimentierend, erweist sich der Autor hier als genauer und sorgfältiger psychologischer Erzähler. Die Bewältigung der großen Form machte de Bruyn allerdings noch zu schaffen, sein erster Roman *Der Hohlweg* (1963) verschenkt die Möglichkeiten seines Themas. Am Beispiel zweier Freunde, deren letzte Tat im Krieg in der sinnlosen Verteidigung eines Hohlwegs bestanden hatte, werden mögliche Entwicklungen junger Menschen nach 1945 angedeutet. Die Helden Weichmantel und Eckert enden schließlich in zwei Teilen Deutschlands. Gelungener ist de Bruyns zweiter Roman *Buridans Esel* (1968), der fast naturalistisch eine

Dreiecksgeschichte schildert, deren Fazit der Autor lapidar formuliert: »Zwei Frauen machen ihren Weg, ein Mann bleibt auf der Strecke.« Daß de Bruyn auch ein eifriger Leser ist, zeigt sich außer der u.a. von Fontane beeinflußten Erzählweise auch an den zahlreichen Literaturanspielungen auf z.B. Arno Holz, Gerhart Hauptmann, James Joyce. In seinem dritten Roman *Die Preisverleihung* (1972) geht es de Bruyn um zweierlei: Zum einen stellt er den Gewissenskonflikt und das schließliche Versagen des Literaturwissenschaftlers Teo Overbeck dar, der eine Laudatio auf das preisgekrönte Buch seines ehemaligen Freundes halten soll, dies aber mit seinem Berufsethos wie dem Anspruch auf Ehrlichkeit nicht vereinbaren kann. Nach der Auseinandersetzung mit seinem Vorgesetzten spricht er dennoch und setzt sich damit der Lächerlichkeit aus. Im Rahmen dieses zunächst moralischen Konfliktes kann der Autor zugleich auf die normativen gesellschaftlichen Zwänge aufmerksam machen, denen Literatur wie Literaturwissenschaft, d.h. auch Schriftsteller und Wissenschaftler ausgesetzt sind. In dem Versagen Overbecks spiegelt sich letztlich das der Gesellschaft. Diesen Faden kann der Autor auch in seiner Jean-Paul-Biographie *Das Leben des Jean Paul Richter* (1975) weiterspinnen, einem gut und spannend geschriebenen Buch, das viel Information mit hohem Gebrauchswert auch in der Übertragung früherer Verhältnisse auf die Gegenwart verbindet. Denn auch Jean Paul hatte sich mit Normen für Kunst in seiner Gesellschaft, mit Zensur und Selbstzensur auseinanderzusetzen, vielleicht ist dies u. a. die Ursache für das große Interesse an diesem Autor vieler DDR-Autoren (z. B. Helga Schütz, Irmtraud Morgner, Fritz Rudolf Fries). In der irnosch-witzigen Erzählung, »für Freunde der Literaturgeschichte«, *Märkische Forschungen* (1978) greift de Bruyn noch einmal am Beispiel zweier entgegengesetzter Literaturwissenschaftler die Problematik von Literatur und Wirklichkeit, vom Gebrauchswert der Literatur auf. Während der Literaturprofessor Menzel den vergessenen Dichter Max von Schwedenow für seine eigenen karriereorientierten Ziele benutzen will, arbeitet sich der pragmatische Provinzlehrer Ernst Pötsch mit akribischer Kleinarbeit und ohne sich von Menzels Intrigen behindern zu lassen, zu dem Dichter und seiner wahren Bedeutung, auch für die Gesellschaft, vor.

Hermann Kant

Einen seiner Fabulierkunst und kritisch-diplomatischen Parteitreue entsprechenden Rang nimmt Hermann Kant (geb. 1926) in der DDR-Gegenwartsliteratur ein. Der in Hamburg geborene Gärtnerssohn machte zunächst eine Ausbildung zum Elektriker. Kurz vor Ende des Krieges noch eingezogen, kam Kant von 1945 bis 1949 in polnische Kriegsgefangenschaft. Im Arbeitslager Warschau war er Mitbegründer des Antifa-Komitees. Von 1949–1952 studierte Kant an der Arbeiter- und Bauernfakultät der Ernst-Moritz-Arndt-Universität Greifswald. Daran schlossen sich bis 1956 ein Germanistikstudium an der Humboldt-Universität in Berlin und einige Jahre der Tätigkeit als wissenschaftlicher Assistent an. Seit 1957 veröffentlichte Kant publizistisch-satirische Beiträge zunächst als Redakteur einer Studentenzeitung, später in »Neues Deutschland«. Der in Berlin als freischaffender Schriftsteller lebende Kant wurde 1978 zum Nachfolger von Anna Seghers für das Amt des Präsidenten des Schriftstellerverbandes gewählt. Kant erhielt zahlreiche Preise, darunter zweimal den Nationalpreis der DDR (1973 und 1983). Hermann Kant ist, zumal aus westlicher Sicht, eine ausgesprochen schillernde Figur im DDR-Kulturbetrieb. Als Autor wie als Präsident des Schriftstellerverbandes gelingt ihm eine intelligente und erfolgreiche Art der Parteitreue, die sich ununterbrochen den Anschein von (Selbst-)Kritikbereitschaft, Nachdenklichkeit und Unvoreingenommenheit gibt. Kant entwaffnet dadurch, daß er Probleme, die andere zu verdrängen versuchen, offen anschneidet, um sie dann mit wortreicher, fröhlicher und virtuoser Oberflächlichkeit zu entschärfen. Dennoch ist seine Kritik nicht bloße Pose, nur ist Kant eben ein Meister der Dosierung. Nach seinem ersten Erzählband *Ein bißchen Südsee* (1962) erreichte Kant mit seinem ersten Roman *Die Aula* (1965) sogleich den Gipfel seiner literarischen Meisterschaft und Anerkennung.

Kant erzählt hier eine flotte Folge von Stories, Episoden, Anekdoten, Dialogen und Schnurren am roten Faden einer einfachen Handlung: der deutlich mit autobiographischen Zügen versehene ehemalige Elektriker, Absolvent der Arbeiter- und Bauernfakultät und nunmehrige Journalist Iswall wird beauftragt, aus Anlaß der Schließung jener, nun überflüssigen Vorstudienanstalt eine Festrede zu halten. Iswall beschließt, Rückschau zu halten, und so wird mit seinem und dem Schicksal seiner damaligen Freunde zugleich ein Stück DDR-Geschichte aufgerollt. Quasi Riek ist Kneipier in Hamburg, also republikflüchtig geworden, Jakob Filter, ehemals Waldarbeiter, hat sich zum Funktionär im Ministerium für Land- und Forstwirtschaft hochgearbeitet. Problematisch erscheint zunächst das Wiedersehen mit dem Intimus Trullesand, den Iswall damals durch Intrige nach China zum Sinologiestudium beförderte. Doch Trullesand ist ebenso glücklich mit seinem Beruf wie mit der zunächst ohne Liebe geheirateten Rose Paal. Besonders in dieser glücklichen Wendung spiegelt sich die Überlegenheit und Unanfechtbarkeit des gesellschaftlichen Systems, in dem sogar Intrigen aus persönlichem Kleinmut zum Guten ausschlagen. Allein dieses ungebrochen frohgemute Vertrauen in die Richtigkeit der zugrundeliegenden Verhältnisse ermöglicht Kant die schmunzelnd ironische Darstellung so vieler Dummheiten, Einseitigkeiten und Sturheiten im Detail.

In seinem zweiten Roman *Das Impressum* (1972) greift Kant das Kompositionsprinzip der »Aula« noch einmal auf: Aus Anlaß seiner Beförderung zum Minister läßt der ehemalige Botenjunge, jetzige Chefredakteur einer Ostberliner Illustrierten sein Leben bilanzierend an sich vorüberziehen. Wieder folgen Episoden in Hülle und Fülle, doch ist Kant diesmal nur ein schwaches Abbild seines ersten Romans gelungen. Die Tendenz, die ohnehin entschärfte Kritik sprachlich breitzutreten, verstärkt sich in seinem Erzählband *Eine Übertretung* (1975). Passagenweise mehr versprechend ist sein nächster, autobiographischer Roman *Der Aufenthalt* (1977), vor allem dort, wo Kant sich der allzu geschwätzigen Plauderei enthält, was leider nicht allzu häufig geschieht. Unterhaltsam und humorvoll, aber auch kaum mehr ist sein folgender Erzählband *Der dritte Nagel* (1981). Eine im selben Jahr erschienene Auswahl seiner publizistischen Arbeiten enthält unter dem Titel *Unterlagen* Zeitungsartikel, Rezensionen, Reden und Gespräche Kants und wurde in erheblich zusammengeschrumpfter Form auch im Westen veröffentlicht, was zu vorsichtigen Mutmaßungen Kants über die Unterschiedlichkeit der Literaturen in den beiden Teilen Deutschlands führte. Auch in seinem Wirken im Schriftstellerverband ist Kant nicht eindeutig zu beurteilen; hatte er sich einerseits gegen Publikations- und Redeverbote für Hermlin, Strittmatter und Loest eingesetzt, so war er andererseits mitbeteiligt an Strafmaßnahmen gegen unliebsame, im Westen publizierende Autoren.

Nachdem im Frühjahr 1979 u.a. Erich Loest, Jurek Becker, Adolf Endler und Kurt Bartsch in einem offenen Brief an Erich Honecker gegen die Verfolgung Heyms und die Zensurmaßnahmen im DDR-Kulturbetrieb protestiert hatten, schrieb seinerseits der Schriftsteller Dieter Noll (geb. 1927) einen für ihn charakteristischen Brief an Honecker. Es hieß darin: »Einige kaputte Typen wie die Heym, Seyppel oder Schneider, die da so emsig mit dem Klassenfeind kooperieren, um sich eine billige Geltung zu verschaffen, weil sie offenbar unfähig sind, auf konstruktive Weise Resonanz und Echo bei unseren arbeitenden Menschen zu finden, repräsentieren gewiß nicht die Schriftsteller unserer Republik. Die Partei kann auch überzeugt sein, daß die überall in den Betrieben arbeitenden Menschen unseres Landes die Maßnahmen unserer Regierung billigen und kein Verständnis dafür aufbringen, wie da ein kleiner Klüngel von sogenannten Literaten verzweifelt von sich reden machen will, indem er sich vor den Karren des Westfernsehens spannen läßt oder die Partei mit unverschämten offenen Briefen traktiert.« Zu diesen »kaputten Typen« braucht sich Noll sicher nicht zu zählen. – Er wurde in Riesa als Sohn eines Apothekers und einer wegen »nichtarischer Abstammung« verfolgten Mutter geboren, wurde Soldat und geriet in amerikanische Kriegsgefangenschaft. 1946 trat er der KPD bei, machte danach Abitur und studierte Germanistik, Kunstgeschichte und Philosophie in Jena. 1950 begann er als Redakteur bei der Zeitschrift »Aufbau« in Berlin und lebte anschließend als freischaffender Schriftsteller in Berlin. Noll begann mit Reportagen und Erzählungen, die den Aufbau des Staates, die »neue sozialistische Produktion« dokumentieren wollten (»Die Dame in Perlon und andere Reportagen«, 1953). Besser gelang ihm die Erzählung *Die Mutter der Tauben* (1955) um die Erlebnisse einer Warschauer Taubenmutter im Krieg. Lebhafte Resonan hatte Noll mit seinem Entwicklungsroman *Die Abenteuer des Werner Holt* (1960 und 1963), dessen ursprünglich geplanter 3. Band nicht mehr erschien. Noll versucht, die eigentlich bürgerliche Erzählform mit antifaschistischen Inhalten zu füllen, indem er das Schicksal eines Angehörigen seines Jahrgangs im faschistischen Terror, in Kriegsgreueln, in Orientierungsschwierigkeiten und Sinnsuche nach der Heimkehr schildert. Ein vom rein literarischen Wert her eher schwaches Werk. In Nolls zweitem Roman *Kippenberg* (1979) versucht der Autor durch die angestrengte Selbstreflexion seines Helden, des nach oben strebenden Chemikers Joachim Kippenberg, (»Schockierende Frage: was ist das für einer, wer bin ich, und was ist das denn überhaupt, dieses Ich?«) eine weitere Qualitätshürde zu nehmen. Aber auch hier lenkt die munter laufende Handlung von zu deutlicher Problematisierung gründlich ab. Die im Roman dargestellte DDR-Wirklichkeit faßt der DDR-Soziologe und Wirtschaftswissenschaftler Jürgen Kuczynski in seiner Rezension des Romans in wenigen Worten treffend zusammen:

»Man kommt kontinuierlich vorwärts, verdient entsprechend kontinuierlich mehr, kann sich genau ausrechnen, wann die Frage »Kind oder Auto« steht, und kennt sehr genau die gesellschaftlichen Verhaltensregeln, die notwendig sind, um all das kontinuierlich zu sichern. Alles, was die sozialistische Revolution beinhaltet: Diskontinuität, fortschrittliches Abenteuertum mit kühnen Gedanken auf neuen Wegen, prächtige Irrtümer und noch prächtigere neue Erfahrungen und Wahrheiten – all das, was die besten jungen Menschen bewegt, wird als »gefühlvolle Romantik«, wenn freundlich geurteilt wird, oder als gefährlicher Anarchismus abgetan oder auch langsam durch den Druck der Mittelmäßigkeit, durch Trägheit des Gedankens, Bürokratie, Langeweile, Überfütterung mit Dogmen und Phrasen oder auch durch kleinbürgerliche Konformität, durch falsche Kompromisse um des gesicherten Fortkommens willen so oft erstickt.« (1979)

Christa Wolf

Zu den bedeutendsten Schriftstellern der DDR gehört Christa Wolf (geb. 1929). Dieser Erzählerin gelang und gelingt es, mit ihren Werken sowohl unter rein literarischen wie unter inhaltlichen Aspekten große Anerkennung in beiden Teilen Deutschland zu bekommen. Ihr Schreiben ist auf Wahrheit ausgerichtet, ihr Engagement gilt dem Menschen, wobei sie die ihrer Generation entsprechende Auseinandersetzung mit dem Faschismus ihrer Jugendzeit bis in die Thematik der heutigen Friedensbewegung überleitet. – Christa Wolf wurde in Landsberg/Warthe, dem heutigen Gorzow Wielkopolski, als Tochter eines Kaufmanns geboren. Sie besuchte in ihrer Heimatstadt Grund- und Oberschule. Nach der Umsiedelung nach Mecklenburg 1945 machte Christa Wolf 1949 in Bad Frankenhausen Abitur und trat der SED bei. Von 1949–1953 studierte sie in Jena und Leipzig Germanistik und war anschließend, bis 1959, in Berlin als wissenschaftliche Mitarbeiterin beim Deutschen Schriftstellerverband, als Lektorin und Redakteurin der Zeitschrift »Neue Deutsche Literatur« sowie als Cheflektorin des Verlages Neues Leben tätig. Von 1959 bis 1962 arbeitete Christa Wolf als Lektorin des Mitteldeutschen Verlags in Halle. Seitdem lebt sie als freie Schriftstellerin in Berlin. Sie wurde mehrfach mit Preisen ausgezeichnet: 1961 Kunstpreis der Stadt Halle/S., 1964 Nationalpreis 3. Klasse der DDR, 1963 Heinrich-Mann-Preis, 1972 Wilhelm-Raabe-Preis der Stadt Braunschweig, den die Dichterin jedoch ablehnte, 1972 Theodor-Fontane-Preis für Kunst und Literatur, 1977 Literaturpreis der Freien Hansestadt Bremen, 1980 Georg-Büchner-Preis. – Christa Wolf ist sehr überzeugte Sozialistin *und* Dichterin, so daß sie in ihrem Schaffensprozeß fast notwendig auch eine theoretische Auffassung von Literatur, speziell unter den Aspekten des Wahrheitsanspruchs und der Produktionsbedingungen des Dichters erarbeiten mußte. In dem von ihr entwickelten Programm der »subjektiven Authentizität«, besitzt das ganz persönliche Erleben, sofern genau und distanziert darüber berichtet wird, die größte Geltung und Wahrheit, auch für den Stand der gesellschaftlichen Bewußtseinsentwicklung. Daß sie von daher zunehmend mehr Kritik an den Verhältnissen, an Zensur, Heuchelei, Einengung übte, konnte nicht ausbleiben, ebensowenig, daß sie und ihre Bücher zum Gegenstand von Kritik und Zensur staatlicherseits wurden. Christa Wolf schreibt zunächst realitätsbezogen, ihre Themen sind der Faschismus, die zwischenmenschlichen Beziehungen, die Wünsche und Möglichkeiten von Individuen, sich selbst zu verwirklichen. Daß »Realität« für sie nichts Einfaches, Geklärtes ist, wird dem Leser ihrer Bücher schnell klar. Über das Erzählen selbst schreibt die Autorin:

»Prosa schafft Menschen, im doppelten Sinn. Sie baut tödliche Vereinfachungen ab, indem sie die Möglichkeiten vorführt, auf menschliche Weise zu existieren. Sie dient als Erfahrungsspeicher und beurteilt die Strukturen menschlichen Zusammenlebens unter dem Gesichtspunkt der Produktivität. Sie kann Zeit raffen und Zeit sparen, indem sie die Experimente, vor denen die Menschheit steht, auf dem Papier durchspielt: Da trifft sie sich mit den Maßstäben der sozialistischen Gesellschaft. Die Zukunft wird wissen, wie wichtig es ist, den Spiel-Raum für die Menschen zu

vergrößern. Prosa kann die Grenzen unseres Wissens über uns selber weiter hinausschieben. Sie hält die Erinnerung an eine Zukunft in uns wach, von der wir uns bei Strafe unseres Untergangs nicht lossagen dürfen.
Sie unterstützt das Subjektwerden des Menschen.
Sie ist revolutionär und realistisch: Sie verführt und ermutigt zum Unmöglichen.«

Das erste Werk der Autorin, *Die Moskauer Novelle* (1961), ist in der BRD nie erschienen. Es ist die Geschichte eines Wiedersehens nach 14 Jahren, einer neuen Liebe und des Verzichts darauf zugunsten der bestehenden Verhältnisse im weitesten Sinne. Die Helden sind die ehemalige Schreibhilfe, jetzige Ärztin Vera Brauer und der ehemalige sowjetische Offizier und jetzige Dolmetscher Pawel Koschkin. Christa Wolf hat sich von dieser sicher etwas idyllischen Arbeit, von deren »frommer Naivität« und dem »Traktathaften« später (1974) distanziert. Um so gelungener und erfolgreicher war die Autorin mit ihrer Erzählung *Der geteilte Himmel* (1963), in dem sie rein thematisch den Forderungen des »Bitterfelder Wegs«, der Aufhebung der Trennung von Kunst und Leben, entsprach und aus der Arbeitswelt berichtet. Das Buch wurde in großer Auflage gedruckt, in mehrere Sprache übersetzt und verfilmt, obwohl es zunächst der Kritik der Partei standzuhalten hatte.

In dem stellenweise sehr emotional und bedeutungsschwer erzählten Roman geht es wieder um eine Liebesgeschichte, erzählt aus der Perspektive der Studentin Rita, die in den Semesterferien in dem VEB Waggonbau arbeitet. Die Handlung spielt vor und nach dem 13.8.61 und verfolgt den Entscheidungsprozeß Ritas und ihres Geliebten, des Chemikers Manfred, für bzw. gegen den sozialistischen Staat. Der keineswegs bloß negativ geschilderte Manfred resigniert und zieht den Westen vor. Rita verzichtet auf ihre Liebe und erkennt – nach einem Selbstmordversuch – für sich die Möglichkeit zu Selbständigkeit und Selbstverwirklichung in der DDR.

In der folgenden Erzählung *Juninachmittag* (1967) konzentriert sich die erzählerische Technik auf das Nebeneinander von – ereignislosen – Beschreibungen, Gedanken und Phantasien am Beispiel eines Familiennachmittags im Garten. Eben diese Erzähltechnik der verschachtelten Erinnerungen, Gedankenspiele und Traumpassagen bestimmen auch Christa Wolfs wichtigen Roman *Nachdenken über Christa T.* (1968), dessen Erscheinen, nach heftigem Kampf um die Publikation, der Autorin in der DDR viel Kritik und den Vorwurf der »Innerlichkeit«, in der BRD dagegen viel Erfolg und Schlagworte wie »Resignation«, »Rückzug«, »Abwendung vom Sozialismus« einbrachte.

Erzählanlaß ist der frühe Tod von Christa T., einer guten Freundin der Erzählerin, die, mit wenig eigener Chrakteristik ausgestattet, auf die Autorin selbst verweist. Der Lebenslauf dieser Freundin wird nachgezeichnet, als Schulkamaradin, Kommilitonin, Ehefrau und Mutter, der Lebenslauf einer Frau, die den Faschismus in ihrer Jugend erlebt hatte und für sich eine ganz eigene, auch für den sozialistischen Staat unbequeme Lebensauffassung entwickelt hat. In ihrer nachdenklichen Trauerarbeit entsteht der Erzählerin das Bild ihrer Freundin als eines fast vorbildlichen unangepaßten, suchenden, hoffenden, enttäuschten und freiheitsstrebenden Menschen.

Wie die DDR-Kritik mit diesem Werk verfuhr, veranschaulichen die Worte von Max Walter Schulz auf dem Schriftstellerkongreß von 1969: »Wem nützt das? Wem nützt eine subjektiv ehrliche, parteilich gemeinte Absicht, wenn sie streckenweise im literarischen Text und im Gesamteindruck die Doppelbündigkeit der Aussage so eindeutig provoziert, daß sich die andere Seite nur zu wählen braucht, was sie gern herauslesen möchte. Wir sind nun einmal noch nicht allein auf der Welt, wir Sozialisten.«

Christa Wolf veröffentlichte nach diesem Roman zunächst unter dem Titel *Lesen und Schreiben* (1971) eine Sammlung von Essays und Betrachtungen über Literatur; in dem letzten, titelgebenden Essay finden sich ihre bis dahin wichtigsten Erkenntnisse über das Schreiben. Sie nimmt in dem Band zu den Folgen der Zensur Stellung: »Der Mechanismus der Selbstzensur, der dem der Zensur folgt, ist gefährlicher als dieser. Er verinnerlicht Forderungen, die das Entstehen von Literatur verhindern können, und verwickelt manchen Autor in ein unfruchtbares und aussichtsloses Gerangel mit einander ausschließenden Geboten: daß er realistisch schreiben soll zum Beispiel und zugleich auf Konflikte verzichten; daß er wahrheitsgetreu schreiben soll, aber sich selbst nicht glauben, was er sieht, weil es nicht ›typisch‹ sei.« – Außerdem erschienen vor ihrem nächsten großen Roman *Kindheitsmuster* (1976) die Filmerzählung *Till Eulenspiegel* (1972, zusammen mit ihrem Mann Gerhard Wolf) und die drei Erzählungen des Bandes *Unter den Linden* (1974)

In *Kindheitsmuster* setzt sich Christa Wolf mit einer Kindheit im Faschismus, mit den alltäglichen Erfahrungen in dieser Zeit auseinander. Dies geschieht im zeitlichen Quer- und Längsschnitt. So werden einerseits das Leben des 1929 geborenen Mädchens Nelly Jordan, seiner Eltern und Bekannten geschildert. Auf einer zweiten Ebene aber wird eine Reise der Erzählerin mit Mann, Bruder und Tochter im Jahr 1971 in das ehemalige Landsberg (Geburtsort Nellys *und* Christa Wolfs!) erinnert. Auf der dritten Ebene spielt das gegenwärtige Leben der Erzählerin beim Schreiben in den Jahren 1972–1975. Außerdem überdenkt die Erzählerin beim Schreiben ihre eigenen Abwehrhaltungen gegen das Aufschreiben der Wahrheit. Auf diese Weise wird das Muster, das Typische eben nicht nur in der Kindheit von Nelly als die Bedingung des Faschismus gesucht, sondern auch als Voraussetzung für noch gegenwärtige Verhaltensformen, wie Angst, Anpassung, Verstellung.

Eine neue und ihre Werke noch wesentlich komplizierende Erzähldimension hat Christa Wolf in ihren beiden nächsten größeren Arbeiten erschlossen. Es gelingt ihr, in kenntnisreichem, sensiblem Aufarbeiten und Einfühlen historische und mythologische Inhalte zu Ausdruckmitteln für je verwandte Phänomene in der aktuellen Gegenwart umzuformen, ohne dabei der Geschichte oder dem Mythos Gewalt anzutun. Dabei treten auch Gedanken über das Schreiben und Überliefern überhaupt auf.

In *Kein Ort, Nirgends* (1979) besteht die Handlung in einem erfundenen Treffen des Dichters Heinrich von Kleist mit der Dichterin Karoline von Günderode in Winkel am Rhein. Kleist befindet sich mit seinem Arzt auf der Heimreise von Paris nach Berlin, soeben von einer Depression befreit. Die beiden entfliehen einer Teegesellschaft, in der oberflächlich dahingeplaudert wird. Auf einem Spaziergang schlagen sie in Gesprächen über poetische und persönliche Probleme vorsichtig Brücken, die dann aber ganz abrupt abgebrochen werden müssen, als Kleists Postkutsche in der Weiterreise begriffen ist.

Eine sicherlich nicht unpolitische Absicht der Autorin mit diesem Werk mag es gewesen sein, den als »dekadent« lange Zeit abgewerteten Dichter Kleist sowie die Dichterin und Frau Günderode zu Identifikationsfiguren zu machen. Mit ihrem letzten Werk *Kassandra* (1983) erreichte Christa Wolf einen vorläufigen Höhepunkt ihres Schaffens: sie überspannt 3500 Jahre Kulturgeschichte, d.h. eine Geschichte von Krieg und Machtmißbrauch, von Patriarchat und Frauenfeindlichkeit.

Es ist Kassandra selbst, die erzählt, in den letzten Stunden vor ihrem Tod, und ohne Gegenüber. Sie ist die Tochter des Königs der Trojer, Priamus, und wurde von Apollon mit der Sehergabe versehen. Allerdings glaubt niemand ihren Vorhersagen, wie den Fall Trojas. Nach dessen Untergang wird sie von dem Sieger Agamemnon verschleppt nach Mykenä und dort von dessen Frau Klytemnestra ermordet. Kurz vor ihrem Tod erinnert sie ihr Leben am Hof, ihre Vorhersagen, den tragischen Verlauf der Dinge, während sie gleichzeitig den nahen Tod erwartet.

Die Autorin sah in Kassandra »eine der ersten Frauengestalten ..., deren Schicksal vorformt, was dann, dreitausend Jahre lang, den Frauen geschehen soll: daß sie zum Objekt gemacht werden ... Ihre innere Geschichte das Ringen um Autonomie.« Gleichzeitig mit diesem Werk erschien ein Arbeitsbericht über dessen Entstehung *Voraussetzungen einer Erzählung: Kassandra* (1983): eine Griechenlandreise und Lektüre der »Orestie« von Aischylos. Diese vier in Frankfurt/M. gehaltenen Vorlesungen enden mit dem Versuch, ein spezifisch weibliches Weltbild und auch Dichten zu umreißen. Beide Bücher kamen übrigens in der BRD heraus und hatten in der DDR vernichtende Kritiken.

Dramatiker der zweiten Generation

Als Schüler und Fortsetzer Bert Brechts versteht sich der Dramatiker Helmut Baierl (1926). Geboren in Rumburg (CSSR), studierte er 1949–1951 in Halle Slawistik. Er arbeitete als Dozent für Russisch in der Erwachsenenbildung und schloß 1955 ein Studium am Johannes-R.-Becher-Institut für Literatur in Leipzig ab. Danach war Baierl Verlagslektor und von 1959 bis 1967 Mitarbeiter und Dramaturg am Berliner Ensemble. Seit 1967 lebt er als freier Schriftsteller in Berlin. – Baierl schreibt seine Stücke für den Sozialismus, er schreibt, um auch Zweifler und Unpolitische davon zu überzeugen, daß ihre persönlichen Ziele und Wunschvorstellungen letztlich mit denen des sozialistischen Staates identisch seien. Zu dieser Einsicht bedarf es natürlich eines Prozesses der Erkenntnis beim einzelnen wie auch des Überdenkens der Tagespolitik, dort nämlich, wo sie, weil Menschen Fehler machen, ungewollt vom Kurs abgewichen ist. Die Handlung dieser Stücke beruht auf der Lösung typischer, im Sozialismus jedoch nicht mehr unaufhebbarer Widersprüche in der Gesellschaft, man könnte auch von Scheinkonflikten sprechen. Baierl begann mit den beiden Landstücken *Die Feststellung* (1958) und *Frau Flinz* (1961). Das erste Stück handelt in der Form des Lehrstücks von der Flucht und Wiederkehr des Mittelbauern Finze und der Rekonstruktion dieser Vorgänge im Rollenspiel auf dem Theater. Die Komödie *Frau Flinz* soll als zeitgenössische Fortführung der »Mutter Courage« von Brecht verstanden werden. Frau Flinz erlebt es zunächst als Niederlage, daß sie ihre fünf Söhne an den Staat verliert; erst ein teils grotesker Klärungsprozeß, an dem sie passiv und aktiv beteiligt ist, macht deutlich, daß der Staat nur scheinbar ihr Gegner war. Frau Flinz wird am Ende Vorsitzende einer LPG. Baierls nächste Arbeit *Der Dreizehnte* (1962) befaßt sich in 10 Szenen mit den Vorteilen des Mauerbaus, zahlreiche mehr oder weniger gelungene Sketche unterstützen die agitatorische Wirkabsicht. Sein nächstes Schauspiel brachte Baierl erst nach langer Zusammenarbeit mit dem Regisseur Manfred Wekwerth als *Johanna von Döbeln* (1969) auf die Bühne, eine spätere Umarbeitung erschien unter dem Titel *Die Abenteuer der Johanna von Döbeln* (1976). Die naive, gradlinig und undialektisch denkende Johanna vom Dorf wird konfrontiert mit den verzwickten Gepflogenheiten und Überlegungen in der Personalpolitik des Landmaschinenwerkes »Rotes Banner«. Auch hier konstruiert Baierl einen Konflikt zwischen unbewußt handelnden Menschen und dem bewußt kalkulierenden Staat, um zu beweisen, daß daraus im Sozialismus nur eine glückliche Lösung, eine weiter vermenschlichte Gesellschaft entstehen kann. Für den im Leninjahr 1970 uraufgeführten Film *Der lange Weg zu Lenin* (nach Alfred Kurellas »Unterwegs zu Lenin«) schrieb Baierl das Buch und arbeitete es wenig später zu dem gleichnamigen Stück um. Ein weiteres Film-Manuskript entstand mit *Das zweite Leben des Friedrich Wilhelm Georg Platow*. In dem »szenischen Poem« *... stolz auf 18 Stunden* (1923) erinnert Baierl an den Hamburger Aufstand von 1923. Darauf folgten anekdotische Erinnerungen an die Zeit beim »Berliner Ensemble« (»Die Köpfe oder das noch kleinere Organon«, 1974) und die Stücke *Die Lachtaube* (1974) sowie *Der Sommerbürger* (1976).

Wer eine rasche Beurteilung der DDR-Literatur abgeben will, dem bietet sich eine simple Gleichung: Es gibt erstens jene Gruppe parteihöriger, linientreuer und staatskonformer Schriftsteller, deren ganze Absicht darin besteht, ihren Lesern die alltäglich-sozialistische Realität samt zugehöriger Politmoral in attraktiver Verpackung zu verkaufen; die literarische Qualität solcher Autoren ist natürlich unbedeutend. Und es gibt zweitens die viel kleinere Gruppe der politisch unangepaßten, unbequemen Schriftsteller, die – weil sie politisch auf Gegenkurs gehen – sich auch dem literarischen Niveau ihrer bundesrepublikanischen Kollegen nähern. Dieses grobe Maß westlicher Literaturkritik stört vielleicht keinen zweiten so nachhaltig wie Peter Hacks, der diese einfache Rechnung nicht aufgehen läßt.

PETER HACKS (geb. 1928) aus Breslau ist einer der bekanntesten lebenden Schriftsteller der DDR, Sohn eines sozialdemokratischen Rechtsanwaltes. Das Abitur legte er 1946 noch in Wuppertal ab, bevor seine Familie nach Dachau umzog. Das Studium der Soziologie, Philosophie, Literatur- und Theaterwissenschaften an der Universität München beendete Hacks mit einer Dissertation über »Das Theaterstück des Biedermeier (1815–1840)«. So ist es erklärlich, daß Hacks sich auch später immer wieder theoretisch, als Literaturkritiker und besonders als Kommentator seiner eigenen Werke, betätigte. Noch in München begann er, neben Auftritten in Schwabinger Lokalen, als Stückeschreiber für Theater und Rundfunk zu arbeiten, verfaßte z.B. Hörspiele für den Kinderfunk. Kinderbücher und Stücke für Kinder sind, auf den Umfang gesehen, gar kein kleiner Teil des Gesamtwerks, zuletzt erschienen *Der Mann mit dem schwärzlichen Hintern* (1980) und *Jules Ratte oder Selberlernen macht schlau* (1982). Besonders seiner Kinderbuchproduktion verdankte Hacks zunächst größere Bekanntheit in der BRD.

Ebenfalls noch in München heiratete er die dortige Redakteurin Anna Elisabeth Wiede, mit der zusammen er unter anderem auch Übersetzungen (John M. Synges »Playboy of the Western World«, »Der Held der westlichen Welt«, 1956) veröffentlichte. Die Bekanntschaft mit Brecht löste dann eine Entscheidung aus, die schon lange gereift war: 1955 ging Hacks zum Brecht-Ensemble nach Ost-Berlin, nachdem er die DDR schon 1953 als Heimat aller deutschen Schriftsteller bezeichnet hatte. Noch entschiedener kommentierte er seinen Schritt 1958 in der Schrift *Kurzer Protest*: »Lieber helfe (ich) den Sozialismus machen, als mein literarisches Vermögen in gequälter und unproduktiver Opposition gegen einen faschistischen Kulturapparat zu verzetteln.« Seine dramatischen Erstlingswerke waren noch in München entstanden: *Das Volksbuch vom Herzog Ernst* (1953) und *Die Eröffnung des indischen Zeitalters* (1954) sind noch stark an Brecht und dem marxistischen Geschichtsbegriff orientiert, eine Abhängigkeit aus der er sich später zu lösen verstand. Trotz grundsätzlicher Zustimmung zum System blieb Hacks auch in der DDR ein zuweilen unbequemer Kritiker. Mit seinem Stück *Die Sorgen und die Macht*, das 1958 in ironischer Anspielung an ein Ulbricht-Zitat entstand und im Zusammenhang mit dem Programm des »Bitterfelder Wegs« zu sehen ist, sorgte Hacks für Furore. Seine Kritik an der DDR-Realität zwang ihn 1963 dazu, das Amt wieder zu räumen, das er seit 1960 innehatte: Dramaturg und Theaterdichter am Deutschen Theater in Berlin. Hacks lebt seitdem als freier Schriftsteller, ist seit 1964 Mitglied des PEN-Zentrums der DDR und seit 1972 der Akademie der Darstellenden Künste in der DDR und in Frankfurt a.M. Zahlreiche Preise und Auszeichnungen unterstreichen seine Bedeutung für die deutsche Gegenwartsliteratur. Seine Beliebtheit in der Bundesrepublik erlitt zwei Einbrüche, Reaktionen auf die im Westen unakzeptable Haltung Peter Hacks' zum Bau der Mauer und zur Ausweisung Wolf Biermanns; in beiden Fällen zeigte er Verständnis für das Vorgehen der DDR-Behörden.

Wie die beiden genannten Stücke ist auch das dritte Stück, das Hacks in die DDR mitbrachte, das 1954 geschriebene *Die Schlacht bei Lobositz*, ein historisches Schauspiel. Dem Autor ging es dabei aber nicht so sehr um eine authentische Rekonstruktion der Historie, vielmehr griff er auf die Geschichte als Materialbasis und Kostüm-Fonds zurück, um vor diesem Hintergrund höchst aktuelle Themen zu realisieren.

In *Die Schlacht bei Lobositz*, einer Komödie, die 1956 uraufgeführt wurde, geht es letztlich um eine Stellungnahme gegen die Remilitarisierung der Bundesrepublik und den Krieg, für Desertion und Pazifismus. Vorgeführt wird dies in historischer Verkleidung durch den Helden: Ulrich Bräker, den »armen Mann in Tockenburg«, der als Diener eines preußischen Werbeoffiziers gezwungen wird, am Siebenjährigen Krieg teilzunehmen und schließlich im böhmischen Lobositz desertiert.

Eine ähnliche Struktur zeigte auch noch das 1958 entstandene Stück *Der Müller von Sanssouci*, in dem Hacks die alte preußische Legende neu interpretierte: Analyse der Gegenwart durch ein Beispiel aus der Geschichte. Es folgten, diesmal auch vom Stoff her, Gegenwartsstücke nach dem Muster des sozialistischen Realismus, angesiedelt in der alltäglichen Arbeitswelt der DDR, beschäftigt mit konkreten Problemen und deren Überwindung: *Die Sorgen und die Macht* (1958) und *Moritz Tassow* (1961). Aber gerade die Realistik der Schilderung rief die Kritik der Partei auf den Plan, allzu grau erscheine der Alltag der DDR, er stelle die Gegenwart als eine noch zu überwindende Stufe der Entwicklung dar. In der Tat ist die Haltung zum Kommunismus in diesen Stücken durch eine utopische Perspektive bestimmt:

> »Kollegen, Kommunismus, wenn ihr euch
> Den vorstellen wollt, dann richtet eure Augen
> Auf, was jetzt ist, und nehmt das Gegenteil;

Denn wenig ähnlich ist dem Ziel der Weg.
Nehmt so viel Freuden, wie ihr Sorgen kennt,
Nehmt so viel Überfluß wie Mangel jetzt
Und malt euch also mit den grauen Tinten
Der Gegenwart der Zukunft buntes Bild.«

Als Reaktion auf den Mißerfolg, aber ebenso als eine Konsequenz aus der eigenen Dramentheorie verließ Hacks den eingeschlagenen Weg bald wieder. Die realistische Schreibart war zu überwinden, denn sie war angesichts der gesellschaftlichen Entwicklung nicht mehr am Platze. Hacks konzipierte schließlich 1972 eine »postrevolutionäre Dramaturgie«, derzufolge »der Mensch bereits im gegenwärtigen Zustand des Sozialismus in so hinlänglichem Maße Herr der Geschichte (ist), daß der dramatische Urheber anfangen kann, seinem Stoff als Herr gegenüberzutreten; er vermag ihn den Gesetzen der Gattung entsprechend zu gestalten und zur Gänze, wie Poesie muß, in Form zu verwandeln.« Sein früheres Vorbild Brecht war damit überwunden, die erreichte Form kann »klassizistisch« (wie von Volker Braun) oder »klassisch« (wie von Hacks selbst) genannt werden. Bei der Stoffwahl konzentrierte sich Hacks immer mehr auf Historie und Mythologie, ab 1961 bearbeitete er zahlreiche Dramen klassischer Autoren und übersetzte Shakespeare; 1962 entstand in Bearbeitung der Komödie des Aristophanes *Der Frieden*, 1963 nach J. Gay *Polly oder die Bataille am Bluewater Creek*, ebenfalls eine Komödie, 1964 folgte *Die schöne Helena*, eine Operette für Schauspieler, weitere Komödien und Schauspiele folgten zwischen 1964 und 1975 fast im Jahresrhythmus: *Margarete in Aix* (1966), *Amphitryon* (1967), *Prexaspes* (1968), *Omphale* (1969), *Numa* (1971), *Adam und Eva* (1972), *Das Jahrmarktsfest zu Plundersweilern nach J.W.v.Goethe* (1973), *Ein Gespräch im Hause Stein über den abwesenden Herrn von Goethe* (1974), *Rosie träumt* (1974 – Legende, nach Hrotsvith von Gandersheim), *Die Fische* (1975). *Senecas Tod* (1977), *Pandora. Drama nach Goethe* (1979), als weiteres Beispiel der Auseinandersetzung mit Goethe, *Musen* (1979) und *Die Binsen* (1980) schließen die Reihe vorläufig ab. Der große Erfolg den Hacks sowohl in der DDR wie in der BRD mit seinen Stücken verzeichnet, scheint dem neuen Weg zu verdanken zu sein. In der »klassizistischen« Dramaturgie trat die Bedeutung der Sprache immer mehr in den Vordergrund, kennzeichnend dafür ist auch die Arbeit am klassischen Vorbild Goethes.

Ein Gespräch im Hause Stein über den abwesenden Herrn von Goethe ist in seiner Form ein ungewöhnliches Drama; ein Blick auf die Bühnenanweisung macht dies deutlich: »Das Ehepaar Stein. Die Frau von Stein im weißen Kleid. Der Herr von Stein sitzt, in Hausrock und Reitstiefeln, in einem Lehnstuhl. Er raucht Pfeife. Er ist ausgestopft.« Gegenstand dieses einseitigen Dialogs ist Charlotte von Steins Beziehung zu Goethe oder auch deren Scheitern. Sie will ihren Mann auf die

Scheidung vorbereiten, erwartet sie doch einen Heiratsantrag Goethes. Das Schreiben, das sie am Schluß öffnet, enthält statt des Erwarteten jedoch nur Belanglosigkeiten.

Peter Hacks, der meistgespielte deutschsprachige Gegenwartsdramatiker, spekulierte 1965 einmal über den Typus des dramtischen Helden und befand: »Jede Zeit hat die Lieblingsfiguren, die sie verdient ...« Künftige Literaturgeschichten werden zu zeigen haben, was man von dieser Liaison zu halten hat.

Unter den ohnehin wenigen Dramenautoren der DDR nimmt Heiner Müller (geb. 1929) einen besonderen Platz ein. Durch seine konsequente künstlerische und intellektuelle Arbeit hat sich der überzeugte Marxist zu einem avantgardistischen Außenseiter und für bestimmte Fachleute zum bedeutendsten Dramatiker seit Brecht entwickelt. Müller stammt aus Eppendorf in Sachsen, wo er als Sohn einer Textilarbeiterin und eines Angestellten aufwuchs. Sein Vater, SPD-Funktionär, wurde 1933 verhaftet und in ein KZ gebracht. Nach seiner Freilassung wurde er arbeitslos. Mit sechzehn Jahren wurde Heiner Müller zum Reichsarbeitsdienst und anschließend zum Volkssturm eingezogen und kam für kurze Zeit in Gefangenschaft. Nach dem Krieg machte Müller sein Abitur, arbeitete in einer Bücherei und siedelte nach Ostberlin über, wo er ab 1950 journalistisch tätig war, zunächst beim »Sonntag« und seit 1953 bei der »Neuen Deutschen Literatur«. Er arbeitete an dem von Kuba geleiteten Autorenkreis und 1954/1955 beim Schriftstellerverband der DDR mit. Nachdem Müller 1957/1958 Redakteur der Zeitschrift »Junge Kunst« war, lebte er ab 1959 als freier Schriftsteller. 1966 nahm sich seine Frau Inge Müller das Leben. Von 1970 bis 1976 ist Müller Dramaturg beim Berliner Ensemble gewesen, anschließend künstlerischer Berater an der Berliner Volksbühne. Der bereits 1961 aus dem Schriftstellerverband ausgeschlossene Autor gehörte 1976 zu den Mitunterzeichnern der Biermann-Petition. – Heiner Müller hat in 30 Jahren an die 30 Stücke und Bearbeitungen geschrieben, außerdem Gedichte und Prosatexte, die sich jedoch – bis auf wenige Ausnahmen – in den Zusammenhang seiner Dramenproduktion einordnen lassen. Ausgenommen werden könnten davon die Gedichte *Brecht*, *Bilder* sowie die Prosatexte *Liebesgeschichte* und *Todesanzeige*. Müllers Werk eignet, obwohl oder gerade weil er seine künstlerischen Ausdrucksmittel so extrem ausarbeitet bei aller Veränderung eine gewisse Einheitlichkeit. Es lassen sich jedoch verschiedene Werkgruppen unterscheiden, die nur sehr bedingt in eine zeitliche Abfolge gebracht werden können. Doch zunächst seien folgende Grundpositionen des Müllerschen Werkes genannt: Heiner Müller ist überzeugter Marxist, woraus eine bestimmte

Thematik wie auch eine entschiedene Wirkabsicht resultieren. Der Autor will mit seinen Stücken direkt in die gegenwärtigen Zustände eingreifen, sei es daß er Konflikte deutlich macht oder sei es durch die Zerstörung von gewohnten, als unmenschlich entlarvten Denk- und Wahrnehmungsmechanismen. Seine Dramen stellen zum Teil außergewöhnliche Forderungen an das Mitdenken und Verstehen des Zuschauers. Sie wollen provozieren. Müller ist weiterhin als radikaler Humanist zu bezeichnen, das erklärte Ziel seiner Dramenarbeit ist die »Produktion von Menschlichkeit«. Vom grundsätzlichen Interesse am Menschen und seinem Wohl geleitet, sucht Müller nicht nach schnell vermittelnden Lösungen des von alters her blutigen Kampfes zwischen gewalttätiger, unterdrückender Macht und revolutionärer Befreiung, er sucht vielmehr die grundsätzlichen und typischen Strukturen und Widersprüchlichkeiten dieses Kampfes auf, wenn auch mit immer weniger Hoffnung auf dessen glückliches Ende. Seine Typen und Figuren sind widersprüchlich wie die Natur und die Geschichte des Menschen überhaupt. Von daher ist als nächstes Merkmal der Realismus zu nennen, auch und besonders da, wo Müller, wie in den späteren Werken, alles daran setzt, »die Wirklichkeit unmöglich zu machen«. Im Aufreißen erstarrter Formen des Denkens, der Sprache oder des Dramas sucht er die Verblendung der Wirklichkeit abzustreifen, um von den darunter bloßgelegten Realitäten her einen positiven Gang der Geschichte zu bewirken. Wenig erstaunlich, daß aus solch überlegener Perspektive dem politischen Interesse des Autors der Ost-West-Konflikt hinter den grundsätzlicheren Nord-Süd-Gegensatz zurückgetreten ist. Zuletzt sei noch auf Müllers ernsthafte und umfassende Auseinandersetzung mit der Geschichte überhaupt wie auch der Literaturgeschichte hingewiesen, die sich in unzähligen literarischen Anspielungen, vor allem auf Brecht, manifestiert. Als ein Charakteristikum von Müllers Arbeitsweise muß noch seine Vorliebe für wiederholtes Aufgreifen und Umarbeiten von Stoffen, das Aufnehmen von Motiven und ganzen Textpassagen genannt werden, wodurch sich der ordnende Umgang mit den einzelnen Werken sehr erschwert. – Müller begann mit anfänglich in Zusammenarbeit mit seiner Frau Inge entstandenen »Produktionsstücken«, Dramen, die in Weiterführung des Brechtschen epischen Theaters, Alltags- und Arbeitsprobleme in Betrieben, Fabriken, Großbaustellen und landwirtschaftlichen Genossenschaften des im Aufbau befindlichen sozialistischen Staates zum Thema hatten. In diesen Umkreis gehören *Die Korrektur* (1958, Untertitel: »Ein Bericht vom Aufbau des Kombinats ›Schwarze Pumpe‹«), *Der Lohndrücker* (1958, nach einem tatsächlichen Vorgang im Jahre 1948/1949, den bereits Brecht und Claudius literarisch verarbeitet hatten), *Die Umsiedlerin oder Das Leben auf dem Lande* (entstanden 1956–1961 nach einer Erzählung von Anna Seghers), *Traktor* (1955, Umarb. 1961) sowie *Der Bau* (1964/1965, nach Motiven des Romans »Spur der Steine« von Erik Neutsch), ein Stück, das erst 1980 in der DDR Premiere hatte. Als »Versuchsreihe« bezeichnet Müller selber jene drei den Bereich der Produktionsstücke vollständig verlassenden Dramen *Philoktet* (1958/1964), in dem er die Fabel des Sophokles in wichtigen Punkten abwandelt, *Der Horatier* (1968), nach der ebenfalls veränderten Fabel von Livius, und *Mauser* (1970), dessen Thema, die Geschichte um den Revolutionär Mauser, Scholochows Roman »Der stille Don« entstammt. Nachdem Müller einmal die Gegenwart in der DDR als Gegenstand seiner Stücke aufgegeben hatte, wandte er sich auf der einen Seite dem Bereich von Geschichte und Mythos sowie der Bearbeitung zahlreicher literarischer Vorlagen zu. In diesem Zusammenhang entstanden u.a. *Das Laken* (1966), *Herakles 5* (1964–1966), *Ödipus Tyrann* (1967), *Prometheus* (1967/1968), *Macbeth* (1971), *Zement* (1972), *Der Auftrag* (1979). Die Aufarbeitung deutscher Geschichte leistete Müller besonders in *Die Schlacht* (1951/1974), *Germania Tod in Berlin* (1956–1971) und *Leben Gundlings Friedrich von Preußen Lessings Schlaf Traum Schrei* (1976). Dienten Müller Geschichte und Mythos seit der »Versuchsreihe« als unerschöpfliches Arsenal dramatisch-widersprüchlicher Grundbeziehung zwischen Menschen, wandte er sein Augenmerk zunehmend auf die ewig zerstörerischen Grundtriebe des Menschen wie Machtgier, Haß und Gewalttätigkeit, so konnte eine Hinwendung zur Subjektivität nicht ausbleiben. »Die historische Substanz ist für mich jetzt unter dem Gesichtspunkt, unter dem ich sie versucht habe zu notieren – verbraucht ... Jetzt geht es in die Mikrostruktur ... Wenn ich nicht über mich rede, erreiche ich keinen mehr.« Doch dieses Über-sich-Reden heißt bei Müller nicht, sich als persönlich psychologisches Individuum ins Spiel zu bringen, sondern subjektives Bewußtsein als die Urvoraussetzung jeglicher »Wirklichkeit« in Szene zu setzen, wobei dieses naturgemäß nur noch als bruchstückhaft begriffen werden kann. Müllers Werke aus diesem Umkreis sind *Medeaspiel* (1974), *Quadriga* (1975), *Hamletmaschine* (1977), *Quartett* (1980), *Herzstück* (1981), *Verkommenes Ufer* (1982). Anzumerken bleibt, daß Heiner Müller in der DDR seit langem das Ansehen eines »Defaitisten« und Geschichtspessimisten hat und, vor allem was die Aufführungsmöglichkeiten betrifft, unter starken Behinderungen und Verboten zu leiden hat. Der Autor selber wird – mit großer Reserviertheit – geduldet, wohl nicht zuletzt wegen seines Ansehens im Westen.

DIE DRITTE GENERATION: JUGEND IM SOZIALISTISCHEN STAAT

Mit seiner früheren Frau Sarah Kirsch, mit Volker Braun, Karl Mickel, Heinz Czechowski, Bernd Jentzsch und Wolf Biermann gehört auch RAINER KIRSCH (geb. 1934) zu jenen jungen Lyrikern, die 1962–1965 Lyrikabende und Lesungen bestritten, die ihre Gedichte auf Foren und Literaturfestivals zur Diskussion stellten mit einem zumeist jungen Publikum. Es hatte sich sogar so etwas wie eine Gruppe von Autoren gebildet, die nicht nur durch Generation, sondern auch durch die soziokulturelle Erfahrungswelt miteinander verbunden waren. Adolf Endler spricht von der »Dresdner« bzw. »Sächsischen Dichterschule«, zu der außer den genannten Autoren (Biermann gehört allerdings nicht dazu) auch noch Traglehn, Kirsten, und Leising gehören. Die aus dem nahen Harz stammende Sarah Kirsch spricht von »unserer Truppe«. – Rainer Kirsch wurde in Döbeln in Sachsen als Sohn eines Lehrers geboren und studierte in Halle und Jena Geschichte und Philosophie. 1957 wurde er der Hochschule verwiesen, woraufhin er in einer Druckerei, im Chemiewerk und in einer LPG arbeitete. Von 1960 bis 1963 lebte er als freiberuflicher Schriftsteller und studierte von 1963 bis 1965 am Johannes-R.-Becher-Institut für Literatur in Leipzig, bis ihm hier das Abschlußdiplom verweigert wurde. Seit 1965 lebt er als freier Schriftsteller in Halle. 1973 wurde er aus der SED ausgeschlossen. 1958–1968 war Rainer Kirsch mit Sarah Kirsch verheiratet. – Gedruckt liegt eine erste Sammlung von Kirschs Gedichten erst seit 1965 vor, als er mit seiner damaligen Frau den Band *Gespräch mit dem Saurier* (1965) herausbrachte. Der Grundtenor seiner Gedichte ist ein an die Vernunft appellierender Optimismus, den er in Spott, Pathos, Polemik oder Kritik einkleidet. Eins seiner Themen ist die Auseinandersetzung mit der Generation der Väter, der alten Genossen, die sich als Erbauer und Garanten des Sozialismus sehen. Kirsch warnt vor Routine und Herzenskälte. »Und die Träume ganz beim Namen nennen;/Und die ganze Last der Wahrheit kennen« – das ist es, was er und einige seiner Generation fordern. Das Programm enthält die Verbindung und Vermittlung von klarem Verstand

Sozialismus wird auf neue unverbrauchte Weise ernstgenommen. Alltägliches, Erfahrenes, Ausgedachtes und Beschwörung besserer Zustände sind Gegenstände seiner neueren Gedichte in dem Band *Auszog Fürchten zu lernen* (1978). Außerdem schrieb Kirsch Essays (z.B. über Rilke, Kleist), Porträts von DDR-Wissenschaftlern (nicht ohne Hintersinn), Märchen, Kinderbücher und die Komödie *Heinrich Schlaghands Höllenfahrt* (1973), die als brisantes Thema der Zeit den Anspruch des Individuums auf Selbstverwirklichung, Entfaltung seiner verschiedenartigsten Möglichkeiten behandelt. Auf die Ausweisung Biermanns bezog sich Kirsch in Gedichten (»Gedächtnis Mandelstams«, »Zeitung«) sowie in dem Prosastück *Kleists Selbstmord.* Allen Widerständen zum Trotz plädiert er auch hier für einen menschlicheren, mutigeren und freieren Sozialismus, er, der nach der Lyrik-Debatte der FDJ-Zeitung »Forum« Mitte der sechziger Jahre kaum noch publizieren konnte. Wie viele seiner Kollegen trat auch er daher als Übersetzer und Nachdichter, z.B. von Jessenin, Majakowski, Mandelstam, Molière, Sartre oder Shelley in Erscheinung.

Ein Jahr älter und auch zur »Truppe« von damals gehörig ist der im Westen nicht so bekannte Lyriker HEINZ CZECHOWSKI (geb. 1935). Er wurde in Dresden als Sohn eines Beamten geboren und erlebte mit 10 Jahren die Zerstörung Dresdens, ein Erlebnis, das sich ihm tief eingrub. Er brachte eine Ausbildung zum graphischen Zeichner und Reklamemaler hinter sich und arbeitete bis 1958 als Vermessungsgehilfe und technischer Zeichner. Während 1958–1961 studierte er am Leipziger Johannes-R.-Becher-Institut für Literatur, vornehmlich bei Georg Maurer. Von 1961 bis 1965 arbeitete Czechowski als Lektor beim Mitteldeutschen Verlag in Halle, von 1971 bis 1973 als literarischer Mitarbeiter der städtischen Bühnen Magdeburg. Nach Reisen nach Paris (1977) und in die BRD (1978) lebt er jetzt wechselnd in Leipzig und Wuischke (Oberlausitz). Czechowski hat 1961 den Kunstpreis der Stadt Halle und 1977 den Heinrich-Heine-Preis verliehen bekommen. – Bislang hat der Autor vier Gedichtbände veröffentlicht, deren erster als nicht so recht gelungen gelten muß. Außer einigen lebendigen, eher erinnernden Gedichten enthält der Band *Nachmittag eines Liebespaares* (1962) zumeist von Vernunftglaube und aufklärerischem Optimismus zusammengehaltene spannungslose Gedichte. Themen sind die Liebe, der Alltag und Dresden, das, später im Verein mit weiteren Städten wie Halle oder Leipzig, ein Hauptgegenstand des Dichters wird. Nach fünf Jahren erschien der zweite Band *Wasserfahrt* (1967), der wesentlich originellere und von unnötigem weltanschaulichem Ballast begleitete Gedichte bringt. Seinem Anspruch auf Verstehbarkeit seiner Verse kann Czechowski hier durchaus Genüge tun, die zentrale Fluß- und Strommotivik zeigt den Wasserlauf als Sinnbild für Hoffnung und Vorwärtsstreben, aber auch als Zeugen der Geschichte für Gewalt und Zerstörung. Die in diesem Band bereits einsetzende Tendenz zur Skepsis auch gegenüber gegenwärtigen Zuständen verstärkt sich deutlich in dem folgenden Band *Schafe und Sterne* (1974). Beibehalten bleibt die Vorliebe des Autors für »Gelegenheitsgedichte«, d.h. Gedichte, die ihren stofflichen Ausgang von kleinen Erlebnissen, Alltagsbegebenheiten nehmen. Doch führen die Gedichte den Autor nun vor unbeantwortbare Fragen, zum resignierenden Zurückweichen vor dem Hier und Jetzt, das die ehemaligen Träume so wenig erfüllt. Wie der befreundete Wulf Kirsten nimmt auch Czechowski seine Bilder aus der Naturbeschreibung und zeigt in den durch Technologie, den sog. Fortschritt zunehmend zerstörten Landschaften zugleich ein verletztes »Ich« an. Auch schwindet das Vertrauen in die Sprache in dem Maße, wie die Ansprüche an sie ins Unmögliche steigen (»Worte/Wie Schlüssel«). Der Titel seines letzten Gedichtbandes *Was mich betrifft* (1981) spiegelt bereits die fortgeschrittene Konzentration des Dichters auf die Subjektivität, das Persönliche. Bei nun recht deutlicher Kritik an den bestehenden Verhältnissen tritt das subjektive Erleben, Wahrnehmen und Assoziieren ohne weltanschauliches Konzept in den Mittelpunkt. Die landschaftliche Umgebung, besonders auch die auf Reisen kennengelernte spielt dabei eine wichtige Rolle. Die immer schon prosaische, reimlose freirhythmische und freistrophige Sprechweise gewinnt zunehmend Untertöne von Sarkasmus. Eine Tendenz zur Verknappung ist ebenfalls auszumachen. Außer Gedichten verfaßte Czechowski autobiographische Skizzen und Reiseberichte und hat vor allem eine Reihe von verdienstvollen literarkritischen Essays über Kollegen geschrieben. Abschließend sind noch seine »Brotarbeiten«, die Übersetzungen und Nachdichtungen, zu nennen.

Geradezu als Sprecher der neuen Generation von Lyrikern kann der vor allem Gedichte und Stücke schreibende Volker Braun (geb. 1939) gelten. Obwohl auch er die kritische Auseinandersetzung mit dem sozialistischen Staat und seiner Kulturpolitik wie seine Kollegen führte und die Biermann-Petition mit als erster unterschrieb, hat ihn doch eine Art aktiver Zuversicht nicht verlassen. Braun wurde in Dresden geboren und erhielt nach dem Abitur zunächst keinen Studienplatz. So arbeitete er in einer Druckerei und im Tiefbau-Kombinat »Schwarze Pumpe« als Arbeiter. Anschließend, 1959/1960, folgte eine Ausbildung als Maschinist für Tagebaugroßgeräte und darauf die Tätigkeit als Schmierer und Maschinist. Von 1960 bis 1964 studierte er dann

Philosophie in Leipzig und siedelte nach dem Diplom 1965 nach Berlin über. Dort war er Dramaturg beim »Berliner Ensemble« und seit 1972 Mitarbeiter des Deutschen Theaters Berlin. In Berlin lebt Braun auch heute noch. Er erhielt die Erich-Weinert-Medaille (1964), den Heinrich-Heine-Preis (1971) und den Heinrich-Mann-Preis der Akademie der Künste der DDR (1980). – Seine Erfahrungen mit und in der Arbeitswelt haben – geradezu idealtypisch dem »Bitterfelder Weg« entsprechend – das Werk Brauns geprägt. Seine ersten Dramen *Kipper Paul Bauch* (1962), *Hinze und Kunze* (1967/1968), *Freunde* (1975) und *Tinka* (1972/1973) geben tiefen Einblick in die sozialistische Arbeitswirklichkeit mit Planzielen, Solidarität und Konflikten im Kollektiv, mit Widersprüchlichkeiten in Arbeits- und Privatleben. Die Handlung wird stets vorangetrieben von – in den späteren Dramen allerdings immer bescheideneren – Helden, die widersprüchlich und unbequem ihre Ideen, Probleme und Fragen entgegen allen Tabus mit der Wirklichkeit auf provozierende Weise konfrontieren. Es geht ihnen darum, den Demokratisierungsprozeß weiterzutreiben, ihn durch das Aufbrechen von Verhärtungen in Gesellschaft und menschlichen Beziehungen zu ertrotzen. Das gilt auch für die beiden entfernter angesiedelten Dramen *Guevara oder Der Sonnenstaat* (1975) und *Großer Frieden* (1979), das einen Bauernaufstand vor 2000 Jahren zum Thema hat. Als Lyriker steht Braun in der Tradition von Brecht, nur tritt er in seinen frühen Werken ungestümer und rauher auf. Diese Gedichte seiner »Sturm-und-Drang-Phase« finden sich vor allem in den beiden frühen Bänden *Provokation für mich* (1965) und *Vorläufiges* (1966); Braun »arbeitet« mit seinen Gedichten, er macht unmißverständlich seine Beanstandungen, er fordert auf zu Aktivität und Mithilfe bei der besseren Einrichtung des sozialistischen Staates, er appelliert und sucht nach immer neuen Lösungsmöglichkeiten; er sucht sich selbst, ist aggressiv oder tröstend, er sucht auch nach neuen Worten. Von seinen Gedichten geht eine persönliche Kraft aus, die den Leser aus der Reserve holt und aufweckt. Braun vermittelt das Bewußtsein, daß Geschichte »gemacht« werden muß, und fordert jedes einzelne Individuum auf, sein Teil dafür zu tun. Nicht weniger kraftvoll, doch überlegter und formbewußter lesen sich Brauns neuere Gedichte in den Bänden *Wir und nicht sie* (1970), *Gegen die symmetrische Welt* (1974) und *Training des aufrechten Gangs* (1979). Auch diese ernsteren und poetischeren Gedichte sind politisch, auch sie behandeln den Alltag, vor allem den der Arbeit, und richten sich gegen Routine und das Gefühl der Verantwortungslosigkeit, indem sie das Hier und Jetzt mit seinen Schwierigkeiten und Möglichkeiten deutlich vor Augen führen. Zu diesem Zweck greift Braun in seinem letzten Band *Training des aufrechten Ganges* auch auf geschichtsträchtige geographische Orte und Personen früherer Zeiten zurück. Galilei, Kaiser Hadrian und Thomas Münzer bieten Anlaß und Stoff zum Nachdenken, so wie der Richtplatz bei Mülhausen, die Spiegelgasse in Zürich oder die zugewachsene Andenstadt Machu Picchú. Der Titel des Bandes stammt aus dem kurzen Prosastück *Höhlengleichnis*, in dem Braun die Entwicklung seit 1945 als das mühsame Erwachen vermeintlicher Höhlenbewohner ins Bild setzt, die langsam feststellen, daß sie im »Freien« sitzen, und die ihre ersten schmerzhaften Bewegungsversuche unternehmen, eben das Training des aufrechten Ganges. Zuvor hatte Braun erste Prosa in dem Band *Das ungezwungene Leben Kasts* (1972) veröffentlicht. Die drei Erzählungen *Der Schlamm, Der Hörsaal, Die Bretter* sind zugleich Auseinandersetzungen des Autors mit drei eigenen Lebensabschnitten: der Zeit als Tiefbauarbeiter und Tagebaumaschinist, der Studentenzeit und der Zeit der Einübung seines Theaterstücks *Hinze und Kunze*. Den anschaulich und locker erzählten Berichten jener Zeiten folgte 1975 ein Band mit vorläufigen Überlegungen und Meinungen in Form von Artikeln, Reden, Aufsätzen oder Gedichten unter dem Titel *Notate*. Nicht als Buch, sondern nur in der Zeitschrift »Sinn und Form« durfte im selben Jahr die Erzählung *Unvollendete Geschichte* veröffentlicht werden, die Geschichte der Funktionärstochter Karin, deren Freund sich umzubringen versucht, nachdem Karin auf Drängen der Eltern Schluß mit ihm macht, weil er angeblich Westkontakte hatte. Vorurteile und Borniertheiten der Eltern und der Versuch der Tochter, sich gegen staatlich vorgeschriebene Denkmuster zu wehren, sind die Themen dieser nüchtern erzählten Geschichte, in der die ängstliche Haltung der Mitbürger kritisiert wird.

Zu den ältesten jener Generation von DDR-Schriftstellern, die sich zum großen Teil das Leben in der neuen sozialistischen Gesellschaft und nicht mehr Krieg oder Faschismus zum Thema machten, gehört Erik Neutsch (geb. 1931). Er wurde als Sohn eines Arbeiters in Schönbeck an der Elbe geboren. Nach dem Studium der Gesellschaftswissenschaften und der Journalistik in Leipzig 1950–1953 arbeitete Neutsch als Journalist und Kulturredakteur in Halle. Bis er 1969/1970 freiwillig als Politoffizier in der NVA Dienst tat, lebte er als freier Schriftsteller in Halle. Heute ist er wieder freiberuflich schriftstellerisch tätig. – Nach Novellen und Erzählungen (»Regengeschichte«, 1960) hat Neutsch in den *Bitterfelder Geschichten* (1961) Tatsachenberichte von Arbeitern über ihre Lebensschicksale und die Welt ihrer Arbeit aufgeschrieben. Die letzte dieser Geschichten *Der Neue* verweist bereits auf seinen ersten Roman *Spur der Steine* (1964), an dem Neutsch seit 1961 arbeitete.

In *Spur der Steine* schildert Neutsch in einer breitangelegten, detailreichen und gelegentlich etwas ungelenk erzählten Chronik der Jahre 1959–1961 Leben und Arbeit der Produktion im industriellen Bereich, auf der Großbaustelle Leuna II. Im Mittelpunkt der Handlung stehen der zunächst noch eigennützig denkende Baubrigadier Balla und der zunächst mutig und vorbildlich sich verhaltende Parteisekretär Horrath. Im Geflecht mit vielen Nebenhandlungen geht die Entwicklung des Romans zur erfolgreichen Umerziehung von Balla zum verantwortungsbewußten Sozialisten und zum persönlichen Konflikt Horraths. Dieser nämlich veranlaßt seine Geliebte, die Ingenieurin Kathrin, seine Vaterschaft des gemeinsamen Kindes zu verschweigen.

Ebenso wie dieser erfolgreiche, weil ungeschminkt berichtende Roman spielen auch drei der vier Erzählungen des folgenden Bandes *Die anderen und Ich* (1970) in der konkreten Gegenwart. Thematisch ist hier der Alltag in der DDR, in welcher die Moral der Aufbaustimmung sichtlich nachgelassen hat. In seinem zweiten Roman erzählt Neutsch die Lebensgeschichte eines Journalisten und Bergmanns, der sich mit den Schwierigkeiten des Journalismus nach dem Tode Stalins wie mit veränderten Produktionsbedingungen im Bergwerk auseinanderzusetzen hat. Nach einem Libretto zu Günther Kochans Oper *Der Prozeß der Karin Lenz* (1971) veröffentlichte Neutsch 1974 und 1978 die beiden ersten Bände seines auf sechs Bände geplanten Romanwerkes *Der Friede im Osten*, in dem er eine Chronik von den letzten Tagen des Krieges bis zur Gegenwart der DDR schreiben will. Er verfolgt den Weg von zwei Hitlerjungen, die jeder auf seine Weise überzeugte Sozialisten werden. 1977 erschien der Erzählband *Heldenberichte* mit neuen und älteren Arbeiten. Noch vor seinem Libretto hatte sich Neutsch auf Anregung »gesellschaftlicher Auftraggeber« selber an einem Theaterstück versucht. In *Haut oder Hemd* (1969) geht es um die Zukunft eines Kohlekombinats im Braunkohlegebiet Brücktal. An der Entscheidungsfindung beteiligt sind der leitende Ingenieur des Prognose-Rechenzentrums Berg, der Leiter der Prognosegruppe Uhlenhorst, der Kohlekombinatsdirektor Kolbasser und – natürlich – der zuständige Minister in Berlin.

Während Erzähler wie Dieter Noll oder Erik Neutsch eine durchaus konventionelle Schreibhaltung und Wirklichkeitsauffassung vertreten, entwickelte sich auch in der DDR ein neuer Trend, der auf einen erweiterten Begriff von Erfahrung, auf Sinnlichkeit und Phantasie, auf Ausdruck des subjektiven, persönlichen Ich zielte. Neben Christa Wolf, Sarah Kirsch, Günter de Bruyn oder Fritz Rudolf Fries ist IRMTRAUD MORGNER (geb. 1933) eine ausgesprochen typische Vertreterin dieser Richtung. Sie wurde in Chemnitz als Tochter eines Lokomotivführers geboren, studierte von 1952 bis 1956

Germanistik und Literaturwissenschaft in Leipzig und arbeitete anschließend zwei Jahre als Redaktionsassistentin an der Zeitschrift »Neue Deutsche Literatur«. Seit 1958 lebt Irmtraud Morgner als freie Schriftstellerin in Ostberlin. 1975 erhielt sie zusammen mit Eberhard Panitz den Heinrich-Mann-Preis der Akademie der Künste der DDR. – Noch durchaus konventionell begann sie mit Erzählungen (»Das Signal steht auf Fahrt«, 1959; »Notturno«, 1964) und einem Roman (»Ein Haus am Rande der Stadt«, 1962), in denen sie den Forderungen des »sozialistischen Realismus« entsprechend genaue Wirklichkeitsbeobachtungen vom alltäglichen Leben und Arbeiten in der DDR anstellt. Der Durchbruch gelang ihr aber erst – und zwar in der DDR *und* in der BRD – mit dem ursprünglich autobiographischen Roman *Hochzeit in Konstantinopel* (1969), und zugleich erreichte sie eine neue Schaffensphase. Denn das Chrakteristische ihrer Heldin Bele in diesem Roman ist nicht Berufstätigkeit oder sozialistisches Pflichtgefühl, sondern ihre Phantasie, Träumerei und Liebe zu Geschichten, seien sie wahr oder erfunden. Während eines Urlaubs versucht sie, durch Erzählen und Fabulieren ihren ehrgeizig-begabten Liebhaber Paul für sich und für eine Gemeinsamkeit zu gewinnen. Doch ihre Bemühungen scheitern, und sie zieht daraus die Konsequenzen. Mit Intelligenz und Phantasie, mit reizvoller Erzähltechnik ist es Irmtraud Morgner hier gelungen, erlebte Subjektivität einer engstirnig einseitigen Sachlichkeit überzeugend überzuordnen. Eine ähnliche Thematik liegt auch der »Spielfraungeschichte« *Gauklerlegende* (1979) zugrunde. Sieben Tage lang begleitet die junge und phantasievolle Kraftfahrerin Wanda den Spieltheoretiker Hubert auf einer Konferenzreise und hat ihre eigenen traumähnlichen und dennoch wirklichen Erlebnisse. Dies zumal mit Rade, einer Puppe des Arnstädter Puppenmuseums, die einen Gaukler und Fahrenden des 17. Jahrhunderts darstellt. Dieser – Verkörperung ihres innersten Ich – folgt Wanda und bringt die nüchtern geregelte Gegenwart durch seine Späße gehörig durcheinander. Interessanter als der nächste »lügenhafte Roman mit Kommentaren« ist dessen Vorwort, in dem Irmtraud Morgner den bisher eher als Befreiung oder auch Flucht erscheinenden Phantasiegebilden und -ausbrüchen eine gewissermaßen gesellschaftlich-kulturelle Funktion, nämlich die der hoffenden Vorwegnahme des besseren Zukünftigen beilegt. Unter diesem Gesichtspunkt überzeugt der Roman *Die wundersamen Reisen Gustav des Weltfahrers* (1972) selbst allerdings nicht so sehr. Enkelin Bele erzählt von ihrem Großvater Gustav, der zu Lebzeiten einem anderen – dem Müllkutscher – Gustav in sieben Tagen sein abenteuerliches Leben erzählt: phantastische Reisen mit dem phantastischen Gefährt,

Szene aus der Uraufführung von Peter Handkes »Kaspar«. Theater am Turm Frankfurt, 1968.

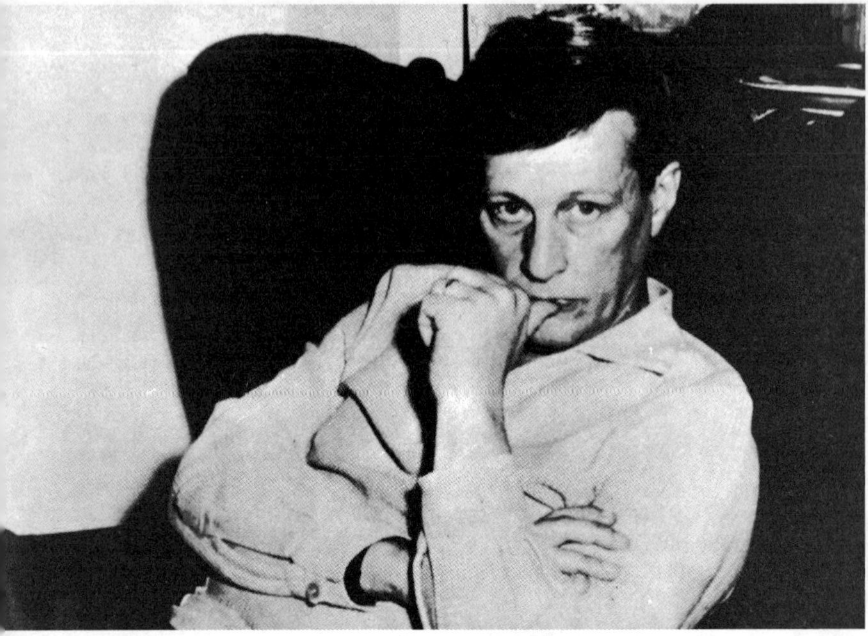

Drei Lyriker aus der DDR. Oben: Stephan Hermlin (geb. 1915).
Seite 407: Johannes Bobrowski (1917–1965) und Peter Huchel (geb. 1903).

Seite 408:
Die Erzählungen und Romane der Schriftstellerin Anna Seghers (1900–1983) zeichnen sich durch ihre karge, unsentimentale und doch ausdrucksvolle Sprache aus.

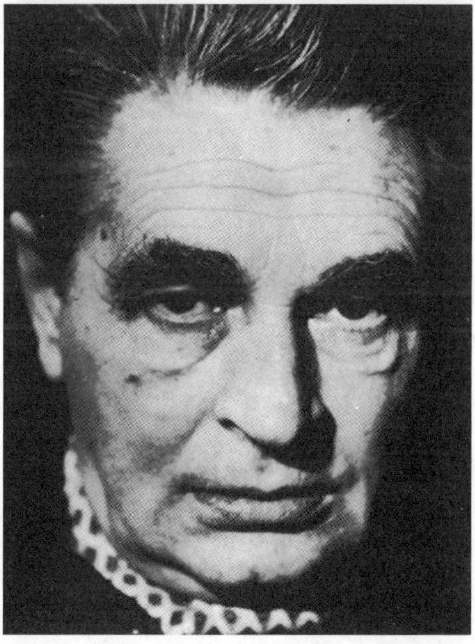

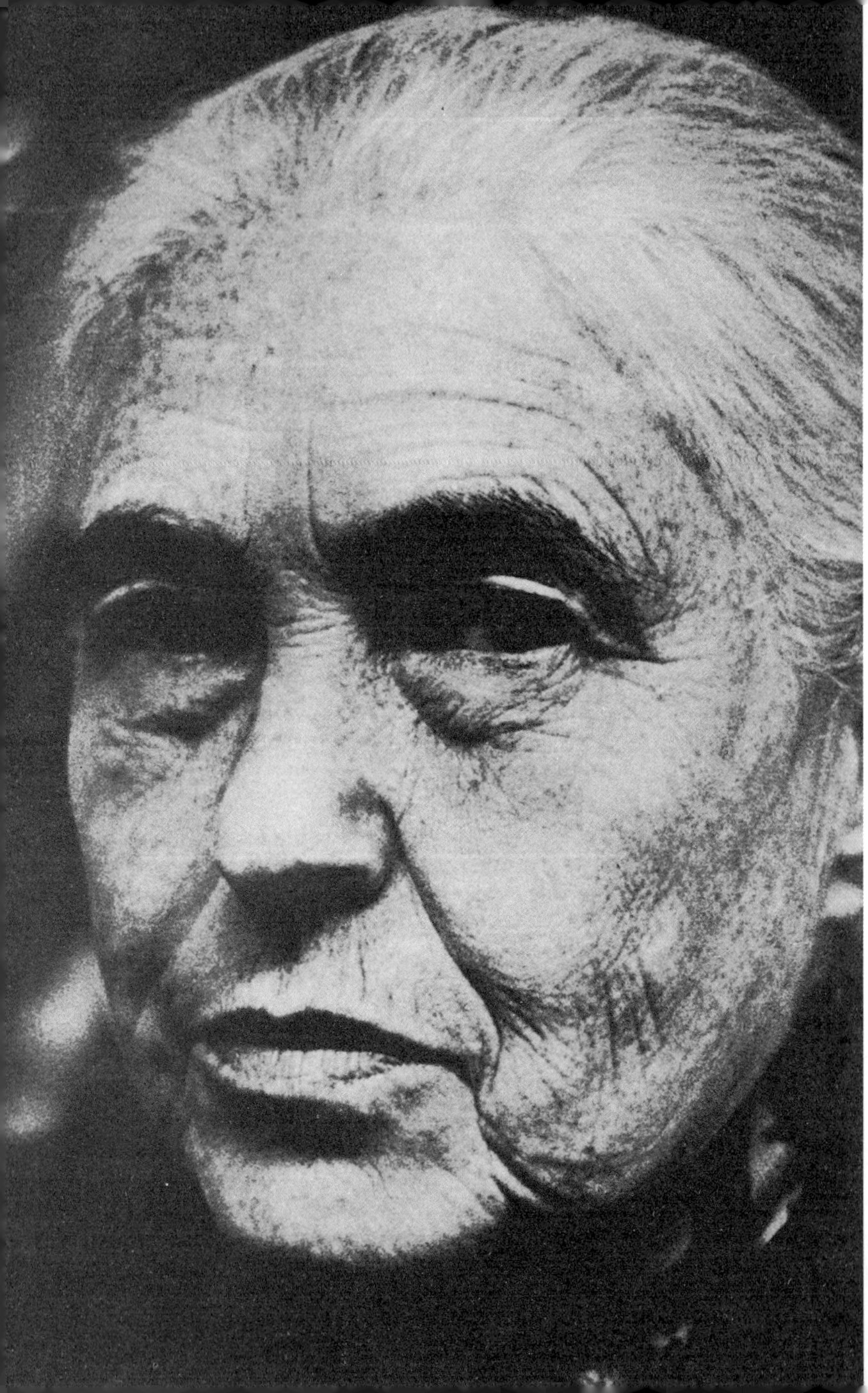

der umgebauten Lokomotive »Hulda«, in phantastische, teils außerirdische Räume und Länder. Elemente aus Märchen, Abenteuererzählungen, Legenden, Science Fiction vermischen sich. Den Höhepunkt ihres bisherigen Schaffens erreichte Irmtraud Morgner mit ihrem 700 Seiten starken »Roman in dreizehn Büchern und sieben Intermezzos« *Leben und Abenteuer der Trobadora Beatriz* (1974) sowie dessen Fortführung *Amanda. Ein Hexenroman* (1983). Gelungen ist die Montage und Collage exakt dargestellter konkreter DDR-Wirklichkeit mit spielerisch-phantastischer Irrealität, gelungen ist der Einsatz zahlreicher Erzähl- und Kompositionstechniken im Sinne des »operativen Montageromans«, den Irmtraud Morgner für die Romanform der Zukunft hält. Auch leistet der Rückgriff in die Geschichte bzw. die Rücknahme einer historischen Figur, der altprovenzalischen Minnesängerin Beatriz de Dia, in die Gegenwart Überraschendes für eine neue erhellende Sichtweise des Hier und Jetzt, zumal unter den zentralen Themenkreisen von Frauenfrage, Generationsproblematik und Phantasiebefreiung.

Die Trobadorin Beatriz erwacht nach 800jährigem Schlaf, in den sie sich versetzt hatte, im Jahr 1968 zur Zeit der Studentenrevolten in Paris und erfährt, daß die Welt, in der Prostitution, Demütigung und Vergewaltigung an der Tagesordnung sind, sich keineswegs gebessert hat. Da wendet sie sich auf Hörensagen hin in das gelobte Land DDR und entwickelt eine Freundschaft zu einer anderen Frau mit Phantasie, der Germanistin und Arbeiterin Laura. Im Laufe der Beziehung der beiden Frauen und besonders durch eine entscheidende Reise in südliche, doch wenig vorbildliche Gefilde, gewinnt Beatriz langsam eine positive Einstellung ihrer neuen Umgebung gegenüber. Sie findet einen tragikomischen Tod durch einen Sturz beim Fensterputzen, während ihre Freundin Laura in Benno einen langersehnten männlichen, doch nicht chauvinistischen Partner findet.

In den »Intermezzi« hat die Autorin die größten Teile ihres bereits 1964 entstandenen Romans *Rumba auf einen Herbst* verarbeitet und damit ein Großteil der Vorgeschichten ihrer Personen geliefert. In dem zweiten Band des als Trilogie geplanten Gesamtwerks werden wiederum die Gesetze von Zeit, Raum und Wirklichkeit in ungezügelter Erzählfreude gesprengt.

Abermals erwacht die Trobadora, diesmal vor Unruhe über den Zustand der Welt, der nun deutlich bedrohlicher ist: ökologische und atomare Katastrophen gefährden die Menschheit. Nun hat sich die Trobadora in eine Sirene verwandelt und fristet, der Stimme beraubt, in der Volière eines Tierparks ihr Dasein. Schreibend macht sie sich daran, das bisher unzureichend (im ersten Band) verfertigte Bild ihrer Freundin Laura um deren andere Hälfte, ihr eigentliches Wesen, genannt Amanda, zu erweitern und richtigzustellen. Laura und Amanda, die an der Wirklichkeit nicht teilhabende, hexenhafte Hälfte, sollen wieder zusammenkommen, was aber von Oberteufel und Oberengel gleichermaßen verhindert wird. Amanda lebt also weiter in Verbannung im Hexenland auf dem Hörselberg. Doch wird es einen Umsturz im abschließenden Band geben, in dem die lange Geschichte des Sieges der Hexen und der Wiedervereinigung der weiblichen Hälften erzählt werden soll, von der nun wieder zu Stimme gelangten Trobadorin.

Ein Roman, dessen lustvolles Erzählen und dessen Humor trotz des eher deprimierenden zeitgeschichtlichen Hintergrundes Hoffnung und Optimismus geben können.

Die »Ankunft im Sozialismus« ist die Grundthematik des schmalen Werkes der viel zu früh verstorbenen BRIGITTE REIMANN (1933–1973). In Burg bei Madgeburg als Tochter eines Journalisten geboren, wurde sie nach dem Besuch der Oberschule für zwei Jahre Lehrerin. Danach war sie zunächst in verschiedenen Berufen tätig und lebte dann längere Zeit als Schriftstellerin im Kombinat Hoyerswerda. 1964 unternahm sie eine Sibirienreise, und seit 1966 lebte sie in Neubrandenburg. In Berlin starb sie 1973 an Krebs. Brigitte Reimann begann früh zu schreiben und veröffentlichte mit 23 Jahren bereits ihre erste Erzählung *Die Frau am Pranger* (1956), die Geschichte einer tragischen Liebe zwischen einer Deutschen und einem russischen Kriegsgefangenen. In *Die Kinder von Hellas* (1956) wird vom Widerstandskampf in Griechenland gegen Ende des 2. Weltkriegs, in *Das Geständnis* (1960) von der geglückten Schuldaufarbeitung eines DDR-Arbeiters, der bei Kriegsende einen Fahnenflüchtigen ausgeliefert hatte, erzählt. Ein gutes Ende nimmt auch die nun allerdings wesentlich realistischer und beweglicher erzählte Geschichte der Abiturientin Recha in *Ankunft im Alltag* (1961). Erzählschauplatz ist der gegenwärtige Lebensraum der Autorin, das Kombinat Hoyerwerda, wo die oberflächliche und noch unreife Heldin der Geschichte während ihres praktischen Jahres zu einer guten Sozialistin wird. Weniger schematisch als in ihren bisherigen Arbeiten schildert Brigitte Reimann in der Erzählung *Die Geschwister* (1963) am Beispiel von Uli und Elisabeth Arendt die Situation der ersten Generation junger intellektueller DDR-Bürger. Unabhängig von Christa Wolf greift Brigitte Reimann hier das Thema »Republikflucht« auf und beschreibt den langwierigen Entscheidungsprozeß des Bruders Uli für die DDR. Kurz nach Erscheinen dieser Erzählung begann Brigitte Reimann mit ihrem Roman *Franziska Linkerhand* (1974), der wegen ihres frühen Todes Fragment geblieben und in dieser Form postum veröffentlicht worden ist.

Der Roman handelt von dem konfliktreichen Lebensweg der jungen Architektin Franziska Linkerhand, die, eigenwillig und eigenverantwortlich, sich die Bereiche des Erwachsenenlebens zu erobern versucht. Harte Kämpfe und Enttäuschungen blieben nicht aus: Ihre Auffassungen von menschlichem Wohnen steht gegen die tatsächliche Planung von Betonklötzen, ihre Ehe mit einem schönen, aber unsensiblen Arbeiter scheitert, die Kollegen und Vorgesetzten stehen ihr mehr oder weniger befremdet gegenüber. Der Roman richtet sich an einen Geliebten namens Ben, der Journalist war, wegen politischer Vergehen in Haft kam, nun Kipperfahrer ist und mit den Illusionen auch die Hoffnung verloren hat.

Besonders im Westen fand FRITZ RUDOLF FRIES (geb. 1935) viel Anerkennung. Sein Schreiben geht über eine mit Kunstmitteln arrangierte Wirklichkeitsdarstellung weit hinaus und fragt nach »Wirklichkeit« und »Erzählen von Wirklichkeit« überhaupt. Fries wurde als Sohn eines Kaufmanns in Bilbao in Spanien geboren und übersiedelte mit der Familie 1942 nach Deutschland. Er studierte bis 1958 in Leipzig Romanistik und arbeitete dann als freischaffender Übersetzer aus dem Französischen und Spanischen. Als Dolmetscher nahm er an internationalen Kongressen teil. Von 1960 bis 1966 war er als Assistent an der Akademie der Wissenschaften in Berlin tätig. Seitdem lebt er als freischaffender Autor in Petershagen bei Berlin. 1979 erhielt er den Heinrich-Mann-Preis der Akademie der Künste der DDR. – Mit seinem ersten Roman *Der Weg nach Obliadooh* (1966), den er nur in der BRD veröffentlichen konnte, stieß Fries auf viel Interesse.

Er erzählt hier von dem Leben, den Stimmungen und der Suche zweier junger Intellektueller, die sich gegen Anpassung und Vereinnahmung durch übergeordnete Institutionen mit Alkohol, Diskussionen, Jazzhören und so wenig wie möglich Arbeit wehren. Der Roman spielt 1957/1958 an wechselnden Schauplätzen in der DDR, Berlin, Leipzig, Rostock, Frankfurt/O. Der Flucht in den Jazz und die daran geknüpfte westliche Subkultur folgt der Ausbruch in den Westen, wo es ihnen aber auch nicht gefällt, bis schließlich die beiden, Paasch und Arlecq, Geistesgestörtheit vorgeben und sich ins Irrenhaus einliefern lassen. Paasch läßt sich dort vom Alkoholismus befreien, während Arlecq von seiner geliebten Freundin in ein bürgerliches Leben abgeholt wird.

Fries' zweite Veröffentlichung, der Erzählband *Der Fernsehkrieg* (1969), wurde auch in der DDR herausgegeben. Der Autor erzählt hier einfacher, wirklichkeitsnäher, doch ebensogern mit Jean-Paulschen Abschweifungen. Das hier durchgängige Motiv der Reise findet sich auch in dem Prosaband *Seestücke* (1973), in dem ein Ich-Erzähler in Skizzen Lese- und Seheindrücke während einer Reise durch Städte und Inseln der Ostsee schildert. Die große Sehnsucht nach einer anderen Welt, die hier in der See-Metaphorik liegt, findet sich ebenso in Fries' zweitem Roman *Das Luft-Schiff* (1974). Diese »Biographischen Nachlässe zu den Fantasien meines Großvaters« erzählen die Geschichte des Flugapparate-Erfinders Stannebein, gesehen aus der Sicht seiner Nachkommen, die sich diese Rückblende zum Zeitvertreib machen. Die Schauplätze sind Deutschland und Spanien in den Jahren zwischen 1890 und 1936. Der Großvater ist ein typischer verhinderter Erfinder: träumend, besessen von seiner Idee, unangepaßt und hier: schuldhaft unpolitisch. Zum

Schluß wird er von deutschnational gesinnten Kapitalisten, ohne es zu wissen, für deren Zwecke benutzt. Zusammen mit den Geschichten des *Fernsehkrieg*-Bandes gab Fries bisher vereinzelt veröffentlichte Prosa heraus unter dem Titel *Der Seeweg nach Indien* (1978), darunter u.a. drei Geschichten aus dem Zusammenhang des ersten Romans sowie zwei Phantasiegeschichten. Kritikwürdige Eigenschaften und Verhältnisse der Mitmenschen stehen im Vordergrund.

Die Gabe, schnell, erfolgreich – auch in der BRD – und geschickt in vielerlei Gattungen (Hörspiel, Bühnenstück, Erzählung, Roman, Reisebericht, Fernsehdrehbuch und Essay) zu schreiben, besitzt Rolf Schneider (geb. 1932). In Chemnitz als Sohn eines Werkmeisters geboren, wuchs er in Wernigerode am Harz auf. Nach Oberschule und Arbeit in einem VEB studierte Schneider in Halle Germanistik und Pädagogik. Von 1955–1958 arbeitete er als leitender Redakteur der kulturpolitischen Monatsschrift »Aufbau« in Berlin, danach als freier Schriftsteller. Heute lebt der Autor, der 1976 die Biermann-Petition unterschrieb und 1979 aus dem Schriftstellerverband ausgeschlossen wurde, in Ostberlin. Schneider ist ein sehr guter Kenner der großen Dichter, besonders der Erzähler, des 20. Jahrhunderts, und seine Arbeiten sind voller Anspielungen, Parodien und Spielereien mit bekannten Formen und Schreibweisen. So begann er seine Erzählerlaufbahn mit dem Band *Aus zweiter Hand* (1958), der zahlreiche stilisierende und bloßstellende Parodien u.a. auf Mann, Kafka, Brecht, Benn und Rilke enthält. Eigenständige Erzählungen gab Schneider in den beiden Bänden *Brücken und Gitter* (1965) und *Pilzomelett und andere Nekrologe* (1973) heraus; Bedrohliches, Beängstigendes und Kriminelles wird mit schwarzem Humor und satirischer Komik dargestellt; Schauplatz und Gegenstand ist zumeist die westlich-kapitalistische Gesellschaft. In seinen frühen Romanen beschäftigt sich Schneider mit der Zeit vor 1945, in *Die Tage in W.* (1965) geht es um die Rekonstruktion und verhinderte Aufklärung eines Mordes an einem Oberlehrer in dem Provinzstädtchen W. im Jahre 1932. Der zweite Roman Schneiders *Der Tod der Nibelungen* (1970, Untertitel: »Aufzeichnungen des deutschen Bildschöpfers Siegfried Amadeus Wruck, ediert von Freunden«) gestaltet, als satirische Verspottung des bekannten Buchs von Ernst von Salomon »Der Fragebogen«, den Lebensweg des erfundenen Bildhauers Wruck von der wilhelminischen Kaiserzeit bis zu seinem Erfolg unter den Nazis. In Abhängigkeit von Plenzdorfs »Die neuen Leiden des jungen W.« ist Schneiders Roman *Die Reise nach Jaroslav* (1974) zu sehen. In lockerem Sprachjargon erzählt er hier die Geschichte der jungen Gitte, die, von

Elternhaus und Staat enttäuscht, den Geburtsort ihrer Großmutter in Polen zu besuchen beschließt, an der Grenze den Polen Jan kennenlernt, mit ihm durch Polen und die DDR reist, ohne nach Jaroslaw zu gelangen, und schließlich, nach Berlin zurückgekehrt, mit der Aufnahme einer Lehre zum Hotelfachkaufmann ins gesellschaftliche Leben reintegriert wird. Schneider verarbeitete hier deutlich auch Eindrücke seiner Polenreise, über die er in dem Reisebericht *Polens Hauptstädte* (1975) berichtet. Das Thema DDR behält er auch in seinen nächsten beiden Romanen bei. In *Das Glück* (1976) wird in konventionellem Erzählstil und streckenweise unter Parallelisierung zur biblischen Hiobsgeschichte von der milieugeschädigten, aus asozialen Verhältnissen stammenden Hanna erzählt, die trotz wiederholter Enttäuschungen und zahlloser Widerstände ihren Weg macht und schließlich als Junglehrerin an einer Schule arbeitet. Doch beglückend sind die Verhältnisse, auf die sie überall stößt, kaum. Daß Hanna dennoch nicht gänzlich den Mut verliert, mag ein Gegengewicht zu der trotz allem recht leisen Kritik an den alltäglichen Lebensumständen in der DDR sein. Die Vorgänge von Schneiders nächstem Roman *November* ranken sich – sensationell genug – um ein konkretes politisches Ereignis, die Ausbürgerung von Wolf Biermann im November 1976. Bei Schneider heißt die entsprechende Figur Arnold Bodakow, und erzählt wird aus der Sicht einer arrivierten DDR-Schriftstellerin, die an einer Unterschriftenaktion teilnimmt, und der ihres Sohnes. Daß Schneider mit diesem Werk weder die Zustimmung Biermanns noch die der DDR-Kulturbehörden gewinnen konnte, wird seinen Grund nicht nur in der sicherlich unterschiedlichen politischen Einstellung der Beurteilenden seine Gründe haben. Vielfach wurde an Schneiders überhaupt vielbesprochenen Werken kritisiert, daß er bei aller Gewitztheit im Aufgreifen aktueller Stoffe und trotz eleganter, geistreicher Schreibweise hinter den literarischen Anforderungen an einen eigenen, unverwechselbaren Stil wie einer erkenntnisfördernden, Wesentliches erfassenden Darstellung seiner Gegenstände häufig zurückbleibt. Seine literarische Laufbahn überhaupt wie auch die als Dramatiker begann Schneider mit Hörspielen, zwischen 1957 und 1973 brachte er 23 Stücke heraus. Auszugsweise seien davon genannt: *Der König und sein Dieb* (1958), *Prozeß Richard Waverly* (1961), *25. November, New York* (1962), *Besuch gegen zehn* (1963), *Die Unbewältigten* (1963), *Zwielicht* (1966), *Anatomie eines Unfalls* (1968), *Krankenbesuch* (1969), *Stimmen danach* (1970), *Jupiter-Sinfonie* (1973). Auch im Bereich des Fersehfilms war Schneider sehr produktiv, er schrieb u.a. *Der Tag des Ludger Snoerrenbrod* (1961), *Ein Sommerabend am Meer* (1964), *Mein Bruder* (1966), *Das Portrait*

(Nr. 1 1970; Nr. 2 1977). Schneider hat auch Fernsehspiele zu Bühnenstükken, Bühnenstücke zu Hörspielen umgearbeitet. Erwähnenswert von seinen Dramen ist das dokumentarische Theaterstück *Prozeß in Nürnberg* (1967 uraufgeführt) In sieben Szenen hat der Autor Ausschnitte aus Protokollen des Nürnberger Kriegsverbrecherprozesses zusammengestellt und beschwört unter den Szenentiteln »Präjustiz«, »Technik der Legalität«, »Technik der Aggression«, »Markterfordernisse«, »Stürmer« und »Widerspruch« noch einmal die Aktualität dieser Aufarbeitung der jüngsten Geschichte.

Ein Autor, der mit Film, Bühnenstück und Prosa ganz besonders die Jugend der DDR wie auch der BRD anzusprechen vermochte, ist ULRICH PLENZDORF (geb. 1934). Der in Berlin-Kreuzberg geborene Sohn eines Arbeiters studierte nach dem Abitur ein Jahr am Franz-Mehring-Institut in Leipzig den Marxismus-Leninismus. Anschließend, 1955–1958, war er Bühnenarbeiter und trat dann in die NVA ein. 1959 nahm Plenzdorf das Studium an der Filmhochschule in Babelsberg auf und arbeitete als Szenarist und Filmdramaturg. Er erhielt den Heinrich-Greif-Preis (1971), den Kunstpreis des FDGB für Film (1971), den Heinrich-Mann-Preis (1973) und den Ingeborg-Bachmann-Preis (1978). Nach einem ersten Drehbuchversuch zu dem Kostümfilm *Mir nach, Canaillen* (1964) fand Plenzdorf ein Jahr später mit dem Filmdrehbuch zu *Karla* sein Thema. Mit Sympathie für die Titelheldin verfolgt er das Schicksal dieser jungen, unangepaßten Lehrerin, die mit ihren älteren Kollegen wegen ihrer freieren Erziehungsansichten zusammenstößt. Die Auseinandersetzung endet mit Karlas Strafversetzung. So wie dieses Drehbuch erst 1978 erscheinen konnte, blieb auch eine frühe Filmfassung (1969) der dann mit großem Erfolg veröffentlichten Erzählung *Die neuen Leiden des jungen W.* (1972) ungedreht. Die im selben Jahr dazu erschienene Bühnenfassung wurde in der BRD zu einem der meistgespielten Stücke, in der DDR allerdings stieß Plenzdorf mit diesem Stoff auf heftige Kritik.

Die »Neuen Leiden« erzählen die Geschichte des 17jährigen Edgar Wibeau, der, gleichzeitig Außenseiter und typisch für die junge DDR-Generation, Beat hört, Krach mit Autoritätspersonen hat, sich in die Verlobte eines angepaßten Bürgers verliebt und schließlich in einer Gartenlaube, seinem Domizil, beim Testen einer selbsterfundenen Farbspritzmaschine ums Leben kommt. Edgar hatte, zunächst aus Langeweile, in Goethes »Werther« zu lesen begonnen, um bald Parallelen zu seinem Leben herstellen zu können. In die nach Edgars Tod erzählte Geschichte seines Lebens mischen sich Kommentare, Tonbandprotokolle und Bemerkungen des Helden aus dem Jenseits.

Plenzdorf hat mit der schnoddrigen Erzählweise genau den Ton der DDR-Jugend getroffen, wie er auch ihre Probleme und Hoffnungen mit dem romantisch-tragischen, glücksuchenden Helden auf den Punkt brachte. Auch in der kleinen Erzählung *Kein runter, kein fern* (1973) setzt Plenzdorf seine

Bemühung um die Wirklichkeit der Jugendlichen fort. Diesmal ist sein Held ein Ostberliner Jugendlicher, der sich – die Mutter ist im Westen, der Vater ein autoritärer Angepaßter – von allen verlassen und ohne Möglichkeiten, seine Wünsche zu erfüllen, sieht. Die Sprache des monologisierenden Jungen strotzt nur so vor Berliner Slang. Plenzdorfs erster Roman *Legende vom Glück ohne Ende* (1979) ist eine Fortführung seiner Filmerzählung: *Die Legende von Paul & Paula* (1973). Nachdem die beiden »Aussteiger« eine kurze Zeit der Selbstbestimmung und Selbstverwirklichung erlebt hatten, war Paula bei der Geburt ihres dritten Kindes gestorben. In der Fortführung nun wird Pauls Leben weiterverfolgt: wie er eine Paula sucht, aber eine Laura findet. Seine zunächst innerliche Trennung von dieser erfolgt gleichzeitig mit einem zur Querschnittslähmung führenden Unfall. Als Laura nicht mehr an seine Heilung glaubt, verschwindet Paul aus ihrem Leben, das Erbe Paulas von nun an konsequent vollstreckend.

SCHRIFTSTELLER ZWISCHEN OST UND WEST: AUSREISE VOR 1976

Die Geschichte der DDR-Literatur ist entscheidend geprägt dadurch, daß eine lange Reihe von Schriftstellern, die eine Zeitlang in der DDR gelebt und »Geschichte« gemacht haben, das Land verließen und beträchtliche Lücken hinterlassen haben. Zählt man inzwischen die vor 1961 in Richtung Westen ausgereisten Autoren wie Horst Bienek, Walter Kempowski, Gerhard Zwerenz, Uwe Johnson, Heinar Kipphardt, Jochen Ziem, Fritz J. Raddatz oder den Philosophen Ernst Bloch kaum noch zu DDR-Schriftstellern, so gibt es doch andere, später gekommene, deren Schaffen in den Literaturgeschichten beider deutscher Staaten verzeichnet werden muß. Helga M. Novak und Hartmut Lange stehen hier stellvertretend für all jene, die vor 1976, also der Biermann-Ausbürgerung und ihren Folgen, in den Westen zogen. Daß Peter Huchel, der 1971 mit 68 Jahren die DDR verließ und bis zu seinem Tod zehn Jahre zurückgezogen im Westen lebte, nicht mit den jüngeren, größtenteils in der DDR aufgewachsenen Kollegen in einem Atemzug genannt werden sollte und darum mit den anderen Autoren der ersten Generation behandelt wurde, ist leicht zu verstehen.

Als DDR-Autorin vom Thema vieler ihrer Arbeiten, aber längst nicht mehr vom Wohnort her, kann Helga M. Novak (geb. 1935) gelten. In Berlin geboren und bei Adoptiveltern aufgewachsen, studierte sie von 1954 bis 1957 Journalistik und Philosophie in Leipzig. Sie arbeitete am Johannes-R.-Becher-Institut für Literatur, dann als Monteurin, Laborantin und Buchhändlerin, bis sie 1961 nach Island heiratete. Dort arbeitete sie in Fabriken, reiste dann nach Frankreich, Spanien und Amerika und kehrte anschließend in die DDR zurück. Hier begann sie in Leipzig ein Studium am J.R.Becher-Institut. 1966 wurde ihr die DDR-Staatsbürgerschaft aberkannt, und sie kehrte zurück nach Island. Nach einer längeren Zeit in Frankfurt/M. lebt Helga M. Novak heute in Westberlin. Sie erhielt den Literaturpreis der Freien Hansestadt Bremen (1968) und war (1979) Stadtschreiberin von Bergen-Enkheim. Obwohl Helga M. Novak alle Bücher in der BRD veröffentlichte, ist sie hier bisher noch verhältnismäßig unbekannt geblieben. Vor allem aber in der DDR fand sie keinerlei Anerkennung wegen ihrer offenen Kritik an den Mißständen des Sozialismus. Sie wendet sich gegen willkürlichen Machtmißbrauch, im Staat wie zwischen Privatpersonen, was bereits in ihrer ersten Prosaveröffentlichung *Geselliges Beisammensein* (1968) deutlich wird. In sachlicher Beschreibung stellt sie in mehr als der Hälfte der Erzählungen die Entfremdung im modernen Arbeitsprozeß dar. In ihrem zweiten Erzählband *Aufenthalt in einem irren Haus* (1971) verlagert sich ihr Interesse mehr auf die zwischenmenschlichen Beziehungen und besonders – in vielen wörtlichen Dialogen in Szene gesetzt – auf die sprachlichen Vorgänge. Es wird deutlich, wie mit Sprache Macht ausgeübt, Mauern gebaut werden können oder – gesellschaftlich bedingte – Sprachlosigkeit einen Teufelskreis von Isolation bedingt. Haß, Kälte und Vereinsamung sind eindeutig die Folgen der unmenschlichen sozialen Verhältnisse. Eine Hilfe, dies zu ertragen, gibt das Schreiben, wie in der Titelgeschichte *Palisaden oder der Aufenthalt in einem irren Haus*. Nach einem mit ihrem langjährigen Freund Horst Karasek herausgegebenen Band mit Dokumenten aus den Bauernkriegen sowie über Erfahrungen zur Zeit der Studentenrevolte 1968/1969 (»Wohnhaft im Westend«, 1970) erschien noch ein Prosaband *Die Landnahme von Torre Bela* (1976) mit persönlichen Berichten über Erfahrungen mit der Revolution in Portugal. Größere Aufmerksamkeit errang Helga M. Novak jedoch erst mit ihren beiden autobiographischen Werken *Die Eisheiligen* (1979) und *Vogel federlos* (1982).

Der erste Band umfaßt die Kindheit in Nationalsozialismus und Krieg bis zu Kriegsende und Besatzung. Sprache sowie Erfahrungs- und Gedankenwelt sind jeweils dem Entwicklungsstand angepaßt, die auch hier häufigen Dialogszenen sind von höchst eindringlicher Wirklichkeitsnähe. Beschrieben wird eine Kindheit bei kleinbürgerlichen Adoptiveltern, einer aggressiv-gewalttätigen, beleidigenden, jammernden, aber lebenstüchtigen Stiefmutter (»Kaltesophie«) und dem schwachen, herzkranken und wenig liebevolleren Vater. Das Kind kämpft mit allen Mitteln um ein wenig Würde, Ruhe und Lebensfreude, aber allein die Tante Concordia, Monarchistin und Kräuterfrau, widmet dem Kind positive Aufmerksamkeit. So endet denn der erste Band mit dem Entschluß der Jugendlichen, mit den Eltern abrupt zu brechen, und der Wahl einer neuen Familie, einer sozialistischen Internatsschule. Doch, so der 2. Band, der äußerlichen Entwicklung zur guten Kommunistin und Agitatorin stehen innerlich zunehmend Zweifel entgegen, die durch Machtausübung, Unaufrichtigkeit, Verhöre und die Vorgänge um Tito wie durch eine Neigung zur Melancholie hervorgerufen werden. Auch diese Bindung wird gelöst. Nach dem Abitur verläßt die junge Frau das Internat, sucht und findet die Reste des Hauses, in dem ihr Vater in einem Anfall von Tobsucht seine Geliebte – die Mutter –, eine Nachbarin und sich selbst ermordete.

Noch vor ihren Prosaarbeiten trat Helga M. Novak als Lyrikerin an die Öffentlichkeit. Ein Jahr nachdem ihr erster Gedichtband *Die Ballade von der reisenden Anna* (1965) in der BRD erschien, verlor die Autorin ihre DDR-Staatsangehörigkeit, denn sie hatte es gewagt, den Sozialismus scharf zu kritisieren und das Tabuthema der Opfer des Stalinismus anzuschneiden. Ihre negativen politischen Erfahrungen in der DDR sind auch Thema des zweiten Gedichtbandes *Colloquim mit vier Häuten* (1967), der außerdem jedoch einen Zyklus mit »poetischeren« Liebesgedichten enthält. Daß Helga M. Novak mit den bevorzugten Gedichtformen Ballade und Lied wie auch im politischen Anspruch auf Eingreifen in die politischen Zustände in Brechtscher Tradition steht, zeigt auch ihr dritter Gedichtband *Balladen vom kurzen Prozeß* (1975). Sie berichtet von sozialen Außenseitern, denen die Organe des Staates das Leben bis zum Äußersten erschweren (z.B. *Ballade von der Türkin Nigar*), sie schreibt wahre Begebenheiten, »keine Phantasiegeschichten« auf. Dem mußte eine direkte, unverblümte Sprache entsprechen, die H.M.Novak in ihrem nächsten Band *Margarete mit dem Schrank* (1978) jedoch verändert. Sie setzt Bilder und Symbole ein, spielt mit Worten und arbeitet stärker mit formalen Elementen. Die Thematik richtet sich nach der Gliederung in Orte des Lebensweges Berlin, Frankfurt, DDR-Landschaften. Ein zentrales Thema ist die deutsch-deutsche Grenze, wobei hier wie in den anderen Gedichten das subjektive Erleben mehr in den Mittelpunkt rückt.

Als DDR-Dramatiker wird Hartmut Lange von seinen Kollegen in Ostdeutschland auch weiterhin betrachtet, obwohl er seit nunmehr 20 Jahren in der BRD lebt. Der (1937) in Berlin geborene Autor studierte an der Hochschule für Filmkunst in Babelsberg und arbeitete danach als Dramaturg des Deutschen Theaters in Berlin. Im Jahre 1965 übersiedelte er in die BRD und lebt seither in Berlin. Hartmut Langes erstes Stück *Senftenberger Erzählungen oder Die Enteignung* (1961) blieb bisher unaufgeführt und wurde auch in der DDR nicht veröffentlicht. Es handelt vom Leben der Bergarbeiter in Senftenberg, mitten im Braunkohlegebiet der DDR, und vollzieht in zehn

Episoden die Enteignung des Unternehmers Brack nach, die, trotz zahlreicher Pannen der VEB, als notwendig erscheint. Auch in seinem zweiten Stück *Tod und Leben des Herrn Marski* (1963) geht es um das Schicksal eines Unternehmers alten Schlages, diesmal um den Großbauern Marski. Das Stück zeigt die langsame und mühevolle Entwöhnung Marksis vom Herr-Knecht-Verhältnis, von Ausbeutung und dem entsprechenden zwischenmenschlichen Beziehungen. Am Ende des Prozesses wird Marski Mitglied der Kooperative und Genosse seiner früheren Untergebenen und Freunde. In seinem nächsten Stück *Der Hundsprozeß* (1964) setzt sich Lange mit dem Stalinismus auseinander, ebenso wie in dem damit zusammen aufgeführten *Herakles* (1967), in dem er antikes Personal zur Darstellung einsetzt. In *Die Gräfin von Rathenow* (1969) dramatisierte Lange – nicht als erster – Kleists Novelle »Die Marquise von O.«, wobei er Einzelheiten in typischer Weise veränderte. Nach Übersetzungen und Bearbeitungen (Molières »Tartuffe«, 1963; Jonsons »Der Alchimist«, 1968; Shakespeares »Richard II«) schrieb Lange wiederum Stücke über die Machthaber und Politiker der jüngeren Geschichte; über Stalin und Trotzki: *Die Ermordung des Aias oder Ein Diskurs über das Holzhacken* (1969), *Trotzki in Coyoacan* (1972); über Lenin: *Vom Werden der Vernunft oder Auf der Durchreise nach Petersburg* (1976); über Hitler: *Jenseits von Gut und Böse* (1975). In *Staschek oder Das Leben des Ovid* (1974) versetzt Lange DDR-Flüchtlinge in das alte Rom, und in *Frau von Kauenhofen* (1977) führt er alte preußische Adelige im Westberlin von 1970 vor.

BIERMANN UND DIE FOLGEN

Eine wahre Kettenreaktion lösten die Vorgänge um Wolf Biermann, seine Ausbürgerung und die sog. »Biermann-Petition« vieler DDR-Kollegen aus. Wohl nicht unbedingt der Grund, aber der Anlaß für vermehrte Ausreise- und Visaanträge war damit gegeben. Denen, deren Ausreise genehmigt wurde oder die ein Visum erhielten, stand kein Paradies bevor: zunächst begieriges Interesse an ihrem Leben und Lebensumständen in der DDR, dann das Gefühl der Entwurzelung und Fremdheit in einer »Gesellschaft, die von ihnen absieht« (Hartmut Lange). Sie, denen in ihrer Heimat so viel, wenn auch erdrückende Aufmerksamkeit geschenkt und aufgezwungen wurde, mußten sich in der kapitalistischen, marktorientierten Ellenbogengesellschaft zurechtfinden.

Einer der ältesten unter ihnen, Günther Kunert (geb. 1929), gehört zu der Generation, deren erste Schreibversuche in die Zeit nach 1945 fielen, die daher im eigentlichen Sinne am Anfang der DDR-Literatur stehen. Kunert ist damit auch ein Schriftsteller »mit einer staatlich verpfuschten Kindheit« (Kunert), er stellt die Ausgangssituation seiner Generation so dar:

»...wir haben die großen Worte und die großen Werte vergehen sehen, als seien sie nie gewesen. Aber wir waren auch frei, in ungeahnter Weise los und ledig der Konventionen, der überkommenen Haltungen aller ehrwürdigen und unwerten Traditionen, als der Krieg zu Ende war. Außer dieser Freiheit besaßen die wenigsten von uns etwas an geistigem und seelischem Mobiliar. In den stürzenden Ruinen war alles begraben. Nicht allein in den Städten war auf einmal zuviel Platz, gleichermaßen in uns selbst. Platz war für die Kunst, für die Literatur einer ganzen Welt, die wir bis dahin kaum kannten. Und wir lasen nicht Rilke... sondern die verboten gewesenen... Wir holten nach. Wir lasen.«

Günther Kunert wurde in Berlin geboren und hatte als Sohn einer jüdischen Mutter bald unter Rassendiskriminierung zu leiden. Weil ihm nach der Volksschule keine Weiterbildungsmöglichkeit gegeben wurde, machte er eine Lehre in einem Bekleidungsgeschäft. Während des Krieges wurde er von den Nazi-Behörden für »wehrunwürdig« erklärt. Ein Jahr nach Kriegsende nahm er in Berlin-Weißensee das Studium an der Hochschule für angewandte Kunst auf. Seine ersten Gedichte und Geschichten erschienen in der Zeitschrift »Ulenspiegel« im Jahr 1948. Im selben Jahr trat Kunert der SED bei. Er wurde 1950 mit Johannes R. Becher bekannt und von diesem entdeckt und gefördert. Kurz darauf lernte er auch Brecht kennen. Seitdem arbeitete er für verschiedene Zeitschriften, lieferte Beiträge für Film, Fernsehen und Rundfunk, wobei sich ab 1965 die Kritik an ihm im Rahmen kulturpolitischer Debatten verstärkte. Zwei Auslandsaufenthalte folgten bald aufeinander: 1972/1973 folgte er einer Einladung zum Visiting Associate Professor an der Universität von Austin (Texas), und 1975 lebte er als Writer in Residence an der University of Warwick/Großbritannien. Im nächsten, dem folgenschweren Jahr der Ausbürgerung Wolf Biermanns, tat Kunert als Mitunterzeichner der Biermann-Petition seinen Protest gegen diese Vorgänge kund und trat schließlich 1977 aus der SED aus. Seit Oktober 1979 lebt er mit langjährigem Visum in der BRD in Itzehoe als freier Schriftsteller. Er erhielt den Heinrich-Mann-Preis (1962), den Johannes-R.-Becher-Preis (1973), den Georg-Makkensen-Literaturpreis (1979) und die Ehrengabe des Kulturpreises im Bundesverband der Deutschen Industrie (1980).

Kunert stellt sein Werk weder in den Dienst noch in die Abhängigkeit von einer bestimmten Theorie oder Praxis. Denn dadurch, so führt er in einem Interview aus, würde man die Literatur »auf eine Funktion verpflichten, bringt man sie zum Absterben.« Sein schriftstellerisches Vorgehen ist viel eher geprägt durch gründliches Mißtrauen gegen optimistische Geschichtstheorien, gegen allzu zufriedenes Vorwärtsschreiten bzw. Sich-Einrichten mit dem Erreichten. Immer wieder stellt er sich demgegenüber auf den Standpunkt der Skepsis, des Unbehagens und versucht mit seinen Werken Aufklärung und Kritik im positiven Sinne zu betreiben. Die Beweglichkeit, die solches Anliegen erfordert, zeigt sich nicht nur in den zahlreichen Gegenständen und Formen seiner Dichtungen, sondern auch in seiner Vorliebe für Reisen. In den Jahren seiner größten Produktivität, 1945–1979, veröffentlichte Kunert Gedichte, Essays, Gleichnisse, Fotosatiren, Glossen, Erzählungen, Skizzen, Märchen, Reisejournale, Kinderbücher, Hörspiele, Drehbücher, Libretti und Fernsehspiele. Er wurde damit zu einem der meistgelesenen und, bis er dem Staat unliebsam wurde, auch einem der anerkanntesten Autoren der DDR. Kunerts aufklärerischer Impetus zeigt sich schon in seinem ersten Gedichtband: *Wegschilder und Mauerninschriften* (1950): Er will die Öffentlichkeit ansprechen, sie aufrütteln zur Auseinandersetzung mit gesellschaftlichen Normen. Gleichzeitig aber warnt Kunert auch immer wieder vor dem, was in der Vergangenheit hat geschehen können. Seine an Brecht geschulten didaktischen, sprachlich und bildlich klar und deutlich gehaltenen Gedichte wollen als Wegweiser verstanden werden. Diese Tendenz verstärkt sich noch in seinem nächsten Band *Unter diesem Himmel* (1955). Ebenfalls unter dem Einfluß von Brechtscher Lyrik stehen die Lieder und Balladen enthaltenden Bände *Das kreuzbrave Liederbuch* (1961) und *Tagwerke. Gedichte und Balladen* (1960). Auch aus diesen Gedichten soll der Leser lernen. Eine deutliche Wende weg von optimistischer Lehr-Begierigkeit und hin zur kritischen Bestandsaufnahme von Spannungen, Problemen und Konflikten innerhalb der sozialistischen Gesellschaft stellte sich Mitte der sechziger Jahre ein, erkennbar in dem Gedichtband *Der ungebetene Gast* (1965). Fertiggestellt hatte Kunert den Band bereits zwei Jahre früher, durfte ihn jedoch wegen der »subjektivistisch-egozentrischen Vorbehalte gegenüber der sozialistischen Parteilichkeit« zunächst nicht erscheinen lassen. Von dieser seiner »Wende« aus entwickelte Kunert mehr und mehr eine kultur- und zivilisationskritische bzw. pessimistische Tendenz. Deutlich weist er darauf hin, daß der technologische Fortschritt keinen humanitären mit sich bringt, im Gegenteil Isolation, Entfremdung und Angst durch die Zerstörung der Umwelt, durch die totale Verwaltung und versteinerte Zwischenmenschlichkeit rapide zunehmen. (»die Läden sind übervoll / von Produkten / die keiner braucht indes alles / Benötigte / durch Abwesenheit glänzt.«) Erschienen sind diese Gedichte u. a. in den Bänden *Warnung vor Spiegeln* (1970), *Unterwegs nach Utopia* (1977), *Abtötungsverfahren* (1980) und *Stilleben* (1983). Selbst die Poesie wird in den Strudel des Endzeitbewußtseins gezogen: »Das wahre Gedicht / löst sich selber auf«. Parallel zu seiner Lyrik entwickelte sich auch die Prosa Kunerts. Auch hier findet sich in den frühen Erzählbänden die von Brecht beeinflußte lehrhafte Tendenz: *Tagträume,* 1964; *Kramen in Fächern,* 1968; *Tagträume in Berlin und andernorts,* 1972. In diesen kurzen Prosaformen, Bildbeschreibungen, Porträts, Parabeln und Satiren zeigt Kunert immer wieder in lapidarem Sprechstil, wie die Gefahren der Vergangenheit versteckt auch in gegenwärtigen Denk- und Verhaltensmustern gegenwärtig sind. Der Aufbau solcher Lehrstücke ist zumeist paradox, pointiert und auf Überraschungseffekte angelegt. Eine mehr erzählerische Sprechhaltung dominiert in seinen Kurzgeschichten, z. B. denen des Bandes *Die Beerdigung findet in aller Stille statt* (1968). Die als traumhaft und geheimnisvoll dargestellte Wirklichkeit erinnert in manchen Teilen an Kafkas Kurzgeschichten. Aber der Meister von Kurzprosa und Lyrik, der seinen Werken durch Anspielung und Wortspiel, durch Paradoxie und Ironie Anschaulichkeit und Überzeugungskraft verleihen konnte, wagte sich auch an die erzählerische Großform Roman. Thematisch sind auch hier »jene merkwürdigen, fantastischen, grotesken Jahre nach 1945«, jene Zeit der großen Illusion von eine »Stunde Null«.

Der Roman *Im Namen der Hüte* (1967) spielt im Frühjahr 1945 nach der Kapitulation in Berlin. Der noch minderjährige Volkssturmmann Henry besitzt plötzlich die Eigenschaft, Gedanken, Vorstellungen und Erinnerungen der Personen lesen zu können, deren Kopfbedeckungen er aufsetzt. Diese Fähigkeit hilft ihm, sein Leben und Überleben zu sichern, verschafft ihm erste erotische Erlebnisse und konfrontiert ihn schließlich ganz unerwartet mit seinem ermordeten jüdischen Vater, dessen Mörder zu finden er sich nun vornimmt. Dies gelingt ihm auch, aber die Rache bleibt aus. Mit der Verbesserung der wirtschaftlichen Verhältnisse verliert Henry seine Fähigkeit und endet schließlich als Ehemann und Angestellter im monotonen Alltagseinerlei einer Gesellschaft, in der die Fähigkeit zum warnenden Erinnern längst verschwunden ist.

Die Sprache dieses Romans, und das ist das Strapazierende daran, wechselt unaufhörlich von der beschreibenden auf die reflektierende, von der lyrischen auf die prosaische Ebene. Motive und Schemata der Kriminalstory weist Kunerts zweiter Roman *Der Gast aus England* (1973) auf, in dem es thematisch um die groteske Folgerichtigkeit des Zufälligen bzw. die Zufälligkeit des Folgerichtigen geht. Es ist die Geschichte des wiederholten Scheiterns eines Treffens der beiden Hauptthelden, bis sich schließlich herausstellt, daß der eine – der britische Dichter Crossworth – sich soeben erfolgreich der Leiche des anderen – des Ostberliner Lektors und Junggesellen D. H. Zürner

– entledigt hat, statt ihn, wie angenommen, ein weiteres Mal verfehlt zu haben. Das Makabre dieser Geschichte verflacht leider durch die gelegentlich zu redselige und gekünstelte Sprache.

Schwieriger war es für Reiner Kunze (geb. 1933), seine dichterische Entwicklung gegen die staatlich verordnete Bewußtseinshaltung durchzusetzen. Auch seine Auseinandersetzung mit dem Verhältnis von Staat, Dichter und Gesellschaft endete mit der Umsiedelung in die BRD. Geboren wurde Kunze in Oelnitz im Erzgebirge. Sein Vater war Bergarbeiter, seine Mutter verdiente mit Heimarbeit hinzu. Der Sohn konnte aber dennoch Philosophie und Journalistik in Leipzig studieren, wo er sich anschließend bis 1959 als wissenschaftlicher Assistent der Fakultät für Journalistik vor allem Fragen der Reportage und des Zeitungsfeuilletons widmete. Kurz vor seiner geplanten Promotion verließ Kunze jedoch, nach schweren politischen Angriffen, die Universität und arbeitete als Hilfsschlosser im Schwermaschinenbau. Mehrere Aufenthalte in der CSSR brachten ihm die tschechische Dichtung nahe und veranlaßten ihn zu Nachdichtungen und Übersetzungen aus dem Tschechischen. Seit 1962 lebte Kunze als freischaffender Schriftsteller in Greiz in Thüringen. Schwierigkeiten bei der Veröffentlichung seiner Arbeiten bis hin zum Publikationsverbot gehörten zu den Ursachen für seinen Ausreiseantrag, der zunächst einen zermürbenden Nervenkrieg nach sich zog. Seit April 1977 lebt Kunze in der BRD in Bayern. – Noch viel extremer als bei Günther Kunert ist das lyrische Schaffen Kunzes gekennzeichnet vom Bruch mit den Erwartungen der offiziellen Kulturpolitik. Kunze selber setzt den Beginn seiner Emanzipation von Gefühlsduselei und Parteihörigkeit mit dem Erscheinen seines Gedichtbandes *Widmungen* (1963) in der BRD gleich. Nur die wenigsten der zuvor erschienenen Gedichte, gesammelt in *Die Zukunft sitzt am Tisch* (1955), *Vögel über dem Tau* (1959) und *Aber die Nachtigall jubelt* (1962), fanden Einlaß in die Auswahl von 1973, die bei Reclam in Leipzig unter dem Titel *brief mit blauem siegel* erschien. Der Rest, so erklärt Kunze ohne Versuch von Beschönigung oder Entschuldigung, seien »Produkte eines poetologisch, philosophisch und ideologisch Irregeführten«. Statt dessen rückten, unter Einfluß von Fragestellungen aus Johannes R. Bechers poetischen Überlegungen einerseits, der Begegnung mit den volkstümlichen Traditionen in der tschechischen Lyrik andererseits, Fragen nach dem Subjekt des Dichtens und dem lyrischen Ich in den Vordergrund. Zeuge des Übergangs ist der genannte Band *Widmungen*. Zum Durchbruch kam Kunze dann mit der Sammlung *Sensible Wege* (1969). Die 48 Gedichte und der Zyklus *21 Variationen über das Thema Die Post* sind als Solidaritätsbeweis Kunzes dem tschechischen und slawischen Volk nach dem Einmarsch von 1968 gewidmet. Staatlicherseits reagierte man darauf mit dem Ausschluß Kunzes aus dem Schriftstellerverband. In einfachen Bildern gelingt es dem Autor in dem Band Politisches auf echte Weise poetisch auszudrücken und damit das andere Extrem, eine unpolitische Innerlichkeit, zu vermeiden. In dem Band mit dem beziehungsreichen Titel *Zimmerlautstärke* (1972) nimmt mit der sprachlichen Verknappung die Kritik an den Zuständen zu. Die maßvolle Metaphorik dieser leisen, doch um so wirkungsvolleren Gedichte erinnern an den späten Brecht. Der Eröffnungszyklus des Bandes *Monologe mit der Tochter* wird thematisch aufgegriffen und fortgesetzt in Kunzes Prosaband *Die wunderbaren Jahre* (1976), der sich hauptsächlich mit den Problemen Jugendlicher in der DDR befaßt. In dieser Chronik der Erfahrungen der jungen Staatsbürger mit allerlei Vorgesetzten und Ordnungshütern dokumentiert Kunze in lakonischer Sprechhaltung die bis zur Komik abstrusen und gleichzeitig erschütternden Erlebnisse. Kunze weist jedoch in der BRD immer wieder deutlich darauf hin, daß es ihm nicht darum gehe, anzuprangern, aufzudecken und bloßzustellen. In der Hauptsache sei er Schriftsteller, nicht DDR-Kritiker. Auf Schwierigkeiten mit dem fremden Medium bei der Verfilmung seiner Prosa, z. T. unter Kunzes Regie, wird es zurückzuführen sein, daß diese nicht so recht gelungen ist.

Unabhängig von ihrem (ehemaligen) Mann Rainer Kirsch hat sich SARAH KIRSCH (geb. 1935) entwickelt. Sie wurde in Limlingerode als Tochter eines Fernmeldemechanikers geboren. Nach dem Abitur arbeitete sie einige Zeit in einer Zuckerfabrik und studierte dann in Halle Biologie. Wie viele andere Schriftsteller und Schriftstellerinnen ihrer Generation (»Sächsische Dichterschule«) studierte sie, von 1963 bis 1965, am Johannes-R.-Becher-Institut für Literatur in Leipzig bei Georg Maurer. Anschließend lebte sie als freiberufliche Schriftstellerin in Ostberlin, seit 1977 im Westen. Sie erhielt, zusammen mit Rainer Kirsch, den Kunstpreis der Stadt Halle (1965), die Erich-Weinert-Medaille als Kunstpreis der Freien Deutschen Jugend (1965) und 1967 den Petrarca-Preis. – Sarah Kirsch ist hauptsächlich Lyrikerin, wenn sie auch einige erzählerische Werke vorgelegt hat. Ihre ersten Gedichte veröffentlichte sie zusammen mit Rainer Kirsch in dem Band *Gespräch mit dem Saurier* (1965). Zwei Jahre später konnte sie dann einen eigenen Band herausbringen unter dem Titel *Landaufenthalt* (1967). Nachdem sie in der Zwischenzeit auch Erzählungen geschrieben hatte, erschien 1973 der nächste Gedichtband *Zaubersprüche,* dem bald ein weiterer folgte: *Dieser merkwürdige Sommer* (1974). Erstmalig in der DDR erschien danach nur noch der Band *Rücken-*

wind (1976), was folgte (»Wintergedichte«, 1978; Drachensteigen«, 1979), wurde in der BRD erstveröffentlicht. Wenngleich sich auch in Sarah Kirschs Dichten eine Art Entwicklung feststellen läßt, so zeigt sich doch kein Bruch oder die Festschreibung einer bestimmten Linie. Eher ist es der Autorin gelungen, Tendenzen, Ausdrucksmöglichkeiten und Themen ihrer Gedichte immer mehr zu verweben und zu konzentrieren, so daß ihre frühen Gedichte als facettenreicher Spiegel dessen dienen können, wo die Talente der Dichterin, die Besonderheiten und die Gefahren ihres Dichtens liegen. Geprägt sind Sarah Kirschs Gedichte zum großen Teil von ihrem persönlichen Erleben, welches auf vorsichtige, unintellektuelle Weise reflektiert wird. Langsamkeit, Neigung zum Einfachen und eine gewisse Verschwiegenheit kommen dabei zum Ausdruck. Im Ton ihrer Gedichte liegt meistens eine leise Traurigkeit über die wiederholte Enttäuschung kindlicher Träume und Hoffnungen auf Frieden, Mitmenschlichkeit und Glück. Sarah Kirsch schreibt über die nahen Dinge, über Natur, Landschaften, Jahreszeiten, Stimmungen, alltägliche Stilleben. Sie verarbeitet ihre Beziehungen zu Menschen ihrer nächsten Umgebung zu historischen Figuren, die ihr persönlich erscheinen in den Gedichten (z. B. Petrarca, Chamisso, Bettina von Arnim), und letzten Endes schreibt sie von ihrer Beziehung zu sich selbst (so z. B. in einem Gedicht über einen Tag in Moskau: »Ich kannte nur mich und das war zu wenig. Saß da / mit mir auf der Bank ich in der Mitte ich rechts von mir/ und links auch noch ...«).

Das Innen und Außen, die Landschaft und die Stimmung, das Verhalten des anderen und das eigene Gefühl sind dabei in ein – manchmal zur Idylle verkommendes – ausgewogenes Gleichgewicht gebracht. Der Leser wird hineingezogen in den Bann ihrer Sicht, kommt mit der Dichterin ins (naive) Staunen über die mit so großer Sicherheit gemachten Wahrnehmungen. In manchen Gedichten taucht die Form des Liedes auf, finden sich gereimte Zeilen. Die Bilder sind häufig überraschend und spielerisch gewagt, ohne den Leser zu schockieren oder seiner Phantasie Gewalt anzutun. Hatte sich Sarah Kirsch in dem Band *La Pagerie* (1980) die provenzalische Landschaft und ihr Leben darin zum Gegenstand gemacht, so ist neuerdings ein Großteil ihrer Gedichte von ihrer neuen Heimat in Schleswig-Holstein geprägt. Das dichterische Verfahren der Autorin mögen folgende Verse von 1983 andeuten:

Moorland

Erst springe ich über die Gräben
Die seidenen Unterröcke leuchten
Im rostbraunen Wasser der Wind

Bläst mich von Sode zu Sode im Kreis
Roter niedergeschlagener Gräser
Blasen steigen auf aus den Tümpeln
Grünfunkelndes Moos es keuchen
Die zerbrochenen sinkenden Erlen
Speckige Pilze Koboldkanzeln
Bedecken schwankende Maste
Wie Patronen glänzt der Kot wilder Tiere
Der blitzgespaltene kopflose Stamm
Stellt sich mir in den Weg
Mit ausgebreiteten flehenden Armen
Die Ratte die ehdem mein Gutsherr war
Läuft voran auf befestigten Boden.

Als Prosaautorin trat Sarah Kirsch eher nur nebenbei in Erscheinung, so findet sich in dem Gedichtband *Landaufenthalt* das Prosastück *Bevor die Sonne aufgeht*. Andere Geschichte, realistisch von realen Begebenheiten erzählt, veröffentlichte die Autorin in der DDR-Zeitschrift »Magazin«. Der Ton ist spröde und am Reportage-Stil orientiert. Dokumentieren will Sarah Kirsch auch mit dem Band *Die Pantherfrau*, in dem sie 1973 von ihr selber zusammengeschnittene Tonband-Protokolle veröffentlichte. Festgehalten werden darin Befragungen von fünf Frauen, die ihr Leben erzählen: Eine Dompteuse, eine Kaderleiterin, eine Historikerin, eine Ökonomin, eine Arbeiterin. Meist Frauen sind auch die Heldinnen ihres ersten eigentlichen Erzählbandes *Die ungeheuren berghohen Wellen auf See* (1974). Hier stehen die Fragen des richtigen Handelns im Vordergrund. Zuletzt veröffentlichte Sarah Kirsch drei Erzählungen in dem zusammen mit Irmtraud Morgner und Christa Wolf herausgebrachten Band *Geschlechtertausch* (1980).

Zu den jungen Dichtern, die durch Hermlins berühmt gewordene Veranstaltung von 1962 »Junge Lyrik – unbekannt und unveröffentlicht« zum ersten Mal einer großen Öffentlichkeit bekannt wurden, gehört auch Wolf Biermann (geb. 1936). Der aus Hamburg stammende Dichter und Sänger kommt aus einer Familie von Altkommunisten. Sein Vater, Arbeiter und Jude, der am antifaschistischen Widerstandskampf teilgenommen hatte, wurde 1943 im KZ Auschwitz ermordet. Der Sohn trat nach dem Krieg der Jugendorganisation der KPD, den Jungen Pionieren, bei und reiste 1950 zum Weltjugendtreffen nach Ostberlin. Im Jahr 1953 siedelte er in die DDR über und studierte Politische Ökonomie an der Berliner Humboldt-Universität. Von 1957 bis 1959 arbeitete Biermann als Regieassistent beim Berliner Ensemble. Anschließend studierte er bis 1963 Philosophie und Mathematik. Um 1960 begann Biermann Lieder zu schreiben. Nachdem er durch die genannte Lyrik-Veranstaltung auch der Partei- und Staatsführung auffallen mußte, wurde er aus der SED ausgeschlossen und erhielt bis Juni 1963 Berufsverbot. Danach trat Biermann in Ostberlin auf und machte eine Konzertreise durch die BRD und nach Westberlin. Im Dezember 1965, nach dem 11. Plenum des ZK der SED, trat dann das generelle Auftritts-, Veröffentlichungs- und Ausreiseverbot in Kraft. Biermann wurde mit stereotypen Schlagworten wie »prinzipielle Gegnerschaft zum Sozialismus«, »anarchistischer Individualismus«, »Genußstreben« quasi per Berufsverbot in die unfreiwillige innere Emigration geschickt. Vorgeworfen wurden ihm außerdem Verräterschaft, Antikommunismus, »sexuelle Primitivitäten« sowie »Besudelung der Partei der Arbeiterklasse«. Erst nach 11 Jahren, im September 1976, konnte Biermann wieder vor einem DDR-Publikum in der evangelischen Kirchengemeinde in Prenzlau auftreten. Im November des Jahres reiste Biermann dann auf Einladung zu einer von der IG Metall organisierten Konzertreise in die BRD. Am 17. November wird ihm, dem schon 1974 die Auswanderung nahegelegt worden war, die Staatsbürgerschaft und damit die Rückreisemöglichkeit entzogen. Biermann lebt seither in Hamburg. Dies war gleichzeitig der Ausgangspunkt für eine Reihe von Aktionen kritischer Schriftsteller, aber auch von Reaktionen staatlicherseits auf sie. Unerwartet viele DDR-Kollegen solidarisierten sich mit Biermann; noch am 17. November wurde ein offener Brief verfaßt, einer westlichen Nachrichtenagentur übergeben und im Westen veröffentlicht. In diesem Brief hieß es u. a. :

> Wolf Biermann war und ist ein unbequemer Dichter – das hat er mit vielen Dichtern der Vergangenheit gemein. – Unser sozialistischer Staat (...) müßte im Gegensatz zu anachronistischen Gesellschaftsformen eine solche Unbequemlichkeit gelassen nachdenkend ertragen können. – Wir identifizieren uns nicht mit jedem Wort und jeder Handlung Biermanns und distanzieren uns von Versuchen, die Vorgänge um Biermann gegen die DDR zu mißbrauchen. Biermann selbst hat nie, auch nicht in Köln, Zweifel daran gelassen, für welchen der beiden deutschen Staaten er bei aller Kritik eintritt. – Wir protestieren gegen seine Ausbürgerung und bitten darum, die beschlossene Maßnahme zu überdenken.«

Zu den Erstunterzeichnern dieser »Biermann-Petition« gehörten Sarah Kirsch, Christa Wolf, Günther Kunert, Volker Braun, Heiner Müller, Stefan Heym, Stephan Hermlin, Erich Arendt, Jurek Becker, Rolf Schneider, Franz Fühmann, Gerhard Wolf. Innerhalb weniger Tage schlossen sich auch Günther de Bruyn, Reiner Kunze und Bernd Jentzsch an. Biermanns Ausbürgerung und ihre Folgen zeigt sich heute als deutlicher Einschnitt in der DDR-Literaturentwicklung, wenngleich die durch diese Vorgänge sichtbaren Positionen sicherlich schon vorher versteckt vorhanden waren. Nach dem Protest-Brief nahm der Druck auf die Schriftsteller, über Parteistrafen, Organisationsausschlüsse hin zu Hausarest, Publikationsverbot und Haftstrafen zu.

Gesetze gegen Devisenvergehen und »staatsfeindliche Hetze« wurden verschärft und verschärft angewendet. Unbequemen, besonders bekannten Dichtern wurde bemerkenswert schnell die Ausreise genehmigt. So verlängerte sich die Liste der nicht mehr in der DDR lebenden DDR-Schriftsteller um etwa weitere 50 Personen. Doch bedeutete dies nicht nur für die Kulturlandschaft der DDR einen großen Verlust, auch die betroffenen Dichter haben unter der Trennung und Entwurzelung zum Teil schwer zu leiden, wozu als »Gefahren« im Westen die Vermarktungssituation und die gelegentlich einseitige politische Ausschlachtung ihrer Schicksale kommen. Gegen solche Versuche hat sich besonders Biermann immer wieder erfolgreich gewehrt, er versteht sich als Gast aus der DDR, der auch im Westen seinem kritischen Sozialismus treu bleibt. Doch neben seiner Auseinandersetzung mit den Verhältnissen in der DDR textet er auch für die Antiatomkraft-, Gewerkschafts- und Bürgerinitiativbewegung in der BRD, was alsbald zu dem Verschwinden seines Namens aus den Medien, die zuvor so viel Anteilnahme gezeigt hatten, führte. All diese Ereignisse seit dem Berufsverbot 1965 sind an Biermann nicht spurlos vorübergegangen. Er hatte angefangen als kritischer, aber zuversichtlicher Dichtersänger, der seine Lieder und ihre Funktion in der Tradition von Brecht, Heine und Villon sieht, Dichtern, denen ihr Land am Herzen liegt und die sich mit ihren Liedern zunächst an das breite Volk wendeten. Volksliedform, Ballade und Moritat sind die dem Zweck entsprechenden Gedichtformen, die von Biermann immer weiter zum typischen »Biermann-Lied« entwickelt wurden. Was aber solch ein politischer Liedersänger braucht, ist das Publikum, und so kam es, daß Biermann nach 11 Jahren erzwungenen Schweigens und Isolation vom hoffenden Kritiker zum aggressiven Gegner der Herrschenden geworden war. Seine Lieder sind einerseits künstlicher, andererseits wütender geworden. Künstlich sind vor allem die Kompositionen in der Tradition von Hanns Eisler, die stets in einem Spannungsverhältnis zum Text stehen. Aggressiver ist Biermann in seinen Vorwürfen, in seinem Mißtrauen, in der Darstellung des Sexuellen, letztlich in seiner Verzweiflung geworden, wie denn überhaupt die Wut dieses im Grunde gradeaus ehrlichen und poltrigen Sängers nur das Maß seiner Verletztheit spiegelt. So gibt es in seinen fünf Bänden mit Liedern und Gedichten, von denen er keinen in der DDR veröffentlichen konnte, auch eine – hin und wieder sogar selbstgerechte, schulmeisternde – Tendenz zur Beharrung auf dem eigenen Leiden. Seine Gedichte und Lieder erschienen in den Bänden *Die Drahtharfe* (1965), *Mit Marx- und Engelszungen* (1968), *Für meine Genossen* (1972), *Deutschland. Ein Wintermärchen* (1972), *Preußi-*

scher Ikarus (1978) sowie auf zahlreichen Schallplatten. Als eines seiner populärsten Lieder kann die Peter Huchel gewidmete *Ermutigung* aus dem Band *Mit Marx- und Engelszungen* gelten:

Ermutigung

Du, laß dich nicht verhärten
In dieser harten Zeit
Die all zu hart sind, brechen
Die all zu spitz sind, stehen
und brechen ab sogleich

Du, laß dich nicht verbittern
In dieser bittren Zeit
Die Herrschenden erzittern
– sitzt du erst hinter Gittern –
Doch nicht vor deinem Leid

Du, laß dich nicht erschrecken
In dieser Schreckenszeit
Das wolln sie doch bezwecken
Daß wir die Waffen strecken
Schon vor dem großen Streit

Du, laß dich nicht verbrauchen
Gebrauche deine Zeit
Du kannst nicht untertauchen
Du brauchst uns, und wir brauchen
Grad deine Heiterkeit

Wir wolln es nicht verschweigen
In dieser Schweigezeit
Das Grün bricht aus den Zweigen
Das wolln wir allen zeigen
Dann wissen sie Bescheid.

Außerdem verfaßte Biermann das Theaterstück *Der Dra-Dra* (1970), eine Bearbeitung von Jevgenij Schwarz' »Der Drache« (1943).

Die gleichnishafte Handlung spielt in einem von dem Drachen total und willkürlich beherrschtem Land, dessen Volk aus lauter Unterwürfigen besteht. Doch dann erscheint der Drachentöter Hans Folk, der den Drachen mit Hilfe einiger Tiere tötet. Hans Folk begeht nun den Fehler, die Revolution als abgeschlossen zu betrachten, und wird bald von der neu erstarkenden Drachenbrut seinerseits getötet. Auf wunderbare Weise wieder zum Leben gelangt, erkennt er, daß auch die Helfershelfer der Unterdrücker beseitigt werden müssen, bevor Frieden einziehen kann.

Biermanns Absicht mit diesem Stück liegt in der Warnung vor dem die, sei es kapitalistische oder sozialistische, Gesellschaft unterdrückenden und ausbeutenden Drachen. Jede Inszenierung solle sich deshalb an den Verhältnissen im eigenen Land orientieren, den jeweiligen Drachen benennen. 1971 hat Heyme das Stück in den Münchner Kammerspielen, mit erheblichen Schwierigkeiten bei der Gestaltung des Programmheftes, erstmalig inszeniert.

Nicht nur mit eigenen Produktionen – Gedichten und Erzählungen –, sondern auch in besonderem Maße mit Nachdichtungen, Übersetzungen, Anthologien sowie Vor- und Nachwörtern hat sich BERND JENTZSCH (geb. 1940) um die Lyrik in der DDR verdient gemacht. In Plauen im Vogtland geboren, gehört er zu der jungen Generation von DDR-Schriftstellern, die annähernd ihre ganze Jugend hindurch den Sozialismus erfahren haben und Westdeutschland zunächst nur durch die Medien kannten. Jentzsch wuchs auf in Chemnitz, wurde nach dem Abitur 1958 Soldat der Nationalen Volksarmee und studierte anschließend in Leipzig und Jena Germanistik und Kunstgeschichte. Nach dem Diplom in Germanistik zog er nach Berlin um und war 1965–1974 als Lektor im Verlag »Neues Leben« tätig. Als freier Schriftsteller lebte er von 1975 bis 1976; während eines Studienaufenthaltes protestierte er aus der Schweiz in einem offenen Brief an Erich Honecker gegen den Ausschluß Kunzes aus dem Schriftstellerverband und die Ausbürgerung Biermanns. Da ihm ein Strafprozeß wegen »Verunglimpfung der DDR« in Aussicht gestellt wurde, entschloß sich Jentzsch, nicht in seine Heimat zurückzukehren. Er lebt seit 1977 als Verlagslektor in Küsnacht bei Zürich. In seinem offenen Brief hatte Jentzsch Tatbestände, wie Haussuchungen, stundenlange Verhöre, Beschlagnahmungen von Manuskripten, Veranstaltungsverbote, Berufsverbote und Vernichtung von Filmen, beim Namen genannt und mit dem Anspruch auf eine »blühende Kunst« in der DDR konfrontiert. »Zwischen diesen Beispielen und dem, was Reiner Kunze und Wolf Biermann widerfahren ist, sehe ich einen bösen Zusammenhang. Es ist der Widerspruch zwischen Wort und Tat.« Sein eigenes Schicksal beschreibt er 1978 in der Zeitschrift LUI so: »Aus Solidarität wurde über Nacht Kriminalität.« Es ist typisch für diese junge Generation in der DDR, daß sie sich vor allem an den Widersprüchen zwischen Anspruch und Wirklichkeit stößt im Sozialismus, und zwar eben weil ihr das Schicksal des eigenen Staates am Herzen liegt. In dem Bemühen, durch Lyrik mehr kritisches Bewußtsein, Bereitschaft zur Selbstkritik, aber auch aktives, konstruktives Verändern der vorgefundenen Wirklichkeit zu bewirken, hat Jentzsch seit 1967 regelmäßig die Monatsschrift »Poesiealbum« herausgegeben und damit u. a. Autoren wie Erich Fried, García Lorca, Hans Magnus Enzensberger sowie Thomas Brasch in der DDR Verhör verschafft. Die Widersprüchlichkeit des Wirklichen, auch im Alltäglichen, ist gleichfalls eines der Hauptthemen seines eigenen Dichtens. Dazu kommt ein großes Interesse an der – teils autobiographischen – Darstellung der Wahrnehmungen und Erfahrungen von Kindern und Heranwachsenden. In seinem ersten Gedichtband *Alpha-*

beth des Morgens (1961) geht es daher auch um eine Jugend im Kreuzpunkt zwischen dem Ende des faschistischen Krieges und dem Aufbau des Sozialismus. Die Sprechweise ist von intensiver Subjektivität und unmittelbar eingängigen Bildern geprägt. Seine ansprechende, im Privaten dennoch politische, heitere Ruhe hat Jentzsch auch in seinem zweiten Gedichtband *Quartiermachen* (1978) bewahrt. Er stellt hier ohne Bruch Gedichte, die seit 1962 entstanden sind, neben solche, die bereits nach seiner »Einquartierung« in der Schweiz entstanden sind und diese Entwicklungen kritisch überdenken. In seiner Prosa schreibt Jentzsch eher kompliziert, gebraucht versuchsweise die Sprache der Technokraten, die der Comics. Einmal erzählt er karg und ohne Aufwand von Alltäglichem, sucht darin das Erstaunliche, ein anderes Mal schreibt er bis an die Grenze des Phantastischen, spielt mit Märchentönen und verschanzt sich gern hinter dem Blick aus Kinderaugen. Nie aber verliert er in seinen Erzählungen, die in den Bänden *Jungfer im Grünen* (1973 in DDR und BRD) und *Ratsch und ade!* (1975) erschienen, den Bezug zur – auch politischen – Wirklichkeit und damit zum Leser, dem er seine Erfahrungen vermitteln will, um ihn letztlich zum positiven Handeln anzuregen.

Jahrgangsgenosse der in der DDR gebliebenen Erzähler de Bruyn und Hermann Kant ist Erich Loest (geb. 1926). In Mittweida als Sohn eines Kaufmanns geboren, wurde Loest nach dem Besuch der Oberschule 1944/1945 noch Soldat. Anschließend war er als Gelegenheitsarbeiter in der Landwirtschaft und in den Leuna-Werken tätig. 1947–1950 arbeitete Loest als Volontär und Redakteur bei der »Leipziger Volkszeitung«, danach als freier Schriftsteller. 1955/1956 war Loest Student des Literaturinstituts Johannes R. Becher in Leipzig, wurde 1957 wegen »konterrevolutionärer Gruppenbildung« verhaftet und zu siebeneinhalb Jahren Zuchthaus verurteilt, die er wegen mangelnder Bereitschaft zur Selbstkritik auch absaß. Nach seiner Entlassung 1964 arbeitete Loest wieder als Schriftsteller und konnte ab 1966 auch wieder publizieren. 1979 trat er nach seinem Protest gegen Zensurmaßnahmen aus dem Schriftstellerverband aus. Mit einem Dreijahresvisum übersiedelte Loest 1981 in die BRD nach Osnabrück. In seinem ersten Roman verarbeitete Loest wie in seinen frühen Erzählungen in harter, knapper Sprache seine eigenen Kriegserlebnisse. Der Roman *Jungen, die übrig blieben* (1950) behandelt das Schicksal Jugendlicher zwischen 1944 und den ersten Nachkriegsjahren, vor allem das des gegen jegliche Ideale mißtrauisch gewordenen Walter Uhlig, der autobiographische Züge trägt. Nach kleineren Erzählungen in *Nacht über dem See* (1950) und *Liebesgeschichten* (1951) folgte 1952 der zweite Roman Loests *Die Westmark fäkelt weiter*, mit dem er schnell populär wurde. Die schwarz und weiß gesehenen Hoffnungen und Entwicklungsmöglichkeiten Jugendlicher in der BRD und der DDR geraten für letztere in allzu große Nähe idyllischer Verklärung. Nach dieser Beschwörung der ungebrochenen Aufbaustimmung widmete Loest seinen nächsten Roman *Das Jahr der Prüfung* (1954) einem Pfeiler der neuen Gesellschaft, der Arbeiter- und Bauernfakultät. Seine Inhaftierung 1957 resultierte nicht aus seinen literarischen Ansätzen, sondern aus der Teilnahme an Diskussionszirkeln, die nach 1956 die Entstalinisierung der DDR erörterten. Was das strikte Schreibverbot während der Inhaftierung für Loest bedeutet hat, läßt sich schon aus der ungeheuren Produktivität der anschließenden Jahre 1965–1975 erkennen; über zehn Romane und eine größere Anzahl Erzählungen, wobei die Kriminalromane und -erzählungen, zumeist unter Pseudonym verfaßt, vor allem Brotarbeiten waren. In seinem schon vor der Haft begonnenen zweiten Kriegsroman *Der Abhang* (1968) beschreibt Loest den moralischen und menschlichen Verfall des Oberschülers Harry Hahn, seine Entwicklung zum Mörder und sein Ende. Auch in seinen Erzählungen, z. B. in *Slibowitz und Angst* (1965), sowie in autobiographischen Aufzeichnungen thematisiert Loest die Zeit des Faschismus. Nach dem Roman *Schattenboxen* (1973), in dem es um den Eingliederungsprozeß eines Haftentlassenen in den DDR-Alltag geht, gelang Loest mit *Es geht seinen Gang oder Mühen in unserer Ebene* (1978) eine deutliche und unterhaltsame Schilderung eines DDR-Spießers mit allen Liebenswürdigkeiten und Bequemlichkeiten eines mittelmäßigen Anti-Helden. Nachdem dieser Roman von der DDR-Literaturkritik bereits angefeindet wurde, gab es für Loests autobiographische Schriften *Pistole mit Sechzehn* (1979) und die Autobiographie *Durch die Erde ein Riß* (1981), in denen er wie in *Schattenboxen*, den Erzählungen *Etappe Rom* (1975), *Zwei Briefe von Rohdewald* oder dem Karl-May-Roman *Svallow, mein wackerer Mustang* (1980) seine Gefängniszeit zur Sprache bringt, keine Veröffentlichungsmöglichkeit mehr. Sein Wohnortswechsel steht für den Wandel seiner Einstellung von Aufbruchstimmung zu Desillusionierung.

Ebenfalls Mitunterzeichner der Biermann-Petition ist der aus Polen stammende Erzähler Jurek Becker. In Lodz 1937 geboren, verbrachte Becker seine Kindheit in Ghetto und Konzentrationslagern. Erst nach dem Krieg, als er mit seinen Eltern nach Berlin kam, lernte er Deutsch. Nach dem Abitur (1955) studierte er Philosophie und lebte anschließend lange Zeit (1960–1977) als freiberuflicher Schriftsteller in Ostberlin. Im Frühjahr 1977 trat er aus Protest gegen die Ausbürgerung Biermanns aus dem Schriftstellerverband aus und siedelte Ende des Jahres mit Genehmigung der DDR-Behörden nach Westberlin um. 1978 hielt er sich für längere Zeit in den USA auf. Bekker erhielt den Heinrich-Mann-Preis (1971), den Charles-Villon-Preis (1971), den Literaturpreis der Freien Hansestadt Bremen (1974), den Nationalpreis der DDR (1975) und war Stadtschreiber von Bergen-Enkheim (1982). Becker schrieb Filmdrehbücher, Fernsehspiele und Kabarettexte und trat 1969 mit seinem ersten Roman *Jakob der Lügner* an die Öffentlichkeit.

Der in jüdischer Erzähltradition stehende Roman handelt von dem Eisverkäufer (im Sommer) und Kartoffelpufferbäcker (im Winter) Jakob Heym, der durch seine Lügen über die zu erwartende Befreiung durch die nahende russische Armee im Ghetto einer polnischen Kleinstadt gegen die Verzweiflung ankämpft. Er hält mit seinen Nachrichten aus dem erfundenen Radio viele vom Selbstmord ab, bis er schließlich mit den anderen Ghettobewohnern ins Todeslager abtransportiert wird. Dies ist das eine Ende des Romans, doch der Erzähler, ein Überlebender, bietet auch einen glücklichen Ausgang an, so mit seiner Rolle spielend und Distanz schaffend.

Diese Technik, nicht nur das Erzählte als Fiktion zu zeigen, sondern auch Erzähler und Erzählvorgang als Fiktion zu entlarven, ist an Beckers Arbeiten, vor allem seinen nächsten Romanen, in der BRD als Schwäche bemängelt worden. In seinem zweiten Roman *Irreführung der Behörden* (1973) läßt Becker den als Jurastudenten glücklosen, als Erzähl- und Lebenstalent zunächst um so erfolgreicheren Studenten Gregor Bienek seine Erlebnisse in vielen Geschichten und Episoden erzählen. Während er jedoch als scheinbarer Student die Behörden irreführt, als Geschichtenerzähler beruflich aufsteigt und sich zunehmend anpaßt, gerät er privat in eine Krise, deren Ende offenbleibt. Als fingiertes Interview hat Becker seinen folgenden Roman angelegt, der in der BRD viel negative Resonnanz fand. *Der Boxer* (1976) handelt wiederum von einem Ghettobewohner und KZ-Insassen, diesmal aus der Perspektive der Freiheit nach 1945, und ist nicht denkbar ohne die Erfahrungen des Autors selber mit Ghetto und KZ.

Im Mittelpunkt des Romans steht Aron Blank, der mit 45 Jahren aus dem KZ befreit wird, dessen Frau ermordet, dessen Kinder verschollen sind. Aron versucht ein neues Leben zu beginnen und eigene Glücksansprüche zu entwickeln und zu verwirklichen. Er knüpft eine Beziehung zu einer Frau und findet über eine Suchorganisation einen Jungen, Mark, der sein Sohn sein könnte. Diesem versucht er Vorbild zu sein, um ihn zu befähigen, all das zu tun und zu erreichen, was ihm sein eigenes Schicksal grausam verwehrt hatte. Doch Aron scheitert, die Endgültigkeit der Zerstörung seiner Seele durch die KZ-Erlebnisse wird augenfällig, er trinkt, kann die Angst nicht vergessen und findet keine innere Beziehung zu Mark, bei dem er sich nie ganz sicher ist, ob er überhaupt sein Sohn ist. Mark flüchtet am Ende in den Westen und geht nach Israel, wo er Soldat wird und – wahrscheinlich – fällt.

Während dieser Roman – eben als Interview über zwei Jahre – auf komplizierte Weise erzählt ist, hat Becker seinen nächsten, *Schlaflose Tage*

(1978), sehr gradlinig angelegt. Es geht hierhin um den Modellfall einer Verweigerung, dargestellt am Beispiel des DDR-Lehrers Simrock, der Frau, Beruf und Bequemlichkeit aufgibt, als er eines Tages im Unterricht sein Herz und damit zugleich seine bisher unterdrückte Existenz spürt. Doch sein Widerstand, folgerichtig über die Etappen anspruchslose Tätigkeit, neue und sich wieder komplizierende Beziehung ausgeführt, endet ohne große innere Konflikte im Privaten. Die Schilderung des Lebens im Sozialismus ist auch Thema der allermeisten Geschichten des nur noch im Westen erschienenen Erzählbandes *Nach der ersten Zukunft* (1980), dessen Titel schon andeutet, daß es darum geht, die Hoffnungen und Träume der Vergangenheit mit der nun Gegenwart gewordenen ehemaligen Zukunft zu vergleichen. Die Bilanz ist nicht erfreulich. In seinem bisher letzten Roman *Aller Welt Freund* (1982), der auch nur in der BRD erschienen ist, hat Becker beide deutschen Staaten im Auge, ohne sich überhaupt festzulegen. Mit schwarzem Humor erzählt er die Geschichte des jungen Journalisten Kilian, der, beruflich erfolgreich und privat nicht mehr strapaziert als üblich, eines Tages vergessen hat, warum er am Leben bleibt. Er beschließt hierauf Selbstmord zu begehen, scheitert aber kläglich bei der Ausführung. Die so offensichtlich fehlende private Motivation für den Selbstmord verweist um so dringlicher auf die gesellschaftlichen Verhältnisse, in denen die Verabsolutierung des bloßen Funktionierens die Fragen nach dem Sinn des Ganzen verdrängt hat.

Jahrgangsgenosse von Novak und Fries ist Hans Joachim Schädlich (geb. 1935). Er wurde in Reichenbach im Vogtland geboren und studierte Germanistik in Berlin und Leipzig. Nach einer langen Tätigkeit an der Ostberliner Akademie der Wissenschaften (1959–1976) arbeitete er als freier Übersetzer des Niederländischen. Schädlich, Mitunterzeichner der Biermann-Petition, stellte 1977 einen Ausreiseantrag, der nach einer ersten Ablehnung dann im Dezember desselben Jahres genehmigt wurde. Nach kürzeren Aufenthalten in Hamburg und Dahlenburg lebt Schädlich jetzt in Westberlin. Er erhielt 1977 den Rausiser Literaturpreis. Der Autor ist bisher erst mit einem Erzählband an die Öffentlichkeit getreten: *Versuchte Nähe* erschien 1977 in der BRD und wurde hier, auf der Frankfurter Buchmesse wie auch anschließend, mit größter Aufmerksamkeit behandelt. Das mag den revidierten Bescheid zum Ausreiseantrag Schädlichs, des nun bekannten DDR-Schriftstellers, mitverursacht haben. Zumal das Thema dieses Bandes mit Skizzen, Parabeln, Genrebildern und Kurzgeschichten das Leben der Menschen in der DDR ist, Menschen als Leidtragende und Opfer ihrer gesellschaftlichen Verhältnisse. Schädlich schreibt, um Erkenntnisse zu gewinnen und zu vermitteln, sein Auge ist scharf und sucht die richtige Perspektive zwischen Distanz und Nähe. Er beherrscht die Sprache, ihre Stile und Töne virtuos, sprachliche Vorbilder zeigen sich von Luther über Kafka bis Uwe Johnson. Aus den kurzen, zwischen 1969 und 1977 entstandenen Texten, seien folgende Zeilen aus »Nachlaß« (1976) über einen Dichter in der DDR zitiert:

Aber dem Urteil des anderen über die Schriften der Dichter wollte der Dichter nicht folgen. Allzu vertraut war ihm der kurze Maßstab. Nicht mochte er teilen in Für und Wider und nicht sich bedienen der Worte des anderen: brauchbar und unnütz. Und wieder, aber strenger noch, weil abgeschreckt von den Eilfertigen, verwarf er die hastigen Sätze, geschrieben zu schnellem Nutzen. Weil er aber den Falschen keine Worte liefern wollte mit seinem Einspruch gegen den anderen, schwieg er.

Auch um Schädlich wurde es nach seinem Senkrechtstart in der BRD ruhig. Konsequent verweigerte er sich der politischen und medienorientierten Vermarktung seiner Person und seines Schicksals. Wenige Texte wurden vereinzelt veröffentlicht, z. B. *Luft* (1979), *Der Sprachabschneider* (1980). Waren in seinem ersten Band Angst, Gewalt, Vertrauensverlust schon als Hintergrund bedeutsam, so verlegt Schädlich in seinen neueren Texten sein Interesse immer mehr in die inneren, psychischen Dimensionen.

In den letzten Wochen des 2. Weltkrieges wurde Thomas Brasch (geb. 1945) in Westow/Yorkshire (Großbritannien) als Sohn des späteren hohen SED-Funktionärs Horst Brasch geboren. Nach der Umsiedlung der Familie in die DDR (1947) besuchte Brasch die Kadettenschule der NVA. Er war nach dem Abitur zunächst in verschiedenen handwerklichen Berufen tätig, bevor er 1964 in Leipzig Journalistik zu studieren begann. Schon ein Jahr später wurde er wegen »Verunglimpfung führender Persönlichkeiten« und »existentialistischer Anschauungen« exmatrikuliert und schlug sich als Pakker, Kellner u. a. durch. 1967 begann Brasch ein Studium der Dramaturgie an der Filmhochschule in Potsdam-Babelsberg, wurde ein Jahr später wegen »staatsfeindlicher Hetze« (Flugblätter gegen CSSR-Einmarsch) verhaftet und zu mehr als 2 Jahren Gefängnis verurteilt. Nachdem er 1969 auf Bewährung entlassen wurde, arbeitete Brasch bis 1972 im Brecht-Archiv, anschließend als freier Schriftsteller in Berlin. Mit Genehmigung der Behörden siedelte Brasch 1976 nach Westberlin über. Was Braschs Biographie bereits ahnen läßt, bestätigt sein Werk: Es ist widersprüchlich, voll von Protest, Entwürfen, Anfängen, und es geht über eine bloß politisch-ideologische Auseinandersetzung mit Staat und Macht weit hinaus. Brasch ist Lyriker, Prosaautor und Dramatiker in einem, wobei er programmatisch für die »Revolutionierung von Formen« eintritt. Seine Sicht der Welt ist zutiefst geprägt von den existentiellen Erfahrungen der Angst, der Wut, des Ekels. Was er dem entgegensetzt, ist seine eigene Individualität, mit allen ihren Widersprüchen zum Ausdruck gebracht in der Kunst: »Kunst war nie ein Mittel, die Welt zu ändern, aber immer ein Versuch, sie zu überleben.« So ist seine Kunst in den Dienst gestellt für die Bedürfnisse des Subjekts, das Aufreißen der Formen; das Entwerfen und Nicht-Beenden finden ihr Pendant in der anarchischen Befreiungswut und Lebensgier des Individuums, im Kampf gegen verordnete Lebensmuster, die die Psyche so sehr deformieren. Als Brasch nach einigen Gedichten in der DDR als erste selbständige Veröffentlichung den Prosaband *Vor den Vätern sterben die Söhne* (1977) für den BRD-Verlag Wagenbach vorbereitete, begab er sich damit zukünftiger Veröffentlichungsmöglichkeiten in der DDR – und siedelte aus. Die Protagonisten dieses Bandes leiden nicht bloß unter den Widersprüchen des Sozialismus, an den unerfüllten Träumen, sie, die nach 1945 Aufgewachsenen sind existentiell bedroht und verletzt durch Enge, Zwänge, Fremdbestimmung. Aus diesem Erleben heraus und der Opposition dagegen sind auch Braschs zweite große Prosaveröffentlichung *Kargo* (1977) – mit dem Untertitel: »32. Versuch auf einem untergehenden Schiff aus der eigenen Haut zu kommen« – sowie Die Theaterstücke *Lovely Rita* (1978), *Rotter* (1978), *Lieber Georg* (1980) geschrieben. Brasch schreibt nicht, »um das Gegenteil schreibend zu erkämpfen, sondern um Gegenbilder zu entwerfen«; so auch in dem Gedichtband *Der Schöne 27. September* (1980).

REGISTER

Die römische Ziffer gibt den betreffenden Band an; *kursiv* gesetzte Seitenzahlen weisen auf Hauptstellen hin. Die Seitenzahlen für Illustrationen sind jeweils den Texthinweisen angefügt und durch voranstehendes B gekennzeichnet. Wenn Vornamenformen als eigenständige Namen (z. B. »Walther von der Vogelweide«) und als Familiennamen (z. B. »Walther, Otto«) vorkommen, sind letztere nachgeordnet. Herkunfts- und Adelsprädikate (de, van, von, zu usw.) stehen hinter den Namen, sind daher für die Alphabetisierung ohne Belang. – Die Umlaute ae, oe, ue sowie ä, ö, ü wurden wie a, o, u alphabetisiert. Der Pfeil → bedeutet: siehe. – Werke, deren Verfasser unbekannt sind, findet der Benützer im getrennten Register der »Anonyma« (ab Seite 471).

ANONYMA